트라우마와
문학

TRAUMA AND LITERATURE

트라우마와 문학

아무도 소유할 수 없는 기억

이명호 지음

odos

서문

트라우마 패러다임
: 역사의 잔해 위에서 벌이는 '포르트-다' 게임

프로이트는 제1차 세계대전이 끝난 지 채 2년이 지나지 않은 1920년 자신이 수십 년에 걸쳐 구축해온 정신분석학의 이론적 토대를 허무는 새로운 지적 여정에 나선다. 그의 나이 64세 때의 일이다. '쾌락원칙을 넘어서'라는 제목을 단 자그마한 책자는 섹슈얼리티라는 도발적 문제 제기로 19세기의 도덕주의에 일격을 가한 그가 '자기보존'의 욕구로도 '쾌락추구'의 욕망으로도 수습되지 않는 인간의 모습을 마주하고서 새로이 시도하는 인간 탐구 기획이다. 그가 이 새로운 기획에 나서지 않을 수 없도록 만든 존재가 1차 세계 대전에서 돌아온 병사들이다. '탄환충격'shell shock이라는 이름의 질병을 앓고 있던 병사들이 정신분석 상담실에 찾아온다. 이들의 종잡을 수 없는 말들과 중단된 이야기들, 이들을 괴롭히는 악몽과 신체적 증상은 쾌락원칙으로 설명할 수 없는 낯선 현상이다. 인간은 왜 불쾌한 사건으로 반복적으로 돌아가는가? 아니 돌아가지 않을 수 없는가? 이 질문에 답하기 위해 프로이트는 죽음충동이라는 새로운 가설을 세운다. 그리고 이 가설에 따라 '트라우마'를 정신의 방어막을 뚫는 불쾌한 자극의 침입으로, '반복강박'을 이 자극을 통제하기 위한 사후적 작업으로 설명한다. 정신의 방어막을 수선하는 작업은 일상적 삶으로 돌아가기 위해 긴급히 수행해야 하는 심적 활동이다. 그러나 그 활동 자체는 일상적 범주로 환원되지 않는다. 그것은 인간의 의식과 의지 너머에서 일어난다. 탄환충격에 시달리는 병사들은 '자기도 모른 채' 죽음의 현장으로 돌아가 그때의 사건을 만나고 그날의 공포를 재연한다. 그들은 자신들이 이해할 수도, 말할 수도 없는 사건을 반복한다. 날 선 경계심과 억눌린 감정, 불면의 밤과 끔찍한 악몽으로. 그들은 자신이 알 수 없는 역사의 비밀을 자기 안에 담고 자기도 모르게 그 비밀을 누설한다. 프로이트는 이들의 비밀을 정신분석의 언어로 번역하고자 한다. 이 번역작업이 그 자신이 세운 이론적 건축물을 허물고 재설계하도록 만든다.

그런데 프로이트의 『쾌락원칙을 넘어서』에는 전쟁 트라우마에 시달리는 병사들 외에 또 다른 인물이 등장한다. 그는 프로이트의 어린 외손자이다. 아직 한 살 반밖에 되지 않은 이 아이는 엄마가 사라지는 끔찍한 사건에 대처하는 혼자만의 놀이를 고안한다. 이 놀이가 '포르트-다' 게임으로 유명한 실패 놀이이다. 프로이트의 외손자는 엄마가 어딘가로 사라지면 끈이 달린 나무 실패를 침대 쪽으로 던지며 '오-오-오-오'하는 소리를 지르고, 그런 다음 실패를 자기 앞으로 다시 끌어당기며 '아-아-아-아'하는 소리를 지른다. 명료한 언어로 분절되지 않은 이 두 소리는 독일어로 'Fort'(저기)와 'Da'(여기)를 가리키는 것으로 해석된다. 아이에게 엄마는 자신의 전부이다. 그런 존재가 사라지는 것은 아이의 삶을 위기로 몰아넣는 트라우마이다. 아이가 자신이 어찌할 수 없는 트라우마에 맞서 능동적으로 발명해낸 것이 이 상징적 놀이이다. 아이는 엄마의 상실과 복귀를 실패의 사라짐과 돌아옴으로 대체하고 이를 게임으로 전환한다. '포르트'와 '다'는 엄마의 상실이라는 트라우마적 사건을 통제하기 위해 아이가 창조한 상징적 놀이에 등장하는 두 기표이다. 실패가 돌아오는 것이 예정되어 있다는 점에서 이 놀이는 완전한 반복강박은 아니다. '포르트'의 불쾌감 뒤에는 '다'의 쾌감이 따라온다. 그러나 '다'의 쾌감이 수반되지 않는 '포르트'만의 반복인 경우도 적지 않고, '다'에서 '포르트'로 다시 돌아가지 않을 수도 없다. 전쟁에서 돌아온 병사들처럼 아이도 감당할 수 없는 트라우마의 충격을 자기만의 방식으로 반복한다.

그러나 아이의 놀이와 병사의 악몽 사이에는 중대한 차이가 있다. 그것은 아이의 놀이가 트라우마를 두 기표로 이어진 상징적 게임으로 전환하는 능동적 작업이라는 점에 있다. 이것은 창조행위이다. 아이의 놀이는 병사의 꿈처럼 악몽의 역사를 강박적으로 반복하는 것이 아니라 새로운 것을 창조한다. 창조행위는 죽음충동에 맞선 삶충동의 활동이다. 그것은 죽음 안에서 죽음을 넘어 삶으로 떠나는 여정이다. 프로이트는 손자의 놀이에서 죽음에 맞서 삶의 에너지가 흐르는 것을 지켜보며 이를 "위대한 문화적 성취"라고 기렸다. 물론 아이가 수행하는 창조작업은 아이 자신도 알지 못하는 방식으로 엄마의 상실이라는 트라우마의 진실을 보존한다. 아이는 이 진실을 자기 안에 보존하고서 삶으로 떠난다. 제1차 세계대전이라는 초유의 역사적 트라우마를 겪고 난 뒤 프로이트는 인간의 마음 지형도를 다시 그리는 자신의 텍스트에 두 개의 인간형을 삽입한다. 전쟁의 트라우마를 앓는 어른과 엄마의 상실을 애도하는 아이. 나는 이 두 인간형에 대한 지적 탐색이 프로이트가 세계 전쟁이 던진 역사적 충격에 대응하는 방식이었다고 생각한다. 프로이트는 어른과 아이, 반복과 창조를 완전히 대립시키지 않으면서 둘 사이를 왕래하고 둘을 연결하는 몸과 정신의 활동에서 전쟁의 충격을 견디고 삶을 살아내는 생존의 비밀을 읽었을 것이다.

그러나 프로이트는 자기 이론의 한 분기점을 이루는 『쾌락원칙을 넘어서』를 쓸 당시 20세기 인류가 마주할 역사가 한 종족의 절멸을 감행하는 그토록 끔찍한 악몽이 될 것이라고는 미처 몰랐을 것이다. 20세기 인류는 홀로코스트라 불리는 유대인 대학살, 또 한 번의 세계전쟁, 베트남전쟁과 이라크전쟁, 9·11테러 뿐 아니라, 성폭력과 인종청소, 강제이주와 이산 같은 대량 살상과 폭력의 역사를 목격했다. 이 역사의 잔혹극은 이 글을 쓰는 2024년 현재 동유럽 대륙(우크라이나 전쟁)과 중동지역(이스라엘-팔레스타인 전쟁)에서 계속되고 있다. 그리하여 안드레이 후이센이 지적하듯이, 20세기 전체가 '역사적 트라우마'라는 기호 아래 묶일 수 있을 정도이다.[1] 1980년 미국정신의학협회는 정신질환 진단 및 통계 편람에 '외상 후 스트레스성 장애'(Post-Traumatic Stress Disorder, PTSD)라는 공식 진단명을 올림으로써 트라우마 경험을 학술적으로 인정한다. 트라우마의 문제는 비단 정신분석학과

---

1 Andreas Huyssen, *Present Past: Urban Palimpsests and the Politics of Memory* (Stanford: Stanford UP, 2003), 8쪽.

문학뿐 아니라 철학과 역사학, 정치학과 사회학, 기억연구와 문화연구, 의학과 법 담론 등에 두루 걸쳐 있다. 또한 트라우마의 문제는 폭력과 사고의 피해자들이 자신들이 입은 상처와 고통을 드러내고 치유와 보상을 요구하는 법적, 정치적 권리 주장으로 나타난다. 이들의 발언과 주장이 슬픔과 분노를 공유하는 새로운 공적 공동체의 창출로 이어지기도 한다. 트라우마 피해자와 생존자라는 말은 트라우마를 직접 겪은 당사자들뿐 아니라 그들의 이야기를 듣고 그것을 공적으로 인정하는 사람들에게도 공히 적용되는 언어로 자리 잡았다. 아니 인간 자체가 이성의 광휘로 빛나는 존재가 아니라 트라우마를 안고 살아가는 취약한 존재로 재정의된다.

1980년 외상 후 스트레스성 장애라는 진단명이 공식화된 이후 1990년대 미국 인문학계에서는 '재현의 아포리아'와 '타자에 대한 윤리적 응답'을 연결시킬 수 있는 사유의 패러다임으로 트라우마를 새롭게 읽어내는 흐름이 등장한다. 내가 이 책의 1장에서 비판적으로 검토하고 있는 캐시 캐루스와 쇼샤나 펠만은 트라우마의 문제를 탈구조주의 철학과 모더니스트 아방가르드 미학으로 확장시킨 대표적 논자들이다. 이제는 현대적 고전의 반열에 올라선 이들의 논의는 (내가 전적으로 수긍하는 것은 아니지만) 언어의 자유 유희에 떨어졌다는 비판을 받던 탈구조주의에 윤리적 토대를 마련했다는 평가를 받기도 한다. 이처럼 트라우마가 단순히 병리적 현상이 아니라 '사유의 패러다임'으로 올라선 것은 자아, 정체성, 기억, 시간성 등 근대 서구문화를 지배해왔던 범주들이 안고 있던 내재적 문제를 드러내고 그것들을 탈구脫臼시키면서도 허무주의로 떨어지지 않고 윤리적 책임과 사회적 연대성을 논의할 수 있는 강력한 레퍼토리 —주체의 분열, 정체성의 와해, 기억의 불가능성과 불연속성, 사후적 시간성과 시대착오성, 타자에 대한 응답으로서의 책임 —를 제공하기 때문이다. 홀로코스트 역사 연구자로 유명한 도미니크 라카프라가 주장하듯이, "어느 한 장르나 분과학문도 하나의 문제로서 트라우마를 '소유'할 수 없으며, 트라우마에 확정적 경계를 그을 수도 없다."[2] 트라우마는 경계에 균열을 일으키고 안정된 구분을 무너뜨리는 것이다.

사유와 실천의 패러다임으로서 트라우마를 이루는 여러 논의 중에서 '트라우마와 문학'의 관계를 다루는 이 책은 프로이트가『쾌락원칙을 넘어서』에서 이야기하는 두 인간형이 20세기와 21세기 문학을 읽어내는 유력한 시각이라는 문제의식에서 출발한다. 프로이트가 세계전쟁을 경험한 후 찾아낸 인간의 모습은 현대 문학의 범형으로 자리를 잡는다. 포탄충격에 시달리며 전쟁의 트라우마로 돌아가는 귀환병사와 반복적 놀이를 통해 엄마의 상실을 애도하는 꼬마 아이는 내가 이 책에서 읽어내는 여러 문학작품에서 반복적으로 등장한다. 나는 이들의 모습을 홀로코스트를 증언하는 프리모 레비의 증언집에서 (2장과 4장), 제1차 세계대전이 끝난 후 미국 남부 미시시피주 시골 마을에서 남부 역사의 트라우마로 돌아가 남북전쟁에서 패한 남부 백인들과 흑인 노예들의 상실을 애도하는 윌리엄 포크너에게서(6장, 7장, 8장), 노예제가 종식된 지 100년이 넘었지만, 딸을 노예제도로 보내지 않기 위해 제 손으로 딸을 죽인 뒤 유령으로 돌아온 딸에게 못다 한

---

2 Dominick LaCapra, *Writing History, Writing Trauma* (Baltimore: Johns Hopkins UP, 2001), 96쪽.

사랑을 건네주고 그 딸을 역사의 저편으로 떠나보내는 토니 모리슨의 흑인 어머니(9장, 10장)에게서 발견한다. 또한 나는 식민지 지배와 전쟁과 분단의 아픔을 겪은 뒤 타국으로 떠나야 했던 한국계 미국인 여성작가 테레사 학경 차가 받아쓰는 문화번역의 이야기(13장)와 한국의 가족에게서 버림받은 뒤 미국인 가정에 입양된 제인 정 트렌카가 들려주는 강제 이식과 인종 차별의 입양서사에서(14장)에서 이들의 모습을 다시 만난다. 이 작가들은 병사의 아픔을 아이의 놀이로 승화시키기 위해 고투한다. 이 싸움이 너무 힘들어 레비는 스스로 생을 반납했고, 포크너는 같은 이야기를 몇 번이고 다시 써야 했으며, 테레사 학경 차는 이야기를 완성하고 출판까지 마친 뒤 예기치 않게 뉴욕의 어두컴컴한 빌딩 지하실에서 백인 남자에 의해 강간, 살해당하는 비극적 최후를 맞이한다.

각기 시간과 공간과 문화적 맥락을 달리하여 서술되고 있는 이들의 이야기는 하나의 공통점을 지니고 있다. 그것은 말할 수 없는 것을 말하려는 불가능한 시도를 감행하는 것이다. 트라우마가 재현의 위기를 일으킨다면 그것은 서사의 불가능성뿐 아니라 서사적 표현을 찾으려는 강박적 시도도 발생시킨다. 내가 이 책에서 읽고 있는 작가들은 한결같이 자신들이 겪었지만, 온전히 알 수도, 이해할 수도, 소유할 수도 없는 기억을 말하려고 한다. 말할 수 없는 것을 말하려면, 아니 때론 말할 수 없다는 것을 말하려면 다르게 말하는 법을 찾아야 한다. 언어는 더듬거리고 뒤틀리며, 이야기는 앞으로 나아가지 못하고 과거를 맴돈다. 그러나 이 작가들은 망가지고 부서진 언어와 중단된 이야기를 통해 자신들이 온전히 알지 못하는 트라우마의 진실을 증언한다. 분석가가 환자의 이야기를 듣고 환자가 말하지 못한 진실을 들어야 하듯이, 텍스트를 읽는 독자는 텍스트에서 말해지고 있지 않지만, 텍스트에 들어있는 진실을 비평적 언어로 옮겨야 한다. 내가 이 책에서 이 옮김의 작업을 잘 수행했는지는 확신할 수 없다. 그러나 텍스트 자체가 그것을 강제하고 있는 것은 분명하다.

이 책에 실린 글들은 내가 트라우마와 애도의 주제로 박사학위를 받은 2000년대 초반에 주로 쓴 글들이다. 책으로 펴내기 위해 다시 읽어보니 20년의 세월이 그때의 문제의식을 시대착오적으로 만든 대목도 적지 않고, 해결하지 못하고 봉합한 대목도 여럿, 눈에 띤다. 트라우마와 문화번역을 연결시킨 3부의 글들에서는 트라우마 논의를 확장하기 위한 저간의 노력도 엿보인다. 새로 자료를 읽고 봉합한 대목을 다시 뜯어내어 논의를 명료하게 다듬으려고 했지만, 미진한 구석은 여전히 남아있다. 다시 돌아올 작업으로 남겨둔다.

느리게 진행되는 원고작업을 무한한 인내심으로 기다려준 김하늘 편집장에게 고마운 마음 전한다. 주석과 참고문헌, 색인 작업을 정리해준 대학원 박사과정생 김지은과 송민석에게도 감사의 마음을 보낸다. 삶의 어느 대목을 건널 때 휘청거리는 나를 잡아준 이름을 다 밝히지 못하는 모든 이들에게 이 책을 바친다.

2023년 12월
이명호

목차

서문 : 트라우마 패러다임
: 역사의 잔해 위에서 벌이는 '포르트-다' 게임 4

1부 트라우마의 재현(불가능성)
: 역사, 기억, 증언

1장 · 역사적 트라우마의 재현(불가능성)
: 홀로코스트 담론에 대한 비판적 읽기 17
2장 · 트라우마 기억과 증언의 과제
: 프리모 레비의 증언집이 던지는 질문들 74
3장 · 민족의 기원적 분열과 잔여공동체
: 프로이트 모세론의 정치-윤리적 독해 108
4장 · 아우슈비츠의 수치
: 프리모 레비의 증언집을 중심으로 150
5장 · 주체의 복권과 실재의 정치
: 슬라보예 지젝의 정신분석적 맑스주의 182

2부 아메리카와 애도의 과제
: 윌리엄 포크너와 토니 모리슨의 소설작업

6장 · 역사의 트라우마를 말하기
   : 포크너의 『압살롬, 압살롬!』 222
7장 · 순수의 이념과 오염의 육체
   : 포크너의 『팔월의 빛』 272
8장 · 상상적 순수로의 복귀
   : 포크너의 『내려가라 모세야』 312
9장 · 사자(死者)의 요구
   : 모리슨의 『빌러비드』 351
10장 · 문학의 고고학, 종족의 역사학
   : 모리슨의 소설작업 396

3부 트라우마와 (문화)번역

　　: 박탈과 이국성의 해방

　　11장 · 문화번역의 정치성

　　　　: 이국성의 해방과 문화적 이웃되기 420

　　12장 · 문화번역이라는 문제설정

　　　　: 비교문화에서 문화번역으로 444

　　13장 · 번역, 이산 여성주체의 이언어적 받아쓰기

　　　　: 테레사 학경 차의 『딕테』 466

　　14장 · 버려진 아이들의 귀환

　　　　: 입양인서사와 박정희 체제 498

　수록문 출처 537

　참고문헌 539

　찾아보기 554

1부

트라우마의 재현(불가능성)
: 역사, 기억, 증언

1장.

역사적 트라우마의 재현 (불가능성):
홀로코스트 담론에 대한 비판적 읽기

1. 포스트 홀로코스트의 도래

20세기가 전쟁과 폭력의 시대였음은 그 기간 동안 일어난 두 번의 세계대전으로 충분히 증명된다. 가공할 무기와 엄청난 인명 살상, 인간성의 바닥을 보여주는 맹목적 광기와 집단적 증오는 역사의 진보와 인간에 대한 신화를 여지없이 무너뜨렸다. 전쟁이라는 집단적 폭력은 역사 이래 인간의 곁을 떠난 적이 없는 인간의 낯익은 동행자이지만, 20세기 인류가 경험한 전쟁과 폭력은 그 조직성과 잔혹성에 있어서 비교를 불허하는 것이었다. 그것은 역사의 무대에 올린 끔찍한 잔혹극이자 배우와 관객 모두를 공포와 혐오에 몸서리치게 만든 잔인한 폭력극이었다.

20세기 서구가 자행한 잔혹행위 중에서도 가장 끔찍한 장면은 '홀로코스트'the Holocaust라 불리는 나치의 유대인 말살사건이다. 수백만 명의 사람들을 특정 인종이라는 이유로 절멸시키려한 이 집단 학살사건은 문명의 야만을 드러냈으며, 아도르노로 하여금 "아우슈비츠 이후 서정시를 쓰는 것은 야만적"이라는 고통스러운 명제를 던지도록 만들었다. 인간의 이성으로 파악할 수 없는 역사적 사건, 따라서 근대 이후 서구 역사를 추동해왔던 이성의 기획 자체를 비판적 심문에 부치지 않을 수 없었던 극단의 사건이 홀로코스트이다. 홀로코스트는 서구 지식인들로 하여금 인간과 비인간, 이성과 광기, 주체와 타자, 문명과 야만 등 안정된 구분과 구별을 가능케 해주었던 온갖 이분법적 경계에 대해 근원적 질문을 던지지 않을 수 없도록 만들었다. 이 사건에 대한 해명과 반성, 죄의식과 윤리적 책임은 20세기 서구 지성계를 그 이전과 확연히 구분해주는 시대적 이정표이다. 소위 '포스트 홀로코스트'Post-Holocaust 시대가 시작된 것이다.

'포스트'라는 접두어의 남용이 우리 시대의 특징 중 하나이지만 포스트 홀로코스트는 또 하나의 포스트주의를 양산하는 것이 아니다. 20세기에 등장했던 그 모든 포스트주의의 기원과 의미를 물을 수 있는 역사적 준거점의 하나가 홀로코스트라는 것이 나의 생각이다. 이 한계의 사건the event of limit은 어떻게 일어났는가? 이 사건을 어떻게 증언하고 그것에 대해 어떤 역사적, 윤리적 책임을 지는 것이 불행했던 과거의 극복과 화해에 이르는 길일까? 아니, 이 한계사건을 인간의 담론 속으로 끌어들이는 것이 가능한가? 가능 하다면 그것은 기존의 담론에 어떤 변화를 초래하는가? 이런 질문 들은 소위 경계 위반의 담론이라 할 수 있는 다양한 포스트주의의 핵심적 에피스테메를 들여다볼 수 있는 물음들이다.

이 글은 '트라우마'라는 정신분석학적 범주의 역사적 활용이라 는 문제를 중심으로 홀로코스트에 대한 미국 비평계의 주요 담론 들을 검토함으로써 홀로코스트 '이후'를 준비하는 역사적, 윤리적 담론에 요구되는 사항들을 점검해 보려고 한다.

2. 트라우마, 쾌락원칙 너머의 역사와 충동과
만나는 통로: 지그문트 프로이트

서구 담론계 일각에서는 전쟁과 학살, 인종폭력과 가정폭 력, 강간과 테러 같은 끔찍한 사건의 충격을 개념화하기 위해 '트라 우마'trauma라는 정신분석학적 용어를 활용한다. 정신분석학에서 트라우마란 주체를 감싸고 있는 심리적 방패막을 붕괴시킬 정도의 강한 충격을 심리기구가 적절히 처리하지 못할 때 발생한다. 트라 우마를 가리키는 영어 단어 'trauma'는 '상처'wound를 가리키는 그 리스어 'τραῦμα'에서 유래했다. 서구사회에서 트라우마는 원래 외부적 충격으로 신체 조직에 일어난 손상과 그 손상이 유기체 전체에 미치는 영향을 설명하기 위해 17세기 의학에서 사용되었다. 이후 이 용어는 19세기 중후반에 이르러 정신적 현상을 가리키는 용어로 쓰이기 시작한다. 신체적 상해를 가리키는 용어였다가 이후 정신에 적용되었지만 정신분석학적 트라우마 개념은 애초의 의미의 흔적을 간직하고 있다. 그것은 정신에 난 '상처'이자 '흉터'scar이다. 그러나 정신의 상처는 신체와 분리되어 있는 것이 아니라 그것과 불가분 얽혀 있다. 정신의 상처는 감각의 마비, 불면증 같은 신체적 증상으로 나타나기도 하고, 신체적 증상은 감정인지 불능, 기억상실 같은 정신적 문제와 연결되어 있다. 로저 룩허스트의 지적처럼 신체와 정신의 이 분리불가능성이야말로 안과 밖의 분리불가능성과 더불어 트라우마 개념을 강력하게 만들어주는 요소 중 하나이다.[1] 정신과 육체, 안과 밖의 경계 와해와 그것의 낯설고 새로운 연결 가능성은 —물론 많은 위험과 불확실성이 뒤따르지만 — 트라우마 개념이 지닌 잠재적 가능성이다.

지그문트 프로이트에게 정신적 충격을 가져오는 힘은 '자극'stimulus과 흥분excitation으로 개념화된다. "우리는 트라우마를 짧은 시간 안에 정상적인 방법으로 대처하거나 처리할 수 없는 강력한 자극의 증가가 정신에 일으키는 경험에 적용하는데, 이 경험은

---

1 Roger Luckhurst, *The Trauma Question* (London and New York: Routledge, 2008), 3-5쪽.

에너지 작동방식에 지속적인 혼란을 초래한다."[2] 여기서 말하는 정신 에너지의 혼란이란 자극의 평형상태를 유지하려는 '항상성의 원칙'the principle of constancy의 교란 상태를 의미한다. 후일 프로이트는 항상성의 원칙이 '쾌락원칙'pleasure principle과 대립하는 것이 아니라 그것의 일부임을 인정하게 되고, 심리적 평형을 무너뜨리는 강한 자극을 쾌락원칙을 넘어선 힘으로 정리한다.[3] 강한 자극의 대량 유입으로 정신의 방패막에 구멍이 뚫리고 흥분이 증가하면 심리기구는 중단된 쾌락원칙을 재가동하기 위해 쾌락원칙과 모순되지는 않지만 그것을 넘어서는 작업을 수행해야 한다. 프로이트가 '반복강박'repetition compulsion이라 부르는 것은 불쾌하고 고통스러운 사건으로 돌아감으로써 트라우마적 충격을 제어하려는 심적 작업을 가리킨다. 쾌락원칙이 다시 작동하려면 자아ego는 먼저 '묶이지 않은 자유로운 자극'unbound free stimuli, 다시 말해 자아에 의해 통제되고 다스려지지 않은 자극을 묶어야(binding, 독일어로는 Binding이고 그 반대말은 Entbinding이다) 한다. 이 묶기 작업은 결코 유쾌하지 않다. 그러나 이 작업이 수행되지 못하면 통제되지 않은 자극이 자아를 침범하여 그 방어막을 무너뜨리게 된다. 그 결과는 심적 체계의 붕괴이다. 이것이 트라우마이다. 반복강박이란 불쾌하고 고통스

---

2 Sigmund Freud, *Introductory Lectures on Psychoanalysis. The Standard Edition of the Complete Psychological Works of Sigmund Freud*, vol. 16. Ed. James Stratchey, et al, Tr. James Stratchey (London: Horgath Press, 1957), 275쪽. 이하 이 전집에서의 인용은 SE로 축약하고 뒤에 권수만 표기하기로 한다.

3 Freud, *Beyond Pleasure Principle*, SE 18, 10-20쪽.

러울지라도 트라우마적 장면으로 돌아가 뒤늦게라도 자아가 자극을 묶고 통제master하는 작업이다. 반복강박은 트라우마적 상황을 표상질서와 묶으려는 자아의 힘겨운 시도이다. 심적 기구가 자극을 방출discharge하고 정동affect을 발산하여 정화catharsis를 하기 전에 자극을 표상질서와 묶는 작업이 선행되어야 한다. 자극을 묶으려면 고도의 심적 에너지를 투자하는 작업, 프로이트가 독일어로 besezung이라 부르고 영어로 카텍시스cathexis라고 번역되는 작업이 필요하다. 심리기구는 자극의 구속에 필요한 에너지를 조달하기 위해 다른 조직체에서 에너지를 끌어와야 하기 때문에 다른 심적 기능들은 위축되거나 마비된다. 그러나 이 묶기 작업을 거친 이후에야 심리기구는 중단된 쾌락원칙을 재가동할 수 있고 트라우마 이전의 평형상태를 회복할 수 있다.

프로이트에게 쾌락원칙을 중단시키는 자극은 '외적' 자극과 그가 '충동'drive이라 부른 '내적' 자극을 모두 포함한다. 무의식적 욕망과 충동이 인간에게 작용하는 심적 드라마에 일차적 관심이 놓여 있던 정신분석가로서 프로이트가 강조한 것은 내적 자극이지만, 그렇다고 그가 외적 자극을 무시한 것은 아니다. 사실 정신분석가로서의 긴 활동기간 동안 프로이트는 트라우마를 발생시키는 원인과 관련하여 하나의 일관된 입장을 견지하지 못했다. 외적 자극에 대한 강조에서 내적 자극으로 논의의 무게 중심을 옮김으로써 트라우마를 일으키는 실제 사건을 무시한다는 비판에 직면하기도 했다. 프로이트는 그의 동시대 정신분석가였던 샤르코, 자네와 더불어 트라우마 연구의 선구자로 호명되었지만, 이 호명이 늘 호의적 관점에서 이루어진 것은 아니다. 이를테면, 이언 해킹은 프로이트가 트라우마 관념에 "시멘트칠을 했다"고 주장한다.[4] 오늘날 많은 트라우마 연구자들은 1897년 프로이트가 성적 '유혹이론'을 포기하는 시점부터 지적 배반이 일어났다고 주장한다. 이 순간부터 프로이트는 피해자가 트라우마를 일으킨 실제 사건에 대해 떠올리는 기억, 오늘날 '회복기억'recovered memory이라고 불리는 것의 진실성을 부정하고 피해자의 기억을 거짓말이나 환상으로 치부해 버리는 길로 접어들었다는 것이다.[5] 반 데어 콜크처럼 신경과학적 연구와 트라우마론을 결합시키고 있는 현대 정신의학자들 또한 트라우마 사건 자체의 사실성을 지우고 그것을 무의식적 욕망과 환상으로 대체해 버리는 것 같은 프로이트의 시각을 문제 삼는다. 특히 남성의 성폭력에 맞서 피해 여성의 진실성을 지키려는 다수 페미니스트 활동가와 정신의학자들에게 프로이트는 여성의 말을 믿지 않으려는 남성 이데올로기의 표본으로 여겨져 비판과 성토의 대상이 된다.[6]

---

4 Ian Hacking, "Memory Sciences, Memory Politics," in Tense Past: Cultural Essays on Trauma and Memory, ed. Paul Antze and Michael Lambek (New York: Routledge, 1984), 74-75.

5 대표적인 논자로는 Jeffrey Moussaieff Masson, The Assault on Truth: Freud's Suppression of the Seduction Theory (London: Fontana, 1984).

6   슐라미스 파이어스톤과 안드레아 드워킨 같은 페미니스트 이론가들 뿐 아니라 정신의학자 주디스 허먼이 이런 입장을 대표한다. 국내에 번역된 허먼의 책 『트라우마: 가정 폭력에서 정치적 테러까지』, 최현정 역, (플래닛: 2007) 1장 참조. 페미니즘 진영 내의 이런 주류적 입장과 달리 프로이

그러나 프로이트가 처음부터 무의식적 욕망과 충동을 트라우마의 요인으로 생각했던 것은 아니다. 애초 프로이트에게 트라우마는 외적 자극에 의해 의식체계에 발생한 균열로 이해되었다. 프로이트가 트라우마를 하나의 심리적 문제로 인지하게 된 것은 신경증의 원인을 찾는 과정에서였다. 1890년대 히스테리를 연구하면서 프로이트는 히스테리 증상의 원인을 현실에서 일어난 실제 사건으로 추정한다. 브로이어와 공동으로 쓴 『히스테리 연구』(1895)에서 프로이트는 "히스테리 환자들은 주로 회상으로 고통을 겪는다"[7]고 말하면서 "외적 사건들이 히스테리의 병리를 결정한다"고 단언했다.[8] 프로이트는 1년 뒤 발표한 「히스테리의 병인론」(1896)에서는 보다 분명하게 히스테리 증상을 이해하려면 트라우마를 일으킨 실제 경험, 특히 유년기의 성적 "유혹"seduction이나 성적 공격assault의 경험으로 거슬러 올라가야 한다고 말한다. 여기서 경험이라는 말 속에는 표상idea과 정동affect이 함께 내포되어 있다. 이 시절 프로이

트의 이론을 변호한 드문 논자로는 재클린 로즈가 있다. Jaqueline Rose, *Sexuality in the Field of Vision* (London: Verso, 1986) 참조. 나는 성폭력 피해자의 진술이 허구적 구성물일 수 있다는 프로이트의 생각이 반드시 반여성적인 것으로 매도될 필요는 없다는 견해를 갖고 다음과 같이 지적한 바 있다. "성폭력처럼 끔찍한 피해를 입은 여성도 수동적 위치에만 있는 것이 아니라 자신의 주체적 욕망과 의지를 가지고 있다는 점, 그리고 그 여성들이 발화하는 허구적 이야기가 이 욕망이 표현되는 길일 수 있는 가능성을 완전히 배제할 필요는 없다. (…) 욕망이 언제나 일반적이고 규범적인 방식으로만 표현되는 것은 아니다. 때로 그것은 환각이나 거짓말 같은 비정상적인 방식으로 나타난다. 이 일탈적 자기 표현 가능성을 열어두는 것이 그녀들의 심리 깊숙이 가라앉아 있는 욕망을 만나는 길일 수 있다." 이명호, 「히스테리적 육체, 몸으로 글쓰기」, 『누가 안티고네를 두려워하는가』(문학동네, 2014), 108쪽.

7 Sigmund Freud, "Studies on Hysteria," in *SE* 2, 7쪽.

8 같은 글, 4쪽.

트는 트라우마를 불쾌한 정동과 과잉의 심적 에너지가 적체되면서 발생한 심리적 갈등에서 비롯되는 것이라고 보았다.

그렇다면 불쾌한 정동을 유발한 원인은 무엇인가? 프로이트는 성인에 의한 어린이의 성적 유혹, 좀 더 정확히 표현하면 유혹이라는 실제 사건의 '표상'이라고 보았다. 유혹이라는 사건이 정신에 표상을 남기면 애초의 표상은 정상적 의식의 연상질서에서 '분열'split 되거나 '해리'dissociate 되어 다른 곳으로 옮겨지고, 표상과의 연결고리가 끊긴 불쾌한 정동 ─경악, 불안, 분노, 수치 같은 신체적 느낌 ─ 은 신체를 떠돌거나 다른 표상과 잘못 결합한다. 치료의 요체는 환자가 정상적인 표상들에서 해리되어 기억하지 못하는 사건을 다시 정상적인 의식의 회로에 통합하는 것이다. 분열이나 해리라는 용어에서 알 수 있듯이, 『히스테리 연구』를 함께 쓸 당시 프로이트와 브로이어는 해리와 억압을 분명하게 구분하지 않았다. 그러나 자네의 해리 개념에 경도되었던 브로이어와 달리 이후 프로이트는 억압 repression 쪽으로 자신의 입장을 정리한다. 프로이트는 트라우마를 일으킨 사건의 기억이 억압되면서 억압된 표상은 무의식에 저장되고, 그 표상에 붙어 있던 정동은 애초의 표상에서 떨어져 나와 다른 표상과 연결되거나 신체적 증상으로 전환된다고 주장한다. 그러나 두 사람 사이에 이런 견해 차이가 존재하긴 했지만 트라우마의 발생 원인을 실제 일어난 사건으로 바라보는 점에서는 일치했다.

하지만 이미 이 단계에서부터 프로이트는 트라우마와 외적 사건 사이에 직접적 인과관계를 설정하지 않는다. 프로이트는 어떤 사건이 트라우마가 되는 것은 사건 그 자체가 아니라 이후 그 사건의 성적 의미를 이해하고 난 다음이라고 지적함으로써 트라우마를 일으킨 최초 사건의 위상을 흔들어놓는다. 사후결정론(deferred action, 독일어는 Nachträglichkeit)이라 불리는 이 입장을 가장 잘 보여주는 사례가 엠마의 경우이다. 엠마는 여덟 살 때 사탕가게 주인이 자신의 성기를 만지는 사건을 경험한다. 그로부터 4년이 지난 열두 살 때 그녀는 다시 상점 점원에게 성희롱을 당한다. 그런데 엠마는 첫 번째 성추행을 당할 때는 그것이 추행인지 인지하지 못했고, 그 사건의 표상은 성적 의미를 띤 정동과 연결되지 못했다. 그러나 두 번째 추행을 당하면서 앞서 겪었던 사건이 기억으로 재생된다. 첫 번째 사건은 두 번째 사건을 경험한 다음에야 성적 의미를 부여받는다. 이제 이 두 사건이 무의식에서 연상관계를 맺으면서 그와 연관된 기억은 억압된다. 엠마가 상점에 혼자 들어가지 못하는 히스테리 불안은 억압된 기억이 증상으로 돌아온 것이다. 프로이트에게 트라우마는 두 사건 사이의 변증법에 의해 구성되는 데, 둘 중 어느 것도 그 자체로 트라우마적이지 않다. 과거의 사건은 시간적 지연을 겪으면서 (무의식에서 진행되는) 사후적 이해와 해석을 통해 트라우마가 된다. 트라우마와 외적 사건 사이의 직접적 인과관계는 흔들리고 양자 사이엔 보다 복합적이고 중층적인 시간성이 도입된다.

이후 프로이트는 트라우마의 발생요인을 외적 자극에서 찾는 입장에서 좀 더 멀어지고 내적 자극 쪽으로 한층 다가간다. 이는 1905년 발표된 「성욕 이론에 관한 세 편의 에세이」에서 본격적으로 전개된다. 충동은 자아를 위협하는 항시적 위험요인이다. 충동은 인간 내부에 자리 잡고 있는 트라우마 발생원인, 그런 점에서 구조적이며 존재론적 원인이다. 이제 히스테리 환자가 억압하는 것은 내적인 성적 충동이다. 유혹이 성인에 의한 성욕의 강제였다면 성욕설은 아이가 원래부터 성적 충동을 가지고 있다는 것을 전제한다. 여기서 트라우마를 발생시키는 사건이 실제 일어난 일인지 아닌지는 결정적이지 않다. 신경증적 증상의 원인이 되는 곳에는 실제 일어난 외부적 사건만이 아니라 성적 충동의 형성물이라 할 수 있는 환상fantasy이 놓여 있을 수 있다. 억압된 충동을 실어 나르는 환상도 실제 사건 못지않게 트라우마의 발병 원인이 될 수 있다.

이 시기 프로이트는 외적 현실 그 자체가 아니라 내적 현실, 그것도 환자 자신이 알지 못하는 욕망과 충동의 현실을 담고 있는 환상이 트라우마를 형성한다는 가설을 세운다. 이 가설을 가장 잘 보여주는 것이 이른바 '늑대 인간'의 사례이다. 프로이트는 세르게이 판케예프라는 이름의 24세 러시아인 남성을 분석을 하게 되는데, 세르게이는 늑대와 나비에 대한 공포증을 가지고 있었다. 처음에 프로이트는 어린 시절 아버지가 어머니의 몸 위에 올라가 성교하는 장면을 목격한 것이 세르게이의 공포증을 유발한 트라우마적 사건이었을 것이라고 추정한다. 그러나 분석을 진행하면서 그는 이 장면이 실제 일어난 사건이 아니라 성적 충동이 발달하면서 아이 스스로 구성한 환상이라는 쪽으로 입장을 선회한다. 어린 시절 아이는 동성애적 충동을 갖고 있으면서 자신을 어머니와 동일시하고 있었다. 그는 어머니처럼 아버지와 섹스하는 환상을 품고 있었는데, 이 동성애적 환상이 갈등의 원인이 된다. 자신이 아버지 밑에 깔려 있으려면 어머니처럼 거세되어야 한다. 이것이 세르게이에게 남근을 유지할 것이냐, 거세될 것이냐의 갈등을 일으킨다. 갈등의 기로에서 그의 동성애적 환상은 억압되고, 이 환상에 담겨 있던 성기기의 충동은 구순기와 항문기로 퇴행한다. 프로이트는 늑대에게 잡아먹히는 환상은 억압된 동성애 환상이 구순기로 퇴행한 것이고, 아버지에게 매 맞는 환상은 항문기로 퇴행한 것이라고 해석한다. 이런 프로이트의 해석에 의하면, 세르게이의 동물 공포증은 실제 사건이 아닌 무의식적 환상에 의해 생겨난 것이다.

이 분석을 통해 프로이트는 환상 속에는 자아가 수용할 수 없는 무언가가 들어 있기 때문에 심리적 갈등을 일으키고 그것이 증상으로 나타난다고 해석한다.[9] 그렇다면 환상 속에 담겨 있는 충동은 어떤 점에서 트라우마의 발생 요인이 되는가? 충동은 인간 존재의 가장 내밀한 곳에서 작동하는 가장 낯선 힘이다. 성적 충동 속에는 자

9 Freud, *From The History of an Infantile Neurosis*, SE 17, 1-104쪽.

아가 묶을 수 없고 쾌락으로 환원할 수 없는 이질적 힘과 에너지가 작동하고 있다. 성에 쾌락이 있다면 그 쾌락 속에는 쾌락만이 아닌 자기 파괴로 이어지는 충동이 작동하고 있다. 『쾌락원칙을 넘어서』(1920)에서 프로이트가 죽음충동이라는 새로운 개념을 도입한 것은 쾌락원칙 내에서 작동하는 성충동으로 돌릴 수 없는 파괴적이고 공격적인 측면을 해명할 필요성을 느꼈기 때문이다. 이 책을 쓰기 전까지 프로이트는 현실원칙의 지배를 받는 자아충동과 쾌락원칙에 지배되는 성충동의 이원론으로 인간의 심적 기능을 설명하는 메타심리학을 구상했다. 자아는 쾌락을 추구하는 성충동의 요구에 맞서 자기보존을 위해 현실에 적응하고 사회적 규범을 따른다. 자기보존self preservation과 쾌락추구pleasure seeking 사이의 갈등과 충돌, 타협과 협상이 인간 정신을 움직이는 역동적 과정이라 본 것이다. 하지만 프로이트는 제1차세계대전에서 드러난 인간의 공격성과 파괴성, 사디즘이나 마조히즘처럼 성충동에 내재해 있는 공격성을 목도하면서 자아보존과 쾌락추구의 갈등으로 환원되지 않는 다른 요인을 주목하게 된다. 1914년 무렵 프로이트는 대상뿐 아니라 자아에도 리비도가 투여된다는 점을 발견하면서 나르시시즘 이론을 발전시킨다.[10] 나르시시즘의 발견은 그가 그동안 견지해온 대상 리비도와 자아 리비도, 자아충동과 성충동의 이분법을 유지할 수 없게 만든다. 이런 발견과 더불어 프로이트는 의

---

10 「나르시시즘 서론」에서 프로이트는 리비도가 대상에 투자되기 전에 원래 자아에 투자되어 있다는 점을 지적하며, 대상 리비도 이전에 자아 리비도가 존재한다는 점을 인정한다. Freud, "On Narcissism" *SE* 14.

식/전의식/무의식의 공간적 지형도에서 자아/초자아/이드의 역동적 경제적 모델로 옮겨간다(『자아와 이드』, 1930). 전쟁과 파시즘의 창궐로 이어지는 역사적 소용돌이에서 프로이트가 바라본 인간사회는 그 어떤 낙관적 전망도 불가능하게 할 정도로 암울했다. 특히 아리안 순수주의의 인종적 희생물이 되어 생명의 위협에 노출되어 있던 유대인으로서 프로이트는 문명 속에 내재되어 있는 폭력성에 민감할 수밖에 없었다. 이 폭력성에 대한 자각이 그가 견지해오던 패러다임을 수정하지 않을 수 없게 만든 것으로 보인다. 자아충동과 성충동의 이원론에 토대를 두고 있던 그의 메타심리학에 죽음충동이라는 새로운 개념이 도입되어 심적 기구의 지형 자체가 다시 그려진다. 이 새로운 모델에서 자아충동은 성충동과 대립한다기보다 그 일부로 재조정되며, 양자를 포괄하는 삶충동(에로스)에 맞서 죽음충동(타나토스)이 작동하는 것으로 설정된다. 에로스가 대상과 주체를 묶는binding 힘이라면, 타나토스는 푸는unbinding 힘이다. 에로스가 결합을 통해 생명의 탄생과 지속에 복무한다면, 타나토스는 탄생 이전의 상태로 돌아가고자 한다. 그런데, 탄생 이전의 상태로 돌아가려면 생명체의 결합을 무너뜨리고 부숴야 한다. 죽음충동의 본질은 죽음 그 자체에 있다기보다는 그 파괴성에 있다. 죽음과 성(쾌락으로 환원되지 않는 성)은 이 파괴성을 공유하면서 죽음충동으로 수렴된다.

죽음충동과 관련해서 프로이트가 제1차세계대전 이후 새로이

목격한 현상이 전쟁에서 돌아온 병사들에게 나타나는 트라우마 증상들이다. 탄환 충격shell schock 혹은 전쟁 신경증combat neurosis에 시달리는 환자들을 만나면서 프로이트는 성적 충동과 욕망의 관점에서 트라우마를 재구성했던 두 번째 단계의 논의(성욕설과 환상설)를 재점검한다. 전쟁 신경증을 겪고 있는 병사들은 기억하고 싶지 않은 전투 장면을 기억하고(플래시백), 불쾌하고 참혹한 전쟁의 꿈(악몽)을 반복해서 꾼다. 플래시백이나 악몽은 소망충족으로서의 꿈 이론에 맞지 않을 뿐 아니라, 자아충동과 성충동으로 설명할 수 없는 현상이다. 두 현상 모두 자아보전이나 쾌락추구에 반한다. 이런 새로운 증상에 직면하여 프로이트는 트라우마 히스테리를 해명하기 위해 자신이 기댔던 유혹설(트라우마를 외적 사건으로 설명하는 입장)과 성욕설(트라우마를 성적 충동으로 설명하는 입장)을 수정하는 작업에 착수한다. 그것은 앞서 지적한 대로 자아충동과 성충동의 이원론을 삶충동과 죽음충동의 이원론으로 재편하는 것과 함께 외적 자극과 내적 자극의 관계를 재설정하는 것이다.

프로이트가 이 두 작업을 수행하고 있는 대표적인 후기 저작이 『쾌락원칙을 넘어서』(1920)와 『억제, 증상, 불안』(1926)이다. 프로이트는 『쾌락원칙을 넘어서』에서 트라우마를 이렇게 정의한다. "우리는 보호막을 뚫을 만큼 강한 외부 자극을 '트라우마적'이라고 말한다. (…) 심적 기구는 대량의 자극이 쇄도해 들어오는 것을 막을 수 없다. 대신 다른 문제, 즉 침입한 자극의 양을 통제해서 나중에 처리할 수 있도록 심리적 의미에서 묶는 작업이 일어난다."[11] 여기서 그는 정신의 보호막을 뚫는 외부의 자극을 트라우마라고 정의하면서, 이 자극을 '묶고' '통제하는' 작업을 트라우마에 대한 대응이라고 말한다. 경악fright은 미처 준비되지 않은 상태에서 자아가 자극에 침범당할 때 보이는 정동적 반응이고, 불안anxiety은 위험상황을 알리는 정동적 신호이다. 트라우마 신경증 환자들은 위험상황을 알리는 신호인 불안이 없어 자극을 통제할 수 없었기 때문에 뒤늦게라도 자극을 통제하기 위해 트라우마 상황으로 돌아간다. 트라우마적 꿈은 트라우마 상황으로 돌아가 과거에 통제하지 못했던 자극을 다시 통제하려는 시도이다. 이 통제 이후에야 소망충족이라는 꿈의 본래적 기능이 복구된다.

그런데, 『억제, 증상, 불안』에서 프로이트는 전쟁에서 마주한 죽음의 공포의 직접적 결과로 전쟁 신경증을 언급하는 여러 분석가들의 의견에 맞서, 전쟁 신경증이 더 깊은 정신의 기능 없이 위험danger이라는 객관적 존재만으로 발생할 가능성은 아주 낮다고 말한다. 그는 병사들이 전쟁에서 체험한 죽음의 공포는 거세공포와 유추되는 것으로 간주되어야 한다고 말하며, 불안이라는 정동은 임박한 위험에 대한 신호이기만 한 것이 아니라 "원초적 억압"primal repression이라는 더 근원적 위험을 환기시킨다고 지적한다.[12] 여기

---

11 Freud, *Beyond Pleasure Principle*, SE 13, 29쪽.

12 Freud, *"Inhibitions, Symptoms and Anxiety,"* SE 20, 129-30쪽.

1부 1장 31

서 더 근원적 위험이란 자신의 신체기관이 박탈되는 거세의 위험, 아니 더 거슬러 올라가자면 어머니의 상실이라는, 인간의 삶에 가장 큰 위협을 가져오는 위험을 말한다. 아이가 이 원초적 위험에 직면하여 무력한 상태에 빠지는 것이 원초적 트라우마이며, 이 원초적 트라우마에 대응하는 방어기제가 원초적 억압이다. 원초적 억압은 어머니의 상실이라는 위험에 직면하여 충동을 부분적으로 포기함으로써 충동의 공격을 막아내는 방어작업이다. 프로이트에게 전쟁 신경증에 나타나는 트라우마는 이 원초적 트라우마를 환기시킨다. 여기서 외적 트라우마는 내적 트라우마와 만난다. 설령 외적 사건이 실제로 일어나지 않고 환상 속에서 구성된 것이라 할지라도 그것이 주체 안의 무언가를 건드렸을 때, 우리의 심적 체계를 무너뜨리는 죽음충동을 건드렸을 때 트라우마가 발생한다. 죽음충동에 침범당하면 인간은 내부로부터 허물어지는 무력한 존재, '나'가 아닌 '그것'it으로, '주체'가 아닌 '대상'으로 전락한다. 죽음과 성은 트라우마가 발생하는 특권적 장소이다. 전쟁 신경증 환자들에게 나타나는 병리적 증상은 전쟁 같은 외적 트라우마가 내적 트라우마와 연결되면서 발생한 것이다. 프로이트는 전쟁 신경증 환자들에게 나타나는 전쟁의 충격을 허구화하지 않으면서 외적 트라우마의 기억을 내적 충동과 연결시킨다. 지금까지 살펴본 대로 30년에 걸친 프로이트의 트라우마 논의는 상당한 수정과 재편의 과정을 거치면서 내적 트라우마와 외적 트라우마를 결합시키려는 시도였다고 할 수 있다. 물론 그의 논의가 모순 없이 깔끔하게 정리되었다고 말하기는 힘들다. 그러나 주체의 안과 바깥을 연결시키려는 (때로는 망설임과 주저로 나타나고 때로는 모순과 혼돈을 무릅쓰는) 그의 이론적 고투를 통해 '쾌락원칙을 넘어선 역사와 충동'과 만날 수 있는 길이 열린다. 뒤에 살펴보겠지만, 프로이트의 논의는 내적 충동을 배제하고 외적 사건의 충격에 트라우마 논의를 한정하고자 하는 경향(반 데어 콜크와 캐시 캐루스)과 구별되는 복잡성과 다층성을 지니고 있다.

자크 라캉은 트라우마를 상상적, 상징적 방어막을 뚫고 나오는 '실재의 복귀'the Return of the Real로 읽어내고 있다.[13] 라캉에게 우리가 현실reality이라고 부르는 것은 상상적 환상과 상징적 의미망을 통해 구성되는데, 실재는 이런 현실을 찢고 무너뜨리는 어떤 것을 가리킨다. 실재란 이미지로 상상할 수 없고 기표로 표상할 수 없는 성과 죽음의 차원을 가리킨다. 우리가 사는 현실이 상상적이고 상징적인 현실인 한 실재는 부정의 형식으로, 불가능성의 형태로만 존재한다. 불가능한 것임에도 그것을 실재라고 부르는 것은 그것이

---

13 실재와의 우연함 만남으로서 트라우마를 설명하는 라캉의 논의에 대해서는 Jacques Lacan, *The Seminar. Book XI: The Four Fundamental Concepts of Psychoanalysis*. Ed. Jacques-Alain Miller. Tr. Alan Sheridan. (New York: W.W. Norton, 1977) 특히 1장을 참조할 것. 이 글에서 자세히 다루지 못하는 라캉의 트라우마론에 대한 국내 논의로는 박찬부, 「트라우마와 정신분석」, 『비평과 이론』 15.1 (2010)을 참조. 프로이트의 트라우마 논의를 다시 읽은 최근의 글로는 양석원, 「정신적 상처의 원인과 치유의 탐구-프로이트의 트라우마 이론 다시 읽기」, 『비평과 이론』 27.2 (2022)을 참조. 프로이트-라캉을 연결시켜 트라우마론을 펼치고 있는 책으로는 맹정현, 『트라우마 이후의 삶: 잠든 상처를 찾아가는 정신분석 이야기』 (책담: 2015)를 참조. 프로이트 이론 전반에 대한 명료한 해석으로는 강우성, 『불안은 우리를 삶으로 이끈다: 프로이트 세미나』 (문학동네, 2019) 참조. 트라우마론과 충동이론에 대해서는 이 책의 1~3장 참조.

우리의 삶을 규정하는 최종적 원인으로서 현실보다 더 현실적인 힘을 행사하기 때문이다. 라캉에게 트라우마란 이 실재적인 것이 우리의 현실적 삶을 찢는 것을 가리킨다. 라캉은 죽음충동의 분출이라는 프로이트의 한 해석을 발전시켜 트라우마를 주체의 삶을 구성하는 상상적, 상징적 정체성을 붕괴시키고 상징적 우주를 파열시키는 파국과 연결시킨다.

3. 트라우마, 동화되지 못한 경험: 캐시 캐루스

정신분석학의 트라우마 개념을 받아들여 홀로코스트를 위시한 다양한 역사적 현상에 광범위하게 활용하면서도 프로이트적 해석과 거리를 유지하고 있는 인물이 캐시 캐루스이다. 캐루스는 외부적 충격에 대한 심리적 반응에 트라우마 개념을 국한시킨다. 이는 트라우마의 '실체성'을 놓치지 않기 위한 것이다. 그녀가 '충동', '억압', '방어', '환상' 같은 프로이트의 핵심 범주 대신 '동화불가능성', '언표불가능성', '잠재성', '직접성' 등을 트라우마와 연결시키는 것이 그 때문이다. 캐루스에게 트라우마란 사건 발생 시 충분히 의식되거나 동화되지 못했다가 뒤늦게 주체에게 반복되는 현상을 가리킨다.[14] '트라우마의 반복'에서 나타나는 것은 사건에 대한 왜곡이나 무의식적 의미부여 혹은 억압된 욕망과 충동의 분출이 아니라 주체의 의식과 의지를 넘어서는 사건의 '직접적'literal 현현이다. 이런 점에서 트라우마에 대한 캐루스의 설명은 외부적 사건이 어떤 매개나 변형 없이 인간의 의식에 직접적으로 영향을 미친다는 실증주의적 결정론에 가깝다. 영향의 효과를 설명하는 방식이 다를 뿐이다. 사건이 직접적으로 나타난다는 것은 그것이 의식체계 속으로 편입되거나 동화되지 못했음을 의미한다. 캐루스에게 트라우마 사건이 의식체계 속으로 진입하지 못하는 것은 '억압' 때문이 아니라 '해리' 때문으로 설명된다. 그녀가 피에르 자네를 현대적으로 재해석한 베셀 반 데어 콜크의 트라우마 논의를 상당부분 수용하는 것이나,[15] 프로이트의 트라우마 개념을 수용하는 경우에도

---

14 Cathy Caruth, *Unclaimed Experience: Trauma, Narrative, and History* (Baltimore: Johns Hopkins UP, 1996), 60-65쪽.

15 자네는 '억압'을 무의식적 충동에 대한 방어기제로 보는 반면 기존의 의미체계에서 떨어져 나오는 '해리'를 외상적 충격에 대한 방어기제로 보고 있다. 신경학적 입장에서 자네 이론에 대한 현대적 재해석을 시도하면서, 캐루스의 트라우마 논의에 이론적 근거를 제공하고 있는 정신의학자가 반 데어 콜크이다. 캐루스가 1995년 편집한 *Trauma: Explorations in Memory* (Baltimore: Johns Hopkins UP, 1995)는 1990년대 미국학계에서 부상한 트라우마론, 특히 탈구조주의적 관점에서 트라우마 이론을 재해석한 흐름을 촉발한 책으로 유명한데, 반 데어 콜크는 반 데어 하트와 함께 프로이트를 비판하고 자네의 트라우마론을 계승하는 글을 이 책에 싣는다. Bessel A. Van Der Kolk and Onno Van Der Hart, "The Intrusive Past: The Flexibility of Memory and the Engraving of Trauma"를 참조할 것. 현대 신경과학의 연구성과를 흡수하여 임상과 이론 양 측면에서 트라우마 논의를 종합하고 있는 반 데어 콜크의 저작으로는 국내에 번역된 그의 책 『몸은 기억한다: 트라우마가 남긴 흔적들』 제효영 옮김 (을유문화사, 2016)을 참조할 것. 이 책에서 반 데어 콜크는 트라우마 기억과 일반 기억이 뇌에 다르게 등록된다는 점을 밝히고 있다. 일반 기억은 생각, 인지, 분석, 언어를 담당하는 전전두엽 부위에 등록되는 반면, 트라우마 기억은 변연계, 특히 그 속의 편도체를 활성화시킨다고 한다. 편도체는 위험을 경고하고 체내 스트레스 반응을 활성화시키는 곳이다. 뇌의 공포센터로 불리는 편도체가 활성화되면 특정 경험과 관련된 장면, 소리, 촉각, 냄새 등 감정적 기억이 인지나 언어에서 분리되어 파편적으로 저장된다. 반 데어 콜크에

자네의 그것과 연결될 수 있는 부분을 선택적으로 받아들이는 것은 해리 개념을 유지하기 위한 것이다.[16] 기존의 기억체계에 편입되어 다른 경험들과 의미의 연결망을 형성하는 '서사적 기억'narrative memory과 달리, '트라우마 기억'traumatic memory은 이 연결망을 형성하지 못하고 파편으로 떠돌다가 신체적 증상, 플래시백, 악몽 등으로 나타난다. 캐루스의 트라우마론이 주목하는 것은 이 해리된 기억이 던지는 역사적, 윤리적 함의이다.

캐루스에게 트라우마 기억이 문제적인 것은 너무나 직접적인 사건의 현현이 역설적이게도 불확실성을 초래한다는 점이다. 그것은 주체에게 발생했으면서도 기억 속에 부재하는 경험이다. 그것은 존재하면서도 부재하는 경험, 주체의 '앎'의 지평에서 누락되어 있는 '무의식적' 경험, 자네의 용어를 빌자면 '잠재의식적' 경험이다. 부재하거나 상실된 것을 인지하거나 소유할 수는 없다. 따라서 트라우마 경험의 존재증명은 부재의 알리바이가 될 수밖에 없다. 캐루스에게 이것이 트라우마적 사건의 증언을 위기의 증언으로 만드는 점이다. 그녀가 홀로코스트 생존자들의 증언집을 편찬한 정신과

따르면, MRI를 위시한 현대 뇌 영상 기술을 통해 밝혀진 인간의 기억저장 방식은 자네가 백 년 전에 밝힌 기억의 이중체계와 일치한다고 한다. 즉 일반 기억 혹은 서사적 기억은 뇌로 유입된 다양한 정보들이 기존의 기억 프레임 속으로 통합되어 일관된 이야기를 형성하는 반면, 트라우마 기억은 사건 발생 시 뇌로 유입된 각기 다른 감각들이 이야기로 통합되지 못한 채 해리되어 따로따로 흩어져 있다고 한다. 『몸은 기억한다』 3장과 4장 참조.

16 Cathy Caruth, (Ed.) *Trauma: Explorations in Memory*, 9쪽. 캐루스는 프로이트에게는 거세 트라우마(castration trauma)와 사고 트라우마(accident trauma) 두 개가 존재하는데, 그 중 사고 트라우마 만이 수용 가능하며, 자신은 이를 계승한다고 말한다. Caruth, *Unclaimed Experience*, 135쪽. 주 18 참조.

의사 도리 롭의 이론을 수용하여 역사적 사건에 대한 증언을 '증언 불가능성' 혹은 '불가능한 증언'으로 개념화하는 것은 트라우마 경험의 고유성을 그 불가능성에서 찾기 때문이다. 이 증언불가능성은 단순히 언어적으로 표현될 수 없다는 사실뿐 아니라 재현의 프레임 자체가 전면적으로 붕괴된 것에서 비롯된다. 롭에 의하면 홀로코스트의 역사적 중요성은 그것이 증언자도, 증언의 언어도, 그리고 증언을 들어줄 청자도 사라진 사건이라는 점, 모든 참조틀이 무너진 한계의 사건이라는 점에 있다.[17]

캐루스에게 트라우마 기억의 또 다른 특징은 '시간의 지연성' temporal belatedness에 있다. 트라우마적 사건은 사건이 발생할 때는 지각되지 않다가 오랜 망각과 기억상실의 시간이 지난 후 뒤늦게 기억되는 특성이 있다. 트라우마 기억의 지연성은 사건의 시간성을 발생의 맥락 너머에 위치시키며, 사건의 시간성과 기억의 시간성을 분리시킨다. 이런 분리는 트라우마적 사건에 대한 주체의 반응구조 자체가 분열되어 있기 때문이다. 트라우마적 사건에 직면하면 주체는 의식의 지평에서는 사건을 잊어버리지만 무의식 혹은 잠재의식에서는 그것을 기억하고 있다. 의식에서는 망각된 사건은 일정한 잠복기를 지난 후 다시 출현하는데, 이 뒤늦은 반복은 트라우마에 대한 주체의 대응이 특정 시공간을 넘어 현재적 지속성을 갖

---

17 Dori Laub, "An Event Without A Witness: Truth, *Testimony, and Survival," Testimony: Crises of Witnessing in Literature, Psychoanaysis, and History,* edit. by Shoshana Felman and Dori Laub (New York and London: Routledge, 1992), 79-82쪽.

게 만든다. 캐루스의 지연성 개념은 앞서 우리가 살펴본 프로이트의 사후결정성 개념을 재해석한 것이지만, 프로이트의 사후결정성 개념에서 주요 역할을 담당하는 무의식적 의미부여나 환상은 삭제하고 시간적 측면만 수용한 것이다. 이런 점에서 루스 레이즈는, 캐루스의 트라우마 개념은 프로이트의 사후결정성보다는 프로이트가 받아들이지 않은 감염infection의 모델에 가깝다고 주장한다. 트라우마의 지연성은 병균이 유기체에 침투해 들어왔을 때는 나타나지 않다가 일정한 잠복기를 지난 후에 발병하는 것과 비슷한 형태라는 것이다.[18]

캐루스의 트라우마 개념에 대한 요약을 통해 우리는 그녀의 이론화가 개념적 구도와 재현질서를 넘어서는 잉여excess에 대한 탈구조주의적 담론과 궤를 같이함을 알 수 있다. 현대의 여러 언어적, 담론적 구성주의와 달리 트라우마 사건의 '지시체'referent로서의 측면을 놓치지 않으면서도 그 지시체가 주체의 기억 속으로 들어오는 방식을 설명하는 대목에 이르면, 우리는 그녀의 설명에서 이해불가능성과 재현불가능성에 대한 탈구조주의적 관심이 재연되고 있음을 본다. 그녀는 홀로코스트를 위시한 트라우마적 사건의 존재 자체를 부정하지 않는다. 그녀는 푸코와 보드리야르 같은 논자들처럼 역사적 사건 자체를 담론적 구성물이나 주체가 만들어낸 허구

---

18 Ruth Leys, *Trauma: A Genealogy* (Chicago and London, The University of Chicago Press, 2000), 271-72쪽. 사고 신경증을 설명할 때 캐루스 자신이 감염학에서 말하는 병원의 잠복기와 자신의 지연성 개념이 비슷하다는 점을 인정한다. Caruth "Introduction" in *Trauma: Explorations in Memory*, 7쪽.

적 산물로 설정하지 않는다. 그녀가 프로이트 정신분석학에 개념 적 빚을 지고 있으면서도 프로이트의 급진적 개념 가운데 하나인 '구성'이나 '환상' 범주를 받아들이지 않는 것은 주체의 심리 속으로 침범해 들어오는 역사적 사건의 실체성을 유지하려고 하기 때문이 다. 그녀의 입장에 '트라우마적 리얼리즘'traumatic realism라는 명칭을 붙이는 것이 가능한 것도 이 때문이다.

하지만 그녀가 유지하려는 역사적 사건의 실체성은 그것의 상 실missing을 통해서만 주체의 기억과 재현질서 속으로 들어오는 역 설적 성격을 띠고 있다. 트라우마적 사건의 특징은 그것이 주체의 의식과 재현질서를 초과하는 잉여이자 한계라는 점이다. 따라서 앞 서 지적했듯이 트라우마적 사건에 대한 재현과 증언은 재현불가능 성과 증언불가능성 속에서만 가능하다. 그녀의 트라우마적 리얼리 즘이 통상적으로 이해되는 리얼리즘(외부 현실의 '반영'이나 '재현'으로서 의 리얼리즘)처럼 '리얼리티 효과'를 내지 않고 반리얼리즘적 성향을 보이는 폴 드 만의 해체주의에 친화성을 보이는 것이 그 때문이다. 캐루스의 트라우마론이 드 만의 해체론 주변을 맴도는 것은 트라 우마적 사건에 대한 그녀의 설명이 기호 내적 세계를 위협하고 교 란하는 타자성으로 지시대상의 문제를 해결하는 드 만의 방식과 유사한 구조를 지니고 있기 때문이다.

소위 현대담론의 언어학적 전회 이후 탈구조주의적 이론이 문 학과 언어, 아니 담론 일반을 역사적 현실에서 분리하여 기호의 자유유희에 떨어졌다는 비판에 맞서, 캐루스는 드 만이 반대한 것은 언어의 지시성 그 자체가 아니라 언어의 지시성을 '지각'perception 의 모델에 따라 개념화하는 입장이었으며 오히려 드 만은 지시대상의 충격을 각인하는 글쓰기 방식을 이론화해왔다고 주장한다. 캐루스의 독법에 의하면 드 만에게 지시대상은 어떤 매개나 왜곡도 없이 언어 속으로 들어오는 것이 아니라 '추락'falling의 방식으로 들어온다고 한다. 언어 속으로 떨어지는 순간 지시체는 추락의 충격으로 온전한 형상을 잃어버리고 뒤틀리고 부서진다. 캐루스가 드만의 글에서 추락의 메타포에 주목하는 것은 물론 트라우마 충격과의 연관성 때문이다. 지시체는 원형 그대로 언어 속으로 들어오지 못하고 부서져 흔적으로만 언어에 효과를 미친다. 캐루스에 의하면 드 만의 텍스트에 출현하는 이 추락의 메타포가 "직접적 지시성에 의해 허구화되지도 않고 이론적 추상으로 형식화되지도 않은 지시체의 리얼리티를 역설적으로 환기시킨다"[19]고 한다. 이런 점에서 캐루스의 '트라우마적 글쓰기'와 드 만의 '수사'rhetoric 사이엔 친연성이 존재한다. 드 만에게 수사가 텍스트의 전체성과 보편성에 저항하고 텍스트를 추락으로 몰고 가는 비결정적 우연성을 각인하는 글쓰기라면, 캐루스에게 트라우마적 글쓰기는 의식과 재현체계를 불가능에 빠뜨리는 지시체의 충격을 각인하는 글쓰기이다.

물론 양자 사이에는 간과할 수 없는 차이가 존재한다. 캐루스

---

19 Cathy Caruth, *Unclaimed Experience*, 89쪽.

의 트라우마적 기억과 글쓰기에는 드 만의 수사에는 지워진 정동이 스며들어 있다. 트라우마의 특징 가운데 하나는 정동과 신체적 반응을 동반한다는 점이다. 트라우마 기억은 보통의 기억들보다 더욱 강하게 인간의 몸에 달라붙어 있다. 조나단 쉐이의 기술을 빌리자면, "외상적 기억은 꿈이나 플래시백 속에서 외상이 사건 당시 그대로 재연되는 것인데, 트라우마를 겪던 당시의 소리, 냄새, 그리고 자신의 몸에 전해왔던 소름끼치는 손길이 다시 경험되거나 마치 깨진 조각들처럼 다시 느껴진다. 이때의 파편적 조각들은 설명할 수 없는 분노나 두려움, 주체할 수 없이 터져 나오는 울음, 또는 몸과 감각들이 따로 노는 듯한 상태이다."[20] 뒤에서 보다 자세히 거론하겠지만, 언어질서와 지시체의 관계를 추락과 연결시키는 드 만의 이론에는 추락에 동반되는 정동적, 신체적 충격의 흔적이 지워져 있다. 충격의 여파는 오로지 기호질서의 실패와 추락을 통해 '부정적으로' 나타날 뿐 그 정동적 충격은 영향을 미치지 않는다. 어떤 정동의 흔적도 지워버린 듯 지극히 논리적이고 건조한 드 만의 글쓰기 스타일은 정동적 충격을 이론적 추상 속으로 형식화한 것이라 할 수 있다.

캐루스의 드 만 독법에 나타나는 문제점은 사실 드 만이라는 특정 이론가에 대한 평가에 국한되는 것이 아니라, 보다 근원적으

---

20 Jonathan Shay, *Achilles in Vietnam: Combat Trauma and the Undoing of Character*, (New York: Atheneum, 1994), 172쪽. 위 인용은 수산 브라이슨 『이야기 해 그리고 살아나』, 여성주의 번역모임 '고픈' 옮김, (인향, 2003), 100쪽에서 재인용한 것임.

로는 드 만적 문제틀을 홀로코스트 같은 구체적인 역사적 사건과 그 기억에 적용할 때 발생하는 문제와 연결된다. 캐루스의 이론화에서 트라우마적 사건은 특정한 시공간에서 일어난 '역사적' 사건임에도 그 구체적 역사성은 지워지거나 흐려진다. 그녀의 이론이 초점을 맞추는 것은 역사적 사건의 성격이나 사건이 발생한 맥락에 대한 이해가 아니라 사건의 충격이 언어질서에 부정적으로 기입되는 그 역설적 성격에 놓여 있다. 이런 까닭에 '역설적'paradoxical이라는 형용사는 그녀의 글에 가장 빈번하게 등장할 뿐 아니라 그녀의 입장을 가장 핵심적으로 응축하고 있는 단어이기도 하다. 이 단어는 트라우마적 사건이 부재로서 현존하는 방식과 재현 불가능성을 통해 나타나는 방식을 가리킨다. 그것은 데리다의 '결정불가능성'undecidability이나 드만의 '독서불가능성'unreadability과 비슷한 의미론적 계열에 놓여 있다. 문제는 이 역설성과 불가능성이 논의의 중심에 놓일 경우 지시체로서의 사건은 오로지 언어에 균열을 일으키는 언어 '내적 불가능성'으로 축소될 뿐 그 역사적 사건성과 물질성은 휘발된다는 점이다. 드 만에게 '물질성'materiality이라는 말이 빈번하게 사용되고 있고 이것이 그를 유물론자로 만들어준다는 평가도 있지만, 실상 드 만에게 물질성이란 구체적인 역사의 물질성이라기보다는 언어질서의 체계화를 가로막는 '내적 이질성' 이상이 아니다. 그에게 물질성이란 기표의 자유유희에 브레이크를 거는 기호 내적 타자성 이상의 의미부여를 받지 못하고 있다. 따라서 드 만이나 그의 이론을 수용하고 있는 캐루스에게 중요한 것은 역사적 물질성의 구체적 내용이나 트라우마를 일으킨 사건의 역사적 맥락, 그리고 트라우마를 경험하는 사람들의 내적 동기와 충동을 이해하려는 노력이 아니라 기호질서의 파열에 대한 집착과 이런 파열을 드러내는 텍스트의 미학성이다. 이 미학은 모더니즘 형식에 압도적으로 경사되어 있다. 이런 점에서 역사와 물질성에 대한 거듭된 강조에도 불구하고 캐루스의 논의의 초점이 역사 그 자체가 아니라 재현의 불가능성과 역설성에 놓여 있다는 것은 우연이 아니다. 물론 역사에 접근하려면 접근방식이나 접근에 개입되는 프레임 등 재현에 대한 성찰은 필요하다. 역사에 대한 순진한 낭만적 접근이 진리를 사칭할 때 정치적으로 엄청난 파괴성을 일으켰던 역사적 교훈을 우리는 비싼 대가를 치르고 배웠다. 하지만 재현의 틀이라는 것이 일종의 렌즈라고 한다면 역사를 들여다보는 렌즈, 아니 더 정확히 말해 깨어진 렌즈에만 관심을 기울이다가 렌즈를 통해 들여다보고자 했던 역사 자체를 놓쳐버리는 것은 도움이 되지 않는다.

역사에 기호질서의 파열 이상의 실질적 의미를 부여하지 않는 캐루스의 논의가 홀로코스트 같은 역사적 사건의 구체적 내용을 이해하려는 노력을 보이지 않는 것은 자연스러운 귀결이다. 언제, 누구에게, 왜 이 사건이 일어났으며, 이후 이 사건이 어떻게 담론화되는가는 그녀의 관심사가 아니다. 구체적인 역사적 맥락과 상이

한 사회적 주체들에 대한 이해를 요구하는 이런 문제들은 캐루스의 논의에서 정당한 관심을 받지 못한다. 앞서 우리는 프로이트 정신분석학의 트라우마 개념이 의미 있는 것은 그것이 '쾌락원칙 너머의 역사와 충동'을 만날 수 있는 길을 열어준다는 점이며, 캐루스의 트라우마론이 현대 담론주의자들의 논의와 다른 것은 트라우마적 사건을 담론의 연쇄 속으로 휘발시키지 않고 사건의 실체성을 유지하려고 하는 점이라고 지적했다. 캐루스가 프로이트의 트라우마 논의에서 주체의 무의식적 환상이나 동기를 극구 배제하면서 사건의 직접적 충격의 측면만을 수용하려고 하는 것도 사건의 실체성을 유지하기 위한 것이다. 하지만 캐루스의 트라우마론에 대한 검토를 통해 우리는 이런 방식으로 트라우마적 역사의 실체성을 유지하는 것이 어떤 의미를 지니는지 묻지 않을 수 없다. 드만과 캐루스에게 트라우마적 역사가 담론질서로 휘발된 것은 아니라 해도 역사의 무게란 기껏해야 담론에 일으킨 균열 이상이 되지 못한다. 캐루스가 드 만의 문제틀을 빌려오면서도 드 만의 전전 반유대주의의 문제에 대해 의도적 침묵을 유지하는 것이나,[21] 홀로코스트가 제2차세계대전 후 미국 패권주의와 이스라엘 민족주의의 결탁을 용인하거나 은폐해주는 또 다른 윤리산업으로 변질되어 가는 문제에 대해 보이는 무관심과 방조는 징후적이라 하지 않을 수

---

21 캐루스는 *Unclaimed Experience* 4장에서 드 만에 대해 논의하고 있지만 드만의 전전 반유대주의에 대해서는 언급하지 않는다.

없다.[22] 재현의 문제, 아니 더 정확하게는 재현의 내재적 실패에 과도하게 관심이 집중되어 있는 그녀의 논의에 재현을 둘러싼 권력 역학이나 상이한 사회적 위치에 놓여 있는 주체들이 트라우마적 역사에 대해 보이는 상반된 반응이 빠져 있는 것은 어쩌면 당연한 일인지 모른다. 사실 이런 문제는 탈구조주의적 시각에서 홀로코스트에 접근하는 논의들에 편재하는 경향성으로서 홀로코스트를 예외적 사건으로 특권화함으로써 다른 역사적 트라우마들을 주변화시킨다는 (탈식민주의자들의) 비판을 초래한다.

물론 미국 해체주의의 아킬레스건이라 할 수 있는 드 만의 전전 반유대주의의 문제는 데리다 뿐 아니라 쇼샤나 펠만을 위시한 저명한 해체 비평가들에 의해 진지하게 논의되어 왔다. 하지만 가장 섬세한 드 만 옹호론을 펼치고 있는 쇼샤나 펠만에겐 캐루스의 침

---

22 국내에 번역된 『홀로코스트 산업』이란 저서에서 노르만 핀켈슈타인(Norman G. Finkelstein)은 홀로코스트 담론이 2차 대전 후 미국사회의 주류로 진입한 권력 지향적 유대인들, 미국의 반이슬람 중동지배정책, 그리고 이스라엘의 우파 국가권력이라는 삼두체제에 의해 확대, 재생산되어온 권력담론이라고 비판한다. 이 책의 필자에 따르면, 홀로코스트가 역사상 등장한 그 어떤 폭력적 인종 희생제의와도 구분되는 '독특하고 예외적인 사건'으로 담론화된 것은 희생자들에 대한 추모라는 본래의 의미에서 벗어나 미국 주도의 세계질서에서 한 축을 형성하게 된 미국 우파와 이스라엘의 시온주의자들이 자신들의 정치적 의도를 관철시키기 위해 확산시킨 것이라고 한다. 미국 신보수주의의 핵심세력을 형성하고 있는 우파 유대인들은 이슬람에 대한 지배를 정당화해줄 윤리적 근거를 '인종적 희생자로서 유대인'이라는 이미지에서 찾았고, 이들이 지원하는 각종 대학기관들에서 생산된 홀로코스트 담론들은 이런 우파 정치기획을 측면 지원해주는 '윤리산업'으로 변질되었다는 것이다. 핀켈슈타인의 비판이 홀로코스트 담론 일반에 대한 성급한 비난으로 이어져서는 안 되겠지만, 유대인-희생자 담론이 희생제의를 끊어내는 쪽으로 나아가지 못하고 이슬람이라는 또 다른 인종적 희생물을 만들어내는 최근의 경향은 홀로코스트 담론에 대한 비판적 개입을 요구하는 것으로 보인다. 이런 비판적 개입을 시도한 논자로 국내에 소개된 유태학자로는 지그문트 바우만(Zygmund Bauman)이 있다. 그는 이스라엘의 시온주의적 지배계급에 의해 홀로코스트의 기억이 세속화, 신성화되면서 그것이 이스라엘 사회 내부의 문제를 회피하는 이데올로기 기제로 활용되고 있다고 비판한다. 이에 대해서는 바우만과 임지현의 대담 「악의 평범성에서 '악의 합리성'으로: 홀로코스트의 신성화를 경계하며」, 『당대비평』 2023년 봄호, 12-32면을 참조할 것.

묵 못지않은 또 다른 문제가 있으며, 이 문제가 트라우마로서의 역사와 관련하여 이들 모두가 공유하고 있는 어떤 문제틀과 관련되어 있다는 것이 나의 생각이다. 앞서 나는 홀로코스트가 탈구조주의의 부상에 중요한 영향을 미친 역사적 준거점이라고 지적했다. 따라서 포스트주의의 이론적 공과를 따져보는 한 가지 방법은 이 사건에 대한 대응의 적실성 여부를 따져보는 것이다. 내가 드 만의 전전 반유대주의에 대해 해체론자들이 보인 이론적 반응을 검토해 보려는 것은 드 만이라는 한 이론가 개인에 대해 도덕적 판단을 내리려는 것이라기보다는 추상적 이론논쟁에서는 잘 드러나지 않는 탈구조주의의 역사적, 윤리적 성격이 이 사건을 둘러싼 해석의 지형에서 보다 분명해질 것이라고 판단하기 때문이다.

4. 증언과 변명 사이: 쇼사나 펠만의 드 만 변론기

1987년 12월 1일 『뉴욕 타임즈』에 실린 드 만 관련 기사 한 편은 평소 대학 내 급진주의자들에게 곱지 않은 시선을 던졌던 주류 학계와 언론계 뿐 아니라 탈구조주의라는 이름의 우산 속에 모여 있던 급진적 이론가들에게도 엄청난 충격을 던졌다. 유럽산 탈구조주의를 미국에 번역, 수용했을 뿐 아니라 예일대학교이라는 제도적 기반 위에서 탈구조주의 이론가들을 배출했던 폴 드 만이

1940년에서 1942년 사이 나치의 반유대주의에 직·간접으로 동조한 169편의 글을 벨기에의 친독일 협력신문 『르 소르』(Le Soir)지에 발표한 사실이 뒤늦게 밝혀진 것이다. 이 뒤늦은 발굴이 미국 문화계에 준 충격은 트라우마 기억의 증명사례처럼 보인다. 나치즘이라는 불행한 역사의 한 시기는 오랜 억압과 해리 뒤에야 기억되며, 이 사후적 기억은 과거뿐 아니라 현재의 상징적 의미망도 파열시키는 폭발성을 지닌다는 주장이 입증된 것이다. 나치즘에 대한 트라우마적 기억의 뒤늦은 출현에 대해 미국 문화계는 드 만으로 대변되는 해체비평에 대한 다분히 정치적 의도를 지닌 비난에서부터 드 만의 전전 친나치즘적 태도를 젊은 시절의 우연적 실수로 처리하는 입장, 그리고 전전前後 드 만과 전후戰前 드 만을 분리시킨 다음 그의 전후 이론작업을 전전 행위에 대한 '반성'으로 해석하여 그를 정치적으로 구출하는 입장에 이르기까지 실로 다양한 반응들을 보여주었다.[23] 필자가 아래에서 검토해볼 쇼사나 펠만의 글은 당시 씌어진 드 만 구출기 중에서 가장 섬세하고 깊이 있는 글 가운데 하나이다.[24] 미국의 대표적인 해체비평가의 한 사람으로서 펠만은 손쉬운 사후적 재단을 허용하지 않는 한 개인의 역사적 행위에 대해 후세 사람들은 어떤 판단을 내려야 하는가 하는, 결코 간단

---

23 드 만의 친나치 기고문이 발굴되고 난 후 그에 대한 학계의 반응을 특집으로 꾸민 *Critical Inquiry* (1989년 여름호)를 참조할 것.

24 펠만의 이 글은 *Critical Inquiry* 1989년 여름호에 먼저 발표되었지만 이 글에서는 그녀가 도리 롭과 공동 저술한 *Testimony: Crises of Witnessing in Literature, Psychoanalysis, and History*에 재수록된 "After the Apocalypse: Paul de Man and the Fall to Silence"를 사용했다.

치 않은 문제를 단순화하지 않으면서, 드 만의 전전 나치공모 행위를 그의 이론 전반과 관련하여 다루고 있다. 특히 펠만은 트라우마에 대한 정신분석학적 문제의식을 드 만 이론의 주요 대목과 연결시켜 그의 후기 저작이 나치에 공모한 자신의 트라우마에 대한 이론적 대응이었음을 설득력 있게 읽어내고 있다. 따라서 우리는 펠만의 드 만론에서 트라우마에 대한 드 만적 기억방식뿐 아니라 그의 기억에 대한 그녀의 기억방식도 함께 검토해볼 수 있을 것이다.

드 만의 나치 협력행위를 둘러싼 논쟁에서 쟁점은 다음 세 가지이다. 첫째, 나치즘에 대한 드 만의 협력행위, 둘째, 그의 과거 망각행위, 셋째, 공적 고백 대신 그가 선택한 침묵에 대한 판단. 이 세 층위의 문제 중에서 펠만이 초점을 맞추는 것은 마지막 세 번째이다. 물론 첫 번째 문제와 두 번째 문제에 대해 펠만이 판단을 내리지 않는 것은 아니다. 펠만은 청년 드 만이 재건과 민족의 구원이라는 나치 이데올로기의 묵시론적 유혹에 빠져든 것과 유대인을 유럽의 순수를 오염시키는 타자로 규정하여 유대인 격리에 동조한 것이 정치적 과오였음을 인정한다.[25] 하지만 펠만에 따르면,

---

25 펠만은 드 만의 글 가운데 「현대문학에서 유대인」이라는 제목의 글이 특히 문제적이라고 본다. 이 글에 실린 "유대인을 잃는 것은 아무것도 잃지 않는 것이다"이나 "유럽에서 격리된 곳에 유대 식민지를 건설하는 것은 서구의 문학적 삶에 어떤 애석해할 만한 결과도 초래하지 않을 것이다"와 같은 문장들이 드 만의 반유대주의를 말해주는 것으로 그녀는 보고 있다. 물론 펠만은 이 문장들을 곧바로 드만이 유대인 학살에 동조했다는 식으로 확대해석하는 것에는 반대한다. 이 글이 발표된 1941년 3월은 아직 '최종해결책'이라 불리는 유대인 절멸정책이 전면적으로 시행되기 이전이다. 따라서 이 귀절을 가지고 드 만이 절멸정책을 지지했다고 해석하는 것은 시대착오적이라고 한다. 같은 책, 129쪽 주 8 참조. 드 만의 전전 글들은 *Wartime Journalism*, 1939-1943, ed. Hamacher, Hertz, and Keenan, tr. Ortwin de Graef (Lincoln: UP of Nebraska 1988)이라는 제목으로 번역, 출간되었다.

드 만이 범한 정치적 과오는 후대인들이 사후적 거리라는 시간의 특혜를 이용하여 손쉽게 도덕적 판단을 내릴 수 있는 문제가 아니라 우리 모두가 얽혀들 수밖에 없는 비극적 상황이었다고 한다. 물론 펠만은 이 말이 판단이 불필요하다는 의미는 아니라고 주장한다. 하지만 그녀가 말하는 판단은 기존 도덕율을 넘어서는 급진적 윤리적 차원을 요구하는 어떤 것이다. 펠만에게 홀로코스트와 같은 역사적 경험이 요구하는 윤리적 차원은 "그 경험의 소통-불가능성"(123)에 비추어 판단되어야 하는데, 바로 이 차원이 드만이 취한 침묵에 대한 평가와 연결된다.

펠만은 드 만의 전전 나치 동조 기고문이 발견되었을 때 많은 사람들을 당혹시켰던 그의 긴 침묵을 거짓이나 비양심적 행위가 아니라 오히려 나치시대와 같은 트라우마적 역사를 정직하게 '증언' 하는 것이라고 주장한다. 드 만의 침묵은 고백을 통해 쉽게 과거의 잘못을 변명하지 않고 말할 수 없음을 통해 말하는 행위, 다시 말해 말할 수 없음을 증언하는 행위라는 것이다. 드 만이 자신의 과거를 공개적으로 고백하지 않았다는 비난에 맞서 펠만은 루소의 『고백록』에 대한 드만의 해석(「변명」)을 다시 읽어냄으로써 그의 침묵을 변호하는 방식을 취한다. 『고백록』의 한 대목에서 루소는 어린 시절 자신이 리본을 훔쳤으면서도 이를 하녀 마리온 탓으로 돌렸던 일을 고백한다. 마리온에게 해를 끼치려고 했던 것은 아니지만 그의 악의 없는 거짓말 때문에 마리온은 쫓겨난다. 루소는 자신의 발언이 낳은 결과에 대해 깊은 죄의식을 느낀다. 자신의 발언과 의도(마리온을 향한 적대감), 그리고 그 결과(마리온의 해고) 사이에 실질적 연관이 없다고 변명을 해도 이미 일어난 현실적 결과를 되돌릴 수는 없다. 펠만은 드 만이 읽어낸 『고백록』의 이 대목이 드 만 자신의 과거 나치 동조행위 및 그에 대한 대응방식과 유사한 구조를 보인다고 지적한다. 드 만은 유대인들을 해치려는 분명한 의도를 갖고 있지는 않았지만, 자신의 글쓰기가 무고한 유대인들의 절멸에 어떤 식으로든 연루되어 있다는 사실을 뒤늦게 깨달았다는 것이다. 펠만에 의하면 드 만은 루소의 『고백록』을 읽어냄으로써 자신의 언어행위가 낳은 현실적 결과를 변명하거나 고백하는 것이 속죄가 될 수 없음을 인정하게 되었다고 한다. 다시 말해, 그는 고백이나 변명은 애초 자신의 글쓰기와 똑같은 언어행위이고, 모든 언어행위는 발화자도 모르는 사이 이데올로기적으로 생산된 '허구'와 연결되어 있다는 사실을 깨달았다는 것이다. 고백은 죄를 면제받고 싶은 욕망의 지배를 받기 때문에 거짓을 내포하지 않을 수 없다. 그러므로 드 만이 공개적으로 고백을 하지 않았다고 비난하는 것은 고백행위에 개입되는 거짓을 인지하지 못하거나 거짓을 강요하는 행위인 반면, 드 만의 침묵은 거짓에 동조하기를 거부한 숭고한 윤리적 행위가 된다. 펠만에 의하면 드 만의 침묵은 "변명의 담론이 홀로코스트로서의 역사를 해명할 수 없음을, **역사적으로나**

철학적으로 일어날 수 없는 고백의 윤리적 불가능성"[26]을 말하고 있다고 한다. 고백의 불가능성에 대한 이런 복합적 인식은 자신의 죄를 부인하는 것이 아니라 오히려 역사적 책임을 가장 급진적으로 떠맡는 것이다. 펠만은 드만이 엄격한 자기 반성과 비판을 통해 자신이 저지른 죄과가 결코 변명될 수 없다는 인식으로 나아갔기 때문에 침묵을 취했다고 해석한다.

과연 드 만의 침묵을 이렇게 정당화할 수 있을 것인가? 뛰어난 수사와 현란한 지적 곡예에도 펠만의 논리가 설득력을 갖기 어려운 것은 '침묵의 절대화'에 떨어졌기 때문이다. 이런 절대적 논법에 의하면 과거를 고백하는 모든 담론은 거짓이 되고, 트라우마적 역사를 대면하는 유일한 길은 침묵 밖에 없다. 실상 펠만은 '침묵 아니면 거짓'이라는 이분법적 논리를 '상대적 분별과 선택'이 요구되는 역사적 판단에 무차별적으로 적용하고 있다. 도미니크 라카프라의 지적처럼 드 만이 자신의 윤리성을 지킬 수 있는 길은 침묵밖에 없다고 판단했다면 최소한 침묵을 선택한다는 점은 말했어야 했다.[27] 감당할 수 없는 비판에 노출되는 위험에서 면제된 침묵을 윤리적 행위로 정당화할 수 있는가? 공적 차원에서 이루어지는 고백의 사회정치적 의미를 '모든' 고백에 개입되는 자기변명을 이유로 폄

---

26 Shoshana Felman, "After the Apocalypse: Paul de Man and the Fall to Silence," *Testimony: Crises of Witnessing in Literature, Psychoanalysis, and History* (New York: Routledge, 1992), 733쪽. 원문 강조.

27 Dominick LaCapra, *Representing the Holocaust: History, Theory, Trauma* (Ithaca: Cornell UP, 1994), 117쪽.

하할 수 있는가? 변명이 될 위험을 무릅쓰고 자신의 과오를 고백하는 것이 사회적 관계 속에 살고 있는 한 개인이 자신의 행위의 결과에 책임지는 자세가 아닌가? 침묵의 절대화에 빠진 펠만의 논법에서는 침묵을 깨는 일의 어려움에 대한 이해가 없다. 그녀에겐 모든 담론이 너무나 쉽게 변명이 된다.

펠만의 변호적 태도가 그녀의 글을 손상시키는 또 다른 점은 그녀가 드만의 침묵을 홀로코스트 피해자 및 생존자들의 침묵과 동일시한다는 점이다. 드 만의 침묵을 옹호하면서 그녀는 프리모 레비가 『익사한 자와 구조된 자』(The Drowned and the Saved)에서 언급한 다음 구절을 인용한다.

> 우리 생존자들은 진정한 증언자들이 아니다. 다른 사람들이 쓴 회고록과 몇 년간의 시차를 두고 나 자신의 회고록을 읽으면서 내가 조금씩 알게 된 불편한 생각이 이것이다. 말하러 돌아오지 못한 사람들과 돌아왔지만 입을 다물고 있는 사람들, 이들이 바로 물속에 가라앉은 사람들이며 완전한 증언자들이다. 이들의 증언이 보편적 중요성을 가져야 한다.[28]

이어서 펠만은 다음과 같이 덧붙인다.

---

28 Shoshana Felman, "After the Apocalypse" 139쪽에서 재인용.

드 만의 전체 작업과 후기 이론은 돌아와 입을 다물고 있는 증언자들의 침묵을 자신의 글쓰기 속으로 끌어들이면서 홀로코스트를 암묵적으로 증언하고 있다. 그의 증언은 (불가능하고 실패한) 화자─전쟁이 그의 목소리를 빼앗아간 화자/저널리스트─로서가 아니라, 자신과 다른 증언자들이 행하는 증언의 맹목성을 증언하는 사람으로서, 그리고 증언에 대한 홀로코스트의 역사적 붕괴를 직접 증언하는 사람으로서 행하는 증언이다.[29]

펠만이 인용하는 구절에서 레비가 가리키는 사람들은 자신보다 더 끔찍한 경험을 한 홀로코스트 희생자들이지 드 만 같은 협력자가 아니다. 레비와 드 만 사이에 존재하는 차이를 지워버리고 양자를 동일시하는 것은 홀로코스트에 연루된 사람을 모두 피해자로 만드는 일이다.[30]

---

29 같은 글, 139.

30 피해자와 가해자를 뒤섞어 버리는 이런 문제점은 캐루스에게도 나타난다. *Unclaimed Experience*의 서문에서 캐루스는 이탈리아 시인 토르콰토 타소의 서사시 『해방된 예루살렘』에 등장하는 탄크레드와 클로린다의 이야기를 트라우마 이론의 윤리성을 보여주는 우화로 읽어낸다. 타소의 시에서 탄크레드는 자신이 사랑하는 클로린다가 적군의 갑옷을 입고 있다는 사실을 알지 못하고 칼로 찔러 죽인다. 탄크레드는 클로린다를 땅에 묻은 뒤 숲 속에 들어갔다가 큰 나무를 베고, 나무에서 클로린다의 비명소리가 흘러나오는 것을 듣는다. 나무에는 클로린다의 혼이 들어 있었던 것이다. 애초에 캐루스는 의식 너머에서 일어나는 트라우마의 반복성을 설명하기 위해서 이 이야기를 가져오는데, 트라우마 이론의 윤리성으로 논의를 확장하는 과정에서 문제가 발생한다. 캐루스는 탄크레드가 나무에서 클로린다의 목소리를 듣는 것을 상처에서 흘러나오는 타자의 목소리를 듣는 것으로 읽는다. 그는 클로린다를 "자아 속의 타자"(the other within the self, 8쪽)로 해석하면서, 자아 속에 들어 있는 타자의 목소리가 자아의 진실을 증언한다고 말한다. 이런 독법에 따르면, 탄크레드는 트라우마적 반복에 시달리는 피해자가 되고, 클로린다는 그의 트라우마적 반복을 듣는 내부 타자(alter)가 되며, 가해자와 피해자는 한 사람 안에 있는 이중인격(dual personality)이자 해리된 존재(dissociated being)가 된다. 가해자와 피해자를 뒤섞고 피

홀로코스트와 같은 끔찍한 트라우마를 겪은 피해자들이 말할 수 없음에 직면하여 침묵으로 떨어지는 것은 충분히 이해할 수 있고, 이는 불가피한 일이기도 하다. 침묵은 피해자들에게 각인된 트라우마의 깊이를 말해주는 것이기도 하다. 이 상처는 홀로코스트 경험 자체에서 비롯된 것임과 동시에, 그 경험이 왜 일어났으며 그것이 그들의 잘못이 아니었음을 말해주지 않은 사회가 만들어낸 것이기도 하다. 그러므로 피해자들의 침묵은 증언의 부재가 아니라 홀로코스트의 성격과 그것의 현재적 지속성을 말해주는 소리 없는 증언이다.

하지만 피해자들의 침묵을 가해자나 협력자들의 침묵과 곧장 등치시켜서는 곤란하다. 물론 홀로코스트의 경험이 협력자나 가해자들에게도 고통스러운 기억으로 남아 있을 수는 있고, 피해자와 가해자를 선명하게 가르기 힘든 회색지대가 존재할 수도 있다. 하지만 이것이 모든 구분을 붕괴시키거나 무효화시킬 수 있는 것은 아니다. 유대인 말살을 지시한 나치 고위 장성들이나 반유대주의적 기사를 썼던 드 만이 전후 정신적 고통을 겪지 않았다고 말할 수는 없을 것이다. 하지만 이들의 고통이 피해자들의 고통과 같다고 말하는 것은 고통들 사이의 차이를 지워버리는 것이다. 판단의 어려움이 판단의 포기로 나아가서는 곤란하다. 그렇게 되면 역사

해자를 가해자 내부의타자(alter ego)가 전유해들이는 캐루스의 논의가 갖는 문제점에 대한 예리한 지적으로는 Ruth Leys, Trauma 8장 "The Pathos of the Literal: Trauma and the Crisis of Representation"을 볼 것. 특히 292-97쪽 참조.

적 상황 속에서 한 개인이나 집단이 저지른 정치적 행위에 대해 '책임'을 물을 수 없는 윤리적 공항상태에 빠진다. 나치 전범 아이히만의 재판을 둘러싼 논쟁에서 한나 아렌트가 집요하게 저항했던 것이 판단과 책임을 회피하려는 시도였다. 아렌트에게 가해자와 피해자의 구분을 모호하게 흐리고, 피해자는 피해자 대로 또 가해자는 가해자 대로 자신들이 져야 할 '부채의 유산'에 대한 책임을 회피하는 것은 홀로코스트를 만들었던 전체주의적 정신구조로 회귀하는 것이다. 그녀는 아이히만의 범죄를 가능케 했던 파시즘적 정신구조가 바로 '판단력의 마비'에서 초래되었다고 본다. 펠만이 파시즘적 정신구조에 빠졌다고 말하는 것은 지나치지만 판단의 어려움을 의도적으로 확대함으로써 판단불능의 사태를 초래하는 것은 분명하다.

드 만에 대한 펠만의 옹호가 그가 전후 취한 침묵의 문제에 한정되는 것은 아니다. 아니 펠만의 변론의 핵심은 드 만의 후기 이론이 자신이 과거에 저지른 잘못에 대한 통렬한 이론적 반성이자 이차적 증언행위라고 주장하는 것이다. 펠만은 드 만의 후기 이론 작업이야말로 증언의 맹목성을 증언하고 홀로코스트를 '이론적으로 번역하는 작업'이라고 주장한다. 그녀의 독법에 따르면, 기호(언어)질서와 역사의 유기적 통합을 주장하는 '심미적 이데올로기'의 폭력성에 대한 후기 드 만의 비판은 정치의 미학화를 주장한 나치의 파시즘적 이데올로기에 대한 비판, 아니 그 파시즘적 미학 이데올로기에 동조했던 과거 자신의 오류에 대한 '이론적' 반성작업이었다고 한다. 드 만이 후기 이론에서 보여준 이데올로기적 맹목에 대한 반성은 홀로코스트가 그의 이론 속에 '침묵의 흔적'으로 존재한다는 것을 반증한다고 한다. 따라서 이데올로기적 질서 혹은 기호질서의 동질성을 불가능하게 만드는 '이질적 타자로서의 역사'를 살려내는 것이 유대인이라는 유럽문명의 타자를 말살하려고 했던 나치즘과 그 나치즘을 지탱해준 미학적·통합적 이데올로기에 대한 '비판'이 된다. 펠만은 드 만이 역사라는 '지시체의 잔해'를 끌어들여 이데올로기적 조화와 통일성을 방해하는 것이 이데올로기적 허구에 끌려들어가지 않는 길이라는 교훈을 배웠다고 본다. 이런 드 만의 이론적 반성이 트라우마에 대한 캐루스나 펠만의 설명의 토대를 이루고 있다는 점은 어렵지 않게 감지된다. 앞서 지적했듯이, 지시체로서의 역사가 기호질서에 기입되는 방식이 바로 그 기입불가능성을 통해서라는 드 만의 설명은 트라우마적 사건에 대한 증언은 증언불가능성을 통해서 이루어진다는 설명으로 이어진다.

하지만 자신의 나치 공모행위에 대해 드 만이 행한 '이론적' 반성은 언어 '일반'과 역사 '일반'의 관계를 해명하는 추상적이고 구조적인 차원에 머물러 있을 뿐 구체성을 담보하고 있지 않다. 그것은 정서적 동요와 정신적 갈등을 수반하는 훨씬 더 복잡하고 실질적인 반성, 나치즘에 희생된 역사적 타자들의 죽음에 대해 개인적 책임을 감당하는 성찰과 속죄가 빠져 있는 추상적 반성이다. 실상 이런 추상적 반성은 구체적 용어로 대면할 수 없는 문제를 일반화함으로써 트라우마적 역사의 충격을 회피하는 방어기제일 수 있다. 드 만의 이론작업이 지니는 의미는 그것대로 정당하게 평가해야겠지만, 그것이 구체적인 역사적 맥락에서 이루어진 정치적 행위에 대한 탈맥락적 정당화로 이어져서는 곤란하다. 이 두 차원의 혼란은 드 만의 반성 뿐 아니라 그의 반성을 반성하는 논자들의 주장에도 되풀이된다.

이런 탈맥락적 정당화와 연결되어 있는 또 다른 문제점은 드 만에게 홀로코스트와 같은 트라우마적 역사에 대한 증언과 책임은 어느 순간 텍스트 '읽기'와 텍스트 '번역'의 문제로 치환되고 있다는 것이다. 펠만에 따르면, 드 만의 이론에서 홀로코스트와 같은 트라우마적 역사에 대한 증언불가능성은 텍스트의 해독 불가능성 및 번역불가능성과 '구조적으로' 유추된다. 드 만에 의하면, '모든' 텍스트는 텍스트 속에 해석에 저항하는 요소를 포함하고 있다. 따라서 텍스트를 해석하는 것은 원칙적으로 불가능하다. 드 만의 지적 브랜드라 할 수 있는 '엄밀한 읽기'rigorous reading는 텍스트를 정밀하게 읽어냄으로써 읽기의 불가능성을 증명하는 것이다. 읽기가 불가능한 것은 읽는 행위가 불충분해서 혹은 해석주체의 이데올로기적 왜곡과 편향때문이 아니라 텍스트 안에 해석을 불가능하게 만드는 요소가 있기 때문이다. 이런 텍스트 해석의 불가능성은 역사의 증언불가능성과 연결된다. 펠만에 따르면, 루소의 『고백록』을 엄밀하게 읽어냄으로써 드 만은 "회복할 수 없는 불의와 상해의 수치로서 **읽기의 (혹은 홀로코스트의) 역사적 불가능성**을 우리가 계속해서 마주하게 된다는 점"(원문 강조)[31]을 밝혀낸다고 한다. 여기서 읽기의 불가능성은 트라우마의 증언불가능성과 동일시된다. 괄호 속에 들어 있는 '혹은 홀로코스트의'라는 귀절은 그녀가 읽기와 역사를 동일한 차원에 놓고 있음을 보여준다.

텍스트 해석의 불가능성과 역사의 증언불가능성을 연결시키는 이런 시도는 펠만이 침묵을 깨는 언어행위이자 홀로코스트가 요구하는 윤리적 책임을 떠맡을 수 있는 담론방식이라고 주장한 '번역'에도 고스란히 적용된다. 펠만은 벤야민의 「번역가의 책무」를 독해한 드 만의 글에서 고백이나 침묵으로 떨어지지 않고 역사를 말할 수 있는 방법을 찾아내는데, 그것이 바로 번역이다. 영어단어 'task'에 해당하는 독일어 'aufgabe'에는 '책무'라는 뜻 외에 '포기'나 '실패'라는 뜻도 들어 있다. 번역은 원본을 다른 언어로 옮기는 행위이다. 문제는 옮기는 과정에서 '실패'가 일어날 수밖에 없고, 원본의 '죽음'이 발생하지 않을 수 없다는 것이다. 벤야민에 의하면, 번역은 원본의 죽음인 동시에 원본 안에 재현 불가능한 '심연'abyss으로 숨어 있는 '순수언어'가 낯선 언어에서 새롭게 창조되는 과정이다. 원본에 들어 있는 순수언어가 낯선 언어를 통해 새롭게 창조되고 부활하려면 원본은 폭력적으로 해체되고 죽어야 한다. 번역가

---

31 같은 책, 152쪽.

의 과제는 죽은 원본의 시체를 내버리지 않으면서 원본의 텍스트성을 옮기는 행위이자 원본의 죽음을 증언하는 행위이다. 펠만에 따르면 역사란 외국어로 쓰인 원본과 같다. 역사를 번역한다는 것은 그것을 지각 가능한 대상으로 파악하는 것을 포기하는 것이며, 역사를 남김없이 재현하는 것이 불가능하다는 점을 받아들이는 것이다. 펠만은 드 만이 벤야민의 번역론을 정밀하게 읽어내면서 홀로코스트로서의 역사를 번역하고 있다고 주장한다.

펠만의 이론에 대한 요약을 통해 우리는 그녀가 '역사'와 '텍스트'를 같은 차원에서 논의하고 있음을 알 수 있다. 그녀에게 텍스트 읽기는 역사 읽기로, 원본의 번역은 역사의 번역으로 치환되며, 읽기와 번역에 대한 드 만의 성찰은 홀로코스트에 대한 성찰로 해석된다. 이런 해석은 텍스트와 역사의 '구조적 상동성'structural homology에 기대고 있다. 하지만 설령 양자의 구조적 상동성을 지적하는 것이 타당하다고 해도, 이런 상동성에 대한 드 만의 성찰이 구체적인 역사적 사건으로서 홀로코스트에 대한 증언과 등치될 수는 없다. 이런 무매개적 등치는 펠만 자신이 공들여 논증해낸 '번역'에 미달하는 모사적 논리를 재연하는 것일 뿐 아니라 아무런 매개 작업도 거치지 않은 채 홀로코스트라는 '구체적 역사'를 '역사 일반'으로, 그리고 '텍스트 일반'으로 확대하는 것이다. 이런 접근법이 안고 있는 문제점은 결코 다른 존재로 대체될 수 없는 '구체적' 개인과 집단의 죽음을 번역에 수반되는 '언어적 죽음'이나 '구조적 죽음'으로 바꾸어 버린다는 점이다. 홀로코스트에서 죽어간 유대인들의 죽음은 원본의 죽음으로, 그들이 독가스실에서 겪었을 육체적 고통과 정신적 공포는 번역과정에서 발생하는 구조적 고통으로 대체된다. 이를 통해 개체의 고유성과 몸의 육체성은 언어 속으로 휘발된다.

실상 이런 구조적 논리는 특정 개인과 집단이 서 있는 '사회적 위치'를 고려하지 않는다. 앞서 우리는 펠만이 드 만의 침묵을 홀로코스트에 대한 윤리적 증언행위로 해석하고 있음을 보았다. 그것은 피해자의 침묵을 협력자의 침묵과 동일시하는 행위이다. 이런 현상이 일어나는 것은 역사적 사건을 역사의 지평 너머에 위치시키고 사건에 연루된 주체들의 사회적 위치에 대한 무관심에서 기인한다. 펠만에게 트라우마적 역사는 구체적인 사회성을 초과하는 '유사 초월적 사건'quasi-transcendental event으로 격상되고, 그 사건에 연루된 드 만이라는 한 역사적 개인도 사회적 영역 너머에 위치한 존재로 올려진다. 따라서 이런 역사 초월적 사건을 역사적 범주로 판단하는 것은 불가능할 뿐 아니라 불경하다. 하지만 홀로코스트라는 역사적 사건의 고유성을 인정하는 것이 그것을 다른 어떤 역사적 사건과도 비교할 수 없는 유일무이한 사건, 모든 역사적 구분을 무화시키는 숭고한 사건으로 만드는 것은 아니다. 홀로코스트의 신성화와 숭고화라 이름 붙일 수 있는 이런 지적 전도행위를 통해서는 특수한 역사적 사건에서 보편적 교훈을 얻을 수도 없고 과거와 현재의 대화를 이끌어낼 수도 없다. 필자는 펠만의 드 만론에 나타나는 이런 문제점이 일차적으로는 이론적 아버지에 대한 정신적 고착에서 비롯된 것이지만, 더 본질적으로는 드 만의 해체론에 내재해 있는 문제점이 증상적으로 드러난 것이라고 본다. 이 증상을 해석하려면 트라우마에 대한 탈구조주의적 관념 자체를 비판적으로 검토할 필요가 있다.

5. 구조적 트라우마와 역사적 트라우마

정신분석학적 범주인 '트라우마' 개념이 역사적 현상에 적용될 때 그것은 기존 의미망을 초과하는 어떤 한계의 사건을 담론화하기 위해서 활용된다. 이는 기존 담론망 내의 부분적 수정이나 개량을 통해서는 접근할 수 없는 급진적 차원의 역사와의 만남을 가능케 해준다는 점에서 홀로코스트로 대변되는 한계의 사건을 이해하는데 유용하다. 개체의 차원에서 불쾌한 자극을 최소한으로 줄이고 평정을 유지함으로써 쾌의 상태에 남으려는 인간의 지향은 쾌와 평정을 초과하는 죽음충동을 자극하는 사건을 통해 무너진다. 개체를 넘어서는 집단적 차원에서 쾌락원칙 너머의 역사와 만나는 것은 재앙이나 파국만이 아니라 그 파국을 통해 현존질서를 무너뜨리는 변화가능성과 만나는 것이다. 파국은 분명 현존 질서의 몰락이지만 그것은 또한 해체를 통한 변화가능성을 담고 있다. 이것이 트라우마를 단순히 '병리적 현상'이 아닌 '미래의 약속'을 담고 있는 것으로 만드는 지점이며, 트라우마를 넘어서기 위한 극복 작업이 기존 질서를 넘어 '불가능한 것'을 만나고 이를 통해 가능한 것의 좌표를 변화시키는 행위가 되는 이유이다.

문제는 '역사적 트라우마'가 과도하게 일반화되어 그 역사성을 상실할 때 발생한다. 도미니크 라카프라의 지적처럼 이는 두 개의 변별되는 범주인 '역사적 트라우마'와 '구조적 트라우마'를 뒤섞어 버릴 때 일어난다.[32] 역사적 트라우마와 달리 구조적 트라우마는 구체적 시공간 속에 놓여 있지 않다. 그것은 초역사적인 부재 absence와 연관되거나 모든 사회, 모든 삶에 나타나는 존재론적인 것이다. 구체적 시공간을 넘어선 '부재'와 관련된 이상 구조적 트라우마는 특정한 역사적 사건을 다루지 않으며, 따라서 그것에 대한 서사화도 구체적 내용이 소거된 추상적인 것일 수밖에 없다. 구조적 트라우마를 특징짓는 것은 어떤 구조적 체계에 '내재'하되 그것을 불가능에 빠뜨리는 '외부'의 침입이라는 점이다. 외부의 침범에 의해 내부는 안정성을 잃어버리고 수습할 수 없는 혼돈과 아포리아에 빠져든다. 문제는 이 외부가 특정한 사회나 역사체계를 위협

---

32 Dominick LaCapra, *Writing History, Writing Trauma* (Ithaca: Cornell UP, 2000), 43-85쪽. 라캉 정신분석학자인 파울 페어헤게는 트라우마를 구조적 트라우마와 사건적 트라우마로 구분한다. 구조적 트라우마는 충동의 분출을 가리키고, 사건적 트라우마는 주체 외부에서 일어나는 현실적 사건을 가리킨다. 페어헤게는 "사건적 트라우마는 주체의 충동에 의해 야기된 구조적 트라우마와 상호작용한다"고 주장함으로써 양자의 연관성을 지적한다. Paul Verhaeghe, *Beyond Gender: From Subject to Drive* (New York: Other Press, 2001), 58쪽.

하는 구체적 외부가 아닌 구조적 외부라는 점이다. 따라서 외부를 구성하는 대상이나 힘의 실질적 내용성은 중요하지 않다. 외부는 내부를 위협하고 내부에 파열을 일으키는 이질성heterogeneity 이상의 의미를 부여받지 못한다.

구조적 트라우마와 달리 역사적 트라우마는 특정한 역사적 시점에 발생한 실제 사건과 구체적 시공간 속에서 특정한 사회적 위치를 점유하고 있는 개인과 집단들이 경험한 상실을 가리킨다. 라카프라의 지적처럼 여기서 말하는 '상실'loss은 구조적 외상에서 전제하는 '부재'와 다르다. 부재란 그 대상을 특정할 수 없는 '일반적 없음'을 가리키지만 상실이란 잃어버린 대상을 적시할 수 있는 '구체적 없음'을 말한다. 따라서 역사적 트라우마에서는 다른 대상으로의 이전이 가능한 반면 구조적 트라우마에서는 이전이 불가능하다. 구조적 트라우마에서 대상은 애초에 부재하기 때문이다. 따라서 역사적 트라우마에 주목하는 담론은 트라우마적 사건의 '역사성'뿐 아니라 그 사건에 연루된 주체들의 '사회적 위치'와 상실된 대상의 '특수성'에 민감하다. 이를테면 홀로코스트는 트라우마적 사건이지만 트라우마로서 그 성격이 가해자, 희생자, 협력자의 구분을 불가능하게 만드는 것으로 해석되지는 않는다. 물론 피해자와 가해자를 선명하게 가를 수 없는 회색지대가 존재할 수는 있지만, 이것이 모든 구분과 구별을 붕괴시키지는 않는다. 역사적 트라우마는 모든 시대, 모든 사람에게 적용되는 구조적 트라우마로의 용해를 막아주고 역사적 이해와 정치적, 윤리적 판단에 대해 구체적 문제를 제기하는 특수성을 갖는다. 이런 특수성은, 이를테면 홀로 코스트 피해자들에게 트라우마로 작용하는 상실감을 주체 구성에 본질적으로 발생하는 존재론적 상실감이나 결핍으로 무한정 확대하는 것이 아니라 나치에 의해 구체적 대상을 잃어버린 데서 기인하는 상실감으로 한정짓도록 만든다.

물론 구조적 트라우마와 역사적 트라우마가 완전히 분리된 것은 아니며 양자의 관계를 이분법적 대립으로 설정할 필요도 없다. 심리적 트라우마를 일으키는 죽음충동이 인간에 내재해 있다는 것을 밝히는 일의 중요성이나, 언어적 재현을 넘어서는 극단적 경험의 의미를 무시해서는 안될 것이다. 이런 충동이나 극단적 경험이 역사적 트라우마를 일으키는 내적 요인으로서 일회적 사건에 국한되지 않고 반복된다는 점에 주목하는 것도 필요하다. 프로이트의 지적처럼 역사적 트라우마이든 구조적 트라우마이든 경험으로서 트라우마는 이전에 일어난 사건이 나중에 일어나는 사건 '속'에서 반복되는 특징을 갖고 있을 뿐 아니라, 이전의 사건은 이후의 사건을 통해 트라우마로 규정되기도 한다. 트라우마의 사후성과 소급성은 구조적 트라우마와 역사적 트라우마의 엄격한 구분을 문제적으로 만들긴 하지만, 그렇다고 이 구분이 무의미하지는 않다. 역사적 트라우마에서 트라우마를 일으키는 사건은 '결정'될 수 있지만 구조적 트라우마는 시간 속에서 결정될 수 있는 사건이 아니다. 그것은 역사적 트라우마를 일으키는 주체 내적 요인과 연결된 '결정 불가능한' 존재론적 조건이다. 전자를 후자로 혹은 후자를 전자로 환원하는 것은 모두 환원론의 함정에 빠지는 일이다. 구조적 트라우마를 일반화하여 그것이 역사적 트라우마를 흡수해 버리면 역사란 어떤 더 기본적이고 근원적인 존재론적 과정에서 발생한 '사례'example 이상의 의미를 부여받지 못한다. 반면 역사적 트라우마가 구조적 트라우마와 만나지 않으면 개별 사례의 차원을 넘지 못하는 일종의 환원론적 맥락주의로 떨어진다. 이 두 위험을 피하는 것이 역사에서 비역사적 잉여를, 그리고 비역사적 잉여가 역사 속으로 들어오는 '역사적' 방식에 민감한 담론을 생산하게 될 것이다.

6. 반복과 극복작업: 치유와 시작의 의미

트라우마를 겪은 개인이나 사회가 그 충격에서 쉽사리 벗어나지 못하고 반복의 회로에 빠져든다는 점은 일찍이 프로이트에 의해 지적되었고 약간 다른 방향이긴 하지만 최근 들어 이런 심적 경향은 '외상후 스트레스성 장애'post-trauma stress disorder의 특징으로 지적된다. 트라우마의 특징 중 하나는 주체가 자신의 의지와는 상관없이 고통스러운 과거의 사건으로 되돌아간다는 점이다.

그것은 주체의 의식과 의지를 넘어선 무의식적 반복인데, 앞서 1장에서 우리는 캐루스가 이 무의식적 반복을 사건에 대한 주체의 '대응'response으로 보고 있다는 점을 지적했다.

캐루스는 반복행위 자체에서 생존과 시작의 단초를 찾아낸다. 그녀가 외상적 반복을 생존으로 보는 것은 반복행위 자체를 사건에 대한 '통제'로 해석하기 때문이다. 반복행위에 잠재되어 있는 이런 통제의 역학을 읽어내기 위해 캐루스는 프로이트의 '경악'fright 과 '불안'anxiety의 구분을 차용한다. 프로이트에 의하면 트라우마의 발생은 순전히 자아에게 밀려오는 자극의 양으로 결정되는 것이 아니라 자아의 준비상태에 따라 달라진다. 경악은 자아가 급속하게 밀려오는 자극을 받아들일 준비가 되어 있지 않은 심리상태를 가리키는 것으로, 이 미흡한 준비상태가 트라우마를 일으키는 원인이 된다. 불쾌한 사건을 반복적으로 꾸는 악몽은 '불안'을 형성함으로써 애초의 자극을 뒤늦게 통제하려는 시도이다. 따라서 트라우마적 경험이 꿈에 반복되는 것은 불안을 형성함으로써 애초에 충분히 통제하지 못한 자극을 뒤늦게 통제하는 것이다.

주체의 반응과 대응이라는 점에서 반복적 대면은 주체가 트라우마에 압사당하지 않고 살아남았음을 의미한다. 물론 여기서 살아남았다는 것은 트라우마적 사건을 극복했다는 의미가 아니라 "결국 파괴로 이어질지 모를 끝없는 반복의 본질적 필연성"을 말한다.[33] 캐루스에 의하면 이 본질적 필연성이 생존을 삶의 다음 단계로의 이행이나 극복이 아닌 "삶의 불가능성에 대한 끝없는 증언"[34]이 되도록 만든다. 심지어 캐루스는 트라우마의 끝없는 대면을 생존의 증거일 뿐 아니라 주체가 자신의 상처에서 타자의 울부짖음을 듣고 그에 응답하는 윤리적 행위로 읽어내고 있다. 그녀에 의하면 상처를 치유하려는 시도는 타자의 소리를 침묵시키는 것이다. 타자의 소리에 열려 있으려면 상처를 봉합하지 말고 트라우마를 반복하는 것이 필요하다는 것이다.

트라우마에 대한 캐루스의 논의에서 문제가 되는 것은 극복작업과 치유를 거부하고 반복강박 그 자체에 머물러 있다는 점이다. 물론 손쉬운 치료에 기대하는 것이 적절한 대응방법이 되지는 못한다. 많은 경우 그것은 트라우마를 부인하거나 억압하는 것이다. 하지만 치료를 거부한 채 상처에 고착되는 것은 또 다른 병리적 증상이다. 캐루스는 트라우마의 반복 그 자체를 생존이라 보고 있지만 우리는 그것이 어떤 종류의 생존이며, 또 진정으로 생존에 값하는 것인지 묻지 않을 수 없다. 캐루스는 주체가 트라우마로 반복해서 돌아가는 것을 일종의 통제행위라고 보는데, 그가 말하는 통제란 증상의 특징인 '타협구조'compromise structure와 크게 다르지 않다. 증상이 타협구조를 띠고 있는 것은 증상에서 억압하는

---

33 Cathy Caruth, *Unclaimed Experience* 63쪽.
34 같은 책, 62쪽.

것과 억압당하는 것이 길항하고 있기 때문이다. 신경증적 증상에서 일어나는 타협형성이 표상의 회로 속에 들어가 있다는 점을 제외하면, 두 힘이 충돌하는 현상은 반복강박에서도 나타난다. 내부와 외부의 자극이 자아의 방어기제에 일격을 가해 균열을 일으키면 그 균열을 메우기 위해 자아 또한 방어기능을 강화한다. 리처드 부스비의 해석에 따르면, 트라우마의 효과는 자아의 전면적 붕괴가 아니라 자아의 방어막에 뚫린 균열을 메우기 위해 자아의 방어기제가 더 단단해지는 것이다.[35] 상처입은 자아는 최후의 방어선까지 물러나 더 경직된 방식으로 자신을 요새화한다. 자아가 위험을 막기 위해 사용하는 방어의 힘은 고착fixation이 되어 애초 방어를 초래한 트라우마적 사건과 비슷한 상황이 발생할 때마다 더 강고하게 반복되는 성격적 특성이 된다. 트라우마의 여파는 충돌하는 두 힘이 더욱 격렬하고 경화된 방식으로 대결하는 것이다. 타협이나 갈등 대신 '역설' '결정불능' 등의 용어를 사용하고 있지만, 캐루스의 트라우마론은 파열과 통제 어느 한 쪽도 완전한 지배력을 행사하지 못하는 두 힘의 충돌이라는 점에서는 증상의 구조와 다르지 않다. 캐루스는 이 힘의 충돌에서 "창조적 불확실성"[36]을 읽어낸다. 하지만 트라우마의 반복은 캐루스가 생각하듯 창조적 불확실성을 낳는다기보다는 어떤 의미심장한 차이도 만들지 못하고 주체

---

35 Richard Boothby, *Death and Desire* (New York: Routledge, 1991), 92-3쪽.

36 같은 책, 72쪽.

를 과거의 패턴으로 회귀시킬 뿐이다. 트라우마적 사건은 시간과 장소, 인과성과 연속 같은 '정상적인' 현실 범주의 바깥에서 일어난다. 이런 범주의 부재가 트라우마 사건에 일종의 "타자성"의 성격을 부여하지만, 트라우마에 갇혀 있는 사람들에게 새로운 삶의 가능성은 열리지 않는다. 트라우마는 삶의 가능성을 축소시키는 장벽이자 암초이다. 트라우마 생존자들에게 과거는 과거가 될 수 없다. 과거가 과거가 되려면 그 사건을 시간적 흐름 속으로 통합해 들여 상징적 의미를 부여할 수 있어야 한다. 그러기 위해서는 언어화, 특히 서사화가 필요하다. 물론 이 언어화와 서사화는 시간의 흐름 바깥에 있는 사건을 기억의 회로 속으로 불러들여 제 자리를 만들어주고, 비록 불완전하고 한계를 지닐지라도 표상될 수 없는 것에 표상을 부여하려는 힘든 작업이다. 이 작업이 제대로 이루어지지 못했기 때문에 트라우마 생존자들은 알 수 없고 이해할 수 없는 사건을 반복한다. 캐루스가 주장하듯 트라우마의반복이 창조적 불확실성을 낳으려면 그것은 동일한 곤경을 반복적으로 대면하는 것이 아니라 주체의 존재가 변화하는 창조적 행위가 되어야 한다. 트라우마적 반복이 문제적인 것은 바로 그런 존재의 변화가 일어나지 않을 뿐 아니라 변화를 무의식적으로 거부한다는 점이다.

홀로코스트와 같은 트라우마적 역사에 대한 캐루스의 대응은 일종의 교착이 된 반복과 다르지 않은 것으로 보인다. 그것은 증상의 방식으로 트라우마를 악화시키는 경향이 있다. 이는 최종종결이나 총체화에 대한 허구적 희망 이외에 '행위화'나 반복강박을 넘어설 다른 대안은 존재하지 않는다는 주장으로 나타난다. 그녀의 사유에서 치유와 극복은 상처를 봉합하는 종결행위와 너무 쉽게 동일시된다. 하지만 반복에 고착되어 있는 상태가 계속되고 트라우마를 넘어설 '포스트 트라우마' 상태가 한없이 지연된다면 정치적, 윤리적으로 바람직한 행위와 실천은 일어날 수 없다. 트라우마 '이후의' 단계로 넘어가기 위해서는 반복의 회로를 차단시킬 주체적 변화와 행동이 요구되는데, 이것이 캐루스의 논의에는 빠져 있다.

　반복의 회로를 넘어서는 이런 존재의 변화가능성을 우리는 프로이트의 '극복작업'(Working-Through, 독일어는 Durcharbeitung)이라는 개념에서 찾을 수 있다. '극복작업'은 주체가 트라우마 기억을 회피하지 않고 그것을 대면하고 겪어냄으로써 삶의 다음 단계로 이행하는 것을 말한다.[37] 그것은 트라우마적 과거에 대한 회피나 망각도 아니고 그것을 단순 반복하는 것도 아니며, 트라우마를 신체적 행동으로 직접 표출하는 것(행위화 acting out)도 아니다. 그것은 반복과 이행 사이에서 주체가 수행해야 하는 힘든 작업이다. 이 작업은 상당한 심적 에너지와 환자의 노력, 환자와 분석가의 공동작업을 요한다. 극복작업은 프로이트가 「기억, 반복, 극복작업」이라는 글에서 제안한 개념인데, 몇몇 예외적 경우를 제외하고서는 프

---

37 이 글은 *The Standard Edition* 12에 실려 있다. 이 개념을 필자와 좀 다른 비판이론적 관점에서 활용하는 논자로는 Domick LaCapra를 들 수 있다. 극복작업에 대한 그의 지적은 여러 글에서 흩어져 있는데, 앞서 인용한 *Representing the Holocaust*의 마지막 장에 비교적 자세히 논의되고 있다.

로이트 이후의 논의에서 제대로 이루어지지 못했다.[38] 이는 극복작업이 진행되는 실제 과정을 상상하기가 쉽지 않다는 점과 관련되지만, 무엇보다 치료에 대한 저항과 관련되어 있기도 하다. 프로이트 자신이 이 점을 인지하고 저항을 넘어서는 일을 극복작업이 수행해야 할 우선 과제로 설정하고 있다. 그러나 이 작업은 결코 쉽지 않다.

> 이처럼 저항을 극복하는 작업은 실제로 분석의 주체에게는 힘겨운 과제이고, 분석가에게는 인내의 시련임이 밝혀진다. 그럼에도 극복작업은 환자에게 가장 큰 변화를 일으키고 정신분석의 치료가 다른 여러 유형의 암시에 의한 치료와 구분되는 작업의 일환이다.[39]

최면이나 암시를 통해 기억의 연상회로에서 해리되어 있거나 억압되어 있는 기억을 복원하는 치료법, 1890년대 샤르코와 자네를 위시한 주요 정신분석가들 뿐 아니라 프로이트 자신도 일정 정도 기댔던 치료와 구분되는 치료법으로 프로이트가 제시하는 것이 극복작업이다. 특히 환자가 증상이 해석되고 난 다음에도 치료를 거

---

38 프로이트의 극복작업을 홀로코스트 역사서술에 적용하고 있는 역사학자로는 Saul Friedlander와 Dominick LaCapra가 있다. Saul Fridedlaner, "Trauma, Transference, and Working-Through in Writing the History of the Shoah," *History and Memory* 4.1 (1992) 참조. Dominick Lacapra, *Representing the Holocaust: History, Theory, Trauma* (Ithaca: Cornell Up, 1994). 특히 마지막 장 참조.

39 Freud, "Remembering, Repeating, and Working-Through," *SE* 12, 151쪽.

부하고 증상에 병리적으로 매달리는 현상, 프로이트가 '부정적 치료현상'negative therapeutic phenomenon이라 부른 것이 나타날 때 극복작업이 필요하다. 환자는 지적으로는 억압된 것을 받아들이지만 심리적, 정서적으로는 받아들이지 못하며, 회복 자체를 새로운 위험요인으로 여긴다. 환자의 심리 안에 아직 뭔가가 저항을 계속하고 있는 것이다. 극복작업은 이 저항을 뚫고 나가는 것이다. 프로이트는, 이 작업을 수행하려면 환자는 "힘겨운" 심리적 과정을 거쳐야 하고, 분석가는 "인내의 시련"을 겪어야 한다고 말한다. 환자와 분석가가 공동으로 수행해야 하는 이 작업work은 지난한 노력을 요할 뿐 아니라 일회적으로 종료될 수 없는 지속적 과정이기도 하다. 프로이트의 극복작업 개념을 역사서술에 활용하는 라카프라에 따르면, 극복작업과 행위화는 완전히 구별되는 심리적 단계라기보다는 서로 겹치고 왕래하는 불완전한 과정이라고 주장한다.[40] 그러나 이 과정을 거치면서 조금씩 트라우마의 고착에서 벗어나 삶의 다음 단계로 건너가고 미래를 개방할 수 있다고 한다. 삶의 다음 단계로 옮겨가는 것이 트라우마의 종식이나 종결을 의미하는 것은 아니다. 어차피 트라우마의 완전한 치유는 불가능하다. 치유는 불완전하고 잠정적이며 취약하다. 상처는 다 아물지 않고 흉터가 남는다. 그렇다고 해서 동일한 반복의 회로에 갇힌 수인처럼 자신의 삶을 살아내지 못하는 것은 아니다. 이제 상처의 고통은 참을 만

---

40 Lacapra, *Representing the Holocaust: History, Theory, Trauma*, 194쪽.

한 고통이 되고, 위기는 견딜 수 있는 위기가 된다. 극복작업은 반복과 치유, 미결과 종결을 이분법적 대립구도로 파악하지 않으면서 양자 사이에 이동과 이행의 가능성을 열어두는 것이다. 이 대립구도에 빠져 있는 한 새로운 '시작'과 '출발'은 일어날 수 없고, 진정한 의미의 '생존'도 가능하지 않다. 극복작업이란 이 이중구속 상태를 넘어 생존과 시작의 단초를 만들어내는 주체적 변화의 과정이라 할 수 있다. 이런 주체적 변화를 이뤄내기 위해서는 분석가의 도움이 필요하다. 개체적 차원을 넘어서는 사회적 차원에서 분석가란 트라우마 피해자들의 이야기를 들어주고 그의 이야기를 공적 증언으로 인정하고 지지해주는 공감적 청중이라 할 수 있다. 트라우마의 피해자들과 공간적 청중들이 공적 공간에서 수행하는 '극복작업'을 통해, 새로운 출발을 이뤄낼 수 있다.

2장.

트라우마 기억과 증언의 과제:
프리모 레비의 증언집이 던지는 질문들

> 무슨 일이 일어났는지 알도록 하라. 결코 잊지
> 말라. 하지만 당신은 결코 알지 못할 것이다.
>
> — 모리스 블랑쇼

1. 학살의 시대, 증언의 시대

아우슈비츠의 생환자生還者였던 엘리 비젤은 현대를 '증언의
시대'the age of testimony라 불렀다. 이 말은 고대 그리스에서 비극이
그 시대를 상징하는 장르였듯이 또 근대 서구세계에서 소설이 시민
사회를 대변하는 장르였듯이, 현대는 증언이 상징적 장르가 되고
있는 시대라는 의미를 갖는다. 비젤이 현대라 부른 시대는 물론 유
대인의 '절멸'이 시도된 나치의 유대인 대학살 이후를 가리킨다. 전
쟁이라는 집단적 폭력은 역사 이래 인간의 곁을 떠난 적이 없지만

한 인종을 통째로 절멸시키려는 나치의 기획은 그 조직성과 잔혹성에서 유례를 찾기 힘든 것이었다. 하지만 대량살육과 인종 학살의 시대는 학살의 현실을 증언하는 일이 생존의 의무이자 윤리적 과제가 된 시대이기도 하다. 생환자들의 증언은 나치 지배가 종결된 제2차 세계대전 직후부터 시작되어 반세기가 지난 지금까지도 계속되고 있다. 시간의 어둠에 묻혀 있던 피해자들이 얼굴과 이름을 밝히며 자신들이 경험한 생생한 현실을 증언할 때 우리는 학살의 시대가 증언의 시대로 이동하고 있음을 목격한다. 증언이 새로운 '사건'event이 된 시대로 접어든 것이다.

하지만 증언의 시대는 증언의 불가능성이 시험되는 시대이기도 하다. 증언불가능성은 증언자들이 고통스럽게 의식하고 있던 것일 뿐 아니라 학살을 자행한 자들이 의도한 것이기도 하다. 나치의 유대인 대학살은 한 인종이 다른 인종을 지구상에서 영원히 제거하려는 가공할 폭력이 자행되었던 것이다. 그것은 '인간의 이해를 넘어서는 사건'이다. 아우슈비츠의 생존자로서 증언 문학의 새 장을 연 것으로 평가되는 프리모 레비는 나치의 유대인 학살을 이해할 수 없다고 말한다. 아니 그는 이해하기를 거부하고 있다. 레비에게 '이해한다'는 것은 '인정한다'와 닮은 행위이기 때문이다. 어떤 사람의 의도나 행위를 이해한다는 것은 (어원적으로 보아도) 그 행동의 주체를 수용하고, 그의 입장이 되어보고, 그와 자신을 동일시한다는 것을 의미한다."[1] '이해'와 '인정'이 유사한 행위라면 나치의 유대인 대학살은 이해할 수 없을 뿐 아니라 이해해서도 안 되는 사건이다. 아우슈비츠 다큐멘터리 영화 〈쇼아〉(Shoah 1985)의 감독인 클로드 란츠만 역시 이해할 수 없는 사건을 이해하는 것은 '외설적'이라고 말하며 이해를 거부한다.[2] 란츠만은 레비가 아우슈비츠에 도착한 뒤 나치 친위대원들로부터 들었다는, "이곳에선 '왜'가 없다"는 말이 아우슈비츠의 경험을 외부인들에게 전달하는 작업에도 똑같이 적용한다고 주장하며, "이해를 거부하는 것이야말로 유일하게 가능한 윤리적 자세인 동시에 유일하게 실천 가능한 자세"라고 주장한다.[3] 눈멈blindness이야말로 우리를 "눈멀게 하는 현실로부터 눈을 돌리지 않는 유일한 방법"이라는 것이다.[4] 물론 란츠만의 이 말이 그야말로 맹목적 무지를 정당화하거나 학살의 사건을 영원히 이해할 수 없는 사건으로 내버려두는 지적 태만을 옹호하는 것으로, 또는 아우슈비츠를 초역사적 사건으로 물신화하는 행위를 용인하는 것으로 해석되어서는 안 될 것이다. 그것은 아우슈비츠의 경험에는 앎을 통해 이해될 수 있는 차원과 앎으로 접근할 수 없는 차

---

1 프리모 레비, 『이것이 인간인가』, 이현경 역, (서울: 돌베개, 2007), 301-2쪽. 번역은 필자가 약간 수정한 것이다. 이 책의 제목을 정확히 번역하자면 『이것이 인간이라면』(If This is Man)이다. 영어 번역본은 Survival in Auschwitz라는 제목으로 출판되었다.

2 Claude Lanzmann, "The Obscenity of Understanding: An Evening with Claude Lanzmann," Trauma: Exploration in Memory, Ed. Cathy Caruth (Baltimore: Johns Hopkins UP, 1995), 204쪽.

3 같은 곳.

4 같은 곳.

원이 동시에 존재하며, 따라서 아우슈비츠 경험에 접근한다는 것은 앎이 앎의 불가능성을 자각하면서 앎 너머로 나아가는 새로운 앎의 방식을 주문하는 것으로 해석되어야 할 것이다. 인간의 앎과 앎을 표현하는 표상 체계를 넘어서는 '한계의 사건'을 인간이 알고자 하는 문제는 아우슈비츠 이후 서구 지성계가 고민해온 문제이며, 레비의 증언집은 이 문제에 대한 가장 치열하고 정직한 대면이라 할 수 있다. 그의 증언집에서 제기되고 있는 물음들은 사실 20세기 서구 사상계를 추동하고 있는 질문들이라 할 수 있다. 레비가 아우슈비츠에서 체험한 '한계'란 과연 무엇인가? 그것은 인간의 범주에 어떤 변형을 요구하는 것인가? 한계의 사건을 어떻게 증언할 것인가? 한계의 사건을 증언하는 사람은 누구이며 그것을 듣는 사람은 또 누구인가? 증인과 청자는 어떻게 말하고 들으며, 말하기와 듣기를 통해 그들은 어떤 주체적 변화를 이루는가? 이 글은 정신분석학의 '트라우마'라는 개념을 통해 레비의 증언집을 읽어 내려가면서 이런 물음들에 대한 답변을 시도해 보려고 한다.

2. 증언의 가능성과 불가능성

유대인 절멸이 이해할 수 없는 사건이라는 것은 레비처럼 이 사건의 '내부'에 있었던 사람들에게나 '외부'에 있었던 사람들 모두에게 해당하는 말이다. 외부에 있었던 사람들에게 이 사건은 그야말로 그들이 '알지 못하는' 사건이다. 나치는 가공할 폭력을 숨기는 데 탁월한 재능을 발휘했다. 비밀을 유지하기 위해 그들은 여러 방법을 강구했는데, 공식석상에서 신중하고도 냉소적인 완곡어법을 쓰는 것도 그중 하나였다. 그들은 '학살'이 아니라 '최종해결책'Final Solution이라 표현했고 '강제이송'이 아니라 '이동,' '가스실 살해'가 아니라 '특별처리,' '시체'가 아니라 '인형'Figuren 등으로 썼다. 하지만 아무리 뛰어난 위장의 술책을 썼다 해도 학살의 비밀을 완전히 유지할 수는 없었다. 나치 수용소에 관한 이야기는 수용소에 직간접으로 가담하고 있는 사람들을 통해 외부에 어느 정도 알려졌고, 소수의 독일인들은 수인들과 직접 접촉하기도 했다. 하지만 레비는 정보를 얻을 수 있는 여러 가능성이 존재했음에도 대부분의 독일인들은 '알지 못했다'고 말한다.[5] 그들은 '알고 싶지 않았기' 때문에 알지 못했다는 것이다. 레비에 따르면 히틀러 치하의 독일에는 특별한 불문율이 널리 퍼져 있었는데, 그것은 "아는 사람은 말하지 않고, 모르는 사람은 질문하지 않으며, 질문한 사람에겐 대답하지 않는다는 것이었다." 이 불문율을 충실히 따름으로써 독일인들은 자신들의 무지를 획득하고 방어했다. "그들은 입과 눈과 귀를 다문 채 자신들이 아무것도 모른다는 환상을 만들어갔고, 그렇게 해서 자신은 자신의 집 앞에서 벌어지고 있는 일의 공범자가 아

---

5 프리모 레비, 『이것이 인간인가』, 이현경 역 (서울: 돌베개, 2007), 276쪽.

니라고 생각했다.'[6] 이런 고의적 무지로 무장한 외부인들에게 수용소 내부에서 벌어지는 일들이 이해되기란 불가능하다. 그들은 이 세계의 일부가 아니었다. 그러므로 이 세계를 이해하는 것은 불가능했다. 수용소 내부에 있었던 사람들은 또 그들 나름으로 학살과 절멸의 사건을 이해하는 일이 불가능했다. 그들은 사건을 직접 체험한 당사자이지만 사건의 틀 밖으로 나와 사건을 관찰할 수 있는 외부적 자리를 마련할 수 없었고, 사건이 행사하는 가공할 오염의 위험에서 완전히 벗어날 수도 없었다. 살아남기 위해 그들은 자기기만과 환상을 스스로에게 주입하지 않을 수 없었으며, 기억 대신 망각을 선택했다. 무엇보다 그들은 실제 일어난 일의 전체성을 지각하거나 통합할 수 없는 인지능력의 한계에 봉착한다. 아우슈비츠는 주체의 지각체계에 구멍을 뚫어놓아 사건이 온전히 지각되거나 의식되는 것을 불가능하게 만드는 극단의 체험이기 때문이다. 우리는 이 한계 체험을 기술하기 위해 트라우마라는 정신분석학적 용어를 활용할 수 있을 것이다.[7] 정신분석학에서 트라우마란 자아의 방어막이 붕괴되는 파국의 체험, 쾌락원칙을 넘어선 어떤 강력한 힘에 의해 자아를 감싸고 있는 심리적 방패막이 무너지는 와해의 체험을 가리킨다. 자아가 수용할 수 없을 만큼 엄청난 양의 불쾌한 자극이 유입되어 트라우마가 발생하면 심리장치는 중

6 같은 쪽.
7 1장의 내용을 참조할 것.

단된 쾌락원칙을 재가동하기 위해 쾌락원칙을 넘어선 심적 작업을 수행해야 한다. 반복강박repetition compulsion이란 고통스럽고 불쾌한 사건으로 돌아감으로써 트라우마적 충격을 제어하려는 심적 작업을 말한다. 불쾌한 사건으로 반복해서 돌아감으로써 자아는 불쾌한 자극에 대한 일정 정도의 '통제력'mastery을 얻게 되는데, 이는 주체가 트라우마에 압사당하지 않고 살아남기 위한 필수적 과정이라 할 수 있다. 불쾌한 사건으로 반복적으로 돌아가는 것은 '불안'anxiety을 형성함으로써 애초에 통제하지 못했던 자극을 뒤늦게 통제하려는 시도이다. 그런데 불안을 형성하는 이 사후적 반복행위가 주체도 '모르게' 그리고 어떤 '표상'representation도 주어지지 않은 채 이루어진다는 사실에 주목할 필요가 있다. 그것은 주체에게 발생했으면서도 주체의 인지와 의식의 지평에 누락되어 있는 무의식적 경험으로 되돌아가는 행위이면서, 소망충족이라는 해석과 표상의 틀로 묶일 수 없는 어떤 잉여적인 것, 후일 라캉이 실재the Real라 부르는 것이 돌아오는 행위이다. 부재하거나 누락된 것을 인지하거나 이해할 수는 없으며, 표상될 수 없는 것을 표상할 수는 없다. 수용소 내부에서 절멸의 트라우마를 겪은 사람들이 그들의 체험을 재현할 수 없는 한계에 봉착하는 것은 이 때문이다.

그렇다면 인간의 인식의 지평을 넘어서는 사건, 이해할 수 없는 사건을 어떻게 증언하며, 표상할 수 없는 것을 어떻게 표상할 것인가? 증언이 가능한가? 가능하다면 이때의 증언이란 어떤 것인가?

증언의 가능성을 둘러싸고 제기되는 이런 물음들은 수용소에서 자신들이 직접 체험한 바를 증언하는 '일차 증언자들'뿐 아니라 그 증언을 듣고 그것을 후세에 전수할 임무를 부여받는 '이차 증언자들'도 직면하지 않을 수 없는 곤혹스러운 문제이다.

아우슈비츠 체험을 증언하는 것이 불가능한 또 다른 이유는 나치가 그것을 의도했기 때문이다. 나치는 가스실에서 죽은 유대인들의 시체를 불태워 시체마저 남겨두지 않으려고 했다. 나치는 스탈린그라드 전투에서 패한 후 독일군의 패색이 짙어지자 땅에 묻었던 시체들을 수인들에게 다시 파내어 불태우도록 했다. 한 개체적 존재로서 인간이 지상에 남길 수 있는 마지막 증거가 시신이라면 나치는 그 시신마저 소각함으로써 어떤 증거도 남기지 않으려고 했다. 절멸수용소는 공장처럼 죽음을 생산하여 시체도 무덤도 남기지 않았고, 이것이야말로 나치가 의도한 유대인 '절멸' 과업이 최종적으로 완수된 것이라 할 수 있다. 나치는 이런 증거인멸을 통해 생존자들의 증언이 수용소 바깥의 일반인들에게 받아들여지지 않을 것이라는 점을 알고 있었다. 실제로 아우슈비츠 증언자들의 증언은 오랫동안 거짓말로 치부되었으며 급기야 아우슈비츠의 존재 자체가 부정되기에 이른다.

증언에의 의무가 자신이 극한의 상황에서 살아남을 수 있었던 힘이었음을 인정하면서도 레비는 수용소에 갇혀 있을 때부터 자신의 말이 수용소 바깥의 사람들에게 받아들여지지 못할 거라는 악몽에 시달렸다. 그는 귀환을 갈망하는 꿈이 아니라 귀환 후 대면할 무서운 고독과 고통을 예견하는 꿈을 꿨다. 수용소 시절 그는 비슷한 내용의 꿈을 반복적으로 꾸는데, 그 꿈은 집에 돌아와 친지와 가족들 앞에서 수용소 체험을 이야기하면 아무도 자기 말에 귀를 기울여주지 않는 내용이다.[8] 자신이 수용소 이야기를 하면 친지들은 자기들끼리 전혀 다른 이야기를 나누고 누이는 자리에서 일어나 방을 나가버린다. 빈 방에 혼자 남아 "황량한 슬픔"이 온몸을 감싸는 순간 그는 돌연 잠에서 깬다. 잠에서 깨긴 했지만 꿈이 남긴 생생한 고통은 그의 몸과 정신을 공격한다. 놀랍게도 레비는 자신뿐 아니라 수용소에 갇힌 많은 사람들이 비슷한 악몽에 시달린다는 사실을 발견한다. 절멸수용소의 수인들이 반복해서 꾸는 이 꿈은 이들이 수용소의 끔찍한 현실이 가져다주는 트라우마만큼이나 자신들을 괴롭히는 또 다른 트라우마, 소통이 거부당하고 자신들의 증언이 바깥 사람들에 의해 부인될지 모른다는 공포에 시달리고 있음을 말해준다. 이 트라우마적 공포는 소망충족이라는 꿈의 원리를 배반하며 꿈꾸는 사람을 꿈에서 깨어나게 만든다. 트라우마는 꿈을 환상이 실현되고 소망이 충족되는 텍스트가 아니라 환상과 소망에 균열이 일어나는 텍스트로, 이 균열을 통해 쾌락원칙으로 수렴될 수 없는 사건이 출몰하는 불쾌한 텍스트로

8 프리모 레비, 『이것이 인간인가』, 88-9쪽.

변형시킨다.[9] 라캉은 꿈에서 실재를 만나고 현실로 깨어나면서 환상 속으로 들어온다고 말했지만, 절멸수용소의 수인들에게 현실이 환상의 보호막을 제공할 수 있을 만큼 안전하고 안온한 것은 아니다. 그들을 인간 이하의 상황으로 내모는 수용소의 현실은 그들이 환상의 울타리 속에 거주할 시간을 극히 단발적인 것으로 만든다. 어떤 환상의 보호막도 걸치지 못한 채 잠에서 깨어난 후 레비가 스스로에게 던졌던 질문, "왜 매일 매일의 고통이 우리가 이야기하는데 아무도 들어주지 않는 장면으로 거듭해서 꿈으로 번역되는 것일까?"[10]라는 질문은 트라우마적 반복에 시달리는 수인들의 내면적 고통뿐 아니라 아우슈비츠의 증언이 안고 있는 본질적 문제로 우리를 데려간다. 증거가 소각된 사건을 어떻게 증언할 것인가? 어떻게 증거 없는 증언의 타당성을 청자에게 납득시킬 것인가? 아니, 듣는 사람들은 자신의 증언이 부인될지 모른다는 공포에 시달리는 사람들의 말을 어떻게 들을 것인가? 화자와 청자를 가르는 분단의 선을 넘어 어떻게 진실을 전달하고, 소통을 이루어 낼 수 있을까?

증언의 시대를 증언불가능성의 시대로 만드는 이런 물음들은 아우슈비츠의 증언이 '이해'와 '입증'과 '표상'을 넘어서는 지점에 위치해 있다는 것을 말해준다. 그것은 이해할 수 없는 것을 이해하

---

9 "어긋난 만남"이자 "항상 동일한 장소로 돌아오는 것"으로서 실재에 대한 라캉의 견해는 그의 세미나 11권 *The Four Fundamental Concepts of Psychoanalysis*의 한 장인 "Tuché and Automaton"을 볼 것. 라캉은 꿈꾸는 사람을 꿈에서 깨어나게 만드는 실재의 조각을 "small element of reality that is evidence that we are not dreaming"이라 불렀다. 위의책 61쪽.

10 프리모 레비, 『이것이 인간인가』, 89쪽.

고 입증할 수 없는 것을 입증해야 하며 표상할 수 없는 것을 표상해야 하는 불가능한 시도이다. 증언은 사실fact과 진리truth, 증명verification과 이해comprehension, 언어language와 침묵silence, 기억memory과 망각forgetting 사이의 괴리를 안고 수행되는 작업이다. 증언에는 이 괴리에서 비롯되는 '공백'lacuna이 존재한다. 증언을 듣는다는 것은 증언의 공백에 주목하고 이 공백을 통해 울려 나오는 침묵의 소리, '말해지지 않고 말해질 수 없는 것들'이 아우성치는 소리를 듣는 것을 의미한다.

3. 무젤만 혹은 익사한 자

아우슈비츠의 증언과 관련된 논의에서 오랫동안 말해지지 않은 것 가운데 하나가 '무젤만'der Muselmann 혹은 '무슬림'the Muslim 이라 불리는 존재들이다. 물론 무젤만은 절멸수용소 체험을 기록한 초창기 증언집에서부터 등장하고 있지만 유럽 유대인의 파괴를 다룬 역사적 연구서에서는 별다른 주목을 받지 못했다. 이들이 학술적 가시권 안으로 들어오지 못했던 것은 학계의 시각이 '강제노역수용소'concentration camp에 기울어져 있었기 때문에 '삶과 죽음의 경계 너머'에서 이루어지던 체험의 차원, '절멸수용소'extermination camp에서 이루어진 '절멸의 체험' 자체는 정면으로 응시하지 못했기 때문이다. 1945년 수용소가 해방된 직후 만들어졌다가 최근 일반인에게 공개된 한 영국 영화에는 홀로코스트 담론에 보이지 않는 빈 구멍으로 존재하는 무젤만의 모습이 잠시 등장한다. 이 영화는 수천 구의 벌거벗은 시신과 참혹하게 고문당한 시체들을 끔찍할 정도로 자세하게 비추는데, 시체들 사이에 고정되어 있던 카메라의 눈이 아주 우연히 몸을 구부정하게 구부리거나 유령처럼 땅 위를 걸어 다니는 사람들에게 멈춘다. 카메라가 이들을 비추는 시간은 불과 몇 초 밖에 되지 않지만, 이들이 이른바 무젤만이라는 것을 관객들이 알아채기란 어렵지 않다. 조르조 아감벤에 따르면, 유대인 생환자 출신의 화가 알도 카르피Aldo Carpi의 그림을 제외할 경우 전후 생산된 아우슈비츠 관련 시각예술작품에 무젤만이 등장하는 것은 이 영화가 유일하다고 한다.[11] 흥미로운 것은 그때까지 참을성 있게 벌거벗은 시체와 훼손된 시신들에 렌즈를 맞추었던 카메라맨이 무젤만의 모습은 더 이상 견디지 못하고 카메라의 시선을 돌려 버린다는 점이다. 시체 더미는 끔찍하긴 하지만 바라보는 사람들의 가학적 욕망을 충족시켜주지만 무젤만은 인간이 바라보기엔 너무나 고통스러운 모습, '응시' 자체를 불가능하게 만드는 광경이다. 하지만 우리가 무젤만에게서 시선을 돌린다면, 그리고 무젤만과 함께 '고르곤'Gorgon의 얼굴을 바라보는 법을 배우지 못한다

---

11 Giorgio Agamben, *Remnants of Auschwitz: The Witness and the Archive*, Trans. Daniel Heller-Roazen (New York: Zone Books, 2002), 52쪽.

면 아우슈비츠에 대한 우리의 이해는 제한적일 수밖에 없다.

무젤만이라는 말이 어떻게 생겨났는가에 대해서는 합의된 의견이 없다. 이슬람에 대한 인종적 편견의 소산일 수도 있는 이 말이 수용소에서 어떻게 가장 힘없고 무기력하고 가스실로 보내질 가능성이 농후한 사람들을 가리키는 용어로 정착되었는지는 분명치 않다. 레비는 『이것이 인간인가』의 한 장에서 무젤만을 언급하며 "어떤 이유에서인지는 모르지만" 수용소의 고참들이 이 용어를 썼다고만 밝히고 있다.[12] 무젤만과 관련된 자료를 검토하면서 아감벤은 이 용어가 어디에서 생겼는지를 해명해줄 몇 가지 가능성을 제시한다. 첫째는 무슬림이라는 아랍어가 갖는 축자적 의미, 즉 신의 의지에 무조건적으로 굴복하는 자라는 뜻에서 유래했다는 설이다. 하지만 이슬람 교도들이 자신을 포기하는 것은 알라 신의 의지가 매 순간 현존하고 있다는 확신에서 비롯되었지만, 아우슈비츠의 무젤만에게 이런 확신은 존재하지 않는다. 두 번째는 이슬람교도들이 알라 신에게 기도를 드리기 위해 땅 바닥에 엎드리는 모습이 영양실조에 걸려 쓰러지기 직전의 수인들의 모습과 닮은 것에서 유래했다는 설이다. 마지막 설명은 무젤만이 기운을 잃고 상체를 흔드는 모습이 이슬람교도들의 예배의식과 닮았기 때문이라는 설이다. 어느 쪽 설명이 맞는지 알 수는 없지만 '무젤만'이라는 이 아이러니컬한 말을 통해 수용소의 유대인들은 아우슈비츠에서 유대인

---

12 프리모 레비, 『이것이 인간인가』, 133쪽.

으로 죽을 수 없을 거라는 점만은 인식하고 있었다. 레비는 수용
소에서 자신이 목격한 무젤만을 이렇게 기록하고 있다.

가스실로 가는 무슬림들은 모두 똑같은 사연을 갖고 있
다. 아니, 더 정확히 말하면 아무런 사연도 갖고 있지
않다. 그들은 바다로 흘러가는 개울물처럼 끝까지 비탈
을 따라 내려갔다. 근본적인 무능력 때문에, 혹은 불운
해서, 아니면 어떤 평범한 사고에 의해 수용소로 들어
와 적응을 하기도 전에 그들은 학살당했다. (…) 선발에
서, 혹은 극도의 피로로 인한 죽음에서 그들을 구할 수
있는 건 아무것도 없다. 그들의 삶은 짧지만 그들의 번
호는 영원하다. 그들이 바로 '무젤매너', 익사자, 수용소
의 척추이다. 그들은 끊임없이 교체되면서도 늘 똑같
은, 침묵 속에 행진하고 힘들게 노동하는 익명의 군중,
비인간들이다. 신성한 불꽃은 이미 그들의 내부에서 꺼
져 버렸고 안이 텅 비어서 진실로 고통스러워 할 수도
없다. 그들을 살아 있다고 부르기가 망설여진다. 죽음
을 이해하기에는 너무 지쳐 있기 때문에 죽음을 두려워
하지 않는 그들 앞에서 그들의 죽음을 죽음이라고 부르
기조차 망설여진다.
얼굴 없는 그들의 존재가 내 기억 속을 가득 채우고 있
다. 우리 시대의 모든 악을 하나의 이미지로 형상화할
수 있다면 나는 내게 친근한 이 이미지를 고를 것이다.
고개를 숙이고 어깨를 구부정하게 구부린, 뼈만 앙상한

남자의 이미지이다. 그의 얼굴과 눈에서는 생각의 흔적
을 찾을 수 없다.[13]

레비는 수용소의 체험을 통해 인간을 분류하는 기준이 바뀌
었다고 고백한다. 수용소라는 극한의 환경에서는 선인과 악인, 지
혜로운 사람과 아둔한 사람, 비겁한 사람과 용기 있는 사람을 가
르는 선은 분명치 않지만, '구조된 사람'the saved과 '익사한 사람'the
drowned을 나누는 구분은 뚜렷하게 존재한다고 말한다. 레비는 수
용소라는 거대한 물결에 익사한 사람들을 '무젤만'에게서 발견하
는 데, 이들을 구조된 사람들과 가르는 선은 선과 악, 위엄과 비천
함의 구별이 아니며, 삶과 죽음의 경계도 아니다. 생존이 위협당하
는 극한의 상황에서는 정상 세계에서 상정하는 도덕이 더 이상 힘
을 발휘하지 못하며, 위엄이나 용기 같은 덕목도 벗겨진다. 생존에
의 의지라는 마지막 남은 동물적 욕구마저 날아가 버린 존재가 무
젤만이다. 이들은 죽음을 이해하기엔 너무나 지쳐 있어서 죽음도
두려워하지 않는다. 하이데거의 지적처럼 죽음이란 삶의 종말이지
만 한 개체로서 인간이 자신의 고유한 '존재'를 체험하는 '가능성'의
순간이기도 하다. 하지만 아렌트가 날카롭게 지적하듯이 아우슈
비츠에서 죽음은 더 이상 죽음이 아니라 '시체의 생산'이다. 그곳에
선 실존적 체험으로서의 죽음을 거부당한 시체들이 컨베이어벨트

---

13 같은 책, 136쪽.

를 도는 물건들처럼 대량으로 양산된다. 무젤만은 죽음을 더 이상 인간적 경험으로 체험하지 못하는 사람들이다. 생명이 꺼지기 직전의 사람들에게 나타나듯 이들의 외부감각은 이미 죽었고, 감정이나 의식, 의지, 지향점도 존재하지 않는다. 유기체처럼 내부 장기만이 살아 움직일 뿐이다. 인간에서 유기체로 넘어가는 기로에 서 있는 이 무젤만을 레비는 '비인간'non-human,[14] 혹은 심연의 "바닥을 만진 사람"[15]이라고 부른다. 레비는 다른 글에서 무젤만을 가리켜 "고르곤을 본 사람"이라 부르기도 한다. 그렇다면 수용소에서 무젤만이 바라본 고르곤은 대체 무엇이었을까? 고르곤은 그리스 신화에 등장하는 괴물 여성으로서 뱀의 머리를 하고서 보는 사람을 돌로 만들어 버리는 무시무시한 힘을 소유하고 있다. 그리스의 영웅 페르세우스가 뱀으로 뒤엉킨 그녀의 머리를 자를 수 있었던 것은 아테네 여신의 도움으로 그녀를 직접 보지 않을 수 있었기 때문이다. 그는 아테네 여신이 건네 준 청동방패에 비친 고르곤의 영상을 봄으로써 그녀의 얼굴을 직접 봐야 하는 위험에서 벗어날 수 있었다.[16] 페르세우스는 응시를 불가능하게 만드는 존재를 보지 않음으로써 인간적 시선을 유지할 수 있었고, 돌로 변하는 죽음을 피할

---

14 같은 곳.

15 Primo Levi, *The Drowned and the Saved*, Trans. Raymond Rosenthal (New York: Random House, 1988), 83쪽.

16 오비디우스는 『변신』(*Metamorphoses*)에서 이 장면을 아주 간략하게 언급하고 지나가고 있다. "그 역시 그 얼굴을 보았지만, 그것은 그가 왼손으로 들고 있는 청동방패에 비친 영상을 통해서였다" Ovid, *Metamorphoses*. Trans. Rolfe Humphries (Bloomington: Indiana UP, 1955), 781-83쪽 참조.

수 있었다. 프로이트는 고르곤의 응시를 거세의 상징으로 해석하지만 수용소에서 무젤만이 대면한 죽음이 성의 거세 차원으로 국한되지는 않는다.[17]

고르곤의 얼굴은 어떤 인간적 시선도 불가능하게 만드는 얼굴, 인간을 비인간으로 만드는 얼굴이라 할 수 있다. 유대인이냐 아니냐는 인종적 구분도 선악의 도덕적 구분도 이 얼굴 앞에서는 의미를 잃는다. 인간을 인간으로 규정해주는 어떤 사회적·상징적 의미망으로부터도 벗어나 인간이 비인간으로 건너가는 경계를 바라봐야 되는 것, 그리하여 인간의 시선 자체를 불가능하게 만드는 것이 고르곤의 얼굴이라 할 수 있다. 레비의 지적처럼 수용소에서 무젤만이 바라본 고르곤은 인간성의 바닥을 만지고 비인간으로 건너간 사람들이 직면하는 '시선의 불가능성'이다. 그렇다면 고르곤은 무젤만이 응시한 인간의 한계일 뿐 아니라 인간적 시선을 불가능하게 만드는 무젤만 자신이기도 하다. 무젤만, 그들은 인간의 시선이 더 이상 가능하지 않은 비인간, 인간을 인간으로 만들어주는 모든 것들이 벗겨져 나간 '벌거벗은 생'bare life, 아감벤이 '호모 사케르'homo sacer라 부른 존재이다. 호모 사케르로서의 무젤만은 "인간이란 무엇인가?"라는 질문을 새로이 던지지 않을 수 없게 만든다. 레비의

---

17 고르곤-메두사에 대한 프로이트의 설명을 보려면 그의 글 "Medusa's Head"을 볼 것. 프로이트는 메두사를 거세된 여성의 은유로 읽는다. 그의 거세 시나리오에 의하면 남자아이는 어머니의 몸에 뚫린 빈 구멍(거세)을 보고 머지않아 자신에게도 그와 같은 일이 닥칠 것이라고 두려워한다. 프로이트의 해석에 따르면 남자아이에게 거세 불안을 불러일으키는 어머니의 거세처럼 메두사는 남성에게 공포를 불러일으키는 '거세된 여성'의 신화적 상징이다. Sigmund Freud, "Medusa's Head," *SE* 13, 참조.

지적처럼 수용소에서 무젤만으로 떨어지는 불운을 피했다고 해서 인간적 자질을 유지했다고 말하기는 어렵다. 어떤 의미에서 그들은 인간성을 지켰기 때문에 살아남았다기보다는 인간성을 버렸기 때문에 살아남았다고 말할 수 있다. 그들이 호모 사케르의 위치를 벗어날 수 있었던 것은 역설적으로 인간임을 포기하고 비인간이 되는 길을 선택했기 때문이다. 살아남은 사람들이 스스로를 카인이라 부르며 수치의 감정에 시달리는 것이 이 때문이고, 레비의 책 제목이 말해주듯이 아우슈비츠 이후 우리가 "이것이 인간이라면"이라는 가정법을 던지며 인간의 범주에 대해 의문부호를 달지 않을 수 없는 것도 이 때문이다. 아우슈비츠 이후 우리는 인간이라는 말의 의미를 재정의하지 않을 수 없다. 무젤만은 우리로 하여금 인간의 인간성에 의문을 던지고 인간과 비인간의 구분이 더 이상 유지될 수 없는 어떤 지점을 바라보도록 만드는 존재이다.

4. 잔해로서의 증인
: 인간과 비인간, 안과 밖 사이에서

레비는 수용소의 "척추"를 이루고 있던 존재가 바로 이들 무젤만이라고 말한다. 이들은 영리함 때문이든 육체적 힘 때문이든 그저 행운 때문이든 수용소의 바다에서 '구조될 수 있었던 사람들과 달리 익사한 사람들이다. 레비에게 아우슈비츠를 증언한다는 것은 '완전한 증언자'라 할 수 있는 이 익사한 사람들을 '대신'해서 그들이 증언하고자 하는 것을 증언하는 것이다.

우리, 생존자들은 진정한 증언자가 아니다. 나는 이 말을 되풀이 말해야 한다. 몇 년의 시차를 두고 다른 사람들이 쓴 회고록과 나 자신이 쓴 회고록을 읽으면서 내가 조금씩 알게 된 거북한 생각이 이것이다. 우리 생존자들은 극히 적은 숫자일 뿐 아니라 이례적으로 소수자이기도 하다. 우리는 속임이나 능력 혹은 행운 덕분에 바닥을 만지지 않은 사람들이다. 바닥을 만지고 고르곤을 본 사람들은 말하러 돌아오지 못했거나 돌아왔지만 입을 다물고 있다. 하지만 이들이 무젤만이고 가라앉은 사람들이며 완전한 증언자들이다. 이들의 증언이 보편적 중요성을 가져야 할 것이다.[18]

문제는 익사한 사람들은 증언의 기회를 갖지 못했을 뿐 아니라 증언이라는 인간적 발화행위 자체가 불가능한 존재였다는 점이다. 고르곤의 얼굴을 들여다본 사람은 살아 돌아와 자신이 본 비인간의 현실을 증언할 수가 없다. 그들의 혀는 이미 돌로 굳어진 비인간이기 때문이다. 그렇다면 인간의 언어로 번역될 수 없는 '비인간의 소리'를 어떻게 인간의 언어로 '번역'할 것인가? 증언을 둘러싼

---

18 Primo Levi, *The Drowned and the Saved*, 83-4쪽.

모든 논의에는 언어와 비언어, 인간과 비인간을 가르는 경계의 문제가, 그리고 이 경계를 가로지르는 '횡단'의 문제가 놓여 있다. 아감벤은 증언이 '이중구조double structure를 가질 수밖에 없다고 주장한다.[19] 증인이란 무엇보다 비인간의 세계에서 인간의 세계로 살아 돌아온 생존자이며, 근본적으로 말해질 수 없는 비인간의 소리를 인간의 언어로 '말해야' 하는 사람이기 때문이다. 따라서 생존자로서 증언자 뒤에는 익사자가, 증언자의 '발화가능성' 뒤에는 '발화불가능성'이 붙어 있다. 이런 점에서 증언의 주체는 본질적으로 두 세계 사이에 찢겨져 있으면서, 동시에 두 세계를 연결하는 '메신저'messenger이다. 증언의 주체는 비주체화에 종속되어 있으면서 비주체화를 증언하는 주체이다. 아니, 이들은 증언이라는 '발화행위'the act of enunciation를 통해 비주체화에서 자신을 주체로 올려 세움으로써 비로소 생존을 획득하는 사람들이다. 증언이 단순히 사실의 보고나 진술이 아니라 새로운 존재being, 새로운 사건event을 만들어내는 수행적performative 행위가 되는 것이 이 때문이다.

물론 증언이라는 수행적 과제를 완수하여 생존을 획득하는 것이 쉽지는 않다. 우리는 지옥에서 살아 돌아와 자신이 본 것을 증언하는 '비극적 영웅'의 이야기로 정리될 수 없는 많은 이야기들을 많이 알고 있다. 수용소에서 돌아온 후 지속적으로 증언 작업을 해왔던 장 아메리는 자살했고, 누구보다 이성의 힘과 증언의 가능

---

19 Giorgio Agamben, *Remnants of Auschwitz*, 151쪽.

성을 믿었던 레비도 죽음을 선택했다. 살아 돌아온 지 23년이나 지난 다음 자살을 선택한 레비의 소식을 듣고 토도로프는 "레비가 1987년에 자살하지 않았다면 모든 것이 단순명쾌했을 것이다"고 말한다. 이 말에 이끌리듯 재일 조선인 작가 서경식은 레비의 무덤을 찾는 긴 여행길에 오른다.[20] 증언자를 다시 익사자의 대열로 밀어 넣는 이 불투명성이야말로 비극적 선명성으로 감당할 수 없는 아우슈비츠 경험의 실상인지 모른다.

자신의 삶을 '망각에 대한 투쟁'으로 이해했던 레비는 수용소 시절부터 오디세우스의 이야기에 공감을 느끼며 오디세우스와 자신을 동일시했다. '오디세우스의 노래'라는 제목이 붙은 『이것이 인간인가』의 한 장에서 레비는 단테의 『신곡』 지옥 편 제26곡에 등장하는 오디세우스의 이야기를 동료 수인에게 프랑스어로 암송해주던 장면을 기록한다.[21] 허술한 기억과 빈약한 프랑스어 실력을 메워가며 지옥에 빠진 오디세우스가 베르길리우스에게 해주던 말을 한 구절 한 구절 운율에 맞춰 피콜로에게 암송해주던 레비는 어느 한 대목에 이르러 돌연 절박해진다.

'그렇게 높아 보였다' 다음과 맨 마지막 행들이 어떻게 연결되는지 알 수 있다면 오늘 먹을 죽을 포기할 수 있

---

20 토도로프의 이 문장은 『극한을 마주하여』(Facing the Extreme)라는 책에 나오는데, 재일 조선인 작가 서경식은 이 문장에 홀려 레비의 무덤을 찾는 여행길에 올랐다고 고백하고 있다. 서경식. 『시대의 증언자 쁘리모 레비를 찾아서』, 박광현 역, (서울: 창비, 2006), 150쪽 참조.

21 『신곡』의 인용은 레비의 책에 인용된 것을 그대로 따른 것이다.

을 것이다. 나는 운을 통해 행을 재구성해 보려고 애를 쓴다. (…) 그러나 소용이 없다. 나머지 행들은 잠잠하다. 다른 구절들이 머릿속에서 춤을 춘다. '비에 젖은 땅에 바람이 일고……' 아니다, 이건 다른 부분이다. 늦었다, 늦었어. 부엌에 도착했다. 결론을 내려야 한다.

세 번이나 그것이 물로 완전히 뒤덮여 버리더니
네 번째에는 선미가 위로 치켜 올라가
뱃머리가 밑으로 가라앉았다. 그 분이 원하는 대로.

나는 피콜로를 붙잡는다. 이 구절을 꼭, 그것도 빨리 들어야만 한다. 내일 그가, 아니면 내가 죽을 수 있고 우리가 다시 만나지 못할 수도 있으니 너무 늦기 전에 "그 분이 원하는 대로"의 뜻을 이해해야 한다. 그에게 말해야 한다. 중세에 대해, 그토록 인간적이고 필연적이고 그럼에도 불구하고 전혀 뜻밖인 그 시대착오에 대해 설명해야만 한다. 그리고 나 자신도 이제야 순간적인 직관 속에 목격한, 이 거대한 무엇인가를, 어쩌면 우리의 운명을, 우리가 오늘 여기 있어야 하는 이유를 설명해야 한다. (…)

마침내 바다가 우리 위를 덮쳤다.[22]

---

22 프리모 레비, 『이것이 인간인가』, 176-77쪽.

레비는 이 순간 자신이 깨달은 게 무엇인지 분명히 밝히지 않는다. 우리는 죽음의 한 가운데서 오디세우스가 받아들인 신의 뜻을 그 자신도 받아들였는지, 그리하여 자신이 아우슈비츠에 있어야 하는 이유를 납득했는지 알 수 없다. 하지만 레비에게 오디세우스를 덮친 물바다가 수용소 체험을 이해하는 핵심적 메타포로, 그리고 그 물바다에서 살아남아 익사의 경험을 증언하는 오디세우스가 자신이 따라야 할 모델로 받아들여졌던 것은 분명하다. 오디세우스의 생존과 귀향이 갖는 진정한 의미는 기억의 유지에 있다. 오디세우스가 키르케의 마법에 걸려 돼지로 변하는 소외를 극복할 수 있었던 것도 파이키아 사람들 앞에서 눈물을 흘리는 수모를 견딜 수 있었던 것도 또 하데스에서 지상으로 돌아올 수 있었던 것도 기억을 유지하려는 비상한 의지와 능력을 가지고 있었기 때문이다. 『이것이 인간인가』에 붙인 부록 「독자에게 답한다」에서 레비는 "살아남아야 한다는 의지뿐 아니라 꼭 살아남아 우리가 목격하고 참아낸 일들을 정확하게 이야기해야 한다는 의지가 생존에 도움을 주었다"[23]고 말하고 있다. 기억과 증언에의 요청은 수용소시절부터 레비의 삶을 지탱해준 힘이었다. 그런 그가 자살했다. 그리고 그의 죽음과 함께 증언도 불투명해졌다.

레비의 죽음을 기억하는 짧은 글에서 시르마허Frank Schirmacher는 "훗날 보고할 수 있게 고통을 견디자"는 명제, 증언으로서 문학

---

23 같은 책, 307쪽.

의 가치를 옹호하는 이 오래된 명제가 "그로테스크한 오해라는 것, 바로 그것이 이탈리아 태생의 유대인 프리모 레비의 연대기 안에 표현되어 있다"고 말하고 있다.[24] 그렇다면 오디세우스의 노래는 영원히 들려질 수 없는 것인가? 그가 살아 돌아와 이타카의 주민들에게 자신이 겪은 고난의 이야기를 들려주지 못한다면 우리는 어디에서 물에 빠져 죽은 사람들의 이야기를 들을 것인가? 침묵을 깨는 것은 불가능한가?

이런 질문과 관련하여 쇼사나 펠만과 도리 롭이 제시한 "증인 없는 사건"the event without witnesses 개념은 시사적이다. 펠만은 이 개념을 클로드 란츠만의 영화 〈쇼아〉를 분석하면서 발전시키고 있는데, 그에게 쇼아가 증인 없는 사건이라는 것은 이중적 의미를 갖는다.[25] 첫째, 〈쇼아〉의 "내부"에서 증언을 하는 것은 불가능하다. 이는 죽음의 내부에서 증언을 하는 것이 불가능하기 때문이다. 절멸수용소 내부에 있었던 사람들에게도 그곳은 이해할 수 없는 곳으로 남아 있다. 〈쇼아〉에 등장하는 한 생존자의 말을 빌어 펠만은 이렇게 말한다. "하지만 나는 사람들이 들어간 문 저쪽에서 무슨 일이 일어났는지 믿을 수 없었다. 모든 것이 사라졌고 모든 것이 잠

---

24 「누구나 카인이다」라는 제목의 이 글은 원래 『프랑크푸르트 알게마이네 자이퉁』 1991년 2월 16일자에 실렸던 것인데, 나는 이 글을 서경식 선생의 책을 통해 알게 되었다. 서경식, 『시대의 증언자 쁘리모 레비를 찾아서』, 박광현 역, (서울: 창비, 2006), 243쪽 참조.

25 Shoshana Felman, "The Return of the Voice: Claude Lanzmann's Shoah," *Testimony: Crises of Witnessing in Literature, Psychoanalysis, and History*, Eds. Shoshana Felman and Dori Laub (New York: Routledge, 1992. 204-83), 227-42쪽.

잠해졌다."[26] 둘째, 문 바깥에 있는 사람에게 문 안에서 사라진 소리는 들리지 않는다. 외부인은 본질적으로 사건에서 벗어난 존재이고 사건을 파악하는 것이 불가능하다. 따라서 내부의 증언도 외부의 증언도 불가능하다. 이것이 쇼아가 증인 없는 사건이라는 말이 갖는 이중적 의미이다. 하지만 펠만은 이 불가능성에서 역설적으로 가능성의 조건이 만들어진다고 본다. 펠만에게 (본질적으로 불가능한 작업인) 증언은 내부도 아니고 외부도 아닌 어떤 지점을 만들어내는 일이다.

완전한 감정이입과 공감의 슬픔 속에 있을 때조차도 외부인에게 내부의 진리는 **배제된** 진리로 남아 있기 때문에 — "그것은 세계가 아니었다. 그곳엔 인간성이 존재하지 않았다" — 외부에서 **진리를 말한다는 것**, 증언을 한다는 것은 가능하지 않다. 하지만 우리가 살펴본 것처럼 내부에서 증언을 하는 것도 가능하지 않다. 나는, 이 영화(란츠만의 〈쇼아〉) 전체가 시도하는 불가능한 위치와 증언의 노력은 바로 단순히 안도 아니고 단순히 바깥도 아니라 역설적이게도 **안이면서 바깥이 되는 것**이라고 주장할 것이다. 그것은 전쟁 동안 존재한 적이 없었고 지금도 존재하지 않는, **안과 밖 사이의 연결지점**을 만드는 것, 안과 밖 모두를 움직여 양자가 대화를

---

26 같은 책, 231쪽.

나누도록 만드는 것이다.[27]

펠만에게 안과 밖을 연결하는 것은 안과 밖 모두를 넘어서는 제삼의 초월적 영역을 만드는 것이 아니라 안에서 밖으로, 밖에서 안으로 건너오는 이중적 운동을 통해 안과 밖을 이어주는 통로 passage를 만드는 것이다. 그렇다면 본질적으로 접근이 불가능'안'의 언어를 어떻게 전달하는 것이 '안'과 '밖'을 연결하는 길인가? 살아 있는 동안 레비를 괴롭혔고 죽음을 통해 그가 해결하려고 했던 문제, '어떻게 자신이 완전한 증인인 익사자의 말을 대신 말할 수 있을 것인가'라는 문제는 펠만에게도 중차대한 문제로 남아 있다. '소리의 복귀'라는 글 제목이 암시하듯, 펠만에게 안과 밖을 연결하는 통로는 안을 넘어선 '소리,' 그 가운데에서도 '노래'이다. 란츠만의 영화에서 노래를 통해 안과 밖의 문턱을 넘는 사람은 열세 살 때 아우슈비츠에 갇혔다가 극적으로 살아 돌아온 스레브닉Srebnik이라는 이름의 유대인이다. 펠만은 그가 수십 년의 세월이 지난 다음 다시 수용소로 돌아와 그 시절 불렀던 노래를 나지막이 부를 때 "그렇지 않으면 증언될 수 없었던 것이 소리의 기호를 통해 전해지고 있다"[28]고 주장한다. 스레브닉이 부르는 노래는 언어가 닿을 수 없는 절멸수용소의 '내부'에 닿아 영원히 침묵으로 존재했을 내부의 진

---

27 같은 책, 232쪽. 원문 강조.
28 같은 책, 278쪽.

실을 전해주고 있다는 것이다.

하지만 노래를 통해 증언의 어려움을 해결하는 펠만의 시도는 미학을 통해 인식론적·윤리적 난제를 초월하고자 하는 것이 아닌가? 감동적인 피리 소리로 아내 에우리디케를 하계下界에서 데려오는 오르페우스의 모습은 예술을 구원에 이르는 길로 신비화해온 서양의 미학주의적 전통이 가장 사랑하는 이미지이다. 정치의 심미화가—그것이 아무리 심미주의를 경계하는 심미화라 하더라도—나치즘을 낳은 요인 가운데 하나였음을 뼈아프게 반성하도록 만든 것이 아우슈비츠라 할 수 있는데, 그 아우슈비츠를 증언하는 방법으로 또다시 심미적 방식이 거론되는 것은 역설이라 하지 않을 수 없다. 물론 펠만은 스레브닉이 부르는 노래가 우리를 꿈속으로 데려가는 것인 동시에 우리를 꿈에서 깨어나도록 만드는 것이라고 주장한다. 노래는 그림으로 보여줄 수 없는 것, 언어로 표현할 수 없는 것을 지시하는 방식이라는 것이다.[29] 펠만에 따르면 "내 기억 속에 하얀 작은 집이 남아 있네"라는 스레브닉의 노랫말과 서정적 멜로디는 아우슈비츠의 악몽을 견디게 만드는 위안의 소리이지만 아우슈비츠의 폭력을 환기시키는 소리이기도 하다. 그것은 '위안'과 '위안에서 깨어남'이 동시적으로 이루어지고 있는 소리이다. 이런 점에서 펠만은 영화 〈쇼아〉에 나오는 스레브닉의 노래가 란츠만의 영

---

29 같은 책, 271쪽.

화적 증언 작업 전체를 압축하는 메타포라고 본다.[30]

하지만 과연 노래가 불가능한 작업이라 할 수 있는 증언의 방식이 될 수 있을까? 차라리 노래의 가능성을 만들어내는 것이 증언이라고 보는 것이 옳지 않을까? 서정적 노래를 통해 증언의 길을 찾으려는 이런 미학주의적 태도의 위험을 누구보다 경계했던 사람이 레비이다. 레비는 자신의 직업을 문학인이라고 부르기를 끝까지 거부하며 화학자로 남고자 했다. 누구보다 언어의 한계에 부딪쳤을 그가 손쉽게 언어를 거부하지 않고 모호한 글쓰기를 누구보다 싫어했다는 사실은 의미심장하다. 끝까지 명료한 이성의 끈을 놓지 않으려 했던 그가 깊이 매료되었던 시인이 파울 첼란이다. 그는 첼란의 시에서 죽어가는 사람의 마지막 숨소리 같은 "분명치 않은 중얼거림"inarticulate babble을 듣는다. 그것은 "소용돌이가 우리를 휘감듯이 우리를 휘감는다. 하지만 그것은 말해질 것이라고 기대되었지만 말해지지 않은 것들을 우리에게서 빼앗고 그렇게 함으로써 우리를 좌절시키고 소외시킨다. (…) 첼란의 시가 메시지라면 그 메시지는 배경에 깔린 소음 속으로 사라진다. 그의 시는 소통이 아니다. 언어도 아니다. 잘해야 그것은 어둡고 망가진 언어, 홀로 죽어가는 사람이 내지르는 말이다."[31]

우리는 레비가 첼란에게서 발견한 죽기 직전의 남자에게서, 그

---

30 같은 곳.

31 Giorgio Agamben, *Remnants of Auschwitz*, 37쪽.

리고 그가 마지막으로 내뱉는 "분명치 않은 중얼거림"에서 아우슈
비츠를 증언하는 길을 발견할 수 있을지 모른다. 그것은 지옥에서
살아 돌아와 자신이 본 것을 장엄하게 증언하는 비극적 영웅이나
죽음의 공포에 심미적 위안을 제공하는 감동적인 예술가를 통해서
가 아니라 아우슈비츠의 홍수가 지나간 뒤 간신히 살아남은 잔존
자들을 통해 가능할지 모른다. 아감벤이 '잔해'remnants라 부른 이
존재들은 "죽은 자도 살아남은 자도 아니고 익사한 자도 구조된 자
도 아니다. 그들은 그 사이에 남은 자들이다."[32] 세계 전쟁의 바다
에 익사해 버렸지만 역사적 재앙의 잔해더미에서 메시아적 계시의
흔적을 찾으려 했던 벤야민이 그랬듯이, 아우슈비츠라는 역사의
악몽을 겪은 사람들은 이 남은 잔해를 통해 구원에 이르는 길을 발
견할지도 모른다. 이 잔해로서의 잔존자들이 내뱉은 "분명치 않은
중얼거림," 미처 언어에도 노래에도 이르지 못한, '비언어'라 부를
수 있는 '말 아닌 말'을 통해 아우슈비츠를 증언하는 길을 찾을 수
있을지 모른다.

　'말 아닌 말'은 노래나 소리처럼 언어를 초월하지 않는다. 그것
은 여전히 언어로 남아 있다. 그렇다고 이 언어가 흔히 민족어와 쉽
게 동일시될 수 있는 것도 아니다. 아렌트는 나치 이후에 유럽에 남
은 게 무엇이냐는 질문에 '모어'mother tongue라고 답한 적이 있다. 모
어는 민족어national language로서 모국어로 환원되지 않는다. 국가와

---

32 같은 책, 164쪽.

민족의 경계로 고착되지 않는 인간의 근원적 처소로서의 언어가 모어이다. 유대인인 레비는 이탈리아어로 아우슈비츠를 증언했고 첼란은 독일어로 시를 썼다. 자신들을 죽음으로 내몬 파시즘의 언어로 다시 글을 쓰기로 결정했을 때 이들에게 이탈리아어와 독일어는 모국어가 아니라 자신의 내밀한 존재를 표현해주는 모어로 다가왔을 것이다. 레비가 아우슈비츠에서 단테의 『신곡』을 이탈리아어로 암송하는 장면은 인간이 비인간으로 내몰리는 마지막 순간 인간에게 남은 것이 무엇인지 말해준다. 하지만 인간의 근원적 처소로서의 모어 역시 아우슈비츠 이후 심각한 손상을 입었다. 레비가 첼란의 시에게서 읽어낸 "분명치 않은 중얼거림"은 모어가 겪은 손상을 '죽어가는 자'의 위치에서 말한 것이라 할 수 있다. 죽어가는 자로서 시인은 자신이 쓰고 있는 모어 역시 죽어가고 있다는 점을 자각하고 있다. 그는 죽은 언어, 혹은 죽어가는 언어로서 모어가 말할 수 있는 것 바깥에 자신을 놓음으로써 모어를 되살리는 작업을 한다.

5. 청자의 역할과 의무

역사적 잔해로서 증언자의 증언은 그것을 들어줄 청자가 있을 때 비로소 의미를 획득한다. 아니 증언을 들어줄 청자의 존재는 증언을 가능하게 만드는 필수조건이다. 앞서 지적한 레비의 경우처럼 역사적 악몽을 겪은 사람들은 아무도 자신들의 이야기를 들어주지 않을 거라는 또 다른 악몽에 시달린다. 그것은 수용소에서 겪은 악몽 못지않게 그들을 괴롭히는 2차 악몽, 그들로 하여금 인간사회와 자신들 사이에 넘을 수 없는 단절을 경험하게 만드는 악몽이다. 이들이 2차 악몽을 깨고 증언 작업을 시작할 수 있는 것은 단절의 경험을 넘어 누군가 자신의 말을 들어주는 사람이 있을 거라는 신뢰를 회복하고 인간사회와 무너진 관계를 복구했을 때이다. 증언자들에게 과거를 증언하는 작업은 고통스러운 과거에서 벗어나 심리적 안정과 위안을 얻는 일이라기보다 과거로 돌아가 그 고통을 또다시 겪는 일이다. 따라서 고통의 여정에 동행할 누군가가 존재하지 않는다면 증언 작업에 뛰어들 엄두를 내기 힘들다. 청자의 역할이 단순히 증언자의 이야기를 기계적으로 듣는 것이 아니라 증언자의 고통을 함께 겪으면서 증언이라는 '진리 사건'을 만들어내는 수행자의 기능으로 확대되어야 하는 것이 이 때문이다. 이것은 우리가 앞서 1장에서 살펴본 '극복작업'에 해당하는 것이다. 이 극복작업으로서의 증언의 과제를 수행하려면 증언자와 청자 모두 힘든 심적 과정을 거쳐야 한다. 청자는 새로운 진리 사건이 도래하도록 지원하는 조력자이자 공동참여자로서의 역할을 할 수 있어야 한다. 청자가 이런 역할을 수행하려면 청자 자신이 증언의 과정에서 자신을 감싸고 있던 기존의 개인적·사회적 보호막이 찢겨져 나가는 트라우마적 충격에 열려 있어야 한다. 증언자가 증언하는 것은 이해될 수 없고 기존의 사회적 의미망으로 수렴될 수는 더더욱 없는 극한의 경험이기 때문에 그것을 듣는 청자도 증언자와 동일한 수준은 아니라 해도 자신을 방어해주던 사회적 보호막이 찢기는 분열적 체험을 하지 않을 수 없다. 예일대학교에서 홀로코스트 증언자들의 영상 기록작업에 참여했던 정신분석가 도리 롭이 지적한 것처럼, 청자는 증언자가 수행하는 정신적 투쟁으로서 증언 작업을 증언하고 청자로서 증언과정에 참여하는 자신의 내적 변화를 증언하는 두 가지 과제를 동시에 짊어지고 있다.[33] 이 두 과제를 함께 수행할 때 비로소 청자는 진리 사건을 창조하는 참여자의 지위에 올라설 수 있다.

우리는 이 두 과제를 떠맡는 청자의 역할을 정신분석학에서 상정하는 분석가의 역할과 견주어볼 수 있을 것이다. 분석과정에서 분석가가 피분석가에게 일종의 치료의 계약으로 '당신이 가는 곳이 어디든 함께 가며 당신을 보호하겠다'는 약속을 하듯, 청자도 증언자에게 증언의 힘든 여정에 동행할 것이라는 약속을 한다. 이 동행의 약속과 더불어, 청자에게 무엇보다 중요한 것이 공감 어린 경청이다. 잘 듣는 것은 잘 말하는 것 못지않게 어려운 일이다. 분석현장에서 종종 일어나듯 청자는 증언자의 말이 던지는 트라우

---

33 Dori Laub, "Bearing Witness or the Vicissitudes of Listening," *Testimony: Crises of Witnessing in Literature, Psychoanalysis, and History*, Shoshana Felman and Dori Laub (New York: Routledge, 1992), 68-74쪽.

마적 충격에 직면하여 자신이 겪는 감정적 혼란을 증언자에게 투사하거나 증언자의 감정적 투사에 얽혀든다. 감정적 연루를 피하기 위해 방어적 거리를 유지함으로써 증언자를 또다시 단절의 늪에 빠뜨리거나, 증언자를 도덕적으로 단죄함으로써 자신과 자신이 속한 사회의 정당성을 납득시키려 들기도 한다. 공감 어린 경청을 위해 청자는 증언자의 증언에 개입하지 않으면서 증언자가 자신의 말이 누군가에게 들려지고 있다는 안정감을 줄 수 있어야 한다. 청자는 피해자가 자신이 겪은 일을 완전히 의식하지 못하고 있으며 두려움과 공포에 휩싸여 있고 침묵의 나락에 떨어질 수 있다는 사실을 이해할 필요가 있다. 피해자가 침묵에 빠져 언어의 세계로 다시 돌아오지 못하는 것이 예외적인 것이 일반적이라는 점을 이해할 필요가 있다. 수용소의 현실이 피해자들을 침묵의 나락에 빠뜨리는 것이었다면 수용소에서 돌아온 후 피해자들이 겪는 현실도 침묵의 나락이었을 수 있다. 청자는 이 침묵의 블랙홀에 빨려 들어가지 않으면서도 그곳으로부터 울려 나오는 (비)언어, 미처 언어에 이르지 못한 '언어 아닌 언어'를 듣는 법을 배워야 한다. 언어 아닌 언어 속에는 강렬한 정동affect이 스며들어 있다. 잘 듣기 위해서는 매끄러운 서사로 이어지지 못하고 여기저기 구멍이 뚫려 있고 파편적으로 흩어져 있는 증언자의 말 속의 말해지지 않은 진실, 미처 언어로 전환되지 못한 채 울려 퍼지고 있는 정동의 의미를 읽을 수 있어야 한다. 증언 작업이 도달하려는 것은 과거에 일어났던 사건 그 자체에 대한 사실적 보고가 아니라 —사실적 차원에서 이 보고는 사실이 아닌 것으로 판명될 수도 있다—증언자들이 인간과 비인간의 경계에서 겪은 한계의 체험, 그리고 절멸의 현실에서 살아남은 자들의 생존의 비밀이다. 청자는 앎을 넘어서 있는 절멸과 생존의 체험을 듣고 그것을 후세에 전달할 또 다른 임무를 부여받는다. 청자의 역할은 자신이 들은 것을 다른 이들에게 전수하는 2차 증언자가 되겠다는 윤리적 약속으로 이어진다.

3장.

민족의 기원적 분열과 잔여공동체:
프로이트 모세론의 정치-윤리적 독해

1. 프로이트의 모세, 사이드의 모세

말년의 프로이트는 반유대주의 광기가 자신의 삶의 터전이
자 사유의 거처인 빈을 덮쳐올 때 구약의 모세로 돌아간다. 모세
는 유대교의 창시자이자 유대민족의 아버지이다. 그러나 민족의 기
원으로 거슬러 올라가는 프로이트의 지적 여정은 순탄치 않았다.
프로이트는 1934년 모세에 관한 첫 원고를 발표한 후 4년 동안 세
번에 걸쳐 다시 쓴다.[1] 마지막 원고는 빈을 떠나 런던에서 망명자

---

1 세 편의 원고는 「이집트인 모세」 (1934), 「모세가 이집트인이라면」 (1936), 「모세 및 모세의 백성과
유일신교」 (1938)이다. 마지막 글은 사후에 발표되었다. 독일어 원제는 "Der Mann Moses und
die monotheistische Religion: Drei Abhandlungen"인데, 영어로 번역될 때는 Moses and
Monotheism으로 제목이 변경되었다. 독일어 원제를 직역하면, '그 사람 모세와 유일신교'가 될

신분으로 쓴다. 죽음을 불과 1년 앞둔 시점이다. 세 편의 글 곳곳에서 프로이트는 자신의 해석이 지닌 불완전함을 고백하고 심리적 불안과 육체적 쇠락을 토로한다.[2] 하지만 그는 자신의 도발적 가설을 포기하지 않는다. 프로이트는 내용상의 중복과 요약, 논리적 모순과 비약을 무릅쓰며, 오롯이 자신의 절박한 관심사를 충족시키기 위한 작업인 듯 기원으로의 여정을 멈추지 않는다. 이 여행을 통해서만 유대민족의 무의식 속에 기억흔적으로 전승되는 심층형질을 찾을 수 있다고 생각했기 때문이다. 반유대주의의 광기가 유럽의 심장부를 강타하고 있던 불길한 시절, 프로이트는 다가오는 죽음의 발자국소리를 들으며 자기 민족의 정신적 디엔에이DNA를 찾는 여정에 오른다. 그는 유대인들을 그토록 오랜 세월 하나의 민족으로 존속시켜온 정신적 특성은 무엇이며, 그 속에 반유대주의를 발생시킬 요인이 내장되어 있는 것은 아닌지 묻지 않을 수 없었다. 유대주의와 반유대주의가 서로 얽혀드는 지점, 그 정신적 근원

것이다. '열린 책들'에서 간행된 우리말 번역본은 「인간모세와 유일신교」로 번역되어 『종교의 기원』속에 들어 있다. 얀 아스만(Jan Assman)에 따르면, "그 사람 모세"라는 구절은 출애굽기 11장 3절("또한 그 사람 모세는 그 땅 이집트에서 아주 위대하였다")에 나온 것이다. 얀 아스만, 『이집트인 모세: 서구 유일신교에 새겨진 이집트의 기억』, 변학수 옮김, (그린비, 2010), 269쪽 참조.

2 이를테면 프로이트는 영국으로 망명한 후 쓴 모세에 관한 마지막 글의 두 번째 머리말에서 이렇게 고백한다. "전과 다름없이 나는 내가 쓰고 있는 논문 앞에서 불확실성에 시달린다. 저자와 작품 사이에는 일체성과 연대의식이 있어야 하는데, 나에게는 그것이 없다. … 인간 모세를 출발점으로 하는 이 책을 비판적으로 본다면 흡사 발끝으로 균형을 잡는 춤꾼같이 여겨진다." 하지만 프로이트는 "발끝으로 균형을 잡는" 이 아슬아슬한 곡예가 불러일으키는 심리적 불안정성을 고백하면서도, 이 위험한 작업에 "다시 한 번 뛰어들 수밖에 없다"고 말한다(「인간 모세와 유일신교」 327쪽). 프로이트는 마지막 글을 생전에 출판하지 않는다. 파시즘의 박해를 피해 가톨릭의 보호를 받고 있는 처지에서 가톨릭교회의 심기를 건드릴 수도 있는 이 글이 발표될 때 일어날 정치적 파장을 우려한 것이다.

을 해명해야 할 강렬한 내적 욕구가 그를 거듭 모세로 돌아가게 만든다. 죽지 않는 유령처럼 모세는 마지막 순간까지 프로이트를 잡고 놓아주지 않는다.

2002년 12월 6일, 20세기의 또 다른 망명자 에드워드 사이드는 런던 프로이트 박물관에서 '프로이트와 비유럽인'이라는 제목으로 강연을 한다. 그로부터 채 1년이 지나지 않은 2003년 9월 25일, 사이드는 그를 오래 괴롭혀온 백혈병으로 사망한다. 원래 사이드의 강연은 프로이트를 기념하여 빈에서 열릴 예정이었으나 중동의 정치적 갈등을 자극할 우려가 있다는 이유로 취소된다. 아라비아반도의 한쪽 끝에서 팔레스타인과 이스라엘이 대치하고 있는 적대적 정치현실이 두 사람의 만남을 이렇게 곡절 많은 사건으로 만든 것이다.

모세, 더 정확히 말하면 '프로이트가 읽어낸 모세'는 두 망명 지식인의 조우를 문화적 사건으로 만든 존재이면서 갈등의 정치지형을 넘어설 이론적 가능성을 내장한 인물이다. 사이드는 자신이 '대위법적 독서'라 부르는 것을 실천에 옮김으로써 프로이트의 모세 이야기를 우리 시대의 정치적 우화로 다시 쓴다. 대위법적 독서란 한 사람의 작가/저자를 그의 역사적 한계나 이데올로기적 맹점 때문에 폐기하는 것이 아니라 그의 비전이 예기치 못한 방식으로 문화적, 인종적 경계를 가로질러 현재를 조명하는 '잠재성'을 극화하는 독법이다. 이 독법을 통해 프로이트는 유대민족의 비유대적 기원을 드러냄으로써 유대 정체성을 내부적으로 해체하고, 정체성 없이 사는 법을 우리 시대의 정치 윤리적 과제로 제기한 인물로 재탄생한다. 이 과제가 결코 쉽게 성취될 수 없는 것이라는 점은 현재 중동 지역에서 계속되고 있는 유혈 폭력사태가 생생하게 증명한다. 프로이트의 주장에 따르면, 모세는 이집트인이었고 유대교는 이집트 일신교에서 시작되었다. 프로이트는 유대인을 유대인으로 만들어주는 두 핵심 증표(민족의 '개조[開祖]'와 '종교')가 모두 이집트에서 기원했다고 주장한다. 유대 지식인으로서는 쉽게 내놓을 수 없는 위험한 주장이다. 사이드는 프로이트가 유대 정체성의 기원에 놓인 이집트적인 것(사이드는 이를 '비유럽적인 것'으로 읽어낸다)을 가감 없이 드러냄으로써 모든 정체성에는 그것이 "단 하나의 정체성으로 병합되는 것을 방해하는 내재적 한계"가 존재한다는 점을 탁월하게 예증해 보였다고 말한다. 프로이트에게 정체성이란 "억압되지 않을 근본적인 기원적 단절 혹은 흠 없이는 스스로를 구성할 수도 심지어 상상할 수 없는 것이다."[3] 사이드의 해석에 따르면, 집단 정체성의 한가운데 놓인 이 균열 혹은 상처를 존중하는 것이 세계시민적 정수를 구성한다.

하지만 1948년 이후 이스라엘은 이런 프로이트적 통찰과 역행하는 길을 걸어왔다. "이스라엘의 건국은 비유대적인 어떤 것으로부터도 유대 정체성을 효과적으로 밀봉해 지킬 수 있도록 아주 특

---

3 에드워드 사이드, 『프로이트와 비유럽인』, 주은우 옮김, (창비, 2003), 83쪽.

정한 법적, 정치적 입장을 취한 국가 속에 유대 정체성을 정치적으로 공고히했다."[4] 이런 정치적 행보를 통해 현대의 유대인들은 팔레스타인 지역에 일종의 준유럽국가 이스라엘을 건설함으로써 자신들을 추방했던 바로 그 유럽 식민주의의 입양아로 편입된다. 이것은 사이드가 이스라엘에 보내는 강력한 기소장이다. 사이드의 강연에 더없이 예리한 논평을 가했던 재클린 로즈의 표현을 빌면, "이스라엘은 프로이트를 억압했다."[5] 사이드의 대위법적 읽기가 궁극적으로 의도하는 것은 억압된 프로이트를 다시 불러들임으로써 이스라엘과 팔레스타인이 서로 대치하는 적대 세력이 아니라 한 국가 속에 공존하는 두 민족, 그가 팔레스타인 문제의 해법으로 제시한 '이민족국가'binational state의 평등한 시민이자 이웃으로 살 수 있는 정치체제를 수립하는 일이다. 이것이 프로이트 저술에 내장된 정치적 가능성을 오늘의 현실 속에 살려내는 길이다.

프로이트 글에 들어 있는 이론적 통찰을 현재 진행형의 역사 속에 삽입함으로써 인종 갈등에 대한 정치적 해법을 찾으려는 사이드의 독법은 이론적으로 예리하고 정치적으로 유의미하다. 하지만 논평자 로즈가 적절히 지적하듯이, 인간집단이 정체성의 상처에 반응하는 방식에 대해 그가 "비현실적 기대"를 갖고 있는 것 역시 분명해 보인다.[6] 우리는 정체성에 난 상처가 타자를 향해 열리

---

4 같은 책, 66쪽.

5 같은 책, 94쪽.

6 Jacqueline Rose, *The Jacqueline Rose Reader*, Ed. Justine Clemens and Ben Naparstek

기보다는 자신의 빗장을 더욱 단단하게 걸어 잠그는 폐쇄적 방향으로 굳어지는 것을 더 자주 목격한다. 사이드가 프로이트의 모세에서 찾아낸 정체성의 상처 ─특히 그것이 쉽게 아물 수 있는 경미한 상처가 아니라 치료가 불가능해 보이는 트라우마일 때에는─는 정치적 적대를 해소할 자원으로 활용될 필요가 있는 것만큼이나 그 상처에 대한 부정적 반응양태 역시 냉정하게 살펴볼 필요가 있다.

로즈가 이런 부정적 양태에 주목하는 것은 홀로코스트라는 20세기 역사의 가장 파괴적인 트라우마를 겪은 유대인들이 피해자 정체성이란 방어적 보호막을 통해 그 트라우마를 부정적으로 반복하는 것을 목격했기 때문이다. 다른 글에서 로즈는 이를 "홀로코스트 전제"Holocaust Premises라 부른다.[7] 특정 전제는 특정 결론을 내포하고 있다. 전제가 결론을 선규정하는 이런 논리적 폐쇄 회로는 미래의 가능성을 닫아버린다. 동일 욕망의 궤도를 무한 반복하는 강박증 환자처럼 박해받은 민족이라는 과거 상처가 유대인으로 하여금 팔레스타인인들을 또 다른 피해자로 내모는 이스라엘 국가주의를 정당화하고, 유대 영혼을 강박적으로 신성화하도록 만든다. 정치적 시오니즘과 그 국가화 프로젝트(민족국가 이스라엘)는 '트라우마'를 '정체성'으로 변질시켰다. 역사적 고통을 집단 소속감의 원천으로 전유하는 이런 부정적 반복을 넘어서는 것이 오늘날 유

(Durham & London: Duke UP, 2011), 111쪽.

7 같은 책, 332쪽.

대인들에게, 그리고 폭력의 역사를 겪은 모든 인간 집단들에게 주어진 정치 윤리적 과제다.

그러나 이 과제를 수행하기 위해서라도 역사적 트라우마가 한 집단의 정신에 작용하는 모순적 양상을 깊이 들여다볼 필요가 있다. 사이드의 프로이트 독해가 빠뜨리고 있는 폭력과 살인의 문제를 이론적 성찰에서 놓칠 수 없는 까닭은 이것이다. 프로이트의 모세는 이집트인이었을 뿐 아니라 무엇보다 살해당한 인물이다. 일종의 정치적 암살이라 부를 수 있는 이 기원적 폭력을 분석의 지평에서 누락시키는 한, 한 집단의 정체성이 형성되는 과정을 온전히 이해하는 일도, 폭력의 역사를 넘어설 정치 윤리적 지평을 여는 일도 불가능하다. 정신은 허약해졌다고 느끼면 어김없이 재무장을 시도한다. 폭력적 트라우마에 노출된 정신은 많은 경우 자기 보호를 위해 극렬하게 저항한다. 정신분석학적 시각에서 보자면 '저항'resistance은 정신의 자유로운 해방보다는 방어적 폐쇄 쪽으로 기울기 쉽다. 폭력의 기억이 '자기'라는 방어적 '환상'을 불러들이고 이 환상이 집단을 결속시키는 심리적 동력으로 작용할 경우, 집단 트라우마는 강력한 '국가'state에 대한 욕망으로 나타난다. 환상은 이성의 영역 너머에서 주체를 사로잡는 비합리적 힘이다. 시오니스트들에게 이스라엘은 유대인들의 상처 입은 집단 자아를 보호해줄 정치 공간으로 받아들여진다. 이스라엘과 팔레스타인의 대결이라는 현재 맥락에서 다시 읽어보면, 프로이트의 모세론은 국가가 국민을 안전하게 지켜줄 정치적 공간이라는 환상에 보내는 경고장 같다. 망명자의 처지에 내몰린 프로이트가 모세론을 통해 들려주는 이야기는 그의 사후 유럽의 유대인들이 겪은 전대미문의 폭력적 트라우마가 타 종족과 어떤 합리적 협상도 불허하는 강고한 국가주의로 요새화되는 과정에 대한 지극히 정확한 예언처럼 들린다. 그것은 우리가 프로이트의 모세론으로 다시 돌아가야 하는 이유이기도 하다. 우리는 아직 홀로코스트도 이스라엘 국가 수립도 그리고 이스라엘과 팔레스타인의 분쟁도 일어나지 않았던, 프로이트가 그의 모세론을 펼치던 1930년대의 시각이 아니라, 그 이후 폭력의 역사가 우리에게 안겨준 교훈을 가슴에 품고 다시 프로이트를 읽어야 한다. 프로이트가 말한 것, 말했으나 읽히지 못한 것, 말하지 못한 것 모두를 우리 시대의 역사 속에 다시 활성화시켜야 한다.

2. "살인의 추억"과 죄의식의 유대

프로이트에 의하면 한 집단을 집단으로 결속시켜주는 요인, 이른바 '집단 유대감'collective bond을 형성하는 가장 강력한 요인은 다름 아닌 정신적 트라우마와 그에 대한 반응 형성이다. 트라우마란 주체의 내·외부에 존재하는 어떤 강력한 힘에 의해 자아를 감싸고 있는 심리적 보호막이 무너지는 와해의 체험을 가리킨다. 프로이트 정신분석학은 이 힘을 쾌락원칙을 넘어서는 불쾌한 자극으로 이론화한다. 주체가 수용할 수 없을 만큼 엄청난 양의 불쾌한 자극이 유입되어 트라우마가 발생하면 심리장치는 중단된 쾌락원칙을 재가동하기 위해 쾌락원칙을 넘어선 어떤 작업을 수행해야 한다. '반복강박'repetition compulsion이란 고통스럽고 불쾌한 과거의 사건이나 기억으로 돌아감으로써 충격을 제어하려는 심적 작업을 말한다. 종교는 한 집단의 심리적 방어막을 붕괴시키는 이런 트라우마적 체험—그것이 실제 일어난 사건이든 기억 속에 재구성된 환상의 사건이든—을 가장 깊은 수위에서 간직하고 있는 정신영역이다. 물론 여기서 가장 깊은 수위란 억압된 무의식을 말한다. 정신분석학이 분석대상을 개인에서 집단으로 이전할 때 가장 먼저 들여다보는 곳이 종교인 이유가 이것이다. 종교는 한 집단의 정신 중에서 억압의 운명을 견디고 무의식의 세계에 머무는 상태를 겪어낸 경험들이 모여 있는 곳, 이른바 억압된 기억들이 새겨진 '무의식의 아카이브'이기 때문이다. 다른 어떤 정신영역보다 종교가 사람들에게 발휘하는 힘이 크고 끈질긴 것은 이런 무의식적 정신역동에서 나온다.

그러나 바로 이런 까닭에 또한 종교는 분석에 대한 저항이 가장 격렬하게 일어나는 곳이기도 하다. 종교는 합리적 설명을 허용하지 않는 믿음을 진리의 체계로 신성화한다. 프로이트가 누차 지적하듯이, "불합리하므로 나는 믿는다"credo quia absurdum.[8] 믿음은 환상의 영역이고, 환상을 추동하는 것은 무의식적 욕망과 충동이다. 욕망과 충동은 우리가 모르는 곳에서 우리가 모르는 곳으로 우리를 끌고 가는 힘이다. 이성의 빛을 들이댄다고 해서 이 힘이 사라지는 것은 아니다. 믿음의 원천이 불합리에 있다면 믿음을 수호하기 위한 저항이 극렬하게 일어나는 것은 자연스럽다. 유대민족의 집단 트라우마의 흔적을 종교에서 찾고자 하는 프로이트의 정신분석작업이 그의 동족들로부터 강한 반대에 부딪쳤던 것은 충분히 이해할 수 있다. 프로이트의 분석에 대한 저항은 그의 해석의 실증적 '사실성'에 대한 문제제기에서부터(프로이트 가설의 사실성에 문제가 있는 것은 사실이다),[9] 이른바 '신 없는 유대인'으로서 정신분석학이 유대교를 대체하기를 바랐던 그의 불순한(?) 개인적 동기(그에게 이런 동기가 없었다고 말할 수는 없다)에 대한 비판에 이르기까지 다양하게 나타난다.[10] 어느 쪽이든 프로이트는 유대교를 정신적 질병과

---

8 지그문트 프로이트. 「인간모세와 유일신교」, 『종교의 기원』, 이윤기 옮김; (열린 책들, 2007), 362쪽. 이하 이 책에서의 인용은 본문에 쪽수만 표기하기로 한다.

9 이를테면 임마뉴엘 라이스(Emanuel Rice)는 여호수아서의 관련 대목을 아무리 찾아봐도 모세 살해를 언급하는 구절은 존재하지 않고 젤린 이외에 이에 동의하는 성서학자들도 없는데, 프로이트가 이 가설을 수용한 것은 의문이라고 말한다. 이와 관련한 내용은 Emanuel Rice, *Freud and Moses: The Long Journey Home*, (Albany: SUNY P, 1990), 152쪽 참조. 라이스 외에도 모세 살해의 사실성에 문제를 제기하는 학자들은 많다. 하지만 프로이트 자신이 지적하듯이, 그의 모세 살해설이 의도하는 것은 유대 역사의 '실증적 사실성'(positivist factuality)이 아니라 유대 정신의 '역사적 진실'(historical truth)이다. 역사적 진실이란 유대 정신의 심층에 자리 잡고있는 정신 역동의 진실을 가리킨다. 프로이트가 유대민족의 형성 과정과 관련된 여러 역사적 전거들을 끌어 들이고 있지만 그의 해석이 궁극적으로 밝히려는 것은 유대교에 나타난 유대 정신의 진실이다. 이 진실은 역사와 관련을 맺지만 역사적 사실로 환원되지 않는다.

10 요셉 하빔 예루살미(Josef Havim Yerusalmi)는 프로이트가 유대교에서 그 환상적 형태들은 제

인종적 오염으로 몰고 간 장본인, 유대 백성들로부터 그들의 가장
귀중한 보물을 빼앗아간 배반자로 낙인찍힌다.

그러나 이런 저항을 충분히 예측했으면서도 프로이트는 유대교
에 대한 정신분석을 포기하지 않는다. 그는 성서해석과 이집트 유
물에 대한 고고학적 연구 성과, 그리고 무엇보다 에른스트 젤린과
에두아르 메이어 같은 이단적 성서학자들이 열어준 새로운 해석들
을 종합하여 자신만의 독자적 해석을 내놓는다. 프로이트는 모세
라는 위대한 인물 속에 유대교의 정수가 놓여 있다고 본다. 프로이
트에 따르면, "위대한 인간이란 자신의 인격과 그가 주장한 이념이
라는 두 가지 방식으로 추종자들에게 영향을 미치는 존재"이다.[11]
인간집단은 권위에 대한 강렬한 소망을 지니고 있다. 존경을 보내
고 고개를 숙일 강력한 권위자(프로이트에게 이런 인물을 표상하는 존재
는 아버지이다)에 대한 갈망이 인간집단을 지배하는 강고한 힘이라
면, 그 힘을 집약하고 있는 인물을 무시하고서 집단정신을 이해할
수는 없다. 유대민족에게는 모세가 바로 이런 위대한 인간, 이른바
'신인'神人의 위치에 오른 인물이다. 얀 아스만이 지적하듯이, "프로
이트가 찾아낸 모세는 살아 있거나 역사적인 모세만이 아니라 살

거하고 추상적 지성이라는 핵심만 받아들여 이를 정신분석학이 계승하고자 했다고 주장한다. 예
루살미의 주장에 따르면, 프로이트에게 정신분석학은 "신 없는 유대교"이다. 세속 유대인으로서
프로이트는, 유대교는 끝이 있지만 추상적 지성으로서 유대성은 끝이 없다고 보았다는 것이다.
예루살미의 저서 『프로이트의 모세: 끝이 있는 유대주의와 끝이 없는 유대주의』(Freud's Moses:
Judaism Terminable and Interminable)의 부제(副題)는 종교 없는 유대성을 계승하고자 하는
프로이트의 기획을 가리킨다.
11 지그문트 프로이트, 「인간모세와 유일신교」, 392쪽.

아 있는 모세, 죽은 모세, 억압된 모세, 그리고 기억된 모세 모두를 지칭한다."[12] 이 모든 것들이 종합된 모세야말로 프로이트가 궁극적으로 찾고자 한 유대정신의 비밀을 응축하고 있기 때문이다.

프로이트의 모세 해석은 크게 두 가지로 요약할 수 있다. 이른바 두 명의 모세론과 모세 살해설이 그것이다. 프로이트에 따르면 유대인들에게는 두 명의 모세가 있었다. 한 사람은 유대인들을 이집트의 노예상태에서 해방시켰던 이집트인 모세이고, 다른 한 사람은 출애굽 후 유대인들이 광야를 떠돌던 시절 므리바-카데스에 거주하던 미디아인 모세이다. 유대인들에게 유일신교와 할례를 전수하고 율법을 강제한 이는 이집트인 모세다. 그는 원래 이집트 귀족 가문 출신으로 아텐교 숭배자였다. 아텐교는 기원전 14세기 무렵 이집트 제국을 이끌던 파라오 아케나톤이 다신교 전통을 무너뜨리고 새로이 설립한 유일신교다. 태양신을 숭배하는 아텐교는 마술적 의식과 예식을 배제하고 우상을 반대하며, 윤리적 규정을 강조하고 사후세계를 삼간다. 아케나톤왕은 자신이 세운 이 엄격하고 비관용적인 종교를 제국의 정신을 지배하는 보편 종교로 만들기 위해 기존 다신교 신봉자들과 사제들을 억압하는 강력한 종교개혁을 단행한다. 하지만 왕의 사후 아텐교는 급속히 쇠락하고 이집트는 다신교 전통으로 회귀한다. 신흥종교가 몰락하고 정치세력

---

12 얀 아스만, 『이집트인 모세: 서구 유일신교에 새겨진 이집트의 기억』, 변학수 옮김, (그린비, 2010), 294쪽.

의 교체가 일어나는 혼란스러운 시절 모세는 이집트에 살던 유대인들을 자신의 백성으로 선택하여 그들에게 유일신교를 전수한다. 프로이트의 묘사에 따르면, "모세는 이 변경의 백성과 합의하고 그들의 선두에 서서 '강한 손으로' 탈출을 실현시켰다." 이는 "모름지기 역사적인 결단이었다."(287쪽) 하지만 이집트인 모세가 전수한 종교가 곧장 유대 일신교로 자리 잡은 것은 아니다. 유대인들은 앞서 언급한 므리바-카데스라는 곳에서 미디아의 민중 종교였던 야훼 신앙을 받아들인다. 야훼는 화산신이다. 그는 빛이 두려워 밤중에 배회하는 피에 굶주린 악령이다. 유대신은 이 야훼와 모세의 신을 결합한 것이다. 이질 종교간 융합이 일어나는 새로운 종교 성립과정에서 야훼와 인간의 중재자 노릇을 한 인물이 미디아인 모세다.

이 두 명의 모세는 서로의 '분신'double이다. 정신분석학의 용어로 옮기면 하나가 '자아'ego라면 다른 하나는 '다른 자아'alter-ego이다. 프로이트의 2차 위상학을 대입한다면 그들은 이상적 자아일 수도 있고, 자아를 감시·억압하는 초자아일 수도 있으며, 끔찍한 욕망을 거침없이 실현하는 이드일 수도 있다. 프로이트는 민족의 기원에 하나의 정체성을 주지 않고 둘로 분열시킨다. 유대 자손들에게 아버지는 둘이다. 너무 많은 것은 너무 적은 것과 다르지 않다. 과잉은 결핍의 짝패다. 프로이트는 모세에 관한 두 번째 글을 이렇게 끝낸다.

나의 결론은 간단한 공식을 통해 드러낼 수 있다. 유대
인의 역사는 이중성과 밀접한 관계가 있다는 것이다.
하나로 합류하여 나라를 세우는 것도 〈두〉 무리의 백성
이고, 나중에 나라가 분열될 때에도 〈두〉 개로 갈라졌
으며, 성서 원전에 나타나는 신의 이름도 〈두〉 가지다.
그런데 우리는 여기에다 새로운 이중성 〈두〉 개를 덧붙
일 수 있다. 첫 번째 종교의 자리를 두 번째 종교가 차
지하지만 그럼에도 불구하고 뒷날에는 이 첫 번째 종교
가 두 번째 종교의 배후에서 찬란하게 떠올라 〈두〉 종
교가 성립되었다는 것이 그 하나이고, 이름은 모세로
동일하지만 개성이 서로 다른 〈두〉 명의 종교 창시자가
있다는 것이 다른 하나이다.[13] (320쪽)

하나를 둘로 분열시키는 프로이트의 논리가 여기서도 어김없이
관철되고 있다. 의식과 무의식, 에로스와 타나토스가 인간을 끌고
가는 두 개의 힘이듯, 프로이트는 유대민족이 하나로 통합되는 것
을 허용치 않는다.
  프로이트의 두 번째 가설인 모세 살해설은 에른스트 젤린으로
부터 차용되었다. 프로이트는 모세가 유대 백성의 손에 죽임을 당
했다는 젤린의 가설이 충분히 개연성을 지니고 있다고 주장한다.
모세의 종교는 명령하고 강제하는 율법의 종교, 고도의 정신성을
요구하는 추상성의 종교였다. 그의 하느님은 가시적 형상으로 모습

---

13 이 부분의 번역은 이윤기 번역본을 토대로 필자가 부분 수정했다.

을 드러내지 않고 백성에게 '너희는 거룩하여라'라고 요구한다. 유대 백성들이 이런 높은 요구에 맞서 모세를 제거했으리라는 가설은 허황된 추측도 악의적 왜곡도 아니다. 성경에 그려진 황금 송아지 이야기는 유대 백성들 사이에서 모세의 종교에 대한 모반이 이미 여러 차례 일어났고, 시나이 산에서 내려온 모세가 율법명판을 집어던지는 광폭한 행동과 잔인한 징벌을 통해 이런 반란들을 진압했으리라는 것을 암시한다. 수차례에 걸쳐 일어난 이런 반란 끝에 모세는 결국 유대 백성들의 손에 살해당했을 것이라는 게 프로이트가 내린 최종 결론이다. 그런데 죽임을 당한 모세는 미디아인 모세가 아니라 율법과 정신성을 명령하는 이집트인 모세이다. "이스라엘 민족으로 하여금 그토록 잔혹했던 운명의 장난을 극복하고 오늘날까지 살아남게 한 것은 모세신의 이념이었던 것을 과연 누가 부정할 수 있을 것인가?"(318쪽) 그러므로 귀환자는 미디아인 모세가 아니라 이집트 종교지도자 모세여야 했다. 그는 프로이트가 「토템과 터부」에서 그려낸, 부족의 모든 여자들을 독점하는 원초적 아버지가 아니라 상징적 권위를 체화하고 있는 합리적 아버지이다. 그는 상징질서로부터 예외적 위치를 점유하는 향유의 존재가 아니다. 그런 만큼 그의 살해 이후 확립되는 법 역시 정상적인 상징적 법으로 환원되지 않는 잉여적 측면을 지니고 있다.

아버지 모세를 살해하는 이 기원적 폭력은 유대인들의 기억 속에서 부정되지 않으면 안 되었다. 그것은 의식의 표면으로 떠올릴 수 없는 불경한 사건, 상징적 법을 거스르는 위반 행위이기 때문이다. 모세 살해는 억압과 망각이라는 오랜 잠복기를 거친 다음에야 기억될 수 있었다. 성경을 비롯한 유대 기록 어디에도 모세 살해가 언급되지 않는 것이 이 문화적 억압을 반증한다. 억압당한 모세가 다시 살아나는 방식이 예레미아로 대표되는 '초자아'의 형상이다. 그런데, 다시 살아난 모세의 신은 죽기 전보다 더 엄격하게 법을 강제하고 더 높은 정신성을 요구한다. 그는 상징적 법 뒤에서 가학적으로 복종을 요구하고, 광폭하게 죄를 추궁한다. 슬라보예 지젝은 이 신을 "순수 의지의 신"이라 부른다.[14] 상징적 아버지가 현실화하려면 순수 의지의 보충적인 비합리적 행위가 필요하다. 분명한 지시와 금지의 내용을 갖고 있는 실정적 법은 순수 잠재성의 형태로 존재하는 무조건적 법에 의해 보완되어야 한다. 초자아는 이런 절대적 명령을 지시하고 강제하는 정신 기구이다. 초자아의 법은 "집행할 수 없고 실제적 규범으로 옮길 수도 없는 추상적 지시 상태에 머물며, 자기 죄를 모른다는 바로 그 이유에서 우리 모두를 죄인으로 만드는" 카프카풍의 법이다.[15] 원죄란 살부殺父 행위가 초래한 이 근원적 죄, 인간 존재 자체에 새겨진 존재론적 죄를 가리킨다. 프로이트 자신의 말을 빌자면, "차마 입에 올릴 수 없는 범죄(살부)는 '원

---

14 슬라보예 지젝, 『까다로운 주체—정치적 존재론의 부재하는 중심』, 이성민 옮김, (도서출판b, 2005), 511쪽.

15 슬라보예 지젝, 『죽은 신을 위하여』, 김정아 옮김, (도서출판 길, 2007), 170쪽.

죄'라고밖에는 불릴 수 없는 가정으로 대치되지 않을 수 없었다."[16] 이렇게 본다면 프로이트는 신학자가 아니지만 유대 기독교의 원죄에 대해 가장 끈질긴 성찰을 보여준 인물이다. "바울과 아우구스티누스 이래로 원죄에 대해 프로이트만큼 철저한 이론을 내세운 신학자는 단 한 명도 없었다"는 야콥 타우베스의 지적이 결코 과장으로 들리지는 않는다.[17]

프로이트가 들려주는 부친살해의 트라우마는 유대 역사의 먼 과거에 일어난 '실제' 사건이라기보다는 사후적으로 (재)구성된 '허구적' 사건이다. 유대민족의 정신성이 형성되려면 살인은 일어났어야 했다. 지젝의 말을 빌자면, "외상적 사건은 우리가 문화질서의 내부에 있는 순간 언제나 이미 발생해야 했던 것이다."[18] 프로이트가 자신의 모세 분석을 '역사기록'이 아닌 '역사소설'historical novel이라 불렀던 것도 특정 시공간의 실증적 사건으로 한정되지 않은 정신의 진리에 접근하려면 허구적 환상을 통과해야 한다고 생각했기 때문이다. 역사소설이 찾고자 하는 것은 사실의 진리가 아니라 역사적 진리다. 역사적 진리란 집단 무의식 속에 자리 잡고 있는 정신역동의 진실이고, 이는 많은 경우 환상을 통해 표현된다. 트라우마는 역사의 어느 시점에 발생한 특정 사건과 연동될 수 있지만 그것으로 한정되지 않는다. 외적 사건이 주체에게 외상을 일으키는 요

---

16 지그문트 프로이트, 「인간모세와 유일신교」, 426쪽.

17 야콥 타우베스, 『바울의 정치신학』 조효원 옮김 (그린비, 2021), 299-300쪽.

18 슬라보예 지젝, 『까다로운 주체』, 506쪽.

인으로 작용할 때에는 내적 요인과 결합되어 나타난다.[19] 트라우마란 주체의 심리적 방어막을 붕괴시키는 내·외적 자극의 분출을 통해 한 개인 혹은 집단정신에 발생하는 '한계' 혹은 '불가능성'을 가리킨다. 트라우마가 '사건의 구조'the structure of event를 띠는 이유다. 모세 살해는 유대인을 하나의 민족으로 결속시키고 강박적 정신구조를 만들어낸 일종의 '유령 사건'ghost event이다.[20] 한 집단의 구성원이 되기 위해서는 명시적인 상징적 전통을 공유하는 것만으로는 충분치 않다. 그런 전통을 지탱하는 유령 기억을 공유할 때에만 집단의 온전한 일원이 될 수 있다. 이런 점에서 유대 정체성은 모세 십계명이나 구약에서 그려진 이른바 신과의 서약을 따르는 것이 아니라 모세 살해라는 유령 기억을 공유함으로써 형성된다. 유대민족이 모세 살해의 기억을 억압했다는 프로이트의 주장을 비판하며, 예루살미가 "유대민족의 가장 고유한 특징은 어떤 경우에도 자신들의 잘못을 절대 숨기지 않는 것"이라고 말할 때, 그는 정신분석학적 통찰의 핵심을 놓치고 있다.[21] 중요한 것은 실제 일어난 사건

---

19 정신분석학 내에서 트라우마를 바라보는 시각은 두 그룹으로 나누어진다. 불쾌를 유발하는 외부 자극에 트라우마를 국한시키고 내적 자극요인이라 할 수 있는 죽음충동의 분출은 트라우마로 범주화하지 않는 그룹이 있다. 자네와 그의 논의를 현대적으로 재해석한 반 데어 콜크의 입장을 따르는 논자들이 여기에 속한다. 프로이트는 애초에 트라우마를 외적 자극에서 유발되는 것으로 보았지만, 이후 입장을 변경하여 주체 내부의 구성이나 환상의 작용을 인정한다. 주체의 내부와 외부를 완전히 분리하는 것은 문제가 있다. 외적 자극이 주체에게 트라우마로 경험되는 것은 그것이 내적 자극과 만났을 때이다. 인간존재에게 중요한 것은 외적 자극 그 자체가 아니라 그 자극에 대한 주체의 반응인데, 이 반응에는 주관적 환상과 욕망과 충동이 개입된다. 이 부분에 대한 보다 자세한 논의는 이 책의 1장 참조.

20 민승기, 「친밀하고도 낯선 모세—프로이트의 기원 찾기」, 『비평과 이론』 18.1(2003), 9쪽.

21 요세프 하임 예루살미, 『프로이트와 모세: 유대교, 기독교, 반유대주의의 정신분석』, 이종인 옮김

의 의식적 은폐가 아니라 일어나지 않은 사건의 무의식적 억압이기 때문이다. 사실적 기억보다는 유령적 기억이, 실제 사건보다는 환상의 구성물이 더 극심한 억압의 대상이 된다는 것이야말로 정신분석학이 우리에게 알려준 불편한 진실이다.

집단의 형성과 관련하여 프로이트의 통찰이 빛을 발하는 곳은 '트라우마'가 집단을 '결속'시키는 힘으로 작용한다는 주장이다. 트라우마는 집단을 분열시키면서 또한 하나로 묶어준다. '분열'과 '결속'은 반대 방향으로 움직이는 정신의 힘이지만 트라우마는 양자를 동시에 발생시킨다. 『집단 심리학과 자아의 분석』을 쓸 당시 프로이트는 대중을 하나로 묶어주는 심리적 요인을 지도자와의 '동일시'identification에서 찾았다. 수평적 동일시는 수직적 동일시에 기초해 있다. 한 집단이 따르고 싶고 존경하고 싶은 '이상적 인물'(아버지)로부터 사랑받고 있다는 동류의식은 비슷한 위치에 있는 구성원들(형제들)을 하나로 묶어주는 심리적 원천이다. 집단의 구성원들이 하나가 되는 것은 그들이 '자아 이상'ego ideal으로 삼는 것을 공유할 때이다. 이 이상을 위해서라면 그들은 자신을 포기할 수도 목숨을 버릴 수도 있다. 프로이트가 집단 형성의 대표적 예로 들고 있는 군대나 교회에서 볼 수 있듯이, 한 집단의 지도자가 구성원들에게 행사하는 힘은 카리스마적 최면 효과를 방불할 정도로 강력하다. 지도자와의 동일시가 끊어지면 구성원들 사이의 횡적 결속력은 급속

(즐거운 상상, 2009), 84쪽.

히 붕괴된다. 『집단 심리학과 자아의 분석』에는 외부 집단에 대한 증오가 구성원들을 묶어주는 정동적 힘이라는 주장은 제시되고 있지만, 이상적 인물에 대한 구성원들의 적대감이 내적 결속의 기초를 이룬다는 생각은 아직 나타나지 않는다. 지도자에 대한 '사랑'뿐 아니라 '증오'가 집단 결속의 정동적 동인으로 작용한다는 프로이트의 생각은 『토템과 터부』를 경유하면서 뚜렷해진다. 이 책에 이르러서야 비로소 프로이트는, 한 사회는 아버지를 죽이는 범죄 행위에 기초해서 형성된다는 제안을 내놓는다. 프로이트는 살인을 집단 '외부'가 아니라 '내부'로 들여온다. 아버지를 살해한 뒤 아들들이 공유하는 죄책감이 사회를 하나로 묶어주는 정동적 힘이다. 그러므로 공동체의 일원이 되는 것은 죄의 일원이 되는 것이다. 이제 '사회적 상호성'은 살인의 트라우마가 불러일으키는 '죄의식의 연대성'으로 옮겨간다.

유대성의 해명이라는 우리 주제로 돌아오면, 유대민족을 하나로 묶어준 요인은 모세 살해에서 비롯된 죄책감이다. 프로이트의 분석에 따르면 유대인들은 마음 깊은 곳에서 자신들이 저지른 죄의 무게에 시달리지 않을 수 없었다. 결코 지워질 수 없는 이 무의식적 죄책감을 해소할 필요에 쫓긴 유대인들은 모세의 계명을 더욱 엄격하게 정할 수밖에 없었다. 유대인 특유의 강박적 도덕성은 죄의식을 통해 발전되었다. 유대인들은 다른 어떤 민족보다 초자아의 명령을 따르는 도덕적 행위에서 숭고한 쾌락을 즐길 수 있는 독특한 능력을 개발했다. "윤리적 금욕주의에 도취된 그들은 자신들에게 본능적 충동을 단념하게 할 훨씬 엄격한 새 계율을 부여하고 이런 과정을 통해 그들은, 고대의 다른 민족은 접근할 수 없는 고도의 윤리적 위상—적어도 교리와 계율 속에서—에 도달했다(425쪽)." 그러나 프로이트가 지적하듯이, "이러한 윤리적 관념은 하느님-아버지에 대한 억압된 적의 때문에 생겨나는 죄의식의 근원을 소거하지 못한다. 이들은 강박 신경증적 반응형성의 특징을 보인다. 이 반응은 미완인 동시에 끝내 완성할 수 없는 성질의 것이다(425쪽)."

프로이트는 유대인의 도덕성이 "은밀한 자기처벌의 욕구"에는 도움이 되었을 것이지만 그 이상으로 나아가지는 못했다고 말한다. "이 이상의 발전 단계는 유대교의 발전 단계를 넘어선다"는 것이 그의 판단이다(425쪽). 이때 "명민한 정신으로 사태의 본질을 꿰뚫은 한 사내"가 출현하여 교착 지점을 정확히 파악하고 출구를 마련한다(425쪽). 그 사내의 이름이 바로 바울이다. 바울은 두 가지 진단을 내린다. "우리가 이렇게 불행한 것은 우리가 아버지 하느님을 죽였기 때문이다." "우리는 모든 죄에서 해방되었다. 우리 중의 한 사람이 그 목숨을 희생시켜 우리를 풀어주었기 때문이다(426쪽)." 원죄와 희생자의 자기희생을 통한 구속救贖은 바울이 세운 새로운 종교의 초석이다. 무조건적인 초자아의 죄지음은 사랑의 죄 사함을 통해서 풀려질 수 있다. 이제 하느님에 의해 선택되었다는

유대교의 선민사상 대신에 모든 인간의 해방을 주장하는 구원사상
이 들어선다.

> 그러나 유대인들 중 극소수만이 이 새로운 교리를 받아
> 들였다. 이것을 거부한 사람들이 오늘날까지도 유대인
> 으로 불린다. 이 분열을 통해 유대인은, 그 이전의 어느
> 때보다 다른 민족으로부터 철저하게 분리되기에 이르렀
> 다. 유대인들은 새로운 종교 공동체 ― 이집트인, 그리스
> 인, 시리아인, 로마인, 심지어 게르만인도 포함되지만 유대인
> 만은 제외되는 ― 로부터 하느님의 살해자들이라는 비난
> 을 들어야 했다.(427쪽)

야콥 타우베스의 표현을 빌어 말하자면, "다른 모든 것은 그냥
사소한 것들이다. **신을 살해했다**Deizid, 이게 그리스도교도들이 유
대인들에게 가했던 비난"[22]의 핵심이다. 유대인들은 무조건적 사랑
을 통한 죄사함의 진보적 대열에 합류하지 못하고 비극적 죄를 짊
어지는 길로 들어선 집단이다. 이것이 유대인들에 대한 증오를 불
러일으키는, 유대주의 안에 반유대주의를 촉발하는 심층 요인이다.
더욱이 이런 죄진 집단이 스스로를 선택받은 민족이라 여기며 우
월감에 빠져들 때 미움은 증폭된다. 유대인들의 집단 우월감이 어
떤 차별과 박해에도 굴하지 않고 끈질기게 살아남는 생존력으로

---

22 야콥 타우베스, 『바울의 정치신학』, 218쪽.

이어질 때 증오의 불길은 질투의 기름이 부어져 더욱 격렬하게 타오른다. 프로이트에 따르면 그리스도는 "부활한 모세이고, 모세의 배후에서 원시시대 무리의 원초적 아버지가 아들의 모습을 빌어 아버지 자리로 나타난 존재"[23]이다. 유대교는 아버지의 종교이고 그리스도교는 아들의 종교이다. 그러나 아버지는 사라진 것이 아니라 아들의 모습을 빌어 다시 나타난다. 예수의 죽음은 부활한 모세의 죽음을 반복하는 행위이다. 그리스도교는 아버지 살해의 죄의식을 구원에 대한 환상으로 바꾸었다. 그런 만큼 그리스도교가 억압된 죄의식을 환기하는 유대교에 적대감을 보이는 것은 당연하다. 예수의 죽음으로 성립된 그리스도교는 예수 살해의 책임을 유대교로 돌려 반유대주의의 구실로 삼는다. 유대주의와 반유대주의는 서로 맞물려 돌아가는 뫼비우스의 띠다.

3. 계시의 정의와 잔여 공동체

그렇다면 유대민족은 죄의 연대성을 넘어설 공동체의 원리를 발전시키지 못하고 선민의식에 빠져 있는 폐쇄 집단인가? 유대교는 초자아의 도덕법을 극복할 윤리를 제시하지 못하고 강박적 의례와 말씀에 사로잡힌 독단적 정신인가? 이 두 질문에 대해 어떤

---

23 같은 책, 369쪽.

망설임도 없이 '그렇다'고 대답했다면 프로이트는 자신의 동족을 배반한 '위대한' 변절자로 불려도 무방할 것이다. 그는 모세를 이집트인으로 만듦으로써 자기 민족의 순수한 기원을 빼앗고, 기원적 아버지가 만든 억압적 법에서 백성들을 해방시킨 선지자이다. 이것이 독일계 이집트 학자 얀 아스만이 읽어낸 프로이트이다.

아스만은 프로이트의 모세론을 유일신교에 대한 내재적 비판으로 읽는다. 이집트에서 시작된 유일신교는 이질 종교들 사이에 공존과 관용이 가능했던 다신교 질서에 참/거짓, 정통/이단, 진리/우상숭배의 구별을 도입한 문화적 사건이다. 이것이 이른바 '모세구별'Mosaic Distinction이다.[24] 모세구별은 '차이'를 '거짓'으로 바꾸고 그것에 '이집트'라는 이름을 붙인다. 사이드가 '비유럽적인 것에 대한 타자화'라 부르는 행위가 이집트의 이름으로 일어나고 있는 것이다. 이 구별은 참/거짓이라는 관념 자체가 없던 공간에 이 독단적 관념을 끌어들임으로써 문화공간을 분할시켰다. 아스만에 의하면 모세구별은 이후 인류 역사에 일어나는 수많은 폭력과 살육의 발생론적 근원이자 역사적 트라우마이다. 더욱 고약한 것은 이 트라우마의 여진이 문화적·인종적 타자에 대한 폭력의 형태로 지금도 계속되고 있다는 사실이다. 아스만이 읽어낸 프로이트는 이 모세구별에 가장 격렬하게 맞선 유대 이론가이다. 유대민족의 개조 모세와 그의 이집트 기원에 대한 프로이트의 역사적 재구성은 예언

---

24 얀 아스만, 『이집트인 모세』, 5장.

자 모세와 그의 초월적 업적(민족 형성과 종교 창시)의 해체를 의미한다. '기억사'mnemohistory라 불리는 아스만의 작업은 모세의 전통 아래 묻혀 있는 이집트 다신교의 흔적을 복원함으로써 프로이트의 기획을 계승하는 것이다. 이 계승의 최종 완결판은 모세구별이 도입되기 전 다신교 시절의 '문화번역'cultural translation으로 돌아가는 것이다. 아스만에게 번역은 이질 종교와 문화들 사이에 교통과 교환을 수행하는 작업, 차이를 거짓으로 만들지 않고 문화 간 이동과 변환, 혼성과 융합을 이루어낼 수 있는 문화적 실천이다. 이런 다원주의적 '번역'을 독점적 '계시'revelation로 바꾼 것이 유대 유일신교다. 따라서 유대교가 가져온 문화적 폭력을 넘어서려면 계시를 번역으로 되돌려야 한다. 하지만 복수의 종교들 사이에서 번역이 일어나려면 그들 사이에 '공통분모'가 전제되어야 한다. 아스만이 말한 번역은 궁극적으로 자연이라는 참조틀 위에 서있다.[25] 다신교 는 근본적으로 '범신교'cosmotheism이다. 종교적 차이들 아래 존재하는 '자연'이라는 공통성이 분할되지 않은 우주적 일자(一者, oneness) 로서 종교 간 번역을 가능하게 해주는 존재론적 근거로 작용하고

---

25 물론 문화번역이 아스만의 경우처럼 늘 공통성을 전제하는 것은 아니다. 오히려 문화번역은 호미 바바가 개념화하듯 문화적 경계가 위반되고 포개지는 접촉 지대에서 특정 문화들에 온전히 현존하지 않는 이국성(foreignness)을 해방시킴으로써 새로움을 불러들이는 행위로 이해될 수 있다(Homi Bhabha, *The Location of Culture*, (New York: Routledge, 1994), 227-30쪽). 나는 이런 바바의 개념을 정신분석학의 이웃 개념과 접목하여 문화번역을 "문화적 이웃되기"로 이론화하고자 했다. 문화적 이웃이 되기 위해서는 트라우마적 박탈의 순간을 거쳐야 한다. "트라우마적 박탈은 손님문화와 주인문화를 동시에 무너뜨리고 탈구시키는 해체 과정이지만, 또한 새로움을 형성함으로써 문화들 사이에 연결통로를 만드는 관계형성의 과정이기도 하다."이에 대해서는 이 책의 12장을 참조할 것.

있는 것이다.

에릭 샌트너는 '차이'에 대한 이런 시각을 '글로벌 의식'global consciousness이라 부르며 이를 '보편 의식'universal consciousness과 구분한다.[26] "글로벌 의식은 문화들 사이의 '외재적' 차이 때문에 갈등이 일어난다고 보는 반면 내가 말하는 보편성은 정체성 구성에 '내재적'인 동요나 교란, 우리가 '집'이라 부르는 모든 공간에 내재하는 '기이함'Unheimlichkeit에 열릴 가능성을 의미한다."[27](5). 여기서 내재적 동요나 교란이란 라캉 정신분석학이 강조하는 '실재의 중핵'the kernel of the Real, 즉 특정 문화질서의 불가능성을 입증하면서도 그것이 있음으로 해서 그 질서의 현실이 구성되고 존재할 수 있도록 해주는 역설적인 결여나 균열 같은 것이다. 이 결여와 균열을 통해 타자성이 들어올 수 있는 통로가 만들어진다. 샌트너가 프로이트와 로젠츠바이그의 겹쳐 읽기를 통해 새로이 독해해낸, 유대 전통 속의 새로운 가능성은 이 후자의 입장이다. 이것은 모세구별과 죄의식의 연대성을 넘어 인간 해방의 기획으로 열릴 수 있는 보편성이다. 샌트너는 프로이트의 모세론 속에 흩어져 있는 이 보편성 ─그는 이를 '생성 중의 보편성'universality-in-becoming 혹은 '단독적 보편성'singular universality이라 부른다 ─의 흔적을 찾아내 타자성에 대한 개방을 내재적 원리로 안고 있는 새로운 이념으로 구축하고자 한

---

26 Eric Santner, *On the Psychotheology of Everyday Life: Reflections on Freud and Rosenzweig* (Chicago and London; U of Chicago P, 2001), 5-6쪽.

27 같은 책, 5쪽.

다.[28] 그는 이 단독적 보편성이 문화 다원주의에 기초한 아스만의 세계성과 다른 '공존의 윤리'를 열어준다고 주장한다.

모세는 유대민족에게 초자아적 율법을 가져다준 존재다. 유대인들은 모세 살해가 낳은 죄책감의 연대성을 민족 공동체 구성의 정동적 원리로 삼았다. 유대민족이 유일신교에 내재되어 있는 폭력의 가능성을 차단하려면 초자아의 무조건적 법을 넘어 정의의 가능성을 열 수 있어야 하고, 트라우마 공동체가 죄의 공동체를 넘어설 수 있는 길을 찾아야 한다. 관건은 법이 죄를 지탱하고 죄가 법을 지탱하는 병적 순환의 고리를 끊어내고 정의가 법 속으로 들어올 수 있는 통로를 만들어내는 데 있다. 샌트너는 프로이트가 이 새로운 가능성을 명료하게 인식하거나 일관된 체계로 이론화하지는 못하고 있다고 말한다. 모세론에서 프로이트는 초자아의 무조건적 법이 유대인들에게 강박 신경증적 정신구조를 낳고 죄책감으로 결속된 공동체를 형성했다는 부정적 판단을 내리고 있기 때문이다. 그러나 샌트너는 이 부정적 평가가 유대주의에 대한 프로이트의 판단의 전부는 아니라고 주장한다. 분명하게 밝히고 있지는 않지만 프로이트는 유대주의에 내재되어 있는 정신역동의 힘이 죄와 법의 병적 순환을 끊어낼 가능성을 완전히 닫고 있지는 않다고 보는 것이다. 샌트너는 무엇보다 유대주의가 초자아의 율법을 추동하는 정신 에너지를 보유하고 있다는 점에 주목한다. 이 정신 에

---

28 같은 책, 7쪽.

너지는 세속 질서를 규정하는 법과 관행에 끊임없이 '불만'의 메시지를 보내고 사회적 도덕과 충돌하는 '끔찍한' 욕망을 요구하는 충동의 힘이다. 프로이트 정신분석학에서 이드와 초자아를 추동하는 힘은 같다. 그것은 양자를 조정하고 타협하는 '자아'의 한계를 초과하고, 쾌락원칙을 넘어 죽음을 불사하는 '죽음충동'이다. 유대교는 이 죽음충동을 죄를 추궁하는 초자아의 형태로 표현하고 있지만 그것이 법을 초과하고 파열시키는 급진적 에너지로 쓰일 가능성 또한 갖고 있다. 유대인들로 하여금 어떤 세속 질서에도 안주하지 않고 유대 법을 따르게 만드는 정신 에너지는 그 법을 내적으로 초극할 정동적 힘으로 전환될 수도 있다. 물론 프로이트 자신은 이 전환의 가능성을 명시적으로 밝히고 있지는 않다. 샌트너는 프로이트가 유대인들이 역사에 일으키는 단절을 초자아의 계발과 등치시킴으로써 초자아의 율법을 넘어설 정의의 가능성을 적극적으로 읽어내지 못했다고 비판한다. 초자아는 유대교와 함께 태어나 문명을 위협하는 불만 세력으로 남아 있다. 유대교는 문명에 끊임없이 불만을 토로하고 갈등을 일으키는 초자아의 유령을 쫓아내지 않고 그 박해의 고통을 감내하는 길을 걸어왔다. 유대교에 다른 가능성이 있다면 그것은 유대교 속에 내재되어 있는 정동적 에너지를 세속질서의 '결여'와 '공백'으로 전환하여 그에 대해 주체적 책임을 떠맡는 길이다. 이 책임을 떠맡는 주체적 선택이 유대민족의 욕망을 성스러운 것으로 만들고 유대인들을 '무한'infinity으로 열

리게 한다. 샌트너는 로렌츠바이그의 논의를 원용하여 무한으로 열
릴 수 있는 이 책임의 가능성을 메시아적 계시Messianic revelation와
역사의 잔여remainder로서 유대민족의 메타 윤리적 소명에서 찾는
다.[29]

메시아적 계시는 죄로부터 사함을 받는 구원의 순간이 오리라
는 약속이다. 이 구원의 약속은 최후의 심판으로 표상된다. 유대
신학을 역사 유물론과 결합한 벤야민의 해석을 빌자면,

> 〈최후의 심판〉이 갖는 의미는, 앙갚음이 지배하는 법의
> 세계가 아니라 그 법의 세계에 대항하여 도덕적 세계
> 속에 죄사함Vergebung이 등장하는 순간 열린다. 앙갚음
> 에 맞서 싸우기 위해 죄사함은 시간 속에서 자신의 힘
> 있는 형상을 얻는다. 왜냐하면 아테Ate 여신이 범행자
> 의 뒤를 쫓는 시간이란, 불안의 고독한 고요함이 아니
> 라 점점 다가오는 심판으로 부글부글 끓어 오르는, 불
> 안의 고독한 고요함은 저항하지 못하는 죄사함의 폭풍
> 이기 때문이다. 이 폭풍은 그 속에서 범행자의 불안한
> 외침은 숨죽어 버리는 목소리일 뿐 아니라, 범행자의 범
> 행의 흔적을 제거해 버리는 손이기도 하다. 뇌우가 몰
> 아치기 전 정화시키는 태풍이 불어오듯, 신의 분노는 죄
> 사함의 폭풍 속에서 역사를 관통해 끓어오르면서, 신적

---

29 Eric Santner, *On the Psychotheology of Everyday Life: Reflections on Freud and Rosenzwig*
   (Chicago: University of Chigo Press, 2001), 4장 참조.

인 날씨의 번개침 속에서 영원히 소멸되어야 할 모든 것
들을 쓸어내 버린다.[30]

법의 세계는 인간의 삶을 '빚'debt과 '죄'sin의 연관을 통해 지배하
는 신화적 질서의 대리물이다. 이 세계는 죄를 선언하고 운명에 얽
매이게 하는 신화적 폭력에 지배당한다. 이와 달리 "죄사함의 폭
풍"이 일으키는 신적 폭력divine violence은 신화적 폭력으로 유지되
는 법적 질서 자체를 없애버림으로써 인간을 빚과 죄의 연관에서
해방시킨다. 벤야민이 말한 신적 폭력이 바로 종말의 날에 이루어
지는 최후의 심판, 빚과 죄와 법이 맞물려 돌아가는 악순환의 고리
를 끊어내고 "영원히 소멸되어야 할 모든 것들을" 쓸어버리는 정의
의 순간을 가리킨다.

여기서 종말은 역사의 끝에 나타나는 미래의 어떤 순간이 아
니라 현재 속에 강림하는 시간이다. 계시는 현세에서 주체의 응답
을 통해 실현된다. 주체는 지금 이 순간 자신에게 들려오는 "들으
라, 이스라엘아"라는 신의 부름에 1인칭 주어의 위치에서 대답함으
로써 신의 계시를 현재의 삶 속에 구현한다. 이 신의 부름은 사회
적 상징질서 내에서 정해진 자리를 강요하는 이데올로기적 호명의
효력을 유보시키는 초월적 명령commendment이다. 이 명령에 응답
하기 위해서는 현행의 사회 질서, 법, 관행으로부터 자신을 단절해

---

30 발터 벤야민, 「도덕적 세계에서의 시간의 의미」, 김남시, 「과거를 어떻게 (대)할 것인가: 발터 벤야
민의 회억 개념」, 『안과밖』 37(2014): 243-72, 268-69쪽에서 재인용.

야 한다. 샌트너는 이 단절을 우리 존재의 사회적 실체로부터의 '전류차단'short circuit이라 부르며, 실제로 유대 법이 이런 기능을 수행해왔다고 주장한다. 디아스포라 상태의 유대인들은 유대 법을 참조함으로써 자기가 살고 있는 사회에 거리를 유지하고 신의 명령을 따르는 삶을 살고자 한다. 유대 법은 사회법이 아니라 신의 정의가 들어오는 법, 유대인들을 사회적 실체로부터 외삽하는 법이다. 이 법을 따름으로써 유대인들은 자기가 살고 있는 사회에 동화되지 않고 '잔여'remainder 혹은 '남은 자'로 존재할 수 있었다. 민족도 국가도 언어도 없이 디아스포라로서 세계 곳곳에 흩어져 있는 유대인들이 살아남을 수 있었던 것은 그들이 이 잔여의 위상을 지킬 수 있었기 때문이다.

민족의 역사는 대부분 팽창과 확대를 지향한다. 영토와 인구와 국력을 늘리는 이른바 '덧셈의 논리'가 민족의 역사를 지배해왔다. 그러나 샌트너는 유대 역사가 반대방향을 지향해왔다고 말한다. 강제된 것이든 선택한 것이든 유대역사는 수축과 축소를 지향하는 '뺄셈의 논리'를 따라왔다는 것이다. 역사 속으로 완전히 소진되지 않고 역사로부터 자신을 빼내는 공제subtraction의 논리가 유대인들을 역사의 잔여로 남게 했다. 샌트너는 이 잔여의 윤리가 유대역사를 끌고 온 동력이라고 주장하며 로렌츠바이그의 다음 구절을 인용한다.

모든 세속의 역사는 팽창과 연관되어 있다. 권력은 역사를 구성하는 기본 관념이다. 그리스도교에서 계시는 세계로 확산되었다. 팽창주의적 욕망은, 그것이 순전히 세속적이기를 의식했던 경우에도 무의식적으로는 팽창주의적 운동에 사로잡힌 노예였다. 하지만 유대주의는, 아니 유대주의만이 공제와 수축의 운동, 더 새로운 잔여를 형성하는 운동으로 유지된다. 유대주의에서 인간은 언제나 어느 정도는 생존자이다. 인간은 내면에 무언가를 지니고 있다. 외면은 세상의 물살에 휩쓸려 떠내려가고 있지만 인간 자신은, 인간에게 남은 것은 해안에 남아 있다. 내면의 무언가는 기다리고 있다.[31]

로렌츠바이그가 이 아름다운 언어를 통해 전달하고 있는 잔여 존재는 전체의 규모를 키워 그 일부로 편입됨으로써 자신도 커지기를 바라는 '부분'이 아니다. 부분은 전체에 유기적으로 통합된 일부이다. 반면 잔여는 전체에 속하는 개체 중에서 특정한 속성, 이른바 '술어 정체성'predicative identity을 박탈당한 개체이다. 그가 전체에 대해 차지하는 위치는 내적 배제이다. 동시에 그는 자기 자신으로부터도 분열되어 있다. 그는 내적 갈라짐을 통해 전체의 한 부분으로 귀속되지 않고 전체로부터 분할 불가능한 잔여로 떨어져 나온다. 이는 아감벤이 말한 잔여와 개념적으로 공명한다. 잔여를 우

---

31 Franz Rosenzweig, *The Star of Redemption* 404-05, Eric Santner, *On the Psychotheology of Everyday Life: Reflections on Freud and Rosenzweig*, 113-14쪽에서 재인용.

리 시대 정치적 주체화의 길로 이론화한 아감벤에 따르면, 잔여 주체는 사회적 전체에서 자신만의 특별한 자리를 차지할 수 없다는 바로 그 이유로 보편성에 본연의 형체를 부여할 수 있다. 잔여라는 역설적 요소는 아무런 특정한 차이를 갖고 있지 않으며, 따라서 절대적 차이, 순수한 본연의 차이를 상징한다. 이러한 보편성의 현실적 실존은 특정한 내용 전체를 가로지르는 급진적 분할이다. 이 잔여 존재가 구현하는 보편성이 샌트너가 말한 단독적 보편성이다.

1930년 『토템과 터부』의 히브리어판 서문을 요청받았을 때 자신의 유대 정체성에 대해 이렇게 말했다.

> 이 책의 히브리어 판을 읽는 독자라면 누구나 성스러운 언어에 무지하고, 자기 아버지의 종교에서 완전히 소외되어 있고, 민족주의적 이상을 공유하지 않지만 그렇다고 자기 백성을 포기한 적도 없고, 본질적인 측면에서 자신이 유대인이라고 느끼면서 그 본성을 바꿀 생각도 전혀 없는 저자의 감정 상태에 공감하기 어려울 것이다. 누군가 이 저자에게 "당신 동족의 모든 특성들을 버리고 난 후에 유대인이라 부를 수 있는 무엇이 당신에게 남아 있습니까?"라고 물으면 그는 이렇게 대답할 것이다. "아주 많이 남아 있지요. 아마 가장 본질적인 것이 남아 있을 겁니다."[32]

---

32 Sigmund Freud, *Totem and Taboo: Some Points of Agreement between the Mental Lives of Savages and Neurotics*, SE 13, xv쪽.

프로이트는 자신이 유대 정체성을 지니고 있다고 말한다. 그런데 특이하게도 이 정체성은 종교적 믿음도 언어도 민족성도 공유하지 않는다. 프로이트는 유대인을 유대인으로 만들어주는 어떤 상징적 속성도 갖고 있지 '않음에도', 아니 '바로 그렇기 때문에' 자신이 본질적으로 유대인이라고 말한다. 유대민족은 아무것도 공유하지 않는 자들의 공동체이다. 처제에게 보낸 편지에서 프로이트는 유대 정신분석학자 데이비드 에더David Eder의 죽음을 언급하며 이렇게 말한다. "우리 둘 다 유대인이다. 우리는 우리를 유대인으로 만들어주는 이 신비로운 자질 ─지금까지 어떤 분석도 접근할 수 없었던─을 공통으로 짊어지고 있다는 사실을 안다."[33] 《모세와 유일신교》를 읽고 프로이트에게 쓴 편지에서 유대 정신분석가 울프 삭스Wulf Sacks는 또 이렇게 선언한다. "하나의 집단으로서 우리는 우리 자신과 타인에게 미스터리이다."[34] 프로이트와 삭스가 공히 언급하는 유대성은 명료한 의식의 언어로 접근할 수 있는 유형의 자질이 아니다. 그것은 무의식적 기억을 통해 획득되고 전수되는 어떤 무형의 정신 형질이다. 프로이트에게 현대판 라마르크주의자란 딱지를 안겨준 요인이었던 유대 정신 형질은 '법으로서의 유대주의'

33 Marthe Robert, *From Oedipus to Moses: Freud's Jewish Identity,* (New York: Anchor Books, 1976), 35쪽에서 재인용.

34 이 구절은 삭스가 프로이트의 모세론을 읽고 1939년 8월 1일 보낸 편지에 나오는 데, 삭스의 편지는 프로이트 박물관 아카이브에 보존되어 있다. 이 구절의 인용은 *The Jacqueline Rose Reader,* 111쪽에서 재인용한 것이다.

가 아니라 기억 흔적을 통해 세습되는 '문화적 전통으로서의 유대
성'jewishness이다. 그러나 그것은 하나의 집단으로서 유대인들을 규
정지을 수 있는 술어적 정체성이 아니다.

영국으로 망명한 다음 쓴 세 번째 모세론에서 프로이트는 술어
정체성으로 한정지을 수 없는 이 유대성에 '정신성'이라는 이름을
달아준다. 정신성의 독일어는 'Geistigkeit'이다. 재클린 로즈의 해
석에 의하면, 독일어 Geistigkeit는 지성intellectuality과 영성spirituality
을 모두 담고 있다. 그것은 이성의 협소함과 종교의 편협함 모두
를 넘어서는 어떤 정신의 차원을 가리킨다. 정신성은 인간의 믿음
이 도달한 높은 추상성, 그것이 없다면 윤리도 정의도 진리도 존재
할 수 없는 정신영역을 가리킨다.[35] 프로이트는 유대인이 인류 역사
에 가장 크게 기여한 점은 보이지 않는 신을 숭배한 것이라고 말한
다. 유대의 신은 이름도 얼굴도 없다. "하느님의 비물질화가 이 민
족이 감추고 있는 보물의 가치를 극대화하기에 이른다."[36] 이 극대
화에 결정적 전기를 가져온 인물이 하느님의 형상을 금지한 모세
다. 모세가 창시하고 이후 선지자들이 계승해온 유대의 신은 "제사
와 의례를 싫어하고 오로지 믿음과 진리와 정의로운 삶만을 요구
한다."[37]

유대교는 유대 자손들에게 두 개의 선택지를 남겨주었다. 하나

---

35 Jacqueline Rose, *The Jacqueline Rose Reader,* 110쪽.
36 지그문트 프로이트, 「인간모세와 유일신교」, 400쪽.
37 같은 글, 400쪽.

는 죄의식의 유대로 결속된 공동체와 초자아의 법이고, 다른 하나는 세속의 질서에서 떨어져 나온 잔여 공동체와 계시의 정의이다. 프로이트는 민족의 아버지를 외국인으로 만드는 불경을 저지르면서도 그 아버지의 율법에서 진리와 정의를 살려낸다. 그는 유대인들에게 어떤 민족적 정체성도 부여하지 않으면서 정신성이라는 보물을 남겨둔다. 그것은 배반이면서 동시에 자부심이다. 그렇다면 프로이트가 전해주는 모세 이야기가 지금 이스라엘 땅에 살고 있는 그의 후손들에게 전해주는 교훈은 분명해 보인다. 정착이 아니라 정의가, 땅이 아니라 윤리가, 민족국가가 아니라 정신의 왕국이 그들을 존속시키는 것이어야 한다. 그러나 프로이트는 자신의 후손들이 전자의 길을 걸을 가능성을 배제하지 않았다. 유대 정신 속에 두 명의 모세가 있듯이, 유대민족은 두 개의 선택지 사이에서 지속적으로 흔들리고 갈등할 것이다. 이 동요와 갈등을 무시할 수 있을 만큼 프로이트는 동족의 미래에 낙관적일 수 없었다. 하지만 자신의 예견이 1948년 이후 이스라엘의 역사에서 그토록 섬뜩하게 실현될 것이라고는 그도 미처 몰랐을 것이다.

4. 다시 사이드로

유대 전통 속에서 타자성으로 열릴 수 있는 정치 윤리적 가능성을 길어내면서도 이것이 유대주의를 신성화하는 또 다른 배타적 논리로 떨어지는 것을 막는 일은 중요하다. 팔레스타인에 대한 이스라엘의 폭력에 맞설 수 있는 전통을 유대주의 내부에서 찾는 일은 중요하다. 이스라엘에 대한 비판을 반유대주의와 곧바로 등치시키고, 반유대주의의 피해자였다는 역사적 트라우마를 정착민 식민주의settlement colonialism의 도덕적 알리바이로 전용하는 이스라엘 국가주의에 저항하기 위해서라도 유대 전통 안에서 타자와 공존할 수 있는 정치 윤리적 가능성을 찾는 일은 중요하다. 그러나 그에 못지않게 중요한 일은 이 전통이 유대주의를 특권화하는 논리로 전유되는 것을 막는 것이다. 우리가 샌트너의 해석적 실타래를 따라 프로이트에서 찾아낸 계시의 정의와 잔여 공동체는 유대주의가 정치적 시오니즘으로 변질되는 것을 저지할 수 있는 정신 자원이다. 그러나 샌트너에게는 이 자원을 '유대적인 것'으로 영토화하려는 욕망이 너무 크고 집요하다. 유대적인 것이란 말에 따옴표를 붙여 한정적 의미로 사용한다는 점을 표시하긴 하지만, 그가 단독적 보편성의 윤리에 반하는 모든 것들을 계속해서 '이집트 열병'Egyptomania이라고 부름으로써 이집트적인 것을 폄하한다는 인상을 주는 것 역시 분명하다. 이집트성과 유대성을 대립시키고 유대성을 특권화하는 이런 시도가 아스만이 비판한 모세구별의 현대적 변종이 아닌가 싶을 정도로 유대성에 대한 그의 집착은 집요하다. 역사의 잔여로서 유대민족이 보편 공동체를 구성할 가능성을 읽어내는 작업이 유대적인 것을 윤리성의 전범으로 올려 세우는 독점적 욕구와 만난다면 이는 불행이라 하지 않을 수 없다.

이런 점에서 유대적 가치가 유대주의를 떠나 타 인종, 타 문화, 타 전통 속으로 산포될 수 있어야 한다는 주디스 버틀러Judith Butler 의 지적은 옳다. 버틀러는 이를 윤리적 '결별'parting away이자 '출발'departure이라 본다.[38] 낯선 이들을 만나려면 내 것과 이별하는 일이 선행되어야 한다. 물론 이별이 배반이 되지 않고 새로운 출발로 이어지려면 유대 전통 속에서 비유대적인 것으로 열릴 수 있는 가능성을 찾아야 한다. 프로이트가 밝혀낸 모세의 이집트 기원은 이 가능성을 읽어낸 귀중한 지적 자원이다. 사이드가 프로이트의 모세론에서 살려내고자 한 것도 하나의 정체성으로 병합되지 않는 내적 균열 혹은 한계이다. 사이드는 이 내적 균열과 한계가 세계 시민주의로 열릴 통로가 되어줄 것이라고 믿는다.

하지만 우리가 앞선 논의에서 살펴보았듯이, 정체성에 난 상처와 균열이 집단적 자아의 방어막을 더욱 공고히 하는 방향으로 흐를 가능성 역시 크다. 실제로 1948년 이후 이스라엘은 후자의 가능성을 현실화하는 길을 걸어왔다. 과거의 수난은 현재의 지배를 보장해주는 신성불가침의 특권으로 변질되었다. 이로써 유대인들은 역사의 피해자에서 가해자로 바뀌었고, 팔레스타인은 '피해자의

---

38 Judith Butler, *Parting Ways: Jewishness and the Critique of Zionism* (NewYork: Columbia UP, 2012), 5쪽.

피해자가 되는 불행한 운명에 빠졌다. 팔레스타인 출신 지식인으로서 사이드는 시오니즘이 걸어온 길을 누구보다 정확히 알고 있었을 뿐 아니라 그 직접적 피해자이기도 하다. 사이드가 보기에 시오니즘은 유럽 사회 내부의 반유대주의를 해결하기 위한 방안으로 시작되었다. 이천 년 이상 나라 없이 세계를 떠돌던 유대인들이 국가를 세우기 위해 찾은 곳이 팔레스타인이다. 팔레스타인은 유대인의 선민의식과 유럽 제국주의의 이해관계가 결탁하여 선택한 땅이다. 이들에게 팔레스타인은 선택된 민족이 돌아가야 할 고향이자 선진 유럽문명의 이식을 기다리는 황무지였다. 하지만 그곳은 텅 빈 황무지가 아니라 팔레스타인인들이 오랜 세월 삶을 영위해온 생존의 터전이다. 유럽 식민주의의 입양아로 편입된 유대인들은 팔레스타인 원주민들을 쫓아내고 그곳에 이스라엘 국가를 건설했다. 팔레스타인인들의 관점에서 보면 이는 불법 침탈이자 식민주의적 침략이다. 이를 정당화하기 위해 이스라엘은 피해자 정체성과 종교적 수사를 동원한다. 시오니즘은 팔레스타인인들을 대상으로 수행되는 오리엔탈리즘이다. 그것은 이스라엘이 팔레스타인과 주변 아랍국들에게 가하는 폭력을 합리화하는 담론적 기능을 수행한다. 사이드가 시오니즘과 반유대주의를 구분하면서 시오니즘을 비판의 과녁으로 설정하는 것은 시오니즘 비판을 반유대주의로 전유하는 정치적 전략에 말려들지 않기 위해서다. 유대인, 시오니스트, 이스라엘 사이를 잇는 연결고리를 끊어내고 유대인과 팔레스타인인

이 공존할 수 있는 정치 공동체를 만드는 것이 팔레스타인 망명 지식인인 그에게 무엇보다 절실한 과제였다.

하지만 말년의 사이드는 이 과제의 실현이 점점 멀어지는 현실과 마주하지 않을 수 없었다. 그가 기대를 걸었고 막후 지원을 아끼지 않았던 PLO가 1993년 오슬로 협정에 서명함으로써 팔레스타인의 자결self-determination과 독립independence을 포기해 버린 것은 그의 희망을 절망으로 바꾼 계기였다. 오슬로 협정은 PLO가 팔레스타인의 대표 기구라는 인정 이외에는 아무것도 얻지 못한 채 무장 투쟁의 종식을 선언함으로써 이스라엘의 안전과 기득권만 보장해준 정치적 투항이나 다름 없다. 이 협정에서 아라파트가 이스라엘로부터 얻어낸 것은 팔레스타인의 자치self-rule다. 하지만 자치는 자결로 나아가는 과도기적 단계가 아니라 팔레스타인을 영구적으로 이스라엘의 군사 통제 하에 묶어두려는 술책이라는 것이 사이드의 판단이다. 이스라엘이 생각하는 자치는 영토가 아닌 거주민에게 적용되는 개념이다. 그 자치마저도 이스라엘 점령지역인 요르단 서안과 가자 지구에만 적용되기 때문에 나머지 팔레스타인인들에게는 사실상 아무런 의미가 없다. 영토의 주권을 인정하지 않는 자치권은 독립된 주권국가의 가능성을 막아버린 이스라엘의 기만적 전략에 불과하다. 잠시 화해의 분위기가 일긴 했지만 오슬로 협정 이후에도 이스라엘과 팔레스타인 사이의 적대가 해소될 수 없었던 것은 실질적인 공존의 계기가 마련되지 않았기 때문이다. 시오니스트들의 암살 위협과 테러교사, 반유대주의자, 살인 공범자 등 온갖 악의적 비방에 시달리면서도 사이드는 팔레스타인의 자결과 독립의 꿈을 놓치지 않았다. 그는 그 꿈이 현실에서 점점 멀어져 가고 있음을 알면서도 그것을 놓을 수 없었다. 사이드가 가장 두려워했던 것은 팔레스타인 문제가 '잃어버린 대의'가 되어 역사의 기억에서 사라지는 것이다. 피정복자의 절망과 체념이야말로 정복자의 기획이 실현되는 가장 확실한 길이기 때문이다. 암담해 보이는 중동 현실 속에서도 사이드가 팔레스타인 문제를 '문제'question 로서 끈질기게 제기한 것은 팔레스타인의 역사적 운명이 포기와 상실의 길로 떨어지는 것을 막기 위해서다.

소멸한 자들의 대열에 들어서지 않기 위해 마지막 순간까지 희망의 끈을 놓을 수 없었던 사이드가 프로이트를 빌어 말하고 싶었던 것은 20세기 역사의 가장 큰 두 피해자 집단이라 할 수 있는 유대인과 팔레스타인인이 서로 공존할 수 있는 가능성을 이론의 수위에서, 그리고 이를 실현할 수 있는 현실 정치 공간에서 찾으려는 것이었다. 사이드는 이 공존 가능성을 '디아스포라'로서 두 집단이 공유하는 역사적 경험에서 찾고자 한다. 유대인과 팔레스타인인은 둘 다 자신들이 살던 땅에서 쫓겨나 세계를 떠돌았다. 물론 두 집단의 디아스포라를 초래한 역사적 원인은 같지 않다. 팔레스타인인들을 강제 축출한 것은 이스라엘 국가지만 유대인들이 유럽 땅에서 축출되고 파괴된 것은 별개의 재앙의 역사이다. 양자를 중립적 잣대로 비교하거나 동일시할 수는 없다. 하지만 그들이 공통적으로 겪은 상실과 박탈의 경험은 아라비아 반도에서 지금도 계속되고 있는 갈등과 폭력을 중지시킬 수 있는 출발점이 될 수 있다. 우리가 샌트너의 해석적 실타래를 쫓아 프로이트에게서 찾아낸 잔여적 존재로서 유대 정체성은 디아스포라 정체성과 근본적으로 맞닿아 있다. 디아스포라가 지리적 상황일 뿐 아니라 일종의 정치 윤리적 양식이라면, 그것은 '이스라엘/팔레스타인' 문제를 해결할 원리, 어느 한 종교나 민족이 다른 쪽에 우선하여 주권을 주장하는 것이 아니라 주권 자체가 산포될 수 있는 정체polity를 구성할 수 있는 역사적 경험이다. 사이드가 프로이트에게서 읽어낸 정체성의 균열과 틈새는 타자와 관계할 기회를 열어주는 내적 공간이다. 사이드는 프로이트에게 최대한의 이론적 존경을 표함으로써 유대 사회에 공존의 가능성을 제안했다. 그가 프로이트 강연의 말미에 팔레스타인 문제의 해법으로 제시한 '이민족국가'binationalstate는 하나가 아닌 둘이 서로 어울려 살자는 정치적 공존과 공생의 길이다. 유대 사회가 정치적으로 응답해야 할 일이 남아 있다.

4장.

아우슈비츠의 수치:
프리모 레비의 증언집을 중심으로

그날 이후, 불안한 순간이면
그때의 고통이 다시 찾아와
내 끔찍한 이야기를 말 할 때까지
내 안의 이 가슴은 불탄다.

— 사무엘 테일러 콜리지, 『노수부의 노래』

1. 아우슈비츠와 수치심

아도르노는 "아우슈비츠 이후 서정시를 쓰는 것은 야만적
이다"[1]라는 말로 아우슈비츠 경험이 현대 서구 미학에 끼친 파국
적 영향에 대해 말한 적이 있다. 이제는 예술의 종언을 알리는 숱
한 전언들 가운데 하나로 전락한 아도르노의 이 문장은 이탈리아
계 유대인 생환자 프리모 레비가 절멸수용소에서 느꼈다고 토로한
수치심과 함께 이해해야 한다는 것이 이 글을 이끄는 문제의식이

---

1 Theodor Adorno, Prisms, tran. by Samuel and Shierry Weber (Cambridge: MIT Press,
   1981), 34쪽.

다. 예술의 종언은 그 예술을 창조하는 인간이 자신의 존재와 세계에 대해 느끼는 '감정'의 맥락에서 이해될 필요가 있다. 미학은 진위의 인식이나 선악의 판단에 앞서 무엇보다 인간의 '감정' 혹은 '느낌'feeling과 연관되기 때문이다. 감정이란 의식적 사고, 의미, 재현에 앞서 인간이 구체적인 사회 환경에서 언어·몸짓·표정 등을 통해 드러내 보이는 가장 본원적인 육체적·인지적 반응이다. 그것은 인간에게 감응을 불러일으키는 외부 대상이나 사건에 대해 인간이 드러내 보이는 신체적·정신적 반응이다. 대상이나 사건에 대한 일정한 '인지'cognition와 '판단'judgment을 수반한다는 점에서 감정은 단순한 육체적·감각적 반응을 넘어선다. 그러나 동시에 감정은 감각적 지각을 통해 '느껴지는'felt 것이다. 지각sensation과 판단이 동시에 이루어지는 복합적 반응양태라는 점에서 감정은 육체와 정신, 어느 한쪽으로 분류되지 않고 양쪽 모두를 포괄한다. 또 감정은 단순히 주체 내부에서 형성되는 것이 아니라 대상과의 접촉에 의해 발생하는 것이라는 점에서 주체와 대상, 안과 밖, 어느 한쪽으로 귀속되지 않는다. 감정은 주체가 대상을 지향하고directed, 대상에 대해 about 느끼는 것이자 대상과의 접촉을 통해 변용되는 감응양태mode of affection이다. 이런 점에서 감정은 세계에 대한 인간의 '태도'stance를 포함하며 세계를 '감지하는'apprehend 활동이다.[2] 감각적 반응이면서 인지적 판단이고, 대상에 의해 변용되면서 동시에 대상에 반

---

2 Sara Ahmed, *The Cultural Politics of Emotion* (New York: Routledge, 2004), 5-8쪽.

응하는 정서적 활동이라는 점에서 감정은 육체와 정신, 대상과 주체의 이분법으로 포괄되지 않는 영역에 위치해 있다. 이런 이분법의 경계를 넘나드는 활동으로서 감정은 인간이 세계와 관계 맺는 가장 본원적인 방식이자 자기 자신을 변화시킬 수 있는 능력이다. 따라서 인간이 세계에 대해, 그리고 자기 자신에 대해 경험하는 내밀한 느낌의 변화를 포괄해 들이지 못하는 예술은, 그것이 아무리 화려한 수사와 정교한 서사구조를 지니고 있다 해도 불구의 것일 수밖에 없다. 역으로 인간과 세계에 대해 가장 근원적이고 정직한 대응이 이루어지는 예술적 작업은 인간의 섬세하고 복잡한 감정의 변화를 포괄해 들이는 것으로 나타난다.

레비가 나치 절멸수용소에서 느낀 '수치심'shame은 이런 의미에서 20세기 인간이 경험한 여러 감정들 중 하나이다. 아니, 그것은 어쩌면 수많은 감정 가운데 하나가 아니라 감정 일반의 본질과 관련하여 어떤 특수한 지위를 가지는 감정일 수 있다. 레비가 느낀 수치심은 '인간이 인간이 아니게 되는 생성변화'를 내포함으로써 인간의 존재 자체에 대해 변화된 반응을 보여주는 감정일 수 있기 때문이다. 아우슈비츠가 진정 20세기 역사에 한 획을 그을 수 있는 한계의 사건이라면, 그리하여 우리가 20세기 역사를 아우슈비츠를 중심으로 '포스트'post와 '프리'pre로 나눌 수 있다면, 이 분기점은 레비가 느낀 수치심이 되어야 한다는 것이 나의 생각이다. 이는 미국 내 대학에 자리 잡고 있는 유대 지식인들이 아우슈비츠를 그 어떤 역사적 사건과도 비교할 수 없는 유일무이한 사건으로 만듦으로써 아우슈비츠의 경험을 특권화하는 움직임에 동조하는 것은 아니다. 하지만 아우슈비츠에 대한 불순한 전유가 아우슈비츠 경험이 우리에게 던지는 급진적 질문 자체를 봉쇄하는 알리바이로 작용해서는 안될 것이다. 레비가 아우슈비츠에서 느낀 수치심은 아우슈비츠를 특권화하는 역사적 이해마저도 비판적으로 해체하는 보다 근원적인 감정, 인간의 인간됨 자체를 심문하는 존재론적 감정이다.

아우슈비츠의 고통이 사라지고 난 다음에도 오랫동안 레비를 사로잡은 참혹한 느낌, 그의 가슴을 벌겋게 달아오르게 하고, 그로 하여금 거듭 그 시절로 돌아가 "위험한 물"perilous water[3] 속을 들여다보게 만들었던 것은 수치심이다. 그가 위험한 물속에서 들여다본 인간의 모습은 인간이라는 사실에 대해 부끄러움을 느끼지 않을 수 없는 일그러진 형상이었고, 그 형상을 차마 더 들여다보지 못하고 그는 스스로 생을 반납한다. 레비로 하여금 절멸수용소의 끔찍한 고통 속에서도 보존해왔던 삶을 자기 손으로 거두게 만들고, 자발적으로 위험한 물속으로 걸어 들어가게 했던 수치심은 대체 어떤 감정인가? 그것은 수치심의 역사에 어떤 단절을 이루었는가? 살아 돌아온 지 23년이나 지난 다음 자살을 선택한 레비의 소식을 전해 듣고 츠베탕 토도로프는 "레비가 1987년 자살하지 않았

---

3 Primo Levi, *The Drowned and the Saved*, Tr. Raymond Rosenthal (New York: Vintage International, 1989), 75쪽.

다면 모든 것이 단순 명쾌했을 것이다"⁴라고 말한다. 이 말에 이끌리듯 제일 조선인 작가 서경식은 레비의 무덤을 찾는 긴 여행길에 오른다. 살아 있는 자를 다시 죽은 자의 대열로 밀어 넣는 이 수치심의 감정이야말로 비극적 공포나 연민으로 감당할 수 없는 감정적 진실이자, 어떤 단순 명쾌한 설명도 뚫고 들어갈 수 없는 어둡고 모호하고 위험한 감정적 실재이다.

물론 레비가 느낀 수치심은 하나의 차원으로 환원되지 않는 복수의 얼굴을 가지고 있다. 그는 「수치」("Shame")라는 에세이에서 자신이 느낀 수치심을 네 차원으로 구분하여 기록하고 있다. 뒤에 자세히 논의하겠지만, 이 네 차원의 수치심 중 그를 가장 참혹하게 사로잡았던 '인간이라는 사실에 대해 느낀 수치심'은 인간적 범위를 초과하고 있다. 인간으로 귀속되지 않는 어떤 감정의 차원이 그의 아우슈비츠 체험을 통해 드러나고 있는 것이다. 레비가 느낀 수치심이 수치심의 역사에 일대 전환을 가져온 중대한 사건이 되는 것은 바로 이 때문이다. 나는 레비가 수치심을 인간주의의 극단에서 사유함으로써 인간에 대한 새로운 이해를 요청했다고 본다. 레비를 통해 수치의 역사에 획기적이라고 부를 만한 새로운 사유가 출현하고 있는 것이다.

이 글은 프리모 레비가 기록하는 수치심의 여러 차원을 검토

---

4 Tzbetan Todorov, *Facing the Extreme: Moral Life in Concentration Camp*, Tr. Arther Denner and Abigail Pollak (New York: An Owl Book, 1997), 262쪽.

해 보고, 특히 그가 무젤만이라는 수용소의 존재에 대해 느낀 수치심이 어떤 의미를 갖는지 논의해 보고자 한다. 이 차원의 수치심은 극복해야 할 부정적 감정이 아니라 아우슈비츠 이후 현대 인간의 윤리적 가능성을 열어놓고 있다. 레비의 책 제목이 말해주듯이 아우슈비츠 이후 우리가 "이것이 인간이라면"이라는 가정법을 던지며 인간의 범주에 대해 의문부호를 달지 않을 수 없다면 그것은 수치심의 감정에서 출발하는 것일 수밖에 없다. 레비가 느낀 수치심은 아우슈비츠 생존자들을 사로잡은 '죄책감'guilty feeling으로도, 가해국의 국민들이 자신 혹은 자신의 조상이 저지른 역사적 과오를 인정한 후 곧바로 회복하고 싶은 '국가적 자부심'national pride으로도 쉽게 전화되지 않는 감정이다. 또 그것은 특정 사회나 집단이 설정해 놓은 '이상'ideal에 비추어 자신의 결함과 실패를 느끼는 정서적 범위를 벗어난 곳에서 삐어져 나오는 감정이다. 인간에 대한 기존의 관념과 이상의 '불가능성'을 마주한 곳에서 느끼는 정서야말로 레비가 경험한 수치심의 한 측면이다. 이 차원의 수치심은 인간적 이상으로서 도덕의 상실이나 실패를 가리키는 감정적 지표라기보다는 기존의 인간범주를 넘어선 지점에서 발원하는 감정, 우리가 인간성이라고 이해하는 것을 부정하지만 인간 존재에 내재하는 어떤 비인간의 차원을 대면했을 때 느껴지는 감정이다. 이런 점에서 그것은 인간학적 테두리 안에서 이해되는 감정의 차원을 벗어난 감정, 인간성이 박탈되는 차원에서 경험되는 감정 아닌 감정이다. 레비는 이 차원의 수치심을 어떻게 증언하고 있는가? 자신이 대면한 불가능성에서 레비는 어떤 윤리적 가능성을 끌어내고 있는가? 이 글이 답해 보고자 하는 질문들이다. 나는 이 질문들에 답을 찾아가는 실타래로 이탈리아 철학자 조르조 아감벤의 이론을 부분적으로 활용하고자 한다. 그의 논의는 비인간성으로 축소된 인간의 모습, 절멸수용소의 살아 있는 주검인 무젤만의 형상으로 예증되는 비인간성을 대면할 때 인간이 경험하는 감정을 읽어낼 수 있는 시각을 열어주기 때문이다.

하지만 아감벤을 경유한 독해를 통해 레비의 질문에 답하기 전에 우리는 먼저는 수치심에 대한 현대철학의 성찰을, 그리고 수치심과 죄책감의 관계에 대한 간략한 이해를 거쳐 갈 필요가 있다. 레비가 경험한 '아우슈비츠의 수치'는 이런 우회로를 거친 다음에야 도달할 수 있는 지점에 놓여 있기 때문이다.

2. 수치심과 죄책감

수치심에 대한 현대철학의 성찰이 가장 선명한 형태로 이루어진 것은 사르트르의 『존재와 무』이다. 라캉이 자신의 응시gaze 개념을 차별화하여 읽어낸 것으로 유명한 3부 "대타존재"의 모두에서, 사르트르는 열쇠구멍을 통해 방 안을 엿보고 있는 현장이 누군가에 의해 발각되는 한 남자에 대해 이야기하고 있다. 보고 있는 자신이 누군가에 의해 보여지고 있다는 것, 타자의 시선의 대상이 된 자기의 존재를 인정할 때 주체가 경험하는 감정이 수치심, 혹은 부끄러움이다. 사르트르에게 수치는 "그 최초의 구조에서는 누군가 앞에서의 부끄러움"이다. "타자는 나와 나 자신 간의 불가결한 매개자이다. 나는 내가 타자에 대하여 드러나는 그러한 나에 대해 부끄러워한다. 이런 이중구조는 분리할 수 없다." 사실 이 한 대목에서 우리는 "타자 앞에서 보이는 존재로서 자기"라는 수치심의 감정구조에 대한 철학적 해명, 수치심에 대한 이후 논의의 근간을 형성하는 기본명제를 발견할 수 있다. 주체의 의식 속에 매개되는 타자의 존재 뿐 아니라 수치의 감정에 지배적 감각으로 등장하는 '시각'(보이는 것)의 문제는 사르트르의 분석을 통해 드러난다.

하지만 수치심에 대한 사르트르의 분석에는 대타존재의 논증이라는 현상학적 과제로만 환원되지 않는 어떤 영역이 있다. 일본 철학자 우카이 사토시가 예리하게 지적하듯이, 사르트르가 『존재와 무』 중에서 수치심 파트를 집필한 것은 수용소체험을 겪고 난 다음이었던 것으로 밝혀지고 있다.[5] 1940년 6월 독일에 패한 후부터 해방이 되기까지 4년간의 독일 점령기간 동안 사르트르는 포로로 수용되었던 자신을 포함하여 프랑스 전체가 세계의 시선 앞에

5 우카이 사토시, 「어떤 감정의 역사성—부끄러움의 역사성」 박성관 역, 『혼적: 서구의 유령과 번역의 정치』 (문화과학사, 2001), 40쪽.

서 느낀 수치심을 고백하고 있다.

> 우리는 양심의 가책을 느끼고 있었다. 우리를 번민하게
> 했던 이 은밀한 부끄러움, 나는 이것을 포로 시절에 경
> 험했다. 포로는 불행했지만, 자기 자신을 연민하는 데
> 까지는 이르지 않았다. (…) 그들은 프랑스 앞에서 부끄
> 러움을 느끼고 있었다. 그러나 프랑스는 세계 앞에서
> 부끄러움을 느끼고 있었다. 내 몸을 다소 가련하게 여
> 기는 것은 감미로운 것이다. 그런데 타인의 경멸이 사방
> 을 둘러쌀 때, 우리가 어떻게 자기 자신에 대한 연민을
> 갖게 되겠는가?[6]

병사는 프랑스 앞에서 부끄러워하고, 프랑스는 세계 앞에서 부
끄러워한다. 자기 연민으로 수습되지 않는 이 부끄러움은 나치 점
령을 겪은 다음 프랑스 국민들이 개인적, 국가적 차원에서 경험한
감정이었다. 사토시의 지적처럼, 사르트르가 그려낸 상황은 제1차
세계대전에서는 있을 수 없었던 상황, 제2차세계대전이라는 특수
한 전쟁체험과 떼려야 뗄 수 없이 연결되어 있다.[7]

인류의 종적 존재를 가장 철저하게 부정했던 곳에서 수치심의
감정이 가장 격렬하게 일어났던 것은 우연이 아니다. 2차 세계대전
중 유대인의 인종말살이 일어난 절멸수용소의 현장은 그곳에서 생

---

6 『점령 하의 파리』 22, 사토시, 같은 책, 40쪽 재인용.
7 같은 글. 40쪽.

환한 사람들에게나 그곳에서 일어나고 있던 일들에 직간접으로 연루되었던 사람들 모두에게 인간이 지금까지 경험하지 못했던 미증유의 감정을 안겨주었다. 사르트르가 수치에 대한 철학적 해명을 시도하면서 주체와 타자의 문제로 나아갔다면, 이를 인간 존재의 문제로 정면에서 맞선 사람이 프리모 레비이다. 수용소에서 인간이라는 사실에 대해 느낀 수치심은 결국 레비를 죽음으로 몰고 갔지만, 마지막 순간까지 그는 자신이 경험한 수치심의 감정에 대해 명료한 사유를 포기하지 않았다.

레비에게 수치심은 수용소 체험을 기록한 여러 증언집에 산재되어 있다. 하지만 그의 첫 회고록 『이것이 인간인가』(영어로는 *Survival in Auschwitz*라는 제목으로 출판되었다)의 한 장인 「익사한 자와 구조된 자」, 1986년 동명의 제목으로 출간된 산문집(*The Drowned and the Saved*)에 실린 두 편의 글 「회색지대」("The Gray Zone")와 「수치심」("Shame")은 수치심에 대한 레비의 생각이 가장 집중적으로 표현되어 있는 글이다. 특히 뒤 두 편의 글은 독일에서 수정주의 역사 논쟁이 진행 중이던 시절 레비가 자살하기 1년 전쯤 출판되었던 것으로(레비는 1987년 4월 11일 토리노 자택에서 자살했다), 그를 가장 마지막 순간까지 괴롭힌 감정적·윤리적 딜레마를 짐작할 수 있게 해준다. 도덕적 선/악의 이분법으로도 포괄해 들일 수 없는 이른바 '회색지대'에서 그가 경험한 수치심은 40년의 시간이 흐른 다음에도 해결되지 않은 채 남아 있었다. 이 미해결의 감정적 딜레마가 그로 하여금 "위험한 물" 속으로 몸을 던지도록 만들었던 것으로 보인다.

그런데 레비의 글에서 수치심은 죄책감과 선명하게 구분되지 않고 서로 용해되어 있는 것으로 보인다. 「수치심」에서 레비는 『다시 깨어남』(The Reawakening 1963)이라는 책에서 자신이 기록한 대목, 러시아 군인들이 수용소에 들어와 죽어가고 있는 사람들과 시체가 뒤섞여 있는 장면을 목격하는 대목을 그대로 인용하고 있다.

> 그들은(러시아 군인들) 우리를 반기지 않았으며 웃지도 않았다. 그들은 연민만이 아니라 그들의 입을 다물게 만든 혼란스러운 자제심에 억눌려 있는 것 같았다. 그들은 화장장에 시선을 고정시키고 있었다. 그들에게 나타난 것은 선발되고 난 후 우리를 가라앉혔던 수치심, 우리가 너무나 잘 알고 있던 바로 그 수치심이었다. 우리가 끔직한 일을 목격하거나 겪어야 했던 순간마다 경험했던, 독일인들은 결코 알지 못할 수치심, 정의로운 사람이 타인이 저지른 죄를 만날 때 경험하는 수치심이었다. 정의로운 사람은 그 죄악이 존재한다는 사실에 대해, 현존하는 세계에 그 죄악이 어쩔 수 없이 들어오게 되었다는 것에 대해, 그리고 자기 자신은 의지가 없거나 미약한 것으로 드러나 그 죄악을 제대로 방어하지 못했다는 것에 가책을 느낀다.[8]

---

8 Primo Levi, *The Drowned and the Saved*, 72-3쪽.

레비는 수용소에서 자신이 겪은 수치심을 열거한 이 구절을 인용한 다음 곧바로, 레비는 여기서 지우거나 고칠 것은 하나도 없지만 덧붙여야 할 것은 있다고 하면서 다음 구절을 추가한다. "나를 포함한 많은 사람들이 수감기간과 그 이후 수치심 즉, 죄책감을 경험했다는 것은 수많은 증언을 통해 확인되는 분명한 사실이다. 이것은 터무니없지만 사실이다."[9] 이어지는 대목에서 그는 생존자들의 자살이 대부분 어떤 처벌로도 줄일 수 없는 죄책감에서 비롯된다고 하면서, 그것이 진정 어떤 '죄'인지 묻고 있다. "모든 것이 끝났을 때 그것은 어떤 죄일까? 우리는 자신을 삼켜버린 체제에 어떤 저항도 할 수 없었으며, 설령 저항했다 하더라도 충분하지 못했다는 자각이 일어났다."[10] 하지만 곧이어 레비는 수감자들이 저항하지 못했다는 것에 대해 느낀다는 죄책감이야말로 어떤 근거도 없다고 지적한다. 유대인 수감자들보다 더 젊고 건강하며 전문적인 군사훈련까지 받은 소비에트 군인들조차 나치에 저항하지 못했다면, 수년간의 인종차별과 모멸, 영양부족, 강제이주, 가족적 유대의 단절, 세상으로부터의 고립에 내몰렸던 유대인 수감자들이 저항하지 못했던 것은 당연하다는 것이다. 하지만 그는 "이성적으로 보면 부끄러워해야 할 일이 많지 않았지만, 특히 저항의 가능성과 용기를 보여준 소수의 빛나는 사례 앞에서 수치심은 지속적으로 남아

9 같은 책, 73쪽.
10 같은 책, 76쪽.

있었다"고 말한다.[11] 레비의 글에서 직접 인용한 이런 대목들을 보면 그에게 수치심과 죄책감은 선명하게 갈라진다기보다 서로 뒤섞여있는 복합적인 감정양태였던 것임을 알 수 있다.

죄책감과 수치심이 이렇게 뒤섞이는 것은 비단 레비만이 아니라 홀로코스트 생존자 증언문학에서 일관되게 발견되는 현상이다. 수용소 생존자 중 한 사람인 브루노 베틀하임Bruno Bettleheim은 죄책감을 느끼지 않고선 수용소에서 살아남을 수 없었다고 고백한다. "수백만의 사람들이 죽어갈 때—많은 사람들은 우리 눈앞에서 죽어 갔다—자신은 믿을 수 없을 만큼 운이 좋았다는 것에 죄책감을 느끼지 않을 수는 없었다. (…) 수년 동안 매일매일 수많은 다른 사람들이 파괴되어 하는 것을 지켜보면서, 우리는 개입했었어야 했다고 느꼈으며, 죽어간 사람이 자신이 아니라는 사실에 종종 기쁨을 느꼈다는 사실에 죄책감을 느꼈다."[12] 나 대신 누군가 다른 사람이 죽어 갔다는 것, 그들의 죽음을 막기 위해 개입하지 못하고 자신이 아니라는 사실에 안도감을 느꼈던 것은 또 다른 생존자 엘리 비젤Elie Wiesel로 하여금 "나는 살아 있다, 고로 나는 유죄이다"라는 명제를 선언하도록 만들었다.

사실 죄책감과 수치심이 뒤섞이는 이런 양상은 프로이트 정신분석학을 위시한 서구학계에서 일반적으로 발견되는 현상이다.

---

11 같은 책, 76-7쪽.

12 Bruno Bettleheim, *Surviving and Other Essays* (New York: Knopf, 1979), 297-8쪽.

프로이트 정신분석학은 기본적으로 죄책감은 '자아ego와 초자아super-ego의 갈등'으로, 그리고 수치심은 '자아ego와 자아이상ego-ideal의 갈등'으로 해석한다. 인간이 죄책감을 느끼는 것은 자아가 금기를 위반했거나 위반하려고 상상하는 경우이다. 죄책감은 자아가 법과 규범을 위반하면서 금기된 쾌락을 추구할 때 초자아가 내리는 처벌이 내면화된 것이다. 초자아는 자아에게 도덕적 심판을 내리고, 자아는 이 심판을 내면화하여 양심이라는 도덕 감정을 형성한다. 반면 수치심은 자아가 이상적으로 여기는 모델(이상적 자아)이나 이런 모델의 역할을 수행하는 타자의 시선에 자신의 열등한 부분이 노출되었을 때 느끼는 감정이다. 주체는 이런 노출에 직면하면 자신의 열등한 부분을 숨기려고 한다. 주체는 보이지만 아직 보일 준비가 되어 있지 않다. 수치심은 노출과 은폐가 동시적으로 일어나는 감정이다. 이런 만큼 수치심에는 내면화된 도덕적 양심보다는 타자의 시선이라는 외부적 평가(혹은 내면화된 외부적 판단)가 더 중요하게 작용한다. 감정의 젠더정치에서 흔히 수치는 여성적 감정, 죄책감은 남성적 감정으로 분류되는 것도 여성이 타자의 시선에 더 쉽게 영향을 받는다는 통념이 지배했기 때문이다. 우리에게 『국화와 칼』의 저자로 잘 알려진 루스 베네딕트가 전후 일본문화를 분석하면서 나눈 서구문화=죄책감의 문화, 일본문화=수치심의 문화의 구분법은, 서구문화처럼 내면적 깊이를 지닌 형이상학적 문화를 발전시키지 못하고 이른바 체면을 중시해온 일본문화에 대한 비판을 담고 있다. 현지문화에 대한 인류학적 해석의 형태를 취한 베네딕트의 시각이 오리엔탈리즘의 사례로 비판받는 것도 수치심은 수치스럽게 생각하고 이를 타문화의 열등성과 오점으로 돌리는 위계화된 시각과 연결되어 있다. 하지만 프로이트는 초자아와 자아이상을 확연하게 구분하기보다는 초자아가 도덕의식, 자기관찰, 이상의 형성 세 가지 기능을 동시에 수행한다고 봄으로써 죄책감과 수치심을 구분하면서도 양자가 혼용될 수 있는 근거를 제공했다.[13]

하지만 죄책감과 수치심은 비록 겹치는 부분이 있다 할지라도 서로 구분되어야 하는 감정이다. 특히 생존자의 죄책감이라는 문제 설정은 생존자에게 부당하게 죄의식을 부과하는 것이다. 생존자들이 살아남은 것이 그들의 잘못인가? 그들은 실제적으로나 상상 속에서 죄를 저질렀기 때문에 죄책감을 느껴야 하는가? 다른 사람의 죽음을 희생으로 해서 자신이 살아남았다는 죄책감은 근거가 있는가? 이런 문제제기와 함께 최근 연구자들 사이에서는 생존자의 죄책감이라는 관념을 비판하면서 수치심을 재해석하는 경향이 뚜렷하다. 이를테면 이브 코소코브스키 세지윅에 따르면, "수치심은 자신이 누구인가에 대한 느낌에 놓여 있으면서 이 감각을 날카롭게

---

13 Sigmund Freud, "On Narcissism: An Introduction," *The Standard Edition of the Complete Psychological Works of Sigmund Freud SE* 14, Eds. James Strachey et al, Trans. James Strachey (London: Hogarth, 1957), 100-2쪽.

하는 것인 반면, 죄책감은 자신이 수행하는 행위에 놓여 있다."[14]
세지윅에게 수치심이 중요한 것은 그것이 정체성을 형성할 수 있는
잠재력을 지니고 있기 때문이다. 이와 비슷한 맥락에서 도널드 나
댄슨Donald Nathanson 역시 수치의 순간 노출되는 것은 "자아의 가장
내밀하고 섬세하며 취약한 측면"이라고 주장한다. 법과 규범을 위
반하거나 타인에게 해를 끼쳤을 때 느끼는 죄책감과 달리, 수치심
은 자아를 감독하는 감정이다. 인간이 자신의 정체성에 대해 느끼
는 것과 연관되어 있다는 점에서 수치심은 인간 존재 그 자체와 맞
닿아 있는 보다 근원적인 감정이다. 죄책감이 여전히 법과 규범에
지배되는 도덕적 감정이라면, 수치심은 법을 벗어난 지점에서 인간
의 존재와 만나는 존재론적 감정이다. 이런 점에서 수치심은 단순
히 완화하거나 극복해야 하는 감정이 아니다.

　　우리는 이런 맥락에서 수치심의 체험에서 얼굴과 나체가 차지
하는 중요성을 이해할 수 있다. 실번 톰킨스Sylvan Tomkins의 주장처
럼, "자아가 얼굴을 인식하는 것이 수치의 경험에서 핵심적이다."[15]
수치심을 느낄 때 왜 얼굴이 붉어지는가? 후안무치厚顔無恥라는 한
자어에도 나타나 있듯이 뻔뻔스러울 때 왜 얼굴이 두꺼워지는가?
여기서 얼굴은 수치심이 일어나는 외부적 장소를 가리키는 것이
아니라 자아와 타자가 서로를 구성하고 변형시키는 만남의 공간을

---

14 Eve Kosofsky Sedgwick and Adam Frank, *Shame and Its Sisters: A Sylvan Tomkins Reader* (Durham and London: Duke UP, 1995), 37쪽.

15 같은 책, 118쪽.

표시한다. 수치심은 "정체성의 문제가 가장 원초적으로, 그리고 가장 관계적으로 일어나는 지점이다.[16] 수치심은 타자와의 관계에서 일어날 뿐만 아니라 보다 중요하게는 자아와 자아의 관계에서 형성된다. 특별히 나체를 보았을 때 부끄러워지는 것은, 수치심이 우리 자신이 오직 우리 자신으로서 혹은 우리의 몸으로서 환히 비춰지는 그 현현의 순간에 발생하는 감정이기 때문이다. 그러므로 에덴에서 추방당하는 아담과 이브가 자신들의 벌거벗은 몸을 보고 느낀 최초의 감정은 죄책감이 아니라 수치심이다. 수치심은 자연을 떠나 인간의 질서로 입성한 인간의 얼굴을 붉게 물들인다.

물론 수치심에는 자기 존재를 긍정하고 자신이 원하는 바를 자유롭고 창의적으로 실현할 수 있는 개방적 확장성이 부족한 것이 사실이다. 자신에 대해 기쁨과 자부심, 경외심을 느끼기에 수치심은 지나치게 부정적이고 제한적이다. 치욕을 겪을까봐 두려움에 떨고 취약한 자기 자신을 경멸하는 부정적 방식으로는 자신과 세상을 변화시키기 힘든 측면이 있다는 점을 전적으로 부인할 수는 없다. 니체가 수치를 '노예의 도덕'이라 부르며 '수치심에 대해 전쟁'을 선포한 것이 바로 이 때문이다. 또 마사 누스바움이 시민사회를 유지하는데 수치심의 감정이 적합하지 않다고 생각하는 것도, 좀 다른 맥락에서 나온 것이긴 하지만, 수치심의 감정에 들어 있는 이런 부정적 측면에 주목했기 때문이다. 누스바움은 인간이 자신의

---

16 같은 책, 22쪽.

취약성과 열등성을 느끼는 수치심의 감정이 타인을 수치스러운 존재로 낙인찍는 방식으로 해소될 때 그것은 쉽게 사회적 폭력으로 화할 수 있다고 우려한다. 수치스러운 자신으로부터 도망치는 것이 타인을 수치스럽게 만드는 것으로 전화될 때 시민공동체는 유지될 수 없다는 것이다. 누스바움은 타인에게 투사하는 방식으로 수치심을 부인하지 않고 합리성을 통해 다스리는 사회, 편견이 작용하는 사회적 규범에 입각하여 이 규범 바깥에 있는 개인이나 집단을 비합리적으로 낙인찍는 행위를 막고 모든 시민이 법 앞에서 평등한 보호를 받을 수 있는 사회, 이런 사회가 우리가 지향해야 할 품위 있는 민주사회라고 본다.[17]

하지만 아우슈비츠 이후 인류가 봉착한 문제는 너무 많은 수치심 때문이 아니라 너무 적은 수치심 때문이 아닌, '수치심 없는 자존감'과 '자기중심적 나르시시즘'에 빠져 자신이 취약하고 부족한 존재라는 사실을 느끼지 못하는 것이 맹목적 증오와 폭력을 낳는 것은 아닌가? 너무 많은 수치가 타인을 수치스럽게 만드는 부정적 효과를 낳는다기보다는 수치를 느끼고 수치와 더불어 사는 방법을 모르기 때문에 문제가 생기는 것은 아닌가? 그런데 수치에서 도망치지 않고 수치와 더불어 산다는 것은 무슨 말인가? 어떤 수치, 무엇에 대한 수치를 말하는 것인가?

---

17 Matha C. Nussbaum, *Hiding from Humanity: Disgust, Shame and the Law* (Princeton, NJ: Princeton UP, 2004), 270-71쪽.

3. 수치심의 네 차원

수치심와 죄책감이란 말을 혼용하고 있지만 수용소에서 레비가 느꼈던 감정은 기본적으로 수치심이라고 봐야 한다. 그것은 무엇보다 자신이 잘못하거나 법을 위반한 행위와 관련된다기보다 자신의 존재 자체에 대해 느끼는 것이기 때문이다. 그렇다면 레비는 무엇에 부끄러움을 느꼈는가? 「수치심」이라는 제목의 글에서 레비는 이를 네 차원으로 설명하고 있다.

첫째는 저항하지 못했다는 사실에 대한 수치심이다(저항의 의지조차 전면적으로 파괴된 굴욕감). 절멸수용소의 수감자들은 살아남으려면 간수의 명령을 따라야 했다. 징벌, 본보기 처벌, 고문의 압력 아래에서 그들은 의지의 붕괴를 경험했다. 극소수의 사람들을 제외하면 대부분의 수감자들은 수용소체제에 저항하지 못했을 뿐아니라 저항을 시도하고 있는 사람들을 지지하지도 못했다. 이와 관련하여 레비는 수용소체제에 맞섰다가 공개처형을 당하는 한 사람 앞에서 어느 누구도 나서지 못했던 장면을 아프게 기억하고 있다. 이 장면('최후의 인간'이라는 제목을 달고 있는 『아우슈비츠에서의 생존』의 한 장)을 다시 기록하면서, 레비는 당시에는 크게 괴롭지 않았지만 시간이 지나면서 "너도 그렇게 했어야 했다"는 자책과 부끄러움에 시달렸다고 고백한다. 그는 저항하지 못했다는 것이야말로 수용소의 삶을 증언할 때 젊은 세대의 사람들이 은밀하게 자신에게 내리는 판단이자 추궁이라고 느낀다.

둘째는 인간적 유대감을 형성하지 못했다는 사실에 대한 수치심이다. 대다수 수감자들은 나치대원들과 자신을 동일시하면서 동료 수감자들을 의도적으로 괴롭히고 갈취했던 특권적 위치에 있던 소수의 유대인들('화장장의 갈매기'라 불린 이른바 특별처리반 사람들)처럼 굴지는 않았지만, 도움을 요청하는 사람들에게 구조의 손길을 건네지 못했다(인간적 유대를 만들지 못했다는 수치심). 이와 관련하여 레비는 자신이 겪은 사건 하나를 고백한다. 어느 날 수용소에서 그는 견딜 수 없는 갈증에 시달리다가 우연히 수용소 담벼락에서 수도관을 발견한다. 레비는 수도관에 구멍을 뚫어 허겁지겁 물을 마신 다음 물이 있다는 것을 다른 사람들에게 알릴지 말지 고민한다. 잠깐의 번민 끝에 레비는 가장 가까운 친구 한 사람에게만 알리기로 하고 둘이서만 몰래 물을 마신다. 하지만 막사로 돌아오자 다니엘이라는 이름의 노인이 이를 눈치챈다. 두 사람에게 보내는 노인의 눈길에서 레비는 부끄러움을 느낀다. 그 눈길은 "왜 나는 아니고 너희 둘이냐?"는 힐난을 담고 있는 것으로 느껴졌기 때문이다. 나누지 못한 이 한 모금의 물은 수감자들 사이에 쳐진 장막, 언어로 발설되지는 않았지만 느낄 수 있던 투명한 장막이었다. 이 장막을 걷어내고 인간적 유대감을 형성하지 못했던 것을 오늘날의 도덕적 기준으로 변절이라고 비난한다면 분노가 치솟지만, 수치심

의 감정은 오랜 세월이 지난 다음에도 레비의 내면을 떠나지 않는
다.

셋째는 살아남은 것의 수치심이다. 생환자들은 수용소에서 자
신들이 죽은 사람들 대신에 살아났다는 생각을 떨칠 수 없었다(자
신은 죽은 자들의 카인이라는 자기고발과 수치). "사람들은 타인이 자기
대신에 죽은 것이고, 자신이 남들이 갖지 못한 특권이나 죽은 자에
게 저지른 부정 때문에 살아 있다는 생각이 든다."[18] 그러나 이것은
사실이 아니다. 레비는 말한다.

> 당신은 명백한 위반을 저지르지 않았다. 당신은 다른
> 사람의 자리를 빼앗지 않았다. 당신은 아무도 때리지
> 않았다. 당신은 어떤 자리도 받아들이지 않았다. 당신
> 은 다른 사람의 빵을 훔치지 않았다. 그럼에도 불구하
> 고 부끄러움을 피할 수는 없다. 각자는 자신의 형제의
> 카인이라는 것, 우리들 한 사람 한 사람은 이웃의 자리
> 를 빼앗고 이웃 대신 살고 있다는 것은 하나의 가설, 아
> 니 의혹의 그림자에 지나지 않는다. 그것은 가설이다.
> 하지만 이 가설이 나를 괴롭힌다. 그것은 나무좀처럼
> 내 속에 깊숙이 또아리를 틀고 있다. 바깥에서 보이진
> 않지만 그것이 나를 긁고 할퀸다.[19]

---

18 Primo Levi, *The Drowned and the Saved*, 82쪽.

19 같은 책, 82쪽.

이런 살아남은 자의 부끄러움은 레비가 자신의 친구이자 마우트하우젠 수용소에서 돌아온 유대인 생존자 부루노 바사리Bruno Vasari에게 바치는 시(「살아남은 자의 아픔-생존자 B. V에게」)에서도 반복된다.

언제부터인가 그 끔직한 순간들이 되살아나
그 얘기를 말할 수 있을 때까지
내 가슴은 너무나 쓰라리고 저려왔다.
그는 희미하게 밝아오는 새벽이면
온통 시멘트 가루로 뒤덮인 잿빛 얼굴이며
다음날을 기약할 수 없는 불안한 잠자리로
죽은 송장이나 다름없는 동료들을 바라보았다.
그리곤 밤마다 악몽을 꾸며 너무 배고픈 나머지
무 같은 거라도 씹는 듯 마구 턱을 움직이며
애절한 목소리로 잠꼬대를 해대곤 했다.

"돌아가게! 제발 나를 내버려두고
돌아가게, 먼저 간 동료들이여!
난 아직 어느 누구의 것도 빼앗은 적이 없고
어느 누구의 빵 한 조각도 훔친 적이 없네.
그리고 지금까지
나 때문에 정말 단 한사람도 죽은 적이 없네.
제발 그대들은 그대들의 세상으로 어서 돌아가게.
내가 아직 살아서

내가 아직 죽지 못해서
먹고, 입고, 잠자며 목숨을 부지하고 있다는 게
어찌 내 탓이고 내 잘못이란 말인가?"[20]

이 시의 첫 부분은 레비가 『익사한 자와 구조된 자』의 제사로
쓴 콜리지의 『노수부의 노래』의 한 대목을 변형시키고 있고, 후반
부는 내가 앞 문단에서 인용한 구절을 거의 그대로 반복하고 있다.
생존자들은 수용소의 트라우마가 덮쳐올 때 불길한 꿈속을 헤맨
다. 하지만 꿈속에서조차 그들은 죽어간 동료들의 비난소리를 들
으며 자신의 무고함을 주장한다. 살아 있다는 사실이 자기 잘못은
아니라고 항변하지만 부끄러움을 멈출 수는 없다. 애절한 목소리
로 외치는 잠꼬대는 그의 마음 깊은 곳에 도사리고 있는 부끄러움
을 증언한다.

넷째는 인간이라는 사실에 대한 수치이다. 생환자들은 희생자
임에도 불구하고 자신이 가해자인 인간들과 같은 인간이라는 종
에 속해 있다는 사실에 수치심을 느낀다(인간이라는 종족의 일원이라
는 수치). "올바른 자가 타인이 범한 잘못에 대해, 이것이 존재했다
는 사실, 또 이것이 현존하는 세계에 들어와 회복불가능하게 되었
다는 생각에 몸부림치며 부끄러움을 느낀다"(『휴전』). 인간은 섬이
아니다. 인간이 저지른 죄를 보지 않고 듣지 않을 수는 없다. 인간

---

20 Primo Levi, 『살아남은 자의 아픔』, 이산하 편역 (노마드북스, 2011), 103-4쪽.

이 저지른 죄를 결코 씻을 수는 없다. "인간, 아니 인간이라는 종 — 간단히 말해 우리 —이 엄청난 고통을 저지를 수 있는 힘을 지니고 있다는 것, 고통이란 어떤 대가나 노력 없이도 무로부터 만들어지는 유일한 힘이라는 것은 입증되었다."²¹ 그것을 벗어날 길은 없다.

프리모 레비를 논하는 한 대목에서 츠베탕 토도로프는 이 마지막 차원의 수치심을 야스퍼스가 『독일의 죄에 관한 문제』에서 제시한 '형이상학적 죄'와 비교하고 있다.²² 형법상의 죄(실제 범죄자가 법 앞에서 져야 하는 법적 죄), 정치적 죄(범법자와 같은 공동체에 속해 있는 자가 전승국의 의지 앞에 져야 하는 정치적 죄), 그리고 도덕적 죄(행위자가 자신의 양심 앞에 져야 하는 죄)와 비교해볼 때, 형이상학적 죄는 인간이 범한 모든 잘못에 져야 하는 죄(인간이 신 앞에서 져야 하는 죄)이다. 그런데 이런 비교를 하다가 토도로프는 갑자기 이런 감정은 형이상학과는 무관한 일반인들도 느낀다고 말한다. 사토시는 이 구절의 맨 처음에 '부끄러움 내지 죄책감'이라는 표현을 사용한 토도로프가 바로 이 대목에서는 "죄책이라는 개념이 포괄할 수 있는 모든 범위를 벗어나 삐어져 나오는 부끄러움의 차원에 주의를 기울이고 있는 것 같다"²³고 지적한다. 앞의 세 차원의 수치심이 여전히 인

21 같은 책, 86쪽.

22 Tzbetan Todorov, *Facing the Extreme: Moral Life in Concentration Camps* (Berkeley, 1997), 265쪽.

23 우카이 사토시, 「어떤 감정의 미래—부끄러움의 역사성」 42쪽.

간의 범주 안에서 경험되는 것이라면, 이 마지막 차원의 수치심은 인간의 벡터를 넘어서는 지점에서 느껴지는 것이다. 그것은 인간과 비인간의 경계에서 경험되는 새로운 감정이다. 사토시는 이 마지막 차원의 수치심에서 새로운 사유를 갈구하는 시대적 징후를 읽는다.

4. 인간과 비인간의 경계에서 경험되는 수치

그 징후란 무엇인가? 아니 레비는 아우슈비츠의 어떤 지점에서 인간이라는 사실에 대해 수치심을 느꼈는가? 레비는 『이것이 인간인가』에서 수용소에서 무젤만들을 목격하면서 수치심을 느꼈다고 고백하면서 이들을 다음과 같이 묘사하고 있다.

> 가스실로 가는 무슬림들은 모두 똑같은 사연을 갖고 있다. 아니, 더 정확히 말하자면 아무런 사연도 갖고 있지 않다. 그들은 바다로 흘러가는 개울물처럼 끝까지 비탈을 따라 내려갔다. 근본적인 무능력 때문에, 혹은 불운해서, 아니면 어떤 평범한 사고에 의해 수용소로 들어와 적응을 하기도 전에 그들은 학살당했다……. 선발에서, 혹은 극도로 피로로 인한 죽음에서 그들을 구할 수 있는 건 아무것도 없다. 그들의 삶은 짧지만 그들의 번

호는 영원하다. 그들이 바로 무젤매너, 익사자, 수용소의 척추이다. 그들은 끊임없이 교체되면서도 늘 똑같은, 침묵 속에 행진하고 힘들게 노동하는 익명의 군중, 비인간들이다. 신성한 불꽃은 이미 그들의 내부에서 꺼져버렸고 안이 텅 비어서 진실로 고통스러워 할 수도 없다. 그들을 살아 있다고 부르기가 망설여진다. 죽음을 이해하기에는 너무나 지쳐 있기 때문에 죽음을 두려워하지 않는 그들 앞에서 그들의 죽음을 죽음이라고 부르기조차 망설여진다.

얼굴 없는 그들의 존재가 내 기억 속을 가득 채우고 있다. 우리 시대의 모든 악을 하나의 이미지로 형상화할 수 있다면 나는 내게 친근한 이 이미지를 고를 것이다. 고개를 숙이고 어깨를 구부정하게 구부린, 뼈만 앙상한 남자의 이미지이다. 그의 얼굴과 눈에서는 생각의 흔적을 찾을 수 없다.[24]

살아 있지만 이미 익사한 자의 대열로 빠져 들어간 무젤만들은 인간을 인간으로 규정해주는 어떤 사회적, 상징적 의미망으로부터도 벗어나 인간이 비인간으로 건너가는 경계에 서 있는 존재이다. 수용소라는 거대한 물살에 익사한 사람들이 구조된 사람들과 갈라지는 것은 선악의 구분이나 위엄과 비루함의 구별이 아니며, 심지어 삶과 죽음의 경계도 아니다. 생명이 위협당하는 극한의 상황

---

24 Primo Levi, 『이것이 인간인가』, 이현경 역 (서울: 돌베개, 2007), 136쪽.

에서는 정상세계에서 상정하는 도덕이 힘을 발휘하지 못하며, 위엄이나 용기, 자존, 협동 같은 인간적 덕목도 벗겨진다. 레비가 지적하듯이, 비인간적 체제에 맞서는 저항이나 고통 받는 동류 인간에 대한 연대도 존재하지 않는다. 이들은 죽음을 이해하기엔 너무 지쳐 있어서 죽음마저 두려워하지 않는다. 생명이 꺼지기 직전의 사람들에게 나타나듯 이들의 외부감각은 이미 죽었고, 감정이나 의식, 의지, 지향점도 존재하지 않는다. 인간에서 유기체로 넘어가는 경계에 서 있는 이 식물적 존재를 레비는 '비인간'non-human이라 부른다. 무젤만은 가장 기본적인 동물적 자극에조차 반응하기를 멈춘 일종의 살아 있는 시체여서 공격을 받아도 방어하지 않으며, 점차 배고픔과 갈증도 느끼지 못하게 된다. 이들은 인간의 표정을 담고 있는 얼굴이 지워진 존재, 말하자면 "얼굴 없는" 존재이다. 따라서 이들은 레비나스적 의미에서 타자의 얼굴에서 발성되는 부름에 "여기에 내가 있습니다"라고 말할 수 없는 존재이다. 무젤만과 마주칠 때 우리는 그들의 얼굴에서 우리의 책임성에 대한 부름으로 우리에게 말을 건네는 타자의 심연의 흔적을 발견할 수 없다. 대신 우리가 그들에게서 만나는 것은 인간적 깊이의 결여이자 어떤 감정적 공감이나 동일시의 불가능성이다. 이들은 단순히 인간도 비인간도 아니며, 오히려 우리가 인간이라고 이해하는 것을 부정하지만 인간 존재에 고유한 어떤 비인간적 자질로 나타난다. 문제는 이 비인간적 자질이 소외된 인간성이나 그에 맞서 싸워야 할 야만성이 아니라는 점이다. 오히려 레비가 무젤만에게서 본 것은 인간적인 것의 보이지 않은 근거로 작동하는 어떤 불가해한 힘이다. 아감벤은 이 힘을 '벌거벗은 생명'bare life이라고 부르고, 슬라보예 지젝은 "상징적 진리가 없는 실재"the Real[25]라 부른다. 아감벤에게 벌거벗은 생명은 고대 로마에서 죽여도 법으로 처벌받지 않고 희생물로 바칠 수도 없는 존재, 즉 '살인죄에 대한 면책'과 '희생제의로부터의 배제'가 동시에 일어나는 '신성한 인간,' 즉 호모 사케르이다. 이들은 그리스적 의미의 정치영역을 구성했던 '비오스'(bios, 인간적 삶)의 능력뿐 아니라 '조에'(zoe, 그저 살아 있는 삶)의 가능성마저 박탈된 존재를 지칭한다. 지젝이 기대고 있는 라캉 정신분석학에서 실재는 인간성 한복판에 있는 비인간적 사물이다. "정상적인 인간의 존엄성과 관여성을 무슬림의 비인간적 무관심으로부터 갈라놓는 그 구분선은 인간성이라는 것 한복판에 일종의 비인간적 중핵 혹은 간극이 있다는 것을 뜻한다. 라캉의 용어를 써서 말하자면 무젤만은 외밀한 방식으로 인간이다."[26] 무젤만이라는 이 끔찍한 역설과 대면하지 않는 한 어떤 인간도 인간이 아니며, 어떤 윤리도 윤리가 아니다. 무젤만은 인간과 윤리에 대한 모든 언설을 무의미하게 만드는 '영도'zero degree이다. 이 영도에 근거하지 않는 어떤 인간적 윤리도 의미를 지니지 못한다는 것이 아우슈비츠의 무젤만이 불러일으키

25 슬라보예 지젝, 『전체주의가 어쨌다구?』, 한보희 역 (새물결, 2008), 121쪽.
26 같은 곳.

는 감정적 진리이다.

무젤만이 불러일으키는 수치심은 바로 인간이 자신의 내부에 들어 있는 비인간이 드러날 때 느끼는 감정이다. 그런 만큼 여기서 감정이란 인간학적 깊이나 주체의 내면에서 솟아나오는 것이 아니라 주체를 넘어선 지점에서 발원하는 느낌이자 정동에 가깝다. 아감벤의 용어를 빌자면 수치심은 주체가 자신 안에 내재하는 탈주체성을 마주할 때 경험하는 존재론적 정조이다. 수치심은 주체화subjectification가 탈주체화desubjectification와 내속內屬하고 있는 이중적 운동이다. 이런 점에서 수치심은 아감벤이 증언에 부여하는 이중적 구조와 닮아 있다. 아감벤에게 증언의 주체는 탈주체성에 종속되어 있으면서 탈주체성을 증언하는 주체, 아니 증언이라는 언표행위the act of enunciation를 통해 탈주체화에서 살아남는 사람이다. 수치심은 부족하거나 불완전하거나 열등하다는 의식에서 생기는 것이 아니라 우리가 어떤 식으로도 숨기거나 거리를 유지할 수 없는 어떤 것에 노출되고 '맡겨질'being consigned 때 경험된다. 여기선 자아이상이라는 사회적 기준이나 타자의 시선은 더 이상 수치심을 불러일으키는 요인이 되지 못한다. 사르트르의 현상학적 수치심도, 프로이트 정신분석학에서 말하는 상징적 수치심도 여기선 작동하지 않는다. 그것은 상징적 타자나 사회적 이상으로 환원될 수 없는 곳에서 발원하는 부끄러움이기 때문이다. 인간적인 것으로 여겨지는 어떤 것으로도 귀속되지 않는 지점에서 삐져나오는 감정, 인간성의 불가능성을 대면하는 지점에서 연원하는 것이 레비가 무젤만에게서 경험한 수치심이다. 레비의 수치심이 수치심의 역사에 새로운 차원을 획득하는 것은 바로 이 때문이다.

이 '맡겨김'이 능동적 의지가 결여된 수동적 굴복인 것은 사실이다. 하지만 아감벤이 분석하듯이 '수동성'passivity은 단순히 외부 자극을 있는 그대로 받아들이는 '수용성'receptivity과는 다르다. 수동성은 주체가 자신이 수동적인 것을 적극적으로 느끼는 것, 자신의 수용성에 의해 감응되는 것을 가리킨다. 그것은 영어의 재귀용법에 나타나듯이 "나에게 무슨 일이 일어나도록 하는 것"("I get myself done something")이다. "어떤 일이 나에게 일어나도록 하다"는 그냥 "나에게 무슨 일이 일어났다"("something is done to me")와는 아주 다르다. 그것은 주체가 자신을 수동적으로 구성하는 자기감응auto-affection의 복합적 운동, 능동과 수동이 구분되면서 동시에 서로 얽혀 있는 복합적 구조를 이루고 있다.[27]

레비가 무젤만에게서 느낀 수치심은 인간이 자기 내부의 외상적 중핵이라 할 수 있는 비인간성에 노출되고 내맡겨질 때 경험하는 감정이다. 그것은 선과 악의 대립으로 나뉘기 이전의 감정이며, 비극적 영웅(주관적으로는 무고하지만 객관적으로 일어난 일에 대해 책임을 지는 존재)에게서 경험하는 연민을 넘어서는 탈비극적·탈주체적 감

---

27 Giorgio Agamben, *Remnants of Auschwitz: The Witness and the Archive*, Trans. Daniel Heller-Roazen (New York: Zone Books, 2002), 111-12쪽.

정이다. 아감벤이 찾아낸 아우슈비츠의 교훈은 인간이 비인간에서 살아남고 비인간은 인간에서 살아남는다는 점이다. 무젤만은 인간에서 살아남은 비인간이다. 생존자는 무젤만(비인간)에서 살아남은 인간이다. 그런데, 레비는 인간과 비인간이 무젤만에서 하나가 된다고 말한다. "무젤만, 익사한 자가 완전한 증인이다. 인간은 비인간이다. 인간성이 완전히 파괴된 사람이 진정으로 인간이다." 아감벤이 지적하듯이 "역설적인 것은 인간성을 증언할 수 있는 유일한 자가 인간성을 완전히 파괴당한 사람이라면 이는 인간과 비인간의 동일성이 결코 완전하지 않으며, 인간성을 완전히 파괴하는 것이 가능하지 않고 언제나 뭔가가 **남는다**는 사실이다. 증언자는 이 남은 자이다."[28] 아감벤이 '잔존자' 혹은 '남은 자'remnants라 부르는 증언자들은 "죽은 자도 살아남은 자도 아니고 익사한 자도 구조된 자도 아니다. 그들은 그 사이에 남은 자들이다."[29] 남은 자는 인간성의 파괴 이후에도 남아 있는 자, 인간성에서 살아남은 자로서 인간 속의 비인간을 증언하는 자이다. 세계 전쟁의 바다에 익사해 버렸지만 역사의 잔해에서 메시아적 계시의 흔적을 찾으려했던 벤야민처럼, 아우슈비치의 홍수를 겪은 사람들은 남은 자들을 통해 구원에 이르는 길을 발견할지 모른다. 이 잔해로서 남은 자들이 인간 속에 있는 비인간을 마주하고 느끼는 수치심에서 우리는 새로운

---

28 같은 책, 133-34쪽.
29 같은 책, 164쪽.

탈주체적 인간 존재론을 구축할 수 있는 방안을 찾을 수 있을 것이다. 아우슈비츠의 홍수에서 남은 자들은 인간이라는 자기동일성으로부터 간극과 차이를 지니고 있는 자들이며, 인간 속에 비인간을 내장하고 있는 자들이다. 아감벤이 다른 곳에서 사용한 어휘를 빌리자면 이들에게 인간과 비인간은 식별불가능하다. 이 식별불가능성indistinction은 인간이라는 광휘를 흐리는 취약성이지만, 그로부터 탈주체적 가능성을 길어 올릴 수 있는 존재론적 잠재성이기도 하다.

물론 우리는 이 잠재성을 과장하거나 미화하는 오류를 피해야 할 것이다. 역사의 희생자인 무젤만에게서 정치적 변화의 가능성을 찾으려는 성급함도 자제해야 한다. 하지만 자신에게 맡겨진 비인간성을 회피하거나 그로부터 거리를 취하지 않고 그것을 '증언'함으로써 다가올 구원의 시간을 기다리는 것, 이것이 아우슈비츠의 물바다에서 '남은 자들'의 몫일지 모른다. 아우슈비츠라는 가공할 폭력은 우리에게 인간이라는 사실에 대해 수치심을 느끼게 만들었다. 특정 집단이나 공동체 혹은 국가에 귀속되지 않는 인간이라는 종적 존재 그 자체에 대해 느끼는 수치심은 인간 공동체의 의미세계로부터 벗어날 수밖에 없는 의미의 벡터를 포함하고 있다. 이 감정적 진실을 경유하지 않는 어떤 정치나 윤리도 진정성을 획득할 수는 없다.

5장.

주체의 복권과 실재의 정치:
슬라보예 지젝의 정신분석적 맑스주의

1. 맑스주의와 정신분석, 그 만남의 역사

우리는 맑스주의가 이론적·실천적 위기에 봉착했을 때 정신분석학이 구원의 장비를 갖춘 이론으로 도입된 몇 차례의 역사적 선례를 알고 있다. 1930년대 프랑크푸르트 학파에 의해 시도된 '프로이트 맑스주의'는 당시 유럽의 노동자들이 사회주의 혁명에 참여하는 대신 자신들의 계급적 이해에 반하는 파시즘에 경도된 이유를 설명하기 위해 프로이트 정신분석학에 기댔다. 왜 노동자계급은 파시즘적 정치 지도자에 열광하는가? 노동자계급으로 하여금 유대인의 배제와 학살로 치달은 비이성적 희생에 가담하게 만들고 권위주의적 정치체제에 끌리게 만든 힘은 어디서 나오는 것인가? 앎과 믿음 사이에 존재하는 이 거대한 균열을 이해하기 위해 프랑크푸르트 학파는 인간의 무의식적 동기를 탐색하는 정신분석학에 기댔다.

1970년대 초반 전/후기 맑스를 구분하면서 맑스주의에서 인간 주체와 휴머니즘을 매몰차게 몰아냈던 알튀세는 인본주의적 맑스주의의 위기를 대면함으로써 과학적 맑스주의를 살려내고자 했다. "한 개인이 실제 존재조건과 맺는 상상적 관계의 재현"이라는 유명한 정의를 통해 주체를 이른바 이데올로기를 통한 '주체효과'로 재해석해내고, '인식론적 단절'을 통해 '주체 없는 과학'으로 맑스주의를 재구성하려는 것이 알튀세의 해법이었다. 이 해법에 동원된 유력한 도구가 라캉 정신분석학의 상상계 개념과 징후적 독법이었다. 알튀세는 라캉의 상상계 논의를 통해 허위의식으로 치부되었던 이데올로기를 개인의 정체성 구성기제로 적극적으로 재해석해냄으로써 이데올로기에 상대적 자율성을 부여하고, 맑스의 『자본론』을 '징후적 독법'을 통해 다시 읽어냈다. 현전화되지 않는 부재원인이 효과를 통해 부정적으로 나타나는 양상을 읽어내는 징후적 독법은 개인의 무의식의 영역을 넘어 사회를 해석하는 새로운 방법으로 수용된다. 맑스주의를 괴롭혀온 경제결정론과 본질주의, 목적론적 역사주의를 넘어 사회를 '구조적 인과성'structural effectivity으로 재구성한 것은 알튀세의 맑스주의 수정작업의 요체였다.

1980년대 제임슨은 다시 그 알튀세로 돌아가 절대적 지평

absolute horizon이자 부재원인absent cause으로서 대문자 역사the History를 살려낸다. 탈구조주의에 의해 텍스트의 효과로 밀려난 역사를 살려내고 주체의 욕망의 메커니즘을 이해하기 위해 그는 알튀세를 경유한 라캉에 기댔다. 역사는 누구도 초월할 수 없는 절대적 해석 지평으로 되살아나고 정치적 무의식political unconscious이 역사를 움직이는 숨은 힘으로 복구된다. 역사 그 자체를 담론적 구성물로 해체시키는 후기구조주의의 공격에 맞서 역사를 구출하는 제임슨의 방식은 역사를 라캉적 의미의 '실재'the Real로, 즉 본질로 실체화하는 것이 아니라 효과를 통해 접근선적으로만 접근 가능한 부재원인으로 남겨두는 것이었다.[1] 하지만 제임슨의 맑스주의 재구성 작업이 가장 본격적으로 이루어지고 있는『정치적 무의식』의 첫 장에서, 실재로서의 대문자 역사라는 그의 구상은 설득력 있게 이론화되지 못하고 있다.『정치적 무의식』이 출판된 1981년 당시 미국 학계에서 라캉의 실재개념은 아직 제대로 소개되지 않은 상태였고, 제임슨의 라캉 이해 역시 이런 전반적 한계를 넘어설 정도는 아니었다. 제임슨에게 실재는 담론적 구성에 저항하는 역사의 존재론적 근거를 재구축할 수 있는 개념으로 환영받고 있지만, 현실reality

---

1 예컨대 제임스의 입장을 요약하는 다음 구절을 보라. "역사가 부재원인이라는 알튀세의 주장이 분명히 하고 있지만 정전적으로 표현된 이 정식에서 종종 놓쳐버리는 것은 그가 역사란 텍스트이기 때문에 지시대상은 존재하지 않는다는 유행하는 결론을 끌어내고 있지 않다는 사실이다. 그러므로 우리는 다음과 같은 수정된 정식을 제안해야 한다. 즉, 역사는 텍스트가 아니며, 주인서사이든 다른 서사이든 서사도 아니다. 역사는 부재원인으로서 텍스트의 형태를 통하지 않고서는 접근할 수 없다. 역사에 대한, 그리고 실재 자체에 대한 우리의 접근은 필연적으로 그 이전에 텍스트화, 정치적 무의식의 서사화를 통과해야 한다." Fredric Jameson, *The Political Unconscious: Narrative As a Socially Symbolic Act* (New York: Methuen, 1981), 35쪽.

이자 지시체the referent로 환원될 수 없는 실재가 역사에 적용될 때 역사의 위상과 성격에 어떤 변화가 일어나는가는 제대로 규명되지 못하고 있다.

지젝은 알튀세와 제임슨을 통해 시도된 맑스주의와 정신분석학의 결합을 후기 라캉의 실재 개념과의 전면적 조우를 통해 재시도하고 있다. 뒤에 자세히 살펴보겠지만, 제임슨에게서 충분한 이론적 해명을 얻지 못한 실재는 역사 그 자체와 등치되기보다는 한 개체의 삶에 트라우마적 균열을 일으키는 충동drive이자 그가 거주하는 상징적 세계에 파국을 일으키는 적대antagonism로 전유된다. 2007년 세계금융위기라는 전례 없는 자본주의의 위기에 직면하여 지젝은 현 위기의 주된 희생자는 자본주의가 아니라 좌파 자신이 될 가능성을 읽어낸다. 그가 프롤레타리아와 프롤레타리아 독재라는 맑스주의의 억압된 문구를 다시 불러들이며 공산주의의 재발명을 향한 지적 모험을 시도할 때 우리는 모종의 기시감棄市感에 사로잡힌다. 익숙한 것이 주는 낯선 효과. 우리는 라캉을 경유한 헤겔과 맑스와 레닌을 통해 익숙하지만 낯선 맑스주의를 만난다. 현실 사회주의의 패배와 자유민주주의의 승리로 요약되는 20세기 후반을 지나 전지구적 자본주의의 위기가 가시화되고 있는 21세기의 벽두에, 지젝은 라캉 정신분석학과 맑스주의의 조우를 통해 자본주의의 위기를 읽어내고 '자본주의 이후'를 추동해 낼 이론적·실천적 방안을 제시하고자 한다. 더욱이 그가 기대고 있는 정신분석학

자체가 근대의 세속화된 유대-기독교 신학이자 팔루스를 특권화하는 가부장적 사유체계라는 비판이 전면적으로 제기된 상황에서 두 거대담론을 결합하여 자본주의 이후를 꿈꿀 수 있는 주체와 해방적 정치의 가능성을 이론화한다는 것은 결코 녹록한 작업이 아니다. 정신분석학과 맑스주의, 두 거인담론의 창조적 조합으로 탄생된 '지젝표 정신분석적 맑스주의'는 이 과제의 수행에 성공하는가? 주체의 해체를 기정사실화하고 다문화주의적 관용과 정체성의 정치가 정치적 올바름으로 칭송하는 시대적 대세를 어떻게 거스를 것인가? 어떻게 포스트모더니즘에 의해 역사의 주변으로 밀려난 주체를 복원하고 주체의 혁명적 행위를 통해 개시되는 해방정치의 가능성을 열 것인가? 지젝의 사상적 내기가 걸려 있는 곳이다.

자고 일어났더니 유명해졌더라. 이 말은 예술적 천재의 출현을 알리는 오래된 문구이지만, 지젝에게 붙여도 전혀 이상하게 들리지 않을 만큼 서유럽 지식계에서 지젝의 등장은 갑작스럽고 그의 부상은 현기증 나는 것이었다. 1989년 영국의 유명한 좌파 출판사 버소Verso에서 『이데올로기의 숭고한 대상』(The Sublime Object of Ideology)을 영어로 출판한 이후 지젝은 매년 한두 권의 저서를 빠짐없이 출시하여 60권이 넘는 저서를 갖고 있다. 영어로 쓰여진 것만도 30권을 상회한다. 읽는 속도보다 빨리 글을 쓴다는 말이 나올 정도로 엄청난 다산이다.

그러나 이런 다산성 못지않게 놀라운 것은 그의 글이 독자들에게 끊임없이 충격을 가한다는 사실이다. 테리 이글턴은 지젝을 "지난 수십년 동안 유럽에 출현한 지식인 중 가장 놀라운 명민함으로 정신분석학과 문화이론을 해설한 사람"으로 평가한다.[2] 하지만 오늘날 서구 지식계에서 이글턴의 평가가 지나치게 인색하다고 생각하는 사람들의 숫자는 점점 늘고 있다. 이글턴이 이런 평가를 내린 1997년 이후 지젝이 보여준 이론적 행보는 그를 재기발랄한 라캉 해설가로만 규정할 수 없게 만든다. 지젝은 고급문학과 대중문화, 철학담론을 종횡무진 횡단하면서 이를 9·11 테러, 이라크사태, 세계 금융위기, 발칸반도의 인종청소, 미국 대통령선거, 코로나 팬데믹 상황 등 긴급한 현실적 사건들과 실시간으로 연결시킬 뿐 아니라, 데카르트, 칸트, 헤겔, 셸링 등 유럽 관념철학자들에 대한 독창적 재해석을 통해 관념론이 유물론의 토대를 제공할 수 있는 방법을 만들어냈다. 관념론에서 맑스주의적 정치혁명의 모델을 구축할 수 있는 근거를 읽어낸 것이다. 이 구축 작업의 핵심에 놓여 있는 것이 라캉 정신분석학이다. 라캉 정신분석학이라는 가교를 통해 근대 유럽 관념론과 맑스주의의 접목지점을 찾아내어 주체를 복권하고 해방정치의 가능성을 열고자 한 것이야말로 지젝의 이론적 모험이다. 그 성공여부에 대한 평가는 다양할 수 있지만 지젝이 단순히 라캉해설가이기만 한 것이 아니라 철학자로서 진지하게 평

---

2 Terry Eagleton, "Enjoy!" *London Review of Books* November 27, 1997. 토니 마이어스, 『누가 슬라보예 지젝을 미워하는가』, 박정수 역 (앨피, 2005), 21쪽에서 재인용.

가되어야 하는 이유가 이것이다.

서구학계에서 지젝에 대한 평가는 극단적으로 양분되어 있다. 한편에서 그는 사유의 깊이를 결여한 채 자극적 언술로 세인의 관심을 끌고 모순적 진술을 남발하는 피상적 이론가이자 지적 독불장군으로 여겨진다. 좌파의 가면을 쓰고 우파의 정치성에 도달한 철학자로 비판되기도 한다. 그는 국제무대에서는 맑스주의 문화비평가로 행세하지만 슬로베니아 국내에서는 자유주의 정당의 대통령후보로 나가기까지 하는 모순덩어리라는 것이다.[3] 이런 부정적 평가의 반대편에서 지젝은 사유의 범위, 통찰력, 중요성에 있어 미셸 푸코, 자크 데리다, 질 들뢰즈 같은 프랑스 탈구조주의 이론가들과 견줄만한 사상가로 거론되기도 한다. 이른바 프랑스발 '포스트 담론' 이후를 개척할 수 있는 이론가로 호명되고 있는 것이다. 최근에는 세계금융위기 이후 반자본주의 운동을 최전선에서 실천하는 지식인이자 공산주의의 재발명을 공공연하게 선언하는 맑스주의 이론가로 평가받는다.

국내에서도 지젝은 화려한 광채를 몰고 다니는 스타 지식인으로서의 입지를 굳혔다. 30여 권에 이르는 그의 저작이 우리말로 번역되었으며, 젊은 연구자모임에서 직접 지젝을 인터뷰한 책을 출판하기도 했고,[4] 그의 저작에 대한 단행본급 해설서가 출간되어 인기

---

3 Peter Dews, *The Limits of Disenchantment: Essays on Contemporary European Philosophy* (London and New York: Verso, 1995), 252쪽.

4 인디고 연구소 기획, 『불가능한 것의 가능성: 슬라보예 지젝 인터뷰』 (궁리 2012).

리에 판매되고 있다.⁵ 그의 정신분석학적 논의를 영화와 문학작품 분석에 적용하던 수준을 넘어 글로벌 자본주의에 치명적 일격을 가할 수 있는 반자본주의 운동의 이론적 선봉장으로 격상되기까지 한다. 이런 평가는 지젝이 라캉 정신분석학과 에르네스토 라클라우의 급진민주주의의 접합을 시도했던 초기입장에서 더 왼쪽으로 선회한 것과 조응한다. 매슈 샤프와 제프 바우처는 지젝이 낭만주의 철학자 셸링에 몰두한 1996년에서 1997년 사이에 모종의 이론적 변화가 일어났다고 본다.⁶ 그는 칸트, 헤겔과 라캉을 결합한 비판적 계몽주의자에서 셸링의 낭만주의적 정치신학에서 혁명적 주체의 근거를 찾는 권위주의적 전위로 변모했다는 것이다. 라캉 정신분석학 내의 입장에서 보면 이는 욕망desire의 주체에서 충동drive의 주체로 강조점이 이동한 것과 연관된다. 이런 사상적 변화와 함께 글로벌 자본주의가 "테러와의 전쟁"으로 그 잔혹한 이면을 드러낸 2000년대 들어 지젝은 반자본주의 운동을 위해 자신의 정치적 입장을 더 왼쪽으로 옮긴다. 급진 민주주의를 지지하는 포스트 맑스주의자에서 프롤레타리아 독재를 옹호하는 혁명적 전위주의자로 좌클릭한 것이다. 이와 더불어 한때 자신의 이론적 동지였던 라클라우, 버틀러, 발리바르, 랑시에르와도 멀어진다. 현재 서구학계에서는 알랭 바디우만이 그가 참조하는 거의 유일한 이론가로 남아

---

5 이현우, 『로쟈와 함께 읽는 지젝』(자음과 모음 2011).

6 Matthew Sharpe and Geoff Boucher, *Zizek and Politics: A Critical Introduction* (Edinburgh: Edinburgh UP, 2010), 24쪽.

있는 실정이다. 이런 좌향좌는 지젝이 한국에서 반자본주의운동
을 이론화할 수 있는 급진적 좌파 지식인으로 명성을 구가하게 만
든 요인이다. 하지만 그의 반자본주의와 공산주의의 주창이 수사
적 매혹을 넘어 얼마만큼 실효성과 설득력을 지니는가에 대해서는
차분한 분석이 필요하다. "문제는 공산주의다"를 넘어 "어떤 공산주
의인가"를 따져야 하고, "불가능성의 가능성"이라는 매혹적인 문구
를 넘어 어떻게 변화를 이뤄낼 것인가를 논해야 한다. 이를 위해선
1990년대 후반에 이루어진 사상적 전환을 포함하여 지젝의 이론
전반에 대한 평가가 내려져야 한다.

2. 주체의 복권과 대타자의 결여

그 출발점은 주체에 대한 논의에서 시작될 수 있을 것이다.
사실 주체 개념이야말로 지젝 논의의 시작이자 끝이라 해도 과언
이 아니다. 그가 맑스주의와 정신분석학이 만나는 접점으로 찾아
낸 것도, 서구 맑스주의의 교착상태를 뚫을 수 있는 가능성을 발견
한 곳도 주체이다. "서구 맑스주의를 특징짓는 커다란 문제는 혁명
주체 혹은 행위자agent의 결여였던 것이다. 노동계급이 즉자에서 대
자로의 이행을 완수하여 혁명적 행위자가 되지 않는 것은 무슨 까
닭인가? 이 문제가 정신분석학에 관심을 돌리게 된 주요 동기인데,

정신분석학은 바로 계급의식의 출현을 가로막는 리비도의 무의식적 메커니즘, 노동계급의 존재 자체(사회적 상황)에 새겨진 메커니즘을 설명하기 위해 불러내어진 것이다."[7] 프롤레타리아가 혁명적 주체로 올라서지 못하고 자본주의적 질서에 결박당해 있는 메커니즘을 분석하고 진정한 혁명적 행위를 할 수 있도록 돕는 것이 맑스주의 이론가의 역할이라면, 이는 상징적 대타자에 사로잡혀 대타자가 욕망하는 것을 욕망하고자 하는 개인들에게 '너 자신의 욕망을 포기하지 말라'고 주문하는 정신분석가의 역할과 유사하다. 맑스주의 이론가나 정신분석가는 타자(프롤레타리아와 피분석가)의 욕망의 내용을 알고 그것을 처방하는 '안다고 가정되는 주체'가 아니라, 바로 그 대주체가 존재하지 않는다는 것을 스스로 깨닫게 함으로써 자신의 욕망을 포기하지 않는 주체의 구성을 목적으로 한다. 이는 정신분석적 계몽의 기획이다.

그런데 이때 주체란 상징적 세계에 들어가 상징적 위치를 부여받는 대가로 자신의 가장 귀중한 '1파운드의 살'(실재의 흔적이자 파편으로서의 대상a(object petit a))을 포기하는 '상징적 주체'가 아니라, 상징적 세계로부터 철회하여 아무런 내용물도 없는 텅 빈 장소, 공백, 간극으로서의 주체이다. 라캉을 원용하여 지젝이 주체를 뜻하는 영어단어 Subject의 약자 S에 빗금을 그어 $\$$을 만든 이유가 이것이다. 주체는 거울에 비친 이마고로서의 이상적 자아ideal ego와

7 슬라보예 지젝, 『처음에는 비극으로 다음에는 희극으로』, 김성호 역 (창비 2010), 178-9쪽.

의 상상적 동일시imaginary identification를 통해, 그리고 변별적 차이의 질서인 상징적 기표의 세계에 진입하여 자아이상ego-ideal과의 상징적 동일시symbolic identification를 통해 정체성identity을 부여받는다. 하지만 이렇게 구성된 자아 정체성이 주체는 아니다. 주체 subject는 '자아'ego로 환원되지 않는다. 오히려 주체는 상징적 세계로 진입하기 위해 잘라내야 했던 실재이다. 그런데 이 실재는 실정적으로positively 존재하는 실체substance라기보다는 모든 규정된 것의 부정성negativity이자 결여lack이다. 지젝이 재해석해낸 데카르트의 코기토란 바로 이런 공백과 간극으로 존재하는 주체이다.

"나는 생각한다. 고로 나는 존재한다"(cogito ergo sum, I think, therefore I am)는 데카르트의 명제에서 "고로"는 성립하지 않는다. 이는 틀린 추론이다. 모든 의심 끝에 결코 의심할 수 없는 확실성으로 "사유하는 나"는 인정되지만, 그것이 "존재하는 나"(I am)를 보증하지는 않는다. 세계를 바라보는 주체는 바라보는 자기자신을 볼 수 없다. 보는 나와 보여지는 나, 사유와 존재, 말과 대상, 표상과 실재는 일치하지 않는다. 양자 사이엔 간극이 존재한다. 따라서 자기동일적 주체란 존재하지 않는다. 데카르트의 코기토는 세계를 지배하는 투명한 자기 확증적 주인이 아니라 내부적으로 분열되어 있고 어긋나 있는 존재론적 잔여remainder이자 간극이다.

그런데, 인식의 지평을 벗어나는 실재는 하나의 실체로서 존재론적 위치를 갖지 않는다. 지젝은 여기에서 칸트에 대한 헤겔적 역전이 일어나고 있다고 본다.

> 헤겔이 효과적으로 수행하는 것은 주체는 알 수 없다
> 는 칸트의 생각을 사변적으로 역전시키는 것이다. (…)
> 물로서 주체의 '알 수 없음'은 주체가 비실정적 공백'이
> 다'는 사실을 오성이 (잘못) 인지하는 방식일 따름이다.
> 칸트가 주체는 알 수 없는 텅 빈 x라고 말하는 곳에서
> 우리가 해야 할 일은 이런 인식론적 규정에 존재론적
> 위상을 부여하는 것이다. 즉, 주체는 순수 자기 정립적
> 인 텅 빈 무nothing이다.[8]

오성의 영역 너머의 물자체Thing in itself를 실체론적으로 긍정하
는 칸트와 달리 헤겔에게 그것은 실정적으로 규정되는 것이 아니라
모든 규정성의 부정성이다. 주체는 부정성의 담지자'이다.' 이 부정
성의 담지자에게 지젝은 "까다로운 주체"ticklish subject라는 이름을
붙인다. 바로 이것이 지젝으로 하여금 청년 헤겔이 근대주체를 계
몽의 '빛'이 아니라 '세계의 밤'으로, "모든 것들을 그 단순성 속으로
끌어들이는 텅 빈 무이다"라고 말하는 대목을 거듭 인용하게 만든
이유다.

지젝의 논의에서 결정적인 대목은 주체만이 부정성이 아니라

---

8 Slavoj Zizek, *The Indivisible Remainder: An Essay on Shelling and Related Matters* (London & New York: Verso, 1996), 124쪽.

주체가 관계를 맺는 대타자 역시 부정성이라는 사실이다. 주체에게 빗금이 그어져 있다면 대타자에게도 빗금이 쳐져 있다. "대타자는 존재하지 않는다."(The Other does not exist.) 지젝에게 대타자란 상징 질서에 거주한다. 거울 속 상상적 이미지와 이자적二者的 관계를 맺는 상상적 동일시의 단계를 지나 인간은 언어가 지배하는 상징질서로 진입한다. 상징질서란 인간이 어머니에 대한 근친상간적 욕망을 아버지의 이름으로 대체하면서 들어가는 언어와 문화의 질서이다. 그것은 기표의 연쇄사슬로 이루어진 차이의 세계이다. 주체가 상징 질서로 진입하면서 분열된 결여lack의 존재이듯이 상징질서에 거주하는 대타자 역시 분열되어 있다. 대타자는 내적으로 분리되어 있고, 완전하지 않으며, 우리의 이해 너머에 있다. 만일 대타자가 완전하다면 주체는 숨 쉴 공간을 갖지 못하며, 상징질서를 바꿀 여지도 없다. 대타자 속의 결여는 대타자가 상징질서 속으로 들어오기 위해 억압한 실재의 흔적이자 자국이다. 대타자 속에 존재하는 이 결여가 주체로 하여금 대타자에 완전히 종속되지 않고 주체적 자유를 선취할 수 있는 조건이다.

상징적 대타자의 결여에서 자유를 행사할 수 있는 주체를 복원하기 위해 지젝은 『까다로운 주체』(The Ticklish Subject)의 서두에서 포스트모더니즘의 등장 이후 서구 지식계의 대세가 되어 버린 '주체의 죽음'을 거부한다. 지젝은 맑스의 공산당 선언의 그 유명한 구절을 차용하여 이렇게 말한다. "하나의 유령이 서구학계에 출몰하고 있다. 데카르트의 주체라는 유령이." 지젝은 서구의 모든 학술권력이 이 유령을 쫓아내기 위해 신성동맹에 가담하고 있다고 주장하면서 데카르트의 주체에 덧씌워진 죄상에 최종적 무죄를 선언한다. 지젝이 열거한 학술권력에는 뉴에이지 반계몽주의, 포스트모던 해체주의, 하버마스적 의사소통이론, 하이데거주의, 인지과학, 심층 생태론, 비판적 탈근대 맑스주의, 페미니즘 등 현대 서구학계를 지배하는 담론들이 총망라되어 있다.

이 중에서 지젝이 초창기부터 가장 치열하게 전투를 치루는 분파는 포스트모던 해체주의, 그 가운데서도 푸코이다. 라캉과 헤겔을 경유한 데카르트적 주체의 복권은 지젝이 이룬 이론적 성과라 할 수 있는데, 특히 주체의 죽음 담론에 가장 강력한 이론적 근거들 중 하나를 부여한 푸코와의 지적 대결은 지젝 주체론의 깊이를 평가할 수 있는 부분이다. 간단히 요약하자면, 지젝은 푸코가 데카르트적 주체에 허수아비 담론을 세워놓고 주체를 해체했다고 떠들고 있다고 말한다. 푸코가 주체가 담론에 선행하는 본질적 실체가 아니라 권력담론에 의해 '생산,' '구성'되는 효과라고 주장한다. 이 주장은 버틀러를 비롯한 '푸코의 아이들'에 의해 광범위하게 채택되는 강력한 이론틀이다. 지젝은 담론에 의해 구성되는 효과로서의 주체를 전면적으로 배격하기보다는 그것이 주체의 전부를 포괄할 수 없다는 쪽으로 비판의 초점을 이동한다. 푸코가 말한 담론의 효과로서의 주체는 라캉 정신분석학에서 상상계와 상징계에 진입하면서 형성되는 정체성과 다르지 않다. 우리들 각자에게 자아 혹은 자아 이미지는 우리가 살아가면서 받아들이는 다수의 동일시들에 의해 구성된다. 하지만 우리가 앞서 살펴본 대로 상상적, 상징적 동일시들을 통해 구성되는 자아는 주체와 같지 않다. 주체는 이런 정체성들의 총합이라기보다는 그 핵심에 놓여 있는 공백이자 무이다. 주체는 이 모든 정체성들 아래에 놓여 있는 부정성이다. 탈구조주의 이론에서 말하는 '탈중심화된 주체'decentered subject나 '주체 위치'subject positions는 데카르트적 주체의 탈중심성과 같지 않다. 데카르트적 주체는 상상적, 상징적 동일시의 덩어리로서의 자아 혹은 자기self와 관련하여 탈중심화되어 있다는 것, 즉 공백이라는 것을 말하는 것이지 이런 동일시의 덩어리로 환원된다는 의미가 아니다. 지젝의 주체는 자신의 정체성에 저항하는 모든 것들을 지배하는 실체화된 자아나 자기가 아니라 이런 정체화와 주체화 subjectivisation에 저항하는 순수 부정성 그 자체이다.[9] 라캉적 주체에 대해 탈구조주의자들이 흔히 제기하는 질문, 즉 "주체화의 제스처에 선행하는 간극, 열림, 공백을 주체라 부를 수 있는가?"라는 질문에 대해 지젝은 "단연코 예스"라고 대답한다.[10] 이 간극으로서의 주체는 담론의 효과로서의 푸코적 주체가 결여하고 있는 힘과 독립성을 허용해준다. 주체가 모세혈관처럼 개인의 내면을 촘촘하게 지

---

9   Slavoj Zizek, *The Plague of Fantasies* (London and New York: Verso, 1997), 141쪽.

10 Slavoj Zizek with Judith Butler and Ernesto Laclau, *Contingency, Hegemony, and Universality* (London: Verso, 2000), 119쪽.

배하는 미시적 권력담론에 의해 구성되는 효과에 불과하다면 어떻게 그 권력에 저항할 것인가? 푸코는 이 질문에 대해 적절한 해답을 찾지 못했다. 저항이 곧 투항이 되어 버리는 악순환에서 벗어날 길이 그에겐 남아 있지 않았다. 후기에 들어 그가 "자기에 대한 배려"라는 형태로 다시 주체를 끌어들였던 것도 권력효과를 넘어서는 주체를 구상하지 못했기 때문이다. 지젝은 주체를 자아나 자기로 실체화하지 않으면서도 이데올로기적 동일시를 넘어서는 주체의 가능성을 열어둠으로써 탈구조주의에 의해 죽음으로 내몰린 주체를 다시 살려낸다. 지젝이 탈구조주의의 대세에 맞서 주체의 복권을 끈질기게 시도한 것은 주체야말로 정치적 저항을 조직할 수 있는 근거이기 때문이다.

3. 이데올로기의 숭고한 대상,
정치적 요소로서의 향유

　　주체의 가능성을 이론적으로 규명했다고 해서 인간이 이데올로기의 지배에서 쉽게 벗어날 수 있는 것은 아니다. 맑스주의가 정신분석학에 눈을 돌리게 되었던 애초의 딜레마, 다시 말해 "노동자계급이 즉자에서 대자로의 이행을 완수하여 혁명적 행위자"가 되지 못하고 자신들의 계급적 이해에 반하는 파시즘적 정치체제의 열렬한 지지자가 된 곤혹스러운 상황을 설명해야 할 필요성이 대두한 것이다. 알지만 행하는 이 모순, 의식적 앎과 무의식적 행동 사이에 벌어진 이 균열을 설명하기 위해 정신분석학은 이미 여러 차례 맑스주의에 유용한 분석틀을 제공해준 선례가 있다. 이 중 가장 큰 영향을 미친 것은 물론 알튀세의 이데올로기론이다. 그렇다면 지젝은 알튀세의 논의에 무엇을 보태고 있는가?

간단히 요약하자면, 지젝의 기여는 알튀세가 그의 이데올로기론 속으로 들여오지 못한 "충동"drive과 "향유"enjoyment를 이데올로기의 핵심으로 끌어들인 것이다. 우리는 이를 '상징적 동일시'에서 '이데올로기적 환상'으로의 확장이라는 말로 표현할 수 있을 것이다. 사회 속에 살고 있는 존재로서 인간은 상상적 질서와 상징적 질서로부터 정체성을 공급받는다. 한 개인이 '나'라고 생각하는 자아 정체성은 두 요소로 이루어져 있다. 하나는 라캉이 이상적 자아ideal ego라 부르는 것이고, 다른 하나는 자아이상ego-ideal이라 부르는 것이다. 앞서 잠깐 언급했듯이 이상적 자아란 타인이 나를 바라봐주기를 바라는 나의 모습으로 라캉이 상상계에 위치시키는 것이다. 거울 속에 완전한 이미지로 존재하는 자신의 허구적 모습과 상상적 동일시를 통해 인간은 자신의 정체성을 형성한다. 거울이미지와 실제 나는 같지 않다. 이 다름을 넘어 같음을 느끼는 기제가 상상적 동일시이다. 우리의 삶에서 거울이미지는 내가 사랑했던 사람들, 내가 그들로부터 사랑받고 싶었던 타자들이 될 수 있다. 반면, 자아이상이란 내가 닮고 싶고 되고 싶은 상징적 위치이자 규범이고 가치이다. 그것은 실제 인물이라기보다는 하나의 관념idea이나 이상ideal이다. 실제 인물로 구체화될 경우에도 결정적인 것은 인물 그 자체가 아니라 그가 구현하는 관념이나 이상이다. 자아이상은 주인기표라 불리는 것, 그 자체 하나의 기표이지만 주체의 심적 경제에서 특별한 위치를 갖는 특권적 기표에 초점이 맞추어져 있다.

중요한 것은 내가 동일시하고 싶은 자아이상이 상징적 대타자에 대한 나의 열정적 애착에 의존한다는 사실이다. 내가 되고 싶은 모습은 상징적 세계에 거주하는 타자가 그것을 어떻게 향유하는가에 대한 나의 추정에 기대고 있다. 예를 들어 이슬람교를 믿지 않는 서구인이 이슬람교도의 광신적 믿음에 대해 추정할 때, 이 추정은 이슬람교보다는 이슬람교도에 대한 서구인의 무의식적 믿음에 대해 더 많은 것을 말해준다. 서구인으로서의 그의 정체성은 이슬람교도의 믿음에 대한 그 자신의 무의식적 가정에 기초해 있다. 타자의 믿음에 대한 주체의 추정이 우리의 믿음을 형성하는 밑바탕이 된다는 것은, 우리가 되고 싶은 모습이 히스테리적 논리, 즉 '나는 그가 갖고 있는 것을 갖겠다'는 논리를 따르고 있음을 말해준다. 그것은 알튀세의 이데올로기론이 기대고 있는 동일시와 호명interpellation의 수위를 넘어설 것을 요구한다.

타자의 믿음을 통한 나의 믿음이라는 이런 생각은 지젝의 이데올로기론이 타자의 '향유'를 포괄해 들이는 쪽으로 이어진다. 지젝의 핵심적 개념인 '이데올로기적 환상'과 '이데올로기의 숭고한 대상'이 출현하는 것이 이데올로기에서 타자의 향유가 수행하는 역할을 해명하기 위해서였다. 지젝에 따르면 모든 이데올로기는 주체의 환상의 숭고한 대상에 달려 있다. 이런 대상은 특정한 이데올로기 체제의 주인기표들이 불러주는 대상, 이를테면 자유민주주의 체제의 '자유', 민족주의의 '국가' 등이다. 이 대상들이 '숭고'하다고 불리는 까닭은 그것들이 우리가 일상에서 만나는 대상들과는 다른 종류의 것이기 때문이다. 그것들은 주체의 심리에서 포착하기 어렵고 더 높이 고양되어 있다. 특정 대상이 숭고한 위치로 올라서는 것은 그것이 주체의 이데올로기적 환상에 중핵적 요소가 되기 때문이다. 이데올로기적 환상이란 특정 이데올로기체제가 사람들에게 만들어내고자 하는 무의식적 믿음이다. 이 믿음이 환상인 이유는 현실reality와 부합하지 않기 때문이다. 현실은 아니지만 현실보다 더 큰 힘을 발휘하는 대상, 주체의 무의식적 향유가 투여된 실재-대상, 라캉이 '대상a' object petit a라 부르는 것이다. 환상은 이 실재-대상에 꽂혀 있다. 환상이 힘을 갖는 이유가 바로 이 때문이다. 환상적 대상에는 일반적 행동에서는 찾을 수 없는 특이한 정동의 투여가 들어가 있다. 강력한 전기에 충전되듯charged 심리적 에너지가 카텍시스cathex되어 있다. 요즘 유행하는 말로 '필'이 꽂히게 만드는 뭔가가 들어 있는 것이다. 한국 사람들이 일본과 축구시합을 할 때 보여주는 그 '핫한' 반응, 보통 때와는 전혀 다른 사람이 되어 버리는 강력한 심리적 집착과 정서적 끌림이 바로 환상이 발휘하는 힘이다. 사람들은 이데올로기의 숭고한 대상을 위해 죽음도 불사한다. 그들은 이 대상을 즐기고enjoy 있다.

그런데 죽음도 불사하게 만드는 이데올로기의 숭고한 대상은 누구에게도 양도할 수 없는 나의 것이자 우리의 것이지만, 타자의 향유에 의해 만들어지기도 한다. 아니 보다 정확히 말하자면 환상의 대상이 나의 것이 되는 이유는 그것이 나의 향유를 즐기는 것으로 가정되는 타자에 의해 위협당하고 있다는 나의 믿음/환상 때문이다. 지젝이 "우리의 향유를 도둑질하는 것으로 가정되는 타자"(the Other supposed to thieve our enjoyment)라는 표현을 고안해낸 것이 바로 이 타자의 향유가 나의 환상에 행사하는 힘을 설명하기 위해서이다. 나치 지배 하의 독일 노동자들이 유대인의 학살이라는 치명적 선택을 내린 것은 유대인이 바로 그들의 향유를 훔치는 것으로 가정되는 타자로 믿었기 때문이다. 9·11 테러 이후 이른바 '테러와의 전쟁'에서 미국인들이 이슬람교도에게 보이는 격한 반응에도 비슷한 메커니즘이 작용하고 있다. 지젝은 타자의 향유에 대한 주체의 믿음이 중요한 '정치적 요소'이지만, 지금까지 정치이론은 이를 간과해왔다고 주장한다. 지젝이 향유를 정치적 요소로서 이데올로기론에 포괄해 들인 것은 알튀세의 이데올로기론의 한계를 넘어서는 그의 중요한 이론적 기여이다.

4. 실재의 정치와 혁명적 행위

이제 남는 문제는 이런 것이다. 이데올로기적 환상의 힘이 무의식적 향유에서 생긴다면 우리는 어떻게 이 향유를 바꿀 수 있는가? 그것은 가능한가? 환상에서 벗어나 어떻게 새로운 이데올로기를 가질 수 있는가? 지젝이 갈 수 있는 길은 두 가지가 있다. 하나는 특정 체제가 유포해낸 이데올로기적 환상을 통과하는 길 traversing the fantasy이고, 다른 하나는 주체의 충동을 급진적으로 해방시키는 혁명적 행위(대문자 Act)의 길이다. 후기에 들어서면서 지젝은 점차 후자의 노선으로 기울어진다. 그가 민주주의에 대한 기대를 버리고 폭력을 무릅쓰는 과격한 전위주의로 옮겨가는 이유이다. 최근 들어 지젝은 도착화된 탈근대사회에 대한 비판의 강도를 높이면서 자본주의적 상징질서를 혁파하는 새로운 프롤레타리아 주체의 구성을 통해 공산주의를 재발명하자고 주장한다. 문제는 혁명적 행위를 통한 공산주의의 재발명이라는 그의 절박한 호소가 주관적 소망충족을 넘어 얼마만큼 설득력을 지니는가이다.

라클라우의 급진 민주주의를 라캉 정신분석학과 결합했던 초창기에 지젝은 "대타자는 존재하지 않는다"는 명제를 환상통과를 통한 사회비판의 핵심적 고리로 활용했다. 라클라우는 '대타자는 존재하지 않는다'는 라캉의 진술을 '사회는 존재하지 않는다'로 번역했다. 사회는 근본적으로 분열되어 있다. 완전한 전체란 불가능하다. 이 분열은 지젝에 의해 계급투쟁으로 재번역된다. 이데올로기적 환상의 역할은 사회적 적대를 타자의 향유 탓으로 돌림으로써 이 적대를 봉합하여 완전한 전체를 만드는 것이다. 타자가 우리의 향유를 빼앗아 가지만 않았다면 사회는 완전한 전체를 유지할 수 있다는 환상을 유포하는 것이다. 이 단계에서 이데올로기 '비판'의 목적은 타자의 향유에 대한 우리의 환상 속 대상이 그야말로 '허구'라는 것을 받아들여 무의미한 고착에서 벗어나는 것이다. 타자에게 빼앗긴 우리의 향유는 원래부터 잃어버린 것이었다는 점을 받아들여 나의 무의식적 환상에 대한 주체적 책임을 떠맡는 것이다. 이것이 말하자면 정신분석적 '계몽'이자 '각성'이라 할 수 있다. 물론 한 번의 계몽이 이후 환상에 영원한 면역을 가져다주는 것은 아니다. 주체는 계속해서 새로운 환상들에 사로잡히겠지만, 최소한 특정한 환상의 굴레에서 벗어날 수는 있다. 정치적 문맥에서 이는 사회적 갈등이나 적대를 내재적인 것으로 받아들여 다양한 사회집단들이 권력의 자리를 차지하기 위한 헤게모니 투쟁을 벌이는 것이다. 프랑스 혁명이 왕의 목을 단두대에서 내려친 후 근대 민주주의는 왕의 자리를 빈 곳으로 남겨두고, 다양한 세력들이 이 빈 자리를 점유하기 위한 민주적 경쟁체제를 마련했다. 데카르트의 주체가 텅 빈 부정성이듯, 근대 민주주의는 비어 있다. 누구도 실체화된 주권을 주장할 수 없다. 모든 집단과 개인은 불가능한 주권의 대체물이다. 이것이 프랑스혁명이 이룩한 보편적 평등이다. 이런 보편적 평등 위에 주권의 대체물들이 권력의 빈 곳을 차지하기 위한 다원적 쟁투를 벌이는 것이 근대 대의 민주주의이다. 지젝도 이런 라클라우의 민주주의론에 기본적으로 동의하고 있다. 다만 지젝은 헤게모니적 투쟁을 벌이는 좌파와 우파가 동등한 세력, 일종의 대칭적 적대를 이루고 있다는 라클라우의 다원주의적 시각에 대해서는 비판적 입장을 취한다. 지젝은 다양한 세력들간의 정치적 쟁투의 이면에 '계급투쟁이라는 실재'가 놓여 있다고 보면서 다원주의적, 상대주의적 입장에는 반대했다. 민주주의 경쟁에서 계급투쟁이 갖는 특권적 위치를 인정한 것이다.

하지만 이런 급진 민주주의자로서의 지젝의 시각은 후기에 들어와 변모한다. 그는 민주주의 자체가 실재의 모순을 은폐하고 특정한 배제 위에 서있는 제도라고 본다. 그의 표현을 빌리자면 현대 사회에서 민주주의는 민주진창으로 변질되었다. 실재의 모순을 은폐하는 민주주의의 환영에서 벗어나 현실을 변화시킬 수 있는 더 직접적 실천이 요구된다고 본 것이다. 지젝의 사유에서 이는 실재의 모순에 직접 응답하는 '행위'의 정치로 나타난다. 그것은 상징적 동일시를 거부하고 자신을 상징계의 잉여로 여기는 것, 이른바 '증상과의 동일시'(identification with the symptom)를 시도하는 것이다. 증상이란 실재가 돌아오는 트라우마적 순간이다. 이 순간 상징계는 자신의 비일관성을 드러내고 상징적 동일시는 일시적으로 중지된다. 지젝이 말하는 '행위'act란 주체에게 부여된 상징적 위임을 거부하고 상징적 세계로부터 자신을 철회하는 광기의 행위, 주체 자신의 일시적 사라짐을 포함하는 부정행위이다. 이를 통해 주체는 다시 태어나며 새로운 상징질서가 탄생한다. 그것은 혁명의 다른 이름이다.

지젝에게 탈근대사회에서 심각하게 결여되어 있는 것이 바로 이 새로운 주체를 탄생시키는 혁명적 행위의 가능성이다. 탈근대사회는 문법적 틀이 없는 언어활동의 자유처럼 우리에게 아무런 해석규칙이나 규범도 가하지 않는 사회, 이른바 상징적 효력이 소멸하고 상징적 대타자의 권위가 붕괴된 사회이다. 탈근대사회의 역설은 대타자의 붕괴로 생겨난 자유가 진정으로 자유로운 주체를 탄생시킨다기보다는 실제로는 부담으로 다가와 규제에 대한 욕망을 불러일으키고 초자아의 명령에 복종하게 만드는 것이다. 상징적 권위와 법이 무너진 곳에 도착적 초자아가 들어서 '즐기라'는 명령을 내리고, 주체는 이 명령에 병리적으로 굴종한다. 탈근대 자본주의 사회는 도착이 일반화된 사회이다. 그것은 "즐겨라"라는 정언명령과 그 명령에 따라붙는 "타인의 향락을 침해하지 말라"는 관용의 윤리로 이루어진 초자아적 이중구속에 사로잡힌 사회이다. 지젝에게 다원주의적 민주주의는 이런 초자아의 이중구속을 벗어날 수 없는 무력한 제도이자 그것을 지속시키는 제도적 현혹으로 비친다. 그가 더 과격한 좌파 해방정치로 나아가는 이유다.

5. 공산주의의 발명과 프롤레타리아 독재

　지젝에게 2007년 세계경제를 급습한 금융위기가 맑스주의 지식인이 실천적으로 개입해 들어가야 하는 사건으로 경험되는 것은 이 위기가 자본주의 체제의 오작동에 의한 일시적인, 그리하여 신속하게 정상화시켜야 하는 일탈적 현상이 아니라 자본주의 체제의 구조적 결함을 노출시키는 트라우마적 사건이기 때문이다. 트라우마적 사건을 통해 드러나는 것은 상징적 대타자의 불가능성이다. 이는 비단 자본주의 질서의 원만한 진행을 보증해줄 대타자가 없다는 사실뿐만 아니라, 역사적 필연성이라는 좌파의 환상을 보증해줄 대타자 역시 존재하지 않는다는 사실을 받아들여야 하는 것이다. 지젝이 "우리는 대타자란 없다는 것을 전면적으로 받아들이는 법을 배워야 한다"고 말하는 것은 자본주의의 위기를 사회주의의 승리로 오인하는 좌파의 관성화된 환상을 벗겨내고 위기의 순간에 개입해 들어가 역사의 궤도를 바꾸는 실천적 행위, 그리고 그것을 수행할 수 있는 집단적 주체를 구성해내야 할 필요성을 절감했기 때문이다. 익숙한 자본주의 체제 비판을 반복하면서 실상 그 체제의 일부로 편입된 서구 좌파에 대한 지젝의 신랄한 비판이 그 대안의 설득력에 대한 평가와는 별도로 우리에게 공감을 불러일으키는 것은 잃어버린 변혁의 꿈과 그 꿈을 실현할 수 있는 집단

주체를 포기할 수 없기 때문이다.

금융위기라는 자본주의의 트라우마적 상황에서 좌파는 혁명적 행위를 통해 새로운 상징질서를 열어젖힐 수 있는가? 그 일을 위해 필요한 작업은 무엇인가? 지젝에게 새로운 상징질서의 다른 이름은 공산주의이다. 지젝은, 공산주의는 이상이 아니라 자본주의를 관통하는 사회적 모순에 상응하는 운동이라는 맑스의 관념이 전적으로 타당하다고 말한다. 자본주의는 '공통적인 것'의 점진적 둘러막기(인클로저)를 통해 자기 자신의 실체(실재)에서 배제되는 자들을 양산하는 사유화 체제이다.[11] 프롤레타리아화 과정이란 "인간 행위자가 자신의 실체를 박탈당한 순수한 주체로 영락하게 되는 과정"[12]이자, 자본주의적 우주에서 '몫 없는 자'로 배제되는 과정이다. 배제된 자는 보이지 않는다. 그들은 자본주의 세계에서 있을 자리가 없다. 하지만 이 비가시성이 그들의 배제 위에 세워진, 아니 배제의 방식으로 포함시키는 자본주의적 건축물의 균열 지점을 증상적으로 드러낸다. 프롤레타리아란 자본이라는 일자一者의 세계가 이미 어떤 배제에 기초하고 있음을, 이미 보이지 않는 적대적 분열에 의해 유지되고 있음을 보여주는 증상이다.

중요한 것은 자본주의의 증상으로서 프롤레타리아가 체현하는 독특한 보편성이다. 사회적으로 배제됨으로써만 사회에 속하게 되

---

11 슬라보예 지젝, 『처음에는 비극으로 다음에는 희극으로』, 184쪽.

12 같은 책, 198쪽.

는 프롤레타리아는 사회적 매개 없이 곧바로 인류의 보편성을 체현한다. 프롤레타리아는 사회적으로 특수한 규정들을 건너뛴 독특한 것과 보편적인 것 사이의 직접적 단락을 이루어낼 수 있는 가능성을 담지하고 있다. 지젝이 자본주의 사회를 관통하는 네 가지 적대라 본 것들(생태적 파국의 위험, 지적 재산권과 관련된 사유재산 개념의 부적절성, 유전공학을 비롯한 새로운 과학 기술이 초래하는 위기, 배제된 자를 포함된 자로부터 분리하는 간극) 중에서 마지막 적대, 그가 "새로운 아파르트헤이트의 생성"이라 부른 배제된 자와 포함된 자의 적대는 다른 적대와 질적 차이를 지닌다. 이 적대는 그것이 없으면 다른 모든 적대가 전복적 효력을 잃게 되는 핵심적인 것이자, 주체와 실체 간의 외적 긴장을 인간집단 내부의 긴장으로 바꾸는 적대, 그리하여 이 적대를 급진적으로 변혁시킬 주체의 생성을 가능케 하는 적대이다. 지젝이 프롤레타리아를 통해 만들고자 하는 보편성은 초월적 주권의 예외에 의해서가 아니라 그 예외의 배제, 즉 배제된 자들의 보편성이다.

공산주의란 자본주의에 의해 배제당한 공통적인 것을 공동관리하는 능력의 회복이자 잃어버린 자신의 실체를 되찾는 주체 복권 운동이다. 그런데 공통적인 것을 되찾는 혁명적 행위는 어떻게 일어날 수 있는가? 여기서 지젝은 상징질서로부터의 급진적 철회와 분리라는 정신분석적 윤리(그가 안티고네에서 읽어낸 윤리적 행위)를 알랭 바디우의 '빼기'subtraction의 정치성과 접속시킨다. 바디우에게 있어서 빼기란 "헤게모니 장으로부터의 빼기일 뿐 아니라 이 장의 진정한 좌표를 드러내면서 그 장 자체에 폭력적으로 영향을 끼치는 빼기다."[13] 지젝의 부연설명에 좀 더 의존하자면, "카드로 만든 집에서 카드 한 장을 빼내면 구조물 전체가 무너지듯이 물러남이 상황의 다양성을 지탱하는 '극소 차이'를 가시적으로 만들고 그럼으로써 상황의 해체를 야기하는 그러한 방식으로 우리는 상황에 대한 몰두에서 물러나야 한다."[14] 상황으로부터의 빼기를 통해 상황 자체의 해체에 개입해 들어가는 것이 우리 시대 공통적인 것을 복원하는 혁명적 행위라면, 그것은 공산주의를 미래에 도달할 이념이자 역사의 최종결과로 남겨두는 것이 아니라 현재의 자본주의적 운동을 중단시키기 위해 폭력적으로 개입해 들어가는 것—벤야민이 신적 폭력이라 부른 정초적 행위—이다.

빼기를 통한 실천적 개입이라는 이런 문제설정은 우리 시대 해방정치를 이론화할 적절한 길이 될 수 있는가? 실천적 개입의 행위는 주체를 재탄생시키는가? 지젝의 발상의 새로움은 행위를 수행할 주체가 미리 존재하는 것이 아니라 행위를 통해 주체가 탄생한다고 보는 것이다. 이는 주체란 선험적 본질로 주어지는 것이 아니라 사회적으로 구성된다는, 탈구조주의에서 일반적으로 말하는 주체의 구성과는 다르다. 탄생이란 이런 구성된 주체를 소거시키고

---

13 같은 책, 255쪽.
14 같은 책, 256-7쪽.

다른 존재로 변형시키는 창조를 말한다. 지젝이 기독교 복음의 문제로 자주 돌아가는 것도 이 때문이다. 기독교 복음에서 가장 극단적인 점은 우리 모두가 다시 태어날 수 있다는 것, 믿음을 통해 새로운 자기를 창조할 수 있다는 것이다. 문제는 행위의 속성상 행위 이후에 무엇이 나타날지 말할 수 없다는 것이다. 행위는 그 결과를 예견하고 하는 것이 아니라 아직 나타나지 않은 미지를 향해 현재의 상황으로부터 자신을 빼내는 것이다. 그렇다면 공산주의를 실현시키기 위한 혁명적 행위라는 그의 주장은 뒤집어보면 미래의 전망을 말할 수 없는 맑스주의의 곤경을 역설적으로 드러내는 것이 된다. 빼내고 난 다음에 갈 곳을 말할 수 없는 딜레마를 근사하게 표현한 것이라 볼 수 있다. 대타자가 없다는 것을 전면적으로 받아들여야 한다는 그의 발언이 맑스주의 안에 당이든 지도자이든 안다고 가정되는 특권적 주체를 부정하고 모든 주체의 평등을 주장하는 민주적 측면이 있지만, 미래의 전망을 그야말로 미지로 남겨둘 수밖에 없는 대안 빈곤의 징후일 수 있다.

'포스트모던' 자본주의에서 프롤레타리아화(인간 행위자가 자신의 실체를 박탈당한 순수한 주체로 영락하게 되는 과정)를 거슬러 프롤레타리아 주체로 올라서고 프롤레타리아 독재를 실행하는 것은 어떻게 가능한가? 그 일을 할 존재는 구체적으로 누구인가? 지젝은 포스트모던 자본주의에서 일어난 노동의 변화(이른바 비물질노동과 인지노동)에 대한 네그리의 분석을 수용하여 오늘날 노동자계급이 세 분파로 나누어졌다고 본다. 지적 노동자, 구래의 육체노동자, 그리고 추방자(실업자, 슬럼가 거주자, 그 밖의 공적 영역의 틈새들)가 그들이다. 이 세 분파는 마치 세 계급인 것처럼 나타나지만, 실상은 노동자계급을 구성하는 세 분파이다. 각 분파는 자신의 생활방식과 이데올로기를 지니는데, 지적 계급은 계몽된 쾌락주의와 자유주의적 다문화주의를, 구래의 노동자계급은 포퓰리즘적 근본주의를, 추방자 분파는 반半합법적 집단화(범죄조직, 종교분파)를 지닌다. 이들 모두가 공유하는 것은 결여된 보편적 공적 공간에 대한 대용물로서 특수한 정체성에 대한 의존이다. 사실 특수한 정체성들을 정치적으로 대변하려는 정체성 정치에 대해서 지젝은 줄곧 반대의 입장을 견지해왔다. '계급투쟁입니까, 포스트모더니즘입니까?'란 도발적 질문을 던지며 그가 주디스 버틀러와 벌인 논쟁도 결국 자본주의를 가로지르는 근본적 적대를 특수한 정체성들의 우연적 투쟁으로 환원시키는 버틀러의 포스트모던한 입장에 반대하는 것이었다. 다양한 차이들의 헤게모니 투쟁만을 이야기하면 이 차이들이 번성하는 공통의 지반 자체가 어떤 배제에 기초해 있고, 이미 보이지 않는 적대적 분열에 의해 유지되고 있음을 은폐하게 된다는 것이다. 지젝에게 자본주의라는 공통의 지반에서 배제된 것이 실재의 체현자로서 프롤레타리아계급과 계급투쟁이다. 포스트모던 자본주의 하에서 특수한 정체성들은 이제 젠더, 인종, 섹슈얼리티같은 사회적 범주들 뿐만 아니라 노동자계급 내의 분파로 나타난다. 노동자계급의 특수한 정체성으로의 이런 분화는 자본주의의 적대적 분열을 보편적으로 체화하고 있는 프롤레타리아계급 주체로의 형성을 가로막는 장애로 작용한다. 지젝이 "프롤레타리아여, 단결하라!"는 옛 구호가 지금 어느 때보다 적실하다고 주장하며, 세 분파의 단결을 그 자체 역사적 승리로 간주하는 이유가 여기에 있다. 그가 '민주주의적 독재'를 대체할 우리 시대 필요한 정치적 행위로 레닌의 '프롤레타리아 독재'를 복원할 때, 그것은 프롤레타리아가 새로이 지배계급이 된 국가형태를 가리키는 것이 아니라 국가 자체를 근본적으로 변화시켜 비국가적 방식으로 작동시키는 것이다. 이는 역사적으로 보면 레닌의 프롤레타리아 평의회 논의를 수용한 것이지만, 지젝의 논의가 레닌의 입장과 정확하게 일치하는 것은 아니다. 지젝은 근대권력이 특정한 중심(주권)을 갖지 않고 미세한 권력장치들의 횡적 네트워크를 형성한다는 푸코의 이론이나 다중의 혁명적 권력(욕망)은 탈코드화되고 탈영토적이라는 들뢰즈의 이론에 기대어 국가권력(주권 - 사법기구)의 장악을 방기하고 개인들의 자율적 저항과 대안생활운동만 주장하는 자율주의에 반대해왔다. 지젝은 이런 자율적 코뮌운동은 계급투쟁의 전선으로 배치될 수밖에 없으며, 미시권력의 수직적 정점에 있는 국가권력에 대한 투쟁으로 모아질 수밖에 없다고 본다. 그가 프롤레타리아 독재라는, 서구 민주주의 사회에 즉각적으로 심리적 반발을 불러일으킬 수 있는 표현을 의도적으로 사용하는 것은 권력의 중심인 국가기구를 둘러싼 투쟁을 포기할 수 없다는 인식이 작용하고 있기 때문으로 보인다.

6. 믿음의 정치와 주의주의

사실 프롤레타리아 독재니 폭력적 정초행위니 하는 지젝의 수사를 액면 그대로 받아들이기에는 어려움이 있다. 무엇보다 이런 과격한 수사가 그에 걸맞는 실질적 내용을 현실에서 담보하고 있는지 의심이 드는 것은 사실이다.[15] 그가 정치적 주의주의와 테러의 정치학에 도달하는 것은 아닌가 하는 의혹을 떨치기 힘든 것도 사실이다. 최근 출판된 『폭력론』에서 지젝은 자본주의의 기차를 멈추기 위해 해방적 폭력을 불사할 수 있다는 주장을 제출했다. 앞서 잠시 언급한 벤야민의 신적 폭력은 해방적, 혁명적 폭력을 옹호하기 위해 그가 기대고 있는 주요 이론적 원천이다. 정의를 실현하는 폭력의 가능성을 열기 위해 지젝은 벤야민의 「폭력 비판에 대하여」의 그 유명한 구절을 인용한다.

모든 영역에서 신화에 대해 신이 맞서듯이 신화적 폭력에도 신적인 폭력이 맞선다. 그리고 신적인 폭력은 모든

---

15 나는 지젝의 폭력론에 대해 필자는 짧은 서평에서 비판적 문제제기를 한 적이 있다. 이하 논의는 이 문제제기를 부분적으로 재구성한 것이다. 이를 보려면, 이명호, 「폭력을 무릅쓰는 혁명적 해방」, 『크리티카』 5집(올 2012)을 볼 것.

면에서 신화적 폭력과 반대된다. 신화적 폭력이 법 제
정적이라면 신적 폭력은 법 파괴적이고, 신화적 폭력이
경계를 설정한다면 신적 폭력은 경계를 파괴하며, 신화
적 폭력이 죄를 부과하면서 동시에 속죄시킨다면 신적
폭력은 죄를 면해주고, 신화적 폭력이 위협하는 폭력이
라면 신적 폭력은 직접 내리치는 폭력이고, 신화적 폭력
이 피를 흘리게 한다면 신적 폭력은 피를 흘리지 않은
채 죽음을 가져온다.[16]

벤야민에게 역사란 무구한 인간에게 죄를 덧씌워 속죄로 이끄
는 운명이 지배하는 세계이며, 이 운명을 지우는 것이 신화적 폭력
을 창출하고 유지하는 법이다. 그런 점에서 신화적 폭력은 법의 지
배(합법적 사회질서)를 정립하기 위한 수단이다. 반면 신적 폭력은 이
런 신화적 폭력의 중지를 지향한다는 점에서 법 파괴적이다. 그것
은 폭력 자체가 곧 '정의'의 발현인 '사건'이며 폭력적인 역사를 중지
시키는 "메시아적 정지의 표시"이다.

벤야민의 신적 폭력을 읽어내는 지젝의 독특한 점은 신적 폭력
을 순수 사건에 대한 좌파적 꿈으로 남겨두지 않고 구체적 역사 속
에서 찾아내면서 원한과 정의를 대립시키지 않고 원한을 정의의
한 계기로 포함해 들이고 있다는 것이다. 벤야민은 "순수한 폭력이
하나의 구체적 사례를 통해 언제 실제로 있을 것인지를 결정하는

16 슬라보예 지젝, 『폭력이란 무엇인가: 폭력에 대한 6가지 삐딱한 성찰』, 정일권, 김희진, 이현우 역,
(서울: 난장이, 2011), 271쪽.

일은 사람들에게 가능하지도 않을뿐더러 시급하지도 않다"[17]고 하면서 그 구체적 실현가능성을 미지로 남겨두었다. 하지만 지젝은 "우리가 신적 폭력을 실제로 존재했던 역사적 현상과 등치시키는 것에 대해 두려워하지 말아야" "모호한 신비화를 피할 수 있다"[18]고 주장한다. 지젝에게 신적 폭력의 사례는 로베스피에르의 혁명적 테러뿐 아니라 1920년대 초반 러시아 적위군의 테러, 십수 년 전 브라질 리우데자네이루 빈민가 군중들의 약탈과 방화사건으로 이어진다. 그에게 신적 폭력이란 "구조화된 사회적 공간 바깥에 있는 자들이 '맹목적으로' 폭력을 휘두르며 즉각적인 정의/복수를 요구하고 실행에 옮기는 것"[19]이다. 그에게 법 바깥의 이 폭력은 "사랑의 영역이다."[20] 물론 이 사랑은 "주권자"the sovereign의 고독한 결단이 이루어지는 잔혹한 사랑이며, 원한이나 복수와 분리되지 않은 폭력적 사랑이다.

내가 다른 글에서 한번 지적한 바 있듯이 문제는 "원한과 복수가 정의와 구분되지 않을 때 신적 폭력이 그야말로 폭력 그 자체로 떨어질 가능성을 어떻게 막을 수 있는가 하는 점이다. 지젝은 무기력에서 비롯되는 맹목적 '행위로의 이행'passage to action과 혁명적 '행위'act를 개념적으로 구분하지만, 현실에서 양자가 그리 선명하게

---

17 발터 벤야민, 「폭력비판을 위하여 」, 『발터 벤야민 선집 5』 (길 2008), 116쪽.
18 슬라보예 지젝, 『폭력이란 무엇인가』, 271쪽.
19 같은 책. 277쪽.
20 같은 책, 281쪽.

갈라지는 것은 아닐 것이다. (…) (지젝에게) 신적 폭력이냐 아니냐는 사실적 정확성에 의해 판별되는 객관적 진리가 아니라 주체 자신에게 진리효과를 낳는 자기 관계적 진리이다. 그런 까닭에 신적 폭력의 여부는 오로지 주체적 진리효과에서 찾을 수 있다. 하지만 주체적 진리효과가 (…) 그야말로 주관적 소망으로 떨어질 때 좌파 정치학을 괴롭혀온 혁명 조급증을 어떻게 벗어날 것인가는 여전히 문제로 남는다."[21] 더욱이 지젝은 현존하는 자본주의 체제를 혁명적으로 바꾸기 위해서는 일종의 테러가 요구되고 두려움 없이 그것을 실행할 수 있는 혁명적 전위가 필요하다고까지 주장한다.[22] 지젝은 자본주의적 생활양식을 근저에서부터 바꾸기 위해 1928년에서 1936년에 사이에 스탈린이 시도한 정화와 숙청의 작업도 비록 끔찍하긴 하지만 레닌주의의 피할 수 없는 진리였다고 주장한다.

사실 이런 과격한 혁명주의는 최근 지젝이 사용하는 언어에서도 경향적으로 발견된다. 2008년 출간된 『잃어버린 대의를 옹호하며』의 마지막에서 지젝은 자신이 희망하는 새로운 정치적 시작의 네 가지 구성요소를 열거한다. 엄격한 평등주의적 정의, 테러(가차 없는 처벌), 주의주의, 인민에 대한 믿음이 그것이다. 마지막 요소로 인민에 대한 믿음을 거론하긴 하지만, 사실 지젝의 강조점은 '인민'보다는 '믿음'에, 그리고 이 믿음을 실천할 수 있는 전위주체에 맞

---

21 이명호, 「폭력을 무릅쓰는 혁명적 해방」, 00쪽.

22 Slavoj Zizek, In Defense of Lost Cause (London: Verso, 2008), 246-53쪽.

쳐져 있는 것 같다. 새로운 시작을 위해서는 "엄격하고" "가차 없는" 태도가 필요하고, 이 태도는 자신의 운명을 스스로 개척할 수 있다는 주관적 믿음에서 나온다. 그것은 거의 종교적 신념에 가깝다. 지젝은 말한다. "우리는 운명에 의해 결정되지만 그럼에도 불구하고 우리의 운명을 자유롭게 선택할 수 있다. 가장 근본적 차원에서 자유는 자신의 운명을 변화시킬 수 있는 자유다"[23] 주의주의에 기초한 자코뱅적·스탈린주의적 테러를 거침없이 주장하는 이런 정치적 제스처는 그가 좌파 전체주의자라는 일각의 비판에서 자유로울 수 있을지 의심하게 만든다.

이런 문제점은 방향은 다르지만 최근 지젝이 독일 나치체제에 정치적 정당성을 부여한 칼 슈미트의 정치신학적 논의에 점점 근접해가고 있는 것과 무관하지 않아 보인다. 슈미트에게 정치적 결정이란 사회적 적대 세력들간에 잘 규제된 대립으로 나타나는 것이 아니라, 정치적 정적에 대한 물리적 파괴를 포함하여 적과 친구 사이의 전쟁을 포함한다. 적이란 정치적 주권자가 우리의 삶의 방식을 위협한다고 결정하는 사람들이며, 이들에 맞서 주권자가 내리는 '결단'은 시민들의 민주적 토론을 넘어선 일종의 신학적 영역에 놓여 있다. 슈미트에게 주권자의 결정이 신의 창조행위에 버금가는 것으로 여겨지는 것이 이 때문이다. '울트라 정치성'ultra-politics이라 이름 붙일 수 있는 이런 신학적 결정행위는 필연적으로 신적 파

23 슬라보예 지젝, 『처음에는 비극으로 다음에는 희극으로』, 297쪽.

위를 지닌 권위주의적 지도자에 대한 복종으로 나타난다. 지젝은 9·11이후 서구에서 이슬람에 가한 미국의 테러와의 전쟁이 민주적 절차와 법적 정당성을 뛰어넘는 울트라 정치성의 현대판이라 보고 있다. 재미있는 것은 지젝이 "급진적 우파가 계급**투쟁**이 아니라 계급(혹은 성) **전쟁**을 말하는 것은 극히 증상적이다"[24]이라고 평가하는 대목이다. 그러나 슈미트에 대한 지젝의 평가를 한 번 더 뒤집으면 그의 계급투쟁이 슈미트의 계급전쟁과 맞닿아 있다고 읽을 수도 있다. 이후 지젝이 보여준 이론적, 정치적 행보는 우파 정치학자 슈미트를 연상시키는 좌파 울트라 정치성에 가까운 것이라 할 수 있다.

우리는 지젝이 왜 이런 과격한 해방정치에 몰입하게 되었는지 이해할 수 있다. 혁명적 과거에 대한 좌파의 향수 어린 집착과 현실에 순응해 들어가는 포스트모던 다원주의, 두 함정을 피하면서 해방의 잠재성을 열어젖히려면 과거 혁명적 폭력의 불행한 운명을 폐기할 것이 아니라 그것을 재창안할 필요가 있다는 그의 문제의식 자체에 대해서는 공감할 수는 있다. 하지만 이 문제의식이 폭력을 불사하는 테러정치, 좌파 권위주의의 유혹을 스스로 제어하지 못하는 나르시시즘적 과격주의로 떨어지는 것까지 공감할 수는 없다. 최근 국내 인문학계에서 광범위하게 수용되고 있는 도덕과 윤리, 치안과 정치, 법과 정치 등등의 이분법이 기존 질서에 안주하지

---

24 Slavoj Zizek, *The Ticklish Subject* (London: Verso, 2009), 190쪽.

않는 급진적 사유의 가능성을 개방하려는 긍정적 문제의식에서 출발했지만, 현실과 유리된 채 급진성 그 자체를 관념적으로 긍정하는 또 다른 매너리즘이 아닌가 하는 생각이 드는 것도 이 때문이다. 지젝의 최근 행보를 마냥 긍정할 수 없는 이유다.

2부

아메리카와 애도의 과제
: 윌리엄 포크너와
토니 모리슨의 소설작업

6장.

역사의 트라우마를 말하기
윌리엄 포크너의 『압살롬, 압살롬!』

1. 남부의 역사적 트라우마를 만나기까지

『소리와 분노』에서부터 시작된 포크너의 현란한 형식 실험은 말할 수 없는 것을 말하기 위한 노력이었다. 포크너는 『소리와 분노』에서 의식의 흐름 수법을 위시한 실험적인 모더니스트 기법을 동원해 말해지지 않은 것을 표현하려고 했지만, 이 작품을 쓰고 난 다음에도 여전히 그것을 말하는 데 실패했다고 고백하지 않을 수 없었다. 버지니아 대학 학생들과 나눈 대화에서 『소리와 분노』에 대한 질문을 받았을 때 포크너는 자신이 이 작품을 네 번이나 고쳐 썼지만 결국 제대로 쓰지 못했다고 대답하면서, 『소리와 분노』를 가리커 "가장 찬란한 실패"[1]라 불렀다. 그러나 같은 대화에서 포크너는 작품을 쓰는 동안 형언하기 힘든 육체적 황홀감을 느꼈다는 고백을 하기도 했다. 한 켠에서는 성적 쾌감에 가까운 황홀감을 느꼈다고 고백하면서 다른 한 켠에서는 실패라 부르기를 주저하지 않는 이 모순을 어떻게 이해해야 할까? "찬란한 실패"라는 말을 포크너 연구의 핵심 어구로 만든 앙드레 블레카스탕에 따르면, 포크너가 실패를 인지하게 된 것은 창작과정에서 표현의 한계를 느꼈기 때문이고 이는 작가가 되기 위한 관문을 성공적으로 통과했음을 보여주는 증거라고 한다.[2] 블레카스탕은 작가란 말할 수 없는 것을 말하려는 불가능한 시도를 감행하는 존재인데, 이 불가능성에 대한 자의식이 형성되었을 때에야 비로소 언어를 다룰 줄 알게 된다고 한다. 그가 『소리와 분노』를 포크너의 작가적 여정에서 한 획을 긋는 분수령으로 여기면서, 이 작품에 이르러서야 비로소 진정한 의미의 "작가 포크너"가 탄생했다고 보는 것도 표현의 한계를 넘어서기 위한 다양한 형식실험과 그 실패에 대한 자의식을 작가의 성장에서 중요한 진전으로 판단하기 때문이다.

하지만 포크너가 말한 "찬란한 실패"의 의미가 창조작업에서 경험하는 희열과 그에 필연적으로 수반되는 좌절감을 표현한 것으로

1 William Faulkner, *Faulkner in the University,* ed. Fredrick L. Gwynn and Joseph L. Blotner (Charlottesville: UP of Virginia 1995), 61쪽.

2 Andre Bleikasten, *The Ink of Melancholy: Faulkner's Novels from* The Sound and the Fury to Light in August. (Bloomington, Indiana UP, 1990), 127쪽.

만 볼 수 있을까? 블레카스탕의 해석과 달리, 나는 이 모순적 어구를 '남부의 마음'을 표현하려는 작가의 기획이 실패한 증상으로 읽어내면서 이를 이후 작품들에서 이루어지는 남부 역사에서 '말해질 수 없고 말해지지 않은 것'과의 대결이라는 관점에서 이해하고자 한다. 『팔월의 빛』(1932), 『압살롬, 압살롬!』(1936), 『내려가라 모세야』(1942)로 이어지는 포크너의 전성기 소설의 맥락에서 놓고 볼 때, 『소리와 분노』는 작가가 남부 역사에서 말할 수 없는 것으로 남아 있던 이종잡혼miscegenation이 남부의 마음에 던지는 파장을 어렴풋이 보긴 했지만 감히 말하지는 못한 작품으로 보인다. 이 작품의 주요 내용을 형성하고 있는 누이 캐디의 처녀성에 대한 오빠 퀜틴의 집착은 무의식적 근친상간의 욕망을 표현한 것일 뿐 아니라, 더 중요하게는, 한때 존재했지만 남북전쟁에서 남부가 패배한 이후 상실되었다고 남부인들의 마음속에서 '상상되는' 처녀지virgin land에 대한 집착이다. 퀜틴의 마음속에서 캐디의 처녀성은 전전戰前 남부라는 순수의 공간과 동일시되고, 전자를 지키지 못한 그의 무능력은 후자를 잃어버린 무능력과 등치된다. 전후戰後 남부인들에게 흔히 나타나듯, 퀜틴의 심리 속에서 전전 남부는 더럽혀지지 않은 순수의 땅으로 신비화되고, 이 땅의 상실과 함께 그의 남성적 정체성도 붕괴되어 버렸다고 상상된다. 퀜틴이 캐디의 처녀성에 그토록 집착하는 이유가 이것이다. 캐디의 처녀성을 잃는 것은 남북전쟁을 통해 현실적으로는 이미 잃어버렸지만 남부인들의 의식 속에서는 여전히 살아 있는 구남부를 다시 한 번 잃는 것이다.

하지만 백인 여성의 성은 백인 남성이 쳐놓은 통제구역 속에 쉽게 갇히지 않는다. 그녀는 대농장 정원에 핀 흰 백합화가 아니라 백인 남성의 성적 욕망을 자극하는 짙은 향을 풍기는 인동덩굴이다. 『소리와 분노』에서 퀜틴의 의식은 점점 더 "그 지랄 같은 인동덩굴 향"(97쪽)에 질식당한다. 캐디라는 인공덩굴을 농장저택의 담장 안에 가둠으로써 누이의 성을 통제하려는 퀜틴의 노력은 성공하지 못한다. 오히려 그의 남성적 정체성이 인동덩굴 향에 압도된다. 아버지처럼 캐디의 성적 더럽힘에 중립적 거리를 유지하지도 못하고 그 충격을 대면하지도 못한 채 퀜틴은 자살 외에는 다른 선택지를 찾지 못했다. 그는 죽음 속에서만 누이의 처녀성을 되찾을 수 있었고, 점증하는 정체성의 위기에서 놓여날 수 있었다. 퀜틴은 캐디와 근친상간적 결합을 이룸으로써 누이의 몸이 더럽혀지는 것을 막으려고 한다. 물론 이 시도는 불가능하다. 누이와 근친상간적 관계를 갖는 것은 그녀가 더럽혀진다는 것을 의미하기 때문이다. 하지만 캐디와의 성적 결합을 통해 지옥에 떨어졌다고 상상하는 퀜틴의 환상 속에서 그가 죄의 심판을 받는 지옥 불조차 "깨끗한 불꽃"(74쪽)으로 나타난다. 누이의 순결에 대한 퀜틴의 집착은 현세를 넘어 내세에까지 계속되고 있다.

『소리와 분노』를 구성하고 있는 네 개의 서술은 캐디의 상실에 대한 콤슨가 세 형제들과 흑인 유모의 기억으로 이루어져 있다. 캐디는 네 서술이 반복해서 돌아가는 부재하는 중심이다. 포크너 자신이 고백하듯이, 이 소설은 캐디의 상실을 말하려는 네 번의 실패한 시도이다. 하지만 네 번의 시도에도 불구하고 무언가는 여전히 말해지지 않고 있다. 에릭 선드퀴스트가 적절히 지적하듯이, "이 소설에서 가장 흥미로운 심리는 벤지의 심리도 퀜틴의 심리도 제이슨의 심리도 딜지의 심리도 아닌 일종의 봉쇄의식으로서의 소설의 심리이다"[3] 선드퀴스트의 발언을 좀더 발전시켜 본다면, 우리는 소설의 심리가 남부의 마음을 드러내지 못하고 그 안에 갇혀 버렸다고 말할 수 있을 것이다. 소설의 형식은 캐디에 대한 주인공 - 화자들의 심리적 집착에만 맞춰져 있기 때문에 그녀의 상실을 둘러싼 더 넓은 역사적 맥락은 수면 위로 떠오르지 못하고 있다. 이런 점에서 포크너가 말한 실패는 블레카스탕의 주장처럼 작가 탄생의 증좌라기보다는 남부의 이데올로기를 비판적으로 들여다보지 못하고 그 안에 갇혀 버렸음을 뒤늦게 자인한 것이라고 할 수 있다.

소설의 수면 아래에 가라앉아 있는 것이 이종잡혼이다. 소설에서 이종잡혼의 가능성은 벤지의 기억을 통해 희미하게 포착된다. 외할머니의 장례식날 일곱 살 난 캐디는 흙 묻은 속바지를 벗기 위해 집안의 흑인 노예 버쉬에게 그녀의 젖은 옷 단추를 풀라고 하고 현장에 함께 있던 퀜틴은 발작적으로 그만두라고 고함친다. 이 장면은 기억으로 이루어진 이 소설 전체의 기억 중에서도 가장 기억

---

3 Eric Sundquist, *The House Divided* (Baltimore: Johns Hopkins UP, 1979), 9쪽.

되기 어려운 장면, 프로이트적 의미의 트라우마적 장면이다. 이 사건이 퀜틴에게 견딜 수 없는 트라우마로 경험되는 것은 캐디가 욕망하는 사람이 다름 아닌 '흑인 남자아이'이기 때문이다. 백인 여자가 흑인 남자를 욕망하는 것은 남부의 성적 금기를 정면으로 위반하는 것이다. 남부의 순수를 위해 순결한 처녀로 남아 있어 줘야 할 백인 여성이 검은 얼굴의 남자를 원한다면 이는 남부 그 자체를 잃는 것과 다름 아니다. 따라서 흑인 남자아이에 의해 백인 누이의 앞가슴이 헤쳐지는 것을 목격하는 것은 퀜틴으로선 도저히 묵과할 수 없는 금기 위반이자 남부 이데올로기의 근간을 건드리는 위협이었을 것이다. 소설에서 이 장면이 퀜틴의 의식에는 잡히지 않고 백치 벤지의 (무)의식을 통해 간접적으로 전달되는 것은, 그 사회적 폭발성이 여전히 묻혀 있으며 그것이 지닌 의미도 누이의 몸에 대한 백치의 원초적인 육체적 반응 이상으로는 탐색되지 못하고 있음을 보여준다.

이런 점에서 이 장면에 대한 작가 포크너의 반응도 벤지의 반응을 넘지 못한 것으로 보인다. 자신의 "마음의 연인"인 백인 누이가 흑인 남자에 의해 더럽혀질지 모른다는 트라우마적 공포를 어렴풋이 감지하고 있으면서도, 포크너는 그것이 지닌 사회적·역사적 파장을 정면에서 대응할 준비가 되어 있지 못했다. 포크너가 자인한 실패는 작품에 희미하게 그림자를 드리우고 있는 이 역사적 공포를 대면하지 못했다는 인식에서 나온 것으로 보인다. 포크너는 역사에 관통당하지 않은 백치의 심리 속으로 숨어들면서 남부의 이데올로기를 폭파하는 이 트라우마적 사건의 파장에서 도망칠 수 있었다. 그는 백치의 심리 속에서 아직 소외와 결핍을 알지 못하는 어린 아이처럼 쾌락을 향유할 수 있었다. 소설을 쓰면서 포크너가 느꼈다고 고백한 황홀감은 첫 벤지 장에서 나왔을 것이다. 하지만 첫 장을 넘기면서 그는 백치의 원초적인 감각적 반응으로는 감당할 수 없는 복잡한 역사적 상황을 만났을 것이며, 이와 함께 황홀감도 그 반대감정으로 바뀌었을 것이다. 캐디의 성적 더럽힘이라는 트라우마적 공포에 직면하여 그녀에게 뒤틀린 증오감을 드러내면서 오염의 가능성을 발작적으로 부인하는 퀜틴처럼, 포크너도 사랑과 증오가 뒤섞인 착잡한 감정에 빠졌을 것이다. 이런 심리적 갈등은 소설의 공간 안에서는 문학적 표현을 얻을 수 없었다. 포크너가 자인한 실패는 작품에 희미하게 그림자를 드리우고 있는 이 역사적 공포를 대면하지 못했다는 인식에서 나온 것으로 보인다. 남부의 순수라는 백색 이데올로기의 핵심을 건드리면서 남부인들인에게 가장 큰 공포를 불러일으키는, 백인 여자와 흑인 남자의 성적 결합이라는 트라우마는 소설에서 말해지지 못하고 있다. 이 역사적 트라우마를 만나려면 전전 남부가 순수의 땅이었다는 환상을 벗겨내고, 전전과 전후를 가로질러 남부를 더럽히는 오염의 실체, 양키의 침략 이전에 이미 더럽혀질 대로 더럽혀진 남부의 역사적 모순을 응시해야 한다. 그것은 『소리와 분노』를 발표한 지 13년

후 출판한 『내려가라 모세야』에서 포크너가 주인공 아이크 맥캐스린의 입을 빌어 던진 질문, "왜 신은 남부가 전쟁에서 지도록 만들었는가?"라는 질문을 스스로에게 던지도록 요구한다.

『압살롬, 압살롬!』은 『소리와 분노』에서는 제대로 대면하지 못한 이 문제를 정면에서 다루고 있는 작품이다. 그러나 이 문제를 다루기 전에 먼저 포크너는 인종문제가 남부의 마음에 던지는 충격과 온전히 만나야 했다. 『팔월의 빛』(1932)에 이르러서야 비로소 처음으로 포크너는 남부사회에서 인종이라는 유령이 갖는 사회적, 이데올로기적 의미를 탐색하고, 인종주의의 광기를 정면에서 마주할 수 있었다. 이 작품의 주인공 조 크리스마스는 규범적 의미에서 흑인이 아니다. 조는 흑인성을 문화적 자원으로 경험하지 못하고 백인들이 견디지 못하는 심리적 비밀로 경험한다. 포크너는 조가 자신에게 부과된 인종적 정체성에 대처하기 위해 벌이는 내적 투쟁과 백인 공동체가 그에게 보이는 히스테리컬한 반응을 추적함으로써, 인종의 유령이 흑인과 백인 모두에게 불러일으키는 심적 폐해를 가차없이 드러낼 수 있었다. 이제 인종은 더 이상 인물의 배경으로 머물러 있지 않고 한 문화 전체를 지배하는 '구조'이자 '규칙'임이 밝혀진다.

『팔월의 빛』에서 남부의 문화 전체를 속속들이 규정짓는 인종주의의 파괴적 결과를 밝혀낸 다음, 이제 포크너는 남부의 과거로 거슬러 돌아간다. 『소리와 분노』에서 어렴풋이 보기는 했지만 정면으로 응시하지 못했던 문제, 남부의 마음에 경련을 일으키는 이종 잡혼이라는 인종적 문제를 다시 만나기 위해, 포크너는 『소리와 분노』에서 이미 죽은 퀜틴 콤슨을 다시 살려내 그가 남부의 역사를 듣고 말하도록 만든다. 『소리와 분노』에서 퀜틴을 자살로 이끈 심리적·역사적 비밀이 그에게 여전히 해명되지 못한 채 남아 있기 때문이다. 『소리와 분노』가 캐디의 상실이라는 트라우마를 말하는 네 개의 이야기로 구성되어 있듯이, 『압살롬, 압살롬!』도 네 명의 화자와 청자들이 써트펜가의 몰락이라는 남부의 트라우마를 '말하고 듣는 형식'으로 되어 있다. 하지만 화자들의 심리적 트라우마를 형성하고 있는 사회역사적 맥락이 흐려져 있는 『소리와 분노』와 달리, 『압살롬, 압살롬!』은 이 상처의 역사적 심부에 도달한다. 이런 점에서 『압살롬, 압살롬!』은 역사소설이다. 하지만 흔히 이해되는 역사소설과는 다른 역사소설이다. 이 소설에서 역사는 화자들의 심리 바깥에 덩그러니 놓여 있는 외부 세계가 아니라 화자들의 내적 세계 속에 깊숙이 들어와 벗어날 수 없는 흔적을 남긴다. 소설이 강조하는 것은 '거기 바깥에서 일어난 사건' 그 자체, 소위 말하는 '사실적 역사'가 아니라 역사 속에 살았던 사람들이 어떻게 그 역사를 경험하고 말하는가 하는 점, 즉 주체가 경험하고 서술하는 역사이다. 하지만 이것이 역사를 개인의 내면으로 환원하는 것은 아니다. 아니 그것은 역사와 탯줄로 얽힌 사람들의 욕망과 환상이라는 주체 내적 차원을 역사와 연결시키는 것이다. 어떤 사건이 트라우마로 경험되는 것은 사건 그 자체보다는 해당 사건이 주체가 그 속에서 살고 있는 이데올로기에 던지는 의미 때문이다. 다시 말해, 한 사건이 주체에게 트라우마로 경험되는 것은 그것이 주체가 자신의 정체성을 공급받고 세상을 바라보는 인식의 창을 제공받는 이데올로기의 파열지점을 드러내기 때문이다. 그 이데올로기적 방어막에 구멍이 뚫릴 때 주체는 수습할 길 없는 트라우마에 빠진다.

제1차세계대전에서의 트라우마적 경험을 반복하는 병사들처럼 『압살롬, 압살롬!』의 화자들은 써트펜가문의 비극적 몰락이라는 이야기를 반복한다. 50년도 전에 일어난 써트펜가문의 이야기가 왜 그들을 사로잡는 것일까? 왜 그들은 그 이야기를 말하지 않을 수 없는가? 이런 질문은 『압살롬, 압살롬!』의 서사적 중심을 이루고 있는 써트펜 이야기에 못지않게 중요하다. 한 인터뷰에서 포크너가 말했듯이, 『압살롬, 압살롬!』은 "아들을 갖고자 했지만 너무 많은 아들들을 갖는 바람에 그 아들들에 의해 파멸되는 토머스 써트펜의 이야기"이다.[4] 하지만 작품은 써트펜 이야기 이상이기도 하다. 그것은 "자기가 사랑하는 남부의 부정적 면모에 대해 퀜틴 콤슨이 보이는 증오의 이야기"이기도 하다.[5] 『압살롬, 압살롬!』을 구상하던 시기에 쓴 한 편지에서, 포크너는 이 소설에서 "누이 때문에 자살하기 직전의 퀜틴 콤슨"을 이용하겠다고 썼다. 이어서 그는 "퀜틴

4 Faulkner, *Faulkner in the University*, 71쪽.
5 같은 곳, 71쪽.

이 남부와 남부인들에게 증오의 형태를 빌어 투사한 신랄함을 이
용하여 (써트펜의) 이야기 자체에서 역사소설이 끌어낼 수 있는 것보
다 더 많은 것을 끌어내겠다"[6]고 썼다. 포크너는 남부 역사에 대한
단순한 고발이나 사실적 재현을 의도했던 것이 아니라 이런 고발
의 신랄함을 이용하여 써트펜 이야기 이상을 말하는 소설, 써트펜
의 이야기에 대해 퀜틴을 비롯한 작중 화자들이 보이는 심리적, 이
데올로기적 반응도 함께 이야기하는 소설을 의도했다.

2. 애도와 우울증

『압살롬, 압살롬!』은 로자가 자기 이야기를 하기 위해 퀜틴
을 소환하는 장면으로 시작한다. 어떤 불가항력적 힘에 이끌리듯
퀜틴은 로자의 명령을 따른다. 왜 그가 남북전쟁에서 남부가 패배
하면서 죽었지만 여전히 죽기를 거부하는 "수다스럽고 격분에 사로
잡혀 있고 좌절에 빠진 유령들"[7] 중의 하나인 그녀의 이야기를 들
어야 하는지 의아해하면서, 퀜틴은 자신도 그 유령의 일부이기 때
문이라고 생각한다. 과거로 퇴행해 들어가는 이 유령들은 그를 과

---

6 Joseph L. Blotner, ed. *Selected Letters of William Faulkner* (New York: Random House
   1977), 79쪽.

7 William Faulkner, *Absalom, Absalom!* (New York: The Modern Library 1993), 3쪽. 이하 작
   품 인용은 본문에 쪽수만 표기하기로 한다.

거의 상처에 고착시킨다. 아픈 상처에 고착되는 것이 즐겁지는 않지만 피할 수는 없다. 상처를 대면해서 이를 뚫고 나아가지 않는한 상처는 아물지 않고 과거 회귀적인 움직임도 멈추지 않는다. 과거의 심리적 상처를 대면해서 그 고통을 온 몸으로 겪어내는 극복작업이 남부의 후손들에게 특히 어려운 것은 그것이 양날의 작업이기 때문이다. 그들은 남북전쟁의 패자인 동시에 노예제를 실시한가해자이기도 하다. 그들은 패전으로 인해 발생한 남부의 집단적나르시시즘의 상처를 극복해야 하는 동시에 그들이 노예제의 희생자들에게 가한 폭력 또한 반성해야 한다. 이런 이중적 위치는 그들에게 두 가지 과제를 요구한다. 첫째, 그들은 백인 남자 후손들에게 문화적 '자아 이상'ego-ideal역할을 해왔던 남부의 강력한 아버지상이 남북전쟁에서의 패전으로 인해 무너져 내리는 것을 목도해야하며, 이 아버지상과의 동일시에 기초한 성적·인종적 정체성 역시와해되는 나르시시즘의 상처를 극복해야 한다. 이 아버지상을 애도한 다음에야 비로소 그들은 노예제 하에서 희생된 역사적 타자들,즉 흑인 노예들의 상실과 슬픔을 애도할 수 있다. 이것이 그들 앞에 놓인 두 번째 과제이다.

상실된 대상에 대한 적절한 심리적 대응은 프로이트가 우울증melancholia과 대립하여 애도mourning라 부른 것에 의해 수행된다.[8]

---

8 애도와 우울증에 관한 프로이트의 견해는 그의 논문 "Mourning and Melancholia," SE 14 에 실려 있다. 이하 이 글에서의 인용은 본문에 쪽수만 표기하기로 한다.

거칠게 말해 애도란 주체가 상실된 대상을 떠나보내는 심적 작업이다. 대상(사랑하던 사람 혹은 따르고 숭배하던 이념이나 가치)의 상실이라는 트라우마적 사건에 직면하여 주체는 상실된 대상에게 투자했던 리비도를 조금씩 회수하여 다른 대상에게 옮긴다. 물론 이 회수와 전환의 과정은 상당한 시간과 심적 에너지를 요구한다. 인간은 리비도적 위치를 결코 쉽게 포기하려고 하지 않기 때문이다. 텅 빈 현실 세계에서 자신이 여전히 대상을 가지고 있다는 충만의 환상 — 프로이트가 "소망충족적 환각의 정신병"(244쪽)이라 부른 것 — 은 현실에서 눈을 돌리게 만든다. 그러나 이제 다시 현실이 돌아온다. 프로이트에 의하면, "현실검증reality-testing은 사랑하던 대상이 더 이상 존재하지 않는다는 것을 보여주면서 리비도를 그 대상에서 떼어낼 것을 요구한다"(244쪽). 여기서 '현실'이란 단순히 사랑하던 대상이 사라지고 없다는 물리적 사실만을 의미하지 않는다. 물론 이 측면은 중요하다. 그러나 심적 세계에서 외적 현실은 주체의 욕망과 환상이라는 매개를 거쳐 변용된다는 점을 이해한다면, 대상의 상실이라는 "현실"은 자아의 의지나 욕망으로 수습할 수 없는 타자의 현존을 가리키는 것으로 확대 해석될 필요가 있다. 타자는 자아의 연장이거나 자아가 되고 싶은 이상적 이미지가 아니라 그 자신의 욕망을 가지고 있는 고유한 존재이다. 현실검증이라는 프로이트의 용어를 라캉적 언어로 옮겨본다면, 현실검증이란 타자가 자기 이외의 다른 존재에 대해 욕망을 가지고 있다는 트라우마적 사실과 대면하고 그것을 수용하는 과정이라고 말할 수 있다. 자아는 '나의 타자성'이 아니라 '타자의 타자성'을 받아들이면서 타자를 떠나보낼 수 있고, 타자를 떠나보내면서 나르시시즘적 고착에서 벗어난다. 타자의 타자성을 받아들이는 것은 자아와 타자의 완전한 결합이라는 나르시시즘적 환상에서 벗어나는 것이다. 애도는 자아가 타자의 상실을 받아들이는 상징적 의식을 통해 상실의 트라우마를 극복하고 정지된 시간 감각을 회복하는 심적 활동이다. 이를 통해 자아는 상실의 트라우마를 입은 수동적 위치에서 그 경험을 능동적으로 주체화하는 위치로 올라선다. 이것이 프로이트가 '애도작업'mourning work이라 부른 것으로서, 이는 상실의 트라우마에 대한 '극복작업'working-through에 해당하는 것이다.

애도와 대조적으로 우울증은 자아가 대상을 떠나보내지 못하거나 떠나보내기를 거부하는 심리상태를 가리킨다. 대상의 상실을 받아들이는 대신 자아는 대상을 자기 속으로 합체(合體, incorporate)하여 대상과 자신을 동일시identify한다. 이것은 자아가 상실의 트라우마를 부인하고 사랑의 대상을 부여잡기 위해 수행하는 방어기제이다. 합체란 자아가 대상의 상실을 부인하고 대상을 자기 몸속으로 집어넣어 신체의 일부로 만드는 구강기적 카니발리즘과 흡사한 형태이다. 이런 우울증적 합체와 동일시에서는 대상에 대한 리비도 투자가 포기되고 대신 그 자리를 자아가 차지한다. 동일시는 일반적으로 일어나는 현상이지만 우울증의 동일시는 원초적 나르시시즘 단계로 퇴행하는 것이다. 우울증에 걸린 사람은 상실된 대상이 자기 내부에 살아 있다고 믿고 거기에 회수된 리비도를 투자하기 때문에 리비도가 다른 대상으로 옮겨가지 않는다. 대상의 그림자가 자아에 드리워지면서 자아는 자아(동일시된 대상)와 자아이상(기존의 자아)으로 분열되고, 이제 자아이상이 자아를 가혹하게 비난하고 처벌한다.[9] 프로이트에 의하면 우울증 환자들에게 많이 나타나는 자기 비난과 처벌은 겉보기에는 자기 자신에게 가하는 것 같지만, 실상 자아 속에 합체된 대상을 향한 것이다. 우울증은 "상실의 책임을 대상에게 돌리기 위해 상실을 부인하고 상실된 대상을 자아 속으로 합체함으로써 상실을 트라우마로 받아들이지 않으려는 자기처벌의 환상이다."[10]

그런데 왜 자아는 사랑했던 대상을 비난하고 처벌하려는 것일까? 「애도와 우울증」에서 프로이트는 두 가지 설명을 제시한다. 첫째는, 모든 사랑에는 증오가 포함되어 있기 때문에 사랑했던 대상을 미워하는 것은 자연스럽다는 것이다. 둘째는, 대상의 상실이 일어나기 전 주체는 대상과의 관계에서 무시당하고 버림받은 마조히즘적 경험을 했는데, 이것이 자아 속으로 합체된 대상을 향한 사디

---

9 이 단계에서 프로이트는 아직 초자아의 개념을 도입하지 않았기 때문에 자아이상이라는 용어를 쓰고 있다. 프로이트는 『이드와 초자아』(1923)에 이르러 자아이상과 구분되는 초자아 개념을 도입하고, 자아를 비난하고 박해하는 초자아의 공격적 에너지는 이드의 죽음충동에서 직접 유입된다고 설명한다. 자아가 초자아의 박해에 시달리는 우울증의 특징적 면모는 마조히즘에 전형적으로 나타나는 측면이기도 하다.

10 강우성, 『불안은 우리를 삶으로 이끈다: 프로이트 세미나』 (문학동네, 2019), 254쪽.

즘적 공격으로 나타난다는 것이다. 프로이트는 두 이유 가운데 어느 쪽이 더 큰 지, 혹은 두 이유를 관통하는 원리가 무엇인지에 대해서는 자세하게 언급하지 않는다. 그러나 나르시시즘적 퇴행과 초자아에 의한 자아의 공격이 우울증의 핵심적 특징임을 이해한다면, 우울증이 발생하는 것은 실제로 주체가 사랑하는 사람에게서 무시당하고 공격당했느냐는 현실적 요인보다는 자아가 대상과 맺는 관계의 구조적 성격에서 기인한다고 보는 편이 옳다. 자아는 대상을 자신으로 환원되지 않는 대상 그 자체로서 사랑했다기보다는 자신의 연장으로서 사랑했기 때문에 대상을 떠나보내는 것은 자기 자신을 떠나보내는 것이다. 그는 나르시시즘적 사랑이 투여된 대상의 떠남을 받아들이지 못하고 그에게 심리적으로 고착되어 있다. 프로이트의 설명에 의하면 우울증은 나르시시즘적 대상 선택에서(여기에서는 아직 대상이 존재한다) 대상과의 분리가 일어나기 이전의 원초적 나르시시즘primary narcissism으로 퇴행해 들어가는 심리 상태이다. 원초적 나르시시즘 상태에서는 사랑과 증오가 구분되지 않을 뿐 아니라 주체와 대상의 분리도 일어나지 않는다. 우울증자들이 대상의 상실을 애도하기 전에 먼저 수행해야 하는 것이 바로 이 나르시시즘의 극복이다. 나르시시스트에게 진정한 의미의 대상 혹은 타자란 존재하지 않는다. 애도의 과제는 나르시시즘을 넘어 대상 자체는 떠나보내더라도 대상에 대한 사랑은 유지하는 것이다. 슬라보예 지젝에 의하면, 애도자와 우울증자가 많은 부분을 공유

함에도 결정적으로 갈라지는 것은 애도자는 대상을 잃는 대신 '욕
망의 대상 원인'object cause of desire을 유지하는 반면, 우울증자는 대
상을 유지하는 대신 욕망을 잃는다는 것이다.[11] 지젝에게 우울증
자는 "대상을 욕망하게 만들었던 원인이 철회되어 효력을 상실했
기 때문에 대상에 대한 욕망을 상실해 버린 주체이다. 우울증은 대
상을 박탈당한 좌절된 욕망의 극단적 상황을 드러내는 것이 아니
라 욕망이 제거된 대상 자체의 현존을 대변한다."[12] 우울증자의 전
형이라 할 수 있는 햄릿의 경우처럼 우울증에 빠진 사람은 욕망을
잃어버린다. 그는 욕망을 잃어버린 대신 대상을 움켜쥐고 있다. 물
론 그 대상은 자아 속으로 합체되어 자아의 일부로 변형된 대상이
다. 우울증자는 나르시시즘적 사랑과 증오가 투사된 대상을 학대
하고 처벌함으로써 자신을 방어하고자 한다. 나르시시즘과 마조히
즘이 결합된 이 공격적 충동은 죽음을 불사할 만큼 강력하고 치명
적이다.

『압살롬, 압살롬!』의 첫 부분에서 퀜틴은 남부의 아들들에게
강력한 아버지상으로 군림해왔던 토머스 써트펜의 유령에 사로잡
혀 있으며 이 유령과의 동일시에서 벗어나지 못하고 있다. 써트펜
은 남부의 아들들에게 인종적·계급적 정체성과 집단적 나르시시즘

---

11 Slavoj Zizek, "Melancholy and the Act," *Critical Inquiry* 26 (Summer 2000), 659~663쪽. 라
캉적 의미에서 대상은 주체에 의해 욕망되는 대상일 뿐이지만 대상a는 주체로 하여금 대상을 욕
망하도록 하는 어떤 것, 즉 주체에게 욕망을 작동시키는 근원적 결핍을 특정 대상 속에 구현하고
있는 것을 말한다.

12 같은 글, 662쪽.

을 부여해주는 남부의 자아이상이자 구 남부의 이념을 대변하는 인물이었다. 남북전쟁에서 남부가 패배하면서 남부의 이념은 상실되었지만 퀜틴을 비롯한 남부인들에게 이 이념은 여전히 죽지 않고 그들의 마음속에 들어와 유령으로 존재한다. 그들은 상실된 대의Lost Cause로 불리는 남부의 이념이라는 연인에 우울증적으로 집착하고 있다. 그런데 써트펜이라는 유령에 대한 심리적·역사적 탐색을 통해 퀜틴은 찰스 본이라는 또 다른 유령을 만난다. 찰스 본은 써트펜의 백색 정체성을 흐리는 검은 얼룩, 억압되었지만 되돌아와 순수 백색 계보를 세우려는 써트펜의 기획을 전복시키는 흑인 타자이다. 그런데 이 흑인 타자를 받아들이는 것은 써트펜이 대변하는 남부의 이념과 양립할 수 없다. 남부의 이념적 기획은 이 흑인 타자들의 억압, 배제, 착취에 기반을 두고 있기 때문이다. 남부의 이념이라는 연인에 대한 나르시시즘적 사랑 ─그들에게 집단적 정체성과 나르시시즘을 부여해준다는 의미에서─을 극복한 연후에야 비로소 소설의 화자들은 본을 사랑할 수 있고 본의 상실과 슬픔을 애도할 수 있다. 타자를 사랑하는 것은 쉬운 일이 아니며 그의 상실을 애도하는 것은 더더욱 어려운 일이다. 아니 타자를 제대로 만나는 것 자체가 쉽지 않다. 그것은 자기 문화가 억압하고 있는 것과 고통스러운 대면을 요구하며, 자신의 이데올로기적 정체성이 와해되는 트라우마에 봉착하는 것이다.[13] 남부인들이 애도의 과제를

---

13 『압살롬, 압살롬!』의 화자들은 써트펜가의 몰락이라는 수수께끼를 풀기 위한 탐정이며, 이들의 말

이룰 수 있는 것은 노예제라는 제도적 기반 위에서 이루어진 남부의 역사적 기획에 내재된 모순을 인정하고 그 기획에 의해 억압되고 죽어간 흑인 노예들의 슬픔을 공유할 수 있을 때 가능할 것이다. 소설의 화자들은 써트펜과 본이라는 남부의 역사에서 화해할 수 없는 두 유령을 대면하고 그들을 제대로 묻어주어야 한다. 이런 점에서 이 소설은 사자死者를 떠나보내는 애도의 의식이라 할 수 있다. 사자들은 적절한 상징적 의식과 역사적 기억을 부여해주기 전까지는 잠들지 못하고 유령으로 돌아와 살아 있는 자들을 괴롭힌다. 과연 소설의 화자들은 떠도는 유령의 넋을 위로하고 그들을 잠재울 수 있을까? 작가 포크너는 어떤가?

리처드 킹은 남부 르네상스에서 제1차세계대전 후 프로이트가 유럽문명을 대상으로 수행한 정신분석학적 애도작업과 비슷한 것

하기와 듣기로 구성된 소설도 탐정소설의 형식을 취하고 있다. 그런데 탐정-화자들이 풀려고 하는 것은 그들 자신의 삶과 무관한 사건이 아니라 그들에게 깊은 심리적·이데올로기적 트라우마를 일으키는 사건이다. 이런 트라우마적 사건으로부터 거리를 유지하는 것은 의도적 부인이나 회피에 지나지 않으며, 그것과 투사적으로 동일시하는 것도 트라우마의 반복에 지나지 않는다. 이 두 함정에서 벗어날 때 탐정-화자들은 트라우마적 사건을 대면해서 이를 극복할 수 있다. 프로이트가 '극복작업'(working-through)이라 부른 것이 바로 이 반복의 메커니즘에서 벗어나기 위해 수행해야 하는 고통스러운 심적 작업이다. 이 극복작업에 실패할 때 주체는 전이(transference)에 빠진다. 물론 전이가 일어나야만 억압된 것이 돌아온다. 억압된 것이 돌아오지 않으면 욕망을 충족시킬 수 없는 것은 말할 것도 없고 자신이 무엇을 원하는 지도 알지 못한다. 이런 면에서 전이는 필수적이다. 라캉에 의하면 억압된 것이 돌아오는 전이의 순간은 상징화의 과정이 한계에 부딪치는 순간, 환자들이 말할 수 없는 것에 봉착하는 순간이다. 소설에서 화자와 청자들 중 일부는 말할 수 없는 것에 부딪쳐 대화를 중단하게 되는데, 이는 그들이 남부역사의 억압된 것을 만났으면서도 심리적 저항을 넘지 못했기 때문이다. 극복작업은 주체가 저항을 넘어 억압된 요소를 받아들임으로써 반복의 메커니즘을 벗어나는 힘겨운 심적 활동을 말한다. 극복작업에 대한 더 자세한 논의는 이 책 1장 5부의 논의를 참조할 것. 정신분석적 입장에서 이 소설의 탐정소설적 형식과 화자들의 플롯 만들기(plotting)를 연결시킨 대표적 논문으로는 Peter Brooks, *Reading for the Plot: Design and Intention in Narrative* (New York: Vintage Books, 1984) 중 포크너에 관한 장(286~312쪽)을 볼 것.

을 포크너가 남부사회를 대상으로 수행하고 있다고 말한 적이 있다.[14] 프로이트는 세계전쟁을 경험하면서 유대인이라는 인종적 타자가 아리안 순수주의의 희생 제물로 바쳐지는 것을 목격했다. 1914년부터 1930년 사이에 발표된 프로이트의 글들, 이를테면 「나르시시즘에 관하여: 입문」 「애도와 우울증」 『쾌락원칙을 넘어서』 『문명과 그 불만』 등은 서구문화가 자행해온 파시즘적 폭력의 심리적 기원에 관한 치열한 이론적 해명이자 그 폭력에 희생된 유대인들의 죽음을 슬퍼하는 애도행위였다. 프로이트는 쾌락원칙을 넘어선 죽음충동이 인간에 내재해 있음을 발견함으로써 역사의 희생물이 된 동족의 죽음을 애도했다. 물론 포크너의 입장이 프로이트와 같다고 말할 수는 없을 것이다. 포크너는 유대인이었던 프로이트처럼 아리안 순수주의의 피해자라기보다는 남부의 인종 이데올로기를 자행한 가해자의 후손이기 때문이다. 가해자의 반성이 자신이 속한 사회가 저지른 죄에 대한 통찰로 이어지고 가해자에 의해 희생된 타자들의 고통을 인정하고 공감할 때 애도작업은 이루어질 수 있을 것이다. 문제는 킹이 생각하듯 포크너가 애도작업을 성공적으로 수행한 "남부 최고의 역사가"라는 상찬을 받을 수 있는가 하는 점이다. 이 문제에 대한 대답은 결국 포크너의 작품에 담긴 역사의식에 대한 평가에 달려 있을 것이다. 이 글에서 내가 시도해 보려는 것이 이것이다.

14 Richard King, *A Southern Renaissance* (Oxford: Oxford UP, 1980).

3. 향수와 우울증적 고착

　　로자는 남북전쟁에서 돌아온 써트펜으로부터 한 쌍의 개처
럼 교배해본 다음 그렇게 해서 생긴 아이가 아들일 경우에만 결혼
하자는 제안을 받는다. 이 무례한 제안은 남부의 귀부인 이데올로
기에 사로잡혀 있던 그녀의 자아에 치유 할 수 없는 상처를 안겨주
었고, 퀜틴을 불러 써트펜의 이야기를 들려주는 43년이 지난 지금
까지도 그녀는 이 나르시시즘의 상처를 극복하지 못한 채 써트펜
에 대한 분노와 증오에 사로잡혀 있다. 그녀가 퀜틴을 소환하여 처
음 내뱉는 말이 "그는 신사가 아니었다"(9쪽)이다. 그녀에겐 "그"가
누구를 가리키는지 말할 겨를이 없다. "그"에게 삼켜지지 않으려면
서둘러 "그"를 내뱉는 수밖에 없다. 그녀의 형부이자 한때 그녀의
장래 남편감이 될 뻔했던 남자 토머스 써트펜은 로자의 일생을 사
로잡고 놓아주지 않는다. 써트펜은 이미 죽은 지 오래되었지만 그
녀는 그를 묻지 못하고 있다.

　　써트펜의 상실에 대한 로자의 우울증적 대응은 그녀의 담론을
폭포수처럼 쏟아질 듯 급하고 수다스럽긴 하지만 이상할 정도로
텅 비게 만든다. 이런 점은 특히 1장에서 두드러진다. 소설에서 로
자는 써트펜 왕조의 상승과 몰락을 목격한 유일한 증언자이고, 피
터 브룩스의 설명처럼 증언자로서의 위치가 그녀의 서술을 특징짓

는다.[15] 그녀는 되풀이해서 내 눈으로 직접 보았다고 주장하면서 목격자이자 증인으로서의 위치가 자신의 서술에 해석의 권위를 보장해준다고 생각한다. 하지만 브룩스가 설득력 있게 보여주었듯이, 그녀의 서술에서 해석의 실마리는 그녀가 '본 것'이 아니라 '보지 못한 것'에 놓여 있다. 우리는 이런 실마리 가운데 하나를 1장 마지막 대목에서 찾아볼 수 있다. "하지만 난 그곳에 없었어. 그곳에서 써트펜가의 두 얼굴—한번은 주디스의 얼굴을 또 한번은 그녀 옆에 서 있는 검둥이 계집아이의 얼굴—을 보지는 못했어……(26)." 이 구절은 써트펜이 흑인 노예들과 웃통을 벗어젖힌 채 레슬링하는 장면을 이복 자매인 주디스와 클라이티가 다락에서 내려다보는 순간이다. 여기서 로자가 보지 못했다고 말하는 써트펜가의 두 얼굴에는 이후 써트펜가의 몰락을 초래하는 흑백 혼혈의 흔적이 새겨져 있다. 하지만 이 흔적은 이 단계 로자의 서술에서는 잡히지 않고 흐릿한 단서로 남아 있다.

로자의 서술 속에 무엇인가가 설명되지 않은 채 남아 있다는 것은 그녀의 심리 속에 해석을 가로막는 장애, 보고 싶지 않은 것을 보지 않으려는 심리적 방어기제가 작동하고 있다는 것을 말해준다. 그녀가 보고 싶지 않은 것은 무엇인가. 앞서 우리는 써트펜에게서 받은 모욕이 그녀의 서술에 빈 구멍으로 남아 있다고 말했다. 남부 귀부인으로서 자신의 정체성에 메울 수 없는 구멍을 뚫어

15 Brooks, 같은 책 293쪽.

놓은 이 상처를 그녀는 지워버리려고 한다. 물론 이 상처는 써트펜에게서 받은 모욕이라는 단순한 사실뿐 아니라 '남부 여성'으로서 그녀가 내면화하고 있는 '남부의 순수성'이라는 이데올로기에 생긴 상처이다.

로자가 자신의 나르시시즘적 자아에 새겨진 상처를 은폐하기 위해 채택하는 전략은 써트펜을 악의 화신으로 만들면서 그의 등장 이전에 존재했다고 가정되는 순수를 옹호하는 것이다. 로자는 써트펜이라는 악마에 맞서 자신과 자신의 집안, 더 나아가 하나의 확대된 가족으로서 남부의 순수를 옹호한다. 그녀에게 악은 안에 있지 않고 밖에 있다. 로자는 안과 밖을 절대적으로 대립시키면서 밖에서 온 써트펜이라는 악마에게 자신과 자신의 가족과 남부를 몰락시킨 책임을 떠넘기는데, 이런 이분법적 전략은 그녀의 연인인 전전의 남부를 구출하려고 할 때 되풀이해서 활용되는 방법이기도 하다.

앞서 지적했듯이 남부의 순수를 그것을 파괴하는 외부 세력으로부터 분리해내는 로자의 행위가 실패하는 장면은 써트펜가의 두 얼굴에 대해 말하는 순간이다. 로자는 이 장면을 직접 보지 않았다고 두 번이나 거듭 말하고, 곧이어 그녀의 서술은 갑작스럽게 중단된다. 그녀의 이야기가 갑작스럽게 끊어진다는 것은 그녀가 어떤 강력한 심리적 충격에 직면했음을 보여준다. 써트펜가의 두 얼굴을 대면했을 때 남부의 순수와 순수하지 못한 예외라는 그녀의 분리작업은 무너질 수밖에 없다. 주디스 옆에 서 있는, 명백히 써트펜을 닮은 검둥이 계집아이의 존재는 이 분리에 '시각적으로' 도전한다. 그것은 남부의 백색 계보 속에 이미 깨끗하지 못한 검은 흔적, 흑백 혼혈이라는 '더러운' 흔적이 새겨져 있음을 보여주는 '가시적' 증거이다. 이 충격으로부터 자신을 방어하려면 서둘러 부인하는 수밖에 없다. 가장 좋은 부인의 방법은 이야기를 중단하는 것이다.

  5장에서 다시 이루어지는 로자의 두 번째 서술은 그녀가 서둘러 부인한 이 공포를 다시 만나는 것으로 시작된다. 로자는 와시존스로부터 찰즈 본이 헨리에 의해 살해당했다는 기별을 받고 급히 '써트펜 헌드레드'(Sutpen Hundred: 써트펜 저택의 이름)으로 달려간다. 그곳에서 로자는 자신이 대면하리라 예상했던 충격(본의 죽음)이 아닌, 전혀 예상치 못했던 또 다른 충격(클라이티의 접촉)을 만난다. 본의 시체가 놓인 2층 방으로 올라가려고 할 때 그녀를 가로막는 클라이티의 검은 손은 로자를 공포로 몰아넣는다. 로자는 이 예상치 못한 충격에 깜짝 놀란다. 프로이트의 설명처럼 '경악'은 자아가 급작스럽게 닥친 충격을 미처 흡수할 준비가 되어 있지 못할 때 보이는 정동적 반응이다. 로자는 '써트펜 헌드레드'로 달려가던 순간을 돌이켜보면서 자신이 그곳에 "너무 늦게" 도착한 것이 아니라 "너무 빨리" 왔다고 말하며, 클라이티의 검은 손이 자기 몸에 닿는 순간 너무나 놀란 나머지 "충격이나 분노를 표시할 겨를도 없었다"(144쪽)고 회상한다.

하지만 이런 방어적 경악 속에서도 로자는 클라이티를 이 접촉의 주체적 소유자로 어렴풋이 인지하고 있었다. 클라이티의 몸과 일으킨 살과 살의 접촉은 그녀를 감쌌던 "달걀껍질"을 깨뜨리면서 두 사람을 한순간 "쌍둥이 자매"로 만들어주었다.

> 살과 살의 접촉에는 장식적 배열이라는 구불구불하고 섬세한 통로를 날카롭게 곧장 가로지르며 지워버리는 무엇인가가 있는데, 연인들뿐 아니라 원수들도 이를 알지. 그건 그들을 하나로 만들어주기 때문이야. 그건 "나는 이다"라는 사적 성채들 사이에서 이루어지는 살과 살의 접촉이지. 정신이나 영혼이 아니야 (…) 살과 살이 부딪치도록 내버려둬. 그러면 계층과 피부색이라는 달걀껍질 같은 온갖 구분들이 무너져 내리는 것을 보게 될 거야. 그래, 나는 죽을 것처럼 멈춰 섰지. 여자의 손도, 검둥이의 손도 아닌 분노한 불굴의 의지를 제어하고 인도하는 재갈 물린 고삐 때문이었어. 내가 매달려 온 것은 그 여자가 아니라 바로 그 고삐였어. 그 고삐를 가로질러 나는 그 검둥이, 그 여자에게 말했지 (…) "손 치워, 이 검둥아!" (144쪽)

이 대목은 로자가 인종적 타자로서 클라이티를 만나는 중요한 순간이다. 이 만남은 주체가 거울에 비친 이미지와 맺는 관계처럼 상호인정과 경쟁을 벌이는 상상적 타자imaginary other와의 만남도 아니고 사회적 삶을 인도하는 상징적 대타자symbolic Other와의 만남도 아닌, 라캉적 의미의 '실재 타자'the Real Other, 즉 상상적·상징적 관계를 넘어선 지점에 존재하는 타자와의 만남을 말한다. 클라이티와의 접촉은 로자를 감쌌던 '계층과 피부색'이라는 이데올로기적 껍질을 깨버리면서 그녀를 타자로 만날 것을 요구한다. 타자를 만나는 것은 언제나 트라우마적이다. 그것은 주체를 감쌌던 이데올로기적 방어막이 와해되는 순간이기 때문이다. 로자는 이 트라우마를 극복하지 못하고 백인 여성이라는 안락한 인종적 외피 속으로 기어들어간다. "손 치워, 이 검둥아!"라는 마지막 외침은 타자와의 육체적 접촉을 이데올로기적 방패로 저지하는 방어적 시도이다.

남부의 신사가 아니라는 이유로 써트펜을 혐오해 마지않던 그녀가 남북전쟁에서 돌아온 그에게 마음을 열게 된 것은 그가 전전 남부의 영광을 복구시켜줄 강력한 아버지로 받아들여졌기 때문이다. 전전 남부의 순수와 영광이라는 이데올로기는 바로 그 가부장적 남부사회에서 가난한 여성으로서 그녀가 겪어야 했던 경제적 고난과 육체적 억압에 대한 의식을 무화시킨다. 그녀가 조카 주디스의 장래 남편감이 될 찰스 본에게 느꼈던 욕망, 그녀가 "진실보다 더 진실한, 일어났으면 좋았을 세계"(a might-have-been which is more true than truth, 148쪽)라 불렀던 환상과 욕망의 세계는 가부장적 남부사회에서 여성으로서의 성적 욕망을 분출하는 계기였다. 그녀를 가로막는 클라이티의 손에 의해 본의 시신이 놓인 2층 방으로 올라가지 못할 때 로자는 처음으로 자궁의 '갈망'을 느꼈던 등꽃 피던 어느 해 여름을 기억한다. 로자의 어린 시절은 문을 열어줄 빛을 만나지 못한 채 컴컴하게 닫혀 있는 자궁과 같았다. 비록 문이 열릴 기회를 얻진 못했지만 로자는 자궁의 욕망만은 잃지 않고 있었다. 등꽃 향기 진동하던 그해 여름 그녀가 주디스의 서랍장 위에 놓인 본의 사진을 보고 느꼈던 사랑은 자궁의 문을 열어줄 존재에 대한 성적 갈망이었다. 본에 대한 사랑은 실현되지 못하고 마음속에서만 가능한 사랑, 주는 사람에게는 전부이지만 받는 사람에게는 아무것도 아닌 사랑이었다. 하지만 그녀는 아무런 보상의 기대도 없이 그 사랑을 주었다. 후일 로자는 자신이 사랑을 준 사람은 본이 아니었다고 말한다. 그렇다면 대체 누구에게 주었던 것일까? 그녀 자신의 자궁이 아니었을까? 실제 대상은 본이었을지 모르지만 로자의 사랑은 본을 넘어선다. 그것은 그녀 자신의 자궁의 욕망이자 몸의 갈망이었다. 하지만 그녀의 자궁은 한 번도 욕망을 충족시킬 수 있는 기회를 갖지 못했다. 가부장적 남부사회에서 그녀의 자궁은 욕망을 박탈당한 출산의 도구 이상이 아니었기 때문이다. 하지만 퀜틴에게 이야기를 들려주는 40년이 지난 현재에도 로자는 자신의 거부당한 욕망을 포기하지 않는다. 거부되긴 했지만 결코 포기된 적은 없는 그녀의 성적 욕망은 "진실보다 더 진실한, 일어났으면 좋았을 세계"로 남아 있다. 그녀의 꿈이 실현되지 못한 이 욕망을 담고 있는 한, 그것은 여성의 욕망을 거부하는 가부장적 남부사회에 대한 강력한 저항의 씨앗을 담고 있다.

전쟁 기간 동안 본이 헨리에 의해 살해당하면서 로자의 꿈은 저항의 씨앗에서 도피의 수단으로 변모한다. 본의 시신을 묻던 그 해 "여름 오후의 여섯 시간"은 로자의 삶을 중단한다. 비록 본의 얼굴을 살아서도 죽어서도 보진 못했지만, 본의 죽음은 그녀 자신의 욕망의 죽음을 의미했다. 한순간 싹을 틔웠다가 영원히 "잊힌 채 잠들어야"(149쪽) 하는 욕망의 씨앗이 정말로 자기 안에 살아 있는지 확인이라도 하듯이, 그녀는 온 힘을 다해 본의 시신이 담긴 관을 들어올린다. 하지만 자신의 욕망의 존재도 본의 존재도 확인하지 못한 채 본의 관을 나르던 순간은 영원히 그녀의 마음속에 각인되어 있다. 이 순간 이후 로자는 욕망을 지우고 '일어났으면 좋았을' 꿈의 세계로 도망친다. 꿈에 매달리는 것이 죽음 같은 삶을 견디는 유일한 길이었기 때문이다.

남부의 패전 이후 애초 가부장적 남부사회에 대한 저항을 담고 있던 그녀의 꿈은 전전 남부에 대한 '이상화'로 떨어진다. 로자에겐 전전의 남부사회가 사랑의 대상이었다. 그녀는 남부라는 연인을 사랑함으로써 남부인으로서 자신의 집단적 나르시시즘적 정체성을 유지할 수 있었다. 하지만 패전 이후 이 연인은 사라졌다. 써트펜은 그녀의 꿈속에서만 존재하는 이 연인에 대한 사랑의 욕구를 충족시켜주는 존재였다. 써트펜이 자신의 육체를 아들을 낳기 위한 출산의 도구로 이용하고 있을 뿐이라는 사실을 알게 되면서 사랑은 증오로 바뀌지만, 로자가 그의 제안에 함축되어 있는 가부장적이며 인종차별적인 의미를 제대로 파악하고 있는 것은 아니다. 구남부는 순수의 땅이었다는 그녀의 환상은 노예제라는 남부사회의 역사적 모순을 은폐, 억압했을 경우에만 유지될 수 있다. 그녀가 찰스 본의 혹인 피를 끝내 알지 못하고 그의 시신이 놓인 방으로 들어가지 못하는 것은 이 억압의 자연스러운 결과이다. 본의 시신이 놓인 방은 로자의 담론이 들어가지 못한 금지된 공간이다. 이 공간으로 들어서는 순간 구남부에 대한 그녀의 이상화는 무너질 것이다. 그녀가 클라이티와의 접촉에 방어적 공포로 대응했듯이 로자의 담론은 본의 혹인 피라는 금지된 대상에 방어적 억압으로 대응한다. 로자의 서술의 마지막 대목에서 청자 퀜틴은 더이상 그녀의 이야기를 듣지 않는다. 화자와 마찬가지로 청자 역시 금지된 것을 넘지 못했기 때문이다.

4. 아이러니적 회피

로자에 이어 서술의 과제를 떠맡는 사람이 콤슨 씨이다. 콤슨 씨는 제퍼슨에서 써트펜과 가장 가까웠던 아버지 콤슨 장군과 아들 퀜틴을 이어주는 인물이다. 그는 로자처럼 써트펜에 대한 개인적 원한에 매여 있는 것도 아니고 퀜틴처럼 써트펜의 유령에 사로잡혀 있는 것도 아닌 중립적 시각을 견지하는 것으로 보인다. 하지만 그의 '표면적' 중립성이 그가 서술 대상에 대해 심리적·이데올로기적으로 연루되어 있지 않다는 것을 의미하지는 않는다. 그가 취하는 일견 중립적인 듯한 태도는 대면해야 할 트라우마적 사건을 회피하려는 은밀한 방어전략에 가깝다. 써트펜가의 몰락의 비밀을 밝혀내고자 하는 탐정으로서 콤슨 씨는 다른 작중 화자들과 마찬가지로 본의 살인의 이유를 밝히고자 한다. 그러나 비밀의 해독에 성공하기는커녕 이 탐정 화자는 "그건 믿을 수 없는 일이야. 그건 결국 설명될 수 없어"(102쪽)라고 읊조리면서 해석의 궁극적 불가능성을 토로한다.

리처드 모어랜드는 콤슨 씨의 서술의 특징을 아이러니로 파악한다.[16] 모어랜드의 지적에 의하면 신비평에 의해 현상과 본질의 괴리를 꿰뚫어 보면서 현실에 대한 성숙한 통찰을 보여주는 문학적 장치로 특권화된 아이러니는 실상 현실적 모순을 회피하는 무기력한 지식 이상이 아니다. 아이러니스트가 획득했다는 '성숙한 통찰'은 현실을 개혁하려는 어떤 적극적 실천으로부터도 '거리'를 유지함으로써 이루어지는 것이며, 이런 '거리 유지'는 기존 체제에 대한 저항이나 부정으로 나아가기보다는 그것에 대한 패배주의적 인정으로 떨어지고 만다는 것이다. 모어랜드의 지적과 같이 아이러니 일

---

16 Richard Moreland, *Faulkner and Modernism: Rereading and Rewriting* (Madison: UP of Wisconsin 1990), 39-76쪽.

반이 그런 보수적이고 패배주의적인 기능만 담당하는 것인지에 대해서는 논란이 있을 수 있겠지만, 콤슨 씨의 아이러니컬한 자세가 남부사회의 역사적 모순을 회피하는 것만은 사실인 것 같다.

써트펜이 제퍼슨에 도착하여 '써트펜 헌드레드'라는 대농장을 건설하고 콜드필드 가의 맏딸 엘렌과 결혼하기까지의 과정을 서술하는 2장에서 콤슨 씨가 비판적으로 드러내는 것은 자신들의 고유한 경계 안으로 진입해 들어오는 써트펜에 대해 제퍼슨 사람들이 보이는 배제 메커니즘, 줄리아 크리스테바의 용어를 빌리자면 일종의 '비체화'abjection이다. 콤슨 씨의 아이러니컬한 시선이 예리하게 포착한 바에 따르면, 우리가 몸속에 들어 있는 더러운 똥을 밖으로 밀어냄으로써 깨끗한 몸을 유지하듯이, 제퍼슨 사람들은 그들의 청결한 도덕적 울타리 안으로 들어오는 써트펜이라는 오물을 밖으로 밀어낸다. 이 오염물 버리기 과정이 절정에 도달하는 순간은 써트펜과 엘렌의 결혼식 장면이다. 마을 사람들은 더러운 이 방인인 써트펜이 정숙한 남부여성인 엘렌을 아내로 맞이함으로써 합법적으로 그들의 경계 안으로 들어오는 것을 받아들일 수 없었다. 강력한 거부의사를 표시하는 방법으로 그들은 결혼식을 마치고 나온 이 신혼부부에게 오물을 집어던진다. 오물 던지기라는 치사한 방법을 통해서라도 그들은 자신들의 경계를 지키고 싶었던 것이다. 하지만 아무리 열심히 밖으로 밀어낸다고 해도 몸 안에 들어 있는 똥을 완전히 없애버릴 수 없듯이 써트펜이란 오물을 완전히 밀쳐낼 수는 없다. 오물은 그들 자신 속에 이미 깊숙이 들어와 있기 때문이다. 그들이 써트펜을 오물로 취급하면서 그 냄새나는 이 물질로부터 자신들을 분리하고자 하는 것은 써트펜의 더러운 치부 과정 —흑인 노예의 노동력을 착취함으로써 대저택을 건설하고, 치카소 인디언과의 더러운 거래를 통해 토지를 매입하는 과정 —이 실상 그들 자신의 축적과정과 크게 다르지 않다는 것을 너무도 잘 알고 있기 때문이다.

그렇다면 마을 사람들이 써트펜에게 보여준 심리적 반응을 이처럼 정확하게 묘사하는 콤슨 씨 자신의 입장은 어떤 것이었을까? 콤슨 씨의 서술에서 부각되는 것은 마을 사람들의 '순진한' 반응으로부터 냉정할 정도로 담담하게 이 반응을 꿰뚫어보는 자신의 '섬세한' 안목 사이의 대비이다. 콤슨 씨는 마을 사람들의 순진한 반응에서 자신을 분리시키면서 그들의 어리석음을 비판적으로 읽어내긴 하지만, 그들과 자신이 공유하고 있는 지점, 즉 그들 모두가 서 있는 물질적 토대를 '비판적으로' 대면하지는 않는다. 앞서 언급했듯이 실상 그들 모두가 기반해 있는 물질적 토대는 '써트펜 헌드레드'의 토대와 크게 다르지 않다. '써트펜 헌드레드'라는 웅대한 '남부의 집'은 흑인 노동력을 착취함으로써 건설되었지만, 그 집에 살고 있는 백인 거주민들은 바로 그 흑인이라는 검은 얼룩을 지워내려고 한다. 그의 시선이 지닌 예리한 통찰력에도 불구하고, 콤슨 씨의 서술은 전전 남부를 오염시킨 '역병'이라 할 수 있는 노예제에 관해서는 침묵한다. 그는 써트펜의 상승과 몰락에 응축되어 있는 남부사회의 역사적 모순, 그 역병의 원인을 비판적으로 읽어내지 못하고 콤슨 장군이 써트펜의 '실수'라 불렀던 것에 함축되어 있는 역사적 차원을 초역사적 차원으로 바꿔버린다.

콤슨 씨의 눈에 비친 써트펜은 자기가 무대 위의 주인공인 양 우쭐거리지만 실은 "운명, 숙명, 웅보, 아이러니"(72쪽)라는 '무대 연출가'에 의해 조종당하는 순진한 바보에 지나지 않는다. 물론 이 순진한 바보가 '써트펜 헌드레드'를 일구어낼 만큼 엄청난 힘과 에너지를 소유하고 있음을 모르지는 않는다. 어떤 점에서 그는 이 위대한 영웅 -아버지에게 숨길 수 없는 매혹을 느끼고 있기도 하다. 그는 "한번 사랑하고 한번 죽을 수"(90쪽) 있어서 행복했던 시대, 힘과 열정이 살아 있던 시대를 '영웅'의 시대라 부르면서, 자신의 세대를 이들 영웅의 세대와 구분한다. 영웅이 영웅인 것은 단순하기 때문이다. 단순하지 않으면 과감하게 행동할 수 없다. 하지만 영웅의 행동이라는 것도 운명이라는 보이지 않는 힘의 조종을 당하는 것일 뿐인데, 영웅이라 불리는 자들은 자신들이 행동의 주체인 양 착각한다는 것이다. 이런 점에서 영웅이란 스스로를 '저자'author라고 생각하지만 실은 운명에 의해 씌어지는 '희생물'에 지나지 않는다. 이들 순진한 영웅의 시대와 달리 콤슨 씨는 자기 세대는 더 이상 영웅이라는 환상에 빠지지 않는 '환멸의 세대'라 생각한다. 환멸의 세대는 불가피하게 사소하고 지리멸렬하지만 운명의 속임수에 넘어가지 않는다는 점에서는 영웅보다 더 우월한 인식적 위치에 있다. 그들에게 이 우월한 위치를 부여해주는 것이 바로 아이러니이다. 아이러니는 환상과 현실의 괴리를 알고 있는 자만이 접근할 수 있는 인식적 장치이기 때문이다. 문제는 아이러니스트의 이 '앎'이 모어랜드의 지적처럼 역사적 모순을 운명이라는 비역사적 힘으로 치환함으로써 현실 회피의 기제로 작용한다는 것이다.

콤슨 씨가 본이라는 인물에 매료되는 것은 바로 자유로운 아이러니스트로서의 면모 때문이다. 콤슨 씨의 해석에 의하면 본은 한 번의 결혼이라는 낭만적 환상에 얽매일 만큼 순진한 인물이 아니다. 뉴올리언즈의 이국적 문화에서 성장한 본은 헨리가 빠져 있는 남부 청교도주의의 위선을 꿰뚫어볼 수 있고 그에 얽매이지 않을 수 있을 만큼 자유롭다. 콤슨 씨의 눈에 비친 본은 남성다움이라는 가부장적 이데올로기에서 벗어난 '여성적' 인물로, 미시시피 시골 구석에 처박혀 있던 헨리로서는 도저히 접근하지 못할 세련된 문화적 감각을 지닌 코스모폴리탄으로, 그리고 자신의 죽음을 예감하며 그것을 운명으로 알고 기다리는 도락꾼으로 나타난다. 콤슨 씨는 이 다양한 모습 중 어느 하나에도 고착되지 않고 그 모든 입장의 상대성을 인식하고 있는 본에 매혹되면서 그와 자신을 동일시한다.

콤슨 씨의 추리에 의하면 헨리는 본과 주디스를 결혼시킴으로써 자신의 억압된 두 욕망, 즉 여동생 주디스에 대한 근친상간적 욕망과 본에 대한 동성애적 욕망을 대리 실현하고자 한다. 그렇다면 두 사람을 맺어줌으로써 자신의 억눌린 욕망을 실현하고자 했던 헨리가 본을 살해한 까닭은 무엇일까? 이 미스터리에 대한 열쇠로 콤슨 씨가 제시한 것이 본의 중혼을 받아들이지 못하는 헨리의 편협함이다. 나중에 헨리는 본이 흑인 피가 8분의 1 섞인 혼혈여성과 이미 결혼한 몸이라는 사실을 알게 되고 뉴올리언즈로 건너가 문제의 여성을 직접 만난다. 청교도주의적 도덕에 깊이 빠져 있던 헨리로서는 사랑하는 여동생 주디스가 본의 후처가 되는 것을 용납할 수 없었을 것이라는 것이 콤슨 씨의 추측이다. 헨리는 본에게 첫 결혼을 무효화하라고 요구하지만 본이 이 요구를 거부하자 그를 살해했을 것이라고 콤슨 씨는 해석한다. 하지만 스스로 시인하듯이 이런 설명은 설득력이 없다. 콤슨 씨가 보는 본은 한 번의 결혼이라는 규범에 얽매일 사람이 아니다. 그런 그가 결혼이라 여기지도 않는 흑인 혼혈여성과의 결혼을 지키기 위해 그 결혼을 무효화하라는 헨리의 요구를 받아들이지 않았을 리 없는 것이다.

자신이 내린 해석의 타당성을 스스로 의심하면서 콤슨 씨는 어차피 모든 해석은 불가능하다는 회의론으로 빠져든다. 하지만 이런 회의주의야말로 그의 방어전략이다. 인간사란 애초부터 어떤 의미도 없는 텅 빈 '기호' 혹은 '상징'일 뿐이며 거기서 의미를 찾으려는 것은 부질없는 노릇이라고 보는 그의 회의주의적 태도야말로 남부의 이데올로기에 균열을 일으키는 생생한 모순으로부터 거리를 유지함으로써 백인 지배계층 남성으로서 자신의 기득권을 포기하지 않으려는 제스처일 뿐이다. 콤슨 씨가 살인의 비밀을 풀지 못한 표면적 이유는 본이 헨리의 흑인 형이라는 사실을 알지 못했기 때문이지만 더 심층적인 이유는 본의 흑인 피가 그의 담론에 가하는 위협을 감당할 수 없었기 때문이다. 본의 흑인 피는 콤슨 씨의 회의주의적 담론을 위협하는 검은 유령이다. 콤슨 씨가 찰스 본이라는 검은 유령 앞에 비틀거릴 때 퀜틴은 더이상 그의 이야기를 듣지 않는다. 그 역시 형제살인이라는 비밀을 풀지 못하고 헨리가 넘지 못한 문 앞에서 머뭇거리고 있기 때문이다. 그가 이 문을 넘기 위해서는 콤슨 씨의 서술에는 누락되어 있는 아버지 써트펜과 두 아들 사이의 관계에 대해 더 알아야 한다.

5. 미완의 애도

6장에서 퀜틴은 아버지 콤슨 씨의 냉소적 아이러니도 로자의 우울증적 향수도 들어가지 못한 닫힌 문 앞에 서 있다. 물론 퀜틴이 그의 캐나다인 친구 슈리브와 이야기를 나누는 기숙사방은 더이상 남부 땅이 아니다. 그는 양키의 본부라 할 수 있는 하버드 대학에 와 있다. 하지만 이런 지리적 거리가 위안을 주진 못한다. 로자의 죽음을 알리는 편지와 함께 그는 또다시 남부의 과거 속으로 끌려들어가 그가 영원히 잊지 못할 문제의 얼굴 헨리를 떠올리지 않을 수 없다. 형제살인이라는 치명적 죄를 저지른 뒤 도망쳤다가 다시 아버지의 집에 돌아온, 살아 있으되 죽은 것이나 진배없는 헨리의 모습에서 퀜틴은 남부의 유령으로 살아가야 될 자신의 모습을 보게 되고, 남부를 떠나면서 이 유령으로부터도 떠나고 싶었지만 그럴 수 없음을 다시 한번 확인한다.

6장의 서두에서 퀜틴은 슈리브의 냉소적 태도가 마음에 들지 않는다. 슈리브는 로자의 삶을 "비현실성의 아름다운 쇠락"(220쪽)이라고 간단히 규정하면서, 왜 그녀가 그런 길을 걸을 수밖에 없었는지에 대해서는 일말의 공감도 보여주지 않는다. 슈리브에게 있어서 써트펜의 비극에 등장하는 '배우'들은 그가 남부에 대해 보이는 막연한 호기심을 충족시켜주는 것 이상도 이하도 아니다. 이 비극의 주인공이라 할 수 있는 써트펜조차 그의 눈에는 백인 아들을 얻겠다는 "광기에 사로잡힌 무력한 늙은이"(141쪽)에 지나지 않는다. 써트펜의 삶에 대해 슈리브가 취하는 냉소적 태도를 마지못해 받아들이면서도 퀜틴은 슈리브처럼 써트펜을 "미친 늙은이"로 간단히 기각시킬 수 없다. 퀜틴에게 써트펜은 그의 '위대한 기획'이 아무리 잘못되었다고 하더라도 여전히 남부의 아들들을 압도하고 매혹시키는 건립의 아버지이자 남부의 아들들이 여전히 닮고 싶고 따르고 싶은 남부의 '자아 이상'이기 때문이다. 장자 상속권을 포기할 만큼 아버지에게 반항했지만 결국 "격분한 아버지의 총잡이"(186쪽)

로 전락한 헨리의 딜레마를 이해하려면 써트펜을 더 알아야 한다.

이런 심리적 요구 이외에 본의 살인이라는 수수께끼를 풀어야 한다는 해석적 요구도 퀜틴으로 하여금 써트펜으로 거슬러 올라가지 않을 수 없게 만든다. 아버지 콤슨 씨의 서술에서 중심을 이루었던 본, 헨리, 주디스 세 남매 사이의 관계만으로는 비밀을 풀 수 없다는 것이 분명해졌기 때문이다. 아버지에 관한 퀜틴의 사유에서 드러나듯이 아버지 없는 아들은 존재할 수 없고 언젠가 아버지가 되지 않을 아들도 존재할 수 없다. 이제 퀜틴의 관심은 그들 모두를 만들었던 아버지 써트펜을 향해 올라가고, 이런 아버지로의 관심 이동은 써트펜의 삶에 응축되어 있는 남부 역사와의 대면을 불가피하게 만든다.

7장에서 퀜틴의 입으로 서술되는 써트펜의 이야기는 "그의 문제는 순수였다"(229쪽)는 콤슨 장군이 던졌던 한 문장으로 요약될 수 있다. 써트펜이 어린 시절을 보냈던 웨스트 버지니아 산간지방에는 눈에 띌 만큼 심각한 경제적 불평등이나 차별이 존재하지 않았다. 그런 사회적 '순수'의 상태에 머물러 있던 써트펜이 대농장주의 저택에서 경험한 계급적 차별은 그의 삶을 결정적으로 바꿔놓는다. 써트펜은 백인 저택에서 일하는 흑인 하인으로부터 앞문으로 들어오지 말고 뒷문으로 들어오라는 말을 듣고 지금껏 자신이 알지 못했던 계급적 '거세'를 경험한다. 이 순간은 써트펜이 그의 인생을 결정짓는 계급적 트라우마를 경험하는 원초적 모먼트이다.

써트펜은 자신의 계급적 결핍을 강제하는 이 거세 위협에 직면하여 백인 대농장주의 계급적·인종적 위치와 자신을 동일시한다. 아버지에 대한 경쟁을 아버지와의 동일시를 통해 해소하는 오이디푸스콤플렉스 단계의 아이처럼 써트펜도 백인 농장주와의 경쟁을 그와의 동일시를 통해 해소한다. 이 동일시가 일어나는 순간은 써트펜이 남부사회의 지배적인 이데올로기적 각본 속으로 편입되는 순간, 즉 그가 '백인' '농장주'라는 사회적 위치를 부여받는 순간이다.

주목할 점은 써트펜의 계급적 정체성의 형성이 인종적 범주에 의해 매개된다는 점이다. 써트펜에게 지울 수 없는 상처를 남긴 것은 대농장주의 저택으로 들어가지 못했다는 사실 못지않게 백인인 그가 다른 누구도 아닌 '흑인' 하인에게서 모욕당했다는 것이다. 흑인 하인의 비웃음은 그의 백인 우월주의를 박살내 버렸다. 대농장 자본주의하에서 흑인과 가난한 백인이 공유하는 경제적 불평등을 깨닫는 대신, 써트펜은 자신이 받는 모욕이 흑인 하인이 앞문으로 들어갈 기회를 주지 않았기 때문이라고 여긴다. 여기서 계급적 대립은 인종적 갈등으로 치환된다. 따라서 흑인 하인에게서 받은 인종적 모욕을 보상하기 위한 써트펜의 기획에서 흑인이 배제, 억압되는 것은 당연하다.

하지만 인종주의가 개입되는 이런 심리적 과정에서 핵심적인 요소는 인종주의 그 자체가 아니다. 물론 농장주의 집에서 겪은 이 사건 이전에도 써트펜은 자기 누이를 비롯한 가난한 백인 여자들이 흑인들에게 막연한 반감을 갖고 있다는 것을 어렴풋이 느끼고 있었다. 이 심정적 반감에 확실한 이유가 있었던 것은 아니다. 그것은 백인과 흑인 양쪽이 모두 갖고 있는 본능적 감각일 뿐 아직 구체적인 적대감이나 공격성으로 나타나지는 않았다. 후일 써트펜이 콤슨 대령에게 말하듯이, 하층 백인들에게 흑인은 "곧 함박웃음으로 터질 검은 풍선얼굴"(240쪽)이었다. 써트펜이 농장주의 흑인 집사에게 느낀 모욕감은 그들의 삶에 별 영향을 미치지 않는 무의미한 존재가 아니라 금기와 박탈을 명령하는 적대적 존재에게서 경험하는 낯선 감정이다. 써트펜이 흑인 하인을 부를 때 사용하는 "깜둥이 원숭이"라는 멸칭은 그의 내면에 형성되고 있는 인종적 경멸과 적대감을 언어화한 것이다. 그러나 앞서 지적했듯이, 써트펜에게 인종적 적대감과 우월감을 낳은 더 근본적 정서는 백인 농장주에게서 맛본 무력감이다. 항거할 수 없는 존재 앞에서 경험한 이 절대적 무력감에서 벗어나는 길이 인종적 타자에게 자신의 박탈감을 투사하는 것이다. 써트펜의 인종주의는 심리적 박탈에서 벗어나기 위해 취하는 매개적 기제이다. 그가 거세를 극복하는 최종적 방안은 농장주와 같아지는 것이다.

백인 농장주와 자신을 동일시하는 순간 써트펜은 자신이 이전에 갖고 있던 '순수'가 신비롭게 변모하는 것을 경험한다.

그것은 (⋯) 일종의 폭발이었어. 눈부시게 타올랐다가

아무것도 남기지 않고 사라지는 불꽃 말이야. 재나 찌
꺼기 같은 것도 없었어. 그것은 순수라는 거대한 형상
이 마치 기념비처럼 솟아오르는 끝없이 펼쳐진 평평한
벌판 뿐이었어.(248쪽)

이 기념비적 순수는 앞서 써트펜이 웨스트 버지니아 산간지방
에서 갖고 있던 순수와는 성격이 다르다. 이전의 순수가 결핍이 일
어나기 전의, 말하자면 순수하다는 것을 알 필요도 없는 일종의 무
지상태를 가리킨다면, 농장주의 집 문 앞에서 모욕을 겪은 뒤 솟아
오르는 순수는 '이데올로기적 구성물'이다.(105쪽) 써트펜의 일생을
지배하는 키워드라 할 수 있는 '순수'의 탄생 순간이 '남근적'으로
묘사되는 것은 흥미롭다. 그것은 여성적 대지 위에 우뚝 솟아오르
는 거대한 남근을 닮았다. 순수라는 이 남근적 환상이 '써트펜 헌
드레드'라는 거대한 집으로, 그리고 그 집을 더욱 빛내줄 백인 아
들에 대한 갈망으로 현상하는 것은 너무나 자연스럽다. 이 남근적
순수가 거세 콤플렉스를 거친 다음 써트펜이 최종적으로 취하는
대타자의 목소리이다.

순수는 순수하지 못한 존재의 배제를 통해서만 유지될 수 있
다. 써트펜의 경우 비순수를 몸으로 표상하고 있는 인물이 그가 아
이티에서 첫 아내 율라리아와의 사이에서 낳은 아들이다. 써트펜
은 결혼 전에 율라리아가 프랑스계 스페인인이라고 알고 있었지만
흐릿한 피부색깔의 아들을 낳고 난 다음 그녀의 몸속에 흑인 피가

흐르고 있음을 알게 된다. 검은 피의 찰스 본은 순수 혈통과 계보에 기반을 둔 그의 백색 기획을 비웃는 아이러니컬한 조롱이다. 이 조롱을 "사소한 기술적 실수"(281쪽)로 여기면서 써트펜은 검은 이 물질을 자신의 기획에서 지워버린다. 본의 출현은 써트펜이 자신의 기획을 창조하기 위해 배제, 억압했던 것의 복귀이다. 써트펜의 기획이 실현되려면 본의 검은 피는 억압되어야 한다. 본이 돌아올 때 이 검은 피의 억압 위에 서 있는 써트펜의 백색 기획은 무너질 수밖에 없다.

퀜틴과 슈리브의 서술은 써트펜의 상승과 몰락에 압축되어 있는 남부 역사의 모순을 대면함으로써 로자와 콤슨 씨의 서술이 부딪쳤던 장애를 넘어선다. 그들은 써트펜의 기획에 "아니요"(No)를 말함으로써 남부의 자아 이상으로서의 써트펜의 유령을 애도하는 힘든 과제를 달성한다. 작품은 아버지와의 끈을 끊을 수 없으면서 동시에 아버지의 파국을 응시하지 않을 수 없는 퀜틴의 눈으로 아버지의 역사적 드라마에 함축된 모순을 서술한다.

그래 우리 둘 다 아버지인지 몰라. 한번 일어난 뒤 끝나는 것은 아무 것도 없을 거야. 일어난다는 것은 한번이 아니라 돌멩이가 가라앉은 뒤 수면 위에 생기는 물결 같은 것인지 몰라. 물결은 흔들려 웅덩이 속으로 퍼져나가고, 한 웅덩이는 가느다란 탯줄 같은 수로를 통해 옆 웅덩이와 이어져 있지. 그건 첫 웅덩이가 물을 대고

있거나, 대어왔거나, 댔던 거야. 두 번째 웅덩이가 다른
수온이거나, 다른 분자구조로 보고 느끼고 기억하거나,
변하지 않는 무한한 하늘을 다른 색깔로 비출지도 몰
라. 하지만 이건 전혀 중요하지 않아. 한 번도 본 적 없
는 돌멩이의 수면 속 울림이 최초의 물결과 결코 지울
수 없는 오래된 리듬으로 그 수면을 흐르게 되지. (…)
그래 우리 둘 다 아버지야. 아니 어쩌면 우리 모두를 만
든 것은 토마스 써트펜인지 몰라.(272-73쪽)

써트펜을 생각하면 퀜틴이 떠올리는 이 이미지는 남부의 아들
들이 남부역사의 기원적 아버지라 할 수 있는 써트펜과 정서적으
로 깊이 얽혀 있음을 보여준다. 남부의 역사는 아버지의 행위라는
시원적 사건으로 시작되며, 그 행위의 파장은 지울 수 없는 운명의
계보를 만든다. 후대의 아들들은 가느다란 수로로 이어져 있는 웅
덩이처럼 최초의 물살을 일으킨 아버지의 사후 효과이다. 그들 "모
두를 만든 것은 토마스 써트펜"이다. 슈리브와 퀜틴의 서술은 그들
에게 자아이상으로 기능하는 이 아버지에게 숨길 수 없는 매혹을
느끼면서도 그의 행위에 대해 부정적 선고를 내린다.

하지만 그들이 제대로 애도하지 못한 것이 본의 유령이다. 퀜틴
은 헨리가 본을 죽인 이유를 찾아냄으로써 써트펜가의 비극적 몰
락의 비밀을 푼다. 써트펜으로부터 아들로 인정한다는 어떤 징표
도 받지 못하자 본은 백인 여동생 주디스와 결혼을 감행하려고 한

다. 주디스와의 결혼 요구는 백인 아버지의 인정을 받기 위해 그가 선택한 추문의 길이다. 헨리가 본과 주디스의 결혼을 받아들일 수 없었던 것은 콤슨 씨가 생각하듯이 중혼 때문도 아니고 남매간의 근친상간 때문도 아니다. 본을 향한 헨리의 사랑은 근친상간이라는 금기마저 넘게 만든다. 헨리가 끝내 넘지 못한 것이 본의 흑인 피이다. 본이 헨리에게 똑똑히 말했듯이, 헨리가 "참을 수 없는 것은 근친상간이 아니라 이종잡혼이었다"(372쪽). 본은 "너의 여동생과 잠자리를 같이하는 깜둥이 새끼"(374쪽)가 되는 길을 택하고 헨리는 본을 죽임으로써 이 이종잡혼의 기도를 저지한다.

찰스 본은 백인 가부장제가 금기해온 억압된 욕망의 환상적 구현체이다. 하나의 인물임에 틀림 없지만 작품에서 찰스 본은 단순한 인물 이상이다. 흑인 피가 그의 몸속을 흐르고 있지만 찰스 본은 눈에 띌 만큼 검은 피부색깔이 아니며, 노예 신분도 아니다. 그는 흑인문화에 대해 특별한 인종적 유대감을 가지고 있지도 않다. 이는 본이 집단적·문화적 의미에서 흑인이 아니라는 것을 의미한다. 이처럼 흑인성과 별다른 유대관계를 맺지 못하고 있기 때문에 찰스 본은 "흑인의 몸을 한 백인의 영혼"[17]이라는 비난을 듣기도 한다. 하지만 현실에서 실현되지 못한 수많은 꿈들이 서사의 중심을 이루고 있는 이 작품에서 본은 일어났으면 좋았을 꿈과 환상의 집적체이다. 그는 하나로 고정될 수 이질적 정체성의 소유자이다. 그

---

17 Richard Moreland, *Faulkner and Modernism: Rereading and Rewriting*, 116쪽.

는 남성적인가 하면 여성적이고, 이성애자인가 하면 동성애자처럼 보인다. 그는 금지되었기 때문에 더욱 더 매혹을 발산하는, 아직 실험되지 못한 가능성들을 구현하고 있다. 그는 주디스와 헨리, 두 남매의 사랑을 받았을 뿐 아니라 이들의 이모 로자의 마음을 사로잡는다. 필립 와인스틴의 지적처럼 본이 노예였다면 이 모든 가능성들은 탐색될 수 없었을 것이다. 남부사회는 사회적으로 실행될 수 없는 금지된 욕망을 본에게 투사하고 성애적 시선을 던진다.[18]

찰스 본의 시신이 누워 있는 써트펜 헌드레드의 이층 방은 작중 주인공들의 억압된 욕망이 숨어 있을 뿐 아니라 화자들의 담론이 뚫고 들어가지 못한 금지된 공간이다. 로자와 콤슨 씨의 서술은 이 공간 속으로 들어가지 못한다. 퀜틴과 슈리브의 서술만이 닫힌 문을 넘어 아버지의 비밀이 숨어 있는 어두컴컴한 고딕의 공간 속으로 들어간다. 닫힌 문을 넘기 전 두 화자는 자신들이 이야기하는 인물들과 완벽한 동일시에 이른다. "그들 두 사람이 그때 그곳에 있었던 것이 아니라 그들 네 사람이 철의 어둠 한 가운데서 두 말 위에 올라타고 있었다"(308쪽). 퀜틴과 슈리브가 동일시하는 이야기 속 주인공(찰스 본)은 백인 누이와 결혼을 감행하려고 하고, 또다른 주인공(헨리)은 그 결혼을 막기 위해 맞서고 있다. 아버지의 문 앞에서 흑인 형과 백인 동생이 벌이는 이 대결은 금기를 넘으려

18 Philip Weinstein, *What Else But Love?: The Ordeal of Race in Faulkner and Morrison* (New York: Columbia UP 1996), 4쪽.

는 자와 막으려는 자 사이에서 벌어지는 사투이다. 화자 퀜틴과 슈리브는 그들이 서술하는 이야기 속 주인공들처럼 남부사회가 금기해왔던 근친상간적이고 이종잡혼적인 사랑 앞에서 머뭇거렸다. 헨리가 본에게 4년의 유예기간(각기 장교와 사병이 되어 남북전쟁을 치러내는 시간)을 주었듯, 퀜틴과 슈리브도 고통스러운 담론의 우회과정을 거쳐왔다. 하지만 서로가 서로를 읽고 감시하고 사랑하고 설득했던 4년의 시간, 그 동안 남부의 역사적 운명이 바뀌어 남부의 아들들은 전쟁의 패자가 되어야 했던 그 시간이 흐른 후에도, 헨리와 본은 대결을 피할 수 없었다. 화자 퀜틴과 슈레브 역시 마찬가지이다. 퀜틴은 남부를 떠나 북부로 건너와 하버드대 기숙사방에 앉아 있지만 그의 마음은 남부를 떠날 수가 없다. 로자의 죽음을 알리는 편지와 함께 그는 다시 남부의 과거 속으로 끌려 들어가 문제의 얼굴 헨리를 떠올리지 않을 수 없다. 퀜틴은 형제 살인이라는 죄를 저지른 뒤 도망쳤다가 아버지의 집에 돌아온 헨리에게서 남부의 유령으로 살아가게 될 자신의 모습을 본다. 담론 속에서 치루는 이 긴 유예와 우회의 시간을 거친 후에야 비로소 퀜틴은 슈레브와 더불어 남부가 금지해온 운명의 사랑 속으로 들어간다. 과거와 현재, 인물과 화자, 화자와 청자 사이에 완벽한 동일시가 일어나는 순간 그들은 "이제 사랑에 대해 이야기하게 된다"(300쪽). 퀜틴과 슈레브는 말하기와 듣기의 행복한 결혼을 통해 오래 금지되어 왔던 "사랑으로 월경한다"(311쪽). 이 순간 소설은 가장 격렬한 감정적 위기에 봉착한다. 이들이 말하는 것은 남부의 법을 위반하는 금지된 사랑이기 때문이다. 아니 더 정확히 표현하자면 그것은 끝내 오빠의 지위를 인정받지 못하고 백인 여자와 "잠자리를 같이" 하려는 "깜둥이 새끼"(374쪽)의 비극적 사랑이야기이다.

9장에서 허물어져가는 서트펜 헌드레드의 어두컴컴한 이층방에 숨어 있는 것으로 밝혀지는 인물이 헨리이다. 드디어 퀜틴은 그가 한시도 놓여난 적이 없는 문제의 얼굴을 만나는 순간을 이야기한다.

> 당신은?
> 헨리 서트펜
> 당신은 여기에 얼마 동안 있었지요…?
> 4년
> 당신이 집에 돌아온 것은…?
> 죽으러. 그래 죽으러 왔지.
> 죽으려고
> 그래 죽으려고.
> 당신은 여기에 얼마동안 있었지요?
> 4년
> 당신은
> 헨리 써트펜 (389-90쪽)

이 대목은 대화가 앞으로 나아가지 못하고 동일 구절을 반복하는 플롯을 닮았다. 이 구절은 어떤 의미도 낳지 못하고 서사 전체를 빨아들이는 블랙홀이자, 퀜틴과 슈레브의 "말하기와 듣기의 행복한 결혼"(331쪽)을 붕괴시키는 균열 지점이다. 헨리를 만났던 순간을 말하고 난 다음부터 퀜틴과 슈레브의 행복한 교감은 무너진다. 퀜틴은 남부를 미워하지 않는다고 반항하듯이 말하고 슈리브는 머지않아 이종잡혼의 산물인 백치 짐 본드가 남부를 지배할 것이라며 비웃는다. 짐승처럼 울부짖는 짐 본드는 이들의 형제적 서술이 지워버릴 수도 승화시킬 수도 없는 잉여, 이들에게 깊은 불안과 공포를 안겨주는 인종적 얼룩이다.

결국 퀜틴은 그의 서술대상인 헨리가 넘지 못했던 문을 넘지 못한다. 남부를 사로잡는 유령에게서 풀려나고자 지난한 노력을 기울였지만 그는 여전히 유령에 결박당해 있다. 헨리를 만나고 난 후 다시는 그에게 마음의 평화가 찾아오지 않는다. 헨리는 자신의 불안이 극복될 수 없음을 확인이라도 하듯, "다시는 없어"nevermore라는 말을 세 번 더 읊조린다. 헨리는 본을 "누이와 잠자리를 같이 하는 깜둥이 새끼"로 죽임으로써 그를 형으로 받아들이지 못하고 어떤 점에서는 아버지 써트펜의 기획을 완수한다. 슈레브의 말처럼 헨리는 본을 사랑했지만 결국 "분노한 아버지의 총잡이"(186쪽)로 전락한다. 마지막 순간까지 헨리는 흑인/형이라는 두 낱말을 가로막는 금기, 남부를 지배하는 이종잡혼이라는 금기를 넘지 못한다. 이는 퀜틴도 다를 바 없다.

그렇다면 작가 포크너는 어떤 입장인가? 작중 인물과 화자들처럼 포크너도 이종잡혼이라는 금기를 넘지 못하는가? 아니면 금기를 넘어 혼종으로 위반해 들어갔는가? 찰스 본을 중심으로 회전하는 『압살롬, 압살롬!』은 결국 그를 희생시킨다. 물론 썬드퀴스트도 지적하듯이 그것은 "그를 형으로 받아들이기 위해 고투하는 작중 인물들의 이야기와 그의 이야기를 완벽하게 일치시킨 다음에야"[19] 이루어진다. 하지만 작중인물과 화자들은 결국 본을 형으로 받아들이지 못한다. 이는 작가도 마찬가지인 것으로 보인다. 작중 인물들과 화자들의 심리를 통해 이종잡혼이 흑인과 백인 모두를 파괴하는 폐해를 드러내긴 했지만, 작가 포크너 역시 흑인과 백인의 피의 섞임을 받아들이지는 못한 것 같다. 짐 본드에게 던진 슈리브의 신랄한 조소적 발언 뒤에 숨어 있는, 이종잡혼의 결과에 대한 편견과 공포는 비단 슈리브의 것만이 아닌 작가 자신의 것이기도 하다. 포크너는 이 작품에서 남부의 자아이상으로 기능해온 써트펜의 유령을 떠나보낼 수 있었지만, 그의 기획이 배제하는 찰스 본의 유령을 떠나보내지는 못하고 있다. 찰스 본은 포크너의 애도작업을 방해하는 인종적 타자이자 그의 목에 걸린 가시이다. 리처드 킹이 헌사한, 남부의 집단적 애도작업을 성공적으로 수행한 "남부 최고의 역사가"란 호칭을 얻기에는 찰스 본의 유령이 떠나지 않고 있다. 6년 뒤 발표한 『내려가라 모세야』에서 포크너는 이종잡혼이라는 남

---

19 Eric Sundquist, *Faulkner: The House Divided*, 127쪽.

부의 트라우마로 다시 한번 돌아간다. 반복을 피할 수는 없다. 『내려가라 모세야』의 주인공 아이크 맥카스린이 애초 퀜틴 콤슨으로 설정되었던 것은 우연이 아니다.

7장.

순수의 이념과 오염의 육체
: 윌리엄 포크너의 『팔월의 빛』

1. 순수의 이념 - 남부의 이데올로기적 환상

『팔월의 빛』(1932)의 주인공 조 크리스마스는 미국문학에서 가장 고독한 인물 가운데 하나이다. 인종적 광기에 사로잡혀 있던 20세기 초반 미국 남부사회에서 흑백 어느 쪽에도 속하지 못했던 그는 어떤 사회적 지원도 받지 못하고 살인이라는 최악의 선택을 내리고 마침내 거세당한다. 그의 시신에서 뿜어 나오는 검은 피를 통해서도 그는 자신을 운명의 회로 속으로 몰아넣은 이데올로기의 덫에서 벗어나지 못한다. 그의 일생을 '고독한 이방인의 비극적 운명'으로 만든 것은 캘빈주의적 종교 감성에 깊이 침윤되어 있는 백인주의와 남성주의라는 이데올로기이지만, 포크너가 이 작품에서 집요하게 추적하는 것은 추상적 얼굴을 한 이데올로기가 아니라 그 이데올로기가 조를 비롯한 작중 인물들의 내면을 구성하는 구체적 모습이다.

"앎이 기억하기 전에 기억은 믿는다[1]는 고혹적인 문장으로 시작하는 6장에서 조의 살인을 기록한 12장에 이르기까지 포크너의 서술이 초점을 맞추는 것은 '앎'이 개입되기 전 조를 사로잡는 '기억의 체계'이다. 기억의 자리는 앎이 일어나는 곳과 다른 장소에 있다. 정신분석학에서 무의식이라 부르는 이 공간은 의식적 앎과 체계화된 지식의 형태로 구성되는 것이 아니라 주관적 믿음의 형태로 이루어져 있다. 여기서 '믿음'이란 단순히 진리와 구분되는 거짓 신념으로서 '독사'doxa라기 보다는 주체가 구성하는 무의식적 관념, 상상, 환상 일반을 가리키는 것으로 확장될 수 있다. 그것은 실제 일어난 사건에 대한 사실적 지식이 아니라 주체가 구성하는 허구적 환상이다. 기억이되 그것은 주체가 검열을 뚫고 의식으로 떠올려야 할 실제 사건의 정확한 복구나 복원이 아니라 주체가 만들어내는 환상적 구성물이다. 물론 이 환상을 추동하는 것은 주체 내부의 욕망이다. 환상은 주체가 경험하는 내적 결핍을 메워주는 허구적 구성물이다. 포크너가 남부 주민들이 보이는 집단적 히스테리 반응에서 찾아내려한 것이 이 환상적 허구이며, 이들에게 이런

---

1 William Faulkner, *Light in August. The Corrected Text* (New York: Vintage International, 1990),119쪽. 이하 이 책에서의 인용은 본문에 쪽수만 표기하기로 한다.

극단적 반응을 불러일으키는 조 크리스마스라는 한 고독한 남자의 인생행로를 추동하는 심리적 동인으로 밝혀내려고 한 것도 다름 아닌 이것이다.

나는 남부사회를 지배하는 이데올로기적 환상을 '순수의 이념'이라 부르고자 한다. 물론 순수의 이념은 피부색깔에 따라 세계를 흑과 백으로 이분화하고 검은 것은 열등한 것으로, 흰 것은 우월한 것으로 표상하는 백인주의와 깊은 친연성을 갖고 있다. 하지만 내가 남부의 이데올로기를 굳이 순수의 이념이라고 부르는 것은 백인주의 자체를 구조화하는 더 심층적인 심리적 근원을 밝히고, 백인적인 것과 남성적인 것이 착종되는 복합적인 국면을 해명해야 할 필요성을 느꼈기 때문이다. 포크너의 다른 소설을 해명하는 데에도 필요하지만 『팔월의 빛』을 읽어내는 데 이 복합 국면의 해명은 특히 중요하다. 무엇보다 작품 자체가 젠더와 인종이 서로 얽혀드는 교차지점을 집요하게 추적하고 있기 때문이다. 남부의 상징정치에서 흰 것은 남성적인 것과 연결되고, 검은 것은 여성적인 것과 연관된다. 어떻게 인종 상징이 젠더 상징과 결합되는가? 양자가 만나는 고리는 무엇인가?

지금까지 다양한 방법론을 동원하여 풍요롭게 이루어져온 포크너 비평사에서 이 매개 고리를 찾으려는 노력이 이루어지지 않았을 리 없다. 하지만 많은 경우 이 고리를 찾는 작업은 인종과 젠더 중 어느 하나를 중심에 놓고 다른 것을 덧붙이는 방식으로 이루어질 뿐 양 범주 모두를 구조화하는 심층기제를 해명하는 쪽으로 발전하지는 못한 것으로 보인다. '이종잡혼'에 대한 탐색이 포크너 소설의 중심축을 이루고 있음을 설득력 있게 밝혀낸 에릭 선드퀴스트의 역사주의적 접근, 사회적 상징기제에 의해 인종이 구성되는 과정을 섬세하게 읽어낸 주디스 위텐버그의 해석, 탈구조주의적 시각에 입각해서 인종 분리의 수사가 구축되는 과정을 치밀하게 논증한 제임스 스니드의 비평, 라캉 정신분석학을 통해 조 크리스마스가 남부 공동체의 "사물"das Ding이자 낯선 "이웃"neighbor으로 기능해온 점을 밝힌 신명아의 참신한 연구는 모두 인종범주에 초점을 맞추면서 백인 이데올로기의 해명에 주력하고 있다. 조금씩 다른 이론에 기대고 있긴 하지만 이 비평들은 백인적인 것과 흑인적인 것이 차별적으로 위계화되는 인종 이데올로기의 작동 메카니즘을 밝히고 조 크리스마스가 이분법적 인종 담론에 통합될 수 없는 존재라는 점을 드러내는 데 주력한다. 이들의 논의에서 조의 여성혐오증은 빠짐없이 거론되고 있지만 그것이 그의 백인주의로 이어지는 심층기제는 충분히 해명되지 못하고 있다. 이들의 논의에서 젠더 범주는 인종 범주와 유기적으로 통합되지 못하고 기계적으로 부과되고 있다. 반면 도린 파울러는 여성에 대한 혐오와 남성적 가치의 추구가 조 크리스마스의 내면세계를 지배하고 있음을 올바로 지적하고 있다. 하지만 그에게 여성적인 것이 흑인적인 것과 연관되는 것은 연약함, 부드러움, 순종 등 전통적으로 비남성적 자질로 분류되는 것일 뿐 주체의 경계를 흐리는 오염의 문제와 결합되지 못하고 있다. 하지만 내가 보기에 백인 중심적이고 가부장적인 남부 이데올로기에서 인종과 젠더가 교차하는 핵심 고리는 무엇보다 '순수/오염'의 문제와 연관되어 있고, 『팔월의 빛』을 비롯한 포크너의 주요 소설이 남부 이데올로기의 해부에 기여한 점이 바로 이 연관성을 밝혀낸 데 있다.

나는 순수/오염의 문제틀이 백인주의와 남성주의를 구조화하는 심층적 메카니즘을 해명하기 위해 줄리아 크리스테바의 '비체화' 개념을 원용하고자 한다. 깨끗한 것을 이상화하고 더러운 것을 혐오하는 인간의 보편적인 성향은 남부 이데올로기의 심리적 기반으로 작용하면서 검은 것과 여성적인 것을 '오염'으로, 흰 것과 남성적인 것을 '순수'로 표상하는 성적·인종적 상징정치로 발전한다. '비체화'가 불러일으키는 공포와 혐오가 결합된 독특한 감정은 안과 밖, 주체와 타자 사이의 경계에 혼란을 일으키는 대상에 대해 주체가 보이는 정서적·육체적 반응이다.[2] 주체는 자신의 정체성에 혼선을 일으키는 대상(비체)를 '더러운 것'으로 표상하여 몸 밖으로 내보냄으로써 안정된 정체성을 유지한다(비체화). 남부의 가부장적 백인 이데올로기에서 백인 남성 주체가 자신의 순결한 정체성을 유지하기 위해 버려야 할 더러운 물질은 여성적이고 흑인적인 것으로 표상되

---

2 Kristeva, Julia. *Powers of Horror: An Essay on Abjection*. Trans. Leon S. Roudiez (New York: Columbia UP, 1982), 3-10쪽.

는 육체이다. 이 검고 여성적인 육체를 추방할 때 그들은 희고 남성적인 정신의 순수성을 유지할 수 있다고 상상한다.

크리스테바의 설명처럼 어떤 대상을 더럽고 혐오스러운 것으로 만드는 것은 대상 그 자체의 속성이 아니라 대상이 주체의 경계를 침범한다는 점이다. 비체화의 근간을 이루는 '더럽다'는 느낌은 자신의 경계가 무너질 때 주체가 보이는 감각적·정서적 반응이다. 침, 체액, 생리혈, 똥, 시체 등 여러 문화에 걸쳐 혐오감을 불러일으키는 공통적 대상들은 육체의 내부와 외부를 가르는 구멍에서 흘러나오는 물체(침, 땀, 오줌, 생리혈, 똥)이거나, 삶과 죽음의 경계선상에 존재하는 대상(시체)이다. 침이나 똥 같은 배설물들은 몸속에 있다가 밖으로 떨어져 나감으로써 외부가 되는 물체이고, 시체는 삶이었다가 죽음으로 바뀌는 물체이다.[3] 크리스테바에게 이런 비체의 원형적 대상은 다른 무엇보다 어머니의 몸이다. 영아기 아이에게 어머니의 몸은 아직 자신과 분리된 대상으로 경험되지 않는다. 어머니의 몸에서 자신을 떼어내어 분리된 존재로 설 때에야 비로소 인간은 사회적 관계망 속에서 자신의 위치를 부여받는 주체로 살아갈 수 있다. 하지만 사회적 주체로 서기 전에 인간이 수행해야 하는 이 원초적 분리과정 ─주로 구순기와 항문기에서 이루어지는─ 이 결코 쉽게 이루어질 수 없는 힘든 작업이라는 것은 이 과정이 이후 개체적 삶이나 집단적 삶에서 병리적 방식으로 반복되는 것

---

3 같은 책, 3-4쪽.

을 통해 알 수 있다. 주체의 경계를 흐리는 사회적 타자에 대해 주체가 보이는 추방과 배제의 움직임 속에는 어머니라는 최초의 성적 타자에 대한 원초적인 심리적 반응─매혹과 공포와 혐오가 혼재된 감정─이 들어 있다. 더러운 오염물질을 제거하고 깨끗하고 순결한 것에 집착하는 것은 주체가 자신의 정체성과 경계를 지키기 위해 가동하는 방어적 감정이지만, 그것은 붕괴될 위험에 항시적으로 직면한다. 비체화는 주체의 경계를 세우는 작업인 동시에 그 불가능성을 자각하는 이중적 움직임이기 때문이다.

나는 남부 이데올로기의 핵심에서 작동되고 있는 것이 바로 이 비체화의 과정이라고 본다. 문제는 흑인과 여성이라는 존재 그 자체가 아니라 인종적·성적 경계가 흐려지는데 대한 공포이다. 이 경계를 흐리는 오염물질에 대한 공포가 20세기 미국 남부사회라는 특수한 역사적 국면에서 흑인성과 여성성과 결합되어 나타나는 것이 남부 이데올로기이다. 나는 '순수/오염'의 이분법적 사유들이 백인주의와 남성주의가 결합되어 나타나는 남부 이데올로기의 핵심을 형성하고 있으며, 『소리와분노』(1928)에서 『내려가라 모세야』(1942)에 이르는 포크너 전성기 소설이 집요하게 추적하는 것이 바로 이 비체화의 과정이라고 본다. 이 시기 포크너의 소설작업의 핵심적 문제의식은 백인 남성의 무의식에 내재되어 있는 오염의 공포를 밝혀내고, 그것이 여성성과 흑인성으로 연결되는 성적·인종적 메카니즘을 규명하는 것이었다. 포크너 소설의 한 정점을 이루는

『압살롬, 압살롬!』(1936)에 이르러 우리는 남부 이데올로기에 대한 그의 간명한 진술을 듣는다. 남부의 아버지상의 기원과 몰락에 대한 계보학적·정신분석학적 심층보고서라 할 수 있는 이 작품에서, 포크너는 그 아버지의 삶을 "그의 문제는 순수였다"[4]는 한 문장으로 요약한다. 콤슨 장군의 입을 빌어 서술되고 있는 이 문장은 자신의 삶에서 더러운 얼룩을 떼어내고 순수의 이상을 향해 질주해 온 한 백인 귀족 남성의 삶을 집약하고 있다. 이를 통해 우리는 백인주의와 남성주의가 결합된 남부 이데올로기 속에 오염에 대한 공포와 순수에 대한 환상이 내재되어 있음을 알게 된다. 하지만 남부 이데올로기에 대한 이런 인식에 도달하기 전에 포크너는 먼저 퀜틴 콤슨이라는 백인 남성과 조 크리스마스라는 혼혈 남성의 내면 세계를 탐색해야 했다. 『소리와 분노』에서 포크너는 더럽혀진 누이의 육체에 대한 백인 남성의 공포를 탐색한다. 그로부터 4년 뒤 출판된 『팔월의 빛』에서 그는 한 혼혈 남성의 내면에 자리 잡고 있는 오염에 대한 매혹과 공포를 추적한다. 인종적 구분을 넘어 남부의 내면을 사로잡는 이 무의식적 매혹과 공포를 탐색한 다음에야 비로소 포크너는 남부의 문제는 '순수'라는 인식에 도달할 수 있었다.

이 글은 비체화라는 줄리아 크리스테바의 개념을 통해 조 크리스마스라는 남부의 혼혈 이방인이 비극적 결말에 이르는 과정을 분석하고자 한다. 이를 통해 흑백 어느 쪽에도 속하지 않는 경계선

---

4 William Faulkner, *Absalom, Absalom!* (New York: The Modern Library, 1993), 229쪽.

상의 존재로서 남부의 인종적 사유체계에 혼란을 일으키는 조 크리스마스에 대해 남부인들이 보이는 집단적 히스테리 반응의 실체를 해명하고, 이들에게 이런 반응을 불러일으키는 조 크리스마스의 무의식적 환상을 분석해볼 것이다. 가해자와 피해자를 모두 사로잡는 이데올로기적 환상의 위력을 이해할 때에야 우리는 이데올로기로부터 비판적 거리를 유지할 수 있을 것이다.

2. 비체화와 폭력적 희생제의

조의 몸에 검둥이라는 낙인을 찍음으로써 그가 일으킨 인종적 혼란에 종지부를 찍은 것은 퍼시 그림의 광란적 백인우월주의이지만, 그림의 손에 쥐여진 칼이 거세라는 육체적 폭력을 행사하기 오래 전부터 조의 삶은 남부사회의 이데올로기적 공세에 무차별적으로 노출되어 왔다. 고아원 영양사, 독 하인즈, 맥이천, 보비, 조애나 버든은 차례로 조의 의식을 왜곡하면서 그의 내면에 이데올로기적 표식을 남긴 인물들이다. 이들과의 만남을 통해 조의 내면은 인종적·성적 기표가 새겨지고 타자의 흔적이 각인된 이데올로기적 공간으로 변모한다. 우호적 환경 아래에서 타자와의 만남은 주체의 정체성을 형성해주는 긍정적 계기가 될 수 있지만, 조에게 그것은 소외와 분열을 가져온 불행한 만남이었다. 백색 가부장제에 의해 유지되는 남부사회에서 최악의 기표가 검둥이이고, 인종적 결핍의 상징인 이 기표는 여성이라는 또 다른 결핍의 기표와 호환된다. 조의 의식 속에 여성과 흑인은 하나로 혼용되어 있다. 그를 공포와 혼돈으로 몰아넣는 축축한 냄새는 흑인의 몸과 여자의 몸에서 맡을 수 있는 냄새이다. 포크너가 만들어낸 신조어 "그여자검둥이"(the womanshenegro 156쪽)는 그에게 심리적 평화를 가져다주는 백인 남성성의 반대편에 위치해 있다. 조의 비극을 초래한 것은 적대적 타자들이 불러주는 부정적 기표가 그에게 어떤 긍정적 정체성도 마련해주지 못했을 뿐 아니라, 더욱 문제적인 것은 그가 자신을 부정적 존재로 낙인찍은 이 기표들의 체계를 벗어날 수 없었다는 점이다.

감금과 배제가 동시에 일어나는 이런 역설적 곤경이 조의 삶을 비극으로 몰고 가지만, 그것은 또한 그를 수수께끼 같은 인물로 만들어주는 요인이기도 하다. 그는 흑인이면서 백인이고 어느 쪽도 아니다. 아니 그는 양쪽 다이다. 인종적 '양자택일'(either~or)이 강요되는 이데올로기 체계에서 그는 '양면부정'(neither~nor)이면서 또한 '양면긍정'(both~and)이다. 그는 인종적 구분을 흐리는 '비체'로서 남부의 인종체계에 혼란을 일으키는 아포리아이다. 비체로서 조가 가진 이 아포리아적 성격이 그를 남부의 이데올로기가 통합해 들일 수 없는 불순한 존재로 만든다. 제임스 스니드의 지적처럼, 조는 하나의 기표로 호명되거나 해독될 수 없는 "결정불가능성"undecidability이자 "해독불가능성"unreadability이다.[5] 피부색이나 출생의 기원 어느 쪽으로 보더라도 그를 흑인과 백인 가운데 어느 하나로 분류할 본질적 근거는 없으며, 사회적 호명체계가 가동되기 전 그를 대하는 제퍼슨 주민들 중 그를 흑인으로 부르는 사람은 없다. 포크너는 조의 인종적 기원을 의도적으로 모호하게 흐림으로써 조가 발생시키는 문제가 '피'의 차원으로도 '피부색깔'의 차원으로도 환원될 수 없는 이데올로기적 구성의 문제임을 드러낸다.

사실 조에게 흑인이라는 인종적 기호를 부여한 것은 그의 외할아버지 독 하인즈이지만, 이 기호가 피의 확실성에서 유래한 것은 아니다. 하인즈 부인의 이야기에 따르면, 조는 도망친 그들의 딸 밀리가 서커스 단원과 사이에서 낳은 사생아이다. 그런데 조의 생부가 멕시코인인지 흑인인지는 분명치 않다. 밀리는 서커스 단원으로부터 멕시코인이라는 이야기를 들었다고 말하지만 서커스 단장은 그가 흑인이라고 말한다. 하지만 단장의 말도 확실한 근거가 있지는 않다.

> 서커스단장이 돌아와서 그 남자가 멕시코인이 아니라
> 흑인 피가 좀 섞여 있다고 했어요. 악마가 그에게 일러
> 주기라도 한 것처럼, 유푸스는 언제나 그 자가 흑인이라
> 고 했어요. (…) 흑인이라고 말한 것은 그 서커스 단장이

---

5 James Snead, *The Figures of Division: William Faulkner's Major Novels* (New York: Methuen, 1986), 91쪽.

었어요. 하지만 그자도 확실히는 알지 못했지요. 게다
가 그도 가버려서 그 때 이후로 다시는 만나지 못했어
요. (377-78쪽)

하인즈 부인이 바이런과 하이타워에게 털어놓는 위의 말을 통
해 알 수 있듯이, 조의 생부의 혈통을 말해준 서커스 단장조차 그
의 피에 대해 "확실히는 알지 못했다." 엇갈린 주장 속에서 조의 혈
통은 모호하게 남아 있다.

이 모호성을 확실성으로 바꾸는 사람이 하인즈 씨이다. 하인즈
씨는 조의 아버지가 흑인이며, 조의 몸에 흑인 피가 흐르고 있다고
확신한다. 하인즈 씨에게 이런 확신을 심어준 것은 죄의 근원을 검
은 것에서 찾는 칼빈주의적 종교 원리이다. 그는 하느님의 뜻을 거
스르는 더러운 육욕을 악마의 소행이라고 여기고 하느님이 자신
에게 부여한 사명이 이 악마를 감시하고 처단하는 것이라고 상상
한다. 딸이 서커스 단원을 따라 집을 떠난 뒤부터 하인즈는 "여자
의 육체에 대한 하느님의 증오"를 떠올리고, 이 음탕한 육체와 몸
을 섞은 서커스 단원의 얼굴에서 "전능하신 하느님의 검은 저주를
본다"(380쪽). 그 순간 그는 "그 자식이 어떤 놈인지 알아차렸다"(380
쪽). 그가 딸과 도망친 서커스 단원의 얼굴에서 찾아낸 "검은 저주"
는 그를 흑인으로 규정짓도록 만드는 결정적 요인이다. 딸이 그를
멕시코인이라고 말해도 하인즈 씨는 믿지 않는다. 하느님의 저주를
받은 악마는 당연히 검은 색깔을 하고 있을 수밖에 없고, 서커스

단장이 한 말은 그가 기왕에 갖고 있던 종교적 환상을 확인해준 것일 뿐이다. 하인즈 씨는 조가 태어나자마자 곧바로 그를 멤피스의 한 고아원 문 앞에 버린 후 자신은 그곳의 문지기가 된다. 그가 고아원 문지기가 되기로 결심한 것은 아이들의 입에서 '검둥이'라는 말이 튀어나오는 것을 지켜보기 위해서이다. 순진한 아이들의 입에서 흘러나오는 검둥이라는 말이야말로 하느님의 뜻이 실현되는 증좌라 생각한 것이다. 하지만 아이들이 조를 검둥이라고 부른 것은 그가 조의 일거수일투족을 감시하면서 주입한 것이나 다름없다. 그는 끊임없이 조를 감시하고 조를 다른 아이들과 '다른' 존재로 만든다.

자신을 하느님 아버지의 의지를 실현할 수단으로 상상하는 하인즈 씨의 심리상태는 가학적 '편집증'으로 불릴 만하다. 하나님이라는 대타자의 욕망을 실현하기 위해 그는 조를 희생물로 봉헌한다. 희생물을 통해 대타자에게 존재하는 결핍은 봉합되고 그는 다시 완전한 존재가 된다. 이 희생물의 요건을 충족시키기 위해 죄의 증거가 필요했고, 그 증거를 찾기 위해 하인즈 씨는 감시적 시선을 발동한다. 물론 희생자들에게 들씌운 '죄'는 그들이 사회가 금지하는 쾌락을 향유했다는 혐의 때문에 생긴 것이다. 자신의 딸 밀리와 서커스단원 사이에서 태어난 조는 금지된 쾌락의 산물이다. 그런 만큼 조의 존재 자체가 하느님 아버지의 명령에 대한 위반이다. 하인즈 씨는 금지된 쾌락을 누렸다는 죄목으로 조를 처벌하고자 한다. 물론 하느님 아버지의 권능을 대행하는 그의 단죄행위는 가난한 백인 남성으로 자신의 사회적 거세를 보상하기 위한 것이다. 그는 하느님 아버지라는 초자아의 역할을 대리하는 것을 자신의 임무로 삼고 조를 희생물로 봉헌함으로써 자신의 결핍과 하느님의 결핍을 메우고자 한다.

하인즈 씨의 편집증적 감시의 시선이 집단으로 옮겨갈 때 그것은 조애나 버든의 집 앞에 모인 린치 대중들의 '사악한 눈'이 된다. 조가 흑인이 된 것은 남부의 청교도주의가 광란적으로 표현된 이 종교적 편집증 때문이지 그의 혈관 속에 흐르는 흑인 피 때문이 아니다. 슬라보예 지젝의 나치즘 분석을 통해 알 수 있듯이, 주체가 사회라는 대타자의 결핍(불가능성)을 견디지 못하고 인종적 타자를 통해 그 결핍을 메움으로써 '사회는 완전하다'는 환상을 유지하는 기제가 파시즘이다.[6] 이 이데올로기적 환상에서 희생물은 인종적 타자가 지니고 있는 어떤 내재적 특성 때문에 선택된 것이 아니다. 인종적 타자는 주체의 결핍을 환기시키면서 그가 빼앗긴 금지된 쾌락을 즐기는 존재로 '상상'되기 때문에 희생과 박해의 대상으로 선택된다. 노예 해방령이 선포되고 흑인 남성에게도 시민권이 부여된 '재건시기' 동안, 남부의 가난한 백인 남성들은 자신들이 지금까지 누려온 사회경제적 특권을 잃을지도 모른다는 불안에 사로잡힌다. 이제 백인 남성과 흑인 남성을 구분해주었던 노예와 시민이라는 경

---

6 Slavoj Zizek, *The Sublime Object of Ideology* (London: Verso, 1989), 125-8쪽.

계가 무너지면서 민주주의라는 제도 속에서 그들은 적어도 형식적으로는 평등한 존재로 여겨지게 된다. 남부의 재건에 필요한 노동력으로 흑인 남성이 차출되면서 자신의 직업이 빼앗길 수 있다는 경제적 박탈감, 제1차 세계대전에 참전하면서 자신의 남성적 능력이 훼손당한 남성성 위기, 자신들의 전유물이었던 백인 여자의 성에 흑인 남성도 접근할지 모른다는 공포, 이 모든 '결핍들'은 그것을 초래한 것으로 '상상'되는 흑인 남성에게 투사되어 이들에 대한 증오와 박해로 이어진다. 퍼시 그림이 조를 죽인 후 칼로 그의 성기를 자르는 잔인한 행동을 서슴지 않는 것은 그가 흑인 남성을 '거세'시켜 '여자'로 만들어야 자신의 남성성을 지킬 수 있다는 젠더 위기에 처해 있기 때문이다. 재건시기 남부를 휩쓸었던 린치는 붕괴 위험에 내몰린 백인 남성들이 흑인 남성이라는 인종적 타자에게 집단적 폭력을 행사함으로써 자신의 거세를 부인하는 사회적 희생제의이다. 자신과 동일한 성기를 가지고 있는 존재를 성적으로 파괴시키겠다는 이 과잉의 에너지는 '차이'를 위협하는 '동일성', '대립관계'에 내재해 있는 '상호의존성'을 부인하려는 파괴적 충동이다.

조의 피가 그를 흑인으로 만드는 요인이 아니듯, 그의 '피부색깔' 역시 사람들이 그를 흑인으로 생각하도록 만드는 표지가 아니다. 제퍼슨 주민들은 조의 외모를 보고 그가 남들과 다르다는 생각을 하긴 하지만, 이 '다름'을 흑인이라는 인종적 기표와 동일시하지는 않는다. 피부색깔로 보면 백인인 루카스가 조보다 더 검다. 마을 사람들이 조가 흑인이라는 루카스의 말을 순순히 믿는 것은 조의 피부색깔 때문이 아니라 그의 말이 설명할 수 없는 것을 설명해주기 때문이다. 흑인이라는 말은 조가 그들에게 불러일으킨 인종적 혼란을 해소하고 그들이 공유해왔던 인종적 분류체계를 복구시킨다. 마을 사람들이 조에게 느꼈던 분노는 그가 "흑인처럼도 백인처럼도 처신하지 않았다는 것이다. 바로 이것이었다. 마을 사람들을 그렇게 화나게 만든 것이 바로 이것이었다. 그는 흑인이라는 것은 말할 것도 없고 자신이 살인자라는 사실조차 모르는 것 같았다."(350쪽) 이 말은 화자가 모츠타운에서 잡히기 전 마을 사람들의 심리상태를 기술한 화자가 한 말이다. 조가 제퍼슨 사람들을 경악시킨 것은 그가 흑인이기 때문이 아니라 흑인의 흔적을 찾을 수 없기 때문이다. 그의 흰 피부 속에 들어 있는 검은 색깔을 확인할 수 없다는 사실이야말로 그들에겐 분노와 당혹감을 불러일으킨다. 흑인 남자가 백인처럼 굴고 그의 외양이 본질과 일치하지 않는다면, 흰 것과 검은 것 모두 불순해진다. 이제 검은색뿐 아니라 흰색 역시 불확실해진다. 바이런 번치가 조 크리스마스와 조 브라운(루카스)을 구분하지 못하고 "닮은 꼴"(45쪽)이라고 여기듯, 마을사람들도 두 사람을 정확히 구분하지 못한다. 인종이 다르긴 하지만 조와 루카스는 일종의 '더블'double로서 남부사회의 인종적 분류체계에 혼선을 일으킨다. 흑/백의 선명한 이분법이 무너진다면 이 이분법에 기초해 있는 사회구조 자체가 붕괴된다. 이런 점에서 경계를 흐리는 비체로서 크리스마스는 남부사회의 구성원리에 대한 살아 있는 도전이자 위협이고, 이 위협에 대한 방어적 대응이 살인과 거세로 외화되는 폭력적 희생제의다.

3. "그여자검둥이"로부터의 도피와
남성적 자아의 추구

문제는 조가 제퍼슨 사람들에게 불러일으키는 인종적 모호성과 비결정성을 그 자신 또한 공유하고 있다는 점이다. 조는 자신을 흑백 어느 곳에도 두지 못한다. 보비 앨런에게 자신의 몸에 흑인 피가 흐르고 있다고 말할 때에도 조는 자신의 발언에 의심의 단서를 단다. "나도 잘 모르겠어. 그럴 거라고 **믿어.**"(인용자 강조 197쪽) 이 말은 그의 생각이 확고부동한 '사실의 세계'가 아니라 불확실한 '믿음의 세계'에 근거해 있음을 말해준다. 그의 믿음을 형성한 유년의 사건들은 독 하인즈의 감시적 시선과 곤경에서 벗어나기 위해 그의 시선을 차용하여 조에게 '검둥이 사생아 새끼'라는 경멸적 욕설을 던진 영양사의 인종차별적 발언이다. 다섯 살짜리 아이의 마음속에 이 사건들은 분명히 모호한 이미지로 남아 있다. 하지만 그가 처음으로 사랑한 여인 보비한테서 검둥이라는 욕설을 공개적으로 듣게 되면서 조의 삶은 출구 없는 회로에 갇힌다. 보비에게 내쫓

긴 18살에서 조애나 버튼을 살해함으로써 그녀를 쫓아낸 33살에 이르기까지 15년 동안 조는 인종적 회로 속을 정신없이 뛰어다닌다. 그의 뜀박질은 그가 흑백 어느 한 쪽에도 자신의 정체성을 둘수 없기에 더욱 숨 가쁘다. 보비와의 관계 이후 그는 자신이 흑인이라는 것을 밝히지 않고서는 백인 여자와 섹스를 하지 않으며, 흑인 여자와 섹스를 할 때는 흑인이라는 것을 부정한다. 그는 사회가 용인하는 어떤 인종적 정체성도 진심으로 받아들이지 않는다. 오히려 의도적으로 반대 방향을 취함으로써 자신을 소외시킨다. 인종이 다른 여자들과 섹스를 할 때 그가 그들을 진정으로 받아들인 것은 아니다. 그에게 여성은 도망치고 싶은 부정성 그 자체이다. 하지만 여성적 육체성은 그를 잡고 놓아주지 않는다. 사회가 그를 호명하는 흑인이라는 기표는 자신이 그토록 벗어나고 싶어 하는 육체성과 동일한 지평에 그를 위치시킨다. 육체로부터의 도피는 육체로의 환원으로 귀결된다. 퍼시 그림에게 도살당하는 마지막 순간 그는 피 흘리는 검은 살덩어리로 화한다. 앙드레 블레카스탕의 지적처럼 조의 삶은 "걸어 다니는 형용모순이고 그 부정이다."[7]

이런 형용모순 상태에 처해 있지만 조의 내면은 백인 아버지의 목소리에 지배되고 있다. 그는 자신을 배제하는 백인 남성 이데올로기에서 벗어나지 못하고 아버지의 율법에 종속되어 있다. 포크

---

7 Andre Bleikasten, *The Ink of Melancholy: Faulkner's Novel from The Sound and the Fury to Light in August* (Bloomington and Indianapolis: Indiana UP, 1990), 316-7쪽.

너의 작품에서 백인 아버지의 율법이 신봉하는 문화적 환상은 '순수'innocence이다. 그것은 『소리와 분노』의 퀜틴 콤슨에서 『압살롬, 압살롬!』의 토머스 써트펜을 거쳐 『내려가라 모세야』의 아이크 맥캐슬린에 이르기까지 포크너의 남성 주인공들을 사로잡는 이상이다. 그것은 퀜틴에겐 누이의 '처녀성'으로, 써트펜에겐 '써트펜 헌드레드'라는 거대한 '남부의 집'으로, 아이크에겐 '황야'로 나타난다. 욕망대상에 따라 다르게 나타나긴 하지만 이들의 욕망을 지배하는 것은 다름 아닌 순수와 순결에 대한 환상이다. 순수와 순결에 대한 환상은 오염과 더러움에 대한 배척으로 연결된다. 아니, 순수를 향한 갈망보다 먼저 오는 것이 오염에 대한 공포이다. 순수란 이미 잃어버려서 결코 되찾을 수 없는 어떤 것이다. 순수의 시간대는 현재가 아니다. 콤슨 씨의 말을 빌자면 처녀성이란 "부정적 상태," 더럽혀진 뒤 사후적으로 구성되는 환상이다. 과거에 살고 있는 포크너의 남성 인물들을 사로잡는 공포는 오염이고, 가장 큰 오염물질은 살아 있는 육체이며, 이 육체를 표상하는 존재는 여성과 흑인이다. 따라서 순수에 대한 욕망은 여성과 흑인을 배제하는 성적·인종적 편견을 지니지 않을 수 없다. 포크너의 백인 남성 인물들을 비극적 몰락으로 몰아넣는 것은 육체적 활동이 중단되고 타자의 흔적이 지워진 순수관념을 향한 맹렬한 돌진이다. 어떤 방해물이나 이질적 세력도 이들의 돌격을 막을 수 없다. 순수관념을 향한 열정과 헌신은 이들을 순수의 결정체로 만들지만, 이들의 삶은 자신들이 배제한 오염물질에게 배반당한다. 퀜틴에겐 다른 남자에게 더럽혀진 누이의 몸이, 써트펜에겐 흑인 피가 섞인 첫아들이, 아이크에겐 숲을 어지럽히는 혼혈인이 각기 순수를 향한 열정을 배반하는 오염원이다. 조 크리스마스의 비극이 이런 전형적인 포크너적 주인공들의 비극과 다른 것은 그가 순수를 향한 열정을 이들과 공유하면서도 이들과 달리 사회적 이데올로기 체계에 의해 순결하지 못한 존재로 규정되고 있다는 점이다. 더러운 오염원으로 규정되는 존재가 순수의 갈망에 사로잡혀 있다면 모순에 직면하지 않을 수 없다.

조의 삶의 핵심에 자리 잡고 있는 이 모순을 가장 극적으로 보여주는 사건은 5살 때 고아원에서 목격한 영양사의 정사장면과 그녀의 히스테리컬한 반응이다. 캘빈주의의 운명예정설처럼 이 사건은 조의 삶을 결정짓는 원초적 사건으로서 이후 조의 심리를 지배하는 여성과 흑인에 대한 공포와 혐오의 기원이 된다. 그것은 '앎'보다 더 깊은 수준에서 작동되는 '믿음의 체계'를 형성하면서 조가 자신의 삶에 등장하는 낯선 타자들과 왜곡된 관계를 맺게 만든 트라우마적 사건이다. 트라우마의 특징은 반복성에 있다. 주체는 자아의 방어막을 붕괴시키는 충격적 사건을 자기도 모르게 반복한다. 앎의 영역 너머에서 작동되는 이 무의식적 반복이 조의 삶을 추동하는 내적 에너지이고, 다섯 살 때의 사건은 이 에너지를 분출시키는 기원으로 작용한다.

평소처럼 영양사의 방에 들어가 치약을 빨고 있던 조는 영양사가 인턴과 함께 방으로 들어오자 벽장으로 숨는다. 옷과 신발들로 어지러운 벽장 안에 쭈그리고 앉아 조는 두 남녀가 성행위하는 장면을 목격한다. 아니 더 정확히 말하자면 그는 성행위에 빠져드는 여자의 육체를 본다. 그의 시선을 사로잡은 것은 인턴 남자의 몸이 아니라 영양사의 몸이다. 아직 성을 알지 못하는 5살짜리 사내아이의 눈에 여자의 에로틱한 육체는 견딜 수 없는 공포로 다가온다. 엄마의 존재를 경험하지 못하고 외할아버지에 의해 고아원에 버려졌던 조에게 영양사는 일종의 대리엄마였다. 이 장면에 반응하는 조의 행동은 엄마의 몸에 대한 남자아이의 전형적인 심리적 반응과 닮아 있다. 여자의 방에서 여자의 옷과 구두에 둘러싸여 여자의 물건인 핑크빛 치약을 입에 문 채 조는 성적 황홀경에 빠진 (대리)엄마의 몸을 바라본다. 지식욕의 근원으로 작용하는 남성적 엿보기와 달리, 조의 엿보기는 성적 대상에 대한 지배와 쾌락으로 이어지지 못하고 질식할 것 같은 공포를 불러일으킨다. 그의 시선에 잡힌 여자의 육체, 훤히 드러난 살덩이와 '안돼, 안돼'를 연발하는 가쁜 숨소리는 공포의 대상이다. 흥미로운 점은 침대 위의 성행위와 조 크리스마스 내부의 성행위가 나란히 일어나고 있다는 점이다. 여자의 자궁을 연상시키는 어두컴컴한 벽장 속에서 조는 여자의 몸의 대체물이라 할 수 있는 핑크빛 치약을 빨고 있다. 오럴 섹스를 연상시키는 이 장면에서 섹스와 먹기는 융합되어 있는데, 조는 그 어느 쪽에도 능숙하지 못하다. 그는 입안으로 밀어 넣는 치약도 삼키지 못하고 눈앞에 보이는 여자의 몸도 견디지 못한다. 그는 자신의 몸 안팎에 놓인 여자의 몸에 참을 수 없는 욕지기를 느낀다. 구토는 자신의 경계를 침범하는 이물질을 주체가 더 이상 받아들이지 못할 때 몸이 일으키는 반응이다.

그는 커튼 뒤 핑크빛 여자 냄새를 풍기는 축축하고 어두컴컴한 공간에 쭈그리고 앉아 핑크빛 거품을 뿜어내고 있었다. 그는 공포에 질린 운명적 예감으로 자신에게 일어날 일을 기다리며 몸 안의 소리를 듣고 있었다. 그리고 그 일은 일어났다. 완전히 수동적으로 굴복한 채 그는 말했다. "나, 여기 있어요."
    커튼을 열어젖혔을 때 그는 쳐다보지 않았다. 토하고 있는 그를 두 손이 세차게 끄집어냈을 때에도 전혀 저항을 하지 않았다. 두 손에 매달린 채 그는 (…) 이제 더 이상 부드러운 핑크빛 하얀색을 띠고 있지 않은, 거칠게 뒤헝클어진 머리카락에 둘러싸인 얼굴을 쳐다보았다. 한 때 매끈한 머리띠에 묶여 있던 그 머리카락은 사탕을 연상시키기도 했다. "이 쥐새끼" 가늘고 성난 목소리가 외쳤다. "이 쥐새끼! 날 감시하다니! 이 쪼끄마한 검둥이 사생아 새끼!"(122쪽)

여기서 따뜻한 핑크빛깔의 물체로 경험되었던 영양사의 몸은 공포의 몸으로 바뀐다. 성행위 장면은 그녀를 모성적 존재에서 악마적 존재로 변형시킨다. 한때 사탕을 연상시켰던 그녀의 풍성한 머리카락은 이제 거칠게 뒤엉킨 메두사의 머리로 변한다. 먹을 것과 함께 안온한 쾌감을 안겨주었던 그녀는 남자를 거세시키는 무시무시한 괴물 여성으로 변해 있다. 한 메두사로 변신한 영양사가 조를 거세시키는 방식이 '검둥이'라고 부르는 것이다. 남부사회에서 검둥이란 기표는 결핍 중의 결핍을 가리킨다. 물론 영양사의 입에서 돌발적으로 튀어나온 검둥이란 말은 그녀가 조의 피부에 들어 있는 멜라닌 색소를 감지했기 때문도 아니고 그의 혈관에 흑인 피가 흐르고 있다는 것을 알았기 때문도 아니다. 그녀가 조를 검둥이로 부른 것은 고아원 수위로 일하고 있는 하인즈씨로부터 그 말을 들었기 때문이다. 자신의 직업이 사라질지 모르는 위기의 순간 그녀는 자신이 치러야 할 형벌을 조에게 투사하여 그를 희생양으로 만들면서 처벌에서 벗어난다. 그녀는 자신의 죄를 대신 치러줄 누군가가 필요했고 그에게 죄를 전가할 가장 확실한 방법이 '검둥이'이라고 부르는 것이다. 이후 조가 겪게 될 희생양의식은 원형적인 형태로 이미 이 사건에서 일어나고 있다.

이 사건은 조의 무의식에 여성에 대한 부정적 심상을 심어놓은 트라우마적 사건이다. 그에게 여성은 예측 불가능한 존재로, 여성의 몸은 통제할 수 없는 물질로 경험된다. 여성과 여성의 몸은 남성적 순수를 위협하는 더러운 육체, 남성의 경계를 흐리고 그의 정체성을 위기로 몰고 가는 비체이다. 조의 인생은 비체로서의 여성의 몸을 자신의 몸 밖으로 밀어내는 '비체화' 과정이라고 해도 과언이 아니다. 이 비체화가 극단으로 치달을 때 그것은 폭력적 희생과 결합한다.

조애나의 살해는 가장 폭력적인 형태로 일어나는 정화의식이지만, 이 사건 이전에 이미 조는 더러운 여성의 몸을 씻어내는 정화의식을 거행했다. 조가 폭력적 정화의식을 처음 치른 것은 14살 때 흑인 소녀의 몸을 접촉했을 때다. 일종의 집단강간이라 할 수 있는 이 사건에서 조는 다른 친구들과 달리 그녀의 몸을 갖지 못한다. 다섯 살 때 경험한 치약사건처럼 조는 흑인 여자의 몸에서 견딜 수 없는 냄새를 맡는다. 그 냄새는 그를 삼켜버릴 것 같은 검고 축축한 여자의 냄새이다. 조는 "그여자검둥이" 냄새에 갇혀 숨을 헐떡이다가 자기도 모르게 흑인 소녀를 마구 때리기 시작한다. 그의 구타는 다섯 살 때 일어났던 구토와 흡사한 기능을 수행하고 있다. 구토가 몸 안으로 받아들일 수 없는 물질을 밖으로 내보내는 것이라면, 구타는 견딜 수 없는 대상을 폭력적 방식으로 쫓아내는 것이다. 친구들이 뛰어와 말릴 때까지 조는 흑인 소녀를 때리고 급기야 말리는 친구들과도 엉겨 붙어 한바탕 싸움이 벌어진다. 더러운 여자 냄새를 내보낼 때까지 폭력은 계속되고 마침내 싸움이 끝났을 때 조는 자신이 다시 깨끗해졌다고 느낀다.

하지만 한 번의 폭력적 정화의식으로 조가 여자의 몸에 대해 영구적 면역을 얻을 수는 없었다. 조는 얼마 후 친구들에게서 여자들이 매달 월경을 한다는 이야기를 듣고서는 다시 오염의 공포에 사로잡힌다. 그는 친구가 생생하게 묘사하는 월경하는 여자의 몸에서 순결한 정신의 "의지"를 "주기적 더러움"에 굴복시키는 비천한 육체를 본다.(185쪽) 다음날 그는 양을 죽여 그 피에 손을 담그는 정화의식을 홀로 거행한다. 양의 피는 생리혈의 대체물이다. 그는 양의 피에 손을 적시면서 더러운 생리혈에 대한 공포를 극복한다. 하지만 그는 후일 보비에게서 생리 때문에 몸이 아프다는 이야기를 듣고 다시 한번 그날의 공포가 재연되는 것을 느낀다. 집으로 돌아오는 길에 들른 어두컴컴한 숲에서 조는 달빛을 받아 하얗게 빛나는 항아리들이 줄지어 늘어서 있는 장면을 상상한다. 하지만 "단 하나의 항아리도 완전하지 않았다. 항아리들은 모두 다 깨져 있었고 깨어진 틈에서는 죽음 색을 띤 더럽고 끈끈한 것이 새어나오고 있었다."(189쪽) 깨어진 항아리에서 흘러나오는 끈끈한 액체는 생리혈이다. 죽음과 더러움과 끈적거림은 비체의 가장 큰 특징이다. 조는 상상 속에 환기된 비체를 견디지 못하고 구역질을 한다. 열여덟 살 사춘기 소년에게 여성의 몸은 받아들이기 어려운 이물질로 남아 있다.

죽기 직전 조는 자신이 원한 것이 '평화'였다고 생각한다(112쪽). 그에게 평화란 여자 냄새와 흑인 냄새가 나지 않는 남성적 세계, 오염을 일으키는 육체에서 벗어나 의지만 존재하는 순수정신의 상태, 검고 축축하고 나약하고 감상적이고 불확실한 것들은 제거되고 희고 건조하고 단단하고 깨끗하고 확실한 것들만 남아 있는 상태를 의미한다. 조가 어린 시절 양아버지 맥이천에 맞설 때 끝내 굴복하지 않겠다는 결연한 자세를 취하는 것이나, 양아버지한테서 벌을 받고 방에 갇혀 있는 자신에게 몰래 먹을 것을 가져다주는 양어머니에게 오히려 거부감을 보이는 것은, 그가 남성적인 순수의지의 세계에 쏠려 있음을 보여준다.

조가 조애나를 죽이지 않을 수 없었던 것은 그녀가 '남성적 평화'를 불가능하게 만들었기 때문이다. 사실 조와 조애나는 성별, 출신지역 등에서 많이 다르지만 기묘한 공통성을 갖고 있기도 하다. 조는 자신의 부모가 누구인지 알지 못한다. 반면 조애나는 '버든'(Burden, 짐이라는 뜻)이라는 그녀의 성이 말해주듯 가족의 무게에 짓눌려 있다. 하지만 어린 시절부터 두 사람은 자신들에게 강요된 인종적 범주에 사로잡히지 않을 수 없으며, 조상의 기억에서 벗어나지 못한다. 조애나의 할아버지 캘빈은 뉴잉글랜드 출신의 열렬한 노예폐지론자이지만 인종차별주의자인 독 하인즈에 비견될 수 있는 종교적 광신론자이다. 캘빈과 독 하인즈 모두 흑인은 백인의 죄를 상징하는 신의 저주라고 믿는다. 더욱이 캘빈 번드런이 아들 나사니엘(조애나의 아버지)과 멕시코 여자 사이에서 태어난 손자(조애나의 이복오빠)에게 한 말을 들어보면, 그가 검은 혼혈아에 대해 독 하인즈가 보이는 광기어린 공포를 공유하고 있음을 알 수 있다. "또

한 명의 검은 번드런이로구나. 사람들은 내가 저주받은 노예여자에게 씨를 뿌려 이제 그 여자가 또 다른 씨를 뿌렸다고 생각하겠구나"(247쪽). "제기럴 쪼그만 검둥이 같으니. 그놈들은 하느님의 저주 때문에 작아졌고, 피와 육체를 더럽히는 인간의 굴종 때문에 검게 되었지"(247쪽). 그러나 번드런가 남자들은 이처럼 흑인을 저주받은 존재라고 생각하면서도 흑인에 대해 은밀한 성적 매혹을 느꼈고, 이 매혹은 조애나에게로 이어져 그녀는 이복 오빠를 연상시키는 혼혈남자의 정부가 된다.

조애나가 조상이 뿌린 죄와 악의 세계로 빠져드는 인종적 입문 과정은 어린 시절 일어난다. 조애나의 증언에 따르면, 그녀는 아버지가 자신을 할아버지와 이복오빠의 묘지에 데려간 그날 백인이라는 종족 전체의 저주와 죄의 세계로 들어갔다고 한다.

이걸 기억하거라. 네 할아버지와 오빠가 저기 누워 있다. 그들은 한 명의 백인 남자에 의해 살해된 것이 아니라 네 할아버지, 네 오빠, 나, 그리고 네가 수태되기도 전에 하느님이 한 인종 전체에 내린 저주 때문에 살해된 것이다. 자신이 저지른 죄 때문에 영원히 백인의 운명과 저주의 일부가 되라는 저주를 받고 운명을 타고난 종족. 기억하거라. 영원히 계속될 그 종족의 운명과 저주를. 나의 운명, 네 어머니의 운명, 아직 어리긴 하지만 너의 운명을. 지금까지 태어났고 앞으로 태어날 모든 백인 자손들의 저주를. 누구도 이 저주에서 벗어나지 못할 것이다.(252-253쪽)

네

조애나의 아버지가 어린 딸에게 한 '말'은 사실을 진술하는 문장이 아니라 수행문이다. 그것은 '증언'이자 '판결'이고 '예언'이다. 아버지의 말은 조애나에게 지울 수 없는 상처를 남기며 죽는 순간까지 그녀를 사로잡는다. 조애나의 일생은 아버지의 말이 던진 주문에 저당잡힌 삶이다.

나는 기억할 수 있는 시절부터 검둥이들을 봐왔지. 비를 보듯, 가구나 음식이나 잠을 보듯 그들을 봐왔어. 하지만 그 일(역주: 아버지와 묘지에 간 일)이 있고 난 다음부터 나는 처음으로 그들을 사람이 아니라, 내가, 우리가, 백인 전체가, 아니 우리 모두가 그 안에 살고 있는 그림자이자 물건으로 보게 된 것 같아. 나는 이 세계로 태어나는 백인 아이들이 채 숨을 쉬기도 전에 그들 앞에 검은 그림자가 영원히 놓여 있다고 생각했어. 그 그림자가 십자가 모양을 하고 있는 것을 본 것 같아. (…) 나는 이 세상에 태어날 아이들과 아직 태어나지 않은 아이들, 그들 모두가 검은 십자가 위에 두 팔을 벌리고 길게 늘

어서 서 있는 모습을 보는 것 같았어.(253쪽)

조애나가 바라본 십자가에 못 박힌 백인 아이의 환영은 그녀 자신의 모습이다. 그녀는 아버지가 드리운 검은 그림자에서 평생 벗어나지 못하고, 결국 그림자에 의해 살해당하는 것으로 생을 마감한다.

조와 조애나의 만남은 아버지의 저주 아래 놓인 두 인생의 운명적 충돌이다. 조애나에게 조는 "그림자"이자 "십자가"이고, 조에게 조애나는 "박해자"이다. 포크너는 파국으로 끝난 이들의 만남이 미국의 인종적 순혈주의가 빚어낸 산물임을 가차 없이 드러내면서, 그 과정을 다음 세 단계로 묘사한다. 먼저 1단계에서 이들의 관계는 남성적 금기와 의지가 맞부딪치는 관계이다. 여자이면서도 철저히 훈육된 남성으로 살아온 조애나는 조와의 관계에서 남자처럼 행동한다. 조가 조애나에게서 발견한 기묘한 매력이 바로 이 남성다움이다. 그녀는 "남성적으로 훈련된 근육"과 "남성적으로 훈련된 사고 습관"을 가지고 있었고, 그에게 굴복할 때에도 거의 남자같은 굴복"의 형태를 취한다.(235쪽) 남자와 남자가 만나는 것 같은 이 단계의 조와 조애나 사이에 큰 갈등은 없다. 하지만 둘의 관계는 조애나가 여성적인 육체적 욕구와 억압된 색정을 드러내는 2단계에 접어들면서 악화되기 시작한다. 이 단계에 접어들면서 조애나는 조를 종교적 이상을 신봉하기 위해 억압해야 했던 죄와 욕정과 쾌락의 세계를 되찾아줄 존재로 여긴다. 조애나에게 타락한 욕정과 쾌락은 무엇보다 '검둥이'로 표상된다. 조애나는 섹스가 절정에 이르면 검둥이를 소리쳐 부른다. 그 순간 "그녀는 (…) 난잡해졌다. 그녀의 거친 머리카락은 문어발처럼 되살아난 것 같았고, 두 손은 거칠어졌으며, 헐떡거리며 오, 검둥이, 검둥이, 검둥이라고 외쳤다"(260쪽). 조애나의 환상 속에서 조는 금지된 욕망과 쾌락을 충족시켜줄 '검둥이'이다. 타락한 천사는 검은 악마에게서 쾌락을 맛보고 싶다. 하지만 그녀가 정말로 원하는 것은 쾌락이 아니라 아버지의 금기를 위반하는 것이다. 조애나는 검둥이와 섹스를 즐기면서 아버지의 법에 굴복한 자신에게 복수하고자 한다. 그녀는 조의 아이를 임신할 때 이 복수가 완성된다고 상상한다. 조가 조애나에게서 도망쳐야겠다고 느끼기 시작한 것이 이 무렵이다. 조에게 조애나는 다섯 살 때 경험한 영양사가 돌아온 것으로 여겨진다. 쾌락에 빠진 여자의 육체, 메두사의 머리를 연상시키는 산발한 머리, 그녀의 입에서 튀어나오는 검둥이라는 말은 조가 두 사람에게서 공통적으로 발견하는 특성이다. 그것은 조가 필사적으로 도망치고자 했던, "그여자검둥이"의 속성이다.(156쪽) 자신이 "그여자검둥이" 속으로 빠져들고 있다고 느끼는 순간 조는 "옮기는 것이 좋겠어. 여기에서 벗어나는 것이 좋겠어"라고 생각한다.(260쪽) 하지만 3단계로 접어들면서 조애나는 아버지의 법을 따르는 남성적 상태로 돌아간다. 이제 그녀는 자신을 훈육시켰던 백인 아버지처럼 조를 교정해야 할 흑인으로 규정하고 그에게 흑인학교에 입학하라고 요구한다.

조가 조애나를 죽인 것은 모친 살해적 성격과 부친 살해적 성격을 함께 지니고 있다. 조는 광란에 빠진 어머니의 육체를 받아들일 수 없었을 뿐 아니라 금기를 명령하는 아버지의 법도 받아들일 수 없었다. 어머니의 몸이 그를 공포로 몰고 가는 오염원이라면 아버지의 법은 그를 흑인이라는 원치 않는 정체성 속으로 몰아넣는 권력의 채찍이다. 조가 흑인의 정체성을 받아들이는 것은 자신을 여성적 존재로 받아들이는 것과 마찬가지이다. 그의 무의식적 환상 속에서 흑인과 여성은 더러운 오염원이라는 비체의 속성을 공유하고 있기 때문이다. 조가 조애나를 죽인 것은 어머니의 몸에서 자신을 떼어내는 것이면서, 자신을 육체적 오염원으로 고정시키려는 아버지의 명령을 거부하는 것이다. 조애나에게서 벗어나야겠다는 내면의 소리를 듣고 있던 2단계의 조가 모친살해적 충동에 지배된다면, 아버지의 대리인 역할을 하는 조애나의 목에 칼을 긋는 3단계의 조는 부친 살해적 충동에 지배된다. 조가 조애나를 죽이는 3단계에서 조애나는 백인 아버지의 역할을 대리하고 있기 때문에 그의 살인이 부친 살해적 성격을 더 강하게 띠는 것은 사실이다. 특히 조는 조애나가 그에게 흑인임을 고백하고 무릎을 꿇으라고 말할 때 자신이 지난 30년 동안 지켜온 것을 포기해야 한다고 느낀다. "내가 지금 굴복하면 그건 내가 되고자 선택한 존재로 나를 만들기 위해 살아온 30년의 세월을 부정하는 게 될 거야."(250-1

쪽) 조는 자신을 지키기 위해 조애나를 죽인다. 이런 점에서 조의 살인은 자기 보존 행위이다.

문제는 "그가 되기로 선택한 존재"가 무엇인가 하는 점이다. 도널드 카티그너는 조가 선택한 것은 자신의 인종적 정체성을 "알지 않겠다"는 선택이고, 이는 이분화된 인종적 기호체계에 들어가지 않겠다는 주체적 결정이라고 본다.[8] 카티그너에 따르면 자신이 누구인지 알지 않겠다는 것은 자기가 누구인지 모르는 것과 다르다. 조는 백인으로 행세할 수 있었지만 그렇게 하지 않았으며, 자신을 흑인으로 정체화하지도 않았다. 인종적 정체성을 선택하지 않은 것은 선택을 내릴 수 없는 '혼란'에 빠지는 것이 아니며 선택을 '포기'하는 것도 아니다. 카티그너에 의하면, 그것은 "어느 한쪽을 선택하는 것을 선택하지 않겠다는 선택"이다. 이는 남부의 이분화된 상징계가 포괄할 수 없는 급진적 "타자성"을 주장하는 행위이다.[9] 이로써 조는 흑백으로 이분화된 인종상징체계를 받아들이지 않는 "괴물적" 존재가 된다. 카티그너가 해석하듯이 조가 사회체제에 저항하면서 자신의 주체성을 주장하고 있는 것은 사실이다. 조는 자신의 정체성에 대해 모호한 인식을 갖고 있지만 힘과 힘이 격돌하는 거친 남성적 세계에서 여자처럼 거세당한 존재(희생자)가 되지 않

---

8 Donald M. Katiganer, "What I Chose to Be": Freud, Faulkner, Joe Christmas and the Abandonment of Design." *Faulkner and Psychology: Faulkner and Yoknapatawpha, 1991.* Eds. Donald M. Kartiganer and Ann J. Abadie. (Jackson: UP of Mississippi, 1994), 303-5쪽.

9 같은 책, 303-10쪽.

으려고 한다. 문제는 자신의 주체성을 주장하는 그의 저항행위가 이미 백인 남성적 가치체계에 깊이 침윤되어 있다는 점이다. 도린 파울러의 적절한 지적처럼, 조는 남성적 세계에 남성적 가치로 맞선다.[10] 앞서 지적했듯이 남성적 가치란 의지, 정신, 힘, 잔인함, 단단함 등 육체와 따뜻함과 부드러움을 거부하고 정신과 의지와 힘을 우위에 놓는 관념체계이다. 이 체계에서는 육체보다는 정신이, 부드러움보다는 강함이 우월한 가치로 통용된다. 작품에서 조는 "기둥", "탑"(159쪽) 등 남근을 연상시키는 이미지로 묘사되며, 그의 남성성을 기리는 최후의 기념비는 조애나의 비극적 종말을 알리는 "노란 연기 기둥"(77쪽)으로 나타난다. 조의 여성혐오증은 여성은 약하고 더러우며, 남성은 강하고 깨끗하다는 이데올로기에 기초해 있다. 그의 남성주의는 "남근적 기둥"을 세우려는 하인즈나 맥이천의 생각과 만난다. 흑인인지 백인인지 구분하기 힘든 모호한 외모를 가지고 있고, 또 자신의 몸 속에 흑인 피가 흐르고 있을지 모른다는 의심을 품고 있지만, 조 크리스마스의 내면은 백인 남성성의 가치에 의해 지배되고 있다. 그가 주장하는 "자기"는 여성적인 것과 흑인적인 것을 배제하고 권력과 의지를 지향하는 남성적 자아이다. "그여자검둥이"에 대한 뿌리 깊은 혐오에서 알 수 있듯이 조에게 여성적인 것과 흑인적인 것은 비체의 특성을 공유한다. 이런

---

10 Doreen Fowler, "Joe Christmas and 'Womanshenegro'." *Faulkner and Women: Faulkner and Yoknapatawpha*. Eds. Doreen Fowler & Ann J. Abadie (Jackson & London: UP of Mississippi), 152쪽.

비체적 속성은 남성적 자아를 허물어뜨리는 부정적 힘이다. 카티
그녀의 해석은 남부사회의 백색 이데올로기 체계에 의해 비체로 규
정당하면서도 비체가 되기를 거부하는 조의 모순을 읽어내지 못한
다. 조는 30년의 세월 동안 순결한 남성적 자아를 지키고자 했으
며, 그 자아를 더럽히는 흑인적이고 여성적인 비체를 자신에게서
떼어내려고 했다. 조애나가 조에게 흑인이 되라고 종용할 때 그는
여자가 되느냐 남자가 되느냐의 선택에 내몰린다. 이 선택의 기로
에서 그는 조애나를 죽이면서 남자가 되는 길을 선택한다.

사실 33년에 이르는 조의 길지 않은 인생은 이 비체에서 도망
친 세월이었고, 더 이상 도피가 불가능하다는 자각과 함께 그의 인
생은 끝난다. 조애나의 집으로 들어가 살인을 저지르기 전에 조
는 쫓기는 짐승처럼 제퍼슨 거리를 헤매다 프리드만 타운이라 불
리는 흑인구역으로 들어간다. 그곳에서 그는 "보이지 않는 흑인의
여름 냄새와 여름소리에 휩싸인다고" 느낀다.(114쪽) 조는 어머니의
자궁 속으로 다시 들어온 듯 "검은 웅덩이 바닥에서 (…) 자신과 인
간의 형상을 한 모든 생명체가 어둡고 뜨겁고 축축한 원초적 여성
속으로 돌아온 것" 같은 느낌을 받는다.(115쪽) 그는 자신의 남성다
움이 빨려 들어갈 것 같은 공포감을 견디지 못하고 "백인의 차갑
고 단단한 공기"를 찾아 "숨을 헐떡이며" 그곳을 뛰쳐나온다.(115쪽)
"어둡고 뜨겁고 축축한 원초적 여성"(lightless hot wet primogenitive
Female)이라는 표현은 비체에 대한 가장 적확한 묘사이다. 조는 "사

방에서, 아니 **자기 내부에서조차** 흑인여성의 부드럽고 풍만한 무형의 소리가 울리는 것"을 듣고 프리드만 타운에서 도망쳐 나온다. (인용자 강조 115쪽) 이 대목에서 작품은 조가 벗어나려는 것이 무엇인지 정확히 알려준다. 흑인여성의 웅얼거리는 소리는 조가 억압해온 비체의 속성을 지니고 있다. 조는 프리드만 타운에서 한번 도망치긴 했지만 다시 조우한 비체에서 벗어나기 위해 조애나의 목에 칼을 들이댄다.

하지만 조는 결국 앎이 기억하는 것보다 더 오래 자신이 저항해왔던 비체에 굴복한다. 조는 조애나를 죽인 후 경찰의 추격을 피해 도망치던 중 조는 자신이 신고 있던 신발을 한 흑인 여자의 작업화와 바꾼다. 복사뼈까지 올라오는 투박하고 질긴 작업화는 그가 벗어나고자 했던 비체이다. 조는 남성적 자아를 유지하기 위해 비체에서 도망치던 마지막 순간 자기 몸 안에 비체를 품게 된다. 이 비체는 그가 바깥으로 내던질 수 없는 내부의 물체, 아니 내부와 외부의 경계를 흐리는 물체이다. 조는 백인 남자들에게 짐승처럼 쫓겨 죽음을 목전에 둔 순간 자신이 신고 있던 흑인 작업화의 냄새를 맡는다. 그 냄새는 프리드먼 타운에서 들은 흑인여성들의 중얼거림과 마찬가지로 그의 온몸을 휘감는다. "흑인 냄새를 풍기는 검은 구두"는 "죽음이 다가오듯 그의 발에서 시작되어 다리를 휘감고 올라오는 검은 물결을 재는" "계측기"이다.(339쪽) 퍼시 그림이 조의 성기를 자르자 검은 피가 솟구친다. 포크너는 오랜 만에

"내쉬는 숨처럼" 조의 몸 안에 "갇혀 있던 검은 피"가 터져나온다고 묘사한다.(465쪽) 제임스 스니드는 포크너가 작품 내내 조를 흑백의 이분법을 흐리는 경계선적 존재로 그렸지만 마지막 대목에서 그를 흑인으로 만들었다고 비판한다.[11] 하지만 스니드는 흑백의 문제에만 주목하느라 흑인적인 것과 여성적인 것이 비체로서 공유하는 특성, 그리고 이 비체의 분출을 통해 조가 평생 억압해왔던 것이 해방되는 측면을 읽지 못한다. 이 해방이 너무 늦게, 죽음이라는 치명적 대가를 치른 후에야 도착하지만.

4. 모체의 신성화와 순수의 환상으로의 후퇴

조 크리스마스라는 한 혼혈남성의 인생을 통해 포크너는 남부인들의 (무)의식세계를 지배하는 순수의 이데올로기를 정면으로 대면한다. 백인주의와 남성주의가 결합된 이 이데올로기는 검은 것과 여성적인 것을 오염으로, 흰 것과 남성적인 것을 순수로 표상하는 성적·인종적 상징체계를 구성하고 있다. 인종 표상이 젠더 표상과 결합되어 나타나는 남부 이데올로기의 핵심에 오염의 공포가 내재되어 있음을 드러낸 것은 『팔월의 빛』이 이룬 성취이다. 흑백 어느 쪽에도 인종적 정체성을 둘 수 없었던 혼혈남성의 내면에도

---

11 James Snead, *The Figures of Division*, 97-8쪽.

백색 순수의 환상이 새겨져 있음을 밝혀낸 것은 포크너의 시선이 남부 이데올로기의 핵심에 다가갔다는 것을 말해준다.

물론 순수의 환상이 남부의 성적, 인종적 상징체계를 지배하고 있다는 인식은 『팔월의 빛』만이 아니라 포크너의 거의 모든 작품에 존재한다. 포크너의 창조적 상상력에 일대 경련을 일으킨 작품으로 평가되는 『소리와 분노』에서부터 백인 남성의 의식을 위협하는 여성의 육체에 대한 매혹과 공포가 탐색되고 있으며, 이 매혹과 공포 속에 인종의 그림자가 드리워져 있다는 것도 암시되고 있다. 하지만 포크너가 이 작품에서 검은 그림자의 실체를 정면에서 대면하고 있는 것은 아니다. 딜시라는 주목할 만한 흑인 인물을 창조하고 있지만, 이 작품에서 흑인은 백인의 붕괴된 내면을 비추는 렌즈로 활용될 뿐 진지한 주목의 대상이 되지 못한다. 퀜틴이 던진 "흑인은 백인의 뒤집힌 영상"이라는 명제와 그 반명제, 아니 두 명제의 착잡한 뒤얽힘에 내재되어 있는 사회적, 역사적 의미는 적어도 『소리와 분노』에서는 충분히 탐색되지 못하고 있다. 포크너의 시선은 누이의 처녀성에 집착하는 퀜틴의 의식을 뚫고 나가지 못하고 있다. 이 소설에서 흑인이 백인의 존재의 핵심을 건드리는 장면은 흑인 소년 버쉬가 캐디의 옷을 벗기는 순간이다. 흑인남자에 의해 백인 누이의 앞가슴이 헤쳐지는 순간 퀜틴은 분노와 공포에 휩싸인다. 하지만 포크너는 퀜틴의 신경질적 반응에 함축되어 있는 의미를 더 깊이 파고들지 않는다. 흑인과 백인의 육체적 섞임은 인종적 분리에 기초해 있는 남부사회의 금기를 위반한다. 백인 남성이 받아들일 수 없는 것은 그들의 정체성을 유지하기 위해 '순결한 처녀'로 남아 있어 줘야 할 백인 여자가 흑인 남자에 의해 더럽혀지는 것이다. 하지만 누이의 몸이 더럽혀진다는 사실보다 백인 남자들을 더 괴롭히는 것은 누이가 그것을 원한다는 것이다. 백인 여자가 흑인 남자를 '욕망'하는 것은 남부의 성적 금기를 정면으로 위반한다. 캐디가 흑인 소년에게 옷을 벗기라고 명령하는 모습은 퀜틴으로선 도저히 받아들일 수 없는 트라우마적 광경이다. 퀜틴은 누이와 근친상간적 관계를 가짐으로써 누이가 더럽혀지는 것을 막으려고 한다. 물론 이는 퀜틴의 무의식 속에서 이루어지는 상상일 뿐 현실적으로 실행되는 것은 아니다. 백인 남성들은 자신들에게 공포로 남아 있는, 흑인 남자를 향한 백인 여자의 욕망을 대면하는 대신 그녀를 희생자로 만든다. 백인 여성이 희생자로 남아 있는 한 자신들이 유지하려고 하는 인종적 경계는 안전하게 지켜지기 때문이다.

『팔월의 빛』에서 포크너는 백인 남성의 의식을 지배하는 이 환상을 찢어낸다. 조 크리스마스와 조애나 버든의 관계가 위험한 것은 백인 여자가 흑인 남자를 욕망하기 때문이다. 조애나는 조에게 더럽혀진 순결한 피해자가 아니다. 왜곡된 형태로 표출되긴 하지만 조애나는 조를 욕망한다. 이들 사이에서 벌어지는 심리적 갈등은 "그여자검둥이"에 대한 공포와 혐오 위에 자신의 정체성을 형성한

'흰 영혼의 남자'와 흑인 남자에게 성적 욕망을 품고 있으면서 그것을 검열하는 '백인 아버지의 딸' 사이에서 벌어지는 갈등이다. 포크너가 이들 사이의 복잡한 심리적 갈등을 적나라하게 드러낸 것은 『소리와 분노』의 한계를 뛰어넘는 성취이며, 남부 이데올로기의 핵심에 다가간 것으로 평가해줄만 하다.

하지만 포크너가 이룩한 이 성취는 또 다른 형태의 환상이 실현되는 것이기도 하다. 조애나가 남부의 숙녀가 아니라 북부에서 내려온 여자라는 점은 흑인 남성을 향한 그녀의 욕망을 '북부의 병리'로 제한하는 문제를 노정한다. 북부인들이 흑인과 성관계를 갖고 싶어 한다는 비난은 남부인들이 노예제 폐지를 주장하는 북부인들에게 상습적으로 건 혐의이다. 어떤 점에서 조애나의 욕망은 남부인들이 오래 품어왔던 이 혐의를 반복하는 것이기도 하다. 포크너가 이 혐의에 기대어 백인 여자의 성적 욕망을 그려냈다는 것은 남부의 이데올로기를 뚫는 일이 그만큼 힘들다는 증거이면서 그가 그 이데올로기에 일정 정도 공모하고 있음을 반증한다.

『팔월의 빛』에서 리나 그로브의 이야기는 포크너의 공모를 보여주는 또 다른 예이다. 리나의 삶은 작품에서 조의 운명론적 회로를 감싸고 있는 또 다른 회로이다. 그녀는 조를 심리적 공포로 몰고 간 깨어진 항아리가 아니라 키이츠의 시에 영감을 불어넣은 '완전한 그리스 항아리'이자 그 항아리에 그려진 "아직 더럽혀지지 않은 신부"이다. 아이를 임신하고 있지만 특이하게도 독자는 그녀에게서 어떤 성의 흔적도 찾을 수 없다. 성을 박탈당한 다음에야 비로소 리나는 어머니라는 신성한 위치를 부여받는다. 리나 가 대변하는 모성적 위치는 조가 여자들에게서 경험하는 것과는 다른 의미에서 그녀를 육체적 존재로 만든다. 리나의 몸은 '모체'母體라는 특권적 위상을 부여받고 있고, 이 위상으로 인해 그녀의 몸은 조의 몸을 공격하는 이데올로기에서 벗어난다. 하지만 문화를 초월해 있는 이 신비한 힘은 그녀의 육체를 '동정녀의 몸'으로 만든 다음에야 얻어진다. 어머니이자 처녀로서 그녀는 완벽하게 깨끗하다. 그녀는 더러운 육체에서 벗어나 있고 성행위에서 면제되어 있다. 포크너가 작품의 제목으로 선택한 '8월의 빛'처럼 리나는 소리와 분노로 들끓는 현실세계, 죄와 심판과 처벌이 난무하는 어둠의 세계, 힘과 힘이 맞부딪치는 남성적 세계를 비추는 모성의 밝은 초월적 빛이다. 물론 이 빛은 남성적 환상의 창조물이다. 빛이라는 아름다운 가상을 벗기고 나면 자식을 낳는 어미의 몸만 남는다. 남성적 환상이 창조한 리나라는 인물을 통해 포크너는 순수에 대한 남성적 갈망을 되풀이하고 있다. 자신이 애써 벗겨낸 그 신화를 다시 걸치지 않을 수 없었다는 점에서 포크너는 순수의 환상을 완전히 떠나보내지는 못하고 있다.

8장.

상상적 순수로의 복귀
: 포크너의 『내려가라 모세야』 읽기

1. 남부의 역사적 트라우마에 대한 윤리적 모색

『소리와 분노』(1929)에서부터 시작된 포크너의 소설작업은 남부 역사의 트라우마를을 대면하고 노예제 하에서 죽어간 사자들을 위해 예술적 진혼제를 거행하는 일이었다. 남부 역사의 트라우마에 해당하는 '이종잡혼'은 아직 『소리와 분노』에서는 전면에 떠오르지 못하지만, 『압살롬, 압살롬!』에서 포크너는 『소리와 분노』에서 이미 죽은 것으로 되어 있는 주인공 퀜틴을 다시 살려내 그가 이 문제를 말하도록 한다. 이종잡혼이라는 남부의 인종적 금기와 만나기까지 포크너에게 9년이란 긴 시간이 필요했던 셈이다. 하지만 퀜틴은 『압살롬, 압살롬!』에서 이종잡혼을 대면하는 데 성공하긴 하지만, 자신이 동일시하는 헨리와 마찬가지로 이 인종적 금기를 넘지 못한다. 자신이 죽인 본의 유령에 사로잡힌 채 폐허가 된 낡은 고가에 유폐되어 있는 헨리처럼, 퀜틴도 본의 유령에서 풀려나지 못하고 있다. 4년 뒤 발표된『내려가라 모세야』(1942)에서 포크너는 남부 역사의 트라우마에 대한 퀜틴의 대응과 관련하여 미결로 남아 있던 문제로 돌아가 남부의 역사적 죄에 대한 남부 후손들의 윤리적, 역사적 대응이라는 문제를 정면에서 다룬다. 『내려가라 모세야』의 주인공 아이크 맥캐슬린이 애초 퀜틴 콤슨으로 설정되었던 것은 우연이 아니다. 자신이 창조한 작품 속 인물과 화자들이 트라우마적 순간으로 반복적으로 회귀하듯, 작가 포크너 역시 남부의 역사적 트라우마로 돌아간다.『내려가라 모세야』는 '퀜틴 삼부작'이라 말할 수 있는 포크너의 전성기 세 작품의 마지막 결산으로서 남부의 인종적 모순에 대한 포크너의 역사적, 윤리적 대응을 총체적으로 가늠해볼 수 있는 작품이다. 1929년에서 42년에 이르는 13년이란 결코 짧지 않은 시간에 걸쳐 포크너가 고통스럽게 모색한, 남부사회의 인종적 갈등과 그에 대한 백인 남성 후손의 대응이라는 주제가 이 작품에 이르러 어떤 윤리적 해답으로 구체화되고 있다. 이 '포크너적 해답'을 검토해 보려는 것이 이 글의 목적이다. 이 작업은 적게는『내려가라 모세야』에서 아이크라는 인물로 표상되는 '남부의 예수상'에 대한 비판적 이해를 수행하는 것이면서 크게는 13년에 걸쳐 이루어진 포크너적 모색에 대한 전체적 평가를 시도해 보는 일이기도 하다.

『내려가라 모세야』는 근친상간과 이종잡혼이 결합되어 있는 남부의 역사적 모순과의 대면이라는, 『압살롬, 압살롬!』에서 이미 한번 다루어진 문제를 반복한다. 하지만 관심의 초점은 이동시키고 있다. 이 작품에서 관심의 초점은 언어로 표현할 수 없는 트라우마와 만날 때의 '심리적, 인식론적 갈등'이 아니라 조상이 저지른 죄에 대해 책임을 지려는 '윤리적' 문제로 모아진다. 이런 관심의 이동으로 인해 『내려가라 모세야』는 『압살롬, 압살롬!』을 지배하는 고딕적 집착에서 벗어난다. 『압살롬, 압살롬!』은 탐정소설과 고딕소설이 결합된 형식을 취하고 있다. 그것은 남부의 문화적 금기이기도 한 인종적 비밀을 중심으로 회전하는데, 이 비밀을 풀기 위해서는 해석적이고 인식론적인 작업뿐 아니라 심리적이고 이데올로기적 작업도 요구된다. 숨겨진 비밀을 풀기 위해 작중인물과 화자의 심리 못지않게 '소설의 심리' 도 오랫동안 배회한다. 하지만 『압살롬, 압살롬!』과 달리 『내려가라 모세야』는 숨은 비밀을 중심으로 회전하지 않는다. 아이크의 할아버지 올드 캐로더즈가 자신의 흑인 딸과 맺은 근친상간과 이종잡혼이 작품의 '부재원인'으로 작용하는 것은 사실이지만, 작중 주인공과 작품 자체가 억압된 진실을 말하기 위해 『압살롬, 압살롬!』처럼 고통스러운 우회의 과정을 거치지는 않는다. 조상의 비밀은 작중인물과 독자 모두에게 알려져 있다. 이종잡혼이라는 남부사회의 인종적 비밀을 알기 위해 고투하는 대신 소설이 초점을 맞추는 것은 진실이 밝혀진 뒤 작중인물들이 취하는 윤리적 행동이다. 그 윤리적 질문은 이런 것이다. 누가, 어떻게 책임을 떠맡으며, 그가 떠맡는 책임이 과연 조상의 폭력적 행동으로 죽어간 흑인 노예들의 상실과 슬픔을 애도할 수 있는가?

『내려가라 모세야』는 일곱 편의 이야기로 구성되어 있는데, 이 이야기들을 묶어주는 주제어를 찾는다면 그것은 '슬픔'일 것이다.[1] 강물에 빠져죽은 유니스의 시체와 라이더의 린치당한 시체, 그리고 숲에서 쓰러져간 올드벤과 라이언의 시체에 이르기까지 작품은 수많은 시체를 싣고 있다. 소설은 그 자체로 하나의 거대한 영구차이다. 소설은 자신이 싣고 가는 시신들을 제대로 묻고 있는가? 소설에서 가장 핵심적인 애도작업을 수행하고 있는 아이크의 경우는

---

1 "슬픔을 말하는 행위"가 작품의 유기적 끈을 이루고 있다고 지적하면서 『내려가라 모세야』를 상실과 애도의 행위로 최초로 읽어낸 비평가는 존 매슈스이다. 이 소설을 애도의 작업으로 읽어내는 이 글도 기본적으로는 매슈스의 시각의 연속선상에 있다. 하지만 매슈스의 관심은, 적어도 그가 이런 시각을 견지했던 『포크너의 언어놀이』에서는 기원의 상실―부재하면서 흔적을 뒤에 남기는 데리다적 의미의 기원의 상실―을 '말하는' 다양한 '언어형식'을 추적하는 작업에 바쳐져 있는 까닭에, 노예제와 인종주의에서 유래하는 '역사적으로 구체적인 상실'을 다루지 못하고 있다. 매슈스는 상실을 '언표화하는' 행위에 집착함으로써 상실대상들의 구체적인 역사적, 인종적 성격에 주목하지 않는다. 이렇게 된 부분적 이유는 그의 비평적 관심이 해체론, 그중에서도 특히 기표의 자유유희를 강조하는 초기 미국학계에 수용된 해체론에 경도해 있기 때문으로 보인다. 그는 데리다의 해체론을 포크너의 작품에 최초로 적용한 비평가이다. 나중에 매슈스는 해체론에서 방향을 돌려 맑스주의로 옮겨오는데, 문제는 후기의 사회, 역사적 관심이 그가 초기에 보여주었던 해체적 관심을 비생산적으로 무화하면서 포크너 소설에서 중요한 심적 기제를 이루고 있는 '상실'과 '애도'의 문제를 놓치고 있다는 점이다. 리처드 모어랜드 역시 상실과 애도라는 매슈스가 닦아놓은 비평적 길을 따라 포크너 작품을 분석하고 있다. 하지만 나는 노예제의 희생자들을 애도함에 있어 『내려가라 모세야』가 『압살롬, 압살롬!』을 넘어서고 있다는 그의 해석에 동의하지 않는다. 모어랜드의 해석에 의하면 『내려가라 모세야』에 이르러 포크너는 남부의 인종적 트라우마에 대한 공포스런 대응을 유머러스하게 수정하고 있다고 본다. 하지만 뒤에 자세히 논의하겠지만, 필자는 모어랜드가 말하는 희극적 수정이라는 것이 남부 흑인에 대한 상투적 이미지였던 삼보(Sambo) 상의 재연에 지나지 않는다고 보며, 모어랜드의 평가와 달리 『내려가라 모세야』는 『압살롬, 압살롬!』에서 이루어진 남부 역사의 트라우마와의 대결에서 순수의 신화로 퇴행한 것으로 본다.

어떤가? 아이크의 애도작업을 통해 과연 남부는 자신이 저지른 역사적 죄를 참회하고 속죄에 이르렀는가? 가해자가 자신, 혹은 자신의 조상이 저지른 죄를 참회한다는 것은 그 죄를 낳았던 한 사회의 구조적 폭력의 실체를 대면하고 그로부터 단절하는 것만이 아니라, 그의 참회와 애도가 희생자의 슬픔을 이해하고 공감할 수 있을 때 가능하다. 아이크의 애도작업은 작품의 표제작으로 선택된 마지막 단편 「내려가라 모세야」에서 싸늘한 시체가 되어 돌아온 손자의 죽음에 대해 흑인 할머니 몰리가 보여주는 깊은 슬픔을 공유하고 있는가? 아이크의 애도작업을 비판적으로 그리고 있는 작가 포크너는 남부 역사가 요구하는 애도의 의식을 적절히 수행하고 있는가?

리처드 킹은 그의 저서 『남부 르네상스』에서 제1차세계대전 후 프로이트가 유럽문명을 대상으로 수행한 정신분석학적 애도작업과 비슷한 것을 포크너가 소설을 통해 남부사회를 대상으로 거행하고 있다고 말하면서, 『내려가라 모세야』가 포크너적 애도작업의 결정판이라고 주장한다.[2] 프로이트가 정신분석학적 이론작업을 통해 수행한 애도행위는 그와 동시대를 살았던 포크너의 소설작업을 특징짓는 중요한 심적 기제로 작용하고 있다는 점에서 킹의 지적

---

2 프로이트는 세계대전을 경험하면서 유대인이라는 인종적 타자가 아리안 순수주의의 희생제물로 바쳐지는 것을 목격했다. 1914년에서 1940년 사이에 발표된 프로이트의 논문들은 서구문화가 자행해온 파시즘적 폭력의 심리적 기원에 관한 치열한 이론적 분석이자 그 폭력에 의해 죽어간 그의 동족 유대인들의 죽음을 슬퍼하는 애도행위였다. 프로이트는 쾌락원칙을 넘어선 더 근원적 충동이 인간에 내재해 있다는 점을 발견해냄으로써 홀로코스트의 백색 불꽃 속으로 타들어간 유대인들의 죽음을 애도했다.

은 적절하다. '애도'란 사랑하던 대상을 상실했을 때 그 대상을 '떠나보내는' 심적 작업을 가리킨다. 대상(사랑하던 사람 혹은 따르고 숭배하던 이념이나 가치)의 상실이라는 트라우마적 사건에 직면하여 주체는 상실된 대상에게 투여되었던 리비도를 회수하여 다른 대상에게로 옮긴다. 물론 이 회수의 과정은 쉽지 않다. 인간은 리비도적 위치를 쉽게 바꾸려 하지 않기 때문이다. 우울증은 바로 이 리비도적 위치를 바꾸기를 거부하고 상실된 대상을 자아 속으로 합체하여 대상과 자신을 동일시하는 상태를 가리킨다. 프로이트가 우울증과 애도를 구분한 핵심적 기준은 애도의 경우 대상을 떠나보내는 것에 성공하는 반면 우울증은 이 작업에 실패한다는 점이다. 이런 중요한 차이를 밝히긴 하지만 프로이트는 우울증과 애도라는 두 심리적 대응방식의 차이를 낳는 데 개입된 문제를 충분히 이론화하지는 못한다. 슬라보예 지젝은 프로이트에게 미완으로 남아 있던 애도의 해명이라는 문제를 라캉적 틀을 빌려 이렇게 설명한다. 애도자는 대상을 떠나보내더라도 대상에 대한 사랑 혹은 욕망을 유지하는 사람이라면 우울증환자는 대상에 고착되는 대신 욕망을 잃어버린 자이다.[3] 햄릿의 경우처럼 욕망을 잃어버리거나 왜곡하면서 대상에 고착된 채 초자아의 무자비한 공격에 노출되는 것이 우울증이다. 프로이트와 포크너가 대면했던 세계는 그 누구도 '상실'

---

3 Slavoj Zizek, "Melancholy and the Act," *Critical Inquiry* 26 (Summer 2000), 659-63쪽. 애도와 우울증에 대한 보다 자세한 논의는 이 책의 6장을 참조할 것.

의 고통을 피할 수 없었던 역사이다. 일차적으로 그것은 제1차 세계대전으로 사랑하는 사람들을 잃어야 했던 개인적 아픔의 시기인 동시에 문화적으로도 중요하고 소중하게 간직해왔던 무엇인가 — 그것이 전통이든 이념이든 — 를 잃어야 했던 집단적 슬픔의 시기이다. 따라서 '상실의 시대'를 살아야 했던 세대(흔히 '잃어버린 세대'라 불려지는)가 겪었던 심리상태를 기술하기 위해서 '애도'보다 더 적절한 용어는 없을 것이다. 프로이트가 1917년에 「애도와 우울증」이란 논문을 발표한 것도 자기 스스로 겪고 있던 상실의 아픔에 대한 무의식적 대응이었고, 그것은 정신분석학의 이론지형을 바꿀 만큼 엄청났다.

애도작업을 수행하고 있다는 점에서 세대적 공통점을 찾을 수 있긴 하지만 포크너의 입장이 프로이트의 그것과 같지는 않다. 포크너는 유대인이었던 프로이트처럼 인종적 순수주의의 피해자라기보다는 그 이데올로기를 자행한 가해자의 후손이며, 그의 상실에는 제1차 세계대전이란 동시대적 상실에 남북전쟁에서 남부의 패배라는 역사적 상실이 더해진다. 포크너 소설을 규정짓는 것으로 필자가 파악하는 '애도의 작업'은 이 두 개의 상실에 대한 모색인데, 제1차 세계대전에서 한 발짝 물러나 있던 미국인으로서 포크너에게 더 직접적이고 구체적으로 다가왔던 상실은 남북전쟁에서 남부의 패배였다. 남부의 후손들이 과거의 심리적 상처를 대면해서 그 고통을 극복하는 것이 어려운 것은 그것이 양날의 작업이기 때문이다. 그들은 남북전쟁의 패자인 동시에 노예제를 실시한 가해자이기도 하다. 따라서 그들은 패전으로 인해 발생한 남부의 집단적 나르시시즘의 상처를 극복해야 하는 동시에 그들이 노예제의 희생자들에게 가한 역사적 고통 또한 반성해야 한다. 이런 이중적 위치는 그들에게 두 가지 과제를 요구한다. 첫째, 그들은 남부의 강력한 아버지상이 남북전쟁에서 무너져 내리는 것을 목도해야 하며, 이 아버지상과의 동일시에 기초한 성적, 인종적 정체성 역시 와해되는 집단적 나르시시즘의 상처를 극복해야 한다. 그들은 남부의 아버지상을 제대로 매장해야 하며, 수많은 사람들을 노예제의 무덤 속으로 끌어들인 바로 그 아버지가 자신들의 영혼을 지배하지 못하도록 아버지의 유산으로부터 단절해야 한다. 그런 다음에야 비로소 그들은 아버지에 의해 희생된 역사적 타자들, 즉 흑인 노예들의 상실과 슬픔을 애도할 수 있다. 포크너의 애도행위는 남부의 후손들에게 내려진 이 두 과제를 성공적으로 수행하고 있는가? 킹이 극찬하듯 포크너는 애도작업을 성공적으로 수행한 '남부 최고의 역사가'라는 칭호를 받을만한가? 궁극적으로 이 물음에 대한 해답은 『내려가라 모세야』에서 남부의 인종적 트라우마에 대해 작중 주인공들이 보여주는 태도와 그들이 내린 윤리적 선택을 어떻게 볼 것인가에 달려 있다.

2. 수치의 유산으로의 입문

『내려가라 모세야』는 남북전쟁 전의 플랜테이션 시기부터 인종차별과 경제적 황폐화에 시달리는 뉴딜 시기까지 남부 미시시피주에 살고 있는 맥캐슬린가※ 후손들의 이야기를 연작형식으로 묶은 작품이다. 이 작품에서 아이크는 할아버지가 저지른 끔찍한 죄를 속죄하기 위해 농장을 비롯한 모든 유산을 포기하고 조그만 오두막에서 자식도 없이 평생을 목수로 살아간다. 아이크는 열여섯 살 되던 해 아버지와 그의 쌍둥이 형이 손수 써놓은 농장 장부를 읽다가 할아버지가 자신의 흑인 딸을 임신시켰고 이 사실을 안 딸의 어머니 유니스가 크리스마스날 강에 몸을 던져 자살했다는 사실을 발견한다. 아이크는 근친상간과 이종잡혼이 결합되어 있는 할아버지의 이 혐오스러운 행위 속에도 행여 '사랑'이 깃들어 있지 않은지 그 증거를 찾기 위해 필사적으로 장부를 뒤적여 보지만, 아무런 단서를 찾지 못한다. 사랑의 부재야말로 아이크가 발견한 남부의 수치스러운 유산이며, 이 수치의 유산으로부터 단절하기 위해 아이크는 세습재산을 상속받지 않겠다는 결정을 내린다. 작품은 아이크의 인생을 이렇게 요약한다. "1874년 소년; 1888년 어른, 거부와 부인 뒤 자유로워짐."[4] 바로 이 자유야말로 아이크의 인생

---

4 William Faulkner, *Go Down Moses* (New York: The Modern Library, 1995), 270쪽. 이 글에

역정을 정의해주는 핵심어이다. 문제는 상속을 거부하면서 아이크가 얻었다는 자유가 조상의 죄로부터 그를 해방시켜줄 수 있는지, 그렇지 않으면 그 죄를 낳았던 남부적 의식의 변형된 연장에 불과한지 여부이다.

아이크는 할아버지 올드 캐로더즈가 저지른 죄가 땅을 지배하고 소유한 것에서 비롯되었다고 파악한다. 맥캐슬린 에드먼드와의 긴 대화에서, 아이크는 올드 캐로더즈의 농장 건설을 옹호하는 맥캐슬린의 온건한 실용주의적 태도에 반대한다. 아이크가 보기에, 이런 개척은 애초에 누구의 것도 아닌 땅을 소유하고 착취하는 것에 지나지 않는다. 이런 착취와 정복의 논리는 인간과 자연의 관계뿐 아니라 인간들 사이의 관계로 확장되면서 한 인종에 의한 다른 인종의 지배와 착취로 이어진다. 하느님으로부터 "형제애"를 통해 본래의 모습 그대로 유지하라고 부름 받은 땅을 소유하는 순간, 이미 그 땅을 잃어버렸다. 아이크에게 땅은 남성이 자신의 '씨앗'을 뿌린 뒤 '농장'과 '자손'을 폭력적으로 '찢어' 내는 여성적 대지이자 검은 자궁이다. '상실'과 '애도'의 주제는 포크너 소설의 주인공들의 마음을 지배하는 심적 기제이다. 그것은 남북 전쟁에서 남부가 패하면서 남부인들이 집단적으로 경험하는 슬픔, 다시 말해 무엇인가 중요한 것을 잃어버렸고 그것을 회복하는 것은 영영 불가능하다는 좌절의 감정과 연관된다. 아이크의 경우 상실은 남부의 패전이라

서 이후 이 책을 인용할 때는 쪽수만 표기하기로 한다.

는 역사적 사실만이 아니라 인간이 서 있는 존재조건이라 할 수 있는 '땅'의 상실로 확대된다.

홍미로운 점은 아이크가 땅의 상실에 대해 보이는 반응과 「불과 화로」에서 백인 소년 로스가 흑인 유모의 젖가슴을 상실한 뒤 보이는 반응 사이에는 상당한 공통성이 존재하며, 상실이라는 심적 기제에 성적, 인종적 그늘이 짙게 드리워져 있다는 점이다. 어린 시절 로스는 흑인 유모 몰리의 젖을 그의 아들 헨리와 나누어 먹고 자란다. 그러나 어느 날 로스는 헨리와 한 침대에서 자지 않겠다고 선언면서 형제나 다름없는 헨리와 나누었던 사랑을 깨뜨린다. 흑인과 백인이 흑인 유모의 젖을 나누어 가졌던 시기에 형성된 흑백간의 유대와 사랑은 자의적인 인종적 분리가 개입되기 전의 유토피아적 상태라 할 수 있다. 하지만 이 유토피아적 순간은 인종화된 상징질서가 끼어들면서 무너진다. 백인 형이 흑인 동생에게서 떨어져 나오는 인종적 분리는 사회적 관계 속으로 진입할 때 아이가 경험하는 트라우마적 사건으로 남아 있다. 로스는 인종화된 남부의 상징질서로 들어가면서 그에게 유일한 어머니였던 몰리의 젖가슴을 영원히 상실한다. 작품의 화자는 로스가 헨리와 잠자리를 거부하는 순간, "용기와 명예에서 유래한 것이 아니라 불의와 수치심에서 생겨난" "오래된 조상의 도도한 오만"이 "그에게 내려왔다"(108쪽)고 말한다. 헨리와의 사이에 넘을 수 없는 인종적 선을 긋는 순간 로스 자신이 "슬픔"과 "수치심"을 느낀다. 훗날 로스는 자신이 경험한 슬픔과 수치심을 인정하지만, 그것은 "너무 늦게 일어난, 영원히 늦어 버린" 인정이다. 작품은 로스가 "영원히 늦어 버렸다"고 인정하는 순간을 그가 "그의 유산으로 들어가는"(111쪽) 순간이라고 묘사한다. 남부의 유산은 영원히 교정할 수 없는 슬픔과 수치의 세계이고 남부의 자손들은 이 세계의 수인囚人이다.[5]

아이크는 로스가 "불의와 수치심에서 비롯된" 인종적 오만 때문에 흑인 유모의 젖가슴을 상실한 채 아무도 사랑하지 못하고 어느 누구의 사랑도 받지 못하는 영원히 길 잃은 고아소년으로 살아가듯, 인간이 황야를 소유하고 길들이는 것은 인간의 힘과 능력에서 비롯된 것이 아니라 황야에 대한 근원적 '공포'에서 기인한다고 생각한다. 아이크의 눈에 비친 황야는 거대하고 혼란스러우며 침투할 수 없는 공포의 대상이다. 황야는 인간의 문화적 구분과 질서를 넘어선다. 제임스 스니드에 의하면, 이런 의미의 황야는 어떤 구분도 일어나기 전 만물이 뒤엉켜 있는 "태초의 카오스"이자 인간의 범주화를 초과하는 "근원적 타자성"을 닮아 있다.[6] 크리스테바의 용어로 번역하면, 황야는 남근적 질서가 개입되기 전의 코라chora이자 상징계에 진입하기 전 아이가 경험하는 어머니이다. 아이가 어머니의 몸에서 끔찍한 공포를 느끼듯, 인간은 황야를 마주하면서

---

5 물론 독자는 침대를 같이 쓰기를 거부한 뒤 로스가 느끼는 수치와 슬픔에 대해서는 많은 이야기를 듣지만, 거부당한 헨리의 심경에 대해서는 거의 듣지 못한다. 포크너는 헨리의 상처 입은 마음 속으로는 들어가지 않는다.

6 James Snead, *The Figures of Division: William Faulkner's Major Novels* (New York: Metheun, 1986), 181-5쪽.

두려움과 충격에 휩싸인다. 인간이 황야를 길들이는 것은 길들여질 수 없는 황야의 무시무시한 힘에 대한 방어적 욕구에서 연원한다. 공포와 불안을 참을 수 없어서 인간은 "잠든 코끼리의 발목 주위를 서성이는 피그미족처럼" "황야의 언저리"를 조금씩 갉아먹는다.(185쪽) "은행과 농장," 확대해서 보자면 "문명" 자체가 이런 공포와 불안에 사로잡힌 인간의 갉아먹기이자 인간의 두려움과 증오가 만들어낸 수치의 산물이다.

황야와 마찬가지로 아이크가 만나는 야생의 곰 올드 벤도 '야성'wildness을 상징한다. 올드 벤은 인간이 문명을 건설하면서 상실한 "오랜 야생적 삶의 환영이자 정수"(185쪽)이다. 황야가 인간에게 공포를 불러일으킬 만큼 거대한 존재로 경험되듯, 올드 벤도 너무나 거대해서 길들여진 것들은 모두 그 앞에서 "허약하고 무기력하게" 몸을 떨 수밖에 없다.(198쪽) 올드 벤은 "새끼도 없고" 암컷 배우자도 없이 "홀아비가 된" "외로운" 수컷으로 그려져 있지만, 텍스트의 내적 논리에 따르자면 부성적 존재라기보다는 모성적 존재에 가깝다. 물론 여기서 말하는 모성적 존재는 흔히 이해되는 연약하고 부드러운 존재가 아니라 불요불굴의 무적의 어머니, 그녀가 행사하는 무시무시한 힘과 권력 앞에 모든 존재들이 압도당하고 트라우마에 빠지는 거대한 남근적 어머니phallic mother를 가리킨다.

아이크는 인디안 추장과 흑인 사이에서 태어난 샘 파더즈에게서 올드 벤과 그가 상징하는 야생성을 '애도'하는 법을 배운다. 처음부터 아이크와 샘은 황야와 올드 벤이 사라질 운명이라는 것을 알고 있다. 황야는 매년 조금씩 사라지고 있고, 올드 벤 역시 언젠가는 인간의 손에 사냥당할 수밖에 없다. 사냥의 의식은 아이크가 샘으로부터 황야의 상실을 애도하는 윤리적 의식으로 배운 것이다. 샘은 아이크에게 사냥꾼이 되려면 사냥하는 짐승에 대한 두려움을 극복해야 한다고 가르친다. 진정한 사냥꾼은 "겁을 먹긴 해도 두려움에 떨어서는 안된다"(198쪽). 앞서 언급했듯이, 황야에 대한 공포를 극복하지 못할 때 인간은 자신의 두려움을 폭력적 정복으로 바꾼다. 하지만 이는 자신이 극복하지 못한 공포와 히스테리로 퇴행하는 것이다.

아이크가 샘에게서 배운 또 다른 사냥의 교훈은 자신이 죽인 짐승의 목숨에 값하는 삶을 살아야 한다는 것이다. 이것이 사냥꾼이 자신이 죽인 짐승을 적절히 '애도'하는 사냥의 윤리이다. 샘 파더즈가 죽은 사슴의 뜨거운 피를 아이크의 얼굴에 발라주었을 때, 아이크는 자기가 죽인 사슴에게 부끄럽지 않은 삶을 살겠다고 맹세한다. "나는 너를 죽였다. 나의 몸가짐은 죽어가는 너의 목숨을 부끄럽게 해서는 안된다. 앞으로 내가 지켜야 할 행동은 너의 죽음이 되어야 한다."(336쪽) 아이크가 "황야의 대학"에서 "황야의 스승" 샘 파더즈로부터 배운 것이 수치를 거부해야 한다는 것이다. 아이크는 스물 한 살이 되던 해 죄로 얼룩진 유산을 거부함으로써 샘 파더즈의 가르침을 실천한다.

아이크가 세습재산을 상속받지 않는 것은 좁게는 할아버지 올드 캐로더즈의 죄를 거부하는 것이면서 넓게는 황야를 돈으로 바꿔친 인간의 탐욕과 공포를 거부하는 것이다. 아이크는 인간이 문명을 창조하는 순간 이미 황야의 파괴가 시작되었다고 본다. 순수의 상실의 역사는 남부의 역사 뿐 아니라 북부의 역사, 심지어 구세계의 역사까지 망라한다. 아니 그것은 신대륙에 백인이 들어오기 전 인디언의 역사마저 포괄한다. 아이크는 올드 캐로더즈가 인디안들에게서 땅을 사기 전에 이미 그 땅은 저주받았다고 생각한다. 아이크의 해석에 의하면, 인디안의 수중에 있을 때 이미 땅이 저주받고 더럽혀졌다면, "하느님은 그 땅을 얼마동안 이케모투베의 피에서 다른 종족의 피로 건네 줌으로써"(249쪽) 하느님이 뜻하시는 바를 이룰 수 있을 거라고 생각하셨을 것이라고 한다. 아이크가 농장을 상속받지 않겠다고 선언하면서 숲으로 들어갈 때 그가 거부하는 것은 인간문명 전체가 안고 있는 불의와 수치이다. 하지만 남부의 특수한 역사적 죄를 문명 일반으로 확대하는 것은 역사적 차원을 초역사적 차원으로 이월하는 것이며, 구체적이고 개별적인 상실을 일반화된 상실로 치환하는 것이다. 그것은 용서받을 수 없고 배상될 수 없는 남부의 "구체적 비극"을 대면하라는 요구, 「내려가라 모세야」에서 손자의 죽음을 신문에 기록하라는 몰리의 요구를 외면하는 것이다. 아이크의 논리에 따르면, 남부와 북부 모두 잘못이고, 구대륙과 신대륙 둘 다 순수를 상실했으며, 인디안 역시 이런 타락에서 면제되어 있지 않다. 문명의 건설 이후 '모든' 인간은 죄인이다. 아이크가 거부한 것은 분명 역사적으로 구체적인 남부의 유산, 즉 인종차별에 기초한 남부의 노예제와 노예제의 물적 토대를 이루고 있는 플랜테이션 자본주의 하의 농장이지만, 그의 거부행위는 이런 구체성을 휘발시킨다. 아이크는 문명과 황야 사이에 추상적이고 비역사적인 이분법을 설정하고 문명의 대안으로 황야를 받아들인다.

숲의 소멸에 대한 아이크의 비극적 인식이 숲을 문명의 대안으로 생각하는 그의 관념에 운명론적 그림자를 드리우는 것은 사실이다. 그러나 이런 숙명론적 현실인식보다 더 심각한 문제점은 숲과 숲에서 이루어지는 사냥의 의식에 대한 아이크의 관점이 남부의 트라우마적 현실을 은폐하는 기제로 활용되어 왔던 '순수'라는 이데올로기적 환상이 지속되고 있다는 점이다. 농장을 버리고 숲으로 들어간 아이크의 선택이 문제적인 것은 그것이 역사로부터의 도피라든가 남부의 '역사적' 모순에 대한 '역사적' 대응이 될 수 없다는 사실 때문만은 아니다. 이런 비역사적 대응이 그 자체로 문제인 것은 분명하지만, 더 심각한 문제는 아이크가 '남부의 심리'를 형성해왔던 '순수의 환상'으로부터 단절하지 못했다는 점이다. 아이크는 자신의 가족사에 새겨져 있는 인종적 오염과 대면함으로써 전전 남부에 대해 패전 후 남부인들이 투사한 이데올로기적 환상, 다시 말해 전전의 남부는 '순수의 공간'이었고 남부가 전쟁에서 패하면서 이 순수를 상실했다는 생각이 남부인들의 이데올로기라는 것을 안다. 이 점에서 그는 남부의 이데올로기의 신비를 벗겨내는 비판작업을 수행한다. 그러나 아이크는 숲을 역사적 공간에서는 상실한 순수와 순결을 다시 한번 회복할 수 있는 '더럽혀지지 않은 처녀지'라고 상상하고서 숲으로 퇴각한다. 아이크에게 황야는 '파괴될 수 없고 패배당할 수 없는 남부'의 상징으로 재소환되고 있다.

3. 실재의 황야와 상상의 황야

황야에 대한 아이크와 포크너의 담론에는 우리가 앞서 살펴본 개념화와 상충되는 측면이 존재한다. 앞서 우리는 제임스 스니드의 견해를 받아들여 아이크와 포크너에게 황야란 만물이 뒤엉켜있는 '시원적 카오스'이자 문화적 구분이 개입되지 않은 공간으로 표상된다고 지적하고, 이를 크리스테바적 의미의 '어머니의 몸'과 연결시켰다. 우리는 이렇게 표상된 황야를 '실재의 황야'(the wilderness of the Real)라 부를 수 있을 것이다. 실재의 황야는 성과 계급 같은 문화적 구분이 개입되기 이전의 공간이지만, 그렇다고 순결하지는 않다. 오히려 그것은 혼란스러운 무정형의 상태, 안정된 사회적 구분과 정체성을 흐리는 혼돈의 공간이다. 이런 황야와 대조적으로 아이크와 포크너는 또 다른 황야, 즉 '처녀성'과 '순결'

에 대한 백인 남성의 '상상적' 환상이 투여된 황야를 상상한다. 우리는 이것을 '상상계의 황야'(the wilderness of the Imaginary)로 부를 수 있을 것이다. 이 황야는 상상계 단계의 아이가 거울에서 바라보는 '이상적 이미지'와 비슷한 기능을 수행한다. 이상적 이미지는 이미 소외를 경험하고 있는 아이에게 완전하고 총체적이라는 느낌을 부여해줌으로써 안정된 정체성을 제공한다. 슬라보예 지젝은 "역사적 맥락에서 분리된 과거에 대한 천상의 미적 이미지"에 매혹을 느끼며 이 이미지로 돌아가는 것을 "향수로서의 상상계적 반복"이라고 불렀다.[7] 지젝에 의하면, 상상계적 반복의 대상은 "과거의 이미지 그 자체라기보다는 그 이미지에 사로잡힌 시선이다."[8] 과거의 이미지가 주체를 매혹시키는 것은 "상실된 과거라는 천상적 이미지에 순진하게 빨려 들어가는 시선"[9]이 존재하기 때문이다. 아이크와 포크너의 상상계적 반복에서 천상의 미적 이미지로 제시되는 것이 순결한 처녀지로서의 황야이다. 황야는 아이크와 포크너가 되찾고 싶은 순수를 표상한다. 이 순수는 그들이 필사적으로 벗어나려고 하는 남부의 역사적 오염을 은폐하는 기능을 수행한다. 아이크와 포크너의 담론에는 황야에 대한 두 담론이 모순을 일으키며 공존하고 있다.

---

7 Slavoj Zizek, *Enjoy Your Symptom: Jacques Lacan in Hollywood and out* (New York: Routledge, 1992), 80-1쪽.

8 같은 책, 81쪽.

9 같은 책, 81쪽.

「곰」에서 아이크가 마차를 타고 들어가는 황야는 실재의 황야에 가깝다. 그것은 인간의 길을 집어삼키는 근원적 어둠이자 모든 존재를 끌어안는 어두컴컴한 자궁으로서, 「델타 가을」에서 후일 아이크가 상상하듯 인간이 쉽게 일체감을 느낄 수 있는 따뜻하고 포근한 숲이 아니다. 「곰」에서 아이크가 마차를 타고 들어가면서 경험하는 숲은 이렇게 묘사되고 있다.

(…) 그는 추적추적 내리는 막 얼기 직전의 십일월의 부슬비 속에서 황야를 보았다. 후일 그는 언제나 그 황야를 보았거나 아니면 적어도 기억했던 것 같다. 비가 녹아내리는 오후, 그 해의 죽음 속에 거대하면서도 끝없이 펼쳐진 빽빽한 십일월의 황야를. 축축하면서도 뚫고 들어갈 수 없는 그 황야의 숲을. 마차는 마을 끝자락에 심어진 목화와 옥수수의 앙상한 줄기, 태고의 옆구리를 인간이 조금씩 갉아먹은 마지막 흔적들 사이를 지나가다가, 이윽고 그 거대한 시각에서 보면 우스꽝스러울 정도로 작은 난장이가 되어 움직임을 멈춰버린 것 같다 (…) 마치 이리 저리 흔들리는 외로운 부동의 바다, 무한한 대양 속에 매달려있는 조그만 외로운 배 한 척처럼. 처음엔 물결이, 그 다음엔 앞으로 나아가는 것 같지도 않는 그 물결이 다가가는 침투 불가능해 보이는 육지가 서서히 몸을 움직여 넓어지는 후미를 열어주는데, 그곳이 바로 정박지이다. 그는 옆자리에 앉은 샘과 함께 그 속으로 들어갔다 (…) 황야는 그들을 받아주기 위해

잠깐 문을 열었다가 그들이 들어가자 다시 문을 닫았다.(186-7쪽)

아이크가 타고 들어가는 마차는 숲 속으로 들어가는 '남근적 도구'이다. 하지만 마차는 숲을 뚫고 들어가 길을 내기는커녕 숲에 압도당한 채 앞으로 나아가지도 못하고 뒤로 돌아가지도 못하고 있다. 마차는 거대한 대양 속에 떠있는 조그만 배처럼 황야의 거대한 힘에 굴복하여 멈춰 있다. 여성의 자궁이 자신의 공간 속으로 들어오는 '남근'을 체포하여 문을 걸어 버리듯, 아이크가 타고 가는 마차도 황야의 '후미'에 갇힌다. 아이크가 숲으로 들어가면서 느끼는 감정은 인간의 오성을 넘어서는 거대한 자연 앞에서 인간이 경험하는 '숭고의 느낌'과 비슷하다. 아이크에게 숲은 자신의 정체성을 위협하는 근원적 타자성, 그의 남성적 침투를 무력화시키는 여성적 공간이다. 이런 점에서 아이크에게 숲은 『소리와 분노』에서 캐디의 몸이 퀜틴에게 갖는 의미와 비슷하다.

숲에 대한 아이크의 반응과 마찬가지로 퀜틴이 캐디의 몸에 보이는 반응도 이중적이다. 퀜틴를 괴롭히는 것은 캐디의 성적 오염과 타락이다. 남부의 백색 심리 속에서 여성은 전전 남부의 순수를 상징하는 순결한 백합으로 남아 있어야 하지만, 캐디는 더 이상 한 송이 흰 백합이 아니다. 그녀는 남성을 유혹하는 인동덩굴이다. 퀜틴의 장은 점점 짙어지는 "그 지랄 같은 인동덩굴향"에 휩싸이다가 그 향기에 질식된다. 캐디라는 인동덩굴을 안전한 플랜테이션 정원의 담장 속에 가두려는 퀜틴의 시도는 성공하지 못할 뿐 아니라, 오히려 그의 남성적 정체성이 달콤하면서도 끈끈한 이 남부의 꽃향기에 무너진다. 퀜틴은 캐디의 몸이 순결하기를 원하지만 캐디가 순결하지 않다는 것을 알고 있다. 그는 캐디에게 접근하는 여러 남자들로부터 캐디의 순결을 지켜주려고 하지만 성공하지 못한다. 남근적 폭력을 동원해야만 '난잡한 성'에서 '처녀성'을 지키고, '오염'에서 '순결'을 방어할 수 있지만, 퀜틴은 그럴 능력이 없다는 것을 자인할 수밖에 없는 무력한 오빠이다.

캐디가 백인 남자들과 벌이는 난잡한 성관계보다 퀜틴을 더 괴롭히는 사건은 훨씬 일찍 일어난다. 이 사건은 백치 벤지의 기억을 통해 희미하게 포착된다. 외할머니의 장례식날 캐디는 흙 묻은 속바지를 벗기 위해 흑인 소년 버쉬에게 자신의 젖은 옷 단추를 풀라고 하고 현장에 함께 있던 퀜틴은 발작적으로 버쉬에게 그만두라고 고함친다. 이 장면에서 퀜틴은 흑인 남자가 백인 여자를 더럽힐지 모른다는, 남부의 백인 남성들에게 가장 끔찍한 공포를 불러일으키는 트라우마적 사건에 직면한다. 이 장면은 퀜틴의 심리에서도 그것을 표현하는 소설의 심리에서도 제대로 말해지지 않은 채 누이의 몸에 대한 백치의 원초적인 육체적 반응 이상으로는 탐색되지 못하고 있다. 이 장면을 정면으로 바라보려면 남부의 백인의식이 감당하기 힘든 충격에 직면해야 한다. 이 장면은, 구 남부는 이미 더럽혀져 있고, 남부의 가족은 인종적 오염 위에 기초해 있다는 트라우마적 인식으로 남부의 아들들을 몰아넣는다. 퀜틴은 이 트라우마적 이 진실을 대면하는 대신 상상 속으로 빠져든다. 그는 상상 속에서 캐디와 근친상간적 관계를 가짐으로써 누이의 순결한 몸을 되찾으려고 한다. 물론 이 시도는 불가능하다. 퀜틴이 캐디를 갖는다는 것은 그녀의 처녀성을 파괴한다는 것을 의미하기 때문이다. 하지만 캐디와 성적 결합을 이룸으로써 지옥에 떨어졌다고 상상하는 퀜틴의 (무)의식 속에서, 자신들이 죄의 심판을 받는 지옥 불조차 "깨끗한 불꽃"으로 나타난다.[10]

우리는 숲에 대한 아이크의 생각과 캐디의 몸에 대한 퀜틴의 반응 사이에서 유사한 심리구조를 발견할 수 있다. 아이크의 숲은 어둡고, 무정형적이며, 혼돈스러우면서 또한 순수하고 순결하다. 숲의 사라짐을 애도하는 「델타 가을」에서, 아이크는 숲을 가리키기 위해 성적 함의를 강하게 풍기는 기하학적 문양, 그가 "▽모양의 땅"이라 말한 문양을 쓰고 있다. 리처드 고든은 이 '▽ 모양의 땅'을 "처녀막의 울타리"를 가리키는 도상적 기호라고 말하면서, 아이크가 이 울타리 속에서 남북전쟁 이후 남부에 불어닥친 역사적 변화를 막아냈다고 지적한다. 아이크에게 숲은 캐디의 처녀성이 퀜틴에게 상징하는 것과 같다. 그것은 결코 더럽혀질 수 없는 남부의 순

---

10 William Faulkner, *The Sound and the Fury. The Collected Text* (New York: Random House, 1987), 144쪽.

수를 가리킨다. 하지만 퀜틴이 캐디의 처녀성은 이미 상실되었다는 것을 알고 있듯이, 아이크도 황야가 파괴될 수밖에 없다는 것을 알고 있다. 캐디의 처녀성이 파괴되어야 한다면 그걸 파괴할 사람은 자기자신이어야 한다고 퀜틴이 생각하듯, 아이크도 올드 벤이 죽어야 한다면 벤에 대한 진실된 기억을 가지고 있는 "우리들 중의 한 사람"이 그 일을 맡아야 한다고 생각한다. 퀜틴이 지옥불에서라도 캐디와 하나가 되고 싶은 근친상간적 욕망을 가지고 있다면, 아이크는 "때묻지 않고 타락하지 않은" 남자들이 "때묻지 않고 타락하지 않은" 야생의 동물을 만나는 사냥에서 사냥감과 하나가 되는 합일의 순간을 갖고 싶어한다.

사냥에 대한 아이크의 '상상계적 구성'에 의하면 죽음의 순간 사냥꾼과 짐승 사이에는 사랑의 합일이 이루어진다. 비록 한순간 이루어지는 짧은 사랑이라 할지라도 사냥꾼과 짐승 사이에 존재하는 이 사랑의 합일이야말로 아이크가 사냥에 집착하는 이유이다. 두려움을 극복하고 올드 벤과 사랑의 만남을 가졌을 때 아이크는 올드 벤과 분(사냥개의 이름)이 빚어내는 사랑의 합일 장면을 목격한다. 키이츠의 시 "희랍항아리에 부치는 노래"에 등장하는 연인들처럼, 죽음의 순간 사냥꾼과 짐승은 하나가 된다. 사랑과 죽음이 결합해 있는 이 순간은 아이크의 인생을 변화시키는 에피파니로 남아 있다. 인간과 개와 곰이 한데 엉겨 "죽음의 포옹"을 나누는 모습은 아름다운 "조각" 같다. 이 장면은 역사와 시간이 중지된 예술적 이미지, 시간을 초월한 순수미가 응결된 유토피아적 이미지이다. 숲이 영원하듯 사냥도 영원하다. 키이츠의 희랍 항아리에 그려진, "미친 황홀경"에 빠져 서로를 향해 질주하는 두 남녀가 영원하듯, 사냥꾼과 짐승이 나누는 사랑도 영원하다. 아이크는 인간과 곰과 개가 한데 어우러진 이 장면을 그의 인생을 변모시키는 '미적 이미지'로 간직하고 있다. 머지않아 샘 파더즈도 죽고 사냥 캠프도 해산되지만, 아이크는 이 키이츠적 순간―"당신은 영원히 사랑할 것이며 그녀는 아름다울 것이다"―을 기억하고 있다가 5년 후 그의 나이 스물 한 살 되던 해 "샘 파더즈가 나를 해방시켰다"는 말과 함께 부모의 재산을 물려받지 않겠다는 결단을 내린다.

사냥꾼과 짐승 사이에 존재하는 사랑은 후일 아이크가 할아버지의 끔찍한 행위에서도 찾으려 했던 것이다. 그러나 이 사랑의 부재야말로 아이크에겐 슬픔의 원천이다. 아이크는 매년 숲으로 사냥을 떠나는 것으로 올드 벤과 분의 포옹에서 보았던 사랑을 되찾으려고 한다. 하지만 사냥꾼과 사냥감 사이에 존재한다고 '상상되는' 사랑은 파괴로 끝날 수밖에 없다. 선드퀴스트가 설득력 있게 보여주었듯이, 사냥의 순간은 폭력의 순간이며, 사랑은 폭력을 통해서만 표현된다.[11] 이런 폭력적 사랑의 창조야말로 남부사회의 이데올로기적 환상이다. 남부백인들의 의식 속에서 흑인은 사나운 짐승으로 표상된다. 노예해방령이 선포된 다음 우리에서 풀려난 검은

11 Eric Sundquist, *Faulkner: The House Divided* (Baltimore: Johns Hopkins UP, 1979), 139-45쪽.

짐승은 통제할 수 없을 정도로 사나워져서 주인을 위협한다고 상상된다. 이복 흑인 동생을 추적하는 아이크의 아버지와 쌍둥이 큰 아버지의 사냥처럼 흑백 형제 사이에는 사랑이 존재하며, 이 형제 간의 사랑이야말로 폭력적 희생을 보상한다고 남부의 이데올로기는 상상한다. 하지만 사냥꾼과 짐승 사이에 존재하는 사랑은 한쪽의 피흘림으로 끝나며, 그와 함께 순간적으로 지워졌던 선은 다시 그어진다. 영원히 겁탈당하지 않는 키이츠의 시 속의 아름다운 신부처럼 예술에서는 사랑의 순간을 유지할 수 있지만, 현실의 사냥에서 파괴를 피할 수는 없고 사냥꾼과 짐승의 포옹이 아름다운 조각상으로 남을 수도 없다.

4. 인종 사냥과 순수로의 후퇴

현실에서 벌어지는 인종 사냥은 숲 속 사냥에서는 가려져 있는 폭력의 모습이 적나라하게 드러난다. 희극적 유머로 치장되어 있긴 하지만 「워즈」("Was")에서 백인 형제가 추적하는 흑인 노예 동생은 곰이나 사슴 같은 '사냥감'이다. 물론 이 사냥은 피비린내 나는 폭력성을 띠고 있지 않다. 사냥감인 터얼은 자신이 잡히지 않을 것이라는 사실을 처음부터 알고 있다. 사실 이 사냥에서 사냥꾼과 사냥감의 위치는 역전된다. 표면적으로는 벅이 터얼을 쫓고 있지만, 실상은 노처녀 소폰시바가 독신주의자 벽을 쫓고 있으며, 더 깊은 차원에서는 터얼이 사냥꾼을 덫에 빠뜨림으로써 테니와의 결혼이라는 자신의 목표를 달성한다. 터얼은 주인을 속여 먹는 영리한 노예이다. 벅이 노예의 오두막집 문 앞에서 터얼이 나오기를 기다리고 있을 때, 터얼은 문을 박차고 나가 벅을 땅바닥에 쓰러뜨리는데, 이때 벅의 바지 뒤주머니에 들어 있던 위스키병이 깨어져 바닥에 쏟아진다. 여기서 일종의 희극적 반전이 일어난다. 사냥감이 사냥꾼을 이기고, 피 대신 위스키가 쏟아진다. 리처드 모어랜드는 터얼이 벅을 넘어뜨리는 이 장면에서 "주인과 노예, 백인과 흑인, 남성과 여성, 깨끗함과 더러움"(163쪽)을 가르는 선이 순간적으로 흐려진다고 말한다. 모어랜드에 의하면, 이 장면은 작게는 포크너 소설, 크게는 남부사회의 트라우마적 장면을 희극적으로 뒤집는다. 『압살롬, 압살롬!』에서 소년 써트펜이 그랬듯이, 백인들은 흑인들의 "검은 풍선 얼굴"(black balloon face)이 "터지는 것"을 공포에 질려 바라보는 데, 이 장면은 이런 백인의 공포를 유머러스하게 역전시키고 있다고 한다. 모어랜드에 의하면, 「워즈」에서 흑인의 "검은 풍선 얼굴"은 '공포'로 터지지 않고 '웃음'으로 터지며, 흑인들은 이 웃음을 통해 억압적 사회구조를 비판적으로 전유한다고 한다.[12] 하지만 이 웃음이 정말로 전복적인지, 또 웃는 흑인의 얼굴이 '흑인삼

---

12 Richard Moreland, *Faulkner and Modernism: Rereading and Rewriting* (Madison U of Wisconsin P, 1990), 163-65쪽.

보'라는 정형화된 이미지를 넘어섰는지는 의심스럽다. 바흐찐의 민중적 웃음처럼 지배질서에 대한 비판적 대응으로서 웃음의 저항성을 부정할 필요는 없지만, 이 장면에서 그런 전복적이고 저항적 측면을 찾을 수 있는지에 대해서는 동의하기 힘들다. 우리는 터얼에게서 조엘 챈들러 해리스가 수집한 흑인 민담의 주인공 '덤불토끼'에서 찾아볼 수 있는 속임수꾼trickster의 면모를 찾기 힘들다. 여기에선 덤불토끼의 세계에서 만날 수 있는 분노와 적대감을 느낄 수 없다. 터얼의 코믹한 재주는 사냥꾼과 짐승 사이의 위계관계를 순간적으로 뒤집지만, 이 인종 사냥에는 적의와 적대감이 없다. 여기서 희극적 반전은 희극적 안도감 이상이 아니며, 작품에서 일어나는 순간적 역전도 노예폐지론자를 주인으로 두고 있는 운 좋은 노예에게나 일어나는 극히 예외적인 사건이다.

『내려가라 모세야』에 수록된 또 다른 단편 「검은 어릿광대」는 「워즈」의 희극적 반전도 「곰」의 상상적 사랑도 숨길 수 없는 인종사냥의 끔찍한 현실을 보여준다. 죽은 아내를 떠나보내지 못하고 상실의 슬픔을 감당하고 있던 라이더는 어떤 공감도 받지 못한 채 살인을 저지른다. 백인을 죽인 불손한 흑인인 라이더는 백인들에게 린치를 당해 "나뭇가지를 뛰어다니는 다람쥐 새끼"처럼 처참하게 죽임을 당한다. 어떤 사랑의 결합도 라이더의 린치당한 몸을 회복시켜주지 못한다. 이런 인종적 분리와 분열은 이 사건을 이야기하는 백인의 담론에서 반복된다. 백인 보안관 대리는 아내에게 라이더의 이야기를 들려주면서 그의 살인행위가 아내의 죽음에 대해 일말의 슬픔도 보이지 않는 흑인의 야수성을 보여줄 뿐이라고 말한다. 그의 순진한 '인간적' 눈으로 보자면, 라이더의 살인행위는 흑인의 동물성을 보여주는 명백한 증거이다. 그런 짐승은 다람쥐 새끼처럼 처참하게 죽는 게 당연하다. 그러나 남편과의 사이에 어떤 온기도 정서적 교감도 없이 살아온 보완관 대리의 아내는 라이더의 살인행위에 흑인의 야만성으로는 설명할 수 없는 절박함이 놓여 있음을 직감적으로 느낀다. 하지만 그녀는 라이더의 이야기가 자신의 가정에 일으킬지 모를 위협으로부터 자신의 가정을 지키려고 한다. 남편이 라이더의 이야기를 다시 이야기하려고 하자 그녀는 이렇게 가로막는다. "제발 내 부엌에서 그 남자 좀 데리고 나가요"(150쪽).

「델타 가을」에는 또하나의 인종 사냥감이 등장한다. 칠십이 넘은 아이크가 숲에서 오래 잊고 있던 자유를 향유하고 있을 때, 로스가 버린 어린 '사슴'이 나타난다. 로스가 버린 사슴은 하얀 피부색이 아니라 혼혈이라는 것이 밝혀진다. 아이크는 자신이 오래 전 지웠다고 생각한 인종적 얼룩을 다시 보자 "당혹과 연민과 분노가 뒤범벅된 목소리로 '너는 깜둥이구나'라고 소리친다"(346쪽). 이 순간은 인종적 혼혈에 대한 아이크의 뿌리 깊은 공포가 드러난다. 조상의 죄를 대속하려는 거룩한 노력에도 불구하고 아이크는 흑인들이 백인의 순결을 더럽히는 오염원이자 인종적 얼룩이라는 관념을 버리지 못했다.

『압살롬, 압살롬!』에서 로자가 클라이티와 접촉했을 때 깜짝 놀라듯, 아이크도 로스의 여자를 만났을 때 놀란다. 두 경우 모두 인종 간의 접촉은 당사자들을 순간적으로 해방시킨다. 클라이티와 접촉하면서 로자는 자신이 오랫동안 갇혀 있던 백인 여성이라는 성적, 인종적 껍질에서 벗어나 한순간 흑인 여성과 쌍둥이 자매가 된다. 로스의 여자의 손을 만졌을 때 아이크도 오래 잊고 있던 테니의 짐을 기억한다.

> 그는 그녀의 손을 잡지 않았다. 그냥 만졌을 뿐이다. 핏
> 기도 없고, 허연 뼈 색깔을 띤 옹이진 늙은 노인의 손가
> 락이 한 순간 젊은 여자의 부드러운 살갗에 닿았다. 그
> 살에는 길을 잃어버렸던 강한 옛 피가 오랜 여행 끝에
> 마침내 집에 돌아와 있었다. 그는 "테니의 짐, 테니의
> 짐"(347쪽)이라고 소리쳤다.

오래 버려졌던 피가 다시 집으로 돌아왔고 곧이어 살과 살의 접촉이 뒤따른다. 갈라졌던 두 살의 접촉이 계속되는 동안 아이크는 그녀와 연결되어 있을 것이다. 하지만 로자가 클라이티의 손을 치워버리면서 순간적으로 이루어졌던 인종적 자매애를 깨뜨리듯, 아이크도 자신의 손을 빼내면서 오염된 피를 숲에서 내쫓는다.

하지만 이런 현저한 공통점이 있지만 아이크와 로자 사이에는

큰 차이가 있다. 아이크의 경우 흑인과의 접촉은 로자와 클라이티의 접촉처럼 인종적 경계를 무너뜨리는 육체적 섞임으로 작용하지 않고 가족 간의 재회와 통합으로 이어진다. 아이크는 로스의 여자의 손에서 오랜 방랑 끝에 가족의 품으로 돌아온 맥캐슬린가의 피를 만난다. 아이크의 마음을 지배하는 것은 피와 가족의 담론이다. 이 담론에서 남부는 비록 내적 분열과 갈등을 겪고 있지만 북부 사람들이 이해하거나 파괴할 수 없는 동질적 가족으로 표상된다. 로스의 여자에게 북부로 올라가 자신과 같은 피부색깔을 지닌 남자와 결혼하라는 아이크의 발언과 연결지어 생각해 보면, 아이크가 사냥 뿔피리를 그녀에게 건네주는 것은 진심에서 우러난 인종적 연대의 표시라기보다는 수치심과 죄의식에서 비롯된 관용이자 가족적 징표의 수여 이상은 아니다.

아이크는 로스의 여자가 떠난 뒤 텐트에 누워 공포에 질려 몸을 떨면서 그녀가 몰아넣었던 충격보다 더 끔찍한 충격, 백색 순수를 위해 남겨두었던 숲이 인종적 경계를 무너뜨리는 혼혈 이방인들에 의해 점령당하는 장면을 상상한다. "중국인과 아프리카인과 아리안족과 유대인이 누가 누구인지 아무도 말하지도 않고 관심도 없어질 때까지 교접하고 새끼를 친다."(349쪽) 이 문장에는 혐오감이 팽배해 있다. 로스를 잊고 북부로 올라가 흑인과 결혼하라는 아이크의 충고를 들은 뒤 로스의 여자는 말한다. "당신은 너무 오래, 너무나 많은 것을 잊고 살아서 한때 사랑을 알았거나 느꼈거나 들었다는 사실조차 기억하지 못하는 건가요?"(348쪽). 이 말은 아이크가 평생 추구한 자유에 치명적 일격을 가한다. 젊은 시절 아이크는 올드 캐로더즈의 끔찍한 행동과 사냥에서도 사랑의 증거를 찾으려고 했다. 하지만 그가 재산 상속을 거부하면서 얻고자 했던 자유는 그 사랑의 가능성을 부정하는 것이었다. 오염된 가족사에서 해방되었을지는 모르지만 아이크의 자유는 그가 그토록 찾으려 했던 사랑을 희생한 대가로 얻은 것이다.

5. 가족의 은유와 포스트남부연맹 담론

이 소설에서 아이크에 버금갈 만한 인간적 위엄과 품격을 부여받은 흑인 인물을 찾으려면 그는 루카스 부참이다. 루카스와 아이크는 그들의 몸 속을 흐르는 부계혈통으로 연결되어 있지만 아이크가 루카스에게 천 불을 건네주는 장면을 제외하곤 작품에서 한 번도 만나지 않는다. 맥캐슬린가의 백인 후손인 아이크가 세습재산을 포기하고 숲으로 들어간다면, 흑인 후손인 루카스는 자신이 상속할 수 없는 세습재산을 찾고자 한다. 비록 40년 뒤 숨겨진 보물을 찾기 위해 딸의 애인 조지 윌킨스와 대결할 때 그의 비극적 위엄은 희극으로 전락하지만, 아버지의 재산을 찾으려는 루카스의 노력은 숭고한 품격을 지니고 있다. 「불과 화로」는 루카스의 황금사냥이라는 희극과 그가 잭 에드몬즈와 벌이는 비극적 결투를 병치시키고 있다. 희극적 요소가 비극에 내재된 사회적 폭발성을 약화시키지만 루카스는 비극에서 보여준 인간적 품격을 완전히 잃지는 않는다.

포크너가 정형화된 삼보 이미지와 대조되는 이런 위엄 있는 흑인 인물을 창조했다는 사실은 그의 흑인 묘사에 중대한 변화가 일어났다는 징표로 해석되어 왔다. 예를 들어 리 젠킨스에 의하면, 『내려가라 모세야』에 이르러 포크너는 흑인을 "백인의 뒤집힌 영상"이 아니라 "쉽게 알 수 없고, 그 실상을 파악하려면 애써 노력해야 하는 실체"[13]로 그리게 되었다고 한다. 루카스를 묘사하는 작품의 한 대목에 잘 요약되어 있듯이, "루카스"는 "검둥이Negro가 아니라 흑인nigger이 되었으며 비밀스런 존재가 아니라 뚫고 들어갈 수 없는 존재가 되었다."(59쪽) 젠킨스는 검둥이라는 '일반성'으로 환원되지 않는 구체적 개인으로 흑인을 묘사한 것이야말로 『내려가라 모세야』가 이룩한 성취라고 본다. 루카스가 그 모범적 예임은 두말할 필요도 없다. 젠킨스보다 한 걸음 더 나아가 어빙 하우는 "포크너는 루카스 부참이 등장하면서 흑인에 대한 이전의 태도를 넘어섰다"[14]고 선언한다. 확실히 루카스가 잭과 벌인 비장한 결투는 소설

13 Lee Jenkins, *Faulkner and Black-White Relations: A Psychoanalytic Approach* (New York: Columbia UP, 1981), 223쪽.

14 Irving Howe, *William Faulkner: A Critical Study*. 3rd. Ed. (Chicago: U of Chicago Press, 1975), 129쪽.

에서 가장 감동적인 장면 가운데 하나이다. 하지만 루카스의 결투 장면이 왜 그런 감동을 안겨주는가를 묻는다면 이 장면이 대단히 문제적이라는 점을 인정하지 않을 수 없다.

루카스가 잭과 결투를 벌이는 장면은 전형적인 남성적 대결이다. 여성은 이 대결의 촉매역할이 끝나면 무대에서 사라진다. 잭의 죽은 아내는 이름조차 얻지 못하고 상속자를 낳아주고는 조용히 사라지며, 루카스의 아내 몰리는 백인 남성과 흑인 남성이 겨루는 성적 대상에 지나지 않는다. 이런 남성적 대결에 전복적 요소가 없지는 않다. 이 대결에서 관건은 흑인 남성에 의한 백인 여성의 성적 오염이 아니라 흑인 여성의 성을 통제할 권리를 빼앗기지 않으려는 흑인 남성의 저항이다. 흑인은 되받아칠 줄 모르는 수동적 존재라는, 백인 중심적인 전제에 도전한다는 점에서 루카스는 흑인 남성에게 주어지지 않았던 남성성을 주장하고 있다. 그가 남성성을 주장하면서 가문의식으로 치환되었던 인종의식의 각성이 일어나고 있는 것은 사실이다.

하지만 루카스의 남성성의 추구는 성적 편견을 내포하고 있다는 점 외에도 흑인 남성으로서의 자부심에서 나오는 것이 아니라 백인 가부장과의 동일시에서 나온다는 점에서 문제적이다. 루카스는 자신은 잭의 죽어가는 아내를 치료할 의사를 데려오기 위해 목숨을 무릅쓰고 있는 동안 잭은 자신의 아내를 훔쳤다는 사실을 안 다음, 잭의 침대로 몰래 기어들어가 무방비상태로 잠자고 있던 잭의 목에 면도칼을 들이댄다. 하지만 곧 그는 불공정게임의 이익을 포기하면서 백인신사의 규칙에 따라 결투를 하겠다고 선언한다. 루카스는 잭에게 자신이 물리쳐야 할 존재는 잭이 아니라 올드 캐로더즈라고 말한다. 루카스가 올드 캐로더즈를 이기겠다고 말하는 것은 흑인인 자신이 '백인'인 캐로더즈 못지않게 남성적 힘과 권위의 소유자임을 보여주겠다는 것이다. 하지만 자신이 쏘았던 총탄이 불발되면서 자신과 잭이 모두 생명을 건지게 되자 루카스는 "올드 캐로더즈가 그에게 말을 건넸다(58쪽)고 믿는다. 젠킨스는 루카스에게 진정으로 말을 건넨 것은 올드 캐로더즈가 아니라 "인간으로서 명예와 정직을 지킬 수 있는 타고난 능력"[15]이라고 해석한다. 그러나 이런 해석은 왜 인간적 기품이 백인 가부장의 이름으로 건네지는가에 대해서는 묻지 않는다. 젠킨스의 과도한 해석과 달리, 이 순간 루카스는 백인 가부장에 의해 '호명'되었다고 보는 것이 옳다. 절대적인 백인 가부장이 그를 불렀고, 그는 고개를 돌려 이 부름에 응답한다. 이 순간 그는 흑인으로서의 자신의 인종적 위치를 버리고 백인이라는 정체성을 취한다.

하지만 이런 이데올로기적 호명이 완전히 그를 포괄해 들이지 못하는 잉여, 백인 가부장과의 동일시를 방해하는 흑인 남성으로서의 인종적 위치가 목에 걸린 가시처럼 존재한다. 루카스는 자신을 올드 캐로더즈와 동일시하는 동안에도 이 동일시가 불안정한

---

15 Lee Jenkins, *Faulkner and Black-White Relations*, 259쪽.

기반 위에 서 있음을 인정하지 않을 수 없다. 그는 자신이 남성적 자세를 취할 수 있는 것은 맥캐슬린가의 울타리 안에 있기 때문이며, 이 울타리 바깥으로 나가면 자신은 석탄불에 화형당할 검둥이 살인마에 지나지 않는다는 사실을 잘 알고 있다.

하지만 루카스도, 그리고 작가 포크너도 이런 인식을 더 밀고 나가지 않는다. 검둥이라 불리긴 하지만 루카스는 이런 호명을 거부하고 맥캐슬린가의 이름을 취한다. 로스의 시각에서 서술된 한 귀절에서 루카스는 백인 할아버지 맥캐슬린을 닮았을 뿐 아니라 패배하지 않은 남부 연맹군의 얼굴을 닮은 것으로 그려진다. 루카스의 '아버지되기'는 올드 캐로더즈조차 넘어선다. 궁극적으로 루카스가 닮으려는 것은 올드 캐로더즈라는 개별적인 '상상적 이미지'라기 보다 '남부연맹군 아버지'라는 '상징적' 위치이다. 우리는 여기서 작가 포크너에게 숨어 있는 또 다른 모습을 본다. 포크너는 백인 후손으로 하여금 남부의 유산을 거부하도록 만들면서, 흑인 후손으로 하여금 그 유산을 긍정하도록 만든다. 이처럼 남부의 유산을 부정하면서 또한 긍정하는 태도는 작중 주인공들이 개별적으로 보여주는 대응방식만이 아니라 작가 포크너의 모순적 반응이기도 하다.

『내려가라 모세야』는 구 남부의 노예제와 신 남부의 임금 노예제에 의해 희생된 사람들의 시신들을 싣고 있으며, 이들의 죽음을 슬퍼하는 작중 인물들의 애도작업을 그리고 있다. 소설의 주인공 아이크의 상속 거부는 노예제 하에서 희생된 흑인 노예들에 대한 그의 애도작업의 일환이다. 하지만 아이크의 애도작업이 노예제도 하에서 희생자들이 겪어야 했던 슬픔에 대한 적절한 대응이 될 수는 없다. 더럽혀진 조상의 유산을 상속받지 않으려는 아이크의 거부행위의 역사적, 윤리적 의미를 훼손하는 것은 숲에 대한 아이크의 관념 속에 순수의 이데올로기가 유지되고 있고, 이 이데올로기에는 인종적 혼혈에 대한 뿌리 깊은 혐오와 공포가 자리 잡고 있기 때문이다. 포크너는 로스의 여자로 하여금 아이크의 인종적 순수주의를 비판하도록 만들면서 아이크로부터 어느 정도 '거리'를 유지하지만, 이 거리가 늘 유지되지는 않는다. 포크너는 많은 부분에서 아이크의 입장에 공감하고 있으며, 아이크를 향한 아이러니컬한 어조도 그에게 쏟아붓는 관심을 무화시키지는 못한다. 필립 와인스틴이 적절히 지적하듯이, "작가의 관심은 은 어조보다 더 깊은 수위에서 상상력의 지향을 드러낸다."[16] 와인스틴은 포크너가 아이크에게 보인 지대한 관심은 이 작품을 논의하는 데 있어서 아이러니가 중심적 문제가 될 수 없게 만든다고 말한다. 선드퀴스트는 로스의 여자가 아이크를 비난하는 장면을 "이 소설에서 가장 강력한"[17] 순간이라고 말하면서, 소설이 여기서 여기서 끝났으면 좋았을 것이라고 주장한다. 그러나 포크너는 「델타 가을」을 이 장면으로 끝내

---

16 Philip Weinstein, *Faulkner's Subject: A Cosmos No One Owns* (New York: Cambridge UP, 1992), 104쪽.

17 Eric Sundquist, *Faulkner,* 159쪽.

지 않으며, 이어지는 장면에서 아이크가 인종적 혼혈에 대해 보이는 공포와 혐오감을 완전히 비판하지도 않는다. 포크너가 루카스를 남부연맹군의 상징으로 만든 것은 흑인 인물을 백인 남부연맹군 아버지의 이상 속으로 통합해 들임으로써 전전 남부의 이념을 유지하기 위한 것으로 보인다.

포크너가 남부의 이상에 이토록 집착하는 이유는 무엇인가? ? 닐 슈미츠는 남부의 지식인들이 남북전쟁 이후 남부의 국가와 인종문제에 대해 보인 반응을 역사적으로 기술하면서 인종주의는 거부하지만 남부라는 국가는 포기하지 않으려는 입장을 "포스트남부연맹 담론"Post-Confederate discourse이라고 부른다.[18] 슈미츠는 포크너 문학, 그 중에서도 『내려가라 모세야』가 이런 '포스트남부연맹 담론'의 대표적 사례라고 말한다. 포크너는 전전 남부를 오염시킨 노예제와 인종차별주의는 비판하지만 남부에 대한 애착을 버리지는 않는다. 흑인 작가 제임스 볼드윈은 흑인민권운동이 남부에 퍼지던 1940년대와 1950년대에 포크너가 남부에서 구원받아야 할 사람은 흑인이 아니라 백인이라는 우스꽝스러운 생각을 갖고 있었다고 비판한다.[19] 포크너가 이런 터무니없는 생각을 갖게 된 것은 그가 남부를 연방정부의 위협에 시달리는 내부 식민지로, 남부 백인을 피

---

18 Neil Schmitz, "Faulkner and the Post-Confederate," *Faulkner in the Cultural Context: Faulkner and Yoknaphatawpha*. 1998, Ed. Donald M. Kartinganer and Ann J. Abadie (Jackson: UP of Mississippi, 1998), 248-51쪽.

19 James Baldwin, "Faulkner and Desegregation," *Nobody Knows My Name* (New York: Vintage International, 1993), 125쪽.

식민지인으로 보았기 때문이라고 한다. 물론 볼드윈의 비판은 다소 과장되어 있다. 포크너가 남부의 독립이라는 깃발 아래 남부 흑인의 자유와 백인의 자유를 하나로 묶어서 보고 있다고 말하는 것이 보다 공정할 것이다. 포크너에게 남부는 거대한 확대가족이고 그 속에서 흑인도 '우리' 흑인이지 '너희' 북부의 흑인은 아니다. 포크너는 남부의 백인들이 북부의 침공을 받아 흑인 노예들을 해방시킬 기회를 영원히 놓쳐버렸다고 생각했으며, 역사적으로 실현되지 못한 이 꿈을 포기하지 않는다. 이것이 마지막 단편 「내려가라 모세야」에서 22년 동안 구약 성경을 고전 희랍어로 다시 번역하고 있는 백인 변호사 게빈 스티븐스의 시대착오적 꿈이다.

하지만 스티븐스는 북부에서 죽은 흑인 남자의 시신을 남부 가족의 품 속으로 데려오기 위해 노력했으면서도 흑인영가를 통해 표현되고 있는 흑인 할머니 몰리의 슬픔과 분노 속에 자신이 이해하지 못하는 것이 깃들어 있음을 어렴풋이 느끼고 있다. 북부에서 살해된 손자(새뮤얼)를 집으로 데려온 뒤 몰리는 손자의 죽음이 신문에 기록되기를 요구한다. 몰리는 손자의 죽음을 애도하기 위해서는 그의 죽음이 공적 담론 속에 기입되어야 한다는 것을 본능적으로 알고 있다. 손자의 시신이 놓인 이층방에서 몰리와 흑인 할머니들은 흑인영가를 부른다. 스티븐스는 그들의 슬픔과 분노에 동참하려고 하지만 결국 흑인영가 가락이 가해오는 심적 부담을 견디지 못하고 방을 뛰쳐나온다. 인종적 이해의 한계에 대해 스티븐스가 보여주는 어렴풋한 인식을 통해 작가 포크너 역시 백인 작가로서 흑인의 경험을 그리는 것의 한계를 인정하는 것 같다. 『압살롬, 압살롬!』에서 찰스 본의 시신이 퀜틴과 슈리브의 담론에 숨어 있듯이, 새뮤얼의 시신은 소설의 주부主部 속으로 끌려 들어가지 않는 부록附錄처럼 소설의 맨 마지막에 놓여 있다. 의식적이든 아니든, 황야삼부작 뒤에 「내려가라 모세야」를 놓고 그것을 전체 소설의 제목으로 선택했을 때 포크너는 흑인들이 그의 담론에 가하는 감정적 힘을 어렴풋이 느꼈던 것 같다. '내려가라 모세야'는 흑인들 사이에서 광범하게 불려졌고 포크너 자신도 잘 알고 있던 대표적인 흑인 영가이다. 포크너가 이 영가가 흑인들에게 불러일으키는 감정적 깊이를 온전히 이해하지는 못하지만 그것이 백인 담론에 가하는 위협적 힘을 느꼈음은 분명하다. 이 힘에 응답하면서 포크너는 소설을 아이크의 이야기로 끝내지 않고 손자의 죽음을 슬퍼하는 몰리의 이야기로 끝냈던 것 같다.

9장.

사자(死者)의 요구
토니 모리슨의 『빌러비드』 읽기

1. 유령의 집 ─모순의 출현 공간

토니 모리슨의 『빌러비드』는 죽은 자를 묻지 못하는 한 흑인 여자의 이야기로 시작된다. 세서는 장례식에서 목사들이 낭독하는 "소중한 사랑"Dearly Beloved이란 말을 묘비에 전부 새겨넣지 못하고 "빌러비드"라는 한 단어만 파넣는다. 낯선 남자의 몸 아래에서 두 다리를 벌리고 먼 하늘을 쳐다본, 죽음보다 긴 10분 동안의 대가로 그녀가 번 돈은 "빌러비드"라는 한 단어를 새겨 넣을 정도밖에 되지 않는다. 묘비명은 완성되지 못했고 무덤도 여전히 열려 있다. 비록 몸은 땅속에 묻혀 있지만 세서의 죽은 딸 빌러비드는 여전히 잠들지 못하고 있다. 죽은 자는 제대로 묻히지 못하면 유령으로 돌아와 살아 있는 자들을 쫓아다닌다. 자크 라캉은 「햄릿」을 분석한 글에서 "누군가 이승을 떠날 때 그에 합당한 의식이 수반되지 못하면 유령으로 출현한다"[1]고 말했다. 장례의식이 사자의 상실을 받아들이는 '애도의 의식'이라면 사자가 현세로 돌아온다는 것은 그들이 문화적 기억에서 자리를 찾지 못했다는 것을 의미한다. 살아 있는 자들이 제대로 된 장례의식을 거행하고 적절한 상징적 기억을 부여해줄 때까지 죽은 자는 살아 있는 자들을 추격한다. 작품 초두에 세서는 그녀가 애도하지 못한 죽은 딸의 유령에 사로잡혀 있다.

『빌러비드』는 3부로 구성되어 있는데, 각 부는 모두 집의 묘사로 시작된다. 빌러비드라는 유령의 독기가 집안 구석구석에 스며들어 있는 제 1부는 "124는 원한에 차있었다"[2]로 시작된다. 그 독기가 집 밖의 사람들에겐 알아들을 수 없는 소음으로, 그리고 집 안에 살고 있는 세 모녀에겐 잃어버린 자장가 가락으로 울려 퍼지는 제 2부는 "124는 소란스러웠다"(169쪽)로 시작된다. 마지막으로 유령이 떠난 제 3부는 "124는 고요했다"(239쪽)로 시작된다. 집의 분위기를 결정하는 것이 산 자가 아니라 죽은 자라면 그 집은 사람이 살만한 집이 아니다. 폴 D가 도착해서 유령을 쫓아내기 18년이라는 긴

---

1 Jacques Lacan, "Desire and the Interpretation of Desire in Hamlet," Yale French Studies. 55/56 (1977), 38쪽.

2 Toni Morrison, *Beloved* (New York: Penguin, 1987), 3쪽. 이 글에서 이후 이 책을 인용할 때는 쪽수만 표기하기로 한다.

세월 동안 오하이오주 신시내티시 124번지에 위치한 이 집에는 빌러비드의 유령 이외에 어떤 살아 있는 존재도 들어설 여지가 없었다. 하지만 폴 D의 빌러비드 추방의식은 곧 실패한 것으로 드러난다. 그에게 쫓겨난 빌러비드는 다 큰 처녀의 모습을 하고 '124'의 문 앞에 다시 나타나 자기를 쫓아낸 폴 D를 집 밖으로 몰아낸다. '124'는 유령의 거주자가 살아 있는 자를 완전히 지배하는 기괴한 집이다.

'124'를 특별하게 만드는 것은 그것이 귀신이 출몰하는 무시무시한 집이라는 사실만이 아니라, 호미 바바의 표현을 빌자면 "역사의 가장 섬세한 공격이 일어나는 자리"[3]라는 점이다. 아니 '124'는 라캉 식으로 미국 역사의 억압된 '실재'가 돌아오는 공간이라고 말하는 것이 더 적절하다. 유령이 돌아오는 순간은 역사의 모순이 위협적으로 드러나는 '트라우마적' 순간이기 때문이다. 바로 이 점이 '124'가 바바의 말처럼 "집 같지 않은"unhomely 집이 되는 이유이다. 바바에 의하면, '집 같지 않은' 집은 "홈리스' 상태와도 다르고 사회적 삶을 사적 영역과 공적 영역으로 나누는 낯익은 분리체계 속으로 쉽게 통합되지도 않는다."[4] 사적 공간임에 틀림없지만 '124'가 공/사의 이분법을 무너뜨리는 것은 그것이 이 이분법을 교란하는 이질적 공간으로서 "정치적 삶에 발생하는 더 넓은 균열"[5]과 연결

3 Homi. K. Bhabha, *The Location of Culture* (London: Routledge, 1994), 9쪽.

4 같은 곳.

5 같은 책, 11쪽.

되기 때문이다. 페미니즘 담론의 일부에서 주장하듯 집이라는 공간은 정치적 역사로부터 면제된 사적·여성적 안식처가 아니라 공적 역사의 모순이 '유령적'으로 각인되어 있는 공간이다.

『빌러비드』가 그려 보이는 '유령의 출현으로서의 역사'는 역사주의에서 일반적으로 상정하는 '연속적 서사'로서의 역사와는 다른 것이다. 역사주의에서 역사는 하나의 목적—지배자의 승리이든 피지배자의 해방이든—을 향해 나아가는 선조적 운동으로 이해되지만, 유령적 출몰로서의 역사는 이런 직선적 움직임을 중단시키는 '단절로서의 역사'이다. 벤야민은 「역사의 개념에 대하여」에서 '반복으로서의 역사'와 '지배자의 서사로서의 역사'를 대립시키고 있는데, 전통적 역사주의의 흐름 가운데 하나를 대변한다고 할 수 있는 후자에서 역사는 지배집단의 승리라는 최종 목적지를 향해 나아가는 일직선적 운동으로 파악된다. 이런 연속적이고 목적론적 역사 기술에서 배제되는 것이 '역사에서 실패한 것들'이다. '실제 일어난 것들'의 연속성이 수립되려면 역사에서 실패한 것들은 억압되어야 하는 것이다. 승리주의자의 역사에 맞서 피지배자들은 자신들의 기획에 맞춰 과거를 전유한다. 과거는 '구원'과 연결되는 시간적 지표를 담고 있기 때문이다. 구원이라는 이 미래적 차원은 '억압된 것'의 형태로 과거 속에 포함되어 있다. 벤야민이 말하는 '메시아적 시간'이란 과거 속에 들어 있는 억압된 것이 구원의 가능성을 품고 되돌아오는 순간을 의미한다. 이 순간 역사발전의 연속적 흐름은 중단되고 불가능한 일들이 일어난다. 벤야민에게 '반복으로서의 역사'는 억압된 과거가 '유령으로 돌아와' 현재를 만나는 '단절로서의 역사'인데, 슬라보예 지젝은 억압된 과거가 현재와 직접 대면하는 이 순간을 정신분석학의 '전이적 상황'과 연결시킨다.[6] 전이가 일어나는 순간 주체는 현재로 자연스럽게 통합되지 않는 이질적 과거와 조우한다. 이 순간 과거와 현재가 동시에 시간 밖에 위치한다. 전이에서 '시간 밖의 대상'이 돌아온다는 것은 어떤 전前시간적인 원초적 상태가 돌아온다는 것이 아니라, 과거뿐 아니라 현재도 불가능성에 빠뜨리는 '상징질서 밖의 대상'이 돌아오는 것을 말한다. 억압된 과거가 유령으로 출현하는 순간 한 사회의 응축된 모순이 폭발하여 현상적으로 안정되어 보이는 지배질서가 붕괴한다는 것이다.

'124'에 출몰하는 '빌러비드'의 유령이 문제적인 것은 그녀의 출현으로 미국 역사에서 억압된 한 시대가 200년이란 시간을 뛰어넘어 현재에 말을 건네기 때문이다. '빌러비드'의 발이 '124'에 닿은 순간 노예제라는 암흑의 시대가 현재 속으로 걸어 들어와 '아메리카의 집'에 균열을 내기 시작한다. '124'에 출몰하여 이 집에 금을 내는 이 유령은 1세기 반 전 에이브라함 링컨이 '미국의 집'을 붕괴시키는 원죄라 선언하면서 전쟁을 통해 극복하려고 했지만 전쟁 이후에도 여전히 남아 미국인들을 괴롭히는 '인종적 분리와 모순'이라는 유령이다.

---

6 Slavoj Zizek, *The Sublime Object of Ideology* (New York: Verso, 1989), 135-42쪽.

모리슨의 『빌러비드』는 인종적 모순이라는 유령을 다시 불러내 미국 역사가 어떻게 이 유령을 떠나보내야 하는지 질문하는 소설이다. 이런 점에서 작중인물들뿐 아니라 소설 역시 '애도'의 의식을 거행하고 있는 셈이다. 상실한 대상을 떠나보내는 심적 작업을 애도라 명명한 프로이트를 따라, 한 개인이나 집단이 상실을 처리하고 사자를 묻어주는 장례의식을 애도라 부를 수 있다면, 모리슨이 이 작품에서 끈질기게 질문하는 것은 노예제라는 미국 역사의 암흑기 동안 죽어간 흑인 노예들을 어떻게 떠나보내야 하는가다. 죽은 자를 떠나보내자면 어떤 의식이 필요한가? 죽은 자를 묻기 위해 살아남은 자는 죽은 자에게 어떤 윤리적·역사적 의무를 지고 있는가? 미국은 이 애도의 과제를 성공적으로 수행해왔는가?

미국문학에서 모리슨에 앞서 이런 질문들을 제기하고 그에 대해 진지한 해답을 모색한 작가는 포크너이다. 모리슨이 포크너에게서 발견한 "물러서지 않는 정면 응시"[7]는 역사적 모순을 끈질기게 바라보는 작가적 시선을 말하는 것으로, 이는 모리슨 자신의 소설을 특징짓는 점이기도 하다. 하지만 노예제를 실시한 가해자의 후손으로서 포크너가 거행한 애도의 의식이 그 제도의 피해자이자 희생자인 흑인 노예들의 슬픔을 어루만져주기에는 한계가 있다. 피해 당사자들이 애도의식을 수행하려면 무엇보다 먼저 자신

---

7 Toni Morrison, "Faulkner and Women," *Faulkner and Women: Faulkner and Yoknapataw-pha,* 1985, Eds. Doreen Fowler and Ann J. Abadie (Jackson: UP of Mississippi, 1986), 296쪽.

들이 겪었던 심리적 트라우마를 직면해야 하기 때문이다. 피해자들이 트라우마적 사건을 대면하기는 어렵다. 모리슨은 노예시절 흑인들이 겪어야 했던 끔찍한 경험을 극화하기 위해 흑인 어머니가 딸을 제 손으로 죽이는 극단적 사건을 작품의 중심으로 설정한다. 이런 설정을 통해 모리슨은 그동안 묻혀 있던 '흑인 어머니'의 경험을 드러내고 '여성적 시각'으로 노예시절을 대면한다. '인종'뿐 아니라 '성'이라는 또 하나의 시각이 역사적 과거를 응시하는 눈으로 부각하는 것이다. 따라서 작품을 읽어내는 비평에서도 이 두 시선을 회피하지 않는 집요함이 요구된다. 무엇보다 작품의 중심사건으로 설정되어 있는 세서의 친족 살해사건의 의미를 여성의 시각에 읽어 낼 필요가 있다. 하지만 지금까지 비평에서 이 사건이 정면으로 다뤄진 경우는 거의 없었다. 세서의 살인행위는 '모성애의 표현'이라는 식으로 옹호되거나 '모성적 소유행위'로 매도되어 왔을 뿐, 노예제에 대한 '어머니의 저항'과 관련지어 이 사건이 던지는 급진적 의미는 여전히 해명을 기다리는 문제로 남아 있다. 나는 이 글에서 이 문제에 답해 보고, 노예후손들이 과거를 떠나보내는 애도의 의식을 거행할 때 요구되는 점들을 밝혀 보고자 한다.

2. "4백 년 간의 침묵" 그리고 그 이후
─모성의 윤리

『빌러비드』의 중심 모티브 가운데 하나는 노예제 하에서 노예 어머니가 겪는 비극적 운명이다. 『어둠 속의 유희』라는 비평서에서 모리슨은 그녀가 "4백 년 간의 침묵"이라 부른 공백, "노예부모와 자식의 관계와 고통에 대한 역사적 담론의 공백"[8]을 지적한다. 윌라 캐서의 『사피라와 여자 노예』를 읽으며 모리슨은 백인 여성작가가 쓴 이 소설이 노예 어머니와 딸 사이를 감싸고 있는 기이한 침묵 위에 서 있음을 발견한다. 작품에서 백인 여주인은 자신의 남편과 흑인 여자노예인 낸시가 부적절한 관계일지 모른다는 의심에 사로잡혀 낸시를 위험에 빠뜨릴 계책을 꾸미는데, 낸시의 어머니는 딸의 생사보다는 백인 여주인의 안부를 더 걱정한다. 딸이 안주인의 계략에서 벗어나 멀리 도망쳤다는 소식을 듣고 그녀가 내보이는 반응이라고는 "뭐 들은 얘기 없느냐"는 한마디가 전부다. 모리슨에 의하면, 이 침묵이 말하는 것은 "노예 어머니는 어머니가 아니며" 그녀는 "자식에 대해 아무런 의무감도 느끼지 않는 (…) 태생적으로 죽은"[9] 존재라는 이데올로기이다. 낸시의 어머니는 자기 자식과의 관계는 지워버린 채 백인 주인의 자식들을 키워주는 '대리 어머니,' 백인들에 의해 유포된 '흑인유모'라는 왜곡된 이미지에 사로잡혀 어머니임을 스스로 포기한 존재이다.

---

8 Toni Morrison, *Playing in the Dark: Whiteness and the Literary Imagination* (New York: Random House, 1993) 21쪽.

9 같은 곳.

모리슨은 기존 담론 속에서 보이지 않고 들리지 않았던 노예 어머니들을 구출해내면서 이들에게 노예제에 대한 '저항가'로서의 위치를 부여해준다. 이를 위해 모리슨은 텍스트에서 핵심적 질문을 제기한다. 노예 어머니가 노동력 재생산 수단으로 활용되어 왔다면 그녀가 자기 자식에 대한 권리를 요구할 때 무슨 일이 일어나는가? 자식에게 생명을 수여하는 동시에 노예로 이끄는 상황에서 흑인 어머니는 장차 자신의 전철을 밟게 될 딸과 어떤 관계를 맺는가? 모성이 철저하게 부인되는 상황에서 흑인 어머니는 어떻게 모성을 행사할 수 있는가?

모리슨은 이런 질문들을 탐색할 수 있는 기회를 실존 인물인 마거릿 가너에게서 발견한다. 마거릿 가너는 1851년 함께 도망친 자식들이 노예 사냥꾼에게 붙잡히자 그들을 노예제 사회로 돌려보내는 대신 자기 손으로 죽이기로 마음 먹는다. 그는 자식 넷 중에서 한 명을 죽이고 체포되었는데, 당시 이 사건은 노예폐지론자들에 의해 노예제의 비인간성을 증언하는 사건으로 부각되었다. 한 인터뷰에서 모리슨은 신문에 실린 차분하고 조용한 이미지의 가너를 본 순간부터 자신은 그녀가 내린 '끔찍한 선택'에서 벗어나지 못하게 되었다고 말한다. 신문 속의 가너는 자식을 죽인 끔찍한 여자가 아니라 슬픔을 감내하고 있는 조용한 여성의 모습이었다. 마거릿 가너의 영아살해는 모리슨에게 흑인 어머니의 역설적 사랑에 개입된 역사적·윤리적 문제를 탐색해 볼 수 있는 '실제 사례'를 제공해주었다.

　노예제에 대한 흑인들의 저항을 논의하면서 폴 길로이는 죽음을 선택하는 프레드릭 더글라스의 방식과 마거릿 가너의 방식을 비교한 적이 있다. 길로이는 죽음을 선택하는 두 사람의 행위를 각기 남성적 폭력과 여성적 폭력이라 부르며 전자는 "외부 즉, 억압자를 향하고" 후자는 "내부 즉, 부모의 사랑과 자부심과 욕망의 가장 귀중하고 친밀한 대상을 향한다"[10]고 설명한다. 프레드릭 더글러스는 노예제 폐지운동에 앞장선 남성 흑인 지도자이다. 자신이 어떻게 노예에서 자유로운 인간으로 해방되었는지를 기록한 자서전에서 더글러스는 흑인 킬러인 코비와 벌인 싸움을 서술한다. 이 대결에서 더글러스는 구차한 목숨을 부지하는 길을 택하지 않고 죽음을 선택함으로써 오히려 자유를 얻는다. 길로이에게는 이 자유가 주인과의 대결을 회피하지 않는 흑인 남성의 저항의식을 보여주는 것으로 해석된다. 헤겔이 펼치는 주인과 노예의 변증법으로 예증되는 바, 노예는 주인과의 투쟁에서 목숨을 선택함으로써 주체적 의식을 잃어버리는 존재로 여겨졌지만, 더글러스는 속박된 삶이 아니라 죽음을 선택함으로써 자유와 유토피아적 의식을 획득했다는 것이다. 프레드릭 더글러스의 결투는 흑인 노예들이 목숨을 건 자유의 투쟁을 보여주는 원형적 사건이다. 반면에 마거릿 가너는 더글

---

10 Paul Gilroy, *The Black Atlantic: Modernity and Double Consciousness* (Cambridge: Harvard UP, 1993), 66쪽.

러스처럼 억압자를 물리치면서 자유를 얻는 것이 아니라 자신의 딸을 희생시키고 죄의식에 빠진다. 그것은 흑인 남성의 주체적 행위에 미달하는 자기 파괴적 행위로 비친다. 이런 길로이의 해석에 따르면 가너를 모델로 하는 세서의 살인행위도 노예제도에 대한 저항으로서 의미를 지니지 못한 자기 파괴적 행동에 지나지 않는다. 길로이는 죽음을 선택하는 마거릿 가너의 행위에 개입된 여성적 저항형태를 설명할 수 없다고 솔직히 고백하면서, 이를 추후 해명이 필요한 미완의 분석과제로 남겨둔다.

길로이가 자신이 제기한 문제를 회피하게 된 것은 남성적 저항의 형식에 대한 선호 때문으로 보인다. 길로이의 해석과 달리 더글라스가 죽음을 선택한 것은 백인 상징질서의 주인아버지로부터 '인정'받고자 하는 것이며, 노예남성의 남성성과 주체성을 거부하는 노예제 하에서 남성적인 사회적 주체로 탄생하는 것이다. 노예제 하에서 흑인은 여성이든 남성이든 시민으로서의 정치적 대변을 박탈당할 뿐 아니라 주체로서 상징적 재현에서도 배제된다. 주인은 의미를 생산하는 권위와 권력을 부여받지만 노예는 바로 그 권위와 권력을 박탈당함으로써 '여성적' 무력과 결핍으로 떨어진다. 올란도 페터슨이 말한 노예의 '사회적 죽음'이 이런 사회적 상징질서에서의 배제를 말하는 것인데, 이런 점에서 보면 노예 남성은 생물학적 기관인 '음경'을 상징적 권위의 표상인 '남근'으로 전환하지 못한 여성적 존재인 셈이다. 더글러스는 이 여성적 결핍을 보충하기 위해 목숨을 무릅쓰고 마침내 백인 남성과 동등한 남성적 주체로 인정받는다. 더글라스는 여성적 결핍과 동일시되어온 노예의 위치를 자유로운 남성적 주체성으로 변형시키는데, 이 변형이 그의 유명한 발언 속에 응축되어 있다. "당신은 남자가 어떻게 노예가 되었는지 보았을 것이다. 이제 당신은 노예가 어떻게 남자가 되는지 보게 될 것이다."[11] 코비와 벌인 결투 이후 더글라스는 무덤에서 부활하는 예수처럼 "노예제의 무덤에서 자유의 천국으로 영광스러운 부활"[12]을 경험한다. 하지만 이런 부활은 백인주인-아버지와의 동일시를 통해 이루어진다. 더글러스는 토머스 제퍼슨이나 벤저민 프랭클린 같은 '건국의 아버지'들과의 동일시를 통해 자신에게 박탈된 미국시민으로서의 권리를 주장한다. 백인 아버지와의 동일시가 더글라스에게 어느 정도의 주체성과 저항을 가져다준 것은 사실이지만 그가 백인 상징계 내에 있는 것도 분명하다.

그렇다면 세서의 행위는 어떻게 이해할 수 있는가? 딸을 죽이는 그의 행위가 자신이 가장 아끼는 존재를 파괴하는 것은 분명하다. 하지만 그 파괴가 노예제도라는 지배질서에 어떤 파괴도 가하지 못하는 무력한 행위에 지나지 않는가? 그녀의 살인은 자신의 내부를 파괴할 뿐 외부 질서는 건드리지 못하는 불비의 행위인가?

작품에서 폴 D가 뒤늦게 아이를 죽인 이유를 묻자 세서는 이

---

11 Fredrick Douglass, *Narrative of the Life of Fredrick Douglass, An American Slave, Written by Himself. 1845* (New York: Penguin, 1986), 107쪽.

12 같은 책, 113쪽.

렇게 대답한다. "나는 그를 막았어." "나는 내 아이를 안전한 곳으로 데려다 놓았어."(164쪽) 하지만 이 말은 세서가 저질렀던 사건에 대한 구체적 언급도, 폴 D의 질문에 대한 직접적 대답도 되지 못한다. 영아살해라는 끔찍한 사건은 논리적 설명을 거부한다. 그것은 말하는 화자에게도 또 그것을 듣는 청자에게도 재현이 불가능한 트라우마적 사건이다. 그러나 세서에게 그 사건은 아주 단순하다.

> 그건 단순했다. 그녀는 마당에 쭈그려 앉아 있었다. 그들이 오는 것을 보면서 그게 학교선생의 모자라는 것을 확인하자 그녀는 날개짓 소리를 들었다. 작은 벌새가 머리털 속으로 부리를 쑤셔 넣으며 날개를 퍼덕였다. 그 순간 그녀가 생각한 것이 있다면 안 된다는 것이었다. 안 돼, 안 돼, 안 돼 안 돼, 안 돼 안 돼 안 돼! 단순했다. 그녀는 날아올랐다. 자신이 모을 수 있는 모든 생명, 멋지고 귀중하고 아름다운 자신의 온 존재를 그러모아 그녀는 베일을 지나 저기 멀리, 아무도 그들을 해칠 수 없는 그곳으로, 그들을 끌고, 밀고, 데려갔다. 그들이 안전할 수 있는 저 너머, 이 세계 바깥으로.(163쪽)

화자가 세서의 살인행위를 서술할 때 지배적으로 활용하는 이미지는 날개 속으로 새끼들을 끌어안는 어미새의 이미지이다. 세서는 노예제의 암흑 속으로 빨려들어갈 아이들을 살려내기 위해 그들을 몸속으로 끌어안고 이 세계 너머로 그들을 데려간다. 하지만 바깥으로의 월경越境은 이 세계 자체에 대한 격렬한 거부를 동반한다. 연속적으로 외치는 "안 돼"는 이 세계를 부정하는 언어 표현이고, 살인은 그것을 실행에 옮기는 물리적 행위이다.

제도화된 도덕의 기준으로는 세서의 살인사건을 정당화하지 못한다. 기존 도덕의 관점으로 보면 세서의 행위는 동정과 연민을 불러일으키긴 하지만 결코 용인될 수 없는 명백한 살인이다. 하지만 기존 도덕규범을 초과하고 일탈하는 이 예외적 사건은 세서의 시어머니 베이비 석스로 하여금 며느리의 행위를 비난도 인정도 못하게 만들며, 다시 살아 돌아온 유령 딸에게 자신의 행위를 설명하려고 할 때 세서를 광기로 몰아넣는다. 세서에게 살인 이야기를 들은 뒤 폴 D는 "당신의 사랑은 너무 진해"라고 말한다. 세서는 "너무 진하다고? 사랑은 진한 거야. 그렇지 않으면 사랑이 아니야. 엷은 사랑은 사랑이 아니야"(164쪽)라고 응수한다. 세서는 시어머니에게도 말하지 못한 채 18년 동안 가슴 속에 봉인해왔던 이 사건을 폴 D에게 말하지만 세서는 자신의 "진한 사랑"을 납득시키지 못한다. 폴 D는 조금만 사랑하고 작은 것들만 욕망함으로써 노예제라는 비인간적 제도에서 살아남은 남자이다. 아니, 그는 자신의 욕망을 스스로 포기함으로써 생존을 유지해왔다. 이 때문에 그는 남성성 콤플렉스에 빠져 수탉보다 못한 존재라며 자기모멸감에 사로잡힌다. 하지만 세서는 그런 선택을 할 여지조차 없었다. 어머니라는 위치는 그녀 스스로 "진한 사랑"이라 부른 끔찍하고 격렬한 사랑을 하지 않을 수 없도록 만들었으며, 인간세계를 넘어 비인간적 세계로 들어가도록 요구했다. 그녀의 사랑에 압도된 폴 D는 말한다. "세서, 당신은 두 발 달린 인간이야. 네 발 달린 짐승이 아니라고."(165쪽) 인간이 어떻게 그렇게 할 수 있느냐는 폴 D의 이어지는 비난은 인간적 차원을 넘어서는 지점에서 이루어진 세서의 선택을 이해하지 못한 지적일 뿐이다.

세서의 행위를 둘러싼 비평가들의 논란은 세서와 아이의 관계에 대한 상반되는 해석에서 기인한다. 그녀의 행위는 비인간적 노예제도에서 자신의 아이를 구해내는 "모성적 구출"[13]로 받아들여지는가 하면 다른 한편에선 자신을 "어머니소유주"로 정의하면서 이를 실천에 옮긴 "불법적 소유"[14]로 비판받는다. 바버라 크리스천은 한 대담에서 세서의 영아살해를 노예제도의 소유 논리를 반복한 파괴적 모성이라 비판한다. 노예제도의 위력은 그 체제에 저항하는 존재들의 심리마저 속속들이 규정해 버릴 만큼 압도적이어서 노예 어머니는 노예제도의 끔찍한 소유논리를 자기도 모르게 재연하고 있다는 것이다.[15] 권위 있는 흑인 여성 비평가가 세서의 결정에 대

---

13 Marianne Hirsch, "Maternity and Rememory: Toni Morrison's *Beloved*," *Representation of Motherhood*, Eds. Donna Bassin, Margaret Honey, and Meryle Kaplan (New Haven: Yale UP, 1994), 104쪽.

14 Susan McKinstry, "A Ghost of An/Other Chance: The Spinster-Mother in Toni Morrison's *Beloved*," *Old Maids to Radical Spinsters: Unmarried Women in the Twentieth-Century Novel*, Ed. Laura Doan (Urbana: U of Illinois P, 1991), 267-8쪽.

15 Barbara Christian, "A Conversation on Toni Morrison's *Beloved*," *Toni Morrison's Beloved: A Casebook*, Eds. William L. Andrews and Nellie Y. Mckay (Oxford: Oxford UP, 1999), 217쪽.

해 내린 이 평가는, 체제의 논리를 재생산할 수밖에 없는 흑인 노예의 딜레마와 한계를 힘겹게 인정한 것으로 평가할 수 있다. 하지만 이런 자기비판은 과녁을 잘못 설정했다. 크리스천의 생각과 달리, 세서에게 빌러비드는 누구에게도 빼앗기지 않고 지켜야할 나의 '소유물'이자 나를 비춰주는 '나의 닮은 꼴'이 아니다. 세서에게 빌러비드는 나를 포기하면서까지 내가 책임을 지는 '타자', 모리슨 자신의 용어를 빌리면 내 "밖의" 존재이다. 『빌러비드』의 세서는 사랑하는 자식을 제 손으로 죽인다는 내용적 유사성으로 인해 그리스 신화에 등장하는 메데이아에 곧잘 비유되곤 한다. 예를 들어 스탠리 크로치는 세서를 "메데이아 아줌마"라고 부르면서 『빌러비드』를 "흑인판 홀로코스트 소설"[16]이라고 비난한다. 하지만 모리슨은 이런 해석에 반대한다. 폴 길로이와 가진 인터뷰에서 모리슨은 "마가렛 가너는 메데이아가 한 것 같은 행동을 하지 않았다. 그는 남자 때문에 자식을 죽이지 않았다"[17]고 말한다. 그러면서 세서와 가너가 저지른 살인행위를 여성적 사랑방식이라고 해석하며 다음과 같은 흥미로운 의견을 내놓는다.

> 여성은 자기 이외의 어떤 다른 존재를 너무나 사랑한다. 그는 인생의 모든 가치를 자기 밖의 존재에 둔다. 자

---

16 Stanley Crouch, "Aunt Medea: Notes of a Hanging Judge," *New Republic* 19 Oct. 1987, 38, 43쪽.

17 Paul Gilroy, *Small Acts* (London: Serpent's Tail, 1993), 177쪽.

식들을 죽이는 여성은 그들을 너무나 사랑한다. 아이들
은 그들 자신에게 최상의 존재이고, 그는 그 아이들이
망가지는 것을 보지 않을 것이다. 그는 그 아이들이 다
치는 것을 보지 않을 것이다. 차라리 그들을 죽일 것이
다. 이것은 여성 특유의 특성이다. 우리 안에 있는 최상
의 것은 우리 자신을 파괴하도록 만든다는 생각이 들었
다.[18]

여성들에게 아이들은 나보다 내가 더 아끼는 나의 '최상의' 존재
다. 여성들은 그런 아이들이 다치는 것을 지켜보기보다는 차라리
파괴함으로써 위험에서 구하려고 한다. 이것이 자신에게 가장 소
중한 존재에 대한 여성적 사랑의 방식이다. 이 행위는 불가피하게
사랑의 대상을 희생시키지만, 행위 주체를 그런 희생 속으로 몰아
넣은 사회체제에 치명적 일격을 가한다. 앞서 우리는 노예제에 저
항하는 남녀의 차이를 설명하는 길로이의 해석을 소개하면서 길로
이가 가녀의 여성적 저항 방식을 제대로 다루지 못했다고 비판했
다. 이제 우리는 길로이에게 아포리아로 남아 있던 세서의 저항을
설명할 수 있는 지점에 도달했다. 더글라스의 방식과 달리 가녀의
영아살해는 백인사회의 상징적 타자로부터 인정을 받으려는 것도,
그 사회 내에서 부분적 자유를 얻는 것도 아니다. 그것은 백인 노

---

18 Toni Morrison, *Conversation with Toni Morrison*, Ed. Danille Taylor-Guthrie (Jackson:
   UP of Mississippi, 1994), 208쪽.

예질서의 모순에 일격을 가하는 행위이다. 이는 기존 질서 안에서는 자리를 찾을 수 없는 영역으로 빠져나가는 것을 의미한다. 세서가 자기 딸에게 주려고 하는 자유가 다름 아닌 이 '너머'의 세계, 그녀가 이 세계 "바깥"이라 이름 붙인 세계이다.

　마거릿 가너의 영아살해는 미국 민주주의에 대한 도전이자 저항이다. 그것은 인간은 누구나 평등한 존재라는 미국 민주주의의 정언명령이 감추고 있는 자기 모순, 즉 인간의 범주에서 특정 인간을 배제하는 모순을 폭로한다. 민주주의 체제 하에서라면 노예 어머니도 그 딸도 물건이 아니라 인간으로서의 평등한 권리가 보장되어야 한다. 하지만 미국 사회는 독립선언문에서 스스로 공언한 그 권리를 노예들에게 적용하지 않았다. 자신의 딸이 주인의 재산이자 노동력 재생산 도구로만 규정될 때, 다시 말해 노예의 자손은 어머니의 자식이 아니라 주인의 재산이라는 강요된 선택에 내몰릴 때 세서는 이 강요를 받아들이기를 거부하고 딸에 대한 어머니의 권리를 포기하지 않는다. 그녀는 모성의 권리를 끝까지 주장함으로써 노예 소유주의 '재산'을 빼내 다른 곳으로 옮긴다. 노예 딸이 인간으로 살 수 있는 다른 세상으로. 노예제도라는 이상한 제도 아래에서는 노예 어머니라는 용어 자체가 형용모순이다. 그녀는 주인이 소유한 물건이지 자율적 인격을 지닌 인간이 아니다. 이런 상황에서 노예 어머니가 자신에게 거부된 모성의 권리를 요구할 때 끔찍한 형태를 취하지 않을 수 없다. 그녀에게는 자신의 최상의 존재인, 이른 바 '아갈마'(agalma, 보물)를 희생시키는 트라우마적 사랑이 야말로 자신의 아이를 강탈하려는 체제의 시도를 저지하고 아이에 대한 헌신을 끝까지 포기하지 않는 윤리적 행위다. 이는 라캉이 그리스 비극의 여성 인물 안티고네에게서 찾아낸 '여성적 윤리'에 육박하는 행위이다. 안티고네가 크레온의 국법에 맞서 오빠 폴리네이케스에 대한 사랑을 고수했다면, 세서는 딸의 죽음을 무릅쓰면서까지 딸에 대한 사랑을 지킨다. 노예 소유주는 자신의 재산을 잃었지만 재산권을 주장할 수 없다. 물건에 지나지 않는 노예에게 법적 책임을 물어 배상을 요구한다면 이는 노예에게 정치적 주체로서 시민권을 인정하는 것이기 때문이다. 세서의 급진적 행위를 통해 미국 민주주의는 자기 모순에 직면한다. 이는 특정 인간 집단에게는 인간의 권리를 인정하지 않고 물건 취급을 하면서도 '모든 인간은 자유롭고 평등하게 태어났다'라고 주장하는 모순, 독립된 국가의 이념적 토대를 세우기 위해 스스로 공언한 민주주의 이념을 허물어뜨리는 내적 모순이다.

주체가 자신의 대의를 배반해야 대의를 지킬 수 있는 역설적 상황에서 결정을 내려야 한다는 곤경, 이것이 세서의 윤리적 선택을 끔찍하게 만드는 점이다. 알렌카 주판치치는 이런 곤경을 가장 근원적 의미에서 공포가 출현하는 상태라고 말한다.[19] 세서는 죽음보

---

19 Alenka Zupančič, *Ethics of the Real: Kant, Lacan* (London: Verso, 2000), 216쪽. 주판치치는 이런 극단적 선택을 감행하는 윤리적 인물의 예로 앨런 파쿨라 감독의 영화 〈소피의 선택〉의 유대인 어머니 소피를 든다. 소피는 아들, 딸과 함께 아우슈비츠 절멸수용소로 끌려오는데, 독일 장

다 못한 노예제도에 맞서 인간으로서 딸의 권리를 선택하지만 그 선택은 딸의 생명을 희생시킨다. 세서는 자신의 희생을 통해 딸의 목숨을 구할 수 있었다면 기꺼이 그렇게 했을 것이다. 하지만 자신의 죽음으로도 딸이 노예로 팔려가는 것을 막을 수는 없었다. 세서는 이런 강요된 선택에 맞서 자신보다 더 소중하게 여기는 자신의 보물 '빌러비드'를 죽임으로써 그 인간적 존엄을 지키려는 불가능한 시도를 감행한다. 그녀가 윤리적으로 행동할 수 있는 유일한 길은 비윤리적 방식이다. 이것이 그녀의 선택을 공포로 몰아넣는다. 하지만 세서는 공포의 상황에서 물러서지 않고 결정을 내린다. 죽음을 향한 주체적 도약이라 할 수 있는 이 순간, 세서는 인간의 법 바깥으로 튕겨나가고 공동체로부터 스스로를 단절시킨다. 이제 그는 노예제도라는 미국의 사회·경제체제뿐 아니라 흑인 공동체로부터도 떨어져 나온다. 그는 노예 시절의 고통을 함께 겪었던 마음의 동료이자 연인이기도 한 폴 D로부터 인간이 아니라 네 발 짐승이라는 비난을 당하면서 자신이 내린 결정의 책임을 홀로 감당하는 비극적 희생물이자 공동체의 잉여가 된다.

교로부터 두 아이를 전부 가스실로 보내지 않으려면 한 아이를 선택하라고 강요받는다. 소피는 결국 딸을 가스실로 보내고 아들의 목숨을 구하는 결정을 내린다. 주판치치는 같은 구절에서 소피의 선택을 "최고의 윤리적 행위"라 부르며, 그가 "최소한 한 아이를 구하기 위해 불가능한 선택을 감행하고, 이와 함께 다른 아이의 죽음에 대해 최대한의 책임을 지고 있다"고 평가한다. 하지만 소피의 선택은 그에게 주어진 '강요된 선택' 자체를 거부하는 진정으로 급진적인 행위라기보다는 강요에 따른 타협이다. 그는 이런 선택을 내렸다는 죄의식에 시달리다가 결국 스스로 목숨을 끊는다.

3. 기억의 공동체―트라우마적 기억에서 살아남기

딸을 죽이는 것이 그녀가 선택한 윤리적 길이었다 해도 세서는 그것이 남긴 긴 트라우마적 충격을 견뎌야 했다. 그녀는 18년 동안 124라는 유령적 공간에서 사회적 관계에서 단절된 채 죽음과 같은 삶, 아니 삶을 저당잡힌 죽음을 살아야 했다. 작품에서 독자가 만나는 것은 살인 사건 그 자체가 아니라 사건 이후 세서가 치러내는 고통스러운 내면의 전쟁이다. 그녀는 자신이 죽인 딸을 묻지 못하고 이제 유령으로 돌아온 딸과 기이한 동거를 시작하면서, 스스로 "재기억"rememory이라 부른 억압된 과거의 기억에 사로잡혀 있다. 세서의 '재기억'은 프로이트가 '반복충동'이라 이름 붙인 기억될 수 없는 기억, 자신도 모르게 과거의 상처로 되돌아가는 무의식적 반복(플래시백)을 연상시킨다. 과거의 기억은 사라지지 않고 그곳에 남아 "누군가 다른 사람에게 속해 있는 것 같은"(36쪽) 이질적 기억으로 주체를 마비시킨다.

세서의 삶을 가로막는 과거의 흔적은 그녀의 몸에 상처로 각인되어 있다. 세서는 여러 번 탈출을 감행하다가 붙잡혀 학교 선생에게 심한 매질을 당하는데, 그 흔적이 등에 상처 자국으로 남아 있다. 이 상처 자국은 노예소유주가 그녀의 몸에 새겨 넣은 '기호'이다. 그것은 노예란 주인 마음대로 처분할 수 있는 '재산 품목'이라는 기의를 담고 있다. 세서의 등가죽은 오랫동안 마비되어 있어서 18년이 지난 다음 폴 D가 어루만져 주어도 아무런 반응을 보이지 않는다.

소설에는 세서의 등에 난 상처가 해석되는 몇 가지 장면이 제시된다. 상처를 입힌 사람은 백인 소유주이지만 그것을 읽어내는 사람은 백인 사회의 주변부에 살고 있는 가난한 백인 소녀와 흑인 남성과 흑인 여성이다. 세서가 도망치도록 도와주고 세서와 함께 덴버가 태어날 때 산파 역할을 한 백인 소녀 에이미는 세서의 등에 난 상처를 만개한 "벚꽃"(16쪽)으로 읽고, 그 누구보다 끔찍한 역사의 폭력을 겪은 세서의 시어머니는 그것을 "핏빛 장미 무늬"(16쪽)로 읽는다. 마지막으로 폴 D는 그 상처를 "전시하기엔 너무 화려한 대장장이의 장식 조각"(17쪽)으로 읽는다. 이들은 백인 소유주가 기입한 피의 기록을 한 폭의 아름다운 예술품으로 변모시킨다. 이런 미적 변모를 통해 그들은 주인이 기입해 놓은 의미를 수정하고 변형한다. 세서의 등에 새겨진 조각품을 어루만지며 폴 D는 "그녀의 슬픔의 뿌리와 굵은 기둥과 가느다란 가지"(17-8쪽)를 만나고, 세서는 18년 만에 처음으로 상처의 아픔을 느낀다.

하지만 세서는 자신의 몸에 의미가 기입되고 해석되는 행위에 주체적으로 참여하지 못하고 수동적 대상으로 남아 있을 뿐이다. 매 핸더슨은 세서의 딜레마가 노예제도 하에서 흑인 여성이 처한 "이중부정" 상태를 보여준다고 말한다. 이 시기에 노예 여성들은

"자신의 목소리와 글을 갖지 못했고 그 결과 역사 또한 갖지 못한 채 타인의 성적·인종적 정체성이 각인되는 백지"[20]에 지나지 않았다는 것이다. 세서의 과제는 자신의 몸에 새겨진 역사의 기호를 스스로 읽어내는 법을 배우는 것이다. 하지만 그것은 그녀가 노예제에서 물리적으로 해방되는 것뿐 아니라 해방된 자신의 몸과 마음에 대한 소유권을 주장할 수 있을 때 비로소 가능하다.

세서를 포함한 해방된 노예들을 괴롭히는 것은 자신의 몸과 정신에 대해 소유권을 주장하는 일이 결코 쉽지 않다는 점이다. 작품이 초점을 맞추는 것도 그들이 노예제에서 경험한 트라우마적 사건 그 자체가 아니라 그것이 드리우는 심리적 여파이다. 노예제도는 사라졌지만 그들은 여전히 노예로 살고 있다. 예전 노예들은 과거의 트라우마에서 벗어나기 위해 기억을 '억압'하고 '침묵'으로 대응한다. 상처를 직접적으로 대면하면 과거의 수렁에서 헤어나오기 힘들다는 것을 그들은 너무나 잘 알고 있기 때문이다. 이들에게 침묵과 억압은 살아남기 위한 전략이다. 이들에게 과거는 폴 D의 가슴속에 묻힌 녹슨 담배갑처럼 결코 열어젖힐 수 없는 봉인된 기억의 상자, 그들의 삶에서 붉은 심장의 박동을 중단시켜 버린 죽음의 공간으로 남아 있다.

한 인터뷰에서 모리슨은 "노예제도라는 주제는 흑인들도 기억

20 Mae G. Henderson, *Speaking in Tongues and Dancing Diaspora: Black Women Writing and Performing* (Oxford: Oxford UP, 2014), 87쪽.

하고 싶어하지 않고 백인들도 기억하고 싶지 않는 (…) [미국이라는]
국가의 기억상실"²¹이라고 말한 적이 있다. 모리슨은 노예시절을 작
품화하는 것을 오랫동안 망설여왔다고 고백하면서 노예시절로 돌
아가자 300년이란 엄청난 시간의 무게가 덮쳐왔다고 말한다. 물론
모리슨은 노예시절이 왜 미국의 국가적 기억에서 빈 구멍으로 남
아 있는지 이해한다. 백인들에게 그 시절로 돌아간다는 것은 인류
역사상 최초로 자유와 평등의 이념에 기반을 두고 근대 민족국가
를 건립한 나라라는 미국의 '상상적 허구'가 붕괴되는 것을 경험하
는 일이다. 따라서 그들은 그로부터 도망쳤다. 해방된 노예들에게
노예 시절을 기억한다는 것은 살아 돌아오지 못할 심리적 전쟁터
로 나가는 것을 의미했다. 살아남기 위해 그들은 망각과 억압으로
도망쳤다. 하지만 "노예제도에서 도망치면서 그들[흑인들]은 [자신의
선조인] 노예들로부터도 도망쳤으며 그렇게 함으로써 자신들이 져야
할 (윤리적) 책임을 방기했다"라고 모리슨은 주장한다.²² 모리슨이
분명히 말하듯, 해방된 노예들은 양날의 과제를 갖고 있다. 그들에
겐 "공포를 기억해야 할 필요가 있다. 하지만 (동시에 그들은) 공포에
먹히지 않는 방식으로, 다시 말해 파괴적이지 않은 방식으로 (과거
를) 기억해야 한다."²³

---

21 Toni Morrison, *Conversation with Toni Morrison*, Ed. Danille Taylor-Guthrie (Jackson:
   UP of Mississippi, 1994), 257쪽.

22 같은 책, 247쪽.

23 같은 곳.

이 작품의 서술구조에 핵심적 관건은 소설이 다루는 것이 기억할 수도 재현할 수도 없는 트라우마적 사건이라는 점이다. 재현할 수 없는 사건을 재현하기 위해 소설은 우회적이고 순환적 서술방식을 취한다. 필립 페이지를 위시한 많은 평론가들이 적절히 지적했듯이, 소설의 서술방식은 세서가 딸의 살해사건을 폴 D에게 말할 때 그려 보이는 순환적 동작을 닮았다.[24] 세서는 영아살해라는 끔찍한 사건의 전말을 말하지 못한다. 그녀는 불쑥 한 마디 던졌다가 긴 침묵에 빠지고 다시 큰 원을 그리며 돌아온다. 폴 D는 그녀의 머뭇거리는 말에서 작은 기억의 파편들을 끄집어내 그녀가 기억 속으로 들어갈 수 있도록 한참을 기다린다. 소설은 세서가 침묵과 억압의 저편에서 기억의 조각들을 들어올렸다 다시 내려놓은 반복 동작을 닮았다. 작중 인물들이 과거를 대면하는데 어려움을 겪고 있는 것과 마찬가지로 작품 자체도 기억의 불가능성이라는 난제에 봉착한다. 이 난제를 뚫기 위해 모리슨은 사건의 전모를 독자들에게 요약해주기보다는 파편화된 기억의 조각들을 병치시키는 방식을 택한다. 화자의 시점으로 서술되는 경우도 있지만 대부분은 인물들 자신의 기억과 회상이 조각이불처럼 잇대어져 있다. 이런 복수적 시점의 병치는 일부 포스트모더니즘 소설에서 보여지듯 완전한 파편화와 분열로 나아가는 것이 아니라 집단적 기억과 목소리

---

24 Philip Page, *Dangerous Freedom: Fusion and Fragmentation in Toni Morrison's Novels* (Jackson: UP of Mississippi, 1995), 140쪽.

의 공동체를 형성하기 위한 시도이다. 노예제도라는 트라우마적 과거가 개인의 경험이 아니라면 그 기억과 치유도 집단적 노력을 통해서만 가능하다. 모리슨은 하나의 목소리가 지배하는 단성적이고 독점화된 기억 대신 고통의 경험을 공유하는 '기억의 공동체'를 형상화한다. '기억의 연대'를 통해서만 트라우마의 후유증을 견디고 프로이트가 '극복작업'이라고 부른 것에 다가갈 수 있다고 보기 때문이다.

4. 빌러비드―억압된 것의 회귀

하지만 해방된 노예들의 기억행위가 아무리 집단적으로 이루어진다 해도 그들은 자신들의 심리 속에 깊숙이 가라앉아 있는 상처를 대면하기 전까지는 과거에서 벗어나지 못한다. 빌러비드의 복귀는 치유의 과정이 시작되기 위해 반드시 거쳐야 할 필수단계이다. 빌러비드는 소설의 주인공들에게 끊임없이 그들이 억압하려고 하지만 완전히 억압하지 못한 뭔가를 떠올리게 만든다. 폴 D는 스탬프 페이드에게 말한다. "그녀(빌러비드)는 뭔가를 상기시켜요, 내가 기억해야 할 뭔가를 말이요."(234쪽) 빌러비드에 의해 헝겊인형처럼 이리저리 들려 결국 집 바깥으로 쫓겨났지만 폴 D는 차가운 헛간 마룻바닥에서 그녀를 다시 만나게 된다. 빌러비드는 그를 쫓아와 "내 안을 만지고 내 이름을 불러달라"(117쪽)고 요구한다. 폴 D는 딸 정도의 나이 밖에 되지 않은 빌러비드와 섹스를 한 다음 수치와 혐오감에 몸을 떨지만 그렇게 할 수밖에 없었다고 느낀다. 그것은 거역할 수 없는 준엄한 명령이었다. 빌러비드와의 육체적 관계는 폴 D에게 오래 잊고 있던 맹목적 "생의 욕구"를 일깨워 "깊은 바다 속"(264쪽)으로 그를 데려간다. 그곳에서 그는 살아남기 위해 억압해왔던 '욕망'을 다시 만난다. 모리슨은 억압된 것과의 '육체적' 접촉을 통해서만 트라우마적 과거에서 풀려날 수 있다는 것을 보여주기 위해 산 자가 죽은 자와 몸을 섞고 죽은 자를 임신시킨다는 그로테스크한 상황설정도 마다하지 않는다.

도대체 살아 있는 자에게 자신을 만지고 이름을 불러달라고 명령하는 이 여귀는 누구일까? 사실주의적 기대를 송두리째 배반하면서 독자들을 초현실적인 공간 속으로 데려가는, 죽음보다 더 깊은 눈동자를 갖고 있는 이 '예쁜' 귀신은 대체 누구인가. 그것은 역사에서 벗어난 환영인가? 역사가 너무 끔찍해 모리슨은 환상으로 도망간 것일까?『어둠 속의 유희』에서 모리슨은 19세기 미국문학의 주도적 양식으로 '고딕 로맨스'를 설명하면서, 이 장르가 역사를 회피하는 형식이 아니라 역사와 정면 대결을 벌이는 형식이라고 강조한다.[25] 19세기 백인의 마음은 자유와 평등 이념에 기반을 둔 근대 계몽의 기획을 성공적으로 실현한 국가는 미국이라는 공식 담론의

---

25 Toni Morrison, *Playing in the Dark*, 37쪽.

이면에 존재하는 계몽의 어두운 그림자에 시달렸다. 흑인 노예들은 미국의 기획을 위협하는 살아 있는 모순이자 그들의 계몽적 기획을 붕괴시키는 검은 유령으로 현존하기 때문이다. 모리슨에 따르면 이 인종적 암흑을 탐색하기 위해 고안된 것이 유령적 존재에 대한 매혹, 공포, 불안으로 상징되는 고딕 형식이었다. 고딕 로맨스는 사실적 역사에서는 대면할 수 없는 심층적 차원의 진실, 사실적 언어로는 재현될 수 없는 미국 역사의 '인종적 모순'에 접근하기 위해 고안된 재현양식이다.[26]

모리슨은 흑인 노예들의 내면을 표현하기 위해 이 고딕 로맨스 양식을 채택한다. 19세기 이래 간단없이 생산되어온 노예서사에서도 말해지지 못한 진실, 정면으로 응시하기가 너무 끔찍해 베일 뒤에 가려둘 수밖에 없던 흑인 노예들의 내면적 진실을 말하려면, 표면적 사실에 지나치게 얽매이는 사실주의적 소설보다 고딕 로맨스가 더 적절하다고 판단한 것이다. 모리슨은 노예들의 억압된 내면적 경험에 더 깊은 역사적 차원을 부여하고 사실과 환상의 이분법으로는 감당할 수 없는 미국 역사의 심층적 '실재'를 재현하기 위해

---

26 리처드 체이스이래 미국문학비평계에서 로맨스는 영국문학과 구분되는 미국문학의 특수성을 보여주는 형식으로 부각되어왔다. 하지만 1980년대부터 신미국주의자들은 미국문학의 비사회성과 비역사성을 예증하는 것으로 여겨져 온 로맨스 장르에 대해 대대적인 이데올로기적 비판을 수행했다. 모리슨의 '고딕 로맨스' 논의는 '로맨스'로 일반화되지 않는 '고딕적' 요소에 주목하면서, 이 고딕적 요소를 흑인 노예라는, 미국적 계몽담론을 위협하는 '인종적 유령'과 연결한다. 로맨스의 고딕적 요소를 부각시키는 것은 이 장르의 인종적 성격을 드러내는 것이다. 이런 점에서『빌러비드』는 미국 역사의 인종적 모순을 드러내는 재현양식으로서 '고딕 로맨스'의 유효성을 입증하는 좋은 예가 될 수 있다. 나는 모리슨과 테레사 고두의 '고딕 로맨스론'을 이어받아 미국 역사의 이율배반성을 탐색하는 형식으로 이 장르를 읽어낸 바 있다. Myungho Lee, "American Antinomy and American Gothic." *Journal of American Studies* 34.2 (2002)참조.

—혹은 재현의 불가능성을 재현하기 위해—빌러비드라는 유령을 창조한다.

빌러비드는 역사와 환상, 사회와 개인이 교차하는 중층적 존재이다. 개인적 차원에서 빌러비드는 엄마에 의해 살해당했지만, 그 엄마를 다시 만나기 위해 돌아온 세서의 딸이다. 하지만 작품에서 개인적 차원과 긴밀히 얽혀 있는 사회적 차원에서, 그녀는 아프리카에서 신대륙으로 끌려오는 '중간항로'Middle Passage를 경유하는 동안 죽어간 모든 '빌러비드' 즉 아메리카 대륙에 발을 내디디기 전 노예선에서 죽어 미국 역사에서 사라진 흑인 노예들을 암시한다. 빌러비드가 엄마 세서로부터 버려지는 트라우마적 사건이 세서의 영아살해라면, '아프리카인'이 '아프리카계 미국인'으로 재탄생하는 정체성 이동 과정도 이와 흡사한 상실을 거친다. 흑인 노예들은 엄마의 몸 아프리카에서 떨어져나와 전혀 이질적인 공간에 내동댕이쳐지는 유기遺棄를 경험한다. 모리슨은 전前언어적 단계의 아기가 엄마의 몸에서 분리되었다가 다시 엄마의 몸으로 돌아오는 이야기를 '어머니아프리카'에서 떨어져 나온 흑인 노예들의 이야기와 교직交織한다. 양자 모두에게 상징적 담론은 거부되어 있다. 빌러비드는 말을 배울 기회를 갖지 못했을 뿐 아니라 이름도 얻지 못한 채 "벌써 기어다니는 아기"(93쪽)라 불린 것이 전부이다. 작품의 제사題詞에 나오는 "6,000만 그리고 그 이상"의 노예들은 영어를 말할 줄 모른다. 그들은 아프리카의 역사와 미국의 역사 사이에서 사라져 버린,

따라서 어떤 역사적 담론에도 등장하지 못하는 '지워진 존재들'이다. 그들을 가리키는 6,000만이란 숫자 뒤에 혹처럼 붙어 있는 "그리고 그 이상"이라는 구절은 역사적 담론에 부재하는 '잉여'로서 그들의 존재양태를 말해준다.

이 재현될 수 없고 재현되지 않는 부재로서의 빌러비드의 존재를 설명하기 위해 '실재 대상'이라는 명칭을 달아주는 것도 좋을 듯하다. '유령'으로서 빌러비드의 존재는 '실재 대상'으로서 그녀의 위치를 말해준다. 유령은 실체화될 수도 없고 담론화될 수도 없다. 그것은 효과를 통해서만 자신을 드러내는 부재 원인이다. 부재함으로써 현존하는 유령적 존재로서 빌러비드는 미국적 상징계에서 상실되었지만 다시 돌아와 자신의 자리를 요구하는 모든 것을 상징한다. 빌러비드는 말한다. "나는 내가 있을 자리를 찾아야 해."(213쪽) 하지만 그녀가 찾아야 할 자리는 미국의 상징 담론에는 존재하지 않는다. 그녀에게 적절한 자리를 찾아주는 작업은 단순히 누락되어왔던 사실을 보충하거나 특정한 역사적 시기에 대한 재평가를 시도하는 것으로는 이루어질 수 없다. 그것은 자유와 평등의 땅이라는 미국적 담론에 포괄되지 않는 결핍 지점을 대면함으로써 완전히 새로운 역사를 기술할 때 가능하다. 이 작업이 이루어질 때까지 빌러비드는 떠나지 않고 자신의 내부를 만지고 이름을 불러달라고 요구할 것이다. 이 요구는 작중인물들뿐 아니라 독자들에게도 미국 역사의 트라우마적 지점으로 돌아가 미국 역사에서 '말할 수 없고 말해지지 않은 것을 대면하도록 한다.

여기서 말할 수 없고 말해지지 않은 것이란 트라우마적 사건 그 자체만을 의미하지는 않는다. 물론 일차적으로 그것을 말할 수 없는 것은 너무 끔찍해서 언어적 재현이 불가능하기 때문이지만 이것이 전부는 아니다. 그것을 말할 수 없는 또 다른 이유는 트라우마적 사건으로의 반복적 회귀를 통해 '부정적으로만' 드러나는 무의식적 욕망의 대상을 만나게 되기 때문이다. 프로이트는 제1차 세계대전에서 돌아온 신경증환자들이 끔찍한 공포와 고통에 시달리면서도 전쟁에 관한 꿈을 반복적으로 꾼다는 사실을 발견한다. 꿈의 목적이라 할 수 있는 소망충족에 명백히 위배됨에도 불구하고 이처럼 고통스러운 기억으로 반복적으로 돌아가는 이유는 무엇인가? 그것은 트라우마적 사건으로 반복적으로 돌아감으로써 불쾌한 자극을 통제하기 위해서이다. 자극을 통제한다는 것은 그것을 표상질서로 다시 묶는 작업이다. 이를 통해 주체는 아직 소망이라는 형태로 '재현되지 않은' 무의식적 욕망과 충동을 '부정적으로' 만난다. 이런 의미에서 빌러비드는 끔찍한 노예제의 기억이면서 동시에 그 기억에 의해 '억압된 욕망'이기도 하다. 장갑의 앞뒷면처럼 붙어 있는 이 두 차원을 고려하지 못할 때 빌러비드의 존재는 입체성을 잃어버린다. 정신분석학적 시각에 입각하여 작품을 분석한 브룩스 부손과 린다 크럼홀츠가 빠져드는 함정이 이것이다. 이들은 트라우마란 개념을 주체의 심리적 방어막을 붕괴시키는 '외부적' 충

격에 국한시키는 까닭에 주체 '내부'에 자리 잡고 있는 '무의식적 욕
망과 충동'의 차원을 놓쳐버린다. 이들에게 빌러비드는 노예제의 기
억을 상징할 뿐 이 기억 밑에 가라앉아 있는 욕망을 상징하지 않는
다. 하지만 유령적 존재로서 빌러비드의 위치를 제대로 읽어 내려
면 그녀가 상징하는 또 다른 차원, 즉 상징담론에서 말해지지는 못
하고 있지만 '꿈'과 '욕망'으로 남아 있는 정치적 무의식을 살려내야
한다. 억압된 것의 형태로 과거 속에 각인되어 있는 정치적 무의식
을 현실 역사 속에서 살려내는 것이 벤야민이 말한 '메시아적 구원'
에 이르는 길이다. 따라서 이 차원을 삭제하는 것은 정치적 해방과
구원이라는 유토피아적 계기를 지워버리는 것이다.

5. 세 여자의 꿈 ─욕망의 환상적 충족

작품에서 억압된 욕망이 실현되는 절정의 순간은 세 모녀(세
서, 덴버, 빌러비드)가 언 강에서 스케이트를 타는 장면이다. 여기서
강제적으로 끊긴 딸과의 유대를 회복하고 싶은 노예 어머니의 욕
망과 엄마의 몸으로 돌아가고 싶은 딸의 욕망은 환상적으로 실현
된다. 동시에 이 장면은 '어머니 -아프리카'를 되찾고 싶은 아프리카
계 미국인들의 정치적 무의식이 황홀하게 실현되는 순간이기도 하
다. 이 순간 세서는 빌러비드가 죽은 딸의 유령일지 모른다는 느낌

을 받는다. 아무도 오지 않고 아무도 바라보지 않는 언 강에서 흑인 어머니가 죽은 딸과 산 딸의 손을 맞잡고 얼음을 지치는 이 평화로운 순간을 화자는 이렇게 전한다. "바깥에선 눈발이 단아한 모양으로 굳어졌다. 겨울 별빛의 평화는 영원한 것 같았다."(176쪽) 텍스트는 역사적 시간을 계절의 은유로 표현하면서 세 모녀에게 '영원'을 선사한다.

작품의 제 2부를 구성하고 있는 네 편의 내적 독백에서 세서와 덴버와 빌러비드는 처음엔 각기 별개로 마지막엔 하나의 코러스가 되어 역사가 앗아가 버린 그들의 사랑을 표현한다. 작품에서 가장 시적인 부분이라 할 수 있는 내적 독백 부분에서 산 자는 죽은 자와, 그리고 죽은 자는 산 자와 역사가 끊어놓은 사랑의 유대를 회복한다. 그들은 자신들의 사랑을 '영원한 현재형'으로 표현함으로써 인간의 사랑을 파괴하는 시간의 능력을 부정한다. 세 독백 중에서 가장 감동적인 빌러비드의 독백에서 엄마를 되찾으려는 딸의 욕망, 아니 엄마와의 분리를 인정하지 않으려는 어린 딸의 심리가 절절하게 표현된다. "나는 그녀에게서 떨어지지 않는다 내가 멈출 곳은 없다 그녀의 얼굴은 내 것이고 나는 그녀의 얼굴이 있던 곳에 같이 있고 싶고 그 얼굴을 바라보는 일은 멋지다"(210쪽) 하지만 빌러비드의 독백에서 빌러비드가 찾으려는 엄마의 얼굴은 세서이면서 동시에 중간항로 중 노예선에 함께 승선했다가 사라진 아프리카계 딸아이의 엄마이기도 하다.

나는 언제나 웅크리고 있다 내 얼굴 위에 있던 남자는 죽었다 그의 얼굴은 내 얼굴이 아니다 그의 입에선 단 냄새가 나지만 눈은 감겨 있다. (…) 처음에 여자들은 남자들로부터 떨어져 있고 남자들은 여자들에게서 떨어져 있다 폭풍이 불어와 남자들은 여자들과 섞이고 여자들은 남자들과 뒤섞인다 내가 그 남자의 등뒤에 있게 된 것이 그때다 한동안 나는 내 위에 얹힌 그의 목과 넓은 어깨만 본다 (…) 그의 노래는 한 여자가 나무에서 꽃을 꺾어 둥근 바구니에 담는 장소에 관한 것이다 구름 앞에서 그녀는 웅크리고 앉아 있다 하지만 그 남자가 눈을 감고 내 얼굴에서 죽을 때까지 나는 그녀를 보지 못한다.(21-212쪽)

독자들은 이처럼 텍스트에 산발적으로 흩어져 있는 지각知覺이 노예선에서 일어나는 상황이라는 것을 알려주는 단서도 찾을 수 없고 빌러비드가 그곳에 가게 된 정황을 설명해주는 진술도 발견할 수 없기 때문에 당황하게 된다. 독자들이 경험하는 당혹감은 아무 이유나 설명도 없이 노예선에 끌려가야 했던 아프리카인들의 심리적 혼란을 반영한다. 파편화된 구문과 마침표의 부재는 문법적 경계를 무너뜨린다. 호텐스 스필러스가 적절히 해석하듯이, 그것은 남자와 여자의 경계도 없고 산 자와 죽은 자의 구분도 무너진 상태에서 아프리카인들이 겪어야 했던 일종의 "접경지대 상태"[27]를 언어적으로 재현한 것이다. 동시에 그것은 엄마와 하나가 되려는 전 오이디푸스 단계에 있는 아기의 욕망을 표현하고 있다. 빌러비드는 엄마의 웃는 얼굴을 찾아 그 속으로 들어가려고 한다. 하지만 엄마가 바다 속으로 들어가면서 그녀는 엄마의 얼굴을 잃어버린다. 그녀는 다리 위에서 기다리다가 마침내 물속으로 들어간다. "그녀는 내가 결합하고 싶어 한다는 것을 안다 그녀는 나를 씹어서 삼킨다 나는 사라진다 나는 그녀의 얼굴이다 내 얼굴이 나를 떠났다 나는 멀리 헤엄쳐 가는 나를 본다 정말 멋지다 나는 내 발 밑바닥을 본다 나는 혼자다 나는 둘이 되고 싶다 나는 결합하고 싶다."(213쪽) 이제 '나'와 '그녀'의 구분은 존재하지 않는다. 마지막 제4부에서 세 모녀의 목소리는 코러스로 어우러지고 셋이 함께 부르는 아래 노래에서 그 정점에 이른다.

빌러비드
너는 내 언니
너는 내 딸
너는 내 얼굴. 너는 나
나는 너를 찾았고, 너는 내게로 돌아왔어
너는 나의 빌러비드

27 Hortense J. Spillers, "Mama's Baby, Papa's Maybe: An American Grammar Book," *Diacritics* 17.2 (1987), 72쪽.

너는 내 것
너는 내 것
너는 내 것
(…)

당신은는 미소짓는 걸 잊었어
나는 널 사랑했어
당신은 날 다치게 했어
너는 내게로 돌아왔어
당신은 나를 떠났어

나는 널 기다렸어
당신은 내 것
너는 내 것
당신은 내 것 (216-217쪽)

　여기서 세 모녀의 결합은 최고조에 이른다. 언어는 이들의 결합을 반영한다. 마침표는 사라지고, '나'와 '너/당신'이라는 주격 인칭대명사는 서로를 향해 나아가 구분을 잃고 마침내 '내 것'이라는 소유격으로 융합된다.

6. 여성공동체의 애도행위

바버라 클레어 프리먼은 이 작품이 프로이트가 옹호하는 것과는 다른 형태의 애도를 요구한다고 주장한다. 프로이트는 자아가 상실된 대상을 떠나보내지 못하고 대상과 자신을 동일시하는 우울증과 달리, 애도의 경우 자아는 상실된 대상에서 리비도를 분리시켜 다른 대상으로 이전하는 데 성공한다고 말한다. 하지만 프리먼은 『빌러비드』의 애도의식이 이런 프로이트적 애도와 달리 과거와 단절하는 것이 아니라 과거와 맺는 "유대를 긍정"[28]한다고 한다. 이런 점에서 프리먼은 124에 살고 있는 세 모녀가 서로에게 끊을 수 없는 사랑과 애착을 선언하는 제2부의 마지막 독백을 애도작업의 완성으로 본다. 과연 그럴까? 이들의 결합이 모녀의 끈을 다시 이으려는 여성적 욕망을 환상적으로 실현하고 있는 것은 사실이지만, 그 환상에 고착될 때 현재의 삶을 살아내지는 못한다. 소설의 제3부에서 세서는 빌러비드에 완전히 사로잡혀 흑인공동체와의 관계도 잃어버리고 살아 있는 딸 덴버를 사랑해주는 것도 잊은 채 모두를 집어삼키는 파괴적 사랑에 함몰된다. 세서는 자신이 했던 "톱질을 보상하려고 했으며 빌러비드는 그 대가를 지불하게

28 Barbara Claire Freeman, "Love's Labor: Kant, Isis, and Toni Morrison's Sublime," *The Feminine Sublime: Gender and Excess in Women's Fiction* (Berkeley: U of California P, 1995), 139쪽.

만들었다."(251쪽) 이 지불과 보상의 악순환은 무한정 계속된다. "세서가 벌 받는 아이처럼 의자에 앉아 입술을 핥고 있는 동안 빌러비드는 그녀의 삶을 먹어치우고 점점 부풀어올라 비대해졌다."(250쪽) 최악의 상황은, 세서가 빌러비드에게 용서를 구할 때에도 그녀가 진정으로 원하는 것은 "용서받는 것이 아니라 용서가 거부당하는 것이며 빌러비드가 이를 도와주고 있다"(252쪽)는 것이다. 세서는 자신에 대한 사랑도 타자에 대한 사랑도 잃어버린 채 폭군으로 군림하는 빌러비드에 완전히 압사당한다.

앞서 우리는 빌러비드를 딸을 되찾겠다는 세서의 욕망이 실현되는 실재 대상이자 내 안의 타자라고 보았다. 그 실재 -타자에 대한 사랑을 포기하지 않을 때 지배적 상징질서를 위반하는 세서의 윤리성이 드러난다. 하지만 소설이 진행됨에 따라 빌러비드와 세서의 관계는 변모한다. 세서는 완전히 빌러비드에 사로잡혀 죄의식에 짓눌린다. 세서가 처음엔 폴 D를, 다음엔 덴버를 자신이 그리는 원환圓環에서 배제하고 둘만의 폐쇄적 회로에 갇히는 것은 세서의 욕망이 닫히는 과정이기도 하다. 이제 빌러비드는 세서의 욕망을 가로막는 가학적 초자아로 군림한다. 욕망이 폐쇄되고 그 자리를 죄책감이 차지하는 과정이 프로이트가 말한 우울증적 병리라면, 그것은 프리먼이 주장하듯 애도의 절정이 아니라 애도의 실패를 드러내는 증상이다.

작품의 제3부에서 이런 우울증적 죄의식의 폐쇄회로를 뚫는 인물이 덴버다. 덴버는 굶주리는 엄마에게 먹을 것을 갖다주기 위해 124의 문턱을 넘어 더 넓은 공동체로 나아간다. 하지만 닫힌 문턱을 넘기 위해선 누군가의 도움이 필요하다. 덴버가 124의 문턱을 넘도록 도와주는 인물이 죽은 할머니 베이비 석스이다. 석스는 끔찍한 사건이 난무하는 바깥세상으로 나가는 것을 두려워하는 손녀에게 과감히 문턱 밖으로 나가라고 말한다. 물론 어디에도 흑인을 지켜줄 보호막은 없다는 사실을 먼저 알아야 한다. 하지만 이 앎은 이 바깥세상으로부터 자신을 폐쇄시키는 것이 아니라 바로 그 세상 속으로 들어가도록 하는 것이어야 한다. 할머니의 도움으로 가족의 회로에서 벗어난 덴버는 어린 시절 글을 가르쳐주었던 존스 부인을 찾아간다. 뒤늦긴 하지만 덴버는 엄마와 딸이 분리되지 않은 상태에서 언어와 사회라는 상징질서로 진입한다. 하지만 상징질서로의 진입이 어머니의 목소리를 완전히 지워버리는 방식으로 이루어지지는 않는다. 덴버가 굶어 죽어가는 엄마 이야기를 하자 백인인 존스 부인은 "오 내 아가"라고 말한다. "세상에서 여성으로서의 삶을 그녀(덴버)에게 열어준 것은 그토록 친절하고 부드럽게 발음된 '아가'라는 말이었다."(248쪽) 존스 부인의 모성적 언어는 덴버가 '공동체의 딸'임을 말해준다. 덴버는 하나의 양육집단에서 다른 양육집단으로 옮겨간다. 하지만 둘 사이엔 차이가 있다. 흑인 여성 공동체는 세서의 닫힌 모성에서 벗어나 크리스테바가 말한 의미의 '모성적 사랑'을 요구한다. 모성적 사랑은 아이를 자기 몸속으로 집어삼키는 것이 아니라 상징계로 나가도록 지원한다. 모성적 사랑은 사랑의 보호를 통해 아이가 엄마의 몸에서 분리되도록 도와준다. 덴버가 만나는 여성공동체는 바로 이 크리스테바적 의미의 모성적 사랑의 세계다.

과거가 현재를 집어삼키지 못하게 하기 위해 서른 명의 흑인 여자들은 '엑소시즘'exorcism을 거행한다. "무릎을 꿇고 앉았거나 서 있던 사람들이 세서 주위로 모여들었다. 그들은 기도를 멈추고 태초로 한 걸음 물러섰다. 태초에 말씀이 있지 않았다. 태초엔 소리가 있었고, 그들 모두는 그 소리가 어떤 것인지 알고 있었다."(259쪽) 흑인 여성들의 목소리는 성경을 수정한다. 여기선 하느님 아버지의 '말씀'이 아니라 어머니의 '소리'가 창조의 원천이 된다. 서른 명의 흑인 여자들이 외치는 목소리는 세서의 영아살해 이후 무너진 흑인 여성공동체를 회복한다. 그것은 숲 속 공터에서 해방된 노예들에게 억눌리고 뒤틀리고 잘려나간 몸을 사랑하라고 구원의 메시지를 들려주던 베이비 석스의 모성적 목소리를 복원한 것이다. 이 사랑의 목소리에 의해 빌러비드는 역사의 뒤 안으로 물러난다.

하지만 공동체의 개입이 세서의 치유를 위한 충분조건이 되지는 못한다. 세서가 온전한 주체로 다시 태어나기 위해서는 그와 함께 고통을 겪었고 그의 비명에 공명해줄 친밀한 존재의 도움이 필요하다. 소설의 마지막 장에서 폴 D는 124로 다시 돌아온다. 폴 D는 세서의 상처난 몸을 씻겨주면서 한때 베이비 석스가 담당했던 모성적 복원의 역할을 떠맡는다. 세서는 빌러비드가 떠난 뒤 이제 아무 것도 남은 것이 없다고 말한다. 하지만 곧 그녀는 여자들로 하여금 속내 이야기를 풀어내고 설움에 겨운 눈물을 터뜨리게 하는 폴 D 속의 그 무엇인가가 자신의 망가진 몸과 마음을 지켜줄지 모른다는 느낌을 받는다. 폴 D 속에 들어 있는 그 무엇은 흑인 남성에게 형성된 '여성적 힘'이다. 사실 세서의 살인이 네 발 짐승의 행위에 지나지 않는다고 비난할 때 폴 D는 인간적 차원을 넘어선 지점에서 이루어진 세서의 모성적 선택을 이해할 준비가 되어 있지 못했다. 세서의 결정을 이해하고 공감하기 위해 그는 호텐스 스필러스가 "자기 내면의 여성성에 '예스'라고 말할 수 있는 [흑인 남성의] 힘"[29]이라 부른 자질을 길러야 한다. 노예제가 강제한 남성성 콤플렉스에서 벗어나 진정으로 타자를 사랑하고 공감할 수 있는 존재가 되기 위해 그는 빌러비드와의 육체적 접촉이라는 여성적 교육 과정을 거쳐야 했다. 마지막 장면에서 폴 D는 더 이상 세서를 비난하지 않으며 남성적 기준으로 재단하지도 않는다. 폴 D가 "자기 내면의 여성성에 '예스'를 말할 수 있는 힘"을 진정으로 길렀는가는 여전히 의심스럽고, 작가 역시 흑인 남녀 사이에 존재하는 성적 대립과 갈등을 너무 쉽게 화해시키면서 흑인 남성을 미화한다는 혐의에서 자유로운 것은 아니지만, 빌러비드와의 관계가 그에게 세서의

---

29 Hortense J. Spillers, "Mama's Baby, Papa's Maybe: An American Grammar Book," *Diacritics* 17.2 (1987), 80쪽.

몸에 새겨진 고통스러운 역사를 읽고 수용할 수 있도록 해준 것은 분명하다. 그녀의 몸을 씻어준다는 것은 부서진 몸을 어루만지고 그 몸에 각인된 상실된 역사를 회복시켜준다는 것을 의미한다. 세서는 자신의 '최상의 존재'가 떠났음을 슬퍼하면서도 마침내 빌러비드의 떠남을 부정하지 않고 사실로 받아들인다. 세서가 빌러비드의 상실을 받아들인다는 것은 그녀로부터 심리적 '분리'가 가능해졌다는 것을 의미한다. 폴 D가 그녀의 얼굴을 어루만지며 "당신 자신이 당신의 보배야, 세서. 바로 당신이야"라고 말하자, 세서는 "나? 나라구?"(273쪽)라고 외친다. 세서의 대답은 여전히 의심과 의혹 속에 놓여 있지만 그녀가 일인칭 단수를 사용한다는 것은 주체로서 자신을 인식하기 시작했음을 말해준다.

7. 끝나지 않은 이야기

소설의 주인공들이 빌러비드의 엑소시즘에 성공하긴 하지만 소설에서 그녀가 완전히 사라지는 것은 아니다. 빌러비드는 소설의 에필로그에 다시 출현한다. 여성공동체가 세서를 구해내자 빌러비드는 엄마의 미소짓는 얼굴을 다시 한번 잃는다. "이제 그녀는 빌러비드를 뒤에 남겨둔 채 저기 있는 사람들의 얼굴 속으로 뛰어들어갔다. 다시 그녀만 남겨두고."(262쪽) 이 장면은 노예선에서 엄마가 시체들 사이로 몸을 던지던 순간을 반복하고 있다. 또다시 혼자 남게 되자 배가 잔뜩 부른 빌러비드는 자신이 홀연히 솟아 나왔던 강물 속으로 들어간다. 화자는 물속에서 그녀가 잊힐 것이라고 말한다.

> 누구나 그녀가 어떻게 불렸는지 안다. 하지만 그녀의 이름을 아는 사람은 아무도 없다. 기억에서 지워지고 행방이 묘연했지만, 그녀가 실종되었다고 할 수도 없다. 아무도 그녀를 찾지 않기 때문이다. 설령 그녀를 찾는다 하더라도 이름을 모른다면 어떻게 그녀를 부를 수 있는가? 요구받을 권리가 있지만 그녀를 요구하는 사람은 없다.(274쪽)

하지만 빌러비드가 완전히 잊히는 것은 아니다. 에필로그의 마지막에서 모리슨은 '빌러비드'의 이름을 불러준다. 이 이름 부르기는 역사에서 사랑받지 못했던 사람들에게 사랑을 건네주는 행위이기도 하다. 에필로그에서 작가는 "그것은 전할 이야기가 아니었다"라고 두 번 말하고, 뒤이어 "이것은 전할 이야기가 아니다"로 변주한다.(274-275쪽) 바버라 프리먼이 적절히 지적하듯, '그것'에서 '이것'으로 대명사가 바뀌고 '과거'에서 '현재'로 시제가 변형되는 것은 공동체의 책임이 변모하는 것을 반영한다. 해방된 흑인 노예들이 살아남기 위해서는 빌러비드의 이야기를 '그것'으로 부르고 과거시제로 말해야 한다. 하지만 독자들은 이 이야기를 떠나보낼 수 없다. 이제 '이' 이야기를 사라지지 않도록 하는 것은 독자들의 몫이다. 아프리카계 미국인은 개인의 삶에서는 사랑하는 사람의 상실을 받아들여야 하지만 집단적 삶에서는 노예제와 '중간항로'의 트라우마를 외간직해야 한다.

과거에 대한 성급한 작별과 특정한 기억으로의 자의적 통합은 죽은 자에 대한 책임도 윤리도 아니다. 그것은 살아남은 자가 서둘러 청산한 부채의 탕감일 뿐이다. 사자에게 진 빚을 얼마만큼이라도 갚을 수 있고 사자를 이승에서 떠나보낼 수 있는 것은 살아 있는 자가 사자에게 제대로 된 '공적 기억'을 복원해주고 그의 상실을 애도할 수 있는 '역사적 의식儀式'을 거행할 때 가능하다. 『빌러비드』를 집필하던 중 글로리아 네일러와 가진 인터뷰에서, 모리슨은 자신의 글쓰기가 미국 역사에서 "묻히지 못한 혹은 의식적 절차도 없이 매장되어 버린" 흑인 노예들에게 예술적 장례의식을 거행해주는 것이라고 말하면서, 그 의식이 감당해야 할 역사적·윤리적 책임을 통감한다고 고백하고 있다.[30] 모리슨이 거행한 장례의식으로 흑인 노예들은 긴 침묵에서 깨어나 언어를 얻었지만, 이것으로 미국 역사가 노예유령들의 출몰을 막을 수는 없다. 모리슨이 수행한 것은 빌러비드와 흑인 집단 사이에서 이루어진 피해자 집단 내부의 의식이었을 뿐, 가해자를 포함한 미국사회 전체는 그녀에게 진 빚을 갚

---

30 Toni Morrison, *Conversation with Toni Morrison*, 209쪽.

지도 그녀의 이름을 불러주지도 않았다. 빌러비드를 죽게 한 원인 제공자이자 "6,000만 명 혹은 그 이상"의 흑인 노예들의 삶을 앗아 간 가해자들은 어디 있는가? 상처입은 사람들의 고통은 어느 정도 드러났지만 가해자의 모습은 무대 뒤로 사라짐으로써 그 고통을 가져다준 한 사회의 구조적 폭력의 실체는 가려져 있는 조각난 기억, 미국 역사는 이 깨진 기억을 아직 회복하지 못하고 있다. 이런 점에서 빌러비드가 폴 D에게 요구했던 "내 안을 만지고 내 이름을 불러달라는" 명령, 사자가 산 자에게 던지는 엄중한 윤리적 요청은 미국 역사에서 여전히 유효하고 절박하다.

10장.

문학의 고고학, 종족의 역사학

> 조라 닐 허스턴이 말하길, "죽은 것 같은 차가
> 운 돌멩이처럼, 나는 나를 만든 질료에서 형성된 내
> 면의 기억을 갖고 있다." 이 "내면의 기억"이 내 작품의
> 밑바탕이다. 하지만 기억만으로는 언어화되지 않은
> 노예들의 내면적 삶에 온전히 다가갈 수 없다. 상상력
> 만이 나를 도울 수 있다.[31]

1. 문학의 고고학

토니 모리슨이 자신의 글쓰기 방법으로 소개한 위 발언은
21세기 소설 독자들에게는 시대착오적으로 들릴 만큼 고전적이다.
죽은 사실 덩어리로 환원되지 않는 인간 내면의 진실을 복원하는
일이 문학의 작업이고, 그 일에 '기억'과 '상상'이 상호보완적으로 작
용한다는 말보다 문학의 존재 당위성과 창작론을 더 잘 요약해주

---

31 Toni Morrison, "The Site of Memory", Inventing the Truth: The Art and Craft of Memoir,
   Ed. William Zinsser (Boston and New York: Houghton Mifflin, 1998), 92쪽.

는 언어를 찾기는 쉽지 않다. 모더니즘의 등장 이후 기억과 상상을 통한 내면의 진실 탐구는 문학을 옹호하는 강력한 이념으로 자리 잡았다. 포스트모더니즘이 등장하면서 '내면'이니 '진실'이니 하는 말들은 문학담론에서 사라진 지 오래지만 모리슨은 여전히 이런 말들을 고집한다. 그래야 할 이유가 그에겐 있기 때문이다.

　노예제가 종식된 지 백 년이 훨씬 넘었지만 모리슨은 '노예서사'slave narrative의 현대적 계승자이기를 자처한다. '흑인 여성작가', 혹은 '아프리카계 미국인 여성작가'로 그를 부르는 방식은 작가의 신원과 정체성을 고정시키려는 의도로 보일 수 있다. 창작의 자유를 지키려는 작가로선 부담이다. 하지만 모리슨은 이 호명이 부과하는 한계를 풍요로운 문학적 자산으로 바꾼다. 아프리카 대륙에서 아메리카 대륙으로 강제로 끌려와 민주주의를 국가 이념으로 선포한 나라의 한복판에서 가장 잔혹한 비민주성과 비인간성을 체험한 노예 후손들에게 문학은 마냥 미적 유희로 남을 수 없다. 노예서사를 다루었던 저자들이 스스로에게 부여했던 과제, 노예제도 하에서 자신들이 겪은 참담한 고통을 기록하고 이를 통해 사회 변화를 이루려는 '증언'과 '설득'의 임무를 포기할 수는 없다. "이것은 내가 직접 겪은 일이다." "나는 우리도 인간이며 노예제도는 즉각 폐지되어야 한다는 점을 독자들에게 설파하기 위해 이 글을 쓴다." 노예서사에 빠짐없이 등장하는 이런 구절들은 저자들이 글쓰는 목적을 스스로에게 납득시켜야 할 강력한 내적 요구에 직면했음을 말해준다. 모리슨 역시 이들의 집필 동기를 이어받는다. 하지만 현대작가로서 모리슨은 노예서사를 추동한 이런 증언과 설득의 과제를 한층 깊은 차원으로 승화시켜야 한다는 또 다른 과제를 짊어지고 있다. 모리슨은 엄혹한 노예 시절에도 노예들의 비참한 삶에 대한 기록이 간단없이 이루어져왔다는 사실에 무한한 자부심을 느끼면서도 그 속에 공백이 존재함을 아쉬워한다. 이 공백은 출판을 지원한 백인 후원자들의 구미를 맞추기 위해 "말하기 끔찍한 사건"에 베일을 드리우고 사건을 경험한 노예들의 내면을 제대로 드러내지 못한 데서 생겨났다. 모리슨이 자신에게 부여한 작가적 임무가 노예서사에 드리워진 그 베일을 찢고 흑인 노예들의 "말할 수 없고 말해지지 않은 것"(unspeakable things unspoken), 그들의 '내면의 삶'을 드러내는 일이다.

"말할 수 없고 말해지지 않은 것"에 도달하기 위해 모리슨이 채택한 창작론이 '문학적 고고학'이다. "약간의 정보와 추측을 토대로 역사의 한 지점으로 돌아가 거기 어떤 잔해가 남아 있는지 살펴보고 이 잔해가 함축하는 세계를 재구성하는 일"[1]이 그가 수행하는 소설 작업이다. 모리슨은 문학고고학자로서 자신이 발굴해낸 잔해란 이미지라고 말한다. 여기서 이미지란 상징이 아니라 말 그대로 '그림'이자 그것이 불러일으키는 '느낌'이다. 이미지는 과거에서 건너온 기호이자 흔적이다. 거기에는 의식적 기억뿐 아니라 무의식적

---

1 같은 책, 92쪽.

기억이, 지식뿐 아니라 몸과 마음을 자극하고 뒤흔드는 정동이 스며들어 있다. 모리슨에게 소설 창작의 출발점은 바로 이 무의식적 기억과 정동을 촉발하는 이미지이다. 그러나 이미지만으로 소설이 만들어지지는 않는다. 이미지가 환기하는 '느낌'에서 '의미'를 찾아내고 이를 하나의 완결된 미학적 건축물인 '텍스트'로 조직하는 과정을 완수해야만 소설이 재구성하려는 '세계'를 창조할 수 있다. '이미지에서 의미로, 의미에서 텍스트'로 이어지는 창작 여정에서 어느 한 곳에 머물러서는 안 된다. 이 총체적 과정을 온전히 거쳐 갈 때에야 우리가 '진실'이라고 부르는 세계에 다가갈 수 있다. 진실은 사실에서 출발하되 사실로 환원되지는 않는다. 이것이 문학 고고학에 상상력의 조력이 꼭 필요한 이유이다.

그러나 모리슨은 소설이 아무리 상상의 산물이라 하더라도 반드시 기억과 얽혀 있다고, 아니, 그래야 한다고 믿는다. 모리슨에 따르면 기억은 흐르는 강물과 같다. 작가도 마찬가지다. "작가는 우리가 있었던 곳이 어디이고, 우리가 어느 계곡을 흘러왔고, 강둑의 모양은 어떠했으며, 그곳에 반짝였던 불빛과 원래의 있었던 자리로 돌아가는 길을 기억한다."[2] 한 집단의 삶을 관통하는 기억의 강물에 깊숙이 몸을 담근 작품만이 그 집단의 "말할 수 없고 말해지지 않은 것"을 말할 수 있다. 노예서사의 현대적 계승자이자 아프리카계 미국인의 종족 역사가로서 모리슨이 쓰고자 하는 작품이 바

---

2 같은 책, 99쪽.

로 이 기억의 강물에 속살을 적신 언어로 흑인들이 낯선 땅에서 뿌리 뽑힌 이방인으로 살아온 내력, 그들의 굴곡진 삶과 얼룩진 내면을 드러내는 것이다. 모리슨은 자신이 지향하는 이런 문학에 '흑인 미학'이라는 이름을 붙인다. 소울, 블루스, 재즈 등 흑인음악이 다채롭고 풍요롭게 선취한 흑인 고유의 미학성을 소설의 영역에서 구현해 보려는 것, 그리하여 W. E. B. 뒤 보이스가 '흑인 민중의 영혼(the souls of black folk)'이라 부른 것에 도달하려는 것이 아프리카계 미국인 작가로서 모리슨이 꿈꾸는 문학이다.

2. 마술적 리얼리즘

아프리카계 미국인의 집단 역사를 문학적으로 형상화하려는 과제에 충실했다고 해서 모리슨이 서구 미학 형식을 등한시했던 것은 아니다. 미국 학계가 배출한 스타급 흑인 비평가 헨리 루이 게이츠는 모리슨을 흑인 문학사에서 형식적으로 가장 탁월하고 섬세한 작가로 평가한다. 그는 모리슨을 자신만의 고유한 스타일을 창조한 작가라고 상찬하면서, 그 스타일에 '마술적 리얼리즘'이라는 이름을 붙인다. 마술적 리얼리즘은 모리슨이 진공상태에서 발명한 것이 아니다. 그것은 윌리엄 포크너에서 시작되어 가르시아 마르케스로 이어지는 주변적 전통에서 길어 올린 문학흐름이다. 흑인 문학 전통에서 보자면, 모리슨은 리처드 라이트의 실존적 자연주의와 조라 닐 허스턴의 서정적 모더니즘을 창조적으로 계승한다. 그는 라이트의 사회고발과 저항의식을 이어받으면서도 정치성이라는 생경한 함정에 떨어지지 않으며, 허스턴의 모더니즘적 예술성과 실험정신을 수용하면서도 모더니즘 문학에 흔히 나타나는 개인의 소외와 역사의식의 결핍이라는 질병을 앓고 있지 않다. 모리슨 작품은 흑인 문학 전통을 넘어서 백인 문학과도 창조적 교섭을 벌인다. 특히 윌리엄 포크너와 버지니아 울프 같은 모더니즘 문학의 비판적 수용은 흑인 문학의 형식적 수준과 예술적 세련성을 몇 단계 업그레이드시켰다. 모리슨은 코넬대 대학원 영문과에서 '윌리엄 포크너와 버지니아 울프의 작품에 나타난 자살'이라는 주제로 석사학위 논문을 썼다. 인종 문제에 대해 누구보다 예리한 관심을 가졌던 그가 백인 모더니즘 작가를 연구 대상으로 삼은 것은 이례적이다. 작가로서의 명성을 얻은 후에도 모리슨은 포크너에 대해 여러 차례 감탄과 찬사를 쏟아낸 바 있다. 남부사회의 인종적 모순을 회피하지 않는 "정면 응시"는 모리슨이 포크너에게서 찾아낸 작가적 정직성이다. 1985년에 열린 '포크너와 요크나파토파' 연례 학술대회에서 모리슨은 당시 집필 중이던 『빌러비드』를 낭송한다. 낭송 뒤 한 참석자로부터 포크너가 그의 작품에 미친 영향이 무엇이냐는 질문을 받았을 때 모리슨은 포크너의 작품에는 다른 작가에서는 찾기 힘든 특별한 "응시"가 있다고 말한다. 모리슨은 이 응시를 가리켜 "시선을 돌리지 않으려는 자세"[3]라고 덧붙인다. 고통스러운 역사를 회피하지 않는 이 정면응시의 자세가 포크너 소설이 "한 시대를 명료하게 탐구"할 수 있도록 만든 요인이었을 것이다. 모리슨은 포크너의 작품에는 "역사학에서는 찾을 수 없는" "과거에 대한 예술적 표현"이 있다고 말하면서 포크너는 "한 두명의 작가만이 이를 수 있는 최고 경지"에 이르렀다고 극찬한다.[4] 한 시대를 정면으로 바라보고 그것에 예술적 표현을 부여하기 위해 포크너가 시도한 기법상의 혁신은 모리슨에게 질투와 감탄을 불러일으킨다. 특히 인종이라는 말을 단 한마디도 내뱉지 않으면서 인종 이데올로기가 흑인과 백인 모두의 삶을 지배하는 섬뜩한 면모를 집요하게 추적한 『압살롬, 압살롬!』은 모리슨으로 하여금 "놀랍다"는 탄성을 지르게 만든다. 초점화자와 서술화자의 분리, 삼인칭 서술과 일인칭 서술의 교차편집, 복수적 서술시점의 병치 등 흑인소설에서는 보기 드물게 이룬 복합적이고도 세련된 서술방식은 모리슨이 포크너와 울프의 실험적 기법에서 배운 바 크다.

하지만 모리슨이 이 두 백인 모더니즘 작가에게서 찾아낸, 공동체로부터의 개인 소외는 서구 개인주의의 병리성을 확인해주는 계기가 된다. 흑인 공동체에 대한 모리슨의 굳건한 믿음은 자기 안에 갇혀 타자와의 건강한 교류를 잃어버린 서구 모더니스트 주체와의

---

3 Doreen Fowler and Ann J. Abadie. Ed. *Faulkner and Women: Faulkner and Yoknapataw-pha* 1985 (Jackson: UP of Mississippi, 1986) 296쪽.
4 같은 책, 296~97쪽.

대결 끝에 얻어낸 것이다. 모리슨은 20세기 후반 서구 문학을 주도
한 포스트모더니즘에 대해서도 비판적 시각을 유지한다. 그의 작
품은 참을 수 없는 존재의 가벼움 때문에 역사와 현실을 휘발시켜
버리는 일부 포스트모더니즘의 부정적 경향을 따르지 않는다. 그
에게 역사와 현실은 벗어던질 수 없는 무거운 짐이다. 이 짐을 떠맡
는 데에 문학의 정치성과 윤리성이 존재한다.

　그러나 모리슨의 작품에서 역사와 현실은 외부세계에 덩그러니
놓여 있어서 기계적으로 반영하기만 하면 될 객관적 사실이 아니
라 주체의 기억과 상상을 통해 재구성되는 허구적 창조물이다. 모
리슨의 소설은 사실적 재현이라는 19세기 사실주의의 한계를 넘어
환상과 마술과 유령과 신화를 자유로이 끌고 들어오는 비사실적
재현 방식을 적극 활용하고 있다. 이런 비사실적 재현은 아기 유령
이 열여덟 살 소녀로 육화되어 나타나는 『빌러비드』에서 가장 분명
하게 나타나지만, 배꼽 없는 여성과 신화적 아버지(『솔로몬의 노래』),
반점을 갖고 태어난 아이와 자식을 집어삼키는 어머니(『술라』), 흑
인 민담에 등장하는 사기꾼(『타르 베이비』) 등 다양한 형태로 변주된
다. 흑인들에게 주도적인 종교로 자리 잡은 기독교 이외에 부두교
와 후두교, 칸돔블레 등 아프리카에 뿌리를 둔 여러 크리올 종교들
을 서사층위로 끌어들이는 노력(『파라다이스』) 역시 이런 비사실적
재현 방식을 자극한다. 흑인들의 정신 속에 면면히 흐르는 아프리
카적 사유 양식에 문학적 형태를 부여하려는 노력은 현실과 상상

의 엄밀한 구분을 무너뜨린다. 아프리카 사유 전통에서 현실과 상상, 자연과 초자연은 동떨어져 있지 않기 때문이다. 모리슨 소설에서 이 두 차원의 경계 허물기는 역사에서 도망치기 위해서가 아니라 사실적 재현으로는 감당할 수 없는 역사의 심층적 '실재'를 재현하기 위한, 혹은 재현 불가능성을 재현하기 위한 노력의 일환이다.

마술적 리얼리즘은 이 새로운 재현 방식을 기술하기 위해 도입된 비평 개념이다. 마술적 리얼리즘에서 재현의 코드와 환상의 코드는 변증법적으로 얽혀 있다. 재현의 코드는 서구 사유 전통에서 유래한 인지의 양식이고, 환상의 코드는 세계와 보다 원초적 관계를 맺는 상상의 양식이다. 상호 대립하는 두 양식을 결합시켜 다층적 소설 텍스트를 축조한 것에 모리슨 문학의 독창적 개성이 있다. 다양한 장르적 기원을 가진 서사들을 끌어들여 다성적 텍스트를 주조해냄으로써 서사 영역을 확장시킨 것에 소설 장르의 활력과 개방성이 존재한다는 바흐친의 주장을 받아들인다면, 모리슨 소설은 이 주장을 예증하는 탁월한 사례이다.

3. 편집자/작가

소설의 영역을 확장하는 새로운 재현 방식을 실험적으로 수행해내면서도 흑인 민중들의 삶을 깊숙이 껴안은 성취를 인정받아 모리슨은 인종적 구분을 넘어서는 비평적 찬사를 받아왔다. 그는 『솔로몬의 노래』로 전미도서비평가 협회상을 받았고, 『빌러비드』로 퓰리처상, 로버트 F. 케네디상, 전미도서상을 동시에 거머쥐었다. 1993년 흑인 작가로는 처음으로 노벨문학상을 수상했다. 특히 『빌러비드』는 2006년 뉴욕타임스에 의해 지난 25년간 미국에서 출간된 작품 중 최고 소설로 선정되는 영예를 안았다. 마이너리티 작가로서는 극히 예외적인 성취다. 모리슨은 다작의 작가가 아니다(40년이 넘는 생애 동안 열 편의 장편소설과 한 편의 단편소설, 한 편의 희곡과 한 편의 오페라 대본, 아들과 공동 집필한 동화 세 편, 문학평론집 한 권을 출간했다면, 과작이라 할 순 없겠지만 다작이라 말할 수도 없을 것이다). 등단 시기도 늦다. 모리슨은 1931년 오하이오 주 로레인의 가난한 흑인 노동자 가정에서 태어나 명문 대학인 하워드대학을 거쳐 흑인으로서는 드물게 동부 명문 사립학교인 코넬대 영문과에서 석사학위를 취득한다. 하워드 대학에서 강의를 하다가 만나 결혼했던 자메이카 출신의 건축가와 이혼한 후 두 아이를 혼자 기르는 싱글맘이자 출판사 편집자로 생활하면서 서른아홉의 나이에 소설가로 데뷔한다.

하지만 이 뒤늦은 등단은 그가 오랜 수련 기간을 거친 준비된 작가라는 점을 말해주는 징표다. 그의 처녀작 『가장 푸른 눈』은 하워드 대학 강사 시절인 1961년 초고를 쓴 후 거의 십 년의 퇴고과정을 거친 끝에 1970년 출판된다. 20년의 세월 동안 모리슨은 미국의 저명 출판사 랜덤하우스에서 선임 편집자로 일하면서 안젤라

데이비스, 토니 케이드 밤바라, 게일 존스 등 전도유망한 흑인 작가들을 메이저 출판계에 등장시킨다. 흑인 민권운동의 열기가 한 풀 꺾인 후 문화 영역으로 진출한 흑인 작가들, 특히 페미니즘의 가치를 수용한 흑인 여성작가들의 작품을 출판하여 1970~80년대를 흑인 여성문학의 르네상스로 만든 데에 편집자로서 모리슨의 역할을 인정하지 않을 수 없다. 노예 시절부터 흑인 민권운동 시기까지 미국 흑인들의 경험을 기록한 일차 자료의 집대성이라 할 수 있는 『블랙 북』의 기획과 편집은 그 자체로 중요한 학술적 가치를 지니는 작업이지만, 무엇보다 모리슨 자신의 소설 창작에서 핵심적이다. 모리슨은 이 책을 편집하면서 흑인 역사와 본격적으로 만난다. 딸을 노예제로 돌려보내지 않기 위해 제 손으로 딸을 죽이는 흑인 어머니(『빌러비드』의 소재가 된 마거릿 가너의 존속살인사건), 1920년대 뉴욕 할렘에서 십대 연인을 총으로 쏘아 죽이는 중년의 흑인 남자(『재즈』의 모티프가 된 살인 사건) 등은 모두 『블랙 북』을 편집하면서 만난 실존 인물들이다. 재건 시기 해방노예들의 서부로의 이주 역사를 다룬 『파라다이스』나 노예제도가 정착하기 전 미국 건국 시기를 그린 『자비』 역시 이 시절 이루어진 흑인 역사와의 속 깊은 만남에서 싹 텄다.

모리슨은 1981년 『타르 베이비』를 출간한 후 비로소 20년간 편집자로 근무한 랜덤하우스를 그만두고 전업 작가의 길로 들어선다. 그러나 편집자로서의 오랜 경력은 모리슨의 창작에 큰 영향을 미친 것으로 보인다. 초고에서 최종 원고가 나오기까지 작품이 수정되는 전 과정에 편집자로서 깊숙이 관여한 경험은 그를 언어적 표현에 아주 까다롭고 소설의 건축구조에 극히 민감한 작가로 만드는 데 큰 기여를 했다. 모리슨은 『빌러비드』를 집필하던 중 쓴 한 에세이에서 편집자였던 자신이 어떤 섬세한 평론가보다 소설 집필 과정에서 작가의 마음이 움직이는 미묘한 흐름, 이를테면 작가가 소설의 집을 지으면서 어디서 실패하고 어디서 다시 시작하며 어떤 해결책을 내놓는지 잘 안다고 말한 적이 있다. 창작의 실패와 성공 과정을 내부에서 지켜보고 최종 완성품을 생산하기 위해 편집의 칼을 휘둘러본 경험은 모리슨이 소설 공정의 숙련가가 되는 데 없어서는 안 될 밑거름이 되었다.

4. 억압된 역사의 재구성

"우리는 늘 과거가 지워지는 땅에 살고 있다. 미국은 이민자들이 건너와 새로 시작할 수 있는 빈 서판 같은 나라라서 과거가 부재하거나 낭만화되어 있다. 이런 문화는 과거의 진실과 화해하기는커녕 과거를 생각하도록 만들지도 않는다." 모리슨이 한 인터뷰에서 한 말이다. 미국의 정신구조 속에 과거는 없다. 미국적 아담의 순진한 시선은 미래를 향할 뿐 과거를 돌아보지 않는다. 미국적 예외주의라는 이념의 눈엔 승리의 미래만 보이고 실패의 과거는 사라지고 없다. 그러나 모리슨의 시선은 반대로 움직인다. 오늘날 미국 사회에서 흑인들이 처한 차별과 억압의 상황을 이해하려면 역사를 거슬러 올라가 무엇이 잘못되고 어긋난 것인지 들여다보지 않을 수 없기 때문이다. 승리의 역사 이면에 놓여 있는 실패의 역사, 역사의 진보를 힘차게 주장하는 목소리 아래서 힘없이 사라진 사람들의 역사가 모리슨의 문학적 시선이 닿는 곳이다.

역사는 책의 페이지를 넘기듯 갱신해나갈 수 있는 것이 아니다. 역사는 지층처럼 겹겹이 쌓여 있다. 벤야민은 현재의 요청에 의해 과거의 지층으로부터 죽은 이들을 소환하는 일, 역사의 패자로서 역사 속에 등록되지 않았던 이들의 기억을 부활시키는 일을 '인용'이라 부른 적이 있다. 이런 역사적 인용을 위해선 자연적 시간과 어긋나고 역사의 선조적 진행 방향을 거스르는 시간 감각을 가질 필요가 있다. 이 시간 감각을 우리는 '아나크로니즘anachronism'이라 부를 수 있다. 그러나 시대착오는 '당대성contemporaneity'에 이르는 가장 확실한 길이기도 하다. 아감벤은 위상차와 시대착오를 통해 시대에 들러붙음으로써 시대와 맺는 관계를 동시대성이라 불렀다. 가장 현대적이고 가장 새로운 사물들 속에서 오래된 것의 지표를 읽을 수 있는 사람만이 동시대인이 될 자격이 있다면, 가장 오래되고 가장 낡은 사물들 속에서 미래의 운명을 읽어낼 수 있는 사람만이 시대착오를 말할 수 있다. 모리슨 소설은 현재의 시간축 너머에 있는 타자의 감각을 공유하는 문학적 아나크로니즘이다. 이 시대 착오적·시대역행적 시선을 통해 그는 동시대 미국사회에 집요하게 달라붙어 미국 역사를 새롭게 읽는다. 그의 소설을 통해 억압된 형태로 과거 속에 묻혀 있던 것들이 미래적 가능성을 품고 되돌아온다. 미국문학에선 극히 이례적인 작업이다.

모리슨의 문학적 시선이 향하는 과거는 아프리카 대륙에서 아메리카 대륙으로 팔려온 흑인 노예들이 속박의 삶을 살았던 노예 시절부터 현재에 이르는 시기, 아프리카계 미국인의 역사 전체를 망라한다. 『자비』에서는 역사적 시간대를 더 넓혀 미국이라는 국가가 건립되기 이전 식민지 건설 시기로까지 거슬러 올라간다. 작가로서 시야가 넓고 야심차다. 모리슨의 '역사소설 삼부작'이라 불리는 『빌러비드』 『재즈』 『파라다이스』는 노예 시절부터 해방 후 재건 시기 흑인들의 북부와 서부 이주 시기를 다루고 있다. 이 세 편의 소설에서 모리슨은 자기 자신과 사랑하는 사람을 동시에 파괴할 만큼 치명적 사랑을 다루고 있을 뿐 아니라 관습적인 역사소설과는 사뭇 다른 역사소설을 시도하고 있다. 여기선 사실의 정확성보다는 사실 뒤에 숨겨진 주체의 진실이, 역사 속에 있지만 특정한 역사적 사실로 환원되지 않는 주체의 내면이 더 중요한 복원 대상이다. 살인을 동반하는 치명적 사랑이 작품의 중심 소재로 채택되는 것도 특정한 역사적 맥락 속에서 개개의 인간들이 느끼는 감정적 진실과 그들이 내리는 윤리적 선택이 작품의 주요 관심사이기 때문이다. 『빌러비드』는 딸을 죽이는 노예 어머니의 역설적 사랑을, 『재즈』는 연인의 가슴에 총구멍을 내는 중년 남자의 일탈적 사랑을, 『파라다이스』는 수녀원의 여자를 살해하는 흑인 남자의 왜곡된 욕망을 작품의 중심에 놓고 있다. 이 살인적 사랑과 욕망의 원인을 찾기 위해 소설은 과거로 거슬러 올라간다.

노예 어머니의 존속살인은 언어로는 재현이 불가능한 트라우마적 사건이다. 왜 어머니의 사랑이 이런 역설적 방식으로 표현될 수밖에 없었는가를 해명하려면 노예 시절 전체를 문제삼아야 한다. 어머니(세서)의 손에 목숨을 잃은 어린 딸(빌러비드)의 마음을 이해하려면 그 딸을 현세로 불러들여 빼앗긴 사랑을 돌려주어야 한다. 『빌러비드』는 노예제도가 어떻게 인간을 짐승으로 바꾸고, 짐승이 된 인간이 자신의 가장 귀중한 보물을 지키기 위해 어떤 불가능한 선택을 내리는지 보여준다. 노예 어머니가 딸을 지키기 위해 내린 선택은 아이에 대한 책임을 끝까지 포기하지 않는 불가능한 행위다. 이는 라캉이 그리스 비극의 여주인공 안티고네에게서 찾아낸 여성적 윤리에 육박하는 행위다. 그러나 이 행위의 주체인 어머니는 18년 동안 자신이 내린 결정의 책임을 홀로 감당하며 공동체에서 고립되어 살아간다. 그런 어머니를 과거의 트라우마에서 살려낼 수 있는 사람은 죽은 딸밖에 없다. 어머니는 그 딸에게 자신의 행위를 납득시키고 못다 준 사랑을 건네주어야만 과거에서 풀려날 수 있다. 작품의 2부를 구성하는 네 편의 내적 독백은 역사가 앗아간 모녀의 사랑을 표현한다. 여기서 산 자와 죽은 자는 역사가 끊어놓은 사랑의 유대를 회복한다. 그들은 자신들의 사랑을 영원한 현재형으로 표현함으로써 인간의 사랑을 파괴시키는 시간의 능력을 부정한다. 작품에서 빌러비드는 세서의 죽은 딸이지만, 그녀는 또한 아프리카에서 신대륙으로 끌려오는 '중간 항로'에서 죽어간 모든 '빌러비드들', 미국 땅에 발을 내디디기 전 노예선船에서 죽어간 아프리카 노예들을 함축한다. 빌러비드가 엄마로부터 버려지는 것이 세서의 영어살해라면, 아프리카인이 아프리카계 미국인으로 재탄생하는 과정도 흡사한 상실을 거친다. 흑인 노예들은 어머니의 몸 아프리카에서 강제로 떨어져 나와 전혀 낯선 이질적 공간에 버려진다. 따라서 세서와 빌러비드의 결합은 두 모녀의 결합일 뿐 아니라 아프리카인과 아프리카계 미국인의 결합이기도 하다. 이 잃어버린 사랑을 회복한 후 빌러비드는 서른 명의 흑인 여자들이 거행하는 엑소시즘에 의해 사라진다. 과거가 현재를 집어삼키게 하지 않으려면 과거의 유령을 떠나보내야 한다. 그러나 빌러비드를 완전히 떠나보낼 수는 없다. 개인의 삶에서는 사랑하는 사람의 상실을 받아들여야 하지만 집단적 삶에서는 노예제와 중간항로의 트라우마를 간직해야 하기 때문이다.

『빌러비드』에서 모리슨이 보여준 역사 재구성 작업은 『재즈』와 『파라다이스』에서도 계속된다. 『재즈』에서는 남부 시골마을에서 북부 대도시로 대탈출이 일어났던 20세기 초 이른바 '뉴 니그로'New

Negro의 꿈에 부풀었던 한 흑인 남자(조 트레이스)가 어떻게 살인이라는 파괴적 행위에 이르게 되고, 그의 아내(바이올렛)는 어떻게 죽은 연적의 얼굴에 칼자국을 남기는 폭력적 행위를 하게 되었는지 추적한다. 이 치정살인과 폭력난동의 비밀을 풀려면 노예해방 이후 남부에서 가난한 소작농으로 살았던 한 흑인 부부가 북부의 대도시로 옮겨와 할렘에 정착하기까지 육십 년에 이르는 흑인 역사를 재구성해야 한다. 이런 의미에서 이 작품은 19세기 후반에서 20세기 초반에 이르는 시기의 흑인 사회사를 재구성하는 역사소설이라 할 수 있다. 『재즈』는 작중 시대 배경인 1920년대 미국사회를 휩쓴 재즈음악을 미학적 모델로 삼아 인종차별이라는 역사적 트라우마에 시달리면서도 삶의 상처를 삶의 율동으로 전환해냄으로써 즉흥적으로 자신을 구성하는 새로운 인종 주체의 내면을 드러낸다. 『재즈』는 이 작품을 지배하는 비극적 구조와 닮아 있으면서도 운명론적 세계관을 넘어 새로운 주체를 창조할 수 있는 유동적 흐름을 담고 있다. 이 재즈적 율동을 통해 작품의 주인공들은 과거의 심리적 트라우마로 돌아가는 반복의 회로에 매여 있으면서도 그 닫힌 회로를 벗어나 자신을 만들어낼 수 있다. 재즈 연주자들은 정해진 악보를 따라 연주하다가도 어떤 절정의 순간에 이르면 즉흥적으로 새로운 멜로디를 창조한다. 이 순간 솔로 연주자는 지금까지와는 전혀 다른 자신을 만들어낸다. 한 인터뷰에서 모리슨은 재즈가 "감정적 종결점"을 가지고 있지 않으면서 우리를 "모서리에 세우는

음악"이라고 말한다.[5] 그녀는 이런 열린 성격이 고유한 흑인미학이라고 주장하며 자신의 글쓰기에서 이를 복원하고 싶다고 말한다.

『파라다이스』는 모리슨의 시선이 흑인사회 내부의 모순으로 향한 작품이다. 이 소설은 흑인의 서부 이주가 시작되었던 19세기 후반에서 1976년까지 백여 년의 시간을 망라한다. 작품은 노예해방령 이후 남부사회의 재건 프로젝트가 실패로 돌아간 1898년, 흑인들만의 안전한 공동체를 세우기 위해 한 무리의 흑인들이 서부로 이주하여 오클라호마 주에 건설한 헤이븐 공동체와 2차 세계대전에서 돌아온 헤이븐 공동체의 2세대들 중 일부가 1954년 오클라호마의 더 깊숙한 곳으로 들어가 만든 루비 공동체가 어떻게 부패와 타락에 이르게 되었는가를 추적한다. 모리슨은 헤이븐을 건설한 1세대를 '옛 아버지', 루비를 세운 2세대를 '새 아버지'라고 부름으로써 흑인 공동체를 세우려는 이들의 시도를 미국 건국 프로젝트와 연결시킨다. 흑인만의 이상사회를 세우려 했던 2대에 걸친 노력이 실패한 이유는 무엇인가? 왜 순결한 꿈으로 시작한 공동체 기획이 "스스로 마을이라 자처하는 감옥"으로 변했는가? 모리슨은 '미국의 꿈'의 흑인 버전이라 할 수 있는 이 거대한 역설을 추적한 끝에 백인사회의 인종주의를 역으로 내면화한 순혈주의, 흑인 순수성을 더럽히는 혼혈과 이물질을 배제하는 배타주의, 여성을 남성 권력

---

5 Nellie Y. Mckay "An Interview with Toni Morrison," in *Toni Morrison: Critical Perspectives Past and Present,* Ed. Henry Louis Gates and K. Anthony Appiah (New York: Amistad, 1993), 409쪽. "

의 도구로 취급하는 가부장주의를 찾아낸다. 수녀원의 여자들은 흑인 남성의 전도된 권력 욕망이 희생양으로 삼은 대상이다. 작품의 첫 문장("그들은 먼저 백인 여자를 쏘았다")은 이미 내부 균열을 막을 수 없던 루비 공동체가 전면 붕괴를 막기 위해 저지른 살육을 초점화한다. 루비 공동체가 살아나려면 역설적으로 살육당한 수녀원이라는 여성공간을 대안적 가능성으로 받아들일 수 있어야 한다. 실패한 낙원의 가능성은 백인 여성과 흑인 여성, 브라질 출신의 혼혈 여성이 공존하는 이질적 혼성 공간, 그곳에서 상처 입은 여성들이 서로를 보듬고 육체와 정신을 화해시키는 치유의식에서 찾을 수 있다.

5. 흑인 여성 공동체

망각되거나 억압된 흑인 역사를 재구성하려는 모리슨 문학의 중심에 놓여 있는 것은 흑인 여성의 시각이다. 모리슨은 백인이 지배적인 미국사회의 '흑인 작가'로서 흑인 문학 전통에 깊은 자의식을 갖는 동시에, '여성작가'로서 바로 그 흑인 문학 전통에 대해 내부자적 비판의 시선을 거두지 않고 있다. 하지만 모리슨의 여성주의는 인종차별적 현실에는 무신경한 채 성차별만 부각시키는 백인 페미니즘과도 거리를 유지하고 있다. 모리슨 문학의 특징은 인종과 젠더가 교차하는 흑인 여성이라는 복합적 정체성을 세계를 읽어내는 풍요로운 인식의 창으로 전유하는 것에 있다. 여러 인터뷰에서 모리슨은 "나는 흑인 여성을 위해 글을 쓴다"고 누차 밝히고 있는데, 이 발언은 자기 독자층의 상당수를 차지하고 있는 흑인 여성들을 겨냥한 수사적 진술만은 아니다. 모리슨은 "흑인 여성작가는 다시 소유하고, 다시 이름짓고, 다시 자신의 것으로 만들기 위해 글을 쓴다"고 말한 적이 있다. 이런 '재소유'와 '재명명'의 과제는 흑인 여성들이 인종차별적인 미국사회에서 잃어버린 것, 빼앗긴 것, 강탈당한 것을 되찾아 그에 합당한 이름을 부여하는 일이 흑인 여성작가로서 자신의 임무라는 자각과 연결되어 있다.

『빌러비드』에서 해방노예들에게 일종의 비공식적 목사 노릇을 하고 있는 베이비 석스는 숲속 공터에 모인 신도들에게 '네 몸을 사랑하라'고 가르친다. 노예제도 하에서 흑인들의 몸은 다른 무엇을 위한 수단으로 이용되었을 뿐 그 자체로 사랑받지 못했다. 베이비 석스는 자신의 몸을 옭아맨 노예문서에서 풀려나 자유를 얻는 순간 처음으로 심장박동 소리를 들었다고 말한다. 이 빼앗긴 몸과 마음을 되찾아 자기 자신의 주인이 되는 것이 진정한 의미의 노예해방이다. 노예제에서 법적으로 풀려난 흑인들이 이 '주체화 프로젝트'를 완성하려면 자신의 욕망을 인정하고 자기 자신을 발명할 수 있어야 한다.

흑인 여성들이 되찾아야 할 주체성 중에서 모리슨이 가장 공들여 복원하는 것이 흑인 어머니다. 이는 '흑인 유모'라는 왜곡된 이데올로기 아래서 오랫동안 모성을 부정당해온 흑인 어머니들의 경험을 복원시키는 일과 맞닿아 있다. 우리가 앞서 소개한 『빌러비드』는 노예 어머니의 역설적 사랑을 비극적 윤리의 수준으로 승화시키고 있다. 그러나 이런 극단적 경우가 아니라 해도 모리슨 소설에서 흑인 어머니는 흑인 공동체를 치유하는 중심적 역할을 떠맡고 있다. 죽은 딸의 유령과 화해를 시도하는 것도 부서진 가족 구성원의 몸과 마음을 치유하는 것도 어머니들이다. 물론 흑인 어머니가 늘 이런 긍정적 역할만 하는 것은 아니다. 『술라』에서 이바는 자신의 자궁 속으로 퇴행해 들어오는 아들을 불태워 죽인다. 이바의 딸 한나는 자신의 성적 욕구를 충족시키느라 자식에게 무관심했다. 어머니 한나로부터 삶을 받쳐줄 원천적 힘을 얻지 못한 술라는 '흑인 신여성'이라 불릴 수 있을 만큼 실험적 성관계를 맺는 데 거리낌이 없지만, 그에겐 존재의 일관성을 부여해줄 중심이 없다. '자기발명'을 향한 그의 주체적 도약은 '자기소외'로 귀착된다. 술라는 "형식을 갖지 못한 예술가"처럼 자기창조의 욕망을 위험하게 방치했다. 이 욕망을 예술적으로 승화시키려면 형식이 필요하다. 그 형식은 개인적 도전을 더 큰 문화적 질서 속으로 통합해 들일 수 있는 공동체 속에서만 만들어질 수 있다. 모리슨에게 흑인 여성 공동체는 단독적 개체로서 흑인 여성이 자기를 탐색할 수 있는 안정된 정서적 공간, 내면의 열정과 충동을 담아낼 수 있는 문화적 전통을 전수하는 살아 있는 힘이다. 이 힘을 잃어버릴 때 생존은 불가능하다. 때로 과도하게 이상화한다는 비판을 감수하면서까지 모리슨이 흑인 여성 공동체에 대한 믿음을 포기하지 않는 이유이다.

3부

트라우마와 (문화)번역
: 박탈과 이국성의 해방

11장.

문화번역의 정치성
: 이국성의 해방과 문화적 이웃되기

1. 벤야민의 번역론과 문화번역

벤야민의 「번역가의 과제」는 번역 관련 논의에서 빠질 수 없는 고전으로 자리 잡은 지 오래지만, 원래는 샤를 보들레르의 『악의 꽃』에 들어 있는 「파리의 풍경」을 독일어로 옮기면서 서문으로 쓴 짧은 에세이이다. 이 글은 외국 문학작품을 자국어로 옮기는 실제 번역과정을 끝낸 뒤 쓴 것이라 번역의 현실적 어려움이나 기술적 문제를 다룰 것이라는 예상과 달리, 언어와 번역의 본질에 관한 근본적인 철학적 성찰을 담고 있다. 이 글은 초기 관심이 집중되어 있던 유대 신비주의적인 언어철학적 성찰이 독일 바로크 비극과 모더니스트 작가, 당대 자본주의 문화현상에 대한 탐구를 거쳐 후기의 역사철학적 전회轉回로 이어지는 벤야민의 사유 궤적에서 결정적 분기점을 이루는 글은 아니다. 그러나 이 글은 이 전회의 흔적을 고스란히 간직하고 있다. 이 글에 대한 이론적 수용이 다양한 방식으로 전개되어온 것은 유대-언어철학적 관심과 역사철학적 관심으로 대별할 수 있는 벤야민 사유의 두 경향에 대한 전유 방식의 차이와 연결되어 있다.

캐럴 제이콥스, 폴 드 만, 자크 데리다, 사뮤얼 웨버로 대변되는 탈구조주의적 해석이 벤야민의 번역 개념에서 개별언어(들)을 넘어서는 언어 일반의 작용(차이 혹은 차연)과 언어적 보환성 supplementality을 읽어낸다면, 테자스비니 니란자나, 레이 초우, 호미 바바 등 탈식민주의 이론가들은 불균등한 권력관계가 관통하는 구체적인 역사적 맥락에서 일어나는 문화 간 접촉, 이동, 횡단, 변형을 이론화할 자원을 그에게서 찾는다. 물론 양자의 관심이 반드시 대립하지는 않는다. 탈식민주의의 이론적 원천이 상당 부분 탈구조주의에서 온 만큼 양자가 공유하는 부분도 적지 않다. 특히 원작의 '해체'를 통해 원작 속에 잠재되어 있는 어떤 '가능성'을 드러내려는 것은 양자가 공유하는 특성이다. 다만 이 가능성을 해석하는 지점에서 다른 방향으로 움직인다. 탈구조주의적 번역론이 이 가능성을 언어 내적 작용으로 한정지으면서 원작과 번역이 공히 이 가능성의 실현에 궁극적으로 '실패'하는 지점에 방점을 찍는다면, 탈식민주의는 이 가능성을 역사적·정치적 해방과 연결시키면서 상이한 문화적 맥락과 역사적 시간대 속에서 그것이 '생존'하는 것을 강조한다.

이 글은 기본적으로 후자의 방향을 따르면서 벤야민이 「번역가의 과제」에서 개진한 사유에서 좁은 의미의 언어 번역을 넘어서는 '문화번역'cultural translation의 이론적 맹아를 찾아 성숙의 계기를 마련해 보고자 한다. 텍스트의 언어적 전환으로 한정되는 통상적 의미의 번역과 달리 문화번역은 언어를 포함하여 다수의 상징체계, 사유양식, 서사, 매체 등 여러 차원에서 이루어지는 복합적인 문화 간 이동, 횡단, 소통의 방식이다. 그것은 의미를 등가적으로 교환하거나 초월적 위치에서 매개하는 작업이 아니라 특정한 역사적 맥락에서 타 문화를 해석하고 변용해 들여오는 행위이다. 문화인류학자 김현미의 정의를 따르자면, 문화번역이란 "타자의 언어, 행동양식, 가치관 등에 내재된 문화적 의미를 파악하여 '맥락'에 맞게 의미를 만들어내는 행위이다."[1] 문제는 문화들 사이의 관계가 평등하지도 자유롭지도 않기 때문에 문화 번역행위를 통한 의미구성 작업 역시 위계적 권력관계로부터 벗어날 수 없다는 것이다.

서구 근대의 형성과 근대성의 세계적 파급으로 특징지어지는 지난 5백 년간의 세계 역사에서 문화번역은 서구적 근대성이라는 프리즘을 통과하는 불균등한 것이었다. 이른바 세계화와 함께 이 불균등은 더욱 심화되고 있다고 해도 틀리지 않다. 사회구성원들

---

1 김현미. 『글로벌 시대의 문화번역』. (또하나의 문화, 2005). 48쪽.

의 가치관을 형성해주었던 지역문화, 토착문화, 소수문화들은 자본주의적 서구문화의 유입으로 심각하게 위축되거나 소멸의 위기를 맞고 있다. 문화와 문화 사이에는 이해와 소통보다는 문화전쟁이라 부를만한 갈등과 대립이 심화되고 있으며, 민족문화를 지켜내려는 방어적 저항은 세계 도처에서 국민주의적, 민족주의적 열정을 강화시키고 있다. 문화와 문화가 만나는 접촉 지점에서 발생하고 있는 이런 문제적 국면을 넘어 이질 문화 사이의 교통과 교류를 견인해낼 수 있는 새로운 소통모델의 개발은 절박한 현실적 과제가 되고 있다. 벤야민의 번역 개념이 이 과제의 해결에 어떤 실마리를 던져줄 수 있을지 찾아보려는 것이 이 글을 이끄는 문제의식이다. 이 글은 벤야민의 '번역' 개념에 내장되어 있는 이론적 가능성을 발전시켜 개별문화 속의 '이국성'이 서로 '이웃하는' 새로운 문화질서를 구상해 보고자 한다. 이를 통해 비서구문화의 서구문화로의 '동화'(균질적 보편주의)와 비서구문화의 '차이 인정'(다문화주의적 상대주의)이라는 양극적 대립구도를 넘어 문화번역이라는 실천적 작업을 통해 보편문화의 창조 가능성을 타진해 보고자 한다.

2. 원천과 성좌
: 순수언어의 번역가능성과 불가능성

벤야민의 번역론에서 가장 흥미롭고 생산적인 대목은 번역가의 과제를 번역의 관점이 아니라 '번역가능성'의 관점에서 접근하는 것이다. 번역은 원작the original을 다른 언어로 옮기는 행위이지만, 옮김의 대상이 되는 것은 원작 그 자체가 아니라 원작 속에 잠재되어 있는 가능성이다. 벤야민이 '순수언어'pure language라고 부르는 이 가능성은 원작 속에 들어 있지만 원작으로 종결되지 않으며 표상 가능한 의미질서로 환원될 수 없는 자질이다. 그것은 의미의 전달이나 전수를 통해서는 도달할 수 없는 정신적·이념적 본질이다.

독일 바로크 비극을 설명하면서 벤야민이 제안한 개념을 빌려온다면 순수언어란 '원천'origin이다. 원천은 원작과 다르다.

원천은 생성의 흐름 속에 소용돌이로 있으며, 그 리듬 속으로 발생과정에 있는 자료를 끌어당긴다. 사실적인 것의 적나라하고 명백한 존립 속에서는 원천적인 것을 결코 인지할 수 없으며, 그것의 리듬은 오로지 이중적인 통찰에 열려 있다. 즉 원천적인 것의 리듬은 한편으로 복원과 복구로서, 다른 한편 바로 그 속에서 미완의 것, 완결되지 않은 것으로 인식될 필요가 있다. 모든 원천적 현상 속에는 어떤 하나의 형상이 정해지는데, 그 형상 속에서는 하나의 이념이 그 자신의 역사의 총체성 속에서 완성되어 나타날 때까지 역사적 세계와 거듭 갈등을 빚는다. 따라서 원천은 사실적인 자료에서 추출해낼 수 없으며, 오히려 그 사실적 자료의 전사와 후사에 관계된다. 철학적 관찰의 규준들은 원천에 내재하는 변증법 속에 기록되어 있다. 모든 본질적인 것 속에 일회성과 반복이 서로를 조건짓고 있음이 이 변증법에서 입증된다.[2]

벤야민이 이 구절에서 말하는 원천은 어떤 신적 로고스의 개입을 통해 이루어지는 절대적 기원이나 변증법적 지양을 통해 자신의 본질을 목적론적으로 전개해나가는 헤겔적 의미의 절대정신과는 다르다. 원천의 진행 방향은 이미 사라진 것을 '복원'하는 것이지만 그것은 동시에 아직 오지 않은 것을 '선취'하는 것이다. 그것은 '반복적'이면서 '일회적'이고, '기억'이면서 '발견'이다. 과거를 복원하는 시도는 완벽하게 성공하지 못하고 미완으로 남는다. 원천의 역사성은 그것이 미래에 주어진 특정 목적을 향해 나아가는 선조적 움직임을 낳기 때문이 아니라, 과거(이미 상실된 것이자 잠재성으로 존재하는 과거)로 돌아가는 이런 반복적 회귀를 통해 주어진 역사적 세계와 갈등을 일으키며 미래를 향해 열려 있기 때문이다. 벤야민이 '변증법'이라 부른 원천의 이런 '이중적' 운동에서 우리는 번역과 원작의 관계를 유추할 수 있다. 과거에 사라진 것인 동시에 미래에 다가올 원천으로서의 순수언어는 번역되기를 요구하는 '잠재성'potentiality이다. 이 번역가능성은 개별 번역을 통해 부분적으로 '계시'되지만 그것으로 종결되지 않는다는 점에서 잠재적으로 무한

---

2 발터 벤야민, 「인식비판적 서론」 『발터 벤야민 선집 6』 최성만 역 (길. 2008), 176쪽.

하며 미래로 열려있다. 원본과 번역본은 공히 순수언어라는 원천을 반복하는 일회적·단독적singular 행위로서, 원본은 번역본과 마찬가지로 순수언어를 번역한 '하나의' 번역물이다.[3] 물론 번역이 순수언어를 드러내는 것은 원본이라는 매개를 거쳐야 하지만 그렇다고 번역본이 원본에 종속되는 것은 아니다. 번역본은 원본에 의존해 있으면서 동시에 그로부터 상대적으로 독립한 하나의 독자적 작품이다. 원본=기원, 번역본=파생물이라는 존재론적 서열을 깨고 원본과 번역본 각각이 고유한 별처럼 순수언어라는 원천의 잠재성을 실현할 수 있는 '단독적' 길을 열어두면서, 동시에 그것들이 모여 하나의 전체로서 '성좌'constellation를 구성할 가능성을 제시하는 것이 벤야민 번역론의 매력이자 강점이다. 그의 번역론이 텍스트의 언어적 전환으로 한정되는 좁은 의미의 번역과 달리, 불균등한 권력관계가 관통하는 이질 문화 간 번역을 이론화하고자 할 때 유용한 것이 바로 이 부분이다. 특히 '동화적 번역'assimilative translation이라 부를 수 있는 제국주의적 문화번역양태에 대한 비판으로서 벤야민의 번역론은 생산적 통찰을 준다.

서구적 근대성의 세계적 지배로 특징지어지는 지난 500년간의 역사에서 서구문화/비서구문화의 관계는 언제나 중심/주변, 보편/

---

3 벤야민은 "이름없는 것을 이름 속에 수용하는 일"을 넓은 의미의 '번역'으로 정의한다. 번역은 인간 언어들 사이의 이동 뿐 아니라 사물의 언어를 인간의 언어로 옮기는 행위도 포함한다. 벤야민에게 번역이란 "한 언어를 변형의 연속체를 통해 다른 언어로 변환하는 것을 뜻한다. 번역은 어떤 추상적인 동일성 혹은 유사성의 영역이 아니라 바로 이 변형의 연속체를 횡단하는 것을 가리킨다." 벤야민, 「언어일반과 인간의 언어에 대하여」, 『발터 벤야민 선집 6』, 86-7쪽.

특수, 기원/파생, 문명/미개라는 이분법적 위계질서로 이해되었고, 서구와 비서구 사이의 문화적 이동은 중심에서 형성된 보편적 의미가 주변으로 전달되는 형태를 띠었다. 서구=기원적 보편, 비서구 =파생적 특수라는 위계적 관념을 기반으로 서구문화(제국)의 '의미' 를 비서구 문화(식민지)에 '투명하게' 전달하여 비서구인들을 서구문화에 '동화'시키는 것이 이 시기 문화번역의 과제였다고 할 수 있다. 이런 동화적 번역이 완벽하게 구현될 때 비서구문화의 차이는 주변화되거나 지워지면서 번역은 사실상 종료된다. 비서구 타자가 서구 자아 속으로 완전히 흡수되어 똑같아짐으로써 이른바 '균질적 보편주의'homogeneous universalism라 부르는 것이 완성되면 번역은 불필요해진다. 벤야민의 번역론은 서구문화=원본=기원, 비서구문화=번역본=파생물로 나눠지는 위계적 서열구도를 깨고 양 문화 각각에 어떤 보편적 가능성을 번역할 수 있는 독자적 길을 열어준다는 점에서 민주적이고 해방적이다. 벤야민의 번역 개념을 따를 경우 비서구문화 뿐 아니라 서구문화도 아직 실현되지 못한 보편성을 번역하는 하나의 번역본이며, 비서구문화 역시 그 가능성을 담고 있다.

앞서 잠시 소개한 것처럼 탈구조주의와 탈식민주의의 벤야민 해석이 공통적으로 주목하는 게 이 대목이지만 양자가 움직이는 방향은 사뭇 다르다. 캐럴 제이콥스와 폴 드만의 벤야민 읽기는 원본과 번역본의 위계구도가 해체되면서 번역의 '실패'가 드러나는 지점에 초점을 맞춘다. 여기서 번역의 실패는 번역이 원본 다음에 오기 때문에 발생하는 것이 아니라 이미 원본 속에 들어 있던 실패가 드러나는 것, 그런 의미에서 '본질적 실패'이다. 원본이 실패하고 있다는 것은 그것이 순수언어를 전달하는데 실패하고 있기 때문인데, 이 실패의 흔적이 이미 원본 속에 탈구된 형태로 드러나 있다고 한다. 원본은 순수언어와 관련하여 파편화되어 있고, 번역은 파편화된 원본과의 관계에서 다시 한번 파편화되어 있다. 따라서 원본과 번역의 관계는 파편과 파편이 이어지는 환유적 관계일 뿐 어떤 전체성을 이루지 못한다.

그런데 제이콥스와 드 만에게 순수언어란 신성한 의미를 담고 있는 진리의 언어라기보다 '의미'라고는 전혀 없는 순전한 '형식'으로서의 언어, 언어를 제외하면 아무것도 아닌 언어작용 그 자체로 해석된다. 번역이 순수언어와 관련된다는 것은 언어 외적 의미를 배제하고 텅 빈 형식으로서의 언어의 수사적 작용과만 연관된다는 것을 말한다. 따라서 번역의 충실성은 원문의 의미를 배제한 채 문자(기표) 자체에 충실한 구문론적 축어성literalness으로 해석된다. 문자는 안정적으로 보이는 문장의 의미를 파열하면서 의미의 미끄러짐을 끌어들이고 의미의 증발과 소멸을 초래하는 물질성이다.

제이콥스와 드 만의 벤야민 읽기에서 해석학에서 수사학으로, 전체에서 파편으로, 은유에서 환유로, 삶에서 죽음으로, 가능성에서 불가능성으로 논의의 중심을 옮겨가는 탈구조주의의 전반적 기획을 찾아내기란 어렵지 않다. 이런 탈구조주의적인 벤야민 독해가 벤야민의 번역론을 편향적으로 읽고 있는 것은 분명하다. 이 읽기는 벤야민의 번역론에 내재되어 있는 정치성과 역사성을 탈각시키면서 언어적 보환성의 논리만 부각시킨다. 특히 벤야민의 번역 개념에서 언어적 측면만을 살리려는 드 만의 탈구조주의적 충동은 역사를 언어와 등치시키는 극단적 방향으로 나아간다.

> 결코 과녁을 맞추지 못하는 언어의 이런 일탈성이 (…) 벤야민이 역사라 부르는 것이다. 역사란 그 자체 인간적인 것이 아니다. 왜냐하면 역사란 엄밀하게 언어적 질서에 관련되기 때문이다. 이와 동일한 이유에서 역사는 자연적인 것이 아니다. 또 인간에 대한 어떤 인식이나 지식도 그 자체 순전히 언어적 문제인 역사로부터 유래할 수 없다는 점에서, 역사는 현상학적인 것도 아니다.[4]

역사가 곧 언어가 되어 버리는 이런 전도현상은 번역에서 언어적 재현을 넘어서는 해방의 가능성을 읽어내려는 벤야민의 입장과는 멀리 떨어져 있다. 드 만의 해석은 벤야민의 '순수언어'를 그야말로 언어 내적 작용으로 제한함으로써 역사 자체를 언어적 현상으로 환원한다. 하지만 벤야민에게 순수언어란 재현이 불가능하지만 번역을 통해 계시되는 '이념'이자 '잠재성'이다. 이 잠재성을 실현하는 것은 순전히 언어적 문제가 아니라 역사적 작업이다. 뒤에서 재

---

4 Paul De Man, *Resistance to Theory* (Minneapolis: Minnesota UP, 1986), 92쪽.

론하겠지만, 여기서 역사적 작업이라는 것은 역사적 맥락을 복원하거나 어떤 목적을 향해 역사적 연속성을 수립하는 것이 아니다. 그것은 역사 속에 실현되지 못하고 잠재되어 있는 것을 실현하는 것이다. 벤야민적 의미의 번역은 순수언어라고 불리는 이 잠재성을 해방하는 작업이자 과제이다.

드 만에게 번역이란 텅 빈 형식으로서의 언어의 수사적 작용이 궁극적으로 '실패'하는 지점, 즉 언어가 과녁에 닿지 못하고 길을 잃어버리는 '맹목'의 지점을 드러내는 행위이다. 이 실패와 맹목은 번역에 부수적으로 따라나오는 것이 아니라 본질적이다. 이런 점에서 드 만에게 번역은 언어의 본질을 드러내는 활동으로서 특별한 의미가 있다. 드 만의 해체적 독법이 원본의 불안정성을 드러냄으로서 원본을 탈정전화하는 것은 사실이다. 하지만 번역을 원본에 내재된 실패를 반복하는 것으로 설정함으로써 얼마간 원본이 존재한다는 생각을 벗어나지 못하는 것도 사실이다. 초우가 예리하게 지적하듯이, 드 만에게 번역이란 원본에서 번역본으로의 이동을 뜻하는 것이지 그 역은 성립하지 않는다는 가정이 깔려 있다. 이 가정은 번역의 가치가 오로지 원본에서만 파생된다고 보는 시각을 수반한다.[5] 초우의 말처럼 번역이 원본의 실패의 반복이라면 "원본의 밖이나 아래로 이동하는 것"[6]은 불필요하다. 번역은 "하나의 언

5 레이 초우, 「민족지로서의 영화 혹은 포스트콜로니얼 세계에서의 문화번역」, 『원시적 열정』, 정재서 역 (이산, 2004), 276쪽.
6 같은 책, 280쪽.

어 내부의 사건으로서 일방통행상태에 머물며" 번역이 생산하는 차이는 원본으로 회귀한다. 초우는 드 만의 해체적 읽기가 결국 원본의 "순수성 혹은 번역불가능성에 대한 관습적이고 교조적인 신앙"[7]을 크게 벗어나지 못한다고 비판한다.

홍콩 출신의 중국계 영화학자로서 언어의 중심성을 해체하고 시각매체의 의의를 적극적으로 조명해 보려는 초우에게 드 만의 이런 언어 환원주의가 문제로 보이는 것은 당연하다. 하지만 초우처럼 언어 대신 시각매체에 주목한다고 해서 문제가 해결되지는 않는다. "원본의 밖이나 아래로 이동하는 것이" 반드시 언어에서 시각매체로 이동하는 것을 가리킬 필요는 없다. 문자매체냐 시각매체냐의 구분보다 더 중요한 것은 벤야민의 번역론에 내장된 '역사적 해방'의 가능성을 어떻게 살려내느냐이다. 이런 점에서 후기 벤야민의 '세속적 메시아주의'의 단초를 그의 번역론에서 읽어내려는 니란자나의 독법은 환원론적 읽기라는 한계가 있지만 벤야민의 문제의식에 훨씬 더 근접해 있다.

니란자나는 벤야민에게 번역가의 과제는 역사가의 과제와 근본적으로 동일하다고 본다. 번역가가 번역이라는 실천적 행위를 통해 원본에 잠재되어 있는 역사적 가능성을 실현하는 자라면, 역사가는 과거의 역사 속에 묻힌 집단적 꿈의 흔적을 찾아 지금 이 순간에 살려내는 자이다. 이런 점에서 번역과 역사기술이 일어나는 순

---

7 같은 책, 280-81쪽.

간은 공히 공허하고 동질적인 시간의 연속체가 폭파되어 역사적 해방이 일어나는 '비상사태'emergency이면서, 기존 사회질서와 의미질서에 뚫린 '공백' 사이로 새로운 의미가 생성되는 '구원'의 순간이다. 니란자나의 지적처럼 벤야민에게 번역은 '해체'일 뿐 아니라 무엇보다 해방이자 구원을 이루기 위한 '정치적' 개입이다.[8] 벤야민의 텍스트에서 번역은 언어적 실패와 죽음에 강박적으로 집착하는 드만에게는 빠져 있는 역사적 개방 감각과 메시아적 유토피아주의와 결합되어 있다.

3. 죽음에서 생존과 해방으로

벤야민의 번역론에게 역사성과 세속적 메시아주의를 읽어낼 수 있는 구절은 번역을 통한 이른바 원본의 '후생'after-life과 '지속되는 삶'continued life을 말하는 대목이다. 벤야민에게 번역이 원작과 밀접한 관련을 지니는 것은 원작의 번역가능성 때문이다. 원작의 번역가능성은 원작으로 종결되지 않고 원작 이후에 전개되는 삶life, 이른바 후생 속에서 실현된다. 원작은 번역이라는 사후 지속되는 삶을 통해 살아남고 성숙한다. 삶이라는 자연주의적 색채를

---

8 Tejaswini Niranjana, *Siting Translation: History, Post-structuralism, and the Colonial Context* (Berkeley: U of California P, 1992), 111-5쪽.

강하게 풍기는 개념을 사용하고 있지만 벤야민이 삶을 자연 혹은
자연적 존재에 국한시키는 것은 아니다.

> 삶이라는 관념을 유기체적 신체에만 한정시켜서는 안된
> 다는 생각은 편견적 사고가 지배하는 시대에도 존재했
> 다. (…) 단순히 역사의 무대가 아니라 그 자체 역사를
> 지닌 모든 것들에 삶을 인정해준다면 삶이라는 관념은
> 정당화될 수 있다. 결국 삶의 범위는 자연이 아니라 역
> 사에 의해 결정되어야 한다. 철학자의 과제는 모든 자연
> 적 삶을 역사라는 더 광범위한 삶을 통해 이해하는 것
> 이다.[9]

원본은 번역을 통해 다시 새로워지고 또 가장 포괄적으로 자신
을 전개하는데, 이 전개과정은 자연이 아니라 역사이다. 그러므로
벤야민에게 번역가의 과제는 역사적 관점에서 원문에 잠재되어 있
는 순수언어라는 이념적 본질을 해방시켜 더 높은 수준으로 전개
하는 것이다. "번역자의 과제는 번역자 자신의 언어에서 다른 언어
의 마법에 걸려 있는 순수언어를 해방시키고 원본 속에 갇혀 있는
언어를 그 작품의 재창조를 통해 해방시키는 것이다. 순수언어를
위해 번역자는 자신의 언어의 낡은 장벽을 무너뜨린다."[10] 이 해방

---

9 Walter Benjamin, "The Tasks of the Translator," *Illuminations*, Tr. Harry Zohn (New York:
   Schocken Books, 1978), 71쪽.

10 같은 책, 80쪽.

을 통해 원본의 언어와 번역의 언어는 어떤 합목적성을 지향하는 상보적 '친족 관계'kinship를 형성한다. 드 만은 원본과 번역이 형성하는 친족 관계를 합목적성에 도달할 수 없는 부서진 파편들 사이의 환유적 관계로 해석하지만, 벤야민에게 전체 개념이 완전히 사라진 것은 아니다. 전체는 원본에 실현되지 못하고 억압되어 있던 것이 번역을 만나 만들어내는 배치, 즉 성좌이다.

번역을 둘러싼 오랜 쟁점이었던 '충실성(직역)과 자유(의역)'의 대립에서 벤야민은 충실성의 손을 들어준다. 그런데 번역이 충실하고자 하는 것은 원본에 담긴 '의미'가 아니라 표상될 수 없는 '이념'이며, 이 이념이 드러나는 것은 문장이 아니라 '낱말'word이다. "문장이 원문의 언어 앞에 서 있는 벽이라면 낱말 하나하나는 아케이드이다."[11] 문장이라는 의미의 벽은 순수언어의 빛을 통과시키지 못한다. 의미의 벽에 가로막히지 않는 낱말이라는 아케이드를 통해서만 순수언어의 빛은 환히 드러난다. 벤야민은 의미에 맞게 재현할 자유보다는 낱말 하나하나에 충실한 축자적 번역이 이념을 드러내는 번역이라고 본다.

이념에 충실한 축자적 번역은 번역자의 언어를 무너뜨리고 갱신한다. 루돌프 판비츠의 말을 빌려 벤야민이 지적하듯이, 번역자는 "외국어의 수단을 통해 자신의 언어를 확대하고 심화시키지 않

---

11 같은 책, 79쪽.

으면 안된다."[12] 번역론의 주요 쟁점 가운데 하나인 '자국화하는 번역'(동화)과 '이국화하는 번역'(이화)의 대립에서 벤야민은 이국화하는 번역을 택한다. 이것은 원작의 의미를 그대로 옮김으로써 원작에 종속된다는 뜻이 아니라 원작에서 실현되지 못하고 남아 있던 것을 옮김으로써 자국의 언어를 확장시키는 것을 말한다. 번역은 원작의 언어와 번역하는 언어 모두 '낯선 이질성'에 열리면서 보다 높은 차원의 합목적성을 획득한다.

벤야민의 시각을 재해석하고 있는 로렌스 베누티에 의하면, 좋은 번역이란 자국어에 낯선 이질성을 도입함으로써 자국어 안에 존재하는 '잔여태'the remainder를 해방하고, 표준적인 것과 다수적인 것을 비표준적인 것과 주변적인 것에 열리게 하는 번역이다. 언어란 하나의 완결된 통일체라기 보다 특정 역사적 순간에 '소수적'minor 변수들과 이들을 지배하는 '다수적'major 형태가 공존하는 역동적 힘이다. 그러므로 좋은 번역과 윤리적 번역은 이국성을 수용함으로써 자신의 언어 속에 잔여태로 존재하는 소수적 변수들을 해방시켜 언어적 혁신을 이루는 번역이다. 베누티가 '추문'이라고 부르는 나쁜 번역과 비윤리적 번역은 외국 텍스트를 자국문화에 봉사하도록 만드는 매끈하고 '유창한'fluent 번역이다. 물론 베누티도 인정하듯이 번역에서 일정 정도의 자국화는 불가피하다.[13] 무

12 같은 책, 80쪽.

13 로렌스 베누티, 『번역의 윤리: 차이의 미학을 위하여』, 임호경 역 (서울: 열린책들, 2006), 24-6쪽.

엇보다 자국어로 옮기는 행위 자체가 일정한 자국화 과정이다. 관건은 "자국어를 (그것이 마치 어떤 외국어인 양) 낯설어 보이게 만들면서도, 동시에 독자가 읽고 있는 것은 원문 자체가 아니라 그것과 구별되어야 하는 하나의 자국어 번역에 불과하다는 것을 드러내는"[14] 것이다. 베누티가 벤야민의 시각을 원용하여 찾아낸 번역의 윤리는 독자에게 자국 언어로부터 낯선 거리를 유지할 수 있는 성찰적 시선을 제공하는 것이다.

4. 혼종적 문화번역
: 혼성의 지대에서 수행되는 이국성의 해방

언어적 번역에 편향되어 있는 벤야민의 번역론을 어떻게 언어를 넘어 불균등한 권력관계가 관통하는 문화 간 번역으로 확장할 수 있을까? 레이 초우식으로 질문을 바꾸자면 어떻게 원본의 가치를 안정화시키지 않으면서 문화들 간의 번역을 이론화할 수 있을까? (여기서 원본은 물론 서구문화 뿐 아니라 토착민족문화라 불리는 비서구문화도 포함된다.)

초우, 니란자나, 호마 바바가 문화번역이라는 이름으로 벤야민에게서 읽어내려고 하는 것도 이 질문과 무관하지 않다. 이들 탈식

---

14 같은 책, 27쪽.

민주의 이론가들에게 벤야민의 번역 개념은 무엇보다 문화 사이의 '경계선'에서 문화적 '변형'을 이루어내는 문화 횡단작업을 가리키는 것으로 재해석된다. 그것은 서구문화를 비서구문화로, 비서구문화를 서구문화로 옮기는 작업인데, 문제는 옮기는 과정이 매끄러운 이동이나 합의적 연속체를 통과하는 것이 아니라 이미 더럽혀진 혼성의 지대를 횡단하는 것이라는 점이다. 초우에게 문화번역 작업은 비서구 원주민 문화 역시 서구문화 못지않게 이미 서구문화 ─그녀에겐 특히나 시각문화 ─에 의해 '오염'되어 있음을 인정하는 것에서 출발한다. 니란자나에게 탈식민화과정을 이룰 수 있는 급진적 재번역radical re-translation은 식민지배의 흔적을 지우고 조화로운 통일성이 존재했다고 가정되는 전통문화로 돌아가는 것이 아니라 혼성성의 새로운 변형을 이루어내는 행위이다. 고통스러운 기억행위로서의 재번역은 식민화가 만들어낸 트라우마를 이해하기 위해 절단된 과거를 모으는 과정이지만, 과거의 파편들을 이어붙인다고 해서 다시 온전한 전체가 되지는 못한다. 니란자나는 온전한 전체라는 순수의 환상에 굴복하는 대신 벤야민의 낱말에 충실한 직역식 번역을 데리다의 '인용'citation과 연결짓는다. 인용으로서의 재번역은 한 문맥에서 다른 문맥으로 원본 텍스트를 '인용'하는 것이다.[15] 역사가가 억압된 과거의 한순간(혹은 과거의 이미지)을 역사적 연속성에서 떼어내어 해방시킨다면, 번역가는 원본을 원래의 역

---

15 Tejaswini Niranjana, 같은 책, 154-5쪽.

사적 맥락에서 분리하여 다른 역사적 맥락 속으로 인용해 들임으로써 원본 텍스트의 '후생'after-life을 도모한다. 그런데 탈식민적 재번역이 인용해 들이고자 하는 역사적 맥락은 서구 제국문화와 비서구 식민문화가 뒤섞여 있는 혼성의 상태에 있다. 재번역은 이처럼 서구문화와 비서구문화가 뒤엉켜 있는 역사적 맥락에서 서구문화의 흔적과 비서구문화의 흔적을 '변형하거나' 새롭게 '호명'한다.

호미 바바는 혼성의 지대를 새로운 문화번역의 가능성을 열어주는 공간으로 개념화한다. 특히 그는 여러 문화 사이에 걸쳐 있는 '이주 문화'migrant culture를 본국문화로도 거주문화로도 환원할 수 없는 혼성의 문화로 부각시킨다. 바바에게 번역이 불가능한 것은 각각의 문화가 결코 옮길 수 없는 차이를 가지고 있기 때문이 아니라 차이를 찾을 수 없을 만큼 뒤섞여 있기 때문이다. 그는 문화와 문화가 번역되거나 소통될 수 없는 절대적 차이를 가지고 있으며, 중요한 것은 이 차이를 인정하는 것이라고 보는 다문화주의적 관점을 수용하지 않는다. 다문화주의는 개별 문화를 그 자체로 완결된 자족적 통일체로 상정함으로써 문화적 차이를 정체성identity에 기초해서 사유한다. 하지만 문화는 완결된 정체성으로 고정되어 있거나 닫혀 있지 않다. 오히려 문화와 문화는 어떤 형태로든 이미 서로 몸을 섞고 오염되어 있다. 바바에게 벤야민의 '순수언어'란 진리의 언어가 가지고 있다고 상정되는 어떤 기원적 본질이나 오염되지 않은 순수의 결정체가 아니라 문화의 자연스러운 이동에 저항하는 '이국성'foreignness으로 해석된다. 혼성성이 번역 불가능한 것은 혼성성에는 서구문화(원본)에도 토착문화(원본)에도 실현되지 않는 '이국성'이 출현하기 때문이다. 바바가 말하는 이국성이란 단순히 외국문화에 들어 있다고 상정되는 차이나 이질성만을 의미하지 않는다. 이국성은 외국문화와 자국문화, 서구문화와 토착문화 모두에 억압되어 실현되지 않은 타자성, 프로이트적 의미의 섬뜩함the uncanny이다. 억압된 타자성으로서의 이국성은 낯익고 친숙한 것을 위협하고 파열시키는 낯선 유령이다.[16] 바바에게 이국성은 '이주민-번역가'의 비결정적 '사이 공간'in-between space에서 위협적으로 출현한다. 그것은 양 문화의 신성성을 해체한다는 점에서 신성 모독적이며, 양 문화에 존재하지 않는 새로움을 불러들인다는 점에서 해방적emancipatory이고 '부상적'emergent이다. 이주민이 거주하는 혼성의 공간은 그의 글 제목이 암시하듯 "새로움"newness이 들어오는 통로, 벤야민적 의미에서 '이념'의 빛이 통과하는 '아케이드'이다.

벤야민의 '번역가의 과제'를 '이주민의 과제'로, '순수언어'를 '이국성'으로 변형시키는 바바의 번역작업은 성공했는가? 의도적 오독을 무릅쓰는 그의 번역은 벤야민이라는 원본 속에 잠재되어 있던 "삶의 힘"을 탈식민의 맥락에서 해방시키고 있는가? 원본의 언어와 번

---

16 이런 점에서 바바의 'foreignness'를 이국성으로 번역하는 것은 이 말 속에 함축된 낯설고 섬뜩한 유령으로서의 타자성을 충분히 드러내지 못하는 측면이 있다. 바바는 'foreignness'를 '자국문화와 외국문화 모두에 억압된 낯선 타자성, 현존화되지 않는 잠재성의 뜻을 포괄하는 확장된 의미로 쓰고 있다. 그러나 'foreignness'는 직접적으로는 외국문화의 이국성을 의미한다. 이국성이 낯선 타자성의 의미를 함축할 수도 있다는 점을 감안하여 이 글에서는 'foreignness'를 이국성으로 번역한다.

역 언어가 형성하는 언어들의 친족관계라는 벤야민의 설정은 순수 언어라는 어떤 합목적성을 지향하는 언어적 보완관계를 강조하는 쪽으로 모여진다. 그러나 이런 언어적 보완관계는 이질 문화들 사이의 '갈등'과 '경합'을 이론화하기에는 지나치게 조화롭고 평화적이다. 이국성과의 밀회를 통해 나타나는 문화 번역은 원본의 틀을 파괴하는 신성 모독적 계기를 내포하고 있다. 문화번역은 원본을 부정하는 것이 아니라 이국성과의 조우를 통해 원본을 탈구시키고 전치시키는 급진적 '다시쓰기'rewriting이다. 문화들 사이를 이어주는 연결 통로는 벤야민의 합목적적 조화나 상보적 보완보다는 이런 전치와 갈등과 경합이라는 신성 모독적 계기를 통과해야만 만들어질 수 있다. 이런 점에서 바바가 탈식민의 맥락에서 벤야민의 번역 개념을 재해석한 것은 중요한 진전이다. 다만 벤야민의 순수언어를 혼성공간의 이국성으로만 환원하는 것은 서구 메트로폴리탄 지역에 살고 있는 인도출신 탈식민주의 지식인으로서 이주민-번역가의 경험을 부각시키고자 하는 바바 자신의 정치적 충동을 이해한다고 해도 지나치게 제한적이다. 그것은 벤야민의 번역론에 들어 있는 보편적 지평을 닫아버릴 수 있다.

5. 트라우마적 인접성과 '이웃'의 문화

우리는 문화적 경계가 위반되고 포개지는 '사이공간'에서 특정 문화들 —그것이 원본의 위치에 있다고 상정되는 서구문화이든 파생적 번역물의 위치에 있는 비서구문화이든 —에 온전히 현존하지 않는 '이국성'을 해방시킴으로써 '새로움'을 불러들이는 행위로 문화번역을 개념화하는 바바의 시각을 받아들이면서도, 이를 이주문화에 국한시키지 않고 문화들 사이의 관계를 다시 사유할 수 있는 방향으로 더 밀고 나갈 필요가 있다. 낯선 이국성이 표현되는 것은 비단 이주문화만이 아니라 상이한 문화들이 서로에게 '말걸기'address를 시도하는 매 순간 나타난다고 봐야 한다. 상호이해와 소통에 기반한 '균질적 일체화'가 아니라 '이언어적 말걸기'heterolingual address로 번역을 개념화하고 있는 사카이 나오키의 작업은 상이한 문화 간 교통과 연대를 마련하는데 유용한 실마리를 제시한다. 그에게 이언어적 번역이란 "비연속적인 단독점에서 연속성을 만드는 실천"이면서 "통약불가능의 장소에서 관계를 만드는 제작적poietic 실천"[17]이다. 비연속성에서 연속성을 만들고 소통이 이루어질 수 없는 곳에서 관계를 맺는 '불가능한' 시도로서의 이언어적 번역은 문화들 사이에 새로운 '관계(아닌 관계)'를 상상할 수 있는 출발점이 될 수 있다. 물론 이런 의미의 번역이 현실에서 쉽게 실현되지는 않으며, 번역을 통해 문화들 사이에 새로운 관계가 곧

---

17 사카이 나오키, 『번역과 주체: '일본'과 문화적 국민주의』, 후지이 다케시 역 (서울: 이산, 2005), 62쪽.

바로 만들어지지도 않는다. 그의 번역개념이 현실에서 실행되고 있는 다양한 번역들—균질적 일체화의 환상에 사로잡혀 많은 문제를 노정하고 있는 번역들이나 위계적이고 불균형적 방식으로 이루어지고 있는 번역들—을 포괄하기 보다는 다분히 이상적이라고 볼 수도 있다. 하지만 이언어적 말 걸기는 문화적 대면이 일어나는 순간마다 일어난다는 나오키의 지적은 번역의 이상적 지향점을 모색하는 출발점으로서의 의의는 충분하다.

나는 이언어적 번역을 통해 만들어지는 문화들 간의 관계(비연속의 연속)를 '이웃의 관계'로 부르고자 한다. 이웃은 벤야민의 '친족관계'kinship 개념을 가족적 은유에서 떼어내어 이질문화 사이의 관계를 사유할 수 있는 개념으로 발전될 수 있다. 이웃neighbor이라는 개념은 프로이트/라캉 정신분석학과 레비나스의 결합을 시도하고 있는 케네스 라인하드에게서 차용한 것이다. 앞서 호미 바바의 억압된 타자성으로서의 이국성처럼 이웃은 내 가까이 있는 '친밀한' 존재이지만 내가 쉽게 알 수도 통제할 수도 없는 '낯선' 존재이다. 그는 나와 가족적 동질성으로 묶여 있지 않으며, 내가 상호 호혜적 사랑을 나눌 수 있는 대상도 아니다. 하지만 친밀하면서도 낯선 이웃의 부름에 응답할 때 나는 비로소 주체가 된다. 문화번역은 한 문화가 다른 문화의 부름에 응답하면서 자신을 변형시켜 이웃이 되는 실천적 행위이다. 그것은 닮음과 다름이라는 이분법적 대립을 넘어 타 문화 속의 낯선 이국성을 대면함으로써 자신을 변용시키는 실천적 작업이다. 하지만 자신을 바꾸려면 자신을 구성해 왔던 기존의 정체성이 무너지고 박탈되는 '트라우마적' 순간을 거쳐야 한다. 트라우마적 순간은 자신을 안전하게 지켜주는 문화적 보호막에 균열이 생기면서 나르시시즘적 만족에 손상이 일어나는 불쾌한 순간이다. 문화와 문화가 서로에게 이웃이 되기 위해서는 이런 트라우마적 박탈과 자기변형의 과정을 거쳐야 한다. 트라우마적 박탈은 자문화와 타문화 모두를 탈구시키고 전치시키는 신성모독적 해체 과정이지만, 이는 문화들 사이에 새로운 통로를 만들기 위한 조건이기도 하다.

트라우마적 인접성을 통해 만나는 문화들 사이의 관계는 홀로 반짝이지만 함께 모여 별자리를 이루는 벤야민의 '성좌'와 닮아 있다. 벤야민이 순수언어라 본 '이념'은 아직 실현되지 않은 '잠재성'으로서 개개 문화들 사이의 관계를 규제하는 이념적 지평으로 전유될 수 있다. 그것은 밤하늘의 별처럼 단독적으로 존재하는 개별 문화들이 번역을 통해 별자리를 구성하도록 만드는 보편적 지평이다. 이 보편성이 '잠재성'으로 작용하는 한 별자리는 역사적으로 변화할 수 있다. 하지만 개개 문화는 번역을 통해 서로를 변화시키는 이웃으로 존재하면서 보편성을 실현하는 정치적이고 윤리적인 관계를 맺을 수 있다. 물론 이 관계를 현실화하기가 쉽지는 않다. 벤야민의 번역개념은 개별문화가 서로에게 이웃이 될 수 있는 새로운 관계를 상상하고 실천하는 데 유용한 길잡이가 되어준다.

12장.

문화번역이라는 문제설정
: 비교문화에서 문화번역으로

1. 번역의 문제성과 현재성

2011년 3월 국회에 상정된 한 EU FTA 협정문은 번역을 둘러싼 우리사회의 담론풍경을 선명하게 노출시킨 사건이다. 외교통상부라는 국가기구의 공식 정부 문건에서 학부생 수준의 오역을 포함하여 전체 207개의 번역오류가 발견되었다. 이런 오류는 한미 FTA 협정문에도 무려 296개나 확인되었는데, 이는 5쪽당 1건 꼴이다.[1] 국가 간의 첨예한 이해관계를 조정해서 확정지어야 할 협정문

---

1 『한겨레 신문』 2011년 6월 3일자 「한-미 FTA 협정문도 296곳서 번역오류」

에 이렇게 번역의 오류가 대거 등장한다는 것은 언어적 실수로 국한되지 않고 엄청난 사회적 파장을 불러일으킨다. 협상의 주체로서 정부의 공신력에 금이 간 것은 말할 것도 없고 해당 조문의 이해당사자들의 현실적 이해관계에도 직접적 영향을 미친다.

협정문의 번역을 둘러싸고 벌어진 이 사건은 일차적으로는 명백한 오류를 교정하고 통상 교섭직원들의 외국어능력과 한국어 표현능력을 신장시키는 현실적 조처로 이어져야겠지만, 언어적 경계를 넘어 문화 간 소통을 이루어낸다는 번역행위란 무엇인가에 대한 보다 깊은 인문적 성찰로 확장되어야 한다. 언어와 언어, 문화와 문화가 만나는 접촉지대에서는 과연 무슨 일이 벌어지는가? 상이한 문화와 언어 공동체 사이의 경계를 넘는다는 것은 무슨 의미인가? 번역이 어렵다면 그 이유는 무엇인가? 외국어 해독수준이나 기술적 층위의 문제 이외에 어떤 요인들이 번역의 가능성과 불가능성이라는 문제를 거듭 제기하도록 만드는가? 이런 질문들에는 언어 사이의 등가적 이동과 상호작용이라고 알려진, 번역에 대한 통상적 이해보다 훨씬 많은 문제들이 개입되어 있다. 이런 문제들은 언어 자체에 이미 문화가 들어 있기 때문에 좋은 번역을 위해선 문화적 이해가 선행되어야 한다는 당연한 지적으로도 해결되지 않는다. 문화적 차이를 넘어 문화적 이해와 공감은 어떻게 가능한가? 개개 문화는 너무도 다른 문화적 문법과 사유체계에 기초해 있어서 소통이란 원천적으로 불가능한가? 아니면 상이한 문화들 속에는 공통의 이해를 가능하게 해주는 동일성과 보편성이 들어 있는가? 이런 질문들은 차이와 동일성, 문화상대주의와 보편주의의 이분법의 형태로 반복되고 있다. 문화상대주의자들에게 개개 언어와 문화는 고유한 문법과 체계를 갖고 있어서 그 자체로만 이해될 수 있다. 그러므로 번역은 불가능하다. 보편주의자들에게 상이한 문화와 언어에 나타나는 차이는 표피적이다. 이런 표피적 차이를 뚫고 내려가면 저 밑 어딘가에 모든 인류가 이해할 수 있는 공통의 지반이 놓여 있다. 그러므로 번역은 가능하다.

이런 번역가능성과 불가능성은 최근 번역문제를 새로이 접근하고 있는 에밀리 엡터의 번역테제에도 등장한다. 엡터는 번역의 문제를 트랜스내셔널리즘과 연결시켜 논의하면서 20개의 테제를 제시하는데, 제 1테제가 "아무 것도 번역할 수 없다"이고, 마지막 제 20테제가 "모든 것을 번역할 수 있다"이다.[2] 엡터에게 번역은 이 두 테제 사이 어디쯤에선가, 아니 두 테제를 배반하면서 일어나는 역설적 작업이다. 그녀에게 번역은 불가능하면서 가능하고, 가능하면서 불가능하다. 그런데, 번역논의를 오랫동안 사로잡은 가능성/불가능성의 문제는 엡터의 제 4테제("번역의 자리는 전쟁이 일어나는 곳이다")에서 사납고 불길한 모습을 드러낸다. 번역의 자리는 평등한 언어적 이동과 교감이 일어나는 곳이 아니라 보편의 지위를 획득한

---

2 Emily Epter, *The Translation Zone: A New Comparative Literature* (Princeton and Oxford: Princeton UP, 2006), xi-xii쪽.

문화가 그렇지 못한 문화로 흘러드는 일방적 동화와 지배의 통로일 가능성이 크다. 서구 식민주의 역사가 보여주듯, 보편의 지위는 많은 경우 칼과 총으로 약탈되고 종교와 문화의 이름으로 이식된다. 번역은 불평등한 정치적, 경제적, 문화적 권력관계를 추인하고 재생산하는 작업이거나 그에 맞서는 대결과 투쟁의 행위일 수 있다.

최근 한국 인문학계가 번역에 주목하기 시작한 것은 번역작업에 내재된 이런 문제들이 비단 언어적 차원에 국한되지 않고 문화 간 만남에 필연적으로 동반되는 문제, 즉 이질 문화 간 갈등과 충돌을 극복하고 문화적 소통을 이루기 위해 짚고 넘어가야 할 문제라는 점을 뒤늦게 깨달았기 때문이다. 이 글 역시 이런 뒤늦은 각성에서 출발한다. 국내 출판물의 압도적 다수를 차지하는 번역서의 비중, 주기적으로 반복되는 오역사건,[3] 노벨상 수상을 가로막는 요인으로 빈번하게 거론되는 한국 문학작품의 부실한 외국어 번역, 이른바 K컬처 바람을 타고 한국문화가 세계로 뻗어나가고 있지만 외국 대학에서 안심하고 쓸 수 있는 본격 한국문학 앤솔로지 하나 번역하지 못한 빈약한 문화적 하부구조, 그리고 누구나 중요성을 역설하지만 여전히 보상받지 못하는 고된 노동으로 남아 있는 열악한 번역현실은 우리 문화의 부끄러운 자화상이다.

---

3 해방 이후 번역된 영미문학 고전의 번역수준을 총체적으로 점검한 집단적 작업으로는 영미문학연구회 번역평가사업단, 『영미명작, 좋은 번역을 찾아서』(창비: 2005)를 참조할 것.

2. 번역의 재개념화와 문화번역

좋은 번역서를 내기 위한 실제적 노력과 더불어 번역작업에 개재되어 있는 문화적, 담론적, 제도적 문제들을 본격적으로 연구하는 작업 또한 필요하다. 번역에서 일어나는 것은 언어적 사건으로 국한되지 않는다. 번역이라는 언어적 사건은 최초 언어 간 접촉에 뒤따르는 담론적 실천과 사회제도적 변화로 이어진다. 예를 들어 스페인 수도사들이 서구적 신 개념을 필리핀의 타갈로그인들에게 이해시키려고 할 때 일어난 오용현상을 분석한 비센테 라파엘의 연구는, 번역의 문제가 던지는 광범위한 사회문화적 파장을 이해하는 데 시사적이다. 라파엘은 『식민주의의 계약: 초기 스페인 치하에서 번역과 타갈로그 사회의 기독교 개종』에서 정복과 개종과 번역이 착잡하게 얽힌 복합적 과정을 파헤친다. 스페인 수사들에 의한 타갈로그인들의 기독교 개종작업은 식민 통치자의 이미지에 따라 원주민을 변형시키는 정신개조 프로젝트의 일환으로서 국가의 정복과 병행하여 일어났다. 라파엘이 관심을 갖는 것은 이런 변형작업이 완벽하지 않으며, 피식민지인들은 항상 다소 예견할 수 없고 통제할 수 없는 방식으로 이런 변형에 맞서 재변형을 시도한다는 것이다. 타갈로그인들을 스페인 기독교 신자라는 '원본'에 맞춰 개종하려면 성경 텍스트를 타갈로그어로 번역해야 했다. 그러기 위해 가장 먼저 해야 할 일이 카스티야어 'Dios'(신)에 해당하는 타갈로그어를 찾는 것이었다. 스페인 수도사-번역자들은 'Dios'의 의미를 정확히 옮길 수 있는 타갈로그어를 찾아 옮겨 보았지만 의도했던 신의 관념은 전달되지 못하고 타갈로그인들에 의해 의도적·무의도적으로 오용되었다. 결국 수도사들은 이런 의미의 오용을 막기 위해 'Dios'를 원어 그대로 쓰기로 결정했다. 언어 간 조우에서 일어난 이런 현상은 유일신의 세계관이 그렇지 않은 세계관을 지닌 문화 속으로 들어갈 때 벌어지는 문화적 사건이다. 라파엘의 연구에서 흥미로운 점은 타갈로그 원주민들의 언어 오용이 단순히 원천언어의 의미가 목표언어에 투명하게 전달되지 못하고 길을 잃어버린 왜곡의 사례가 아니라 거꾸로 원천언어의 의미를 되비추는 깨어진 거울로 해석된다는 점이다. 이 깨어진 거울을 통해 타갈로그인들은 그들이 이해할 수 없는 권위의 기호 이면에 숨어 있는 의미를 피할 수 있었고, 스페인 수도사들은 기독교 질서의 보편가설과 전체화의 충동이 제약되는 상황에 직면했다.[4] 스페인어를 타갈로그어로 번역할 때 벌어진 이 사건은 번역이 원천언어에서 목표언어로 일방적으로 흐르는 것이 아니라 원천언어와 목표언어가 서로 착종, 협상, 균열, 전복되는 복잡한 과정이라는 점을 보여준다. 그런데, 이 과정은 비단 언어에 국한되지 않고 특정문화가 세계를 파

---

4 Vicente Rafael, *Contracting Colonialism: Translation and the Christian Conversion in Tagalog Society under Early Spanish Rule* (Durham: Duke UP, 1993), 20-1쪽.

악하는 개념도식, 수사전략, 담론구성, 명명실천naming practice, 서사
양식, 매체 및 기술 전유방식, 제도화과정으로 연쇄 파급 효과를
일으킨다.

개종conversion과 번역translation은 '바꾸다'와 '옮기다'의 의미소를
공유하고 있다. 개종은 사람의 마음을 옮기는 것이고 번역은 텍스
트를 옮기는 것이다. 사람의 마음을 바꾸려면 텍스트의 번역이 필
요하고, 텍스트의 번역을 통해 마음의 변화를 이끌어낸다. 그런데
이 옮김의 과정은 투명하지 않고 많은 것들이 그 사이에 끼어든다.
포스트식민주의는 이런 변형과 개종을 애초의 문화적 순수성을 잃
고 잡종이 되는 것으로 기술하고 싶은 유혹에 빠진다. 그러나 라
파엘은 식민주의적 폭압성을 무시하지는 않지만, 이 잡종성을 원주
민 문화의 순수성이 더럽혀지는 것으로만 보지 않고 다양성과 창
조성을 생성하는 것으로 읽어낸다.

우리는 언어적 경계를 넘을 때 발생하는 제반 담론적·비담론적
현상들을 광의의 '번역' 혹은 '번역적 사건'으로 '재개념화'하고 이를
새로운 연구영역으로 구축할 필요가 있다. 내가 '재개념화'라는 표
현을 쓴 것은 번역이 텍스트의 언어적 전환이라는 통상적 의미로
한정될 수 없다는 점을 부각하기 위해서이고, '사건'event이라고 말
한 것은 번역이 일으키는 파장이 해당 문화를 근본적으로 변화시
킬 수 있는 과정이자 주체적 행위라는 점을 강조하기 위해서이다.
언어적 이동을 둘러싸고 벌어지는 "의미의 전이, 조작, 배치, 창안,

발명, 합법화의 과정"이 넓은 의미의 번역 혹은 번역적 사건이다.[5]

최근 중국계 미국인 학자 리디아 리우는 '언어 횡단적 실천'translingual practice이라는 새로운 개념을 통해 번역에서 일어나는 여러 현상들을 재조명하고 있다. 리우의 작업은 이 글의 문제의식과 관련해서 중요한 의미를 지닌다. 리우가 새로이 소개하는 '주인언어'host language와 '손님언어'guest language의 구분은 번역을 새로이 초점화할 수 있는 시각을 열어준다. 지금까지 번역행위는 기본적으로 원천언어에서 목표언어로 이동하는 것으로 이해되었다. 중개자로서 번역가의 역할과 번역의 변형적 기능을 얼마나 인정하는냐에 차이를 보이지만, 원천언어/목표언어, 원본/번역본의 문제틀에 붙잡혀 있는 한 번역은 늘 원본에 미달하는 파생적인 모사품으로 이해된다. 원천 텍스트는 권위, 기원, 영향 등과 같은 1차적 지위를 부여받고, 목표 텍스트는 목적론적 도착지, 의미의 손실 없는 전달을 위해 통과해야 하는 거리를 상정한다. 원천언어와 목표언어라는 개념은 등가성, 투명성, 초월적 매개 혹은 그것의 실패와 불가능성을 일정 정도 전제하지 않을 수 없다. 번역논의에서 원본의 가치를 안정화, 본질화, 특권화하지 않으면서 문화들 사이의 번역을 이론화할 수 있는 방안을 찾는 것이 과제로 떠올랐던 것은 번역론에 내재되어 있는 이런 위계성을 벗어나기 위해서이다. 하지만 발상을 전환하여 원본과 번역본의 관계를 손님과 주인의 관계로 바꾸면 주

---

5 같은 책, 60-1쪽.

체적 행위자는 는 주인언어가 된다. 이제 원본이 손님이고 번역본이 주인이 된다. 리우에 의하면, 번역적 사건 혹은 언어횡단적 실천이란 "손님언어와의 접촉/충돌에 의해 혹은 그것에도 불구하고 주인언어 내부에서 새로운 단어, 의미, 담론, 재현양식이 생성되고 유포되며 합법성을 획득하는 과정"이다.[6] 어떤 관념이나 의미가 손님언어에서 주인언어로 이동할 때 그 의미는 단순히 '이식'되거나 '모사'되는 것이 아니라 주인언어의 맥락 속에서 "창안"되고 "발명"된다. 번역은 이데올로기적 이해관계에서 자유로운 중립적 사건이 아니라 이데올로기 투쟁이 일어나는 격전장이며, 이 투쟁의 주도권은 주인언어가 쥐고 있다.

우리는 리우가 시도한 번역 개념을 언어간 번역을 넘어 문화번역으로 확장할 수 있다. 문화번역은 아직 낯선 개념이다. 문화번역이라는 용어는 근자에 들어 일부 국내 문화인류학자와 문화연구자들 사이에서 조금씩 쓰이고 있지만[7] 번역과의 변별성을 우려하는 조심스러운 시각 때문에 개념적 유통성을 얻지 못하고 있는 실정이다. 그러나 언어 영역 바깥에서 일상적으로 일어나고 있는 문화

---

6 리디아 리우, 『언어횡단적 실천: 문학, 민족문화, 그리고 번역된 근대성-중국, 1900~1937』 민정기 역 (소명: 2005), 60쪽.

7 김현미는 문화번역을 "타자의 언어, 행동양식, 가치관 등에 내재화된 문화적 의미를 파악하여 "맥락"에 맞게 의미를 만들어내는 행위"로 정의한다. 그에게는 번역의 맥락성, 주체성, 수행성이 중요하다. 김현미, 『글로벌 시대의 문화번역』 (또하나의 문화: 2005) 48쪽. 나는 벤야민의 번역개념을 확장하여 문화번역을 "언어를 포함하여 다수의 상징체계, 사유양식, 서사, 매체 등 여러 차원에서 이루어지는 복합적인 문화 간 이동, 횡단, 소통의 방식"으로 보면서, "한 문화가 다른 문화의 부름에 응답하면서 자신을 변형시켜 이웃이 되는 실천적 행위"를 이상으로 제시했다. 이에 대해서는 이 책의 11장 참조.

간 접촉, 이동, 교차, 전유, 생성의 현상들을 포괄하기 위해서는 개념의 모호성과 지나친 확장성이라는 위험부담을 안더라도 문화번역이라는 개념을 사용할 필요가 있다.

사실 문화번역이라는 말은 새로운 개념이라기보다는 인류학자들 사이에서 오래 전부터 사용되어 왔던 것이다. 에드먼드 리치나 타랄 아사드같은 문화인류학자들이 문화번역이라는 개념을 제안한 것은 문화를 넓은 의미의 언어로, 즉 '문화적 언어'cultural language 로 보기 때문이다.

요약하자면 이렇다. 우리는 '타자'가 얼마나 다른 지 강조하는 데에서 시작했다. 이를 통해 그들을 우리와 다른 존재로, 나아가 멀리 떨어져 있고 열등한 존재로 만들었다. 그리고 나서 감상적으로 다시 반대 방향으로 전환하여 모든 인간은 비슷하다고 주장했다. 행위의 동기가 우리와 동일하기 때문에, 트로브리안드인이나 바로체인이라 해도 이해할 수 있다는 것이다. 하지만 이런 방법도 소용없었다. '타자'는 완강히 타자인 채 남아 있었다. 하지만 이제 우리는 근본적인 문제가 번역의 문제라는 점을 알게 되었다. 언어학자들은 모든 번역이 어려우며 완벽한 번역이란 통상 불가능하다는 점을 보여주었다. 그렇지만 우리는 원본 '텍스트'가 고도로 난해한 경우에도 실용적 이유를 위해서는 어느 정도 만족스러운 번역이 언제나 가능하다는 점을 알고 있

다. 언어는 다르지만 그렇게까지 다르지는 않다는 것이
다. 이런 관점에서 사회인류학자들은 문화언어cultural
language를 번역하기 위한 방법을 기초하는 데 종사하고
있다.[8]

언어가 상징적 기호라면 문화 역시 의미를 담고 있는 기호이다.
언어가 가진 기호로서의 성격을 공유한다면 언어이동을 가리키는
번역개념이 문화에 적용되지 못할 이유는 없다. 문화인류학자가 타
자 혹은 타자의 문화를 이해하려면 그 문화적 '기호'가 가진 '의미'
를 파악하여 이를 자기문화의 기호로 번역해야 한다. 문화인류학
자는 현지문화라는 원본을 자국의 문화로 옮겨 번역본을 생산하
는 문화번역자이다. 이처럼 번역작업을 문화일반으로 확장할 때,
문화번역은 언어를 포함하여 상징체계, 서사양식, 담론, 매체/기술,
제도 등 문화를 구성하는 여러 차원에서 문화 행위자들 사이에서
일어나는 복합적인 접촉, 대결, 전이, 발명, 합법화의 과정으로 정의
될 수 있다. 그것은 문화적 의미를 등가적으로 교환하거나 일방적
으로 수용하거나 또는 초월적 위치에서 매개하는 작업이 아니라,
특정한 역사적 맥락에서 타 문화를 해석하고 변용해 들이는 행위
전반을 가리킨다.

그런데, 문화번역은 비단 문화인류학자들만이 수행하는 것이
아니라 두 문화, 혹은 그 이상의 문화들 사이에서 문화를 옮기고

---

8 Edmund R. Leach, "Ourselves and Others," 리디아 리우 『언어횡단적 실천』 19쪽에서 재인용.

변용하여 하여 새로운 문화를 창조하는 사람들이 일상적으로 수행하는 활동이다. 앞서 지적한 성경텍스트를 둘러싸고 타갈로그인들과 스페인 수도사들 사이에서 벌어진 사건의 경우 문화번역은 마을과 교회라는 세속적 공간과 종교적 공간에서 서구 종교인들과 필리핀 민중들 사이에서 일어났다. 이 문화번역사건은 한쪽에서 다른 쪽으로 일방향으로 흐른 것이 아니라 양자가 착종되어 의미의 균열과 협상이 일어나는 쌍방향의 전개양상을 띠고 있었다. 많은 경우 문화들은 평등한 관계를 이루고 있지 않고 중심과 주변, 지배와 피지배의 위계적 구도 속에 있다. 지적 권위와 담론적 권력을 쥐고 있는 문화가 그렇지 않은 문화로 흘러 들어가기도 하고, 문화번역을 수행하는 행위자가 불평등한 권력관계를 재생산하거나 고착시키기도 한다. 하지만 리우가 주인언어/손님언어라는 새로운 용어를 통해 보여주려고 하듯이, 문화번역자들은 이런 불평등한 역사적 맥락에서 손님문화와 대면하여 일정한 선택과 결정을 내리고 자기 문화 안에 새로움을 만들어낸다. 이들은 이질문화와 대결을 벌이면서 자국 문화에 구조적 변화를 일으키는 문화횡단적 실천을 하고 있다. 서양과 일본의 신조어와 차용어가 번역되어 중국 문화에 자리 잡는 과정을 분석한 리우의 작업에서 알 수 있듯이, 다량의 서양어의 중국적 등가물equivalent을 만들어냈던 근대 초 중국의 번역작업은 토착적 중국과 외생적 서구라는 이분법적 구분을 무너뜨리면서 중국의 언어적 지평을 근본적으로 변화시켰다. 그의 지적처럼 외래어들은 "주인언어와 손님언어 사이의 행간번역의 중간지대에 등가의 비유를 창조한다. 신조어적 상상력이 자리 잡고 있는 가설적 등가성의 중간지대는 변화의 근본적 토대가 된다."[9] 리우가 중간지대라 부르는 것은 엡터가 "번역의 지대"the translation zone로 정의하는 것과 크게 다르지 않다. 번역의 지대는 "단일 국가의 소유권도 아니고 포스트민족주의와 연관된 무정형의 조건도 아니다. 그것은 transLation과 transNation의 "l"과 "n"을 연결하는 비판적 개입의 지대를 가리킨다." 두 단어의 공통어근을 이루고 있는 "trans"는 "문화적 전수의 실패가 새겨지는 문화적 중지"일 뿐 아니라 "번역적 트랜스내셔널리즘의 연결지점"으로 작용한다.[10]

엡터가 '번역적 트랜스내셔널리즘'이라 부르는 것은 문화적 접촉과 대결이 벌어지는 곳에서는 언제나 나타나는 현상이지만, 국민국가의 경계를 넘는 이동과 혼종이 활발하게 일어나고 있는 오늘날에는 새로운 절박성을 띠고 다가온다. 이제 문화번역은 예외적 사건이 아니라 문화 전반에 걸쳐 일상적으로 일어나는 행위가 되었다. 의이것이 문화번역이 우리시대의 키워드로 부상하는 이유이다. 문화교류나 비교문화라는 익숙한 용어보다는 문화번역이라는 용어가 이런 새로운 현상을 해명하기에 더 적절하다. 문화번역은 '번역' 개념이 열어주는 가능성, 즉 문화적 영토에 그어진 경계선들과

---

9 리우, 같은 책 85-6쪽.

10 Emily Apter, 같은 책, 5쪽.

그에 함의된 위계, 그리고 이 위계 위에서 체계적으로 생산되어온 구조화된 지식과 언어를 새롭게 읽고 쇄신할 수 있는 인식론적, 방법적 가능성을 열어준다. 이런 시각에서 벤야민의 번역개념을 혼성적 문화번역으로 재해석하고 있는 호미 바바의 작업은 시사하는 바가 크다. 바바는 여러 문화 사이에 걸쳐 있는 이주문화를 본국문화로도 거주문화로도 환원되지 않는 혼성의 문화로 해석한다. 바바는, 번역이 불가능한 것은 각각의 문화가 다른 문화로 옮길 수 없을 정도도 견고한 내적 정체성을 지니고 있기 때문이 아니라 단일한 정체성을 찾을 수 없을 만큼 이미 뒤섞여 있기 때문이라고 본다. 바바는 한 문화는 다른 문화로 로 옮길 수 없는 절대적 차이를 가지고 있고, 중요한 것은 이 차이를 인정하는 것이라고 보는 다문화주의적 관점을 받아들이지 않는다. 다문화주의는 개별 문화를 그 자체로 완결된 자족적 실체로 보기 때문에 문화적 차이를 특수성과 정체성에 기초해서 사유한다. 하지만 문화란 고정되어 있거나 닫혀 있지 않다. 문화와 문화는 어떤 식으로든 서로 몸을 섞고 서로를 향해 열려 있으며 더럽혀져 있다. 바바는 벤야민이 말한 '순수언어'pure language를 기원적 본질이나 오염되지 않은 순수의 원천이 아니라 문화의 자연스러운 이동을 방해하는 '이국성'foreignness으로 읽어낸다.[11] 혼성성hybridity이 번역 불가능한 것은 혼성성에는

---

11 벤야민의 번역론을 문화번역으로 확장하여 읽어낸 글로는 필자의 앞 논문을 참조할 것. 벤야민에게 순수언어(pure language)란 "원작 속에 들어 있지만 원작으로 종결되지 않는 자질이면서 동시에 표상 가능한 의미질서로 환원될 수 없는 자질이다. 그것은 의미의 전달이나 전수를 통해서는 도

자국문화에도 그리고 외국문화에도 온전히 실현되어 있지 않은 이
국성이 드러나기 때문이다. 서바바에게 이국성이란 외국문화에 들
어 있는 이질성만을 의미하지 않는다. 이국성은 외국문화와 자국
문화, 서구문화와 토착문화 모두에 억압되어 실현되지 않은 타자
성otherness, 프로이트적 의미의 "섬뜩함"the uncanny"이다.[12] 이국성은
양 문화에 억압된 타자성으로서 낯익은 것을 위협하고 파열시키는
낯선 유령이다. 바바에게 이국성의 유령은 이주민 - 번역가의 '경계
선'borderline에 위협적으로 출몰한다. 안과 밖을 선명히 가를 수 없
는 "번역의 지대"에서 이루어지는 혼종적 문화번역은 이쪽도 저쪽
도 아닌 제 3의 가능성을 불러들인다. 그것은 양 문화의 신성성을
해체하면서 동시에 양 문화에 존재하지 않는 새로움을 창조한다.
혼종적 문화번역은 이미 있던 것들을 절충적으로 뒤섞는 것이 아
니라 양 문화 모두에 존재하지 않는 새로움을 출현시키는 주체적
행위이다. 이주민이 거주하는 혼성의 공간은 새로움이 들어오는 통
로, 벤야민적 의미에서 순수언어라는 환한 이념의 빛이 통과하는
아케이드이다.

달할 수 없는 정신적, 이념적 본질이다"(235쪽). 나는 이 이념적 본질로서의 순수언어를 벤야민의 원
천(origin)과 연결지으면서 반복적으로 계시되는 잠재성으로 해석한다. 이런 관점에서 보면 "원본과
번역본은 공히 순수언어라는 원천을 반복하는 일회적, 단독적 행위로서 원본은 번역본과 마찬가지
로 순수언어를 번역한 하나의 번역물이다. (…) 원본=기원, 번역본=파생물이라는 존재론적 서열을
깨고 원본과 번역이 각각 고유한 별처럼 순수언어라는 원천의 잠재성을 실현할 수 있는 단독적 길
을 열어두면서, 동시에 그것들이 모여 하나의 전체로서 성좌(constellation)를 구성할 가능성을 제
시하는 것이 벤야민 번역론의 매력이자 강점이다"(236-7쪽).

12 Homi K. Bhabha, *The Location of Culture* (New York: Routledge, 1994) 223-9쪽.

나는 문화적 경계가 위반되고 포개지는 접촉지대에서 특정 문화들—그것이 원본의 위치에 있다고 상정되는 서구문화이든 파생적 번역물의 위치에 있다고 상정되는 비서구문화이든—에 온전히 현존하지 않는 이국성을 해방시킴으로써 새로움을 불러들이는 행위로 문화번역을 개념화하는 바바의 시각을 받아들이면서도 이를 이주문화에 국한시키지 않고 문화들 사이의 관계를 재사유할 수 있는 방향으로 나아갈 필요가 있다고 생각한다. 낯선 이국성은 비단 이주문화만이 아니라 다른 문화들이 서로에게 '말걸기'address를 시도하는 매 순간 출현한다. 그것은 주인문화가 손님문화를 맞이하여 자신의 문화 속에 이질적인 새로움을 발명하는 순간 나타난다. 좀 다른 용어를 사용하지만, 이런 문화번역의 계기는 사카이 나오키가 '이언어적 말걸기'heterolingual address라 부르는 것과 만난다. 나오키에게 상호이해와 소통에 기반한 균질언어적 일체화와 달리, 이언어적 번역은 "비연속적인 단독점에서 연속을 만드는 실천"이면서 "통약 불가능한 장소에서 관계를 만드는 제작적 실천"이다.[13] 비연속성에서 연속성을 만들고 소통이 이루어질 수 없는 곳에서 관계를 맺는 '불가능한' 시도로서 이언어적 번역은 문화들 사이에 새로운 관계(아닌 관계)를 상상하는 출발점이 될 수 있다.

---

13 사카이 나오키, 『번역과 주체: '일본'과 문화적 국민주의』, 후지이 다케시 역 (이산: 2005) 62쪽.

4. 비교문화에서 문화번역으로: 문화의 이웃되기

사실 19세기 이래로 서구에서 문화 간 접촉과 이동을 연구하는 학문으로 군림해온 것은 비교문학이다. 하지만 한국 인문학에서 가장 미발달된 영역이 비교문학이라고 해도 과언이 아닐 정도로, 비교문학에 대한 연구는 미미한 수준이다. 학부에 비교문학과가 개설된 대학이 단 한 곳도 없을 뿐더러 그나마 개설된 대학원도 각 학과 문학전공교수들이 차출되어 꾸려가는 '협동과정' 수준에 머물러 있고, 그 내용도 '비교'라는 말에 값하는 연구라기보다는 여러 나라의 문화를 그야말로 '두루' 연구하는 차원을 크게 벗어나지 않는다.

국내 비교문학/문화가 처한 이런 열악한 상황에서 비교문화에서 문화번역으로의 전환을 주장하는 것은 현실을 무시한 관념적 발상인가? 미발달된 비교문화 연구를 촉구하는 것이 필요하지 않는가? 박성창이 "'한국에서의 비교문학'이란 무엇이며, 더 나아가 '한국의 비교문학'이란 무엇인가라는 질문에 대한 답이 제시되어야 하며," "비교문학이 서구에서 사망선고를 받았다고 해서 한국에서도 그래야 할 필연적인 이유는 없다"고 주장하는 것도 일리가 있다.[14] 하지만 내가 비교문화에서 문화번역으로의 전환을 말하는 것

---

14 박성창, 「민족문학, 비교문학, 세계문학 」『안과밖』 28권. 163쪽.

은 문화적 경계를 개방해나가는 연구를 수행하기에는 '비교문화'
가 지나치게 서구적이고 오염되어 있다고 생각하기 때문이다. 비교
문화란 기본적으로 국가와 국가 사이inter-national의 문화적 교류를
다루는 학문이다. 비교문화는 이질 문화 사이에 일어나는 전달, 전
파, 영향, 수용의 과정을 연구하는 학문이자 일종의 문화적 국경의
세관원이라 할 수 있다. 여기에 전제되어 있는 것은 국가와 국가
사이, 하나의 문화와 다른 문화 사이에 경계선이 그어진 연후에야
비교문화가 작동한다는 점이다. 민족문학과 비교문학은 대립적 공
존상태에 있었다. 무엇보다 비교의 '기준'이 되는 것은 항상 이미 보
편성을 확보한 서구의 민족문학이다. 탈식민주의 연구자들이 '비교
문학의 죽음'을 선언하고 '탈식민적 상상비교 불가능성'을 주장하는
것은 비교행위에 내재되어 있는 이런 문제성을 인식했기 때문이다.
문화번역은 비교문화의 한계를 넘어설 수 있는 실제적, 개념적 잠
재성을 지니고 있다. 물론 두 언어 사이, 혹은 문화 사이에서 일어
나는 번역행위가 경계를 암묵적으로 전제하는 것은 사실이다. 사
카이 나오키의 지적처럼 번역을 통해 외국어와 대립되는 국어라는
단일한 언어가 상상된다. 번역행위에는 외국어와 국어를 이분법적
으로 대립시키는 표상, 그가 "쌍형상화 도식"schema of cofiguration이
라고 부르는 표상장치가 작동하고 있다. 이 번역표상 안에서 우리
는 번역을 소통모델을 따라 이쪽에서 저쪽으로 메시지가 전달되는
대화의 과정으로 이해한다. 쌍형상화의 표상은 "민족이라는 주체

또는 국민이라는 주체의 표상을 가능케 하며, 늘 사이에 있는 번역자의 현전에도 불구하고 번역은 이제 차이나 반복이 아니라 표상으로서 하나의 언어통일체를 다른 언어통일체(그리고 하나의 문화통일체를 다른 문화통일체)와 대립시켜서 정립하는 역할을 한다."[15] 하지만 사카이도 지적하듯이, 이언어적 말걸기로서의 문화/번역이 일어나는 순간 이런 번역표상은 무너진다. 번역자는 그 위치 때문에 뒤섞이고 이질적인 청중을 향해 발언한다. 번역자가 이언어적 행위로서 말하고 쓰는 한에서만 한 언어에서 다른 언어로의 이동이라는 번역의 표상이 가능하다. 번역의 표상 이전에 번역행위가 일어나며 번역의 표상은 번역행위를 남김없이 소진할 수 없다. 다른 언어와 문화를 지닌 사람들(듣는 사람들)에게 말걸기를 하는 순간 말하는 사람은 자신의 언어가 듣는 사람에게 자동적으로 배달되지 못할 것이라고 가정하지 않을 수 없는데, 이는 "말하는 이와 듣는 이 사이에 있을 격차 뿐 아니라 말하는 이나 듣는 이가 자기자신에 대해서도 가지는 본질적 '거리'를 나타내는 격차 때문"에 발생한다. 이런 까닭에 "이언어적 말걸기의 자세에서 받는 행위는 번역이라는 행위로 생겨나고 번역은 모든 듣기나 읽기에서 일어난다."[16] 언어행위의 본질적 계기로서의 번역을 이질문화 간 말걸기로 확장할 때 우리는 문화들 사이에 의미의 손실 없는 전달이나 완벽한 소통이라는

---

15 사카이 나오키, 같은 책, 64쪽.
16 같은 책, 55-6쪽.

환상에 빠지지 않으면서 이접적 불안정성disjunctive instability을 도입할 수 있는 새로운 모델을 구상할 수 있다. 주인문화가 손님문화를 맞이하는 문화번역의 순간은 문화의 대결과 각축과 협상이 일어나는 격전장이면서 문화들 사이에 하나로 통합될 수 없는 이접적 불안정의 관계가 형성되는 순간이기도 하다.

나는 하나로 수렴되지 않는 이 불안정한 관계를 '문화적 이웃의 관계'라 부르고자 한다. 이웃은 친족관계 개념을 가족적 은유에서 떼어내 이질 문화 사이의 관계를 사유할 수 있는 개념으로 발전될 수 있다. 나는 이 이웃의 관념을 프로이트/라캉정신분석학을 윤리정치적 관점에서 발전시키고 있는 케네스 레이너드에게서 빌려왔다. 앞서 호미 바바의 억압된 타자성으로서의 이국성처럼 이웃은 내 가까이 있는 '친밀한' 존재이지만 내가 쉽게 알 수도 통제할 수도 없는 '낯선' 존재, 프로이트적 의미에서 '섬뜩한' 존재이다. 그는 나와 가족적 동질성으로 묶이지 않고, 내가 상호 호혜적 사랑을 나눌 수 있는 대상이 아니고, 나르시즘적 만족을 돌려받을 수 있는 존재도 아니며, 나와 상징적 의미와 가치를 공유하는 존재도 아니다. 그렇다고 그를 나에게서 떼어낼 수도 없다. 이웃은 완전히 내면화되지도 외부화되지도 않고 견딜 수 없는 가까움proximity으로 존재한다. 그는 내가 사랑하고 싶고 닮고 싶은 낯익은 존재이지만 또한 나를 위협하면서 나에게 공포와 불안, 증오와 공격성을 유발하는 낯선 존재이다. 그는 프로이트가 초창기 그의 저서에서 말한 이

옷, 독일어로 "Nebenmensch"라고 표현한 존재이다. 레이너드의 해석에 따르면, "네벤멘쉬는 주체와 그 최초의 모성적 대상 사이에 서있는 인접한 사람으로서의 이웃이며, 주체의 현실을 표상 가능한 인식의 세계와 프로이트가 사물the Thing이라 부르는 동화할 수 없는 요소로 분할하는 섬뜩한 지각의 복합체이다."[17] 멘쉬(mensch 인간)와 멘쉬의 만남은 바로 이 내면의 네벤멘쉬를 경유하는 조우이다. 그런 만큼 인간과 인간의 만남은 자기와 타자를 연결하는 긍정적 동일시 뿐 아니라 사회관계에 내재하는 공포와 공격성을 불러일으키는 피괴적 적대감 또한 동반한다. 다른 인간 속에 있는 사물과의 조우에 실패한다면 우리는 다른 인간과 진정으로 관계를 맺을 수 없다. 친밀하면서도 낯선 이웃, 그 이웃 속에 있는 사물과 조우할 때에야 우리는 주체로 올라설 수 있다.

이웃에 대한 이런 관념을 이 글의 주제인 문화간 만남으로 확장해본다면, 문화번역은 "한 문화가 다른 문화의 부름에 응답하면서 자신을 변형시켜 이웃이 되는 실천적 행위이다. 그것은 닮음과 차이라는 이분법적 대립을 넘어 주인문화가 타문화 속의 타자성을 대면함으로써 자신을 개방시켜 손님문화를 맞이하는 주체적 행위이다."[18] 하지만 자신을 바꾸려면 자신을 구성해왔던 기존의 정체성이 무너지는 트라우마적 박탈의 순간을 거쳐야 한다. 자신을 안전

---

17 케네스 레이너드, 「이웃의 정치신학을 위하여」, 『이웃』 케네스 레이너드, 에릭 샌트너, 슬라보예 지젝 지음. 정혁현 역 (도서출판 b: 2010), 52쪽.

18 이명호, 이 책의 443쪽.

하게 지켜주던 문화적 보호막에 구멍이 뚫리면서 나르시시즘에 치명적 손상이 일어나는 극심한 불쾌감, 자아를 유지하고 확대해주는 상징적 그물망이 와해되는 불안과 상실감을 견딜 수 있어야 한다. 문화와 문화가 서로에게 이웃이 되기 위해서는 이런 트라우마적 박탈을 통해 자신을 변형시키고 새롭게 창조할 수 있어야 한다. 트라우마적 박탈은 손님문화와 주인문화를 동시에 탈구시키고 전치시키는 해체를 동반하지만 새로움을 생성함으로써 문화들 사이에 연결통로를 만들기도 한다.

트라우마적 인접성을 통해 만나는 문화들 사이의 관계는 벤야민의 성좌를 닮아 있다. 벤야민이 순수언어라 본 이념은 아직 실현되지 않은 이국성이자 잠재성이다. 그것은 문화와 문화가 서로의 타자성을 대면하면서 이웃의 관계를 형성할 수 있는 이념적 지평으로 재해석될 수 있다. 순수언어는 밤하늘의 별처럼 단독적으로 존재하는 개별문화들이 문화번역을 통해 만드는 길을 따라 별자리를 구성하도록 해주는 보편성이다. 이 보편성이 잠재성으로 존재하는 한 별자리는 변화할 수 있다. 누가, 어떻게 만드느냐에 따라 다른 별자리가 형성된다. 각각의 문화는 문화번역을 통해 서로를 변화시키는 이웃으로 존재하면서 이 잠재적 보편성을 실현하는 관계를 맺을 수 있다. 문화번역이 꿈꾸는 미래문화의 모습이다. 세계문화란 가능성으로 존재하는 이 미래문화를 가리키는 또 다른 이름이 아닐까.

13장.

번역, 이산 여성주체의 이언어적 받아쓰기
—테레사 학경 차의 『딕테』

1. '말하는 여자'의 받아쓰기

테레사 학경 차의 『딕테』는 "멀리서 온" 한 여자의 이야기이다.[1] 먼 곳의 언어와 이곳의 언어, 그리고 그녀가 거쳐 온 여러 언어 사이에서 그녀는 '받아쓰기'를 한다. 받아쓰기는 1차 언어와 2차 언어 사이에 등가관계를 가정하는 행위이지만, 이 텍스트에서 두드러지는 것은 이런 등가관계에 기초한 의미의 투명한 전달의 불가능성에 대한 자의식이다. 받아쓰기는 말하는 것과 의미하는 것이 일치하지 않는 언어행위이다. 사카이 나오키의 지적처럼, 받아쓰기는

---

[1] Theresa Hak Kyung Cha, *Dictee*, (Berkeley: UP of California, 2001), 김경년 역. (어문각, 2004), 1쪽. 이후 이 책을 인용할 때는 본문에 쪽수만 표기하기로 한다.

"말하려는(의미하는) 것을 말하는 것이라기보다는 오히려 말하려는 것 (의미하는 것) 없이 말하도록 기대된 것을 말하는" 행위다.[2] 그것은 맥락에서 분리된 말하기이고 수행적 기능이 결여된 발화행위다. 의미가 소거된 '모방'이자 '흉내'로서의 받아쓰기는 말하는 화자로 하여금 불충분함과 불편함, 그리고 불안정성을 느끼게 한다. 『딕테』는 의미의 자연스러운 안착을 방해하는 이런 불편한 이물감을 드러냄으로써 말하는 것과 의미하는 것이 일치할 수 없는 이민의 나라에서 이주민으로 산다는 것이 무엇인지 질문한다. 모어mother tongue의 박탈과 낯선 언어의 습득은 "멀리서" 장소를 옮겨온 한 '한국계 미국인' 여성의 삶의 조건이다. 그녀가 '말하는 여자'로 입을 열기 시작할 때 그것은 다언어, 다문화, 다장소를 횡단하는 '복수의 혀'로 말하는 것일 수밖에 없다.

이 복수의 혀를 통해 말하는 여자는 그리스 여성시인 사포를 불러들이고, 뮤즈여신에게 시적 영감을 내려줄 것을 기원한다. 텍스트는 아홉 명의 뮤즈의 이름을 딴 아홉 개의 장으로 구성되어 있다. 서구문명의 창조적 잉태기라 할 수 있는 그리스의 여성 뮤즈와 여성 시인을 불러들이고 서구적 장르를 차용하고 있지만, 이 텍스트가 서구 문학형식에만 경도된 것은 아니다. 한국계 미국 이산 여성인 화자를 포함하여 유관순, 화자의 어머니 허형순, 잔다르크, 성 테레사 수녀, 바리데기 등 여러 국가의 실존적·허구적 여성들이

---

2 사카이 나오키, 『번역과 주체: '일본'과 문화적 국민주의』, 후지이 다케시 역 (이산, 2005), 82쪽.

주요 인물로 등장하여 여성의 계보를 형성하고 있다. 또한 사진, 서예, 지도, 드로잉, 편지, 육필, 인체해부도, 빈 여백 등 다양한 매체와 양식들이 혼합되어 있고, 영어, 불어, 한국어, 그리스어, 중국어 등 다섯 개의 언어가 사용되고 있다. 『딕테』는 다양한 언어, 매체, 장르, 형식을 가로지르는 일종의 '시적 산문'으로서 아방가르드 문학으로 분류할 수 있는 난해한 실험적 텍스트이다. 정확한 영어 문법을 의도적으로 파괴하는 비문과 중단된 문장들, 짧은 단어들의 연속적 병치, 표기법의 교란, 시간적 순서를 방해하는 비연속적 서사 등은 고정된 주체의 위치에서 이루어지는 손쉬운 교감과 소비적 독서에 저항한다.

공간의 이동이 야기하는 언어적·감정적·육체적 혼란과 분열 체험에 접근하기 위해서는 새로운 글쓰기가 요구되고, 그것을 읽어줄 인내심 있는 독자가 필요하다. 작가가 "먼 친척"[3]이라 부른 관객은 의미의 손실 없는 전달이라는 환상에 빠지지 않으면서 "멀리서 온" 여자의 이야기를 즉, 그녀가 복수의 혀를 통해 말하는 낯설고 혼란스러운 이야기를 들을 수 있어야 한다. 이 글은 궁극적으로 "먼 친척"일 수밖에 없는 관객의 한 사람으로서 한국계 미국 이산여성작가가 들려주는 문화번역의 이야기를 듣고 그것을 다시 '받아쓰는' 작업이다. 이 비평적 받아쓰기 끝에 남성의 역사에 빈 구멍이자 잉

---

3 콘스탄스 M. 르발렌, 「차학경—그녀의 시간과 장소」, 『관객의 꿈』, 콘스탄스 M. 르발렌 엮음, 김현주 역 (눈빛, 2003), 14쪽에서 재인용.

여로 존재해왔던 여성의 계보를 다시 이어붙이고, 제국주의의 침탈로 모어를 잃고 타국을 떠돌아 다녀야 했으며 전쟁으로 분단된 나라에서 또다시 독재체제와 민중학살의 어두운 시기를 겪은 후 낯선 땅으로 흩어져야 했던 한국계 미국 이산 여성들의 상처 입은 육체와 조각난 기억, 그리고 이들의 입에서 흘러나오는 "말과 비슷한 것, 노출된 소음, 신음"(13쪽)을 비평적 언어로 옮길 수 있기를 기대한다.

2. 번역, 모방적 반복과 혼종적 주체화 기술

『딕테』는 외국어 학습 시간의 받아쓰기 장면으로 시작한다.

Aller à ligne C'était le premier jour point
Elle venait de loin point ce soir au dîner virgule
les familles demanderaient virgule ouvre les guil-
lements Ça c'est bien passé le premier jour point
d'interrrogation ferme les guillemets au moins
virgule dire le moins possible virgule la réponse
serait virgule ouvre les guillemets ouvre les guille-
mets Il y a quelqu'une point loin point ferme
les guillemets

Open paragraph It was the first day period
She had come from a far period tonight at dinner
comma the families would ask comma open
quotation marks How was the first day interroga-
tion mark close quotation marks at least to say
the least of it possible comma the answer would be
open quotation marks there is but one thing period
There is someone period From a far period
close quotation marks (1쪽)

문단 열고 그 날은 첫 날이었다 마침표
그녀는 먼 곳으로부터 왔다 마침표 오늘 저녁 식사 때
쉼표 가족들은 물을 것이다 쉼표 따옴표 열고
첫날이 어땠지 물음표 따옴표 닫을 것 적어도 가능한 한
최소한의 말을 하기 위해 쉼표 대답은 이럴 것이다
따옴표 열고 한 가지밖에 없어요 마침표
어떤 사람이 있어요 마침표 멀리서 온 마침표
따옴표 닫고(국역본 11쪽)[4]

 불어를 영어로 받아쓰는 이 외국어 학습장면에서 특이한 점
은 학습자의 받아쓰기가 그야말로 '자구 그대로' 이루어진다는 점

---

4 이 작품의 번역은 김경년이 번역한 국역본 『딕테』를 참조하여 필자가 수정하였다. 국역본을 그대
   로 인용할 경우 원본 페이지 후에 국역본 페이지수를 표시하고, 이 표시가 없는 경우 필자의 수정
   번역이다.

이다. 학습자는 불어로 된 구술 문장을 영어로 옮기면서 낱말이나 문장만이 아니라 쉼표, 따옴표, 마침표 같은 구두법 지시까지 그대로 받아쓴다. 이렇게 구두법 지시사항까지 고스란히 옮겨지면서 불어 원문 텍스트의 완전성은 훼손되고 의미의 자연스러운 전달도 방해받는다.

　받아쓰기라는 행위 자체는 '의미하는 것'과 '말하는 것'이 일치하지 않는 발화행위다. 학습자는 자신이 받아쓰는 언어에 의미부여를 하지 않으며, 의미할 수도 없다. "그녀는 말하는 시늉을 한다. 말과 비슷한 것을"(13쪽). 번역연습 속의 발화는 J. L. 오스틴이 '형태행위'phatic act라고 부르는 '소리를 내는 행위'이지 '의미를 나타내는 행위'rhetic act로 볼 수 없다.[5] 주체의 의미생산능력이 배제된 소리내기로서의 받아쓰기는 발화 상황 속에서 의미를 만들어내는 것으로 진지하게 받아들여지지 않는다. 그 결과 이런 발화는 말하는 주체가 특정 상황에서 누군가에게 영향을 미쳐 변화를 일으키는 수행적 기능이 결여되어 있는 것처럼 보인다. 대신 발화주체는 구술 문장을 기계적으로 옮겨 씀으로써 원문을 있는 그대로 반복한다. 주체적 의미 변용이 없는 단순한 복제행위를 통해 학습자는 원문에 종속되고, 원문의 규칙을 내면화한다. 외국어 학습행위의 일종인 받아쓰기가 단순히 언어습득 모델을 넘어 지배문화의 명령

5　오스틴에게 '형태행위'란 어떤 어휘에 속하거나 속한다고 간주되는, 그리고 어떤 문법에 맞거나 맞다고 간주되는 어떤 음어나 단어, 즉 어떤 유형의 소리를 내는 행위로 정의되고, '의미행위'는 어느 정도 명확한 의미와 대상 언급을 수반하여 그러한 음어를 사용하는 행위의 수용으로 정의된다. John Langshaw Austin, *How to Do with Words* (Cambridge: Harvard UP, 1962), 95쪽.

을 주체의 내면에 새겨 넣은 이데올로기적 지배와 복종의 모델이
되는 것은 이 때문이다.

『딕테』의 받아쓰기 장면은 외국어 학습에 내재된 이런 이데올
로기적 상황을 전면에 드러내면서 그것에 '비판적 변형'을 가하고
있다. 이 장면은 받아써서는 안 되는 것까지 받아씀으로써 받아쓰
는 행위가 일어나는 맥락 자체를 전면에 노출시킨다. 학습자는 교
수자의 구두법 지시사항까지 옮겨 적음으로써 이것이 '지시와 복
종'이 일어나는 규율적 상황임을 드러낸다. 원문의 의미가 학습자
와 독자에게 전달되려면 이런 구두법과 문법적 명령은 생략되어야
한다. 하지만 생략되어야 하는 것을 생략하지 않음으로써 받아쓰
기 행위가 특수한 상황에서 이루어지는 특수한 언어행위라는 사실
이 가시화된다. 학습자는 자신이 말하는 내용을 의미하지 않고 그
저 '흉내'낼 뿐임을 보여주면서 문화적 동화assimilation의 실패를 드
러내고, 이 실패를 통해 주체는 받아쓰기가 의도하는 규율적 목표
에서 벗어난다는 점을 암시한다. 쉼표, 마침표, 따옴표 같은 구두
법 표기들은 말해진 것과 의미 사이에 메울 수 없는 거리가 존재한
다는 것을 나타내는 가시적 표지다. 그것은 발화행위가 의미의 투
명한 전달이라는 목적지에 도달하지 못하고 발성기관을 동원한 '흉
내'에 지나지 않는다는 것을 보여주면서 동화주의적 기획을 위험에
빠뜨린다.

여기서 눈에 띄는 것은 소리를 내는 발성기관, 즉 주체의 신체

에 대한 자의식이다. 『딕테』에서 말을 할 수 있게 하고, 발화의 틀로서 기능하며, 그것을 지탱하는 발화자의 신체는 사라지기를 거부한다. "그녀는 정확성을 재는 것을 망설이기 때문에 입으로 흉내내는 짓을 할 수밖에 없다. 아랫입술 전체가 위로 올라갔다가 다시 제자리로 내려앉는다. 그리곤 그녀는 두 입술을 뾰족이 내밀고 무엇을 말할 듯 숨을 들이쉰다"(3쪽). 숨을 들이쉬고 입술을 올렸다 내리는 신체적 움직임은 주체가 외국어를 완전히 내면화할 수 있고, 그럼으로써 외국어가 투명한 존재가 될 것이라고 상상하는 것을 방해하는 물질적 현존으로 출현한다. 이 방해세력으로서의 육체의 존재를 드러내기 위해 작가는 발화과정에 개입되는 생리적 현상을 세밀하게 묘사한다. "혀를 깨문다. 이 사이로 삼킨다. / 깊숙이 더욱 깊숙이. 삼킨다. 다시 더욱 더. /더 이상 몸의 기관이 남아 있지 않을 때까지 /기관이 없다 더 이상 /외침들."(85쪽) 그리고 발성현상을 가리키는 구두법의 표시들, 이를테면 "쉼표들, 마침표들, 그 / 멈춤들."(85쪽)에 주의 깊은 관심을 기울이고, 이 관심은 급기야 해부학 서적에서 따온 발성기관 그림표를 텍스트에 삽입하는 것으로 이어진다.(74쪽)

발성기관과 구두법에 대한 이런 관심과 함께 앞서 인용한 받아쓰기 장면은 원문에 변형을 가함으로써 원문의 충실한 반복이라는 번역의 목적을 탈구시킨다. 영어 번역본의 마지막 3행에는 불어 원본엔 있는 구두법이 세 개 빠져 있고, 불어 원문의 '어떤 여자'quelqu'une가 중성대명사 '어떤 사람'someone으로 바뀌어 있다. 이런 미세한 차이는 단순한 표기법상의 오류가 아니라 '동일성의 반복'이라는 번역의 이상을 배반하고 있다. 특히 여성 인칭대명사의 중성화는 여성이라는 젠더가 번역될 수 없는 '특수성'의 지표임을 드러냄으로써 영어에 존재하는 성차의 삭제 현상을 가시화한다.

등가적 이동에 저항하는 이런 번역 불가능한 요소들의 가시화는 번역에 대한 작가의 비판적 자의식과 연결되어 있다. 테레사 학경 차는 언어적·문화적 경계를 이동해야 하는 이주민들에게 번역이란 피할 수 없는 생존 조건임을 인식한다. 식민지 지배로 모어를 강제로 박탈당하고 제국의 언어를 받아들이지 않을 수 없었던 식민지인들에게 여러 언어 사이를 옮겨 다니지 못한다는 것은 생존 불가능을 의미한다. 하지만 번역은 평등한 언어들 사이에서 자유롭게 일어나는 언어적 이동이 아니다. 국가 간에 존재하는 불균등한 힘의 역학관계에서 언어와 언어, 문화와 문화는 제국/식민, 중심/주변이라는 위계적 구도 아래 배치되어 있다. 형식적 해방을 이룬 이른바 포스트식민 상태에서도 이 이분법적 구도는 변형된 형태로 지속된다. 중심(제국)언어에서 주변(식민)언어로의 번역은 중심에서 형성된 의미가 주변으로 전달되는 지배의 통로이다. 이른바 중심의 의미를 주변에 전달하여 주변인들을 중심에 동화시키는 것이 번역의 과제 중 하나이다. 이런 동화적 번역이 완벽하게 이루어질 때 주변 문화의 차이는 지워지면서 번역은 사실상 종료된다. 주변부 타자가 중심 자아 속으로 흡수되어 똑같아짐으로써 이른바 '균질적 보편주의'라 불리는 현상이 일어나면 지배가 완성된다. 동일성의 반복이라는 지배적 번역 관념에 대한 테레사 학경 차의 의심과 비판, 그리고 번역될 수 없는 것에 대한 자각은 번역이 수행하는 문화적 흡수 기능에 대한 경계심과 연관된다.

하지만 번역에 대해 이런 경계심을 갖고 있다고 해서 작가가 모어라는 민족적 기원으로 돌아갈 것을 주장하는 것은 아니다. 물론 작가는 일제 식민지 지배하에서 한국인이 겪어야 했던 모어의 박탈을 고통스럽게 기억하고 있으며, 모어에 대한 한국인의 그리움과 향수, 그리고 모어를 지키려는 목숨을 건 투쟁도 이해하고 있다. 화자의 어머니 허형순씨는 일제 치하 만주에서 일본어를 사용해야 했다. 그 어머니에게 모어는 금지된 언어였다. "어둠 속에서 비밀스럽게 당신은 모어를 말합니다." "말 한 마디를 발설하는 것은 죽음을 무릅쓰는 특권입니다." "모어는 당신의 망명지입니다. 당신의 고향입니다. 당신의 존재 자체입니다."(56쪽) 어머니는 모어에 대한 그리움을 '마음'에 담고 망향의 슬픔을 담고 있는 노래 〈봉선화〉를 부른다. 화자는 모어에 대한 어머니의 그리움을 보여주기 위해 〈봉선화〉의 노랫말을 영어로 번역해 싣고 마음을 한국어 발음 그대로 'MAH-UHM'으로 표기한다.(45쪽) 하지만 이런 애타는 마음에도 불구하고 어머니 "당신은 두 언어 사용자이자 세 언어 사용자가 되었어야 했다."(45쪽) 어머니는 한국어, 중국어, 일본어가 동시에 쓰이고 있는 만주라는 다언어 환경에서 "난민들, 이민들, 망명자들"(45쪽)과 더불어 태어났다. 미국에서 화자가 난민이자 이민자이고 망명자인 것과 마찬가지로 화자의 어머니도 언어적 망명자였고 그것을 되돌릴 수는 없다. 다언어 환경에 노출된 망명자에게 모어라는 기원 언어로 돌아가는 것은 불가능한 일이다. 화자가 어머니의 언어를 찾으려고 할 때 그것은 모어의 박탈 뿐 아니라 어머니의 언어의 다언어성도 복원하는 것일 수밖에 없다. 한국계 미국인으로서 화자는 영어와 한국어, 그리고 고등학교 시절 배운 불어를 함께 사용하는 다언어 사용자이면서, 동시에 "갈라진 언어"(75쪽) 혹은 "깨어진 언어"(75쪽) 사용자이기도 하다. 다언어 사용이라는 것은 단순히 여러 개의 언어를 말한다는 의미만이 아니라 여러 언어가 뒤섞이고, 부서지고, 갈라지고, 쪼개진, 작가가 "피진어"(75쪽)라 부르는 '잡탕의 언어'를 쓴다는 의미이기도 하다.

『딕테』는 다언어 환경에서 이루어지는 '혼종적 번역'의 가능성을 실험한다. 한국계 미국 이산여성으로서 화자는 한국문화에도 미국문화에도 온전히 속하지 않는 문화적 접경지대에 위치해 있다. 텍스트는 이런 소속감의 부재를 보여주기 위해 화자의 미국 시민권 획득 장면과 한국 공항 검사대 통과 장면을 병치시킨다.

나는 서류들을 가지고 있습니다. 서류, 증명, 증거물, 사진, 서명. 어느 날 당신은 오른손을 들어 맹세하고 미국인이 됩니다. 그들은 당신에게 미국 여권을 줍니다. 미합중국. 어디에선가 누군가가 나의 정체를 빼앗고 대신 그들의 사진으로 대치시켰습니다. 다른 것. 그들의 서명 그들의 날인들. 그들 자신의 이미지. (국역본 68쪽)

하지만 자신의 것이 그들의 것으로 바뀌는 이런 정체성의 대체 과정을 거친다고 해서 화자가 온전히 그들 중 하나가 되는 것은 아니다. 미국 여권을 받아 공식적으로 미국인이 되지만, 화자에게 그것은 새로운 정체성의 습득이 아니라 "그들의 것"을 대체한 것에 지나지 않는다. 그들과 나 사이에는 여전히 메울 수 없는 간극이 존재한다.

하지만 미국시민으로의 동화의 실패가 화자를 한국인으로 만들어주는 것도 아니다. 한국을 방문했을 때 화자는 또다시 자신이 "그들 중 하나가 아님"을 발견한다.

당신은 돌아가지만 그들 중의 하나가 아니고 그들은 당신을 냉담하게 취급합니다. 그들이 뭐라고 하는지 당신은 언제나 알아들을 수 있습니다. 그러나 서류는 당신을 폭로해 버립니다. 10피트 거리마다 그들은 당신의 정체를 묻습니다. 그들은 당신이 당신의 국적에 대해 진실을 말하는지 아닌지를 문제 삼습니다. 그들은 당신이 말하는 것과 달라 보인다고 말합니다. 마치 당신이 당신 스스로가 누구인지를 모른다는 것처럼. (국역본 68-69쪽)

화자는 한국 세관원이 말하는 한국어를 알아들을 수 있지만, 서류 속에 쓰인 미국인이라는 표시는 그를 "그들 중 하나"로 만들어주지 않는다. 화자는 서류에 기록된 국가의 정체성으로 호명되고, 말과 외모가 일치하지 않는 외국인 취급을 당한다. 이런 외국인 체험은 18년 만에 고국에 돌아온 화자 자신이 스스로에 대해 느끼는 감정이기도 하다. "18년 만에 처음으로 나는 여기에 왔습니다. 어머니. 우리는 이 기억이 아직 생생할 때, 여전히 새로울 때 이곳을 떠났습니다. 나는 다른 언어, 제2의 언어로 말합니다. 이것이 내가 얼마나 멀리 있나를 나타냅니다."(85쪽) 언어의 차이는 화자와 한국인 사이에 '거리'를 만들어내고 그로 하여금 한민족이라는 동질적 정체성을 받아들이지 못하게 만든다. 더욱이 그가 조국에 돌아온 1980년은 그의 오빠를 거리로 내몰았던 4·19 학생운동때처럼 군인의 총칼 아래로 시민들을 내몰던 시절이다. 최루탄 냄새 자욱한 거리, 도망치는 시위대 한 가운데에서 화자는 한국을 떠난 그날과 달라진 것은 아무것도 없다는 사실을 발견한다. 화자가 발견한 것은 "우리는 정지 상태입니다"라는 고통스런 사실의 확인이다. 일본 제국주의에서 해방된 후 화자의 어머니는 모든 것을 버리고 조국으로 귀향했지만, 6·25전쟁은 조국을 두 동강 내버렸고 4·19 학생운동은 그의 아들을 사지로 몰아넣었다. 아들을 살리기 위해 다시 타국으로 떠나야 했던 화자의 어머니와 당시 어린 나이였던 화자는 18년 만에 고국에 돌아와 변한 것이라곤 아무것도 없는 분열과 갈등의 나라를 만난다. "전쟁은 끝나지 않았고 우리는 똑같은 전쟁과 싸우고 있습니다."(81쪽) 화자는 만주에서 서울로, 미국으로, 그리고 다시 서울로 돌아오는 공간적 이동에서 "우리의 목적지는 찾기를 위한 끊임없는 운동에 고정되어 있습니다. 그것의 영구한 망명상태에 고정되어 있습니다"(81쪽)라는 사실을 발견한다. 귀향의 목적지는 끝없이 멀어지고 남아 있는 것은 그것을 찾기 위한 주체적 운동일 뿐이다. "영구적 망명상태"에 떨어진 자로 스스로를 정체화하는 화자에게 자기 자신은 한국인으로도 미국인으로도 온전히 쓰여 질 수 없는 "멀리서 온" 낯선 잉여적 존재로 경험된다.

동질화하는 번역에 저항하는 이 잉여의식은 민족적 계보로부터 이탈된 '이산인' 혹은 '이주민' 의식으로 이어진다.

먼 곳으로부터 온
어떤 국적
혹은 어떤 인척과 친족관계
어떤 혈연
어떤 피와 피의 연결
어떤 조상
어떤 인종세대
어떤 가문 종친 부족 가계 부류
어떤 혈통 계통
어떤 종 분파 성별 종파 카스트
어떤 마구 튀어나와 잘못 놓여진

이것도 저것도 아닌 제 3의 부류

Tombe des nues de naturalized

어떤 버려져야 할 이식 (국역본 20쪽)

이 구절은 '거리'("먼 곳으로부터 온")에서 시작해 '거리'("이식")로 끝난다. 이런 지리적 이동을 통해 이주민은 민족적 계보에서 이탈한다. 그는 특정 국적, 혈연, 계통에서 "마구 튀어나와 잘못 놓여진," "이것도 저것도 아닌 제3의 부류"이자 "버려져야 할 이식"이다. 잘못 심어진 이식이자 잉여로서의 이주민은 온전한 계보를 확인해주는 '이것이나 저것'(either~or)으로 분류될 수 없지만, 이것과 저것 모두를 거부하는 '이중부정'(neither~nor) 행위를 수행할 수 있는 존재이다. 그가 거주하는 곳은 문화적 경계가 위반되고 포개지는 접경지대다. 그곳은 본국 문화로도 거주 문화로도 환원할 수 없이 두 문화가 뒤섞인 잡탕의 공간, 이른바 "안사이"(in-between)공간이다.[6] 안과 밖을 선명히 가를 수 없는 접경지대에서 이루어지는 혼종적 번역은 이것도 저것도 아닌 제3의 가능성을 불러들인다. 그것은 본국문화와 거주문화 모두에 억압되어 실현되지 않은 어떤 이질성, 호미 바바가 "이국성"이라 부른 낯선 타자성을 불러들이는 이언어적 행위heterolingual act가 될 수 있다.[7] 혼종적 번역은 단순히 양 문화를 피상적으로 혼합하는 것이 아니라 양 문화의 신성성을 해체

---

6 Homi Bhabha, *The Location of Culture* (London: Routledge, 1994), 216쪽.

7 같은 책, 227쪽.

하는 신성 모독적 행위인 동시에 양 문화에 존재하지 않았던 어떤 '새로움'을 불러들이는 창조적 행위가 될 수 있다.[8] 벤야민이 '순수언 어'라 불렀던 '번역 불가능한 요소'는 바바의 해석을 통해 문화적 차이를 만들어내는 '이국성'으로 번역된다. 그것은 원본과 번역본의 위계적 이분법을 해체하고 원본으로 환원되지 않는 잠재적 가능성 으로서의 이국성을 해방시키는 작업이다. 문화적 경계를 월경하고 번역 불가능한 이국성을 해방시킴으로써 새로움을 불러들이는 수 행적 행위가 바로 이주민이 문화적 안사이 공간에서 행하는 혼종 적 문화번역이다. 이런 점에서 혼종적 문화번역은 일각에서 비판하 듯이 이미 있던 것들을 절충적으로 뒤섞는 것이 아니다. 스마다 라 비와 테드 스웨덴버그는 『탈장소, 디아스포라, 정체성의 지형학』에 붙인 편자 서문에서, 혼종화가 모국과 제국 사이의 불평등한 착취 구조에 대한 인식을 약화시킴으로써 포스트식민주체에게 수동적 인 흉내내기를 부과하는 효과를 생산한다고 비판한다.[9] 호미 바바 가 주장하는 혼종적 흉내내기가 불평등한 권력관계에 대한 인식을 얼마만큼 철저하게 갖고 있는가에 대해서는 문제를 제기할 수 있 지만, 그의 혼종성 개념 자체가 수동적 모방이자 절충적 혼합이라 는 비판은 과녁을 잘못 설정한 것이다. 무엇보다 접경지대란 양 문 화가 섞이는 공간일 뿐 아니라 양 문화에 억압되어 일종의 유령으

---

8 호미 바바의 혼종적 문화번역과 벤야민의 관계에 대해서는 이 책의 11장 참조.

9 Smadar Lavie, and Ted Swendenburg ed., *Displacement, Diaspora, and Geographies of Identity* (Durham: Duke UP, 1996), 8쪽.

로 존재하는 낯선 이질성이 위협적으로 출몰하는 공간이기 때문이다. 흉내내기란 모방을 통해 이 부재하는 낯선 유령을 불어들임으로써 새로움을 창조해내는 행위라는 점에서, 그리고 반복 속에서 차이를 만들어내는 행위라는 점에서 "해방적"emancipatory인 동시에 "부상적"emergent이다.[10] 그것은 본국 문화와 이주 문화 모두로부터 절대적 단절과 탈동일시를 주장하는 관념적 급진성을 넘어 문화적 접촉지대에서 새로움을 창조하는 실천적 작업으로 평가될 수 있다. 이주민 -번역가의 비결정적 "안사이공간"에서 이루어지는 혼종적 번역은 민족적 기원이나 본질로 돌아가는 것이 아니라 그 기원을 탈구시키는 제3의 존재로서의 '디아스포라적 주체'를 출현시키는 주체화 기술이다.

3. 기억, 누락된 역사적 파편의 수집행위

버려져야 할 '이식'이자 '잉여'로 자신을 정체화하는 이주민들에게 역사는 식민화의 단절과 훼손 이전에 존재했던 것으로 가정되는 온전한 상태로 돌아가는 것이 아니며, 민족해방이라는 미래의 목표를 향해 일직선적으로 나아가는 것도 아니다. 복원의 서사와 발전의 서사는 방향은 다르지만 하나의 목표를 향해 움직이

---

10 Homi Bhabha, 같은 책, 227쪽.

는 선조적 운동이라는 점에서 공통점을 갖고 있다. 하지만 계보에서 떨어져 나온 사람들에게 역사를 쓴다는 것은 지배자의 관점에서 기술된 연속적이고 목적론적인 서사에서 누락되고 상실된 것을 쓰는 것이다. 그에게 "현재의 형상은 정면으로 대면해 보면 빠진 것, 부재하는 것을 드러낸다. 말해져야 할 나머지. 기억. 그러나 나머지가 전부다".(38쪽) 기억은 기록된 역사에서 빠진 것, 부재하는 것, 나머지를 되찾는 행위이다. 따라서 계보에서 떨어져 나온 이주민들에게 과거를 기억한다는 것은 상실과 부재와 누락에서 대안적 역사의 흔적을 수집하는 것이다. 이런 점에서 기억하는 사람은 상실을 애도하는 사람이면서 누락된 역사의 파편을 수집하는 사람이다. 그는 벤야민이 클레의 그림에서 찾아낸 '역사의 천사'처럼 역사적 잔해에서 구원의 흔적을 수집하는 사람이다. 진보의 바람에 떠밀리면서도 천사는 과거에 죽은 자들을 불러 일깨우고 부서진 잔해들을 모아 결합하고 싶어 한다. 수집가처럼 천사도 역사의 파괴에서 유래된 잔해더미에서 귀중한 파편을 긁어모아 그 파편들에서 죽은 자들을 불러일으킬 수 있는 메시아적 계시의 흔적을 읽어내려고 한다. 역사의 천사가 안겨줄 구원의 가능성은 공허하고 동질적인 시간의 연속체를 폭파하여 위기의 순간 역사적 주체에 예기치 않게 나타나는 과거의 이미지를 붙잡는 것이다. 이 순간 정치적으로 폭발적인 과거의 이미지가 현재와 성좌를 형성하며 진리의 빛을 발한다. 발전의 서사에서 누락된 역사의 잔해를 주워 그로부터 새로운 역사적 이야기를 만들려는 정치적 욕망, 이것이『딕테』를 추동하는 강력한 정치적 에너지이다. "또 하나의 다른 서사시로부터 또 하나의 다른 역사. 빠져 있는 이야기로부터. 수많은 이야기들로부터. 상실. 역사의 기록들로부터. 또 하나의 다른 이야기를 하기 위한, 또 다른 낭송들을 위한"(81쪽). 다른 역사를 기술하기 위해서는 빠져 있는 것을 찾아야 하고, 빠진 것을 복구하겠다는 의지와 욕망이 있어야 한다.

『딕테』는 한국 역사의 지워진 흔적을 보여주는 수많은 파편들을 수집한다. 이 파편들은 역사적 문건 뿐 아니라 육필, 서예, 사진 등 다양한 시각적 이미지로 제시되어 일본 제국주의에 의한 식민지 지배, 해방, 미국의 통치, 한국전쟁, 5·16 의거, 1980년 서울에 이르는 한국 근현대사를 증언한다. 하와이 이주 한인들이 루즈벨트 대통령에게 보낸 탄원서 원문, 실존 역사인물 유관순의 초상화, 3·1 운동 가담자들의 처형사진 등은 이 텍스트가 실제 역사적 증거에 매달리는 것 같은 인상을 준다. 말하자면 역사적 사료를 있는 그대로 제시함으로써 사실성을 얻으려는 다큐멘터리적 충동에 지배되고 있다는 느낌을 자아낸다. 이런 점에서『딕테』는 학계의 지식에 대한 의지를 만족시켜줄 뿐 아니라 '민족지학적 자서전'ethnic autobiography의 전통을 따르는 것처럼 보인다.

하지만『딕테』는 역사적 사건에 대해 결코 신뢰할만한 정보를 제공하지 않는다. 오히려 사료적 정확성이 현저히 떨어지는 증거만 제시할 뿐이다. 텍스트에 삽입된 어떤 이미지에도 제목이나 주석은 달려 있지 않으며, 인용된 사진이나 문건의 출처도 많은 경우 누락되어 있다. 예를 들어 122쪽에 삽입된 흑백 대중집회 사진에 대해 텍스트는 어떤 설명도 출처도 제시하지 않으며, 제목도 달고 있지 않다. 한국독자들은 그나마 이 사진이 3·1 독립운동 사진이라고 추측할 수 있지만, 한국역사에 낯선 외국 독자들에게 이 사진은 정체불명의 이미지로 남는다. 『딕테』의 속표지에 실린 동굴벽면 글씨도 어디서 온 것인지 독자들은 알 수 없다. 더욱이 한글로 쓰인 문장("어머니 보고 싶어. 배가 고파요. 고향에 가고 싶다")은 영어권 독자들로선 해독 불가능한 낯선 기표, 일종의 상형문자에 가깝다.

맥락과 의미가 부여되지 않는 이런 파편화된 이미지와 문자를 우리는 어떻게 읽어야 할까? 그것은 역사를 기억하는 일과 어떤 관련이 있는가? 작가가 파편적 이미지와 문자를 사용하는 것은, 재현이라는 매개를 거치지 않고는 역사적 사실을 온전히 회복하는 것이 불가능하다는 인식때문으로 보인다. 이미지와 언어 같은 재현의 매개를 거치면서 역사적 사건은 맥락에서 분리되고 의미를 확정할 수 없는 기표, 고정된 의미의 집으로 돌아갈 수 없는 '홈리스'가 된다. 그것은 원래의 맥락에서 떨어져 나와 해석의 그물망 속으로 들어오는 "의미를 측정할 수 없는 단어"unfathomable words, 그것을 둘러싸고 해석의 경합이 벌어지는 기표가 된다. 『딕테』에서 우리에게 주어진 것이 바로 이 기표로서의 이미지이다. 이 기표-이미지는 후대의 해석에 열려 있는 유동적인 것으로, 어느 한 집단이 그 의미를 소유하거나 통제할 수 없다. 그것은 일관된 서사적 구도 속에 편입되어 하나의 의미를 부여받는 유기적 일부가 될 수 없다. 오히려 서사적 의미의 지배를 파열시키는 돌출적 파편이자 전체에서 떨어져 나온 잔해이다. 이런 의미에서 앤 앤린 청이 지적하듯이, "이미지를 본다는 것은 그것의 우울증적 부름을 듣는 것이며, 그 상실을 증언하는 것이다."[11] 기원에서 떨어져 나온 이미지는 필연적으로 의미의 상실을 겪는다. 그것은 이름붙일 수 없는 상실이다. 테레사 학경 차가 텍스트에 삽입된 사진에 이름을 붙이지 않는 것은 이름 붙일 수 없는 역사적 상실을 증언하고 그것이 들려주는 침묵의 소리를 기억하기 위해서다. 『딕테』에 삽입된 시각적 이미지들은 앤린 청이 적절히 명명한 것처럼 "좌초당한 대상들의 꼴라주"[12]이다.

'엘리테레 서정시' 장은 익명의 사진으로 시작한다. 제목이 달려 있지 않은 122쪽의 사진 반대편 페이지에는 다음과 같은 구절이 실려 있다.

죽은 시간. 묻혀 있는 텅 빈 우울 소생하기엔 박약하고
기억에는 저항하는.. 기다림. 부름.

---

11 Anne Anlin Cheng, *The Melancholy of Race: Psychoanalysis, Assimilation and Hidden Grief* (Oxford: Oxford UP, 2000), 145쪽.

12 같은 책, 147쪽.

부르기. 발굴. 말하는 여자,
점장이 여자. 그녀로
하여금 불러내도록 하라 그녀로 하여금 반복해서 시간
에 내려진 주문을 깨도록 하라
그녀의 목소리가
땅바닥을 뚫고, 타르타우러스의 벽을 뚫고
그릇의 표면을 빙빙 돌며 긁게 하라.
밖에서 소리가 들어가게 하라 우묵한 그릇의 텅 빈 공
간 그것의
잠 속으로. 그때까지. (123쪽)

123쪽의 사진은 맞은 편의 "말하는 여자"가 기억하려는 역사적 파
편이자 흔적이다. 제목이 없는 관계로 독자는 왼쪽 페이지의 사진
이 정확히 언제, 누구를 기록한 것인지 알 수 없다. 두루마기를 입
고 있는 남자들 옆에 개량한복을 입고 머리에는 수건을 두른 아
줌마들의 얼굴, 이들의 성난 외침과 간절한 욕망은 역사 속에서 적
절한 위치를 부여받지 못했고 이름을 얻지도 못했다. 그것은 이
름 없는 민초들의 분노와 욕망으로 남아 있을 뿐이다. 하지만 이
한 컷의 사진 속에 등장하는 여인들의 모습은 롤랑 바르트가 '풍
크툼'punctum이라 부른 이미지의 역할을 수행하고 있다. 문화적 개
념체계로 이해할 수 있고 이름 붙일 수 있는 '스투디움'studium과 달
리, 풍크툼은 적합한 표상 없이 급습하여 관객의 시선에 정서적 폭
력을 가한다. 그것은 이름 붙일 수 없는 이해불능의 기호로 관객을

자극하여 마음에 깊은 상처를 남긴다. "말하는 여자"가 말하고자
하는 것은 맞은 편의 사진처럼 죽은 시간 속에 "묻혀 있는 텅 빈
우울", 그러나 돌연 관객의 마음을 꿰뚫고 들어오는 이미지를 발굴
해 그것의 이름을 불러주는 것이다. 기억은 '발굴'과 '부름'이 동시
에 이루어지는 작업이다. 죽은 시간을 일깨워 역사 속에 묻힌 침묵
과 심연을 증언할 이미지를 찾아 그것을 불러주는 것, 이것이 '기억'
이면서 동시에 기억을 '말하는 것'이다. 기억은 말하기를 통해 완성
된다.

하지만 이 말하기는 망각에서 불러낸 역사적 이미지를 하나의
이름으로 고정시키고 그렇게 함으로써 그것을 물신화하는 것과는
다르다. 파편-이미지는 이미 기원에서 떨어져 나와 문화적 해석체
계 속으로 들어온 알레고리이고 새로운 의미에 열려있는 우연적 기
표이다. 기억은 역사에서 잊히고 누락된 파편들을 새로운 맥락 속
으로 불러내어 그것에 새로운 의미를 부여하지만, 일회적으로 종결
되지 않고 반복적 회귀를 통해 차이를 만들어낸다.

4. 한국계 미국 이주여성이 그려내는
   여성계보와 여성서사

『딕테』는 한국계 미국 이주여성이라는 여성화자로 하여금

역사의 지층을 뚫고 내려가 묻힌 여성인물들을 발굴해 그들의 계보를 복원한다. 이 여성화자는 한국신화 속 인물 바리데기처럼 "9일 낮과 9일 밤을 기다리는 어머니를 찾아내고자 한다"(146쪽). 화자가 찾는 어머니는 그가 시적 영감을 내려줄 것을 기원하는 그리스 신화의 아홉 뮤즈, 한국 민족주의 순교자 유관순, 성 테레사 수녀, 잔다르크, 화자의 어머니 허형순 등 허구적 인물에서 실존 인물에 이르기까지 다양하며 동양과 서양의 경계를 넘나든다.

물론 이 복수의 어머니들은 화자가 가부장적 이데올로기라는 외피를 걷어내면 곧바로 접근할 수 있는 기원적 본질로 존재하지 않는다. 텍스트에서 그녀들은 이미 잘려진 이미지이자 파편으로 흩어져 있다. 그녀들은 편지, 고백록, 시각이미지를 통해 등장함으로써 문화적 재현에 선행하는 기원적 본질로서의 지위를 상실하고 있다. 예를 들어 아홉 명의 뮤즈는 각 장의 제목으로 등장하지만, 이들이 모여서 만들어내는 관계는 불완전하며 각자의 고유한 관할구역에서 이탈되어 있다. 성 테레사의 고백록은 존 클라크가 쓴 『한 영혼의 이야기』에서 발췌한 것이며, 잔다르크도 칼 드레이어의 영화 〈잔다르크의 수난〉에서 잔다르크를 연기한 마리아 팔코네티의 모습으로 등장한다. 유관순은 이런 매개를 거치지 않은 직접적 현존으로 제시되어 있는 것 같지만, 사실 전기적 설명("그는 한 어머니와 한 아버지에게서 태어났다", 25쪽)은 그녀에 대해 말해주는 것이 없는 텅 빈 진술문이다. 화자의 어머니 허형순의 삶 역시 딸의 이야기를 통해 재구성되는 형태로 등장한다. 원본으로서의 어머니는 이미 문화적 재현물이자 인용문으로 복원되고 있다.

인용된 재현물로서의 어머니들은 가부장적 담론과 식민주의 담론에 의해 역사의 찌꺼기이자 잉여로 밀려났던 존재들이다. 유관순은 후일 민족주의 담론에 의해 민족의 구원자이자 애국적 영웅으로 칭송받지만, 조국독립을 위해 순교할 당시 민족운동단체로부터 자신의 진정성도 운동가의 위치도 인정받지 못했던 "나이 어린 여성"일 뿐이다. 성 테레사는 예수에 대한 순결한 사랑으로 성녀로 추앙받지만, 남자라는 것 외에는 아무 정당성도 없던 남편으로 인해 고통당했던 한 여성이었다. 그녀는 남편에게 공간을 양보하고, 시간을 양보하고, 언어를 양보한 "남편의 견습공"일 뿐이었다. (102-4쪽) 화자의 어머니 허형순은 일본 제국주의 아래에서 이름과 언어를 박탈당한 채 타지를 떠돌던 식민지 여성이었다. 하지만 이들은 가부장적 체제와 식민주의의 피해자로만 남아 있지는 않았다. 유관순은 주체적 선택을 통해 "어린 혁명가 어린 여자군인 민족의 구원자"로 올라서서 "한 존재의 완성. 한 순교"(37쪽)를 이루어낸다. 성 테레사는 비록 지상에서는 남편의 견습공에 지나지 않았지만, "하늘에서는 자신의 생각이 곧 남자들의 생각은 아니라는 것을 보여주고" "그때에는 맨 마지막이 제일 먼저가 될 것"(105쪽)이라는 것을 믿어 의심치 않았던 성의 혁명가이다. 화자의 어머니는 온갖 박탈의 위협에도 불구하고 끝내 모국어를 포기하지 않았던 언어적 주체이다. 그는 "가면 속에 숨겨진 목소리로 달을 향해 말을 심고 바람에 말을 실려 보내" 끝내 "계절의 흐름을 통해. 하늘에 의해. 물에 의해 말이 탄생하고 자유가 주어지게" 만든다.(48쪽) 그녀가 자연에 흘러보낸 말은 시간의 숙성을 거쳐 새로운 언어로 탄생한다. 그녀는 아이를 낳듯 말의 씨앗을 뿌려 마침내 세상 속에 탄생시키는 언어의 잉태자이다. 테레사 학경 차의 작업은 '말하는 여자'를 통해 남성의 역사 속에 지워진 이런 주체적 여성을 살려내 그들의 침묵을 언어로 번역해내는 것이다.

여성 계보의 복원을 통한 여성 서사의 창조는 "말하는 여자"인 화자가 어머니에게 쓰는 편지로 나타난다. "저는 글을 씁니다. 당신에게 씁니다. 매일요. 여기서부터요, 제가 글을 쓰고 있지 않더라도 글쓰기를 생각합니다."(56쪽) 사실 어머니에게 보내는 딸의 편지는 『딕테』가 시도하는 여성적 글쓰기의 원형적 모습에 가깝다. 식민화된 어머니에게 편지를 써 어머니의 침묵에 목소리를 선사하는 것은 포스트 식민주체인 딸의 몫이다. 딸이 어머니에게 보내는 편지는 매일, 심지어 글을 쓰지 않을 때에도 그의 마음속에 살아 있다. 편지쓰기는 작품 마지막에 딸이 어머니에게 드리는 간절한 기도문으로 이어진다. 기도문 속의 어린 딸은 어머니에게 창문으로 올려달라고 호소한다. 세상에 대한 호기심으로 충만한 딸은 창유리 너머로 비치는 황혼의 아름다운 영상, 앞으로 다가올 전망을 기다리며 침묵을 지키는 나무들을 본다. 폭력에 짓눌리고 역사에 버림받은 여성이 어머니를 통해 초월적 아름다움을 경험하고, 그를 통해 일시적이나마 구원의 가능성을 엿본다. 어머니는 딸의 글쓰기에 숨은 중심으로 현존하며, 딸과 어머니 사이엔 공존의 연속체가 형성되어 세속의 밧줄을 풀어내는 초월적 힘으로 작용한다.

어머니에서 딸로 이어지는 여성 계보는 직선적 전개과정이 아니라 동심원적 구조를 이룬다. 『딕테』의 마지막 장 '폴림니아 성시 聖時'에서 등장하는 한국 무속신화의 바리데기 공주가 어머니의 병을 고칠 약수를 길어가는 '우물'처럼, 그것은 원환적 형태를 띠고 있다. 우물은 자궁을 닮아 있다. 그것은 동양철학에서 말하는 '열'이라는 숫자의 의미와 비슷하게, 새로운 순환을 잉태하는 공간이다. 우주탄생이 마무리되는 열 번째 단계에 이르러 세계는 "원 속의 원, 동심원의 연속"(173쪽)이 된다. 『딕테』는 바리데기가 이 "원 속의 원"인 우물에서 약수를 길어 어머니의 병을 치유하는 한국 무속의 이야기로 끝을 맺으면서, 거대한 시간의 흐름 속에 여성의 계보와 여성의 서사를 풀어놓는다. 장구한 시간의 흐름 속에서는 심지어 인간의 역사마저 작은 동심원에 지나지 않는다. 한국의 가부장적 민족주의가 역사의 주변으로 밀어낸 여성의 계보(유관순, 만주의 처녀 선생님인 어머니, 미국으로 건너가 이방의 문화와 교섭을 벌여야 하는 한국계 미국인 이주여성인 딸로 이어지는 계보)가 끝없이 이어지는 동심원의 연속에서 하나의 원으로 들어간다. 그리고 이 원은 데메테르와 페르세포네 같은 신화적 모녀관계, 그리스 서정시인 사포, 잔다르크, 성 테레사 수녀 같은 서구의 여성 계보와 또 다른 원을 이룬다. 물결처럼 흩어지는 이 동심원적 확산은 가부장적 역사 속에서 동서양의 여성이 형성해온 연대의 계보일 뿐 아니라, 궁극적으로는 자연의 순환적 질서이기도 하다. 『딕테』의 마지막 속표지에는 검은색 바탕에 유관순이 동료 여학생들과 함께 찍은 사진이 제목 없이 배치되어 있고, 맨 앞 속표지에는 사막 한가운데 서 있는 돌의 형상이 역시 검은색 바탕 위에 놓여 있다. 끝에서 두 번째 페이지에는 작품의 주제를 압축하는 듯한 여섯 줄의 시 구절이 삽입되어 있다.

> 기후에 하나씩 하나씩 흩어진 말들은.
> 논쟁의 여지없이, 시간에 서약되었다.
> 만일 그것이 찍혀, 말의 화석 자취를 만든다면,
> 말의 잔해, 폐허가 서있듯 서 있다면,
> 그저, 표적으로
> 시간에, 거리에 자신을 내놓아버린 (177쪽)

유관순이 들어 있는 사진 속 식민지 한국여성의 이미지는 유장한 세월의 흐름에 자신을 놓아버린 돌의 형상과 짝을 이룬다. 그 사이에 놓여 있는 작품 『딕테』는 시간에 "서약된" 말들의 "자취", "잔해", "폐허"의 기록이다. 파편과 파편이, 잔해와 잔해가 서로 얼굴을 맞대고 이어지는 글쓰기 형식은 가부장적 식민주의라는 남성의 역사에서 삐져나온 잉여적 존재들을 불러내 이들의 계보를 기술하려는 작가의 창작충동과 공명한다. 『딕테』는 "멀리서 온 한 여자"에서 시작하여 먼 곳으로 사라져간 여성들의 이미지로 끝난다. 역사에서 누락된 이 여성들의 삶을 기록하고 있는 말과 이미지의 수집이 작품 『딕테』를 구성한다. 우리는 문자매체와 시각매체가 뒤섞여 있는 이 실험적 텍스트에서 먼 곳에서 먼 곳으로 이동해갔던 여자들이 복수의 혀로 써낸 이야기를, 이들이 받아쓰기라는 번역행위를 통해 창조해낸 새로운 혼종적 주체화의 공간을 읽는다.

물론 이 혼종적 주체화의 공간이 포괄하지 못한 또 다른 누락 지점도 존재하며, 예술적 실험성을 얻기 위해 희생된 삶의 영역도 존재한다. 태혜숙의 적절한 지적처럼, 『딕테』가 현재 제국 내부에서 많은 아시아계 이민여성들이 나날이 수행하는 열악한 노동을 끌어들이지 못하고 있으며, 이들이 겪는 현실적 차별과 착취에 충분히 주목하지 못하는 것도 사실이다. "미국 메트로폴리스에 자리 잡은 특권층의 여성작가가 벌이는 문화적 실험"이 이주여성이 처한 현실적 모순을 은폐하는데 "본의 아니게 기여하는 결과를 빚는다"는 그의 지적에 일정 부분 공감이 가기도 한다.[13] 한국계 미국인 학자인 일레인 김이 포스트모던 미학과의 친연성 때문에 이 작품에 대해 보이는 최근의 비평적 관심에 비판적 거리를 유지하면서, 한국

---

13 태혜숙, 「아시아 디아스포라, 민족국가, 젠더: 『딕테』」, 『대항지구화와 '아시아' 여성주의』 (울력, 2008), 281쪽.

혹은 한국계 미국인의 역사와 끈을 놓치지 말 것을 주문하는 것도 소수민족문학을 그저 또 하나의 목소리로 용인하는 주류적 시각에 흡수되지 않고 맥락화된 "상황적 지식"situated knowledge을 고수해야 할 필요성을 느꼈기 때문일 것이다.[14] 맥락이 거세된 소수민족문학이란 텍스트의 정치성을 탈각시키고 저항적 잠재력을 희석시키는 주류문화의 오랜 전략 가운데 하나다. 일레인 김의 지적처럼, 저항적 정치성을 담보하기 위해 한국, 혹은 한국계 미국 이산여성이라는 역사적·물질적 관계를 포기하지 않는 자세는 필요하다. 하지만 동시에 이 물질적 관계가 예술의 영역으로 번역될 때 취할 수 있는 자유로운 변형의 공간을 허용해주는 것도 중요하다. 주체의 몸과 마음을 형성하는 언어, 이미지, 감정, 성욕에 밀착하여 인간이 현실과 맺는 복잡다단한 관계를 그리는 것이 문학이 아니라면, 과연 무엇이 문학이겠는가? 서구 근대가 발명해낸 제도화된 문화형식으로서의 문학마저 넘어서서 새로운 글쓰기 양식을 실험하는 이 낯선 텍스트에 좀 더 넉넉한 인내심을 발휘할 필요가 있다.

[부록] 이 글을 처음 쓴 2010년 당시 테레사 학경 차의 비극적 죽음의 실상을 알지 못했다. 그러다가 2021년 한국계 미국인 시인 캐시 박 홍의 『마이너 필링스』를 읽으면서 그녀가 『딕테』를 막 출간

---

14 Elaine H. Kim, "Poised on the In-between: A Korean American's Reflections on Theresa Hak Kyung Cha's Dictee," *Writing Self, Writing Nation: A Collection of Essays on Dictee by Theresa Hak Kyung Cha*, Ed. Elain H. Kim and Norma Alarcon (Berkeley: Third Woman Press, 1994), 22쪽.

한 1982년 11월 5일 뉴욕의 한 건물 지하실에서 그 건물의 경비원에 의해 강간 살해되었다는 사실을 알게 되었다.[15] 홍은 『마이너 필링스』의 한 장 —'예술가의 초상'이라는 제목을 단 —을 차의 죽음에 할애하면서, 『딕테』에 대해 무수한 글들이 쏟아졌지만 역설적이게도 예술가 테레사 학경 차의 삶과 죽음은 사라졌다는 사실을 발견하고 그녀의 존재를 복원하기로 마음먹는다. 이는 그녀를 "아무 설명 없이 사라진 또 한 명의 여성"(214쪽)으로 만들지 않기 위함이다. 홍은 "차의 수호자들은 강간 살해라는 추악한 힘으로부터 그의 예술적 유산을 지켜내야 한다고 여긴 듯" 하지만 "그런 보호의 효과가 혹시 과도하지 않았나 하는 의문"이 들었다고 한다.(221-2쪽) 이런 과잉보호의 결과 침묵이 쌓이고 결국 침묵은 망각으로 이어진다. 당시 언론은 차의 강간살해 사건을 거의 보도하지 않았고, 이후 관련 기록도 거의 남지 않았다. 홍이 이 기이한 침묵과 공백에 대해 질문했을 때 차의 백인 친구는 이렇게 대답했다고 한다. "그냥 또 다른 아시아 여자로 본 거죠. 만약 그가 어퍼웨스트사이드 출신의 젊은 백인 아티스트였으면 아마 온갖 뉴스에 오르내렸을 거예요."(235쪽) 그러나 홍은 차의 삶과 죽음, 그리고 그의 시신이 살해당한 뒤 한달이 지나서야 가족들에 의해 발견되는 과정, 그리고 3심에 이르는 재판과정을 자세히 기록한다. 차를 유령으로 남겨놓

---

15 캐시 박 홍, 『마이너 필링스: 이 감정들은 사소하지 않다』 노시내 옮김(마티, 2021). 이하 이 작품에서의 인용은 본문에 쪽수만 표기하기로 함.

지 않으려면 무슨 일이 있었는지 기록으로 남겨놓아야 한다고 생각했기 때문이다.

이렇게 사실을 직설적으로 기록하면서 홍은 차와 자신 사이에 깊은 연결성을 느끼고, 차가 "자신의 성장의 바탕을 이루는 하나의 미학"을 제공했음을 자각한다. 한국계 미국인 여성시인으로서 홍이 차에게서 발견하는 미학 중에서 가장 두드러지는 요소는 차의 영어 사용법이다. 홍에 의하면 차의 문체가 주는 해방감은 그의 글쓰기가 "이민자가 영어에 느끼는 불편을 하나의 잠재적 표현 형식으로 삼았기 때문"(220쪽)이라고 한다. 차는 "언어를 상처로 취급하기도 하고 상처를 내는 도구로 취급하기도 한다. 차의 언어는 정체성을 드러내기보다는 감추는 언어이다."(220쪽) 이런 형식적 특성 때문에 글과 저자를 분리하는 후기구조주의 비평은 『딕테』를 자서전이라 부르기를 거부하지만, 차의 가족들은 다르게 해석했다고 한다. 차의 어머니는 딸이 죽은 지 두 달 후 『딕테』를 읽다가 "딸이 당신에게 직접 말하는 것이 느껴져서 몇 번이고 읽기를 멈추어야 했다"(221쪽)고 밝힌다. 홍은 작가를 글쓰기에서 지워버리는 비평담론에 휩쓸리지 않고 작가의 존재를 지켜내기 위해 그녀를 복원한다. 테레사 학경 차가 『딕테』에서 "멀리서 온 여자들"의 이야기를 기록하려고 했듯이, 캐시 박 홍도 마이너리티 여성작가의 존재를 망각에서 건져내려 시도한다. 그의 복원작업을 통해 한국계 미국 여성 문학의 계보가 만들어진다.

14장.

버려진 아이들의 귀환
: 입양인서사와 박정희 체제

> "이제 집을 잃고 고아가 된 한국이라는 나라를
> 보듬고 달래는 위안아동으로 해외 입양인이 등
> 장하고 있다."[1]

1. 한국계 입양인, 박정희체제를 읽는
또 하나의 시선

한국 현대사에서 박정희 시대는 현재진행형이다. 대선 삼국
지가 대중들의 눈과 귀를 사로잡았던 2012년 연말, 그리고 이른바
"독재자의 딸"로 불리는 박근혜 새누리당 후보를 대한민국 18대 대
통령으로 공식 취임시킨 2013년 3월에도, 박정희의 유령은 장준하
의 함몰된 두개골과 함께 한국의 정치공간을 강력하게 규정하고
있다. 1987년 체제를 넘어 2013년 체제를 열고자 했던 노력이 잠

---

1 이삼돌(토비아스 휘비네트), 『해외입양과 한국민족주의』, 뿌리의집 역, (소나무, 2008), 324쪽.

정적 좌절로 끝난 지금, 우리는 여전히 조국 근대화의 깃발이 반민주·반인권의 그림자를 짙게 드리웠던 박정희 시대의 유령에 사로잡혀 있다. 산업화와 민주화, 근대화와 수탈, 개발과 착취, 동의와 강압 등 박정희 시대를 읽어내는 대립적 해석틀은 열렬한 지지자와 반대자를 동시에 낳았다. 2012년 대선은 이 대립전선이 팽팽하게 경합을 이룬 정치적 사건이었다. 그러나 대중들의 이해관계와 열망이 선거라는 정치적 사건을 통해 폭발적으로 표출되기 오래전부터 학계에서는 박정희 시대에 대한 대립적 해석들이 각축을 벌이고 있었다. 근자에 들어 박정희 체제에 대한 학계의 지지자들은 두 방향으로 진화하고 있다. 하나는 사회과학적 실증성으로 무장하고 박정희 개발 독재 하의 고도 경제 성장과 모범적 산업화를 긍정하는 입장으로 나아가고 있고(이영훈), 다른 하나는 탈구조주의의 이론적 세련성을 등에 업고 독재 권력이 대중들에게 만들어낸 자발적 동의를 인정하는 입장으로 나아가고 있다(임지현). 반대자들 역시 단순 반대가 아니라 보다 정치한 이론적 복합성을 획득하고 있다. 이를테면 조희연은 박정희 체제를 일방적인 민중 수탈, 착취, 폭압만이 아니라 "개발이라는 국민적 목표를 향해 국가가 중심이 되어 위로부터의 전략적인 사회조직화와 사회변동을 추동하는" "개발동원 체제"로 재해석하고 있다.[2] 개발, 조국 근대화, 산업화 등으로 표현되는 목표는 반공에 토대를 둔 한국 민족주의의 국가적 과제이자

---

2 조희연, 『동원된 근대화: 박정희 개발동원체제의 정치사회적 이중성』, (후마니타스, 2010), 32쪽.

도덕적이고 문명론적 목표였기 때문에, 체제의 '동원'을 정당화하는 근거가 된다. 개발동원체제의 국가 주도성은 동원을 효율적으로 전개하는 기반이 되기도 하지만, 반대로 위기의 국가화를 낳기도 하여 '압축적 효율'과 '압축적 위기'가 공존하는 독특한 근대국가체제를 낳는다. 1960년대 초부터 1970년대 말에 이르는 박정희 시대 (1961~1979)는 이런 권위주의적 개발동원체제가 형성되었다가(1960년대) 균열을 맞는(1972년 유신 이후) 시기이다.

2012년 출판한 연구서에서 권보드래와 천정환은 이런 대립적 해석들에 맞서 박정희 시대에 대한 보다 다층적인 문화론적 읽기를 시도한다. 이들은 1960년대의 문학, 문예지, 사상지와 여성교양 잡지, 간첩·반공영화 및 전향사건 등에 대한 문화론적 읽기를 통해 '산업화 대 민주화'라는 해석틀로 요약되는 박정희 시대의 전체상이 어느 한쪽으로 경사되었다기보다는 실상은 양자가 서로 전치되거나 상호 침투하는 복합적인 과정이었다고 해석한다. 이들의 말을 빌리면, "1960년대 한국인들은 두 송이 장미와 한 그릇의 밥을 함께 원했던 듯하다."[3] 이들에 따르면 밥(경제)과 장미(민주주의)는 서로 대립하는 것으로 간주되지만, 1960년대 이후 한국사회에서 양자는 서로 경쟁하고 보완하며 커져왔다. 두 저자가 '1960년대 변증법'이라 부르는 밥과 장미의 변증법은 4·19가 5·16에 의해 고립되고 억압되면서 한쪽으로 쏠리는 경향을 보이지만, 이는 동시에 4·19가 "밥

---

3 권보드래, 천정환, 『1960년을 묻다: 박정희 시대의 문화정치와 지성』(천년의 상상, 2012), 9쪽.

과 자유를 동시에 문제 삼아야 할 근대혁명의 자격을 갖추지 못한 사건이었고 5·16은 그 보충으로서 불가피한 사건이었다"[4]는 해석을 일정 정도 수용하지 않을 수 없게 만든다. 무엇보다 "5·16이 되어버린 4·19"를 만든 것은 당대 대중들의 욕망이자 선택이었다. 당대 대중들은 자유 대신 밥을 선택함으로써 근대 발전의 민족주의적 가능성 쪽에 손을 들어주었다. 하지만 그들은 민족(주의)적이면서 열렬히 서구를 추종했고, 경제개발의 이데올로기가 속물과 졸부를 낳았음에도 저항의식과 인문학적 교양이 함께 커가는 이율배반을 보이기도 했다. 저자들은 이 이율배반, "독재와 법률, 정치제도로만 환원될 수 없는 총체적 차원"을 '문화'라고 부르며, 이 총체로서의 문화를 가감 없이 만나야 "길어도 '너무' 길게" 지속되고 있는 박정희 시대의 망령을 진정으로 떠나보낼 수 있다고 본다.[5]

나는 1960년대의 이율배반을 대면함으로써 오래 지연되고 있는 박정희 체제의 유산을 넘어서려는 이들의 시각에 공감한다. 방대한 자료조사와 그것을 읽어내는 복합적인 문화사적 시각은 『1960년을 묻다』가 박정희 레짐을 읽어내는 새로운 독법, 아니 "5·16이 되어 버린 4·19"를 만든 '4·19세대'에 대한 새로운 독법을 만들어냈다. 그러나 이 독법에도 적지 않은 공백이 존재한다. 그것은 한편으로 필자들 스스로 고백하듯이 "베트남전쟁이나 도시화, 그

---

4 같은 책, 59쪽.

5 같은 책, 9쪽.

리고 그 시대의 하위주체와 대중문화'[6]를 본격적으로 다루지 못하고 있다는 점과 연동되지만, 다른 한편으로는 박정희 시대를 바라보는 눈이 일국적 시야에 갇힘으로써 신식민지적 세계 자본주의체제와 접합되는 국면을 놓치고 있다는 점과 연결된다.

하위주체와 대중문화에 주목하는 시각은 민중이라는 저항적 주체로 포섭되지 않는 주변적 타자의 눈, 이른바 '서발턴적 시각'subaltern perspective으로 박정희 체제를 바라보고자 하는 시도로 이어진다. 조국 근대화를 국가적 과제로 내세웠던 박정희 체제는 이 과제수행에 방해가 된다고 여겨지는 요소들을 제거함으로써 근대국가를 만들고자 했다. 도시하층민, 이주자(파독 간호사와 광부, 베트남 파병병사), 기지촌 여성, 범죄자(소년원생) 등 민중이라는 숭고한 이름에 들지 못하는 사회적 타자들은 정상적인 근대국가를 만들기 위해 버려지고 망각된 존재들이다. 『60년대를 묻다』보다 앞서 출판된 『박정희시대의 유령들: 기억, 사건, 그리고 정치현실문화』에서 김원은 재현의 기회를 얻지 못하고 민족적 서사 주변을 떠돌고 있는 이 하위주체들의 목소리를 복원하고자 한다. 그에겐 이것이 박정희 체제와 진정으로 단절하는 길이다.

이 글은 김원이 주장하는 하위주체적 시각을 공유한다. 이 시각은 박정희 시대에 대한 찬반의 해석에서도, 문화적 읽기를 시도하는 권보드래와 천정환의 해석에서도 빠져 있지만, 지배와 저항의

---

6 같은 책, 13쪽.

이분법적 틀로만 읽어낼 수 없는 주변부 타자들의 삶의 경험에 천착하는 의미를 지닌다. 하지만 박정희시대 국가 체제 바깥으로 밀려난 사람들을 재소환하고자 하는 김원의 시도에도 빠진 존재들이 있다. 바로 16만 5천명에 이르는 해외 입양 한국인들이다.

해외입양이 행해진 지난 60년 동안 약 16만 5천명의 한국 아이들이 서구 국가로 팔려 나갔고,[7] 그 가운데 2/3가 미국으로 보내졌으며 나머지는 유럽으로 갔다. 1953년에서 2004년까지 미국으로 이민 간 한국계 미국인 10명 가운데 1명이 입양인이다.[8] 해외 입양의 역사에서 한국은 세계 최대 공급국이다. 입양 한국인은 1948년부터 2004년까지 이루어진 세계 해외 입양인 50만 명 가운데 1/3을 차지한다.[9] 한국사회에서 입양은 6.25 동란 후 전쟁 고아구호로 시작되었지만 근대적 의미의 입양법이 마련되어 세계적으로 유례를 찾기 힘들만큼 효율적인 입양제도를 갖춘 것은 1961년 박정희 체제에 들어서면서부터다. 박정희 정권은 인구조절을 위한 가족정책이라는 명목으로 여성의 성과 육체를 통제하고 정상가족의 범위에 들지 못한 사람들을 국외로 송출함으로써 경제발전과 체제의 재생산을 도모하고자 했다. 이른바 근대적 개발국가의 수립과 그 지속적 재생산을 위해 해외로 버려진 사람들에 기초했을 때에

---

7 2011년까지 해외로 입양된 아동들의 수는 16만 4612명이다. 「미 입양 20% 무국적…범죄자로 전락」 『서울신문』 2012년 10월 19일자.

8 토비아스 휘비네트, 같은 책, 105쪽.

9 같은 곳.

야 국가체제가 유지될 수 있었다. 이것이 박정희 체제에 대한 연구가 일국적 시야를 넘어 한국이라는 국가 체제의 안과 밖을 아우르는 글로벌한 시각을 요구하는 이유다. 그것은 아이들을 외국에 수출함으로써 경제발전을 꾀했던 근대 국가발전모델과 그 아이들을 수입하면서 가족제도의 위기와 인구 재생산 문제를 해결하고자 했던 현대 서구사회를 연결시켜 바라보는 확장된 시야를 요청한다. 입양문제가 박정희 시대 연구에서 공백으로 남아 있는 것은 단순한 누락이나 탈루가 아니라 근대 생명정치적 기획과 서구 신식민주의 이데올로기의 조합으로서 박정희 체제에 대한 문제제기가 제대로 이루어지지 못했기 때문이다. 입양인 당사자들이 강조하듯이, "입양은 그에 연루된 두 가족이나 입양인 한사람 한 사람에게 일어나는 개인적인 현상이 결코 아니다. 오히려 입양은 전적으로 하나의 체제에 기반하는 집단적 현상이다. 아이를 보내는 쪽과 받는 쪽 둘 다를 착취하는 요소를 지닌 시스템이자, 구조적 폭력이 깃든 영속적인 제도이다."[10]

박정희 시대에 국가 바깥으로 버려진 입양아들은 이제 어른이 되어 한국으로 귀환하고 있다. 이들이 입양국가에서 겪은 강제 추방의 체험과 한국으로 돌아와 부딪치는 또 다른 이식의 체험에 대한 증언들도 속속 등장하고 있다. 영어로 기록된 이 증언들은 한

---

10 제인 정 트렌카, 줄리아 치니에르 오페러, 선영 신 편, 『인종간 입양의 사회학: 이식된 삶에 대한 당사자들의 목소리』, 뿌리의 집 옮김, 2012, 557쪽.

국어로 번역되어 자신들을 버린 한국이라는 나라를 향해 진실과 화해의 작업을 요구하고 있다.[11] 강제 추방당한 한국계 미국 입양 아들은 고국으로 돌아와 자신들이 겪은 트라우마적 체험을 증언한다. 하지만 친생모를 찾기 위한 고국방문 프로젝트는 가족상봉과 화해, 잃어버린 정체성 찾기라는 아름다운 결말로 귀결되기보다는 종종 양국 모두에서 배척당하는 또 다른 추방으로 이어진다.[12] 이 내부의 추방자들의 목소리를 통해 우리는 한국사회가 은폐해왔던 폭력적 배제, 젠더 불평등, 인종적 편견을 아프게 만난다. 이 글은 한국과 미국, 두 국가 사이에서 버려지고 낀 존재로서 한국계 입양인들이 들려주는 이야기를 통해 박정희 체제에 대한 외부적 해석을 시도하고, 귀환 입양인들이 공적·개인적 차원에서

---

11 입양인의 자전적 체험을 다룬 글쓰기로 국내에 번역된 대표적 작품으로는 제인 정 트렌카의 『피의 언어』 송재룡 옮김, (도마뱀출판사, 2012)와 『덧없는 환영』, 이일수 옮김, (창비, 2013)이 있다.

12 제인 정 트렌카는 『프레시안』 2011년 10월 6일자 기고문, 「미국 입양된 아이가 34년 만에 이태원 노숙자로 발견된 사연」에서 1977년 미국으로 입양되었다가 34년 만에 미국정부에 의해서 한국으로 추방된 한 입양인의 사례를 고발한다. 팀이라는 이름의 이 입양인은 세 살 때 미국으로 입양되었지만 미국 국적을 취득하지는 못했다. 양부모에게서 버림받고 가출한 후 정신분열증에 시달리던 팀은 마약을 흡입하면서 위스콘신, 캘리포니아, 하와이 등지를 떠돌며 살았다. 결국 팀은 하와이에서 다시 한국으로 추방되었다. 팀은 한국에 돌아와서도 한국국적을 얻지 못해 한동안 이태원 거리의 노숙자로 지낼 수밖에 없었다. 제인 정 트렌카를 비롯한 귀환 입양인들과 그들의 권리를 위해 싸우는 〈뿌리의 집〉 김도현 목사의 헌신적 노력으로 팀은 주민등록번호를 취득할 수 있었다. 하지만 친생가족을 찾을 수는 없었다. 팀은 입양 당시 부모가 출생신고를 하지 않고 해외로 입양 보냈기 때문에 가족과 관련된 기록을 찾을 수 없었다. 당시 입양기관은 아동들을 쉽게 해외로 입양보내기 위해 고아호적을 만들어주는 편칙을 썼다. 출생의 진실을 왜곡하는 이 잘못된 관행은 최근에 입양인 당사자들의 강력한 문제제기로 교정된다. 2012년 8월 5일부터 시행에 들어간 입양특례법은 아기입양을 위해서는 출생신고를 의무화했다. 이 법의 시행 후 출생신고를 꺼린 친생모들 때문에 아기 유기가 일어나고 있다는 비판이 일어 현재 입양특례법을 재개정해야 한다는 목소리가 힘을 얻고 있다. 입양특례법의 개정과 재개정을 둘러싼 논쟁을 보려면, 김도현, 「엄마들을 위해 법법을 합법화하자」 『프레시안』 (2013년 2월 14일자), 「아동유기 급증이 입양특례법 때문? 사실 아니다」, 『프레시안』 (2013년 3월 6일자)과 정현주, 「자베르의 세상에 구원은 없다」, 『프레시안』 (2013년 3월 4일자)를 볼 것.

수행하고 있는 진실과 화해의 작업을 검토하고자 한다.

2. 박정희체제의 해외입양제도, 근대 생명정치적
기획과 서구 신식민주의의 조합

1961년 박정희 군사 쿠데타는 반공주의와 개발주의, 근대화론에 입각하여 독재정권을 구축했다. 쿠데타 당시 한국은 여전히 심각한 가난을 겪는 농경사회이고 전형적인 후진국이었다. 경제개발 5개년 계획의 수립과 함께 박정희 체제는 놀라울 정도로 빠르고 효율적으로 한국을 전통 농경사회에서 근대 산업국가로 변모시켰다. 근대산업국가로의 이행과정에 나타난 인구과잉문제를 해결하기 위해 취해진 두 개의 주요 정책이 바로 가족계획과 해외이주였다. 해외입양은 이 둘을 합친 제도적 해결책이었다.

1962년 시행에 들어간 가족계획 프로그램은 근대화를 위한 경제 개발계획의 일환으로 도입되었다. 당시 정책입안자들은 여성의 출산력을 국가발전의 저해요인으로 간주했고, 그 해결을 위해 높은 출산력의 보유자인 가임기 여성의 몸을 통제해야 한다고 생각했다. 이들은 생산력 증가에 어울리는 적정 인구를 가져야 빠르게 국가발전과 경제개발을 이룰 수 있다는 논리 하에 다양한 이데올로기 장치와 행정력, 의료기술을 동원하여 여성들의 출산력을 조절하기 시작했다.[13] 산아제안과 성교육, 피임도구의 보급, 자녀가 적은 가정을 위한 경제적 지원과 세금감면, 낙태시술, 불임시술 확대 등이 이 계획 속에 포함되었고, 부부와 적은 수의 자녀로 구성된 핵가족과 이를 돌보는 현대적 모성이 주요 이데올로기로 유포되었다. "아들 딸 구별 말로 둘 만 낳아 잘 기르자" "하루 앞선 가족계획 십년 앞선 생활 안전" 등의 표어는 출산력을 통제하여 잘 훈련된 적정 수의 도시 근로자를 배출하기 위해 소자녀 가정을 이상적 모델로 제시하고, 이를 국가발전과 개인적 행복의 길로 홍보한 당시 정부 정책을 압축한다. 그러나 아들 딸 구별하지 말자는, 일견 성평등을 옹호하는 담론을 유포하는 것처럼 보이지만, 실제 피임과 낙태를 통한 가족계획은 유교적인 남아선호와 호주제라는 남성중심 가족제도를 효과적으로 뒷받침하는 수단으로 활용되었다. 가족계획사업이 진행된 34년 동안(1962~1996년) 남녀 출생 성비율은 정상 비율인 106.0에서 크게 벗어나 1994년에는 115.4까지 치달았고,[14] 이는 오늘날까지 결혼시장에서 미혼남성의 비율을 크게 높이는 결과로 이어졌다.

인구감소를 위해 한국이 취한 또 다른 방안이 값싼 노동력이 필요한 국가에 인력을 송출하거나 해외 이민을 장려하는 것이었다. 남미의 아르헨티나, 브라질, 볼리비아, 파라과이(농업노동), 유럽

---

13 김은실, 『여성의 몸, 몸의 문화정치학』, 또하나의 문화, 2001, 311-23쪽.
14 「남아출생비율 한국, 최고」, 『한겨레』 1996년 6월 7일자.

의 서독, 프랑스, 스칸디나비아(광부와 간호사), 중동의 사우디아라
비아와 쿠웨이트(건설노동) 같은 나라들과 맺은 노동계약을 통해 수
십만 명의 한국인들이 외화벌이를 위해 외국으로 나갔다. 하지만
1960년에서 1990년대에 이르는 기간 동안 한국인들이 가장 많이
이민한 나라는 미국이다. 이 시기 해외로 나간 인구 가운데 3/4이
미국으로 갔다. 미국이민이 해외이민의 주류를 형성한 것은 한국
이 미국 중심의 세계질서에서 반反식민적 위치에 있었기 때문이다.
한미 양국 사이에는 군사, 정치, 경제 관계가 긴밀했고, 무엇보다
1965년 미국 이민법의 개정은 한국인들의 미국이민의 촉매제 역할
을 했다.[15]

앞서 언급했듯이 해외입양은 인구과잉 문제를 해결하기 위해
박정희 정권이 취한 가족계획사업과 해외이주 정책을 결합한 제도
다. 근대 핵가족의 형태로 재편된 가부장적 가족제도 바깥으로 밀
려난 존재들, 이를테면 버려진 아동, 가정이 파탄난 아이들, 혼외관
계로 태어난 아이들, 미혼모와 독신모의 아이들을 해외로 입양 보
내는 것은 사회복지비용을 줄이면서 인구를 조절하는 손쉽고 효율
적인 방법이었다. 1970년대 초부터 해외로 입양되는 아이들의 절대
다수는 혼혈아가 아니라 비혼혈아였다. 남자아이의 비율이 늘어나
기는 했지만 해외로 입양되는 아이들의 대부분은 여전히 여자아이
들이었다. 1960년 초중반에는 버려진 고아나 가정이 붕괴된 아동

---

15 토비아스 휘비네트, 같은 책, 91-2쪽.

들이 전체 입양의 55~65%를 차지했지만 1960년대 말에 이르면 미혼모와 독신모의 아이들이 많아졌다. 그 중에서도 특히 나이어린 여공들이 아이를 해외로 입양 보낸 친생모의 다수를 차지했다.[16] 이 시기 한국 산업화의 특징은 여성 노동자들에 대한 의존도가 높은 것이었다. 여공이라 불리는 젊은 여성들이 아이를 해외로 입양 보낸 생모들의 다수를 이루고 있다는 것은 한국의 해외 입양을 이해하기 위해 고려해야 할 중요한 사실이다. 가야트리 스피박은 이제는 탈식민주의 이론의 고전이 된 유명한 글에서 한국의 젊은 여공들을 하위주체의 예로 들고 있는데, 이들이 한국 해외 입양의 전성기였던 1960년대 초에서 1980년대 중반까지 해외 입양아들을 공급한 주요 당사자들이라는 사실은 몰랐을 것이다.[17] 국가발전을 위해 저임금 노동에 시달리면서 혼전임신과 자식을 버렸다는 죄의식을 가슴에 안고 살아가는 이 어머니들은 자신들을 대변하거나 재현할 기회를 갖지 못했다. 최근 들어 입양부모와 성인이 된 입양인들은 침묵을 깨고 목소리를 내기 시작하고 있지만, 생모들은 여전히 침묵 속에 갇혀 있다. 따라서 "하위주체는 말할 수 있는가?"라는 스피박의 질문을 가장 아프게 던져져야 할 집단은 이 생모들이다. 이들의 목소리는 가부장적 한국 민족주의와 인종차별적 서구

---

16 여공이라 불리는 여성공장노동자들에 대한 연구를 보려면 Robert F. Spencer, *Yogong: Factory Girl. Royal Asiatic Society,* (Korean Branch, 1988)을 참조할 것.

17 Gayatri Chakravorty Spivak, "Can the Subaltern Speak?," *Marxism and the Interpretation of Culture,* ed. Cary Nelson and Lawrence Grossberg (Chicago: University of Illinois, 1988), 271-313쪽.

자본주의 사이에 끼여 아직 말해지지 못하고 있다.[18]

해외 입양은 한국의 근대화 프로젝트에서 가장 오래 지속되고 있는 근대 권력의 생명정치적 기술이다. 사회공학과 우생학이라는 이름으로 불륜(사생아), 장애(장애아), 인종(혼혈아), 비정상가족(극빈아)에서 태어난 존재들에게 불순하다는 낙인을 찍어 폐기하고 청소하는 장치가 해외 입양제도였다. 해외 입양제도는 더럽고 매각 가능한 사람들을 해외로 팔아넘기면서 국가를 깨끗하게 만드는 장치로 이용되었다.

해외입양은 원래 6.25 동란 후 구제선교에서 시작되었다. 전쟁 직후 인도주의적 구호사업으로 시작된 해외 입양의 관행은 미군 및 UN 병사들의 혼혈자녀를 미국과 서유럽 가정으로 보내기 위하여 서구의 개인과 자발적 단체들이 조직했다. 전쟁 기간 동안, 그리고 이후 미군 주둔지 주변에서 미군과 사적인 관계를 맺은 한국여성들은 양공주라는 이름으로 비난당하고 버림받았다. 여성의 순결과 가문의 계보를 중시하는 한국의 가부장적 혈통문화에서 이방의 피가 섞인 혼혈 아이들(흔히 GI 베이비라고 불리는) 역시 그 어머니들처럼 더러운 존재로 취급당하고 버림받았다. 전쟁 후 한국과 미국의 이민법이 바뀌고 나서 미군의 한국인 부인들의 대규모 이민이 시작되어 수 년 동안 15만 명이 넘는 한국여성들이 미국으로 이주

---

18 최근 이들의 목소리가 간헐적으로 터져 나오는 통로가 형성되어 있기는 하다. 이를 보려면 김호수, 「깜박이는 모성: 한국인 생모들의 인터넷 커뮤니티」, 『여/성이론』 (2008 겨울) 19호를 참조할 것.

했다.[19] 한국인의 미국이민의 역사를 설명할 때 해외입양과 국제결혼을 제외하는 경향이 있지만, 1948년 이래 미국으로 이민 간 80만 명에 이르는 한국인들의 1/3은 미군과 결혼한 여성들이었고, 1/4은 입양아들이었다.[20] 미 제국주의와 한국 가부장제의 혼합물인 이 두 집단은 통계숫자 상으로 선두를 다투며, 한인 이민사의 독특한 성격을 규정짓고 있다.

해외 입양은 1954년 이승만 대통령이 차별의 대상이었던 혼혈 아들을 이 나라에서 내보내기 위해 정부 후원으로 해외입양사업을 벌이면서 공식적 위치를 얻었다. 1954년 1월 20일 이승만 대통령과 영부인 프란체스카 여사의 후원으로 아동양호회가 설립되었다. 아동양호회는 1954년~1957년 사이 제네바에 근거지를 둔 국제사회복지회(Internal Social Service)와 공동으로 입양사업을 벌였다. 1955년에는 가톨릭구호회(Catholic Relief Service)가 창설되었고, 1956년 미국의 농부이자 자선사업가인 해리 홀트가 자신의 이름을 딴 홀트 아동복지회를 설립했다. 1958년에는 펄 벅 여사가 웰컴 하우스를 설립하여 해외입양을 주도했다.[21] 특히 홀트 아동복지회는 한국

---

19 토비아스 휘비네트, 같은 책, 76-7쪽.

20 Yu, Eui-Young and Peter Choe, "Korean Population in the United States as Reflected in the Year 2000 U. S. Census," *American Journal* 29(3), 휘비네트, 같은 책, 90쪽에서 재참조.

21 노벨상 수상작가이자 중국에서 혼혈아 일곱명을 입양한 펄 벅은 1950~60년대 미국인과 서유럽인들에게 한국 아동의 입양을 장려했다. 펄 벅은 중국과 일본의 혼혈아동들을 입양하기 위해 1949년 웰컴 하우스 (Welcome House)라는 입양기관을 설립하고, 한국아동도 입양했다. 펄 벅의 해외입양에 대한 분석으로는 Laura Briggs, "Mother, Child, Race, Nation: The Visual Iconography of Rescue and the Politics of Transnational and Transracial Adoption," *Gender & History* 15(2)를 참조할 것

에서 해외입양의 동의어로 받아들여질 만큼 가장 영향력 있는 입양기관으로 발전했다. 사실 홀트의 활약이 없었다면 한국의 해외입양이 지금처럼 거대한 산업으로 크지는 못했을 것이다. 해리 홀트는 기독교 근본주의적 신념과 열정으로 한국 고아들을 구제하여 문명화하려고 했다. 이를 위해 그는 빠른 수속, '우편주문 아동'이라는 말이 가능할 정도로 대리 입양을 활용했으며, 타 기관에서 거부당한 사람들도 양부모로 받아들였다.[22]

박정희 군사정권에 의해 1961년 9월 통과된 고아입양특례법은 1950년대 전쟁고아와 혼혈아에 대한 구제책으로 시행되었던 해외입양의 성격을 바꾸었다. 이 법이 제정되면서 개인 입양을 불법화하고 효율적인 기관, 빠른 수속과 안전한 업무로 세계에서 가장 효과적인 입양산업의 기초가 마련되었다. 상대적으로 비용이 많이 드는 시설보호의 대안으로 해외입양이 활성화되었고, 1967년 법안 개정을 통해 모든 입양은 한국법을 따르게 되었으며, 정부 허가를 받은 입양기관이 외국기관과 협력하여 업무를 진행하고 이 두 기관의 비용은 양부모에게 청구하게 되었다. 해외 입양을 대행하는 기관들은 고아원을 운영하고, 전문 사회복지사와 간호사를 고용하며, 입양 전까지 위탁 보호 및 국내 입양을 제공했다. 이를 통해 이 기관들은 상당한 부를 얻을 수 있었고, '입양산업'이라고 부를 수

---

22 한국의 해외입양에 기독교가 미친 영향에 대한 문제제기를 보려면 재란 김, 「홀뿌려진 씨앗들: 기독교가 한국인 입양에 미친 영향」, 『인종 간 입양의 사회학』를 볼 것. 특히 해리 홀트에 관해서는 이 책의 288-92을 참조.

있는 산업적 기초를 마련했다.

입양법이 통과되고 해외 입양의 제도적 틀이 마련되었다는 것은 사회공학과 경제 논리에 따라 사회사업이 전문화되고 복지가 관료화되었음을 의미한다. 스웨덴으로 입양된 한국계 입양인인 토비아스 휘비네트가 지적하듯이, "이때부터 한국은 그 나름대로의 푸코식 정부화와 산업화를 통해 전통에서 현대로 이어지는 험난한 여정에 올랐다고 볼 수 있다."[23] 이 현대화의 도정에서 해외입양은 성과 재생산 영역의 사회통제와 정화에 성공적인 자기규율 및 통제를 수행하는 '생명정치적 테크놀로지'(bio-political technique)로 활용되었다.

한국이 이런 생명정치적 기획을 성공할 수 있었던 것은 서구 입양 소비국들이 있었기 때문이다. 『해외입양과 한국 민족주의』에서 토비아스 휘비네트는, "식민지 해체 이후 몇 십만 명의 비서구 아이들의 전 지구적 규모의 비자발적 이동은 세계의 식민주의적 현실과 인종적 위계질서, 여전히 지속되고 있는 서양과 식민지 사이의 엄청난 힘의 불균형을 명백히 반영하는 것"[24] 이라고 보면서 이를 "현대적 식민주의 프로젝트의 한 부분"[25] 이라고 규정한다. 그는 국가 간, 인종간 입양(transnational, transracial adoption)은 단순한 이주나 이민이 아니라 비서구인들을 상품화해서 다른 대륙으로 강제

---

23 토비아스 휘비네트, 같은 책, 88쪽.

24 같은 책, 37-8쪽.

25 같은 책, 37쪽.

이송하는 일종의 '노예무역'이라고까지 말한다. 그에 따르면 노예와 입양아 모두 "어린 나이에 그들의 부모와 형제자매, 친척과 이별해야 하고, 모국의 언어와 문화를 잃어버리고, 항구와 공항에서 다시 태어나고, 크리스천으로 개종되어 다시 세례를 받으며, 인종주의 아래에서 그들의 주인이 지어주는 새로운 이름을 얻어 결국 낙인 찍히거나 입양사례번호를 부여받는 비백인의 몸만 남는다."[26]

노예무역과 입양 사이의 유비관계에 대한 휘비네트의 지적은 다소 지나치다고 생각할 수도 있고, 경제적 환원주의와 식민주의라는 단선적 시각으로 해외입양을 매도한다고 볼 수도 있다. 그의 입장은 노예와 달리 입양인들은 입양국에서 시민권을 얻음으로써 사회적 주체로 인정된다는 중요한 차이를 간과하고 있기도 하다. 더욱이 1980년대 후반 들어 다시 증가하고 있는 구공산권국가 아동들의 서구 국가로의 입양은 자유주의 이데올로기와 자본주의의 전 세계적 확산이라는 관점에서 접근해야 하기도 한다.

하지만 사랑, 구원 등의 인도주의적이고 종교적인 시각만으로 50만 명에 이르는 가난한 비서구 국가 아이들이 서구국가로 강제 이동된 현상을 설명하기는 힘들다. 비서구 국가에서 서구 국가로의 이동이 주축을 이루는 국가간/인종간 입양은 입양 수출국과 수입국 간의 지배와 종속관계, 가족 내에서 일어나는 동화주의적 압력, 인종이 다른 입양아가 백인사회에서 겪는 인종차별적 경험, 남

---

26 같은 책, 272쪽.

아보다 여아를 선호하는 가부장적 관행 등이 복합적으로 얽힌 글로벌 현상이다. 클라우디아 카스타네다는 컴퓨터 그래픽으로 화면을 차례로 변형시키는 특수 촬영기술인 "모핑"morphing에 국가 간 입양을 비유하면서, 초국가적 입양은 결국 "비워지고 선택되고 지워지고 재각인되는 과정"[27]이라고 말한다. 이때 비워지고 지워지는 것은 입양아의 과거 역사이며 다시 새겨지는 것은 백인질서와 가치다.

특히 아시아계 아동들의 미국 입양은 20세기 중후반에 일어난 근대 디아스포라의 일환으로서 세계 제국으로서 미국의 정치경제적 지배를 떠나서는 이해할 수 없다. 미국은 세계에서 가장 많은 아동들을 입양하는 세계 최대 입양 수입국이다. 아시아 아이들은 근면하고, 친화력이 있고, 수동적이라서 백인 이성애 핵가족에 동화되기 쉽다는 인종 이데올로기는 한국을 위시한 아시아 아동들의 미국 입양을 추동한 강력한 요인 중 하나이다. 기독교 구원신화가 주를 이루었던 1950년대와 1960년대 입양과 달리, 1970년대 이후 미국의 입양은 자유주의와 다문화주의의 영향을 받아 노골적인 인종주의적 색채를 어느 정도 탈색시킨다. 한국계 미국 입양문학에 대한 연구를 꾸준히 지속해오고 있는 김영미에 따르면, "1970년대 낙태법이 통과되면서 여성이 원치 않는 아이에 대한 결정권을

---

27 Claudia Castaneda, "Incorporating the Transnational Adoptee," *Imagining Adoption: Essays on Literature and Culture,* ed. Marianne Novy, (Ann Arbor: U of Michigan P, 2004), 286쪽.

가질 수 있게 되고, 결혼제도 바깥에서 혼자 아이를 키우는 편부모
에 대한 사회적 낙인이 점차 약화되자, 백인 아기의 수요가 많지 않
게 된 것이 초국가적 입양이 증대된 원인"[28]으로 작용했다고 한다.
또 만혼으로 인한 불임, 게이 혹은 레즈비언 가족 같은 비정상적
가족형태의 등장은 입양아에 대한 수요를 발생시킨 새로운 사회 현
상이었다. 국가 간, 인종 간 입양은 혈연에 기초한 이성애 정상가족
의 테두리를 벗어나 인종 간 화합을 이룰 수 있는 대안적 길, 이른
바 "다문화 유토피아의 상징"으로 추구되기도 했다. 이런 측면을 전
적으로 배제할 수는 없을 것이다. 실제로 우리나라에도 잘 알려진
수잔 보르도나 드루실라 코넬 같은 미국 페미니스트들은 각기 흑
인 혼혈아와 파라과이 출신 아이를 입양하여 혈연에 구속되지 않
는 대안가족을 만들기 위해 노력한 개인적 체험을 밝히기도 했다.
이들은 입양아동들이 생모의 상실이라는 트라우마적 충격을 겪을
수밖에 없다는 점을 인정하면서도 사랑과 증오, 공모와 배반 등 복
합적인 심리적 과정을 거친 다음 양모와 새로운 가족적 유대를 만
들 가능성을 열어두려고 한다. 이 과정에서 양어머니는 아이가 친
어머니라는 일차적 사랑대상을 상실한 후 다시 어머니를 내면에
세우고 자아를 찾아가는 과정에 동참하는 존재, 그 길고 험난한
여정에서 아이의 이야기를 받아주는 스토리 테이커storytaker이면서

---

28 김영미, 「입양과 입양문학 연구의 몇 가지 쟁점」, 『안과밖』 (2009년 봄호) 26호, 359쪽.

함께 이야기를 만들어가는 스토리텔러storyteller로 설정된다.[29]

하지만 이 시기 미국가정에 입양된 아시아 입양아들이 아이를 갖지 못한 백인 가족의 결핍을 메워주는 인종적 교환물로 기능해왔다는 점을 간과해서는 안될 것이다. 1960년대 말부터 한국의 해외입양 프로그램은 미국에서 큰 인기를 얻게 되었는데, 이는 정상적인 핵가족을 구성하라는 사회적 압박에 시달리던 불임 부부가 아이를 가질 수 있는 마지막 해결책으로 해외입양을 선택하면서 발전했기 때문이다. 실제로 1972년 미네소타의 백인 노동계급 가정에 입양된 제인 정 트렌카는 자신이 미화 800달러에 팔려나갔다고 고백한다. 그는 결코 잔인하거나 사악했다고 말할 수 없는 백인 양부모 밑에서 자신이 겪은 인종차별과 소외를 생생히 증언한다. 입양인들이 인종, 국가, 문화의 경계를 넘는 교환물로서 겪었던 극심한 트라우마는 다문화, 다인종 유토피아라는 이데올로기 아래에서 은폐되었다. 로라 브릭스의 주장처럼 미국에서 가난한 흑인 어머니들에 대한 경제적 지원을 통해 아동의 삶의 조건과 교육의 질을 향상시키고자 했던 '부양자녀 가족 지원제도'(AFDC)가 폐지되고, 동일 인종으로 입양을 제한하지 않는 '입양세 공제'(빈곤 때문에 가정에서 격리된 아동을 입양하는 중산층 백인 가정에게 1만 3,000달러의 보너스를 지급하는 법안으로 1996년 제정되었다)와 인종간 배치조항(1997)이 연이어

---

29 Drucilla Cornell, "Transnational Adoption: The Ethics and Politics of New Family Stores," in *Traumatizing Theory: The Cultural Politics,* (Other Press, 2007), 257쪽.

법제화된 것은 신보수주의자들과 자유주의자들이 인종문제를 도외시했기 때문이다. 이들은 '인종을 뛰어넘는 사랑'이라는 다문화주의 이념을 통해 인종 간 입양에서 발생하는 인종문제를 무시하고 인종에 관한 잘못된 믿음을 유포했다. 이 두 법안은 "고용과 교육에서 소수인종 보호정책을 제거하고, 가난한 여성과 아동에 대한 연방정부의 안전망을 해체했다."(166쪽)

결국 박정희 개발독재 체제 하에서 진행된 한국의 해외입양은 국가 내적으로는 가부장적 근대국가 체제 구축을 위해 불순하고 오염된 존재들을 국가의 경계 밖으로 버리는 생명 정치적 기획이었고, 국제적으로는 세계제국으로서 미국의 포스트식민주의적 기획이 관철되는 과정이었다. 그러나 버려진 입양인들의 귀환은 체제의 내부적 안정성에 의문을 제기한다. 한국이라는 국가 밖으로 버려졌던 아이들이 이제 성인이 되어 돌아와 그들을 버린 국가에게 진실과 화해를 요구하고 있다.

3. 초국가 입양인, 근대 한국의 혼종적 비체

초국가 입양은 사회적 차원에서 일어나는 비체화abjection 과정이다. 그것은 아이를 국가적 경계 밖으로 버리는 행위이다. 하지만 버려진 아이는 다른 경계 속으로 들어가지 못한다. 한 어머니는 버리고 다른 어머니는 구하지 못한다. 두 어머니 모두 나쁘다. 입양아는 유기遺棄와 구제救濟 사이에서 방황한다. 입양아들은 정상적인 가족관계 속에 들어가지 못하고 혼전 혹은 혼외에서 태어나 '더럽다'는 사회적 낙인이 찍힌 존재들이다. 이 아이들은 정상가족이라는 사회제도를 유지하기 위해 버려지고 입양되어야 했다.

줄리아 크리스테바는 인간이 어머니에게서 분리되어 독립적 개체로 서기 위해 치러야 하는 심리적 작업에 비체화라는 이름을 부여한다. 비체화는 주체에게 너무 가까이 있어 주체를 집어 삼키는 공포의 힘으로 현존하는 어머니의 몸을 더러운 것으로 만들어 밖으로 버림으로써 자신의 경계를 유지하려는 심리적 기제이다. 하나의 온전한 독립적 개체로 서기 위해 아이는 어머니의 몸을 자신의 경계에서 떼어내야 하지만, 이 분리작업은 성공하지 못한다. 아이에게 어머니는 여전히 더럽고 무서운 힘으로 현존하고 있기 때문이다. 주체의 경계를 세우기 위해 버려야 하지만 버리지 못하는 모호한 상태가 유발하는 공포, 불안, 혐오가 비체화에 수반되는 감정이다. 크리스테바에게 비체화는 삶에 존재하는 영구적인 요소이다. 비체the abject는 대상화할 수도 없고 결합할 수도 없는 것이어서 경계를 유지하려면 끊임없이 억압하고 배제해야 한다. 그러나 사회의 의미구성 영역 밖에 숨겨져 있다 하더라도 비체는 완전히 사라지지 않고 경계를 위협하는 이질적 힘으로 영향력을 미친다.

크리스테바의 비체화는 인간의 심리발달과정을 설명하는 개념이지만 국가간·인종간 입양아에 대한 한국인들의 심리적·사회적 관계를 이해하는 것으로 확장할 수 있다. 국가간·인종간 입양인들은 한국인의 인종적 순수성과 가부장적 가족제도를 유지하기 위해 추방되고 거부된 비체다. 이 비체 입양인들은 한국 근대 국가에서 버려졌지만 다시 돌아와 국가의 경계를 심문하는 내부의 이방인들이다. 이들은 출생의 기원은 한국이지만 한국인이라는 국가범주 속으로 들어오지 못한다. 이들은 자신들을 버린 나라로 돌아와 스스로를 한 가족이라 여기는 국가가 그렇게 많은 자식들을 버린 원인과 결과를 따져 묻는다. 이들의 심문에 의해 전쟁의 폐허 위에서 성공적으로 나라를 만들어냈다는 국가발전의 스토리는 그 어두운 뒷면, 즉 수십만 명의 아이들이 타국으로 팔려나갔고 아직도 이 어린이 수출은 계속되고 있다는 사실을 드러낸다.

"엄마는 증발해 버린 것 같다." "엄마는 돌아오지 않는다." "우리가 너를 선택했어." 이 세 문장은 한국계 미국인 입양인 제인 정 트렌카의 기억을 붙잡고 놓아주지 않는다.[30] 생후 6개월 때 4살 된 친언니와 함께 미국가정에 입양된 제인은 백인 양어머니에게서 자신이 '선택'되었다는 말을 듣는다. 하지만 그는 자신이 딸로 선택된 것이라기보다는 인형가게 진열대 위에 전시된 인형, 양어머니가 바라는 아이가 되지 못하면 언제든 다시 진열대로 돌아가야 하는 그런 인형 중 하나로 골라졌다고 느낀다. 다시 버림받지 않으려면 '착

---

30 제인 정 트렌카, 『피의 언어』, 송재평 역 (도마뱀출판사, 2012), 43쪽.

한 아이'라는 이데올로기적 주형틀 속으로 자신을 밀어 넣을 수밖에 없다. 제인의 양 어머니는 제인이 미국 공항을 통과하는 순간 한국에서의 기억을 지우고 완전히 새로운 사람으로 태어나기를 원했다. 그는 1972년 음력 1월 24일 한국에서 태어난 정경아라는 이름의 아이가 비행기에 태워져 미국땅을 밟은 1972년 9월 26일 제인 마리 브라우어로 감쪽같이 변신하기를 바랐다. 양어머니가 다니는 루터교회 목사님이 말하듯, 양모는 "하느님은 우리의 피부색을 보지 않습니다"[31]라고 믿으며, 제인의 노란 피부색과 얼굴 모양, 자그마한 몸집을 보지 않으려고 했다. 어린 시절 단짝으로부터 "개구리 눈에 깜둥이 입술에 코끼리 귀 칭크chink"라고 놀림당했던 일을 이야기했을 때 양 엄마는 제인이 그의 외로움을 이해하지 못하고, 그게 무슨 문제냐는 식으로 대응한다. 그 순간 제인은 깨닫는다. "백인인 엄마 눈에는 내가 보이지 않는다는 걸……사람들이 날 바라보는 눈이 엄마에겐 보이지 않는다는 걸…… 엄마는 나를 볼 때 내 몸은 보지 않는다는 걸."[32] 하지만 제인의 어린 시절은 보이지 않지만 끊임없이 그의 남 다른 육체가 보이는 나날이었고, 백인 양엄마가 원하는 착하고 완벽한 아이라는 모형 속으로 들어가기 위해 이 차이를 지우는 인종적 동화의 과정이었다.

하지만 착하고 말 잘 듣고 고분고분한 아이라는, 아시아 여자

---

31 같은 책, 45쪽.
32 제인 정 트렌카, 『덧없는 환영』, 이일수 역 (창비, 2012), 44쪽.

아이에게 덧씌워진 인종적 이미지에 맞춰 스스로를 지워나가는 과정은 성공하지 못한다. 학교에서 실시한 설문 조사서에 자신을 '백인'이라고 기입해도 제인은 백인으로 패싱하지 못한다. 아무리 노력해도 그는 양엄마가 원하는 백인 아들을 대체할 수 없는, 백인 가정에 빌붙어 사는 아시아 여자아이다. 무엇보다 그의 신체 자체가 백인으로의 패싱을 불가능하게 만든다. 제인은 고등학교 졸업식 때 함께 갈 남자친구를 찾지 못해 스물다섯 살이나 먹은 우스꽝스러운 남자와 졸업식장에 걸어갔다. 대학시절 백인 남학생으로부터 스토킹을 당했을 때 그가 표적이 된 것은 자그마한 아시아 여자이기 때문이다. 쉽게 망가뜨릴 수 있는 연약한 아시아 여성이라는 사실은 제인을 병리적 집착과 끔직한 폭력에 시달리게 만든 요인이었다. 스토커의 위협에서 벗어나 "그건 내 잘못이 아니야"를 스스로에게 인정하기까지 제인은 외상후 스트레스성 장애를 겪는다. 오랜 시간이 흐른 후에야 이 질환에서 조금씩 벗어나게 되지만 그는 수년 동안 고도로 민감한 "첩보원 레이더"를 발달시키지 않을 수 없었다. 제인은 누가 쫓아오는지 아닌지 금세 알아채는 능력, 심리학자들이 '과다경계'라 부르는 증상에 시달린다.[33] 미국 시민권을 부여받고 영어를 유창하게 구사하지만 그는 미국이라는 나라의 완전한 국민이 되지 못한다. 한국에서 태어나 미국에서 자라고 영어로 말하고 미국음식을 먹지만 그의 몸은 인종과 국적에 대한 이념들

---

33 제인 정 트렌카, 『피의 언어』, 147쪽.

이 폭력적으로 충돌하는 공간이다.

입양인들은 두 인종, 두 국가, 두 문화 사이에 놓여 있다는 경계적 위치 때문에 종종 혼종적 비체의 대변자로 취급된다. 혼종적 존재는 문화 사이의 교량이자 인종 간 조화의 상징, 초국가적 자본주의 사회에서 국가적 경계를 자유롭게 이동하는 유연한 시민의 표상으로 이상화되기도 하지만, 현실에서 혼종적 삶은 결코 유쾌하지도 자유롭지도 않다. 도나 케이트 러스킨은 미국 유색 여성들의 고전적 저작집 『가교라 불리는 내 등짝』에서 혼종적 존재로 사는 일의 어려움을 이렇게 토로한다.

> 이걸로 충분해요
> 양쪽의 것들을
> 보고 만지는 것 토할 것 같아요
> 모든 이들을 위한 가교가 되는 일 지긋지긋해요.
> 당신들의 간극을 메우는 일 넌덜머리가 나요.
> 당신들 스스로 울타리치고 고립을 자초한 일을 위해
> 보험이 되어주는 일 정말 싫어요.[34]

경계적 위치는 양쪽으로 열릴 수 있는 개방성을 내포하고 있지만 양쪽 모두에서 배제되는 극심한 단절과 소외의 가능성을 안고

---

34 Kate Ruskin, "The Bridge Poem," *This Bridge Called My Back: Writing by Radical Women of Color.* ed. Cherrie Moraga and Gloria Anzaldua. 3rd ed, (Berkeley: Third Woman Press, 2002). 『인종간 입양의 사회학』 31면에서 재인용.

있기도 하다. 혼종적 존재들이 현실에서 부딪치는 이런 곤경을 외면한 하고서 이상화와 낭만화는 비윤리적이다. 그러나 이런 이상화를 경계하면서도 혼종적 존재들이 열어놓을 가능성에 주목하는 일은 여전히 필요하다. 호미 바바는 혼종성이 열어놓는 '이중부정'(neither nor)의 상태에서 제3의 가능성이 창조된다고 말하면서 이를 혼종적 문화번역으로 개념화한 적이 있다.[35] 혼종적 문화번역을 새로움을 창조하는 실천적 행위로 바라보는 그의 시각이 현실의 권력관계에 충분히 주목하지 못하는 문제를 안고 있기는 하다. 하지만 우리는 이질 문화가 만날 때 벌어지는 잔인한 폭력을 간과하지 않으면서 그의 논의가 열어주는 가능성을 생산적으로 전유한다면 혼종적 문화번역을 유의미한 개념으로 발전시킬 수 있다. 나는 한국계 입양인들이 벌이는 진실과 화해의 작업이 이런 혼종적 문화번역의 실천적 사례라고 본다.

한국계 미국 입양인들은 한국의 국가공동체에서 단절되고 격리되어 있을 뿐 아니라 그들을 입양아로 받아들인 미국을 포함한 서양 호스트 국가에서는 인종주의, 반이민주의, 오리엔탈리즘에 의해 주변화되어 있다. 적어도 개인의 삶에서 혼종성은 해방적이지 않다. 입양인들은 한 곳에 소속되거나 정착하지 못하고 추방의 공포를 반복한다.

---

35 Homi Bhabha, *The Location of Culture*, 244-5쪽.

출생의 비밀을 가진 아이들은
봉인된 서류에 담겨 바다 건너로 보내지고
사라졌던 자리에 나타나고
낯선 나라에서 낯선 이들과 조우하고
마치 기계처럼 공포에 반응하고
재현되는 공포를 반복한다.[36]

한국 엄마가 한 번도 입에 올린 적 없는 고유명사:
Jane. 미국 엄마가 한 번도 입에 올린 적 없는 고유명
사: 경아.[37]

　Jane이라는 영어 이름과 경아라는 한국어 이름은 고유한 실존
적 존재로서 제인의 삶을 불러주지 못한다. 엄마라는 가장 친숙한
존재에게서 고유한 이름으로 불리는 것은 인간의 존재를 증명해주
는 일차 관문이다. 하지만 그는 'Jane/경아' 두 이름 사이에 생긴 간
극만큼이나 영어와 한국어, 미국과 한국 양쪽 모두에서 배제되는
'이중부정'의 공포에 시달린다. 제인은 다문화주의와 초국가주의를
새로운 이데올로기로 선전하면서도 속속들이 인종차별주의에 물
들어 있는 한국에서 '기형'과 '괴물' 취급을 당한다. "'미국인'이 '백
인'과 동의어인 나라에서 백인이 될 능력도 없으면서 한국어를 유
창하게 하지 못하는 나의 무능함은 일종의 기형이다. 사람 얼굴을

---

36 제인 정 트렌카, 『덧없는 환영』, 55쪽.

37 같은 책, 72쪽.

한 물고기나 멍멍 짖는 닭처럼, 친근한 요소와 끔찍하리만치 낯선 요소가 섞인 괴물".[38] 하지만 기형과 괴물로 변한 자신을 인정하는 데에서부터 새로운 가능성이 열린다. 실제로 입양인들이 스스로를 '내부의 이방인'으로 정체화하면서 진실과 화해의 작업을 시작할 때 이런 이중 배제에서 새로운 역사적 가능성이 열린다.

4. 한국계 입양인들의 진실과 화해의 작업

앞서 언급한 토비아스 휘비네트는 혼종적 비체로서 한국계 입양인들이 벌이는 '진실과 화해의 작업'을 "버림받은 자가 버린 이를 위로하는 틈새의 공간"[39]이라고 말한다. 그의 책 제목인 "고아로 버려진 나라를 위로하기"(comforting an orphaned nation)는, 버려진 존재는 입양인들이 아니라 한국인들이라고 말한다. 그가 날카롭게 지적하듯이 위안부 문제와 입양인 문제 사이엔 연관성이 있다. 두 문제는 한국 가부장제와 일본과 미국 두 식민주의 국가의 강력한 조합이 만들어낸 것이라는 점에서 운명적 동질성을 지니고 있다. "위안부를 모집하고 동원했던 식민주의 범죄는 해외 입양을 법제화하고 수행하는 포스트식민주의적 범죄로 복제, 재생산된

---

38 같은 책, 151쪽.
39 토비아스 휘비네트, 같은 책, 303쪽.

다."**40** 해외입양을 근대적 생명정치로 발전시킨 박정희 체제는 식민주의적 과거를 계승하고 있다.

위안부 제도는 종결되었지만 해외입양은 아직도 계속되고 있다. 휘비네트의 지적처럼 "한국의 해외입양이 지속되는 한, 대한민국은 스스로와 또는 해외 입양인과 결코 화해할 수 없다."**41** 화해의 선결조건은 진실 추구와 정의 바로세우기다. 해외입양이라는 제도를 통해 한국 정부는 지금도 여전히 사회복지에 드는 비용을 절감하고 있고, 한국 사회 전체는 가부장적, 인종주의적, 이성애 규범체제를 유지하는 자기규율 및 통제 제도를 지속하고 있다. 한국이 지금 당장 해외입양을 중단한다 하더라도 근대 역사에서 자기 국민을 가장 많이 팔아넘긴 나라라는 역사적 사실은 사라지지 않을 것이다. 그 피해자들이 존재하는 한 해외입양은 한국을 괴롭히는 국가적 트라우마로 남을 것이다. 한강의 기적을 이뤘다고 칭송받는 박정희 시대의 국가발전 스토리는 그 잔인한 뒷면, 즉 친생모들의 재생산의 권리가 박탈당하고 선택의 여지도 없이 강제 추방당한 아이들이 세계 곳곳에 흩어져 있는 한 중단되고 훼손될 것이다. 한국이 용서와 치유, 화해에 이르는 탈식민의 과제를 참된 형태로 수행하기 위해서는 무엇보다 먼저 해외 입양을 아동의 강제이주와 재배치라는 관점에서 인정하고, 입양 한국인들의 운명을 한국 근대

---

40 같은 책, 321쪽.

41 같은 책, 320-1쪽.

사에서 가장 극단적인 추방의 경험으로 받아들여야 한다. 그리고 해외입양을 중단하고, 해외입양을 낳은 제반 사회적 조건들을 교정하는 작업에 착수해야 한다.

"이식된 삶에 대한 당사자들의 목소리"라는 부제를 달고 있는 『인종간 입양의 사회학』의 공동편자들은 자신들을 입양으로 이끈 "엄마들과 그 공동체의 제한된 생존을 위한 선택"을 이해하고 그것을 글로벌 차원에서 바꾸라고 요구한다.[42] 그들이 파악한 제한된 선택에는 재생산의 정의가 실현될 수 없었던 사회경제적 조건이 들어가 있다. 여기서 재생산의 정의란 합법적인 낙태, 안전한 피임, 불임에서 벗어날 자유 등을 포함하지만, 가장 우선시되어야 할 것은 미혼모를 위시한 가난한 엄마들이 자녀를 떠나보내지 않고도 살아남을 수 있는 사회를 만드는 일이다. 이것이 입양 당사자들이자 유색 페미니스트를 자처하는 이 책의 공동편자들이 그려보는 글로벌 차원의 재생산의 정의이다. 입양이 초래한 이식된 삶의 체험을 몸소 겪었던 당사자로서 이들은 자신들이 지향하는 페미니즘이란 "어떤 엄마들에게는 권력을 유산으로 남기고 어떤 엄마들에게는 그렇게 하지 않는 세계 체제에 대한 비판을 요청한다".[43] 친모와 양

---

42 고국에 돌아와 생모를 만난 뒤 제인은 자신을 미국으로 입양 보낼 수밖에 없었던 엄마의 처지를 이해한다. 지독한 가난과 남편의 폭력, 그리고 아들을 선호하는 뿌리 깊은 가부장적 이데올로기가 두 딸을 엄마에게서 떼어놓는 잔인한 결과로 이어졌음을. 그리고 생모에 대한 이해는 양모에 대한 이해로 이어진다. 제인은 양어머니 역시 아이를 갖지 못한 불임의 여성으로서 사회적 압박에 시달린 가여운 존재라는 것을 인정하게 된다.

43 제인 정 트렌카, 줄리아 치니에르 오페러, 선영 신 편, 같은 책, 38쪽.

모를 갈라놓는 권력과 자원의 불균형을 문제 삼지 않는다면 인종 간·국가간 입양은 중단되지 않을 것이다. 무엇보다 이들의 입양체험이야말로 "여권주의 운동과 글로벌 경제 정의 운동의 교차점"[44]으로서 초국가적 페미니스트 연대를 요구한다.

이런 공적 차원의 진실과 화해, 그리고 글로벌 정의의 실현과 함께 피해 당사자였던 입양인들의 개인적 삶에 대해서도 깊은 이해가 필요하다. 입양인들 스스로도 어쩔 수 없는 운명의 '희생자'가 아니라 역사적 트라우마의 '생존자'로 살아가기 위해 투쟁을 계속하고 있다. 미국으로 입양된 뒤 한국에 돌아와 뿌리내리기를 시도하고 있는 입양운동 활동가이자 작가인 제인 정 트렌카는 자신의 삶이 평생 "사랑과 안전과 집을 찾아 헤맨" 과정이었다고 고백한다. 살아남기 위해 자신과 주변 가족들에게 일어나는 일들을 외부적 시선으로 '관찰'하고 '연기'演技로 점철된 인생을 살아왔기 때문에 그의 내면 깊숙한 곳에는 외로움이 숨어 있다. "마치 어릴 때부터 이후 한 번도 자르지 않고 기른 머리카락과도 같이" 그를 규정하는 "한결같은 외로움"은 사랑의 결핍, 관계의 어려움, 안전에 대한 불안, 몸과 언어의 어긋남에서 연원한다.[45]

제인이 이식된 삶에서 비롯된 외로움을 자신의 몫으로 받아들이면서 '지금 이대로의 자기'를 사랑하고 현재의 삶을 온전히 살아

---

44 같은 책, 39쪽.

45 제인 정 트렌카, 『덧없는 환영』, 259쪽.

내기 위해 가장 깊이 갈구하는 것은 엄마의 사랑이다. 이는 자신의
삶을 기록한 두 권의 자전적 글쓰기, 『피의 언어』와 『덧없는 환영』
에 일관되게 나타나는 특성이다. 『피의 언어』가 미국에서의 입양체
험 뿐 아니라 생모를 찾아 한국으로 돌아와 겪는 일들을 기록하고
있다면, 『덧없는 환영』는 생모의 죽음과 첫 결혼의 실패 뒤 한국에
돌아와 정착하는 과정에 초점을 맞추고 있다. 두 작품 모두에서 엄
마의 사랑은 제인이 잃어버린 기억을 회복하고 내면에 뚫린 공백
을 메우기 위해 회복해야 할 조건이다. 크리스마스 날 제인은 엄마
를 찾아달라는 간절한 기도를 드린다. "우리 모두 아직도 엄마의
얼굴을 찾아다녀요. 엄마들은 우리의 얼굴을 찾고요. 언젠가 우리
모두 서로를 찾게 해주세요."⁴⁶ 제인이 이토록 간절하게 엄마를 갈
구하는 것은 그가 자신 속에 담고 싶은 모든 것들이 엄마에게서
흘러나오기 때문이다. 무엇보다 엄마는 모어母語를 주는 존재다.

> 모반(母斑)
> 내 잃어버린 기억의 언어
> 내 잃어버린 엄마의 언어
> 내 엄마가 꾸는 꿈의 언어
> 엄마가 날 가졌을 때 쓴 언어
> 내가 필사적으로 말하려고 하는, 아프도록 형태를 만
> 들고 입을 쩍 벌리고 목구멍을 열고 내는 언어. 먹을 것

---

46 같은 책, 225쪽.

을 가리키는 말부터 알아야지. 쌀, 고구마, 감 같은 것
들. 다음으로는 사람을 가리키는 간단한 말들. 남자
(namja), 여자(yoja), 너(neo), 나(na). 소리를 묶어서
말하는 거야. 소리가 묶이는 패턴, 사랑하는 패턴. 역
사의 패턴. 문법의 패턴. 말하는, 생각하는, 이해하는
패턴⋯⋯내게 음절을 주세요. 자음과 모음을 주세요,
구절과 문장을, 엄마 소리를, 아이 소리를, 둘이 결합된
소리를 줘요, 엄마 나에게 목소리를 주세요⋯⋯.**47**

　　언어의 습득을 남성적 상징질서의 진입으로 보는 통상적인 해
석과 달리, 여기서 한국어라는 새로운 언어의 습득은 엄마의 소
리를 회복하는 것으로 경험된다. 소리는 의미와 문법과 묶이고, 그
것은 다시 사유와 사랑과 역사로 이어진다. 엄마의 소리는 이 모든
것들이 흘러나오는 원천이다.
　　『덧없는 환영』은 한국어 학습에 유난히 민감하다. 작품의 첫 대
목은 귀향을 가리키는 한국어 낱말들의 음성적, 의미적 차이를 이
해하는 것으로 시작한다.

　　오다: oda: to come
　　가다: kada: to go
　　돌다: dolda: to turn around
　　돌아오다: dolaoda: to turn around/return/come

---

47 같은 책, 252-3쪽.

돌아가다: dolakada: to turn around/return/to

돌아가시다: dolakashida: Polite/honorofic for to

"die" e.g. "당신의 어머니는 언제 돌아가셨습니까?"[48]

공간의 이동을 나타내는 한국어 단어들의 미세한 소리와 어감
의 차이를 배우는 것은 한국어를 배우기 전에 엄마를 떠났다가 다
시 엄마에게 돌아오는 귀향의 여정에 필수적이다. 아기가 엄마의
말을 따라하면서 모국어 낱말들을 배우듯, 제인은 뒤늦게 한국어
를 배운다. 그러나 영어라는 매개를 거쳐야 한다. 불행히도 그는
다른 언어의 중개 없이 모어를 배우는 행운을 갖지 못했다. 모어를
외국어로 배우지 않을 수 없다면 모어의 습득을 위해서는 번역이
라는 우회를 거쳐야 한다. 제인에게 한국어는 그곳에 돌아가고 싶
지만 회복할 수 없는 사라진 기원이다. 외국어로 존재하는 모어에
도달하려면 번역의 지대를 통과해야 한다.

번역은 두 언어 사이에서 의미의 등가적 이동이 일어나는 것이
아니라 중간항로에서 의미의 손실과 습득이 함께 일어나는 언어행
위다. 번역자는 낯선 언어환경에서 새로운 의미를 생성하기 전에
소통의 장애에 직면한다.

영어로 하는 말들

---

48 같은 책, 14쪽.

영어로 하는 생각들

왜 한국어로는 안되는 걸까?

난 생각이 없어 모국어로는

난 사랑할 수 없어 엄마의 언어로는

언어 분단

장벽

가시철조망

아침이면 발자국을 찾는 사람들

폭력적으로 점령당한 마음

내 원한의 언어[49]

제인은 한국어를 배우면서 남북 분단에 상응하는 언어 분단을
경험한다. 의미의 자연스러운 이동을 방해하는 이 소통의 한계를
표시하기 위해 텍스트는 공백을 흔적으로 남긴다. 텍스트에 뚫린
공백은 언어 분단을 시각적으로 재현한다. 제인에게 한국어를 배
우는 시간은 매일 아침 가시철조망에 찔린 발처럼 상처를 남긴다.
한국어는 "폭력적으로 점령당한 마음," 원한을 담고 있는 언어이다.
하지만 그는 이 폭력적 점령과 쓰라린 원한의 과정을 지나 엄마의
언어, 엄마의 소리에 닿으려고 한다.
　이런 언어습득의 노력과 함께 제인의 생존에 중요한 것이 몸을

---

49 같은 책, 42쪽.

긍정하는 일이다. 인종이 다른 나라에서 다른 피부색깔, 다른 얼굴, 다른 몸집으로 살아왔던 그가 자신의 몸을 온전히 받아들이는 일은 자아를 재구축하는데 너무도 중요하다. 제인이 한국으로 돌아와 엄마와 화해할 때 결정적으로 작용했던 것 중 하나가 엄마와 목욕을 하면서 몸을 나누는 경험이었다. 제인은 엄마가 이태리 목욕타월로 자신의 몸을 빡빡 문질러 줄 때 신체에 대한 미국인들의 수치심을 버리고 스스럼없이 엄마에게 몸을 내맡긴다. 이 순간 그는 "나는 벌거벗고 있다. 본연의 모습으로. 우리 사이에는 가식이 없고 숨길 것도 없고, 수치스러울 것도 없다"는 것을 느낀다.[50] 수치심과 열등감 없이 자신의 몸을 받아들이는 것은 양엄마에게서는 느낄 수 없었던 경험이다. 양엄마는 제인이 노란 피부색깔의 조그마한 아시아 여자아이라는 놀림을 당할 때 겪었던 모욕과 수치를 이해하기 못했다. 제인이 덴마크 입양인과 나누었던 짧은 연애기간 동안 얻었던 것도 이 몸의 공유였다. 제인은 남편과 떨어져 있는 동안 덴마크 입양인과 불륜을 저지르는데, 그가 제인에게 한국의 공중목욕탕을 알려준다. 제인은 여자 목욕탕에서 어른 여자들과 아이들이 알몸으로 돌아다니는 광경을 보고 부러움과 기쁨을 느낀다. 그는 한국의 여자목욕탕에서 자기와 같은 몸을 발견하고선 너무나 큰 기쁨을 느끼고 자신의 몸을 비로소 긍정한다. 덴마크 입양인이 제인에게 준 선물은 "서양에서 자란 우리가 오직 인종적 대상으로만 배웠던 우리의 몸에 대한 어른다운 사랑, 그리고

---

50 제인 정 트렌카, 『피의 언어』, 177쪽.

한국에 남을 수 있는 용기였다.'⁵¹

『피의 언어』의 마지막 대목에서 제인은 결혼 후 자신의 이름을 스스로 선택한다.

> 혼인확약서에는 내가 원하는 이름을 선택할 수 있다. 그냥 적어 넣으면 된다. 정경아, 아니면 경아 정? 제인 마리 브라우어, 제인 마리 트렌카, 제인 브라우어 트렌카, 제인 브라우어 트렌카, 제인 경아 정 브라우어 트렌카. 결국 나는 세 가족—한국가족, 미국가족, 그리고 마크의 가족—으로부터 자기 이름 한 자씩을 따온 것으로 결정한다. 제인 정 트렌카.
> 나는 현실을 반영하도록 조합해 만든 이 이름을 상처처럼, 신분증처럼 지니고 다닌다. 이로써 나는 내 이름을, 내 친족을, 또 나를 품고 나를 창조한 이 세상 속의 내 자리를 고의적으로 선택한 것이다. 나를 나타내는 이름 석 자 속에 내 기쁨과 내 아픔을 함께 품은 것이니, 이 이름을 통해 사람들은 내가 누구인지 알게 될 것이다.⁵²

'제인 정 트렌카'라는 이름은 한국가족, 미국가족, 그리고 남편 가족에서 각각 한자씩 따온 것이다. 자신의 이름을 스스로 짓는 행위는 "내가 누구인지" "세상 속의 내 자리"는 어디인지를 결정하

51 제인 정 트렌카, 『덧없는 환영』, 103-4쪽.
52 제인 정 트렌카, 『피의 언어』, 342-3쪽.

는 일이다. 제인의 정체성과 사회적 위치는 국적이 다른 세 가족 이름 속에 나란히 놓여 있다.

제인은 이제 스스로 선택한 이 이름을 달고 한국 사회에 뿌리 내리기를 시도한다. 그의 이름 사이에 존재하는 이질성만큼이나 그의 삶은 여전히 갈등과 모순과 분열에 놓일 것이다. 한국사회는 스스로 저지른 역사적 죄과를 공식적으로 인정하고 귀환 입양인들이 새로운 삶을 살 수 있도록 배려하기에는 여전히 배타적이고 인종차별적이다. 하지만 제인은 이 위험부담을 피하지 않고 셋 사이를 잇는 연대의 가능성, 셋 중 어느 하나를 지우지 않고 셋이 공존하는 '우리'의 가능성을 실험한다.

> 우리(uri), 위(we), 모두. 우리는 이처럼 두렵고도 경이롭게 만들어졌고, 자기 말과 자기 손이 빚어내는 하나뿐인 미래의 거주민이다. 그리고 아직 오지 않은 그때에 우리가 하는 일은 공정하고 너그럽고 진실되고 풍요로울 수 있으리라. 그러리라는 것을 나는 너무도 잘 알고 있다.[53]

사죄의 당사자로서 나는, 그리고 우리는, 미안한 마음을 담아 제인의 미래적 실험에 공감과 지지를 보낸다. 박정희 체제의 유령에서 벗어날 한 가지 유효한 길은 여기에서 시작될 것이다.

---

53 제인 정 트렌카, 『덧없는 환영』, 270쪽.

수록문 출처

* 이 책에 실린 각 장의 글은 다음의 출처를 바탕으로 수정·보완했다.

1부: 트라우마의 재현(불가능성): 역사, 기억, 증언

1장: 역사적 트라우마의 재현 (불가능성): 홀로코스트 담론에 대한 비판적 읽기

「비평과 이론」 10권 1호, 2005

2장: 트라우마 기억과 증언의 과제: 프리모 레비의 증언집이 던지는 질문들

「영미문학연구」 13호, 2007

3장: 민족의 기원적 분열과 잔여공동체: 프로이트 모세론의 정치-윤리적 독해

「비평과 이론」 19권 2호, 2014

4장: 아우슈비츠의 수치: 프리모 레비의 증언집을 중심으로

「비평과 이론」 16권 2호, 2011

5장: 주체의 복권과 실재의 정치: 슬라보예 지젝의 정신분석적 맑스주의

「안과 밖」 32호, 2012 상반기

2부: 아메리카와 애도의 과제: 윌리엄 포크너와 토니 모리슨의 소설작업

6장: 역사의 트라우마를 말하기: 포크너의『압살롬, 압살롬!』

「안과밖」 12호, 2002

7장: 순수의 이념과 오염의 육체: 포크너의『팔월의 빛』

「미국학논집」 41권 3호, 2009

8장: 상상적 순수로의 복귀: 포크너의『내려가라 모세야』

「영어영문학」 49권 2호, 2003

9장: 사자(死者)의 요구: 모리슨의 『빌러비드』

『누가 안티고네를 두려워하는가』, 이명호, 문학동네, 2014 (단행본)

10장: 문학의 고고학, 종족의 역사학: 모리슨의 소설작업 계간

「문학동네」, 2014년 가을호

3부: 트라우마와 (문화)번역: 박탈과 이국성의 해방

11장: 문화번역의 정치성: 이국성의 해방과 문화적 이웃되기

「비평과 이론」 15호, 2010

12장: 문화번역이라는 문제설정: 비교문화에서 문화번역으로

「세계의 문학」 141호, 2011 가을호

13장: 번역, 이산 여성주체의 이언어적 받아쓰기: 테레사 학경 차의 『딕테』

『페미니즘: 차이와 사이』, 이희원, 이명호, 윤조원 등저, 문학동네, 2011 (단행본)

14장: 버려진 아이들의 귀환: 입양인서사와 박정희 체제

「국제비교한국학」 21권 1호, 2013

참고문헌

국내

강규한, 「포크너와 문화생태학: 『모세야 내려가라』를 중심으로」, 『영어영문학』, 제48권 제2호, 2002.

강우성, 『불안은 우리를 삶으로 이끈다: 프로이트 세미나』, 문학동네, 2019.

권보드래·천정환, 『1960년을 묻다: 박정희 시대의 문화정치와 지성』, 천년의 상상, 2012.

김남시, 「과거를 어떻게 (대)할 것인가: 발터 벤야민의 회억 개념」, 『안과밖』, 제37호, 2014.

김도현, 「엄마들을 위해 범법을 합법화하자?」, 『프레시안』, 2013년 2월 14일자.

_____, 「아동 유기 급증이 입양특례법 때문? 사실 아니다」, 『프레시안』, 2013년 3월 6일자.

김연수, 『파도가 바다의 일이라면』, 자음과 모음, 2012.

김영미, 「초국가적 입양소설에 나타난 동화와 민족 정체성 문제: 마리 명옥 리의 『누군가의 딸』 과 제인 정 트렌카의 『피의 언어』를 중심으로」, 『미국소설』, 제15권 제2호, 2008.

_____, 「입양과 입양문학 연구의 몇 가지 쟁점」, 『안과밖』, 제26호, 2009.

김용수, 「포스트 식민주의와 정신분석의 대화」, 『안과밖』, 제20호, 2006.

김원, 『박정희 시대의 유령들: 기억, 사건 그리고 정치 현실문화』, 현실문화연구, 2011.

김은실, 『여성의 몸, 몸의 문화정치학』, 『또하나의문화』, 2001.

김현미, 『글로벌 시대의 문화번역』, 또하나의문화, 2005.

김호수, 「깜박이는 모성: 한국인 생모들의 인터넷 커뮤니티」, 『여/성이론』, 2008 겨울호.

남수영, 「'헐벗은 생명,' 탈주의 지점: 통치불가능성에 대한 아감벤의 구상」, 『비평과이론』, 제15권 제1호, 2010.

노르만 핀켈슈타인, 『홀로코스트 산업』, 신현승 옮김, 한겨레신문사, 2004.

더글라스 로빈슨, 『번역과 제국: 포스트식민주의 이론 해설』, 정혜욱 옮김, 동문선, 2002.

레이 초우, 「민족지로서의 영화 혹은 포스트콜로니얼 세계에서의 문화번역」, 『원시적 열정』, 정재서 옮김, 이산, 2004.

로렌스 베누티, 『번역의 윤리: 차이의 미학을 위하여』, 임호경 옮김, 열린책들, 2006.

리디아 리우, 『언어횡단적 실천: 문학, 민족문화, 그리고 번역된 근대성-중국, 1900~1937』, 민정기 옮김, 소명, 2005.

맹정현, 『트라우마 이후의 삶: 잠든 상처를 찾아가는 정신분석 이야기』, 책담, 2015.

민승기, 「폴 드 만, 이론에의 저항」, 『세계의 문학』, 1992년 봄호.

_____, 「친밀하고도 낯선 모세: 프로이트의 기원 찾기」, 『비평과이론』, 제18권 제1호, 2003.

박성창, 「민족문학, 비교문학, 세계문학」, 『안과밖』, 제28호, 2010.

박찬부, 「트라우마와 정신분석」, 『비평과이론』, 제15권 제1호, 2010.

발터 벤야민, 『발터 벤야민의 문예이론』, 반성완 편역, 민음사, 1983.

_____, 「폭력비판을 위하여」, 『발터 벤야민 선집 5』, 최성만 옮김, 길, 2008.

_____, 「인식비판적 서론」, 『발터 벤야민 선집 6』, 최성만 옮김, 길, 2008.

_____, 「언어일반과 인간의 언어에 대하여」, 『발터 벤야민 선집 6』, 최성만 옮김, 길, 2008.

사카이 나오키, 『번역과 주체: '일본'과 문화적 국민주의』, 후지이 다케시 옮김, 이산, 2005.

서경식, 『시대의 증언자 쁘리모 레비를 찾아서』, 박광현 옮김, 창비, 2006.

수산 브라이슨, 『이야기 해 그리고 살아나』, 여성주의 번역모임 '고픈' 옮김, 인향, 2003.

슬라보예 지젝, 『까다로운 주체: 정치적 존재론의 부재하는 중심』, 이성민 옮김, 도서출판b, 2005.

_____, 『죽은 신을 위하여』, 김정아 옮김, 도서출판 길, 2007.

_____, 『전체주의가 어쨌다구』, 한보희 옮김, 새물결, 2008.

_____, 『처음에는 비극으로 다음에는 희극으로』, 김성호 옮김, 창비, 2010.

_____, 『폭력이란 무엇인가: 폭력에 대한 6가지 삐딱한 성찰』, 정일권·김희진·이현우 옮김, 난장이, 2011.

신명아, 「정신분석과 서술의 상응관계: 라캉의 사물(das Ding) 이론과 포크너의 『8월의 빛』을 중심으로」, 『서술과 문학비평』, 석경징·전승혜·김종갑 편, 서울대학교 출판국, 1999.

_____, 「포크너와 생태학」, 『Sesk』 제2호, 2002.

야콥 타우베스, 『바울의 정치신학』, 조효원 옮김, 그린비, 2021.

얀 아스만, 『이집트인 모세: 서구 유일신교에 새겨진 이집트의 기억』, 변학수 옮김, 그린비, 2010.

양석원, 「로맨스와 미국소설비평: 역사와 상상력의 변증법」, 『근대영미소설』 제5권 제1호, 1998.

_____, 「정신적 상처의 원인과 치유의 탐구—프로이트의 트라우마 이론 다시 읽기」, 『비평과이

론』제27권 제2호, 2022.

에드워드 사이드, 『프로이트와 비유럽인』, 주은우 옮김, 창비, 2003.

영미문학연구회 번역평가사업단, 『영미명작, 좋은 번역을 찾아서』, 창비, 2005.

요세프 하임 예루살미, 『프로이트와 모세: 유대교, 기독교, 반유대주의의 정신분석』, 이종인 옮
　　김, 즐거운 상상, 2009.

우카이 사토시, 「어떤 감정의 미래―부끄러움의 역사성」, 박성관 옮김, 『흔적: 서구의 유령과 번
　　역의 정치』, 문화과학사, 2001.

유영종, 「미국문학의 로맨스 소설 이론」, 『안과 밖』 제14호, 2003.

이명호, 「상상적 순수로의 복귀: 윌리엄 포크너의 『내려가라 모세야』 읽기」, 『영어영문학』 제
　　49권 제2호, 2003.

＿＿, 「남성성의 구성과 와해: 윌리엄 포크너의 『압살롬, 압살롬!』을 중심으로」, 『영어영문학』
　　제50권 제2호, 2004.

＿＿, 「역사적 외상의 재현 (불가능성): 홀로코스트 담론에 대한 비판적 읽기」, 『비평과이론』 제
　　10권 제1호, 2005.

＿＿, 「외상의 기억과 증언의 과제: 프리모 레비의 증언집이 던지는 질문들」, 『영미문학연구』 제
　　13호, 2007.

＿＿, 「문화번역의 정치성: 이국성의 해방과 이웃되기」, 『비평과이론』 제15권 제1호, 2010.

＿＿, 「문화번역이라는 문제설정: 비교문화에서 문화번역으로」, 『세계의문학』 제36권 제3호,
　　2011.

＿＿, 「번역, 이산여성주체의 이언어적 받아쓰기: 테레사 학경 차의 『딕테』」, 『페미니즘: 차이와
　　사이: 젠더지형의 변화와 페미니즘 문화연구』, 이희원·이명호·윤조원 엮음, 문학동네,
　　2011.

＿＿, 「폭력을 무릅쓰는 혁명적 해방: 슬라보예 지젝의 '폭력이란 무엇인가'」, 『크리티카』 5집, 올,
　　2012.

이삼돌(토비아스 휘비네트), 『해외입양과 한국민족주의』, 뿌리의집 옮김, 소나무, 2008.

이영훈·박지향 외, 『해방 전후사의 재인식 1, 2』, 책세상, 2006.

이현우, 『로쟈와 함께 읽는 지젝』, 자음과 모음, 2011.

인디고 연구소, 『불가능한 것의 가능성: 슬라보예 지젝 인터뷰』, 궁리, 2012.

임지현·김용우 엮음, 『대중독재: 강제와 동의 사이에서』, 책세상, 2004,

임지현·바우만, 「'악의 평범성'에서 '악의 합리성'으로: 홀로코스트의 신성화를 경계하며」, 『당

대 비평』, 2003년 봄호.

장세룡, 「프로이트의 모세와 유대주의의 기원」, 『역사와 경계』 제63호, 2007.

정은주, 「한·미 FTA 협정문도 296곳서 번역오류」, 『한겨레』, 2011년 6월 3일자.

정현주, 「자베르의 세상에 구원은 없다」, 『한겨레』, 2013년 3월 4일자.

제인 정 트렌카, 『덧없는 환영』, 이일수 옮김, 창비, 2012.

_____, 『피의 언어』, 송재평 옮김, 도마뱀출판사, 2012.

_____, 「미국 입양된 아이가 34년 만에 이태원 노숙자로 발견된 사연」, 『프레시안』, 2011년 10월
6일자.

제인 정 트렌카·줄리아 치니에르 오페러, 『인종 간 입양의 사회학: 이식된 삶에 대한 당사자들
의 목소리』, 신선영 엮음, 뿌리의집 옮김, 2012.

조르조 아감벤, 『남겨진 시간』, 강승훈 옮김, 코나투스, 2008.

조은지, 「美입양 20% 무국적…범죄자로 전락」, 『서울신문』, 2012년 10월 19일자.

조희연, 『동원된 근대화: 박정희 개발동원체제의 정치사회적 이중성』, 후마니타스, 2010.

주디스 루이스 허먼, 『트라우마: 가정 폭력에서 정치적 테러까지』, 최현정 옮김, 사람의집,
2022.

지그문트 프로이트, 「인간모세와 유일신교」, 『종교의 기원』, 이윤기 옮김, 열린책들, 2007.

차학경, 『딕테』, 김경년 옮김, 어문각, 2004.

캐시 박 홍, 『마이너 필링스: 이 감정들은 사소하지 않다』, 노시내 옮김, 마티, 2021.

케네스 레이너드, 「이웃의 정치신학을 위하여」, 『이웃』, 케네스 레이너드·에릭 샌트너·슬라보예
지젝 지음, 정혁현 옮김, 도서출판b, 2010.

콘스탄스 M. 르발렌, 「차학경—그녀의 시간과 장소」, 『관객의 꿈: 차학경 1951-1982』, 콘스탄스
M. 르발렌 엮음, 김현주 옮김, 눈빛, 2003.

태혜숙, 「아시아 디아스포라, 민족국가, 젠더: 『딕테』」, 『대항지구화와 '아시아' 여성주의』, 울력,
2008.

토니 마이어스, 『누가 슬라보예 지젝을 미워하는가』, 박정수 옮김, 앨피, 2005.

프리모 레비, 『이것이 인간인가』, 이현경 옮김, 돌베개, 2007.

_____, 『살아남은 자의 아픔』, 이산하 편역, 노마드북스, 2011.

_____, 『이것이 인간인가』, 이현경 옮김, 돌베개, 2007.

한겨레, 「남아출생비율 한국, 최고」, 『한겨레』, 1996년 6월 7일자.

국외

Agamben, Giorgio, *Homo Sacer: Sovereign Power and Bare Life*, trans. by Daniel Heller-Roazen, Stanford: Stanford UP, 1998.

_____, *Remnants of Auschwitz: The Witness and the Archive*, trans. by Daniel Heller-Roazen, New York: Zone Books, 2002.

Ahmed, Sara, *The Cultural Politics of Emotion*, New York: Routledge, 2004.

Andreas Huyssen, *Present Past: Urban Palimpsests and the Politics of Memory* (Stanford: Stanford UP, 2003)

Apter, Emily, *The Translation Zone: A New Comparative Literature*, Princeton & Oxford: Princeton UP, 2006.

Armstrong, Richard H, "Contrapunctal Affiliation: Edward Said and Freud's Moses," *American Imago* 62.2, 2005.

Austin, John Langshaw, *How to Do with Words*, Cambridge: Harvard UP, 1962.

Baldwin, James, "Faulkner and Desegregation, *Nobody Knows My Name*, New York: Vintage International, 1993.

Belau, Linda, "Trauma, Repetition, and the Hermeneutics of Psychoanalysis, *Topologies of Trauma: Essays on the limits of Knowledge and Memory*," edit. by Linda Belau and Petar Ramadanovic, New York: Other P, 2002.

Benjamin, Walter, *Illuminations*, edit. by Hannah Arendt, trans. by Harry Zohn, New York: Schocken, 1969.

Bettleheim, Bruno, *Surviving and Other Essays*, New York: Knopf, 1979.

Bhabha, Homi, *The Location of Culture*, New York: Routledge, 1994.

Bleikasten, André, *The Ink of Melancholy: Faulkner's Novel from The Sound and the Fury to Light in August*, Bloomington and Indianapolis: Indiana UP, 1990.

Blotner, Joseph L (edit. by) *Selected Letters of William Faulkner*, New York: Random House, 1977.

Boothby, Richard, *Death and Desire: Psychoanalytic Theory in Lacan's Return to Freud*,

New York: Routledge, 1991.

Bordo, Susan, "All of Us Are Real: Old Images in a New World of Adoption," *Tulsa Studies in omen's Literature* 21.2, 2002.

Bouson, J. Brooks, *Quiet As It's Kept: Shame, Trauma, and Race in the Novels of Toni Morrison*, Albany: SUNY P, 2000.

Briggs, Laura, "Mother, Child, Race, Nation: The Visual Iconography of Rescue and the Politics of Transnational and Transracial Adoption," *Gender & History* 15.2, 2003.

Brooks, Cleanth, *William Faulkner: The Yoknapatawpha County*, New Haven: Yale UP, 1963.

Brooks, Peter, *Reading for the Plot: Design and Intention in Narrative*, New York: Vintage Books, 1984.

Butler, Judith, *Parting Ways: Jewishness and the Critique of Zionism*, New York: Columbia UP, 2012.

Carroll, Hamilton, "Traumatic Patriarchy: Reading Gendered Nationalism in Chang-rae Lee's *A Gesture Life*," *Modern Fiction Studies* 51.3, 2005.

Caruth, Cathy, (edit. by) *Trauma: Explorations in Memory*, Baltimore: Johns Hopkins UP, 1995.

___, Unclaimed Experience: *Trauma, Narrative, and History*, Baltimore: Johns Hopkins UP, 1996.

Cavarero, Adriana, *Relating Narratives: Storytelling and Selfhood*, trans. by P. A. Kott man, New York: Routledge, 2000.

Cha, Theresa Hak Kyung, *Dictee*, Berkeley: UP of California, 2001.

Cheng, Anne Anlin, *The Melancholy of Race: Psychoanalysis, Assimilation and Hidden Grief*, Oxford: Oxford UP, 2000.

Christian, Barbara, "A Conversation on Toni Morrison's *Beloved*," *Toni Morrison's Beloved: A Casebook*, edit. by William L. Andrews and Nellie Y. Mckay, Oxford: Oxford UP, 1999.

Castaneda, Claudia, "Incorporating the Transnational Adoptee," *Imagining Adoption: Essays on Literature and Culture, edit. by* Marianne Novy, Ann Arbor: U of Michigan P,

2004.

Cornell, Drucilla, "Transnational Adoption: The Ethics and Politics of New Family Stores." *Traumatizing Theory: The Cultural Politics, edit. by* Karyn Ball, New York: Other Press, 2007.

Cowley, Malcolm, *The Faulkner-Cowley File: Letters and Memories, 1944-62,* New York: Viking Press, 1966.

Crouch, Stanley, "Aunt Medea." *Notes of a Hanging Judge:: Essays and Reviews, 1979-1989,* Oxford: Oxford UP, 1990.

De Man, Paul, *Resistance to Theory.* Minneapolis: Minnesota UP, 1986.

Dews, Peter, *The Limits of Disenchantment: Essays on Contemporary European Philosophy,* London and New York: Verso, 1995.

Douglass, Fredrick, *Narrative of the Life of Fredrick Douglass, An American Slave, Written by Himself 1845,* New York: Penguin, 1986.

Eagleton, Terry, "Enjoy!" *London Review of Books,* November 27, 1997.

Edkins, Jenny, *Trauma and the Memory of Politics,* Cambridge: Cambridge UP, 2003.

Elaine H, Kim, "Poised on the In-between: A Korean American's Reflections on There sa Hak Kyung Cha's Dictee," *Writing Self, Writing Nation: A Collection of Essays on Dictee by Theresa Hak Kyung Cha,* edit. by Elain H. Kim and Norma Alar con, Berkeley: Third Woman Press, 1994.

Eleana, Kim, "Wedding Citizen and Culture: Korean Adoptees and the Global Family of Korea," *Social Text 21.1,* 2003.

Eng, David, "Transnational Adoption and Queer Diaspora," *Social Text 21.3,* 2003.

Eun Kyung, Min, "The Daughter's Exchange in Jane Jeong Trenka's *The Language of Blood,"* *Social Text 26.1,* 2008.

Faulkner, William, *The Sound and the Fury: The Collected Text,* New York: Random House, 1987.

____, *Light in August, The Corrected Text.* New York: Vintage International, 1990.

____, *Absalom, Absalom!,* New York: The Modern Library, 1993.

____, *Faulkner in the University,* edit. by Fredrick L. Gwynn and Joseph I. Blotner, Charlottesville: UP of Virginia, 1995.

_____, *Go Down Moses*, New York: The Modern Library, 1995.

Felman, Shoshana, "After the Apocalypse: Paul de Man and the Fall to Silence," *Tes
timony: Crises of Witnessing in Literature, Psychoanalysis, and History*, New York:
Routledge, 1992.

_____, "The Return of the Voice: Claude Lanzmann's Shoah," *Testimony: Crises of Witness
ing in Literature, Psychoanalysis, and History, edit by.* Shoshana Felman and Dori
Laub, New York: Routledge, 1992.

Fowler, Doreen, "Joe Christmas and 'Womanshenegro'," *Faulkner and Women: Faulkner
and Yoknapatawpha, edit. by* Doreen Fowler & Ann J. Abadie, Jackson & Lon
don: UP of Mississippi. 1986.

Freeman, Barbara Claire, "Love's Labor: Kant, Isis, and Toni Morrison's Sublime," *The
Feminine Sublime: Gender and Excess in Women's Fiction*, Berkeley: U of Califor
nia P, 1995.

Freud, Sigmund, "Studies on Hysteria," *The Standard Edition of the Complete Psycho
logical Works of Sigmund Freud*, vol. 2, edit. by James Strachey, et al. trans. by
James Stratchey, London: Horgath Press, 1955.

_____, "Beyond the Pleasure Principle," *The Standard Edition of the Complete Psycholog
ical Works of Sigmund Freud*, vol. 18. edit. by James Strachey, et al. trans. by
James Stratchey, London: Horgath Press, 1957.

_____, "On Narcissism: An Introduction," *The Standard Edition of the Complete Psycho
logical Works of Sigmund Freud*, vol. 14, edit. by James Strachey, et al. trans. by
James Stratchey, London: Hogarth, 1957.

_____, "Introductory Lectures on Psychoanalysis," *The Standard Edition of the Complete
Psychological Works of Sigmund Freud*, vol. 16. edit. by James Strachey, et al.
trans. by James Stratchey, London: Horgath Press, 1957.

_____, "Remembering, Repeating, and Working Through," *The Standard Edition of the
Complete Psychological Works of Sigmund Freud*, vol. 12. edit. by James Stra
chey, et al. trans. by James Stratchey, London: Horgath Press, 1958.

_____, "Mourning and Melancholia," *The Standard Edition of the Complete Psychologi
cal Works of Sigmund Freud*, vol. 14, edit. by James Strachey, et al. trans. by

James Stratchey, London: Horgath Press, 1957.

_____, "Medusa's Head," *The Standard Edition of the Complete Psychological Works of Sig mund Freud,* vol. 13. edit. by James Strachey, et al. trans. by James Stratchey, London: Horgath Press, 1962.

_____, "Totem and Taboo: Some Points of Agreement between the Mental Lives of Sav ages and Neurotics," *The Standard Edition of the Complete Psychological Works of Sigmund Freud,* vol. 13, edit. by James Strachey, et al. trans. by James Stratchey, London: Hogarth Press, 1966.

_____, "From the History of an Infantile Neurosis," *The Standard Edition of the Complete Psychological Works of Sigmund Freud,* vol. 17, edit. by James Strachey, et al. trans. by James Stratchey, London: Hogarth Press, 1955.

_____, "Inhibitions, Symtoms and Anxiety," *The Standard Edition of the Complete Psycho logical Works of Sigmund Freud,* vol. 20, edit. by James Strachey, et al. trans. by James Stratchey, London: Hogarth Press, 1959.

Friday, Krister, "Miscegenated Time: The Spectral Body, Race, and Temporality in *Light in August," The Faulkner Journal* 16.3, Fall 2000/Spring 2001.

Fridedlaner, Saul, "Trauma, Transference, and Working Through in Wirtiing the Histo ry of the Shoah," *History and Memory* 4.1, 1992.

Gilroy, Paul, *Small Acts,* London: Serpent's Tail, 1993.

_____, *The Black Atlantic: Modernity and Double Consciousness,* Cambridge: Harvard UP, 1993.

Godden, Richard, "Iconic Narrative: Or How Faulkner Fought the Second Civil War," *Faulkner's Discourse: Lothar International Symposium,* edit. by an Honninghau sen, Tubingen: Niemeyer, 1989.

Hacking, Ian, "Memory Sciences, Memory Politics," *Tense Past: Cultural Essays on Trau ma and Memory,* edit. by Paul Antze and Michael Lambek. New York: Rout ledge, 1984.

Hamacher, Hertz and Keenan, (edit. by) *Wartime Journalism, 1939-1943,* trans. by Or twin de Graef, Lincoln: UP of Nebraska, 1988.

Henderson, Mae G, *Speaking in Tongues and Dancing Diaspora: Black Women Writing and*

Performing, Oxford: Oxford UP, 2014.

Hirsch, Marianne, "Maternity and Rememory: Toni Morrison's *Beloved,*" *Representation of Motherhood,* edit. by Donna Bassin, Margaret Honey, and Meryle Kaplan, New Haven: Yale UP, 1994.

Hong, Cathy Park, *Minor Feelings: An Asian American Reckoning Paperback,* One World, 2021

Howe, Irving, *William Faulkner: A Critical Study,* 3rd, Chicago: U of Chicago P, 1975.

Jacobs, Carol, "The Monstrocity of Translation." *In the Language of Walter Benjamin,* Baltimore: Johns Hopkins UP, 1999.

Jameson, Fredric, *The Political Unconscious: Narrative as a Socially Symbolic Act,* New York: Methuen, 1981.

Jenkins, Lee, *Faulkner and Black-White Relations: A Psychoanalytic Approach,* New York: Columbia UP, 1981.

Jerng, Mark C., "Reconizing the Transracial Adoptee: Adoption Life Stories and Chang-rae Lee's *A Gesture Life,*" *MELUS* 31.2, 2006.

Katiganer, Donald M., ""What I Chose to Be": Freud, Faulkner, Joe Christmas and the Abandonment of Design," *Faulkner and Psychology: Faulkner and Yoknapatawpha, 1991, edit. by* Donald M. Kartiganer and Ann J. Abadie, Jackson: UP of Mississippi, 1994.

King, Richard, *A Southern Renaissance,* Oxford: Oxford UP, 1980.

Kristeva, Julia, *Powers of Horror: An Essay on Abjection,* trans. by Leon S. Roudiez, New York: Columbia UP, 1982.

____, *Kristeva Reader,* edit. by Toril Moi, Trans. Leon S. Roudiez, New York: Columbia UP, 1986.

Krumholtz, Linda, "The Ghosts of Slavery: Historical Recovery in Toni Morrison's *Beloved,*" *African American Review* 26.3, 1992.

Lacan, Jacques, "Desire and the Interpretation of Desire in Hamlet," *Yale French Studies,* 55/56, 1977.

____, *Seminar XI: The Four Fundamental Concepts of Psychoanalysis,* edit. by Jacques-Alain Miller, trans. by Alan Sheridan, New York: Norton, 1981.

LaCapra, Dominick, *Representing the Holocaust: History, Theory, Trauma,* Ithaca: Cornell UP, 1994.

_____, *Writing History Writing Trauma,* Ithaca: Cornell UP, 2000.

Lanzmann, Claude, "The Obscenity of Understanding: An Evening with Claude Lanzmann," *Trauma: Exploration in Memory,* edit. by Cathy Caruth, Baltimore: Johns Hopkins UP, 1995.

Laub, Dori, *Testimony: Crises of Witnessing in Literature, Psychoanalysis, and History,* edit. by Shoshana Felman and Dori Laub, New York: Routledge, 1992.

Lavie, Smadar and Ted Swendenburg. (edit. by) *Displacement, Diaspora, and Geographies of Identity,* Durham: Duke UP, 1996.

Lee, Chang-rae, *A Gesture Life,* New York: Riverside Books, 1999.

Levi, Primo, *Survival in Auschwitz and The Reawakening: Two Memoirs,* trans. by Stuart Woolf, New York: Summit, 1986.

_____, *The Drowned and the Saved,* trans. by Raymond Rosenthal, New York: Random House, 1988.

Leys, Ruth, *Trauma: A Genealogy,* Chicago and London: The University of Chicago Press, 2000.

_____, *From Guilt to Shame: Auschwitz and After,* Princeton: Princeton UP, 2007.

Longley Jr., John L., "Joe Christmas: The Hero in the Modern World," *Faulkner: Three Decades of Criticism,* edit. by Frederick J. Hoffman and Olga W. Vickery, Michigan State UP, 1960.

Lowe, Lisa, "Unfaithful to the Original: The Subject of *Dictee,*" *Writing Self, Writing Nation: A Collection of Essays on Dictee by Theresa Hak Kyung Cha,* edit. by Elain H. Kim and Norma Alarcon, Berkeley: Third Woman Press, 1994.

Luckhurst, Roger, *The Trauma Question,* London and New York:: Routledge, 2008.

Matthews, John, *The Play of Faulkner's Language,* Ithaca: Cornell UP, 1982.

_____, "Touching Race in Go Down Moses," *New Essays on Go Down, Moses,* edit. by Linda Wagner-Martin, Cambridge: Cambridge UP, 1996.

Mckay, Nellie Y., "An Interview with Toni Morrison," *Toni Morrison: Critical Perspectives Past and Present,* edit. by Henry Louis Gates and K. Anthony Appiah.

New York: Amistad, 1993.

McKinstry, Susan, "A Ghost of An/Other Chance: The Spinster-Mother in Toni Morri
son's *Beloved*," *Old Maids to Radical Spinsters: Unmarried Women in the Twenti
eth-Century Novel*, edit. by Laura Doan, Urbana: U of Illinois P, 1991.

Masson, Jeffrey Moussaieff, *The Assault on Truth: Freud's Suppression of the Seduction
Theory*, London: Fontana, 1984.

Miller, Jacques-Alain, "On Semblances in Relation Between the Sexes, *Sexuation*, edit.
by Reneta Salecle, Durham: Duke UP, 2000.

Millgate, Michael, *The Achievement of William Faulkner*, London: Constable, 1966.

Moreland, Richard, *Faulkner and Modernism: Rereading and Rewriting*, Madison: U of
Wisconsin P, 1990.

Morrison, Toni, "Faulkner and Women, *Faulkner and Women: Faulkner and Yoknapa
tawpha, 1985*, edit by.. Doreen Fowler and Ann J. Abadie, Jackson: UP of Mis
sissippi, 1986.

____, *Beloved*, New York: Penguin, 1987.

____, *Playing in the Dark: Whiteness and the Literary Imagination*, New York: Random
House, 1993.

____, *Conversation with Toni Morrison*, edit. by Danille Taylor-Guthrie, Jackson: UP of
Mississippi, 1994.

____, "The Site of Memory, *Inventing the Truth: The Art and Craft of Memoir*, edit. by
William Zinsser, Boston and New York: Houghton Mifflin, 1998.

Myungho, Lee, "American Antinomy and American Gothic, *Journal of American Studies*
34.2, 2002.

Niranjana, Tejaswini, *Sitting Translation: History, Post-structuralism, and the Colonial
Context*, Berkeley: U of California P, 1992.

Nussbaum, Matha C, *Hiding from Humanity: Disgust, Shame and the Law*, Princeton, NJ:
Princeton UP, 2004.

Ovid, *Metamorphoses*, trans. by Rolfe Humphries, Bloomington: Indiana UP, 1955.

Page, Philip, *Dangerous Freedom: Fusion and Fragmentation in Toni Morrison's Novels*,
Jackson: UP of Mississippi, 1995.

Rafael, Vicente, *Contracting Colonialism: Translation and the Christian Conversion in Ta galog Society under Early Spanish Rule*, Durham: Duke UP, 1993.

Reinhard, Kenneth, "Kant with Sade, Lacan with Levinas," *Modern Language Notes* 110.4, 1995.

Rice, Emanuel, *Freud and Moses: The Long Journey Home*, Albany: SUNY P, 1990.

Robert, Marthe, *From Oedipus to Moses: Freud's Jewish Identity*, New York: Anchor Books, 1976.

Rose, Jacqueline, *The Jacqueline Rose Reader*, edit. by Justine Clemens and Ben Na parstek, Durham & London: Duke UP, 2011.

____, *Sexuality in the Field of Vision*, London: Verso, 1986.

Ruskin, Kate, "The Bridge Poem, *This Bridge Called My Back: Writing by Radical Women of Color*," edit. by Cherrie Moraga and Gloria Anzaldua. 3rd ed. Berkeley: Third Women Press, 2002.

Said, Edward, *The Question of Palestine*, New York: Vintage Books, 1979.

Santner, Eric, *Stranded Objects: Mourning, Memory, and Film in Postwar Germany*, Ithaca: Cornell UP, 1990.

____, "Freud's Moses and the Ethics of Nomotropic Desire," *Sexuation*, edit. by Reneta Salecl, Durham: Duke UP, 2000

____, *On the Psychotheology of Everyday Life: Reflections on Freud and Rosenzweig*, Chica go and London: U of Chicago P, 2001.

____, "Miracles Happen: Benjamin, Rorenzweig, Freud, and the Matter of Neighbor," *The Neighbor: Three Inquiries in Political Theology*, Slavoj Zizek, Eric L. Santner, and Kenneth Reinhard, Chicago: Chicago UP, 2005.

Schmitz, Neil, "Faulkner and the Post-Confederate," *Faulkner in the Cultural Context: Faulkner and Yoknaphatawpha*, 1998, edit. by Donald M. Kartinganer and Ann J. Abadie, Jackson: UP of Mississippi, 1998.

Sedgwick, Eve Kosofsky and Adam Frank, *Shame and Its Sisters: A Sylvan Tomkins Reader*, Durham and London: Duke UP, 1995.

Sharpe, Matthew and Geoff Boucher, *Zizek and Politics: A Critical Introduction*, Edin burgh: Edinburgh UP, 2010.

Shay, Jonathan, *Achilles in Vietnam: Combat Trauma and the Undoing of Character*, New
  York: Atheneum, 1994.

Snead, James, *The Figures of Division: William Faulkner's Major Novels*, New York:
  Methuen, 1986.

Spencer, Robert F, *Yogong: Factory Girl*, Seoul: Royal Asiatic Society, Korean Branch,
  1988.

Spillers, Hortense J., "Mama's Baby, Papa's Maybe: An American Grammar Book," *Dia
  critics* vo. 17, no. 2, 1987.

Spivak, Gayatri Chakravorty, "Can the Subaltern Speak?" *Marxism and the Interpretation
  of Culture*, edit. by Cary Nelson and Lawrence Grossberg, Chicago: University
  of Illinois, 1988.

Sundquist, Eric. J., *Faulkner: The House Divided*, Baltimore and New York: Johns Hop
  kins UP, 1983.

Todorov, Tzbetan, *Facing the Extreme: Moral life in Concentration Camp*, trans. by Arther
  Denner and Abigail Pollak, New York: An Owl Book, 1997.

Van der Kolk, Bessel A. and Onno van der Hart, "The Intrusive Past: The Flexibility of
  Memory and the Engraving of Trauma, *Trauma: Explorations in Memory*, edit.
  by Cathy Caruth, Baltimore: Johns Hopkins UP, 1995.

Weinstein, Philip, *Faulkner's Subject: A Cosmos No One Owns*, New York: Cambridge
  UP, 1992.

____, *What Else But Love?: The Ordeal of Race in Faulkner and Morrison*, New York: Co
  lumbia UP, 1996.

Wittenberg, Judith Bryant, "Race in *Light in August*: Word symbols and Obverse Re
  flections, *The Cambridge Companion to William Faulkner*, edit. by Philip. M.
  Weinstein, Cambridge: Cambridge UP, 1995. 146-67.

Wong, Shelley Sunn, "Unnaming the Same: Theresa Hak Kyung Cha's *Dictee, Writing
  Self, Writing Nation: A Collection of Essays on Dictee by Theresa Hak Kyung Cha*,
  edit. by Elain H. Kim and Norma Alarcon, Berkeley: Third Woman Press,
  1994.

Žižek, *Slavoj, The Sublime Object of Ideology*, London: Verso, 1989.

_____, *Enjoy Your Symptom: Jacques Lacan in Hollywood and out*, New York: Routledge, 1992.

_____, *The Indivisible Remainder: An Essay on Shelling and Related Matters*, London & New York: Verso, 1996.

_____, *The Plague of Fantasies*, London and New York: Verso, 1997.

_____, "Melancholy and the Act, *Critical Inquiry* 26, 2000.

_____, *In Defense of Lost Causes*, London: Verso, 2008.

_____, *The Ticklish Subject*, London: Verso, 2009.

Žižek, Slavoj, Judith Butler and Ernesto Laclau, *Contingency, Hegemony, and Universality*, London: Verso, 2000.

Zupancic, Alenca, *Ethics of the Real: Kant, Lacan*, London: Verso, 2000.

찾아보기

인명

강우성 33, 236, 539
게이츠 Gates, Henry Louis 400
길로이 Gilroy, Paul 360, 361, 366, 367, 554
김영미 515, 516, 539, 554
김은실 507, 539, 554
김현미 422, 452, 539, 554
나오키 Naoki, Sakai 441, 442, 459, 461, 462, 466, 467, 540, 554

니란자나 Niranjana, Tejaswini 421, 431, 432, 436, 437, 554

데리다 Derrida, Jacques 42, 45, 188, 315, 421, 437, 554
도리 룝 Laub Dori 37, 47, 97, 105, 554
드 만 de Man, Paul 39, 40, 41, 42, 43, 44, 45, 46, 47, 48, 49, 50, 51, 52, 53, 54, 55, 56, 57, 58, 59, 60, 61, 421, 428, 429, 430, 431, 432, 434, 540, 554

라카프라 LaCapra, Dominick 9, 51, 62, 63, 72, 554
라캉 Lacan, Jacques 33, 34, 62, 80, 83, 133, 156, 177, 183, 184, 185, 187, 189, 191, 195, 196, 198, 200, 202, 234, 238, 240, 247, 275, 317, 352, 353, 369, 410, 442, 463, 540, 554
레비 Levi, Primo 12, 52, 53, 74, 75, 76, 77, 78, 81, 82, 83, 86, 87, 88, 89, 90, 91, 92, 94, 95, 96, 97, 99, 101, 103, 104, 150, 152, 153, 154, 155, 156, 159, 160, 161, 162, 168, 169, 170, 171, 172, 173, 174,

176, 177, 179, 180, 442, 537, 540, 541, 542, 554
레이즈 Leys, Ruth 38, 555
레이 초우 Chow, Rey 421, 430, 436, 539, 555
로렌츠바이그 Rosenzweig, Franz 136, 138, 139, 555
로즈 Rose Jacqueline 23, 112, 113, 142, 555

리처드 킹 King, Richard 240, 270, 316, 555

모리슨 Morrison, Toni 10, 13, 221, 351, 356, 357, 358, 359, 366, 373, 374, 375, 376, 377, 378, 379, 393, 394, 396, 397, 398, 399, 400, 401, 402, 403, 404, 405, 406, 407, 408, 409, 411, 412, 413, 414, 415, 416, 417, 537, 538, 555

민승기 125, 540, 555

박찬부 33, 540, 555
벤야민 Benjamin, Walter 58, 59, 102, 136, 137, 180, 209, 213, 214, 215, 354, 355, 382, 408, 420, 421, 422, 423, 424, 425, 426, 427, 428, 429, 430, 431, 432, 433, 434, 435, 436, 437, 438, 439, 440, 442, 443, 452, 457, 458, 465, 481, 483, 539, 540, 555
브룩스 Brooks, Peter 242, 243, 381, 555
블레카스탕 Bleikasten, Andre 223, 224, 226, 289, 556

사이드 Said, Edward 108, 110, 111, 112, 113, 114, 131, 143, 145, 146, 147, 148, 149, 496, 541, 556
샌트너 Santner, Eric 133, 134, 135, 136, 138, 140, 144, 149, 464, 542, 556
선드퀴스트 Sundquist, Eric 226, 275, 335, 347,

556

신명아 275, 540, 556

아감벤 Agamben, Giorgio 85, 86, 90, 93, 102,
139, 140, 156, 177, 178, 179, 180, 181,
408, 539, 542, 556

아스만 Assmann Jan 109, 118, 119, 131, 132,
134, 144, 540, 556

안드레이 후이센 Andreas Huyssen 7, 556

양석원 33, 540, 556

엡터 Epter, Emily 446, 456, 556

자네 Janet, Pierre 22, 24, 35, 36, 71, 125, 215,
557

지젝 Žižek, Slavojj 12, 123, 124, 177, 182, 185,
186, 187, 188, 189, 190, 191, 192, 193,
194, 195, 196, 197, 198, 200, 201,
202, 203, 204, 205, 206, 207, 208,
209, 210, 211, 212, 213, 214, 215, 216,
217, 218, 219, 237, 238, 285, 317, 329,
355, 464, 537, 540, 541, 542, 558

캐루스 Caruth, Cathy 8, 33, 34, 35, 36, 37, 38,
39, 40, 41, 42, 43, 44, 45, 53, 54, 56,
66, 67, 68, 69, 70, 558

캐시 박 홍 Hong, Cathy Park 495, 496, 497,
542, 558

케네스 Reinhard, Kenneth 442, 463, 464, 542,
558

콜크 Kolk, Vessel van der 22, 33, 35, 125, 558

테레사 학경 차Cha, Hak Kyung Theresa 10,
14, 466, 474, 475, 486, 491, 495, 496,
497, 538, 541, 558

트렌카Trenka, Jane Jung 10, 504, 505, 517,
520, 521, 522, 525, 528, 529, 534,

535, 536, 539, 542, 558

펠만 Felman Shoshana 8, 45, 46, 47, 48, 49,
50, 51, 52, 53, 55, 56, 57, 58, 59, 60,
61, 97, 98, 99, 100, 558

포크너 Faulkner, William 9, 10, 13, 221, 222,
223, 224, 226, 227, 228, 229, 230,
231, 232, 240, 241, 270, 272, 273,
274, 275, 276, 278, 279, 281, 282,
289, 290, 291, 300, 306, 307, 308,
309, 310, 311, 312, 313, 315, 316, 317,
318, 319, 321, 323, 328, 329, 337, 343,
346, 347, 348, 349, 350, 356, 400,
401, 402, 537, 539, 540, 541, 558

프로이트 Freud, Sigmund 4, 5, 6, 7, 9, 12, 18,
19, 20, 21, 22, 23, 24, 25, 26, 27, 28,
29, 30, 31, 32, 33, 34, 35, 36, 38, 39,
44, 64, 65, 66, 70, 71, 72, 90, 108,
109, 110, 111, 112, 113, 114, 115, 116,
117, 118, 119, 120, 121, 122, 123, 124,
125, 126, 127, 128, 130, 131, 132,
133, 134, 135, 141, 142, 143, 144, 145,
148, 149, 162, 163, 164, 178, 182, 227,
233, 234, 235, 236, 237, 240, 241,
245, 316, 317, 318, 356, 371, 376, 381,
387, 388, 439, 442, 458, 463, 464,
537, 539, 540, 541, 542, 559

허먼 Herman, Judith 22, 542, 559

호미 바바 Bhabha, Homi 132, 353, 421, 438,
442, 457, 463, 480, 481, 524, 559

휘비네트 498, 503, 508, 511, 513, 514, 526, 527,
541, 559

용어

가해자 perpetrator 53, 54, 55, 63, 145, 172,
    233, 241, 280, 316, 318, 319, 356,
    394, 395
경악 fright 24, 31, 66, 245, 246, 287, 554
고착 fixation 61, 67, 68, 70, 72, 103, 203, 233,
    235, 237, 242, 255, 317, 387, 455, 554
구조된 자 the saved 52, 102, 159, 172, 180, 554
구조적 트라우마 structural trauma 61, 62, 63,
    64, 65, 554
극복작업 working-through 62, 65, 67, 70, 71,
    72, 73, 104, 233, 235, 240, 376, 554
기억 memory 3, 8, 9, 10, 12, 15, 19, 22, 24, 25,
    30, 32, 35, 36, 37, 38, 39, 41, 42, 45,
    47, 48, 54, 69, 70, 71, 74, 79, 84, 87,
    94, 96, 100, 109, 114, 116, 119, 122,
    123, 125, 126, 132, 141, 142, 148,
    168, 175, 226, 227, 240, 248, 264,
    273, 297, 298, 299, 306, 330, 332,
    334, 335, 340, 342, 352, 371, 373,
    374, 375, 376, 381, 382, 393, 394,
    395, 396, 397, 399, 400, 403, 408,
    425, 437, 469, 475, 478, 482, 483,
    485, 486, 487, 488, 502, 520, 521,
    530, 537, 539, 540, 541, 554

나르시시즘 narcissism 28, 167, 218, 233, 235,
    236, 237, 238, 239, 241, 242, 244,
    249, 319, 443, 465, 554, 557
남부 the South 9, 222, 224, 225, 226, 227, 228,
    229, 230, 231, 232, 233, 238, 239,
    240, 241, 242, 243, 244, 245, 247,
    248, 249, 250, 252, 253, 254, 255,
    256, 257, 258, 259, 260, 263, 264,
    266, 267, 268, 269, 270, 271, 272,
    273, 274, 275, 276, 278, 279, 280,
    281, 285, 286, 287, 288, 290, 294,
    303, 305, 307, 308, 309, 310, 312,
    313, 314, 315, 316, 318, 319, 320, 321,
    322, 323, 326, 327, 328, 329, 331,
    332, 333, 335, 336, 337, 341, 342,
    346, 348, 349, 401, 411, 412, 413, 554
듣기 listening 77, 106, 240, 265, 267, 269, 462,
    554
리비도 libido 28, 191, 234, 235, 236, 317, 387,
    555
모세 Moses 12, 13, 108, 109, 110, 111, 113, 114,
    115, 117, 118, 119, 120, 121, 122, 123,
    124, 125, 127, 130, 131, 132, 133,
    134, 141, 142, 143, 144, 145, 197, 224,
    229, 271, 278, 290, 312, 313, 314,
    315, 316, 319, 320, 326, 338, 343,
    346, 348, 349, 350, 537, 539, 540,
    541, 542, 555
무젤만 Muselman 84, 85, 86, 87, 88, 89, 90,
    91, 92, 155, 156, 174, 175, 176, 177,
    178, 179, 180, 181, 555
문화번역 cultural translation 10, 11, 14, 132,
    420, 422, 423, 426, 427, 430, 436,
    437, 438, 440, 441, 442, 444, 448,
    452, 453, 454, 455, 456, 457, 458, 459,
    460, 461, 463, 464, 465, 468, 481,
    524, 538, 539, 541, 555
반복강박 repetition compulsion 5, 6, 20, 21,
    67, 68, 70, 80, 116, 555
받아쓰기 dictation 14, 466, 467, 468, 469, 470,
    471, 472, 473, 494, 538, 541, 555
번역 translation 5, 10, 11, 14, 21, 22, 35, 41,

45, 46, 48, 55, 57, 58, 59, 60, 76, 83,
92, 108, 109, 121, 132, 157, 188, 203,
323, 349, 419, 420, 421, 422, 423,
424, 425, 426, 427, 428, 429, 430,
431, 432, 433, 434, 435, 436, 437,
438, 439, 440, 441, 442, 443, 444,
445, 446, 447, 448, 449, 450, 451,
452, 453, 454, 455, 456, 457, 458, 459,
460, 461, 462, 463, 464, 465, 466,
467, 468, 469, 470, 471, 473, 474, 475,
476, 479, 480, 481, 482, 491, 494,
495, 505, 524, 532, 538, 539, 540,
541, 542, 555

부재 absence 36, 42, 54, 62, 63, 69, 80, 123,
183, 184, 226, 314, 315, 320, 335,
380, 384, 407, 476, 482, 483, 540,
555

부정적 치료현상 negative therapeutic reaction
72, 555

비인간 non-human 17, 87, 89, 90, 91, 92, 93,
103, 107, 155, 156, 174, 175, 176, 177,
178, 179, 180, 181, 359, 364, 365, 397,
556

비체 the abject 252, 276, 277, 278, 279, 280,
281, 288, 295, 296, 302, 304, 305,
306, 307, 518, 519, 520, 523, 526, 556

비체화 abjection 252, 276, 277, 278, 279, 280,
295, 518, 519, 556

삶충동 life drive 6, 29, 30, 556

상실 loss 6, 7, 9, 19, 32, 36, 37, 39, 62, 63, 64,
148, 149, 155, 224, 225, 226, 230,
233, 234, 235, 236, 237, 238, 239,
242, 315, 317, 318, 319, 321, 322, 323,
324, 325, 326, 328, 329, 334, 338,
352, 356, 374, 379, 380, 387, 392,
394, 411, 425, 465, 483, 484, 486,

489, 516, 556

성충동 sexual drive 28, 29, 30, 556

수치 12, 24, 58, 91, 150, 152, 153, 154, 155, 156,
157, 158, 159, 160, 161, 162, 163, 164,
165, 166, 167, 168, 169, 170, 172, 173,
174, 178, 179, 180, 181, 320, 322, 323,
324, 325, 326, 341, 377, 534, 537, 556

신경증 neurosis 23, 26, 30, 31, 32, 38, 68, 128,
134, 381, 556

실재 the Real 12, 33, 34, 80, 83, 133, 154, 177,
182, 184, 185, 191, 192, 194, 200,
202, 204, 207, 211, 247, 328, 330,
353, 378, 380, 388, 404, 537, 556

아버지 father 26, 27, 61, 108, 118, 120, 122,
123, 126, 127, 128, 130, 131, 140,
143, 194, 225, 233, 238, 247, 250,
254, 257, 258, 259, 260, 263, 264,
265, 266, 267, 269, 279, 282, 283,
284, 285, 289, 290, 292, 297, 298,
299, 300, 301, 302, 310, 314, 319,
320, 321, 326, 335, 336, 342, 346,
348, 361, 362, 390, 403, 413, 489,
556, 557

아프리카계 미국인 Afro-American 379, 382,
394, 397, 399, 400, 409, 411, 556

애도 mourning 7, 9, 11, 13, 221, 232, 233, 234,
235, 236, 237, 238, 239, 240, 241,
257, 263, 264, 270, 315, 316, 317, 318,
319, 321, 324, 325, 333, 346, 347, 349,
352, 356, 357, 387, 388, 394, 483,
537, 556

역사적 트라우마 historical trauma 6, 7, 12, 16,
45, 61, 62, 63, 64, 65, 114, 131, 144,

222, 228, 312, 313, 412, 529, 537, 556
우울증 melancholia 232, 233, 235, 236, 237,
    238, 239, 241, 242, 257, 317, 318, 387,
    388, 486, 556
원초적 나르시시즘 primary narcissism 235,
    237, 557
원초적 아버지 primal father 122, 130, 557
이드 idea 29, 108, 110, 111, 112, 113, 114, 120,
    131, 135, 143, 145, 146, 147, 148, 149,
    236, 376, 401, 406, 434, 439, 458,
    496, 541, 556, 557
이민 immigration 112, 149, 407, 467, 476, 494,
    497, 503, 507, 508, 510, 511, 513, 524,
    557
이산 diaspora 7, 14, 172, 430, 441, 459, 466,
    467, 468, 469, 476, 479, 495, 538,
    539, 540, 541, 542, 557
이웃 neighbor 14, 112, 132, 170, 275, 420, 423,
    440, 442, 443, 452, 460, 463, 464,
    465, 538, 541, 542, 557
익사한 자 the drowned 52, 84, 102, 159, 172,
    175, 180, 557
입양 adoption 10, 14, 112, 146, 498, 503, 504,
    505, 506, 508, 509, 510, 511, 512,
    513, 514, 515, 516, 517, 518, 519, 520,
    523, 524, 526, 527, 528, 529, 530,
    534, 536, 538, 539, 541, 542, 557

자아 ego 8, 20, 21, 26, 27, 28, 29, 30, 31, 53,
    66, 68, 79, 80, 90, 114, 116, 120, 123,
    126, 127, 128, 130, 134, 135, 143,
    145, 163, 164, 165, 166, 178, 191, 192,
    196, 197, 198, 199, 205, 227, 233, 234,
    235, 236, 237, 238, 239, 242, 244,
    245, 258, 263, 264, 270, 285, 288,
    291, 292, 304, 305, 306, 317, 387,

388, 427, 465, 475, 484, 508, 516,
    522, 534, 557, 558
재현 representation 8, 10, 12, 15, 16, 37, 38,
    39, 40, 42, 43, 45, 58, 59, 64, 80, 151,
    183, 232, 361, 363, 375, 378, 379,
    380, 381, 385, 403, 404, 410, 429,
    434, 452, 485, 489, 490, 502, 509,
    525, 533, 537, 541, 557
재현불가능성 the unrepresentable 38, 39, 557
정체성 identity 8, 9, 34, 111, 112, 113, 114, 120,
    125, 133, 139, 140, 141, 142, 143, 145,
    146, 149, 165, 166, 183, 186, 192, 196,
    198, 199, 211, 212, 224, 225, 229,
    231, 233, 238, 239, 243, 249, 260,
    265, 276, 278, 280, 281, 289, 295,
    302, 303, 307, 309, 319, 328, 329,
    331, 332, 345, 373, 379, 397, 415, 438,
    443, 457, 464, 477, 478, 481, 497,
    505, 536, 539, 557
죄책감 guilt 127, 134, 155, 156, 160, 161, 162,
    163, 164, 165, 166, 168, 173, 388, 557
죽음 death 5, 6, 28, 29, 30, 31, 32, 33, 34, 56,
    58, 59, 60, 61, 64, 81, 84, 87, 88, 89,
    90, 94, 96, 97, 99, 102, 103, 109, 125,
    130, 135, 141, 159, 162, 164, 174, 175,
    176, 194, 195, 197, 201, 214, 225, 236,
    238, 241, 245, 249, 255, 257, 267, 277,
    296, 306, 307, 316, 325, 326, 330,
    334, 339, 346, 349, 350, 351, 360,
    361, 369, 370, 371, 373, 377, 428,
    432, 461, 475, 495, 496, 530, 557
죽음충동 death drive 5, 6, 28, 29, 30, 32, 34,
    61, 64, 125, 135, 236, 241, 557
증언 testimony 9, 11, 12, 15, 17, 36, 37, 39, 46,
    49, 52, 53, 54, 55, 56, 57, 58, 59, 60,
    67, 73, 74, 75, 77, 80, 81, 82, 83, 84,
    92, 93, 94, 96, 97, 98, 99, 100, 101,

102, 103, 104, 105, 106, 107, 150, 156,
159, 161, 162, 169, 172, 178, 180, 181,
242, 298, 299, 359, 397, 398, 484,
486, 488, 504, 505, 517, 537, 540,
541, 557

청자 37, 77, 83, 103, 104, 105, 106, 107, 230,
240, 250, 267, 363, 558
초자아 superego 29, 120, 123, 127, 128, 130,
134, 135, 143, 163, 164, 205, 236,
237, 285, 317, 388, 558

쾌락원칙 pleasure principle 4, 5, 7, 9, 18, 20,
21, 28, 30, 33, 44, 61, 79, 80, 82, 116,
135, 241, 316, 558
쾌락원칙 너머 beyond pleasure principle 18,
44, 61, 558

타자 the other 8, 9, 17, 39, 42, 48, 53, 54, 56,
67, 69, 112, 131, 133, 143, 144, 149,
157, 159, 163, 165, 166, 176, 178, 190,
191, 194, 198, 199, 200, 201, 202,
203, 205, 206, 210, 233, 234, 235,
237, 239, 241, 246, 247, 261, 262, 270,
276, 278, 280, 281, 284, 285, 286,
290, 291, 303, 316, 319, 323, 331,
366, 367, 388, 391, 402, 409, 422,
427, 439, 442, 452, 453, 454, 458,
463, 464, 465, 475, 480, 502, 503,
558
타자성 otherness 39, 42, 69, 133, 143, 235,
303, 323, 331, 439, 442, 458, 463,
464, 465, 480, 558
탄환충격 shell shock 4, 5
탈식민주의 postcolonialism 45, 421, 427, 436,
440, 461, 509, 558

통제 master 5, 6, 20, 21, 30, 31, 66, 67, 68, 80,
147, 225, 294, 336, 344, 381, 442,
448, 463, 486, 503, 506, 507, 513,
527, 558

페미니즘 feminism 22, 195, 354, 406, 414, 528,
538, 541, 558
표상 idea 21, 23, 24, 25, 33, 68, 69, 77, 80, 83,
84, 118, 136, 192, 262, 274, 276, 290,
301, 307, 313, 328, 329, 335, 341,
361, 381, 424, 434, 457, 461, 462,
464, 487, 523, 559
피해자 victim 8, 22, 23, 52, 53, 54, 55, 60, 63,
64, 73, 75, 106, 113, 144, 145, 146,
148, 241, 280, 309, 318, 356, 357,
394, 490, 527, 559

한국계 미국인 Korean American 10, 467, 476,
492, 494, 495, 497, 503, 520, 559
해리 dissociation 24, 35, 36, 47, 53, 71, 338,
511, 512, 559
행위화 acting out 70, 72, 559
현실검증 reality test 234, 559
현실원칙 reality principle 28, 559
호모 사케르 homo sacre 90, 91, 177, 559
홀로코스트 the Holocaust 7, 9, 12, 16, 17, 18,
34, 36, 37, 38, 42, 43, 44, 45, 46, 49,
50, 52, 53, 54, 55, 56, 57, 58, 59, 60,
61, 63, 64, 69, 71, 85, 105, 113, 115,
162, 316, 366, 537, 539, 541, 559
히스테리 hysteria 23, 24, 25, 26, 30, 199, 229,
273, 280, 291, 325, 559

트라우마와 문학

발행일 초판 1쇄 발행 2023년 12월 29일 |

지은이 이명호 | **펴낸이** 최현선 | **펴낸곳** 오도스 | **주소** 경기도 시흥시 배곧4로 32-28, 206호(그랜드프라자) | **전화** 070-7818-4108 | **이메일** odospub@daum.net

ISBN 979-11-91552-26-3(93840) | Copyright ⓒ 오도스, 2023

odos 마음을 살리는 책의 길, 오도스